KB023486

그대의 강

그대의 강

전진우 장편소설

도서출판

길

그대의 강

2020년 10월 30일 제1판 제1쇄 펴냄

2021년 11월 10일 제1판 제2쇄 찍음
2021년 11월 20일 제1판 제2쇄 펴냄

지은이 | 전진우
펴낸이 | 박우정

기획 · 편집 | 천정은

펴낸곳 | 도서출판 길
주소 | 06032 서울시 강남구 도산대로25길 16 우리빌딩 201호
전화 | 02)595-3153   팩스 | 02)595-3165
등록 | 1997년 6월 17일 제113호

ⓒ 전진우, 2020. Printed in Seoul, Korea
ISBN 978-89-6445-229-5 03810

차례

그대의 강   9

베트남과 한국을 관통하는 질곡의 현대사
그 비극의 원점(原點)을 찾아가는 여정

1

한 작은 식민지 국가가 역사상 처음으로 식민주의 본국을 무찔렀다.
이것은 베트남 인민의 영광스러운 승리이자 세계 민주주의,
그리고 사회주의를 수호하는 세력의 승리이다.
— 1954년 5월 7일. 호찌민

응오딘민 노인은 보응우옌지압 장군이 이끄는 베트민[1] 군대가 라오스 국경과 인접한 서북부 산악지대 디엔비엔푸에서 프랑스군을 무찔렀다는 소식을 7월에 들어서야 상세히 전해 들을 수 있었다. 하노이에서 중등학교 교사를 하는 큰아들 람이 막내딸 투이를 데리고 타인호아의 고향집으로 내려온 것은 우기(雨期)의 빗줄기로 일찍 어둑해진 7월 첫 주 셋째 날 초저녁 무렵이었다. 람은 아버지 민 노인에게 프랑스군이 난공불락의 요새라고 호언장담하던 디엔비엔푸가 베트민의 손에 떨어졌다고 말했다. 프랑스군 수천 명이 죽고 만 명 넘게 포로가 되자 항복을 했다는 거였다. 람은 이제 프랑스와의 전쟁은 끝났으며, 스위스 제네바에서 열리고 있는 평화회담이 끝나는 대로 프랑스군이 통킹[2]에서 철수하고 베트민 해방군이 하노이로 들어올 것이라고 했다.

목소리를 조금 높이긴 했으나 람은 지친 기색이었다. 그는 얘기를 하는 도중에 간간이 하노이에서 타인호아까지 오는 데 다섯 시간이나 걸렸다고 투덜거렸고, 그때마다 일곱 살 난 투이가 앵무새처럼 종알거렸다.

"할아버지. 투이, 트럭 타고 왔어요. 사람들이 아주 많이 탔어요."

하노이 항꼬 역은 프랑스군에 의해 통제되고 있었다. 개찰구 앞을 총독부 경찰이 가로막았다. 군인과 무기를 가득 실은 열차와 화물차

---

1 베트민: 베트남 독립동맹. 1941년 인도차이나공산당 주도로 결성된 대중 독립운동단체로 베트남 독립투쟁의 기반이 되었다. 한국에는 오랫동안 월맹(越盟)으로 알려졌다.

2 통킹: 베트남 북부. 프랑스는 식민지 시절 베트남을 남부와 중부, 북부로 분할통치했는데 코친차이나(남부)는 직할 식민지로, 안남(중부)과 통킹(북부)은 보호령으로 두었다. 안남의 경우, 명목상 응우옌 왕조가 후에에 도읍을 두고 있었으며, 프랑스 식민당국은 통킹의 수도 하노이에 인도차이나연방(라오스와 캄보디아 포함) 총독부를 두었다.

가 연이어 남쪽으로 출발했고, 다음 열차를 타려면 여섯 시간을 더 기다려야 했다. 람은 집으로 되돌아가려다 역사(驛舍) 앞 광장에서 사람들을 태우고 있는 트럭을 보았다. 하노이에 곡물과 젓갈을 부리고 빈으로 가는 화물트럭이었다. 빈은 타인호아에서 남쪽으로 수십 킬로 떨어진 도시이니 타인호아를 거쳐 갈 것이었다. 어차피 내일이라고 열차 사정이 나아질 것 같지도 않았다.

투이야, 우리 트럭 타고 할아버지 집에 갈까? 람이 눈으로 물었고 계집아이가 냉큼 고개를 끄덕였다. 적재함에는 느억맘3 냄새가 진동하고 시멘트 포대가 양쪽 귀퉁이에 높다랗게 쌓여 있었지만 사람들은 앞다투어 트럭에 올랐다. 먼저 탄 중년 아낙이 투이의 손을 잡아 올렸다. 삽시간에 사람들이 적재함에 빼곡히 들어찼고 시멘트 포대 위에도 올라탔다. 정오 무렵에 떠난 트럭은 오락가락하는 빗줄기 사이를 천천히 달렸다. 얼마 가지 않아 적재함은 국수 삶는 솥 안처럼 푹푹 찌기 시작했다. 무더위에 사람들 몸에서 나는 열기가 더해져 이마와 목덜미로 땀이 빗물처럼 흘러내렸다. 빗줄기가 뜸해지자 적재함의 휘장을 걷어냈지만 비안개에 젖은 눅진한 바람으로 더위를 식힐 수는 없었다. 적재함은 덜컥거리다가 자주 튀어 올랐고 그때마다 투이가 비명을 질렀다. 지나던 길가의 좌판에서 반미4와 망고, 바나나를 팔았지만 트럭에서 내렸다가 다시 탈 엄두가 나지 않았다. 겨우 바나나로 요기를 하자 아이는 칭얼거리다 잠이 들었고 람은 땀과 젓갈 냄새에 전 채 거의 다섯 시간을 버텨야 했다.

"어휴, 정말 지독한 여행이었다니까요, 아버지."

민 노인은 재스민 차로 입술을 축이며 큰아들의 얘기를 들었다. 트럭 얘기는 흘려버리고 디엔비엔푸 얘기만 집중해서 들었다. 디엔비

---

3 느억맘: 베트남의 전통 젓갈. 생선을 삭혀 만든 소스로 강한 냄새가 난다.
4 반미: 베트남 식 샌드위치.

엔푸의 승전 소식이 금시초문은 아니었다. 승전 소식은 홍강5 삼각주를 넘쳐흐른 대홍수처럼 빠른 물살로 흘러 내려왔고, 타인호아의 늙은 지주 집 문턱이라고 그냥 지나치지는 않았다. 하지만 민 노인은 얼마 전부터 전쟁 얘기라면 귀를 막아오던 터였다. 가는귀먹어 작은 소리는 잘 들리지도 않는 데다 공연히 용을 쓰며 들어본들 세월에 힘입어 그럭저럭 가슴에 묻어가던 죽은 막내아들 얼굴만 떠오르기 십상이었다. 어차피 8년을 끌어온 전쟁이었다. 도시는 프랑스군이 장악하고 산간과 시골 마을은 베트민이 차지한 채 밀고 밀리다가 어느덧 교착상태에 빠진 전황이었다. 그러니 어느 한 지역의 승전 소식에 새삼 솔깃할 것도 아니었다. 그래서 그저 한 판 싸움에서 이긴 것이려니, 민 노인은 그렇게 흘러듣고 있었다. 그런데 이제 전쟁이 끝난다고 한다. 막내가 죽은 지 8년 만에 베트민이 승리하였다고 한다.

1946년 12월, 프랑스군이 하노이를 재침공했을 때 막내아들 꽝은 침입군을 막으려다 동쑤언 시장6 어귀에서 총에 맞아 죽었다. 꽝이 베트민 의용대원으로 하노이 자위(自衛)에 나섰던 것을 민 노인은 나중에야 알았다. 거개가 10대 후반~20대 초반의 젊은이들이었던 의용대원들은 베트민의 주력부대가 홍강을 건너 비엣박7으로 후퇴하는 동안 프랑스군의 총알받이가 된 셈이었다. 그 뒤로 8년 전쟁 동안 얼마나 많은 사람들이 죽어갔던가. '모든 인민은 전선으로'의 구호 아래 수천, 수만의 주검이 피 흘리고 찢긴 채 북부 산악지대의 계곡과 중부 산간지대의 정글, 강가와 들판에 쌓이고 널렸을 터였다. 독수리와 까마귀, 불개미와 거머리의 먹이가 됐을 거였다.

8년 전 정월, 꽝의 주검을 수습해 타인호아로 돌아왔을 때 지역 인민

5　홍강 삼각주: 베트남 북서부에서 남동부로 흐르는 홍강 주위의 델타.
6　동쑤언 시장: 하노이의 중앙시장.
7　비엣박: 홍강 삼각주 북부의 산악지대. 베트민의 해방구로 프랑스군의 통제가 미치지 못했다.

위원회 부위원장이라는 사내가 찾아와 응오딘민에게 애도를 표했다.

"인민의 전쟁에서 희생된 숭고한 죽음은 헛되지 않을 것입니다. 베트남민주공화국 정부는 아드님의 죽음을 기억할 것입니다. 조국이 해방전쟁에서 승리하는 날 영광이 함께할 것입니다."

깃을 바짝 세운 청색 윗도리에 카키색 바지를 입은 사내는 세 문장을 절도 있게 끊어 말하는 바람에 마치 짧은 인쇄물을 읽는 것 같았다. 그러나 각진 얼굴의, 아직 중년의 나이에는 이르지 못한 젊은 공산주의자의 모습에서는 의례적이라고 할 수만은 없는 비장함이 전해졌고, 그래서 응오딘민은 마음 깊숙이에서 들끓고 있던, 왜 아직 어린 아이들을 총알받이로 내세웠느냐는 원망을 안으로 삼켜야 했다.

"됐소. 우리 애만 죽은 것도 아니고. 다들 나라를 위해 그리된 것이니……."

그렇게 개인적 원망을 억누르고 해방전쟁의 대의에 동의함으로써 그는 '애국 지주'(愛國 地主)라는 평판을 얻게 되었다. 무슨 증명서가 있는 것도 아니고 해방전쟁에 협조한 인물이라는 주위의, 또는 일방의 평가에 지나지 않는 것이었지만 혁명과 전쟁의 시기에 개인의 운명, 특히 그와 같은 유산자 계급의 운명은 종종 자신의 생각이나 의지와는 상관없이 주위의 평판에 의해 좌우되는 것이었다.

프랑스군이 하노이를 재점령했을 때 '애국 지주'의 평판은 득이 될 게 없었다. 오히려 큰아들 람은 학교에서 어린 동생이 난리 통에 비명횡사한 것이라고 애써 해명해야 했고, 사이공의 프랑스 은행에서 보안요원으로 일하던 둘째 아들 킴은 아예 이름을 레키엠으로 바꿔버렸다고 했다.

그러나 응오딘민은 얼마간의 자부심으로 그 평판을 지키기로 했다. 그러자면 열일곱 살 꽝의 죽음은 마땅히 애국의 숭고한 희생이어야 했다. 고통은 말로 나누어 질 수 없다. 약간의 위로는 될지언정 고통의 뿌리에까지 닿지는 못한다. 고통은 함께 겪은 만큼 나누어지는 법이다. 응오딘민은 꽝을 잃고 난 뒤 그것을 알았다. "우리 애만 죽은 것도 아니고……", 의연하게 말한 그는 북에서 남으로 뻗어 내린 쯔엉선 산맥이 공룡의 등뼈처럼 누워 있는, 국자처럼 길고 잘록한 이 나라에 쌓이고 널린 숱한 주검들과 고통을 나누어야 했다. 더욱이 그는 조상 대대로 왕조의 은혜를 입은 향신(鄕臣)이자 교육자 집안의 후예로서 자신이 애국적 민족주의자임을 의심치 않았다. 그는 민족주의자 판보이쩌우8와 판쭈찐9을 존경했고, 천 년의 중국 지배와 연이은 외세 침탈에도 굴하지 않은 인내와 끈기의 유전자, 저항의 폭발력이 베트남 민족의 근육 속에 응축되어 있다는 저들의 외침에 공감했다. 그는 후에의 제국 조정에 몸담고 있던 십수 년 동안에도 프랑스 식민주의자들에 영합하거나 굳이 아첨하지 않았다. 그래서 프랑스 식민주의자들이 직할 통치하는 코친차이나의 베트남인 관리들, 특히 동료라고 해야 할 교육관리들의 고충을 이해하면서도 내심 경멸하였다. 하기에 그는 '애국 지주'의 평판을 지키는 것이 자기기만이라고는 생각지 않았다.

하노이에 들어설 혁명정부도 옛 약속을 기억하고 자신의 평판을 지켜줄 것인가! 1945년 9월 2일, 하노이 바딘 광장에 높이 세워진 연단에서 베트남 독립을 선언한 호찌민은 베트남 해방독립의 전설이었고, 그의 애국의 열정과 민족에 대한 헌신은 어느 누구도 부정할 수 없을 거였다. 하지만 공산주의자들이 앞세우는 민족해방의 이면에는 피를 부르는 계급투쟁 의지가 도사리고 있지 않던가. 중국공산당이 저들의 해방구에서 저지른 짓들을 응오딘민은 들어 알고 있었다. 독

8　판보이쩌우(1867~1940): 베트남의 민족주의 독립운동가. 일본의 메이지유신을 모델로 베트남의 근대화와 독립의 길을 모색하였다.

9　판쭈찐(1872~1926): 베트남의 민족주의자. 프랑스의 문물을 적극적으로 받아들여 베트남의 개혁과 근대화를 꾀한 개량주의자.

립선언의 날, 바딘 광장에 나부끼던 금성홍기[10]의 강렬한 붉은색에는 계급혁명의 핏빛 의지가 녹아 있었다. 유산계급자 응오딘민의 눈에는 그렇게 보였다.

계급혁명의 씨앗은 이미 8월 혁명[11]의 짧은 기간 동안 베트남 땅에 뿌려졌다. 베트민의 행동대원들은 비엣박의 시골마을에서 가난한 소작농들을 선동해 지주 여럿을 즉결처형했다. 1930년 인도차이나공산당 창설 이래 계급혁명보다 민족해방에 우선순위를 둬야 한다는 신념을 견지해온 호찌민이 급진적 행위를 만류하고, 곧이어 프랑스군이 재진입하면서 잠잠해졌다고 하지만 계급혁명의 진원마저 사라진 것은 아니었다. 베트민의 강경파들은 지주와 부농으로부터 토지를 빼앗아 빈농에게 나누어줄 때 인민의 지지와 후원을 얻고 가난한 노동자 농민을 베트민의 무력으로 동원할 수 있다는 주장을 굽히지 않았다. 그들에게 계급투쟁은 민족해방전쟁의 필요조건이었고 따라서 디엔비엔푸 전투를 앞두고 호찌민이 급진적 토지개혁정책을 승인한 것도 크게 놀라운 일은 아니었다.

응오딘민의 불길한 예감은 틀리지 않았다. 그러고 보면 그가 '애국지주'의 평판을 조심스러워하면서도 신중하게 드러내고자 했던 것은 기실 이중의 자기기만일 수 있었다. 그 하나는 애국적 민족주의자인 자신이 공산주의자로 분류될 수 있다는 두려움이었고, 다른 하나는 그 평판이 공산주의자들로부터 자신의 토지를 지켜내는 방패로

---

10 금성홍기: 베트남 국기. 붉은색 바탕에 노란 별이 그려져 있다. 붉은색은 혁명의 피와 조국의 정신, 노란 별의 다섯 모서리는 노동자, 농민, 지식인, 청년, 군인을 상징한다.

11 8월 혁명: 제2차 세계대전에서 일본의 패망이 임박했던 1945년 8월 초, 인도차이나공산당은 베트민과 농민들을 동원해 북베트남 지역을 장악하고 8월 19일 하노이에 입성한 데 이어 30일, 응우옌 왕조의 마지막 황제 바오다이로부터 권력을 이양받았으며 9월2일, 독립을 선언하고 베트남민주공화국 성립을 선포했다.

작용할 수 있을 거라는 자기위안이었다. 두려움과 위안은 둘 다 원초적 자기보호 본능에 의한 것이었지만 그럴수록 그는 그 실체를 드러낼 수 없었다. 그는 이미 칠순에 가까운 나이로 눈은 침침하고 귀가 잘 들리지 않았다. 환란의 시절에 그런 그가 선택할 수 있는 길은 조용히 고향집에 칩거하는 것뿐이었다. 아내와 사별한 지도 오래여서 그는 세상과 연을 끊고 하노이 남쪽 타인호아 고향집에 묻혀 있었다. 그런데 이제 세상은 다시 크게 출렁거리고 있으며 그 변혁의 물결이 머잖아 타인호아 송호이 강을 넘쳐흘러 늙은 유산계급자의 집 문턱을 넘어설 것이었다.

민 노인이 착잡한 심정을 애써 다스리고 있는데, "베트남이 마침내 프랑스를 이긴 거래요, 할아버지." 손녀 투이가 손나팔을 만들어 소리를 질렀다. 계집아이는 할아버지가 가는귀먹은 걸 눈치챈 모양이었다. 민 노인은 아이의 새된 소리에 미간을 찌푸리며 눈을 떴다.

"뭐? 베트남이 마침내 프랑스를 이겼다고! 그런 말은 어디서 배웠느냐?"

계집아이가 의기양양하게 어깨를 들썩이며 재잘거렸다.

"타오 오빠가 그랬어요. 이제 우리가 마침내 프랑스 놈들을 쫓아냈다고요."

"뭐, 타오가 그랬다고? 마침내 프랑스 놈들을 쫓아냈다? 허어……."

민 노인이 짧은 한숨을 내쉬자 아들 람이 아이에게 말했다.

"투이야. 넌 그만 타잉 아줌마 방에 가서 자거라. 어서."

아이가 할아버지 뺨에 뽀뽀하고 거실을 나갔을 때 민 노인이 람에게 물었다.

"혹시 타오도 저들 일을 거든 거냐?"

람이 입술로 웃으며 답했다.

"아버지, 타오는 이제 겨우 열네 살짜리 중학생이에요. 그 아이가 뭘 거들 수 있었겠어요?"

민 노인은 천천히 고개를 저었다.

"아니다. 열네 살이면 무엇이든 할 수 있는 나이다. 가장 위험한 나이야. 순수한 영혼이 가장 용감한 법이니까. 네 동생 꽝이 열일곱에 죽은 걸 어느새 잊었더냐."

람은 그런 아버지를 흘깃 보고는 방 밖의 어둠에 눈길을 주었다. 비가 그친 밤하늘은 먹장어둠 속에 낮게 내려와 있었다. 순수한 영혼이라! 람은 문득 아버지가 '저들'이라고 지칭한 베트민에게, 줄곧 공산주의자라고 경계하던 호찌민과 그의 동료들에게 경의를 표한 게 아닐까 하는 생각이 들었다.

디엔비엔푸의 승전 소식은 산을 넘고 밀림을 지나고 홍 강의 붉은 물을 타고 흘러 통킹의 곳곳에 전해졌다. 하노이에서는 베트민 지하 조직이 제작한 팸플릿이 거리 곳곳에 뿌려졌다. 그것들은 사람들이 많이 모이는 바딘 광장에, 호안끼엠 호수¹² 주위에, 동쑤언 시장 좌판에 처음에는 은밀하게, 그러다 점차 과감하게 뿌려졌다. 겨우 몇 장의 종이로 엮어 만든 팸플릿은 조악했으나 그 내용은 애국과 영웅주의, 숭고한 자기희생의 이야기로 가쁜 숨을 토해내고 있었다.

'2만 대의 자전거에 실어 나른 대포와 로켓포―부품으로 해체 수송한 뒤 조립하다'

'밀림을 뚫고 강을 건너고 산을 넘어 하루 80킬로미터의 강행군―10만 의용군, 쌀과 탄약을 등에 지고 나르다'

'베트민 전사 먹이려고 쌀 포대 이고 한 달간 700킬로미터를 걸었어요―랑손의 스무 살 여전사(女戰士) 트엉과 열두 명의 동지들'

'조국 해방에 몸 바친 전사의 최후―뚜빈웬, 굴러 내린 화포를 몸으로 막다!'

---

12   호안끼엠 호수: 하노이 시내 중심에 자리 잡은 호수.

'수십 킬로미터의 땅굴 파 요새 한복판에 폭탄 터뜨려—수비대장 카스트리 생포, 프랑스군 항복!'

'호 주석, "베트남 인민의 영광의 승리"선언'

'제네바 평화회의, 베트남의 해방과 통일을 선언하라!'

3개월이면 끝낼 수 있다던 인도차이나 전쟁이 해가 수차례 바뀌도록 끝나지 않자, 프랑스인들은 점차 자신들이 늪에 빠졌다는 것을 알아차렸다. 베트민은 개전 직후 호찌민이 공언했던 대로 낮에는 정글 속에 '호랑이'처럼 웅크리고 있다가 밤이 되면 뛰쳐나와 '코끼리' 프랑스의 등을 찢어발겼다. 베트민은 저들이 유리한 곳에서만 싸웠고 불리하면 달아났다. 중국공산당 군사고문들이 권유한 '마오 식' 게릴라 전술이었다.

1949년 10월, 중국의 내전이 공산당의 승리로 끝났다. 이듬해 1월 마오쩌둥은 베트남민주공화국을 베트남의 유일한 합법정부로 공식 인정했다. 곧이어 모스크바의 스탈린도 호찌민의 손을 들어줬다. 중국과 소련의 군사지원을 받게 된 베트민군은 더 이상 허술한 게릴라 부대가 아니었다. 베트민군은 AK-47 자동소총부터 곡사포, 로켓포 등 중화기로 무장했고, 부대 규모를 대대에서 연대, 사단급으로 확장해나갔다. 베트민의 더 큰 무기는 베트남인들의 지지였다. 특히 북부 통킹에서는 주민들의 절대적인 지지를 받고 있었다. 베트민은 물 만난 물고기였으며, 프랑스군은 성긴 뜰채로 물고기를 쫓고 있는 격이었다.

전황이 교착상태에 빠지자 프랑스인들은 차츰 본국에서 수천 킬로미터나 떨어진 동남아시아에서의 전쟁에 염증을 내기 시작했고, 파병된 프랑스군의 사상자 수가 10만 명을 넘어서면서 여론은 급격히 반전(反戰)으로 기울기 시작했다. 그간 프랑스에 막대한 전비(戰費)를 지원해온 미국 행정부도 프랑스의 무능함에 넌덜머리를 냈다. 이길 수 없는 전쟁이라면 그나마 체면을 구기지 않고 발을 빼는 것이 최선이었다. 미국과 영국이 압박했고, 소련과 중국도 인도차이나의 종전과 평화 구축에 협력하겠다는 제스처를 보였다. 프랑스 정부의 유일한 돌파구는 베트민과의 평화협상이었다. 정치협상을 주도하려면 먼저 군사적 우위를 확보해야 했다. 1953년 11월, 프랑스의 신임 군사령관 앙리 나바르는 라오스 국경 근처 베트남 서북부 산악지대의 작은 도시 디엔비엔푸를 요새화하기로 했다. 지하 2.5미터의 참호에 철판을 씌우고 사방을 지하통로로 연결한 프랑스군 진지는 말 그대로 난공불락의 요새였다. 미국 비행기가 프랑스군과 무기, 군수품을 정글 속 분지로 실어 날랐다. 디엔비엔푸 요새를 거점으로 베트민과 라오스의 연결을 끊고 중국으로 통하는 서북부의 보급수송로를 차단하여 비엣박의 베트민에 타격을 가함으로써 협상의 주도권을 쥐려는 전략이었다. 프랑스로서는 마지막 승부수였고, 베트민 지도부도 디엔비엔푸가 피할 수 없는 승부처라는 것을 알았다. 미국의 아이젠하워 행정부가 막대한 전비를 지원하고는 있지만 전쟁에 직접 개입할 가능성은 희박하다는 정보를 확인한 베트민 지도부는 디엔비엔푸에 대한 전면공격을 결정했다.

1954년 3월, 보응우옌지압 장군이 이끄는 베트민군 보병 3개 사단과 포병 1개 사단, 5만여 병력이 디엔비엔푸를 포위했다. 두 달 전부터 라오스 및 중국 국경 지대에 분산 집결한 베트민군은 수천 대의 자전거에 분해한 대포와 장갑차, 무기와 탄환을 실어 디엔비엔푸의 산악지대로 수송했다. 나룻배와 대나무 뗏목들이 급류와 폭포를 헤치고 병사와 무기를 실어 날랐다. 베트민 해방지구에서 동원되거나 자발적으로 나선 10만 명의 의용군들이 장대에 짐을 매달고 하루에 수십 킬로미터씩을 걸어 베트민군에 군수품을 보급했다. 그들은 프랑스군의 공습을 피해 낮에는 정글 속에 숨었다가 밤이 되면 달빛과 기름등잔에 기대어 산길을 걸었다. 군수품은 대부분 쌀이었는데 한 사람이 지고 가는 양(20킬로그램)의 10분의 1만이 목적지에 도착하는 분량이었다. 10분의 9는 짐을 지고 가는 이들이 수백 킬로미터의 기나긴 행군 도중에 소비하는 몫이었다. 그 결과 베트민군은, 프랑스군이 비행기와 낙하산의 도움이 없으면 한 포대의 보급품도 옮길 수 없으리라 장담하던 디엔비엔푸의 정글을 뚫고 대포와 로켓포 등 중화기를 운반하는 기적을 이뤄냈고, 그 기적은 믿기 어려운 승전으로 이어졌다. 두 달 동안 치러진 격전에서 1만 명의 베트민 병사가 죽고 1만 5천 명이 부상당했지만, 지압의 승전 보고를 들은 호찌민이 감격한 대로 그것은 '한 작은 식민지 국가가 역사상 처음으로 식민지 본국을 무찌른' 영광의 승리였다.

"그래, 이번에는 프랑스가 확실히 물러나는 것이냐?"

얼마간의 침묵을 깨고 민 노인이 람에게 물었다.

"그럼요. 이번에는 확실히 물러나겠지요."

"저들이 물러난다고 베트남이 해방이 되겠느냐? 또 다른 나라가 먹겠다고 달려들지 말란 법이 있느냔 말이다."

"그런 일이야 있겠습니까, 아버지. 이미 10년 전 카이로 회담에서 연합국 영수들이 다른 나라의 식민지들을 다 해방시켜주기로 약속을 했다고 합니다. 특히 미국 대통령이 확실히 못을 박았다고 들었습니다."

"미국 대통령? 그 사람이 누군데?"

"프랭클린 루스벨트라고 굉장히 훌륭한 사람이라고 합니다."

"훌륭해? 너는 선생이라면서 어떻게 어린 학생들 같은 소리나 하느냐. 미국 사람들에게 훌륭하다고 베트남 사람들에게도 훌륭하다는 법이 어디 있느냐. 여기 프랑스 총독도 프랑스 사람들에겐 훌륭한 사람일 게다."

람은 머쓱해진 눈길로 아버지를 훔쳐보았으나 노인은 눈을 내리감고 있었다. 람은 모르고 있었다. 하노이의 일개 중등학교 교사가 이해득실을 따지는 강대국의 속셈을 어찌 일일이 헤아릴 수 있단 말인가. 저들 큰손들이 그려낼 역사를 어떻게 짐작이나 할 수 있었겠는가.

1943년 12월 카이로회담에서 미국 대통령 루스벨트가 내세웠던 약소국의 해방과 자결이라는 아름다운 수사(修辭)는 종전이 가까워지면서 슬그머니 변질되었다. 서방국가의 식민지 탐욕을 경멸했던 루스벨트는 일정 기한의 신탁통치를 거쳐 피지배민족의 독립과 자결권을 보장하자는 계획을 갖고 있었다. 자유와 민주주의라는 미국적 신조(信條)를 앞세워 전후 세계를 주도함으로써 평화 속에 자국의 국익을 극대화하기 위한 구상이었다. 그러나 루스벨트의 구상은 식민국가인 유럽 동맹국의 이익에 반하는 '고상한 설계'에 지나지 않았다. 결국 루스벨트의 구상은 1945년 2월 얄타회담에서 '식민지의 신탁통치는 식민본국의 동의 아래서만 가능하다'로 변경되었고, 영국 수상 윈스턴 처칠이 뒷배를 봐준 샤를 드골의 프랑스는 재빨리 인도차이나 식민본국으로서 식민권력의 복원을 요구하고 나섰다. 루스벨트의 후임인 트루먼은 프랑스의 요구가 뻔뻔스럽다는 것은 알고 있었다. 그러나 인도차이나가 공산주의자들의 통제력 아래 놓이는 것보다는 낫다고 생각한 트루먼은 드골의 요구를 묵인하기로 했다. 그해 7월, 포츠담 회담에서 채택된 연합국의 결정은 프랑스령 인도차이나를 남북으로 양분하는 것이었다. 9월, 일본군의 항복을 받고 법과 질서를 세운다는 명분 아래 북위 16도선을 기준으로 북쪽에는 중국(국민당)군이, 남쪽에는 영국군이 진주했다. 중국 점령군은 하노이로 들어왔으며, 사이공에 진주한 영국군은 곧 남부관할권을 프랑스군에 이양했다. 중국의 장제스는 자국 내 공산주의 세력이 확장하면서 베트남 북부에 군대를 장기 주둔시킬 형편이 아니었다. 장제스는 1946년 2월, 상하이와 광둥 조계의 치외법권을 무효화하는 등 지난날 중-불 간에 맺었던 불평등조약을 파기하는 대신 16도선 이북에서 중국군을 철수하기로 프랑스와 합의했다. 3월, 프랑스군이 하노이에 입성했다. 호찌민은 재빨리 베트남민주공화국의 설립을 선포했으나 연합국 어느 나라도 호찌민 정부를 승인하지 않았다. 베트남 민족으로서는 실로 어이없는 결말이었다.

호찌민은 프랑스와의 타협을 원했다. 당장의 독립이 어렵다면 '프랑스연방 내 베트남자유국가'에 만족할 수 있다고 했다. 사실상 굴욕적인 양보였다. 그러나 프랑스는 호찌민의 제안을 일축했다. 프랑스군은 11월 23일, 통킹만의 하이퐁 항구를 포격한 데 이어 12월 19일, 하노이를 공격했다. 이틀 후 호찌민은 대불(對佛) 항전을 선언하고 비엣박의 정글 속으로 들어갔다. '호랑이와 코끼리의 싸움'은 그렇게 시작되었다. 그리고 이제 8년 만에 호랑이의 승리로 끝난 것이었다.

람은 목소리를 높여 또박또박 말했다.

"프랑스는 다시 오지 못해요. 전쟁은 끝났어요, 아버지."

그 시간에 람의 아들 타오는 비엣 선생님으로부터 전혀 다른 이야기를 듣고 있었다. 호안끼엠 호수 북쪽 구(舊)시가지의 국숫집 2층 구석진 방에서였다. 한 반 친구인 부옹, 쩜, 루언과 함께였다. 비엣 선생님이 말씀하셨다.

"전쟁은 끝나지 않았다."

부옹이 작은 눈을 크게 뜨며 "프랑스가 항복했다면서요? 선생님" 하고 물었고 쩜과 루언, 타오 모두 낯을 찡그렸다. 그렇다면 지난 한 달 동안 시내 곳곳에 뿌린 팸플릿은 무엇이란 말인가. 디엔비엔푸의 승전보는 거짓 선전이었나. 프랑스군 수비대장을 사로잡아 항복을 받아냈다던 기사는 뭐며, 온몸의 피가 끓고 눈물을 철철 흘리게 하던 베트민 영웅들의 이야기는 또 뭐란 말인가. 네 명의 중학생들 얼굴에 비치는 당혹감을 슬쩍 훑어본 비엣 선생님은 잠깐 미소를 지었으나 이내 표정이 굳어졌다.

"프랑스와의 전쟁은 끝났지. 그런데 앞으로는 더 강한 나라와 싸워야 할지도 모른다."

"더 강한 나라요? 중국? 소련?"

여드름투성이 쩜이 묻자 루언이 퉁을 주었다.

"야, 쩜. 중국과 소련은 우리 편이잖아."

"아, 참 그렇지."

"그럼 미국인가요? 선생님"

타오가 물었을 때 나머지 셋은 약속이라도 한 듯이 입술을 깨물었고 비엣 선생님이 천천히 고개를 끄덕였다.

"그래, 맞다. 미국이다. 물론 아직 분명한 건 아니지만 내가 보기엔 아무래도 그렇게 될 거 같구나."

"언제요? 미국이 곧 쳐들어오나요?"

부웅이 마른침을 삼켰고 다른 셋도 아연 긴장한 기색이었다. 그제야 비엣 선생님이 얼굴을 풀었다.

"아니, 당장 그런 일이야 있겠느냐. 일단 제네바 회담의 결과를 봐야지. 그런 다음 미국의 태도를 살펴봐야 할 게다."

"미국이 쳐들어오면 저희들도 총을 들고 싸울 겁니다."

부웅이 얼굴을 붉히자 다른 셋도 고개를 끄덕였다.

"맞아요. 선생님. 디엔비엔푸에는 가지 못했어도 이번에는 반드시 총을 들고 나가 싸울 겁니다."

루언이 주먹을 쥐어 보이자 다른 셋이 따라 했다. 비엣 선생님이 고개를 저었다.

"총을 들고 전쟁에 나서는 것만이 싸우는 것은 아니다. 이번에 너희들이 디엔비엔푸 소식을 하노이에 알린 것도 훌륭한 싸움이었다. 내가 오늘 미국과의 전쟁을 얘기한 것은 너희들이 이제 더 이상 어린 아이가 아니기 때문이다. 만약 미국과 전쟁이 벌어지면 너희들 말대로 진짜 총을 들고 전선으로 나가야 할 것이다. 그러나 그 전에 너희들이 할 일이 있다."

"그게 뭔데요? 또 돌릴 팸플릿이라도 있나요?"

넷 중 하나가 물었고 비엣 선생님이 빙그레 웃어 보였다.

"아니다. 공부를 열심히 하고 심신을 단련하는 일이다."

"에?……"

아이들 얼굴에는 실망이 역력했다.

비엣 선생님이 다시 입을 열었다. 어느새 웃음기가 가신 엄숙한 얼굴이었다.

"어쩌면 나라가 너희들을 너무 일찍 필요로 할지도 모르겠구나. 그 부름에 응하기 위해서라도 너희들은 정신을 바짝 차리고 각오를 단단히 해야 할 것이야. 정신을 차리고 각오를 단단히 한다는 건 곧 공부를 열심히 하고 심신을 단련하는 것이다. 무지하고 허약해서는 강한 상대를 결코 이길 수 없다. 나는 오늘 너희들의 선생으로 이런 말을 하는 게 아니다. 너희들의 동지로서 말하는 것이다. 디엔비엔푸 영웅들의 죽음을 헛되이 해서야 되겠느냐. 베트남의 진정한 독립과 통일을 이루는 날까지 저들을 잊어서는 안 될 것이야. 그렇지 않느냐?"

"네, 비엣 선생님."

넷이 짧게 합창했다.

"그래, 그럼 오늘은 이만 집으로 돌아들 가거라. 벌써 늦은 시간이야. 오늘 나와 한 얘기를 부모님께 하지는 말아라. 공연히 걱정하신다. 우리의 얘기는 우리의 동지들에게만 말해야 한다. 누가 우리의 동지이고 적인지는 차차 너희 스스로가 판단하게 될 것이다. 방금 전에도 말했지만 너희들은 이제 어린아이가 아니다. 나의 동지다. 그렇지 않느냐?"

비엣 선생님은 다시 같은 말로 물었고 넷은 다시 합창했다.

"그렇습니다. 비엣 선생님."

비엣 선생님이 흡족한 듯 빙그레 웃고는 흥얼흥얼 노래를 부르기 시작했다.

"누렁 닭은 다리가 짧고 몸매가 작지만
큰 알을 많이 낳고 병아리도 잘 키워요."

비엣 선생님이 전에 가르쳐줘서 타오와 친구들도 아는 노래였다. 아이들이 따라 불렀다.

"다른 종을 키우지 마세요.

알도 많이 낳지 않고 병아리도 잘 키우지 않아요."

비엣 선생님과 아이들은 다시 한 번 「누렁 닭」[13]을 합창하고 박수를 친 뒤 자리에서 일어섰다. 비엣 선생님은 모임이 끝날 때면 늘 노래를 부르고 짧게 박수를 쳤기에 새삼스러운 일이 아니었다. 다른 것이 있다면 전에는 「누렁 닭」을 노래하며 모두들 웃었는데 오늘은 그렇지 않았다는 점이었다.

국숫집에서 나와 부옹, 쩜, 루언 셋은 함께 길을 건너갔고, 타오는 비엣 선생님과 어두운 골목길을 걸어갔다. 길에서 축축하고 비릿한 냄새가 올라왔다.

"타오야, 아버지는 잘 지내시느냐?"

"오늘 아침에 타인호아 할아버지 댁에 가셨어요. 동생 투이를 데리고요."

"그러셨구나. 네 아버지는 내 선배님이시다. 그건 알고 있었느냐?"

"네. 아버지가 그러셨어요. 비엣 선생님이 사범학교 후배인데 아주 훌륭한 분이라고요."

"그러셨어? 내가 훌륭한 사람이라고? 고마운 말씀이구나. 허허허⋯⋯."

가로등의 희미한 불빛에 비엣 선생님의 하얀 이가 드러났으나 타오는 왠지 어깨가 움츠려졌다. 타오가 걸음을 멈추고 고개를 꾸벅했다.

"비엣 선생님, 전 저쪽 길로 가야 해요."

"오, 그래. 조심히 가거라."

"네, 선생님."

---

13 「누렁 닭」: 베트남의 민간노래.

타오는 저는 이제 어린아이가 아니잖아요, 하려다가 뒷말을 꿀꺽 입안으로 삼키고 어둠 속을 달려갔다. 멀리 호안끼엠 호수에 밤안개가 자욱이 내려앉아 있었다.

2

남한은 점화되기만 하면 즉각 폭발할 화약통이라고 묘사할 수 있습니다.
— 1945년 9월 15일. 주한 점령군사령부 정치고문 매럴 베닝호프가
미 국무장관에 보낸 비밀전문 중

남한 상황은 공산주의 건설에 매우 좋은 바탕을 마련해주고 있습니다.
불안정한 정세와 미래에 대한 정책의 부재 및 조속한 국가주권에 대한
민중의 희망 부재 등은 미군 지역 내의 민중을
원색적인 공산주의는 아니더라도 좌익 급진주의로
쉽사리 몰아붙일 것입니다.
— 1945년 12월 16일. 미 태평양지구사령관 더글러스 맥아더 대장이
합동참모부에 보고한 주한 점령군사령관 존 하지 중장의 비밀전문 중

스물두 살의 대구우편국 직원 박용민은 베닝호프가 누군지 알지 못한다. 미 점령군사령부에 정치고문이 있는지, 무슨 일을 하는지도 모르며 그가 남한을 점화(點火)하기만 하면 즉각 폭발할 화약통이라고 제 나라 국무장관에게 비밀히 보고한 사실도 당연히 알 수 없다. 용민은 점령군사령관 하지의 이름이야 들어 알고 있었으나(주위 사람들은 대개 '문디 자식 하지'라고 불렀다) 그가 남한 상황이 공산주의 건설에 매우 좋은 바탕을 마련해주고 있다고 생각하는지는 몰랐다. 베닝호프와 하지의 말을 이어보면 미 점령군이 주둔한 지 3개월 만에 화약통 남한이 공산주의에 좋은 바탕이 되었다는 얘기가 되는데 대체 그게 무슨 소리인지, 어쩌다가 그 꼴이 된 것인지는 알 수 없는 노릇이었다. 용민이 아는 것은 다만 제 심장에도 화약통이 들어 있어 점화만 되면 폭발해버릴 것 같다는 것이었다.

열흘 전이었다. 영천 우편국분소에 우편물을 건네고 돌아오는 길에 삼호리 집에 들렀는데 마침 못 볼 꼴을 보고 말았다. 입추가 지난 8월 말이었지만 여전히 무더운 오후였다. 용민은 동구 앞 공터에서 자전거를 멈추고 이마의 땀을 훔쳤다. 미루나무 우듬지에서 매미들이 시끄럽게 울었고 바람도 한 점 불었다. 집에 들르는 날에는 으레 한 땀 식히고 들어가던 곳이었다. 경상북도 영천군 금호면 삼호리. 금호면은 대구에서 영천 들어가는 초입이고, 삼호리는 영천읍내와 지척 간이었다. 상업학교에 진학하면서부터 대구에서 하숙을 해왔으니 집 떠난 지 얼추 5년이나 되었지만 그간 이웃마을 드나들듯 해서인지 그리 오래된 것 같지는 않았다. 아버지께 드릴 십 원짜리 지폐 한 장이 감색 작업복 윗주머니에 제대로 들어 있는지를 확인한 용민은 자전거를 끌고 천천히 걸어갔다. 백 보쯤 떨어진 가까운 거리여서 앵두나무 울타리와 사립문 안이 훤했는데 안마당에 여러 사람이 들어서 있는 것이 눈에 들어왔다. 느낌이 좋지 않았다. 용민은 서둘러 자전거에 올라타 페달을 밟았다. 좁고 울퉁불퉁한 고샅길이었지만 자전거는 단숨에 달려갔다. 사립문을 넘어선 용민의 눈에 맨땅에 무릎을 꿇고 있는 아버지가 보였다. 쏟아질 듯 자전거에서 내린 용민이 다가가 아버지를 일으켜 세우려 하자 경찰복을 입은 키 큰 사내가 소리를 질렀다.

"뭐 하는 기고? 누구 맘대로 일으키라 했노, 엉."

용민이 돌아서 사내를 노려보며 맞고함을 질렀다.

"마, 당신이 먼데 나 먹은 노인을 이래 땅바닥에……. 아부지, 빨리 안 일나시고 뭐 합니꺼?"

팔초한 얼굴의 사내가 어이없다는 듯 픽 웃으며 용민의 아래위를 훑어보고는 소리를 빽 질렀다.

"뭐라꼬, 당신? 이 문디 짜식이 눈깔이 있나 없나? 봐 하니 우편국 직원인 모양인데 꼴에 공무원이라꼬 보이는 기 없나? 내는 말이다, 여기 군정청 사람들과 공무를 집행 중인 영천서 김일수 주임이다. 이 마을에서 하곡(夏穀)14 수집에 가장 애먹이는 인간이 니 애비다. 거저 빼앗자는 것도 아이고 양곡위원회에서 정한 수집가대로 셈을 쳐준다는데도 한사코 시치미를 떼니 벌을 좀 준 기라. 소작 다섯 마지기 농사에 자작하는 밭도 세 두락이나 되는 걸로 여그 장부에 다 나와 있는데 곡식 남은 기 없다는 거이 말이 되나 말이다. 아예 지서로 끌려가 혼쭐으 나봐야 알겠나? 엉."

"추수 할라믄 아즉 두어 달 더 있어야 하니께 쌀 떨어진 거야 진작의 일이고, 밭농사 세 두락이라고 하지만 올해는 수해에다가 병충해가 심해서 보리쌀 댓 가마 얻기도 빠듯하였지요. 그라고 그거 다 혼자 먹능교? 아무리 밭이야 자작이라 캐도 논농사 내준 지주 댁에 올려 보내야 하고 함께 농사진 사람들이며 품앗이한 일꾼들에게도 노나줘야 하고 나라에 내는 세금에다 비료대며, 지름값이며, 이것저것

___
14　하곡: 초여름에 거두는 보리, 밀 같은 곡식.

소소하니 들어가는 비용 제하고 나면 남는 기 얼마 안 됩니더. 그런데 우째 인자껏 곡식 가마가 떡하니 남아 있겠습니꺼. 안 그렇습니꺼?"

아버지가 엉거주춤한 자세로 군정청 직원들에게 말을 풀었지만 그네들은 아예 머리를 외로 꼬고 먼산바라기를 하고 있었다. 경찰복 사내가 용민을 흘깃 흘겨보고는 말소리를 조금 눅였다.

"어, 거게가 우편국 직원이니까 내 좋게 말하지. 지금 여그저그서 먹을 곡식이 없다꼬, 다 굶어 죽을 판이라꼬 아우성이여. 미군아들은 하곡 수집을 할당량에 못 맞추면 내랑 여그 군정청 사람들이 해 먹은 거로 알겠다며 생난리고. 내 참 더러워서. 해 처묵은 놈들은 따로 있을 낀데 애꿎은 아랫사람들만 들볶고 있으니 우짜겠나. 아, 애비 꼴 보기 딱하면 자네라도 양곡위원회에 가서 현물 대신 돈으로 내놓으면 되어. 사흘 말미를 주지. 그때까지 안 되면 내가 이 집을 통째로 뒤지서라도 곡식을 거둬 갈 것이여. 알겠나? 에이, 이 더운 날에 이게 먼 지랄 염병인고. 이런 일은 여기 금호지서 놈들을 시킬 것이지 왜 내까지 불러들여 생고생을 시키나. 그만들 가입시더."

사내가 마당에 퉤, 침을 뱉고는 돌아섰다. 용민은 그제야 놈이 예전에 대구경찰서에서 왜놈 순사 보조를 하던 자란 걸 기억했다. 조선 이름은 김일수인데 창씨 개명해 가네다 이치로(金田一郎)라고 떠벌리고 다녔던 자로 워낙에 성정이 모진 데다 왜놈 순사보다 한술 더 떠 조선 사람들을 닦달해 대구 근동에서는 악명이 제법 짜한 인물이었다. 해방이 되자 왜경 수족 노릇을 하던 한인 경찰들은 거의가 달아나 버렸다. 가네다 이치로도 모습을 감추었다. 그런데 바로 그 작자가 일 년 만에 버젓이 경찰복을 입고 이웃한 영천에 나타나 다시 그 못된 위세를 부리고 있는 거였다. 바뀐 것이라고는 가네다 이치로에서 김일수로 이름이 돌아온 것뿐이었다. 순간 용민은 자신의 심장이 화약통으로 바뀌는 것 같았다. 불씨만 댕기면 당장 폭발할 분노의 화약통. 미군정 정치고문 베닝호프가 비밀전문에서 말한 그 위험천만한 폭발물 말이다.

"내, 가네단가 김일순가 하는 저 개자식을 반드시 죽여버릴 깁니더."

냉수 한 사발을 들이켠 용민이 부르르 하자 아버지가 대경실색하였다.

"니 지금 뭐라 카노? 누굴 죽여? 시상이 지금 우째 돌아가는데 그런 소릴 하노. 다시 저놈아들 시상이 된 걸 모리나. 해방이 됐다 캐서 저놈들 꼬라지는 안 보고 살았다 했더마는 다 틀렸다. 미군아들이 왜놈 밑에서 순사하던 놈들을 싸고돈다 안 하나. 이승만 박사랑 한민당도 한편이고. 그러니 저놈도 낯짝 세우고 다시 순사질을 하지. 미군아들은 뭘 몰라도 너무 모른다. 뭐라꼬, 수집가대로 쌀금을 다 쳐준다꼬. 선선히 내주믄 쌀 한 말에 일백오십 원 쳐주고, 숨캈다 내주믄 일백이십 원 쳐준다 카더라. 하이고, 그 세 곱절 네 곱절에도 없어서 못 파는 기 쌀인데 누가 예 있소 하고 내주겄노. 그러니 이게 말이 좋아 수집이지 왜정 때 하던 공출과 다를 게 뭐꼬. 쌀 내고 나면 다시 배급해준다꼬. 왜정 때으 절반도 안 되는 하루 1홉 2작을 준다 카더라. 그거 갖고 우째 묵고 사노. 또 수집허고 배급허는 도중에 줄줄 새는 기 곡식인데 배급인들 제대로 하겠나. 니도 알겄지만은 지난겨울에 우리도 쌀금을 높게 쳐서 재미를 좀 보았다. 헌데 여그 인민위원회 사람들 말 들어보니 우리가 본 재미는 암것도 아니더라. 악덕한 지주와 관리들이 모리배와 짜고서 쌀을 한목에 사들여 숨카놓았다가 엄청 이문을 남기고 되팔았다 카더라. 일본에도 수천 수만 석 실어 나르고. 그러니 시장에서 쌀 구경을 못 허는 거는 당연지사지. 있다 캐도 한 달 새에 몇 곱절씩 오르니 읎는 사람들이 뭔 돈으로 쌀을 사 먹겠노. 뭔 개코 같은 자유시장젠가를 한다 카다가 보지도 몯한 쌀이 동이 나버리니까 한다는 짓이 왜놈들 하던 공출인 기라. 하, 거기다 인자는 보리쌀까지 내놓으라꼬. 왜놈들도 하곡 공출은 안 했다. 추수

할 때까정 뭘 먹고 살라고 이 지랄들이고. 아, 이북서는 버얼써 토지
개혁을 해가지고 소작 부쳐 먹던 사람들한테 논밭을 거저 주었다 카
던데 여개는 여직 공출 타령이나 하고 있으니 원. 시상이 이대로 가
지는 않을 거라고 하더라. 먼 사달이 나도 크게 날 기라. 그러니 니는
우편국 일이나 하믄서 조용히 있어라. 괜시리 울끈불끈 하다가 어느
놈 손에 죽을지 모르는 시상이다."

아버지는 방 안에 연기가 자욱하도록 곰방대를 빨아대면서 쉬지
않고 말을 풀었다.

"아니, 그리 시상 돌아가는 거 잘 아시는 아부지가 아까는 우째 무
르팍을 땅에 착 꿇고 있었능기요. 내 참. 기가 막혀서."

용민이 통을 주자 아버지가 곰방대를 나무 재떨이에 탁탁 털었다.

"까짓 잠깐 꿇고 앉는다꼬 무르팍이 닳아지냐? 내 왜정 때도 안 당
해보던 짓거리를 당하기는 했다마는 결단코 저놈아덜 하자는 대로
허지는 않을 끼다. 순순히 곡식을 내주지는 않을란다. 왜놈들한테 당
한 것도 치가 떨리는데 해방됐다면서 이게 또 뭔 짓거리고. 하이고
마, 됐다. 그만 가봐라. 니 어메 돌아오면 또 말이 길어지겠다."

"어무닌 어데 가셨는데요?"

"양곡위원회 사람들이 온다 캐서 내 부러 읍내로 보냈다. 잘 했제?
니 어메 있었으면 내 우째 가네다 그놈한테 무르팍을 꿇었겠노. 니도
안 보았으면 좋았을 낀데. 츳츳."

용민은 혀를 차는 아버지의 주름진 얼굴이 안쓰러우면서도 우정
고추 먹은 소리를 냈다.

"읍내는 와요? 아부지 그 댁 농사 수십 년 지었으면 되었지. 뭘 시
시때때로 살펴보라 캅니꺼."

"그리 말하지 말거라. 그 집 논 안 갈아 묵었으면 우리가 우째 살
았겠노. 우리 같은 반남 박 씨하고 지주인 밀양 박 씨는 척을 진 지
오래라고 하더라마는 박(朴), 노(魯) 자, 환(煥) 자 쓰시는 그 어른은

다르다. 본이야 달라도 종씨라꼬 혈육처럼 대해준 분이시다. 도지세 반타작 넘긴 적 없고, 흉년이 들면 그마저도 감해준 어른이시다. 십년 전 니 동생 장질부사에 걸렸을 때는 대구 나가서 병원차까정 보내주셨다 안 하나. 마, 그라고도 목숨을 건지지 몬했으니 몰짱 헛일이었다마는……. 5년 전 니가 상업학교에 진학했을 때는 학자금에 보태라꼬 쌀가마까지 내려주신 댁이다. 니가 이래 번듯하니 우편국 직원이 된 것도 다 그 댁으 은혜가 있는 것이니 함부로 말하믄 안 된다. 옛날 감사 벼슬 하던 집안이면 뭐 하노. 큰도련님 징병 나가 죽고 마님도 그 뒤로는 영 맥을 몬 추시고. 하이고, 요번에는 호열잔가 뭔가 설사병이 돌아 떼죽음을 당한다 캐서 내 그 댁 양주가 크게 걱정되었다. 인자 호열자(콜레라) 유행도 한풀 꺾였다고 하니 다행이다만. 중앙중학이라 카던가 서울서 중학교 다닌다는 명도 도련님도 호열자 피한다꼬 이번 여름방학엔 안 내려오셨다 카더라. 지난 겨울방학에 내려와서는 내한테 인사하러 들르셨더만. 키가 훌쩍 크고 얼굴도 멀쑥한 기 청년이 다 되셨더라. 하여간에 아가씨들 다 출가외인 되고 명도 도련님뿐인데. 그 집도 안팎으로 걱정이 많지 않겠나?"

"지금 누가 누굴 걱정합니꺼? 호열자도 부잣집은 피해 간다 합디다. 대구서도 변두리 가난한 동네 사람들만 죽어나갔소. 그라고 명도, 그 아한테 내려오신 건 뭐고 들르신 건 또 뭡니꺼? 나 참, 시상이 바뀐 지가 은젠데 밀양 박 씨 도련님 타령이시오."

"시상이 그리 쉬이 바뀌는 기 아이다. 또 시상이 바뀐다고 사람 사는 도리까지 바뀐다 카드나. 내는 해방이고 뭣이고 간에 시상이 갈수록 고약하게 바뀌는가 싶어 그거이 더 걱정이다."

"아이고. 됐심더. 공출미는 지가 내일 양곡위원회에 가서 알아볼 테니 아부지는 걱정 마이소. 그만 가볼랍니더. 어무이에겐 아까 당한 궂은일일랑 입도 뻥긋하지 마이소."

용민이 엉덩이를 털고 일어서 윗주머니에서 지폐를 꺼내 건네자 아버지가 씽긋 웃어 보였다.

"아이구야, 전에 준 돈도 아직 있다. 니도 하숙비 내랴 용돈 쓰랴 쓸 디가 많을 낀데. 허고, 니가 양곡위원회엘 우째 가노. 어차피 추수 까정은 그렁저렁 끌고 갈 끼다. 그러니 갈 꺼 읎다. 여기 일은 내가 알아서 한다."

"아니, 보리쌀 한 가마 읎어 그 험한 꼴을 당하시면서 추수 때까정 우째 견디실라꼬요."

"나 곡식 있다. 와 읎어. 추수 때꺼정 니 어메랑 묵을 식량 다 감춰 두었다. 항아리에 쟁여 우물 속에 숨카놓았으니 걱정 마라 걱정 마."

아버지는 간살맞게 웃으며 손사래까지 쳤지만 용민은 자전거에 실은 몸뚱이가 자꾸 밑으로 내려앉는 것만 같았다. 해방이 됐다고 하지만 세상은 나아지기는커녕 왜정 때보다 더 살기가 팍팍해졌다. 곡식 구경하기가 어려우니 당장 먹고살 일이 캄캄하고, 물가는 열 배, 스무 배로 뛰는 데다 징병, 징용 갔다가 돌아오는 사람, 중국 만주 땅에서 귀향하는 사람들로 날마다 대구 역전이 바글바글하다고 하니 앞으로가 더 걱정이었다. 인구는 늘어나는데 일자리는커녕 당장 저들을 구호할 식량조차 없으니 사달이 나도 크게 날 거라는 아버지 말씀이 영판 근거 없는 소리는 아닐 터였다. 뭐가 어디서부터 잘못된 것일까? 용민은 페달을 밟으며 생각해보았지만 머리만 무거웠지 좀체 갈피가 잡히지 않았다.

조선 백성은 모를 일이었다. 난데없이 해방이 되고 왜놈들이 물러간다더니만 이북으로는 로스케가, 이남으로는 양키가 들어오고 삼팔선이 그어져 남북이 갈라졌다는데 어쩌다가 그리되었고, 앞으로 어찌 될지 알 수 없는 노릇이었다. 한반도의 남북을 미국 군대와 소련 군대가 점령하고 그들 외세에 기대어 권력을 탐하고 기득권을 지키려는 자들의 욕망이 끝내 어떤 비극을 불러올 것인지를. 해방된 나라에서 저 오랜 옛날 왜란(倭亂), 호란(胡亂)의 몇 백 곱절 더한 전란(戰

亂)이 벌어져 반도에 수백만 주검이 쌓이고 강토가 검붉은 피로 적셔지리라고는 상상조차 할 수 없는 일이었다. 왜 그토록 서로 극렬하게 증오하고 적대해야 하는지 조선 백성은 알지 못할 노릇이었다. 모르면 섣불리 물을 수도 없는 법. 한마디 물음조차 치명적인 위험이 될 수 있다. 하여 위험을 감지하는 본능이 침묵을 끌어내고, 권력을 취한 자들은 질문을 봉쇄하고 망각을 강요한다. 아주 오랜 세월이 흘러 봉쇄의 빗장이 헐거워진 무렵에야 비극의 시말(始末)을 더듬을 수 있음에야. 그러고도 기억과 해석에 대한 이중의 투쟁을 거쳐야만 비로소 진실에 접근할 수 있음에야. 그것을 역사라고 함에야.

역사가 꼬이기 시작한 것은 일본이 너무 빨리 항복하면서부터였다. 1945년 8월 6일과 9일, 일본 히로시마와 나가사키에 핵폭탄이 투하되었다. 거대한 버섯구름이 피어올랐고 십수만 명이 일시에 몰살당했다. 인류 역사상 최초인 핵폭탄의 가공할 위력은 일본 전체를 공황으로 몰아넣었다. 본토 사수(死守)를 독려하던 군국주의자들의 결기도, 천황을 위해 옥쇄(玉碎)를 각오하던 '야마토다마시'(大和魂, 일본 혼)도 한순간에 버섯구름 속으로 날아가버렸다. 결사(決死)를 마다않는 인간의 정신이란 때로 놀라운 투혼을 발휘하지만, 살아 있는 모든 것을 한꺼번에 태워버리는 화력 앞에 혼(魂)이란 제단의 한 줄기 촛불보다도 미약한 것이라는 걸 일본 천황 히로히토는 진즉에 알았어야 했다.

미국은 당초 일본이 그렇게 빨리 항복할 줄 몰랐다. 일본 본토 점령은 일러도 11월은 되어야 할 것으로 예측하고 있었다. 그것도 소련군이 만주의 100만 관동군을 순조롭게 제압해야 한다는 전제가 딸린 비관적인 예측이었다. 예측은 빗나갔다. 소련군은 일본에 선전포고한 8월 9일 자정께 이미 두만강을 넘기 시작했고 이틀 후에는 나진을 거쳐 청진 쪽으로 진출했다. 진격 속도에 비추어 한 달이면 한반도 전체를 점령할 기세였다. 미국 대통령 해리 트루먼은 8월 14일, 소련공산당 서기장 이오시프 스탈린에게 38도선 이남으로의 진격을 멈춰줄 것을 요청했다. 미국은 원래 일본 본토 점령에 전력하고 한반도 점령은 소련군에 맡길 요량이었다. 그러나 일본이 예상 외로 빠르게 항복하면서 상황은 달라졌다. 점령을 하는 게 국가 이익을 실현하는 가장 확실한 방법이라는 인식이 트루먼 행정부의 방침을 변경시켰다. 소련 공산주의의 팽창을 억제해야 한다는 냉전의 기류도 분할 점령을 재촉했다.

미 태평양지구사령부 사령관 더글러스 맥아더 장군은 오키나와에 주둔하고 있던 미 제10군 제24군단 사령관 존 하지 중장에게 남한을 점령할 것을 명령하였다. 한국에 대해서는 아무런 사전지식이 없었던 고지식한 군인 하지는 자신의 군단이 남한과 지리적으로 가장 가까운 곳에 주둔하고 있었다는 이유만으로 졸지에 38선 이남의 점령군사령관이 되었고, 그것이 그 자신이나 많은 한국인들에게 결코 바람직한 결정이 아니었다는 것이 드러나기까지는 세 달이면 충분했다.

1945년 9월 9일, 서울에 입성한 점령군사령관 하지는 미군정만이 남한의 유일한 합법정부임을 선언하였다. 해방 전날 조선총독부 측의 치안유지 요청에 따라 여운형이 주도한 건국준비위원회(건준)와 그 후신인 인민공화국(인공)에는 눈길조차 주지 않았다. 미군정의 호감을 산 쪽은 한국민주당이었다. 한민당은 김성수, 송진우, 김병로 등 성망(聲望)을 잃지 않은 우익민족주의자들이 지도하고 있었으나 그 구성분자들은 대체로 지주와 자본가 등 유산계급으로서 1920년대 이래 일제에 협력하거나 봉사해온 친일파들이었다. 따라서 그들의 권위는 이미 상당 부분 훼손되었으며 심지어는 친일 앞잡이로서 민중의 손가락질을 받고 있었다. 미군정에 접근한 한민당 인사들은 여운형 일파가 건준을 설립한 것은 일제의 사주에 의한 것인 만큼 그들은 친일파이며, 특히 여운형은 공산주의 경향이 있다고 속닥였다. 인공의 지도적 인물인 박헌영과 허헌은 소련의 꼭두각시라고 맹렬히 비난하였다. 조선의 실정에 무지했던 군정당국자들은 한민당의 친일파들이 불과 한 달 전만 해도 '축미승전'(逐美勝戰)을 외쳤던 자들이라는 것을 알지 못하였다. 여운형과 허헌은 불굴의 항일투사로 조선 민중의 신뢰를 받고 있으며, 박헌영은 1920년대 중반 이래 조선 국내의 실질적 항일운동을 이끌어온 토착공산주의자로서 폭넓은 지지기반을 갖고 있다는 사실도 알지 못하였다. 미 점령군은 일제 군국주의자들이 가장 악랄하게 탄압한 것이 공산주의자들이므로 친일파와 공산주의자가 양립(兩立)할 수 없다는 명백한 사실조차 외면했다. 그들은 일제 치하에서 3만 명 이상의 한인 공산주의자들이 투옥되었으며 그들의 형량을 다 합하면 6만 년이 넘는다는 사실을 알지 못하였고, 알려 들지도 않았다. 점령군은 저들이 듣고 싶은 말만 들으려 했으며, 친일파들은 친미와 반공을 방패 삼아 신속히 재기의 교두보를 마련했다.

미군정의 치명적인 잘못은 일제시기 억압구조의 첨병(尖兵)으로써 조선 민중의 원한을 쌓아온 경찰조직을 온존시킨 것이었다. 하지와 그의 부하들은 일제에 봉사했던 한인 경찰이라면 미군정에도 효율적인 봉사자가 될 것을 믿어 의심치 않았다. 해방 직후 신변의 위험을 감지하고 달아났던 친일 경찰들은 미군정의 적극적인 옹호 하에 대다수가 현직에 복귀했으며, 일본인 상관들이 물러난 직위로 승진하였다. 그들은 다시 고개를 쳐들고 대로를 활보했다. 민중은 실망하고 분노하였다. 이게 도대체 무슨 해방이란 말인가! 미군정은 스스로 남한을 점화만 하면 터져버릴 일촉즉발의 화약통으로 만들어가고 있던 것이다.

도시가 굶주려 있었다. 추수를 앞둔 초가을의 청명한 하늘도, 아직은 뜨거운 한낮의 태양도 허기진 도시에 드리운 황달 색 그늘을 지우지 못했다. 6월의 때 이른 물난리 뒤에 엄습한 호열자가 굶주린 사람들의 목숨을 앗아 갔다. 못 먹어 허약해진 사람들, 가난한 사람들이 호열자에 이기지 못하고 쓰러졌다. 먹은 게 없으니 설사를 해도 노란 물밖에 나오지 않았다. 시신이 쌓여갔다. 굶어서 죽은 건지 호열자로 죽은 건지 구분할 수 없었다. 대구 군정청에서는 호열자가 이웃 도시로 번지는 걸 막는다고 대구 사람들의 외지 출입을 억제하였다. 발이 묶인 도시에는 식량이 없었다. 암시장에 나온 쌀값은 한 해 전에 비해 열 곱절이나 오른 가격이었다. 그나마 구하기도 어려웠다. 군정청은 경찰과 군정청 직원들을 앞세워 하곡을 거두어들였으나 목표량의 절반에도 미치지 못했다. 배급량은 갈수록 줄어 하루 한 사람당 1홉씩밖에 되지 않았다. 하루에 두 번, 아침에 밥을 먹고 저녁에 죽을 먹기에도 부족한 양이었다. 빈민 구호는 어림도 없었다. 직장이 있는 사람들도 배가 고프기는 마찬가지였다. 전매국 직원들은 담배 마는 종이에 붙이는 풀을 훔쳐 먹으며 허기를 달래야 했다. 방직공장 여공들은 볶은 보리를 갈아서 만든 미숫가루를 물에 타 점심을 때웠다. 빈속으로 하루 열 시간을 일해야 하니 허리가 꼬부라졌다.

해방된 해 농사는 대풍(大豊)이었다. 그러나 미군정에서 미곡을 자유롭게 사고파는 자유시장제를 시행하면서 곡식은 금방 시장에서 모습을 감추었다. 악덕 지주 및 부패한 관리들이 모리배들과 결탁해 쌀을 매점매석하고 일본으로 밀수출해 엄청난 이문을 챙겼다. 농민들에게는 자유시장이란 개념 자체가 없었기에 쌀을 직접 시장에 내다 판다는 생각도 할 수 없었다. 시골 사람들은 그동안 공출과 엄격한 배급제에 시달려왔었기에 오랜만에 떡 해 먹고 술 빚어 먹으며 소비를 늘렸다. 이래저래 시장에 나오는 쌀의 양은 형편없이 적었고 그에 비례해 가격이 폭등했다. 몇 달 만에 자유시장제가 실패한 것을 깨달은 미군정은 다시 일정 때의 공출(수집이라고는 했지만)과 배급제로 되돌아갔다. 뒤늦게 다량의 쌀이 부정하게 빼돌려졌다는 사실을 알아챈 군정당국은 경찰과 한인 관리들에게 할당량을 지시하고 그걸 채

우지 못하면 착복한 걸로 알겠다고 으름장을 놓았다. 그 통에 죽어나는 것은 농민들이었다. 경찰은 미곡 수집에 협조하지 않는다며 농민들을 지서로 끌고 가 유치장에 가둬놓고 매질했다. 곡식이 없다고 하면 대신 돈을 내놓으라고 협박하거나 소나 돼지를 끌고 가기도 했다. 마침내는 하곡까지 거둬들였다. 왜정 말기의 강제 공출 때보다 더 심한 작태였다. 더구나 하곡 수집에 나선 경찰은 거의가 왜정 때의 악질 순사였다. 그자들은 농민들에게 서로의 뺨을 때리게 하거나 무릎을 꿇리고 수염을 잡아 뽑는 등 악행을 서슴지 않았다. 농민들의 원한과 증오가 쌓여갔다.

도시가 분노로 들끓고 있었다. 사람들의 굶주려 움푹 꺼진 눈에 증오의 날선 빛이 떠올랐다. 사람들은 외치기 시작했다.

"쌀을 달라."

"쌀을 내놓아라."

대구부청 앞에 부녀자들이 모여들었다. 처음에는 좌익단체인 민전(민주주의민족전선)과 전평(조선노동조합전국평의회) 대구지부와 인민위원회 사람들이 동별로 십수 명씩을 뽑아 인솔했으나 소문이 퍼지면서 여기저기 동네에서 제 발로 모여든 수가 삽시간에 천여 명으로 불어났다. 부녀자들은 어린 자식들을 등에 둘러업거나 앞세워 걸렸다. 굶주린 아기들은 엄마 등에 업힌 채 병든 병아리처럼 맥을 놓고 있었고, 헐벗다시피 한 대여섯 살짜리 아이들은 앙상한 팔다리에 배만 볼록하니 올챙이 꼴이었다. 여자들이 악다구니를 썼다.

"쌀을 주소."

"내 새끼들 다 굶어 죽게 생겼소."

"우리 새끼들 밥 좀 먹입시더."

도시는 파업 중이었다. 철도가 멈춰선 뒤 전평 산하 금속·화학·섬유·운수 부문 노동자들이 일괄 파업에 돌입하였고, 전매국과 우편국 등 공공기관 노동자들도 동맹파업을 벌였다. 노동자들은 식량 배급을 늘려줄 것과 봉급 인상을 요구하였다. 굶주린 빈민들이 파업에 동조하였고 마침내 저들끼리 떼 지어 거리로 나서기 시작하였다. 뜨거워진 물이 순식간에 끓어넘치듯 도시는 격렬한 민중 봉기로 치닫고 있었다. 해방 이후 누적되어온 사람들의 실망과 분노, 그리고 하지가 지적했듯이 가까운 시일 내에 자주독립국가가 이루어질 수 있으리란 희망의 부재(不在)가 끝내 화약통에 불을 붙인 것이었다.

박용민은 부녀자들의 부청 앞 시위 소식을 시투(남조선 총파업 대구 시투쟁위원회) 사무실에서 들었다. 용민은 일주일 전 대구우편국 직원들이 동맹파업에 들어간 뒤 우편국과 대구역 맞은편 시투 사무실을 오가며 연락임무를 맡고 있었다. 시투 부위원장 윤준묵 씨가 주위를 둘러보며 입을 열었다. 윤 씨는 대구역 화차 정비반 조장으로 전평 대구시지부 부위원장이기도 하였다.

"자, 이제는 우리 차례요. 모두들 직장으로 가서 농성 중인 조합원들에게 대구역 광장으로 모이라고 하시오. 부청 앞에서는 시위대가 부녀자들과 아이들이어서 경찰도 순순하게 나왔겠지만 여기서는 다를 것이오. 그러니 몸이 약한 사람이나 여성 조합원, 열여섯 살 아래 어린 사람들은 빼도록 하시오. 오후 두 시까지 집합합니다."

용민이 사무실을 빠져나가려는데 윤 부위원장이 불러 세웠다.

"박용민 씨, 아버님 일은 우째 되었소? 지서에선 풀려나시었소?"

"예, 강 선생님 덕에 풀려나기는 했습니다만……."

"왜? 또 무슨 일이 있소?"

"몸이 상하셔서요. 아무래도 오늘내일 간에 영천으로 다시 건너가 봐야 할 거 같습니더."

"몸이 상해요? 매질이라도 당하신 게요? 가네다라고 했던가, 김일수라고 했던가. 이참에 그런 친일 순사 놈들은 작살을 내부려야 할 낀데……. 아, 그 문제는 나중에 다시 이야기하기로 하고, 우편국에서 농성 중인 조합원은 몇 명이라고 했지요?"

"파업에는 총 사백 명이 참여했는데 지금 농성 중인 조합원은 오륙십 명 정도입니다. 사오일 새에 이런저런 이유로 빠지는 사람들이 늘어서요. 죄송합니다."

"아, 아니오. 용민 씨가 죄송할 일은 아니지요. 다들 가족들 목구멍에 풀칠이라도 하려면 하고한 날 농성에 붙잡혀 있을 수 있겠소. 용민 씨야말로 아버님 일로 힘들 낀데 이리 열성을 보여줘 외려 내가 미안하지요. 자, 자. 그만 가보시오. 이따 보입시더."

키는 작달막하지만 머리통이 크고 목이 굵은 데다 어깨며 팔뚝이 실팍해 앉아 있으면 거한처럼 보이는 윤 부위원장은 서른넷으로 용민과는 띠동갑이었지만 말을 놓지 않았다. 용민에게만 그러는 게 아니었다. 열댓 살 먹은 여공에게도 말을 올렸다. 나흘 전 용민은 윤 부위원장에게 아버지 일로 영천에 가봐야 해 하루나 이틀쯤 시투 사무실에 나오지 못할 거 같다고 양해를 구했는데, 부위원장은 부득부득 자초지종을 얘기하라고 하더니 대구 군정청에 손이 닿는 지인이 있으니 그에게 부탁해보자고 하였다. 강일권 선생이라고 경성의전을 나온 외과의사로 석 달 전에 대구의대로 내려왔는데 영어에 능통해 병원을 찾는 미군 장교들의 통역을 전담하고 있어 영천서에 구금된 아버지를 빼내는 데 힘이 될 수 있을 거라는 게 윤 부위원장의 말이었다. 용민은 척 보기에도 부위원장보다 훨씬 젊어 보이는 사람에게 꼬박꼬박 선생 자를 붙이는 거며, 미군 통역을 맡는 사람이 전평쪽과 통한다는 게 이상하기는 했지만 뭘 묻고 말고 할 계제는 아니었다. 강 선생도 용민에게 아버님 함자가 어찌 되며 연세는 올해 몇인지, 농사는 얼마나 짓는지, 소작인지 자작인지 등 몇 가지만 묻고는 별말이 없었다. 강 선생은 갸름하고 흰 얼굴에 입술이 불그레한 게 영락없는 부르주아 인텔리였지만 차가운 눈빛에 녹록지 않은 기품을 담고 있었다. 기품만이 아니었다. 생김새와는 달리 담력도, 술수도 대단한 것 같았다. 그렇지 않고서야 어느 서슬에 아버지를 단박에 빼낼 수 있단 말인가.

다음 날 늦은 오후 용민이 영천서로 가는 길목에 자전거를 받쳐놓고 있는데 미군 지프가 달려와 멈추어 섰다. 흙먼지를 날리며 달려온 시커먼 동체에 놀란 용민이 두어 발짝 물러서면서 보니 지프 앞좌석에 강 선생이 떡하니 앉아 있었다. 강 선생이 뒷자리로 고개를 돌려 영어로 뭐라 하는 것 같았고, 그러자 장교인 듯한 미군이 용민에게 손가락을 까닥이며 알은체를 했다. 군정청에 손이 닿는다고는 했지만 미군 지프에 장교까지 태우고 나타날 줄이야. 어리둥절한 용민이 지프 앞뒤 자리에 대고 고개를 꾸벅꾸벅하는데, 예서 잠시 기다리라는 강 선생의 말을 남기고 지프는 휭 하니 달려갔고 채 반 시간도 지나지 않아 다시 용민 앞에 나타났던 것이다. 강 선생이 앞자리에서 소리쳤다.

"박용민 씨, 자전거 타고 앞장서세요. 어르신께서 병원엔 안 가시겠다고 하니 집까지 모셔다드리겠소. 어차피 대구로 가는 길이고 뒤에 앉은 친구가 거기까지는 좋다고 하였으니 빨리 갑시다. 이런 일은 번갯불에 콩 볶듯이 후딱 해치우는 게 좋아요."

영천읍내에서 금호면까지 익숙한 4번 국도였지만 용민은 어떻게 달려왔는지 정신이 하나도 없었다. 삼호리 동구 앞 공터에서 강 선생이 아버지를 부축해 지프에서 내렸다. 집 앞으로 난 고샅길은 너무 좁아 지프가 들어갈 수 없었다. 용민이 강 선생으로부터 아버지를 넘겨받아 등에 업었다. 아버지는 허리를 다친 데다 입술이 퉁퉁 부어올라 있었다. 발길질에 주먹질을 당한 것이 틀림없었다. 용민이 아버지를 업은 채 강 선생에게 감사 인사를 했다. 그러면서 어떻게 그리 빨리 아버지를 풀어낼 수 있었느냐고 더듬더듬 물었는데 강 선생이 지프 뒷좌석의 미군 장교를 눈으로 가리키고는 씩, 웃었다.

"다 저 친구 덕이오. 왜놈 떠난 지금 세상에는 미국 놈이 상전이니까."

역전 광장에 어스름이 내려앉았다. 저녁이 되면서 시위대의 수가 꾸역꾸역 불어나고 있었다. 윤 부위원장과 경찰 간부 간에 말이 오간 끝에 경찰 병력이 역 광장 외곽으로 철수한 것이 두어 시간 전이었고, 경찰이 물러난 뒤 광장 시위대는 동맹파업단 500명을 포함해 700~800명 정도였는데 날이 저물면서 그 숫자가 두 배, 세 배로 불어나 역 광장을 가득 메웠다. 퇴근하는 직장인에 수업을 마친 학생들이 모여들고 있었다. 광장 시위대의 구호는 시청 앞 부녀자들이 외치던 구호와는 달랐다. 첫 구호는 부녀자들과 마찬가지로 "쌀을 달라"였으나 두 번째 구호는 "노동자 파업에 대한 폭력 탄압을 중지하라"였고, 세 번째는 "악질 경찰은 물러가라"였다. 저녁이 되고 시위대 수가 불어나면서 구호는 점차 격렬해졌다.

"인민위원회에 권력을 넘겨라!"

"박헌영 선생에 대한 체포령을 철회하라!"

용민은 시위 대열에서 빠져나와 역사 쪽으로 움직였다. 선옥이 얼추 도착할 시간이었다. 자칫 인파에 갇히면 옴짝할 수도 없을 판이었다. 군중이 이렇게 많이 몰려들 것이라고는 미처 예상하지 못한 일이었지만 용민은 선옥에게 역전으로 나오라고 한 자신을 탓했다. 그냥 내일 아침에 병원으로 간다고 할 것을. 동맹파업에 나선 게 뭐라꼬 우쭐해서 시위 현장을 보여주려고 했나. 에라, 이 문디 짜식아.

용민이 역사 쪽으로 거의 빠져나왔을 때 맞은편 광장 입구에서 경찰을 가득 실은 트럭이 인파를 밀어내고 굴러 들어오는 것이 보였다. 확성기 소리가 들렸다.

"일몰이 되어 더 이상으 집회는 허가될 수 없다. 이제부터는 불법 집회이니 당장 해산하여야 한다. 불응하믄 발포할 것이다."

"다시 명한다. 당장 해산하라. 불응하믄 발포한다."

트럭에서 집총을 한 경찰들이 우르르 뛰어내리는 모습이 용민의 눈에 어스름의 덩어리들이 뚝뚝 떨어져 내리는 것처럼 보였는데 그것도 잠깐, 시위대의 더 큰 덩어리가 작은 덩어리들을 덮치는가 싶은 순간 탕탕탕……, 총소리가 어둑해진 광장의 하늘을 찢었다. 큰 덩어리가 삽시간에 무너졌고 사방으로 흩어졌다.

"뭐꼬, 증말 총질을 하는 기가. 아이 씨벌, 저 개새끼들…….'

"뛰어! 달아나!"

"아악!"

고함소리와 비명소리 그리고 어지러운 발소리. 용민은 그때 역사 앞 층계에 서 있는 선옥을 보았다. 용민의 눈에 선옥은 아주 자그마한 덩어리처럼 보였다. 용민은 그 작은 덩어리를 향해 뛰었다. 탕탕탕…… 총소리가 용민의 귓바퀴에 들러붙는 것 같았다.

3

나에게 민주주의 정신이 결여되어 있었기에
듣지 않았고 보지 않았다.
— 1956년 9월. 호찌민

람 형님 보세요.

형님도 잘 알고 계시겠지만 베트남은 이제 둘로 갈라지게 되었습니다. 북위 17도선 이북은 베트남민주공화국, 이남은 베트남공화국이라지만 북은 베트민 정부, 남은 바오다이 정부라고 하는 편이 알기 쉽지요. 곧 베트민 군대가 하노이로 들어오면 통킹은 공산주의자들 손에 들어갈 것입니다. 안남과 코친차이나에서는 프랑스 대신 미국이 주인 행세를 하게 될 것이구요. 이곳 사이공에서는 이미 바오다이는 허수아비이고 미국이 미는 응오딘지엠이 실권자라는 소문이 파다하답니다. 지엠은 미국이 좋아하는 가톨릭교인이자 철저한 반공주의자라고 합니다. 제가 그 이상 자세한 내막이야 어찌 알겠습니까. 그저 귀동냥으로 들어 그런가 보다 하는 것이지요. 참, 저는 지난달에 프랑스 은행에서 사이공 경찰로 자리를 옮겼습니다. 은행장이 귀국하기 전에 보안요원이던 저와 동료 두 명을 사이공 경찰당국에 추천해주었지요. 경찰에 들어와 보니 귀동냥할 정보들이 제법 많이 있답니다.

각설하고 형님은 어찌할 생각입니까? 설마 하노이에 계속 눌러앉을 생각은 아니겠지요? 형님은 공산주의자는커녕 저들이 싫어하는 부르주아 인텔리 아닙니까? 더구나 형수님은 천주교 신자이시구요. 타오와 투이의 장래도 생각하셔야지요. 하이퐁 항구에 가면 사이공으로 오는 배가 있다고 들었습니다. 벌써 수만 명이 남쪽으로 내려왔다고 합니다. 사이공으로 내려오겠다, 연락 주시면 형님 식구가 살 집은 제가 미리 알아놓을 테니 염려 마십시오. 말단 보안대원이지만 그만한 일은 할 수 있답니다.

아버지 얘기를 빼놓았군요. 제 생각입니다만 아버지는 타인호아를 떠나려 하시지 않을 겁니다. 아버지가 조상을 모신 사당을 버리고 고향집을 떠나겠습니까. 논과 사탕수수밭은 또 어쩌구요. 베트민 세상이 되면 대지주들의 토지를 몽땅 빼앗을 거라고 한다지만 아버지야 고작 논 2천 평에 물소 두 마리, 그리고 소학교 운동장보다도 작은 사탕수수밭 하나가 다인데 별일이야 있겠습니까. 여기 메콩델타의 지주들은 적어도 수만 평의 논이나 농장을 갖고 있는 게 보통이지요. 더구나 막내 꽝이 8년 전 하노이에서, 그때 꽝이 열일곱 살이었던 건 형님도 기억하시지요? 베트민의 총알받이로 희생된 것은 당시 타인호아 인민위원회에서도 인정한 사실이고, 그렇다면 늙은 아버지께 화가 미치진 않겠지요. 그렇긴 해도 아버지의 생각이 어떠신지는 형님께서 한번 여쭤보세요. 어차피 형님이 이리로 내려온다 해도 타인호아에 인사는 하고 오셔야 할 테니까요. 형님께 편지하는 참에 아버지께도 편지 올릴까 생각도 했습니다만 저야 오래전부터 아버지 눈 밖에 난 자식 아닙니까. 이번에 사이공 경찰에 들어간 것도 아버지는 못마땅해하실 게 틀림없고요. 어릴 때 돌아간 지엔 누나가 살아 있어 아버지 곁에 있으면 얼마나 좋을까 문득 그런 생각도 드는군요. 안 쓰던 편지를 쓰려니 무슨 말을 더 해야 할지 모르겠군요. 이만 줄입니다.

(추신) 아! 벌써 9월 하순이 다 되어갑니다. 우물쭈물할 시간이 없습니다. 속히 결정하시어 급전 주시기 바랍니다.

형님과 형수, 타오와 투이를 사랑하는 키엠 올림

키엠의 편지를 받은 지 열흘이 다 되었지만 람은 아무런 결정을 하지 못하고 있었다. 사이공 경찰 보안대원이 되었다는 키엠의 소식은 실감이 되지 않았고, 두 달 전에 다녀온 타인호아에 다시 내려갈 엄두도 나지 않았다. 아버지는 키엠의 말대로 타인호아 고향집을 떠나려 하지 않으실 거였다. 늦은 저녁상을 물리고 한밤중에 내려간 사당에서 도포를 입고 두건을 쓴 다음 경건한 자세로 향을 피워 올리는 아버지의 여윈 어깨에는 가문을 지키려는 노인의 의지가 뼈처럼 굳어져 있었다. 제단의 윗단에는 고조와 증조할아버지, 할아버지와 백부의 유골 단지가, 아랫단에는 할머니의 할머니부터 숙모의 그것까지 가지런히 놓여 있었는데, 아버지가 매일 아침 명주 천으로 닦아낸다는 작은 항아리들은 향촉의 붉은빛과 파르스름한 연기 속에서 생물처럼 번득였고, 그것을 바라보는 아버지의 노안에는 그으윽한 경배의 빛이 담겨 있었다. 그것은 키엠의 편지를 읽을 때 문득 떠오른 모습이었지만 람은 그 장면이 오랜 세월 제 머리에 각인된 영상처럼 느껴졌다.

"너는 어찌할 생각이냐?"

"글쎄요. 하노이에 가서 좀 더 지켜봐야지요. 뭐, 당장 별일이야 있겠습니까?"

이틀 뒤 하노이로 돌아오는 날 아침, 할아버지와 떨어지지 않으려는 손녀의 손을 제 아비 손에 쥐여주며 노인이 물었을 때 람은 그저 심상하게 답하고 돌아섰었는데 그것이 생략된 어법 속에 숨겨진 아버지의 뜻이란 걸 새삼 알아챌 수 있었다. 네가 어떤 결정을 하든 나는 고향을 떠나지 않을 것이라는 노인의 결기를.

어차피 7월의 첫째 주는 좀 더 지켜보아야 할 시기였다. 제네바 협상이 종료된 것은 7월의 셋째 주에 들어서였으니까. 베트민 군대가 디엔비엔푸에서 빛나는 승리를 거둔 바로 다음 날인 5월 8일에 시작된 제네바 협상은 두 달 반이나 지난 7월 21일에야 종료되었다. 영국, 프랑스, 미국, 소련, 중국을 비롯해 남북 베트남과 인도차이나의 두 왕의 나라, 라오스와 캄보디아의 대표까지 참석한 제네바 협상의 주요 내용은 이랬다. 인도차이나 전역에서 외국군(프랑스군)은 즉각 철수한다. 베트남을 북위 17도선을 기준으로 두 개의 지대로 분할하여 북쪽은 호찌민이 이끄는 베트민 정부가 점유하고, 남쪽은 응우옌 왕조의 마지막 황제 바오다이를 수반으로 하는 비(非)공산주의 정부가 통치한다. 남북 베트남은 2년 후 총선거를 통해 베트남 통일정부를 수립한다.

프랑스와의 8년 전쟁, 더 멀게는 거의 한 세기에 걸친 기나긴 독립투쟁에서 쟁취한 승리의 대가치고는 지극히 모호한 결말이었다. 특히 대불(對佛) 항전을 주도한 베트민으로서는 평화의 조건으로 분단을 강요하는 강대국 주도의 협정 결과에 분통이 터졌다. 그러나 베트민은 자신들의 승리가 매우 제한적일 수밖에 없다는 현실을 인정해야 했다. 무엇보다 두 사회주의 우방국 소련과 중국이 선뜻 북베트남의 손을 들어주지 않았다. 소련은 스탈린 사후(死後) 흐루쇼프 정권이 서방과의 관계 증진을 꾀하고 있었으며, 한국전쟁 참전으로 큰 손실을 입은 중국 또한 국내 경제문제 해결이 다급한 실정이었다. 두 나라는 베트민이 다시 분쟁을 일으켜 미국에게 군사 개입의 빌미를 주는 것을 원치 않았다.

호찌민과 그의 동료들에게 더 불길한 신호는 미국의 태도였다. 미국은 남부 베트남의 인접국인 라오스와 캄보디아에 비(非)공산주의 정부가 들어서는 것을 확고히 지지한다는 입장을 분명히 했다. 반면 2년 내 남북 총선거를 통해 통일 베트남 정부를 수립한다는 제네바 협상의 정치선언문은 인정하지 않았다. 미국에게 호찌민 세력의 승리가 불 보듯 환한 남북 베트남 총선거는 공산주의자들에게 베트남 전체를 넘겨줄 수 있는 무모한 도박일 뿐이었다. 불과 1년 전 한국전쟁의 실패(휴전의 교착상태는 미국으로서는 실질적 패배나 마찬가지였다)를 겪은 미국으로서는 당장 베트남 분쟁에 군사 개입을 할 형편이 아니었으나 인도차이나에 공산주의, 특히 중국 공산주의 세력이 확산되는 것을 두고 볼 수는 없는 일이었다. 프랑스가 패퇴한 뒤 남베트남은 한반도의 남한이 그런 것처럼 미국이 지켜내야 할 반공의 보루였다. 하여 이제 호찌민과 그의 베트민 동료들에게 미국은 의심의 여지 없이 새로운, 프랑스와는 비교할 수 없는 강력한, 적(敵)이었다.

그러나 한 민족이란 개념은 베트남 역사에 있어 그리 익숙한 것이 아니었다. 베트남은 프랑스 식민권력 아래 근 한 세기 동안 통킹과 안남, 코친차이나의 3개 지역으로 분리되어 있었으며, 특히 하노이와 사이공은 그 거리만큼이나 이질적이었고 적대적이었다. 베트남의 종주(宗主)인 하노이가 규범적이었다면 광활한 메콩 강의 풍부한 물산이 집적하는 사이공은 자유분방했다. 오랜 세월 기후와 토양, 역사가 빚어낸 기질의 차이는 쉽사리 용해되는 것이 아니었다. 따라서 베트민이 외치는 '민족의 적'이 베트남인 전체에 강한 공명을 일으켰다고 보기는 어렵다. 베트민과 그들을 지지하는 일꾼들(그들 중 상당수는 베트민이 승리하면 자신들에게 토지를 나눠줄 거라는 기대에 부풀어 디엔비엔푸 전선으로 달려갔던 빈농들이었다), 그리고 통일국가를 염원하는 민족주의자들에게 미국은 분명한 적으로 인식되었으나, 옛 왕조 출신의 관리들과 프랑스 식민체제에서 기득권을 누린 세력들, 지주와 부호, 그리고 베트민이 입으로는 종교의 자유를 허락한다고 하지만 어떻든 이런저런 불이익을 감수해야 할 것을 우려한 종교인들에게 미국은 새로운 보호자로 인식될 수 있었다. 더구나 미국은 바오다이 정부의 강력한 후견자가 될 것임을 천명했으나 구체적 무력의 모습을 드러낸 것은 아니었다. 그래서 남과 북, 어느 쪽으로 가느냐는 대체로 개인의 입장과 이해에 따른 선택의 문제였다. 제네바 협상 직후 5만~9만의 남부 사람들이 북으로 올라갔으며, 그 두 배에 가까운 10만~15만의 북부 사람들이 남으로 내려갔는데 다수가 천주교인이었다.

9월 중순이 되면서 하노이에서 하이퐁 항구로 가는 5번 국도에는 매일같이 남부로 가려는 북부 사람들의 행렬이 이어졌다. 자동차와 트럭, 자전거, 우마차에 오른 사람들은 프랑스 군대가 하노이에서 철수하기 전 하노이를 떠나려 서둘렀다. 프랑스 군대가 철수하면 베트민 군대가 하노이로 진주할 것이니 그들이 오기 전에 떠나야 했다. 해방군의 입성을 기다리는 사람들과 그들이 오기 전에 떠나려는 사람들로 하노이 거리는 흥분과 긴장감이 교차했으나 그것은 묘하게 억제되고 통제되어 거의 표출되지 않았다. 스콜이 지나가 빗물에 젖은 대로를 지붕 위에 짐 꾸러미를 올린 프랑스인 승용차들이 미끄러지듯 질주하면, 노점 주위에 웅기중기 모여 싸구려 차를 마시는 꾀죄죄한 몰골의 베트남인들은 그저 잠시 눈길을 주고는 그만이었다. 손을 흔들어주는 사람도 없었고 욕을 하는 사람도 없었다. 새 모이만큼 조금씩 먹고도 견디며 살아온 가난한 사람들은 옛 지배자들을 환송할 생각도, 저주할 생각도 없는 듯했다. 해가 지면 거리는 조용히 가라앉았다. 그것은 폭풍전야의 고요라기보다는 오랜 세월의 인내가 빚은 침묵의 여백 같았다.

"신부님들이 그랬다네요. 성모 마리아께서 남쪽으로 내려가셨는데 여러분은 따라 내려가지 않느냐구요."

퍼가[15]로 이른 저녁을 때우고 났을 때 람의 아내 쑤엔이 혼잣말처럼 중얼거렸다. 건기(乾期)를 알리는 계절풍이 베란다 밖 바나나 나뭇잎을 흔드는 2층 거실에서였다.

"뭐? 누가 어디로 내려가?"

"성모 마리아께서 남쪽으로 내려가셨대요."

"누가 그런 소릴 해?"

람이 어이없어하자 쑤엔이 얼굴을 붉혔다. 조금 골이 난 기색이었다.

"남 얘기할 때 딴생각하는 당신 버릇 고쳐야 해요."

"무슨 소리야? 혼자 중얼거리니 못 알아들은 게지. 딴생각은 무슨. 아니 그런데 사제들이 정말 그런 소릴 한 거야? 성모 마리아께서 남쪽으로 내려가셨다고? 당신은 왜 안 따라가느냐구?"

"아이참, 누가 날더러 그런 말을 했다고 했나요? 신자들 여럿이 그런 말을 들었다고 했지."

"허 참, 당신도 신자이니 그 말이 그 말 아냐? 그래서 그 사람들은 어쩌기로 했대? 남쪽으로 내려간대?"

"어쩌기로 하긴요? 벌써 절반 넘게 내려갔는데 우리 교회 신자들. 말이 나온 김에 물읍시다. 당신은 정말 어쩔 생각이에요?"

---

15 퍼가 : 닭고기를 얹은 쌀국수.

"글쎄……. 생각 중이야."

"일주일 후면 10월이에요. 더 생각할 시간이 없다구요. 당신, 키엠에 비해 너무 우유부단한 거 알아요?"

"우유부단하다고? 아니, 사이공으로 가는 게 그렇게 간단한 문제야? 타오 학교 문제도 있고 나도 그렇고 집 문제 등등. 키엠은 지가 알아서 하겠다고 하지만 기껏해야 사이공 경찰 보안대원이란 놈이 뭘 알아서 다 해, 다 하긴."

쑤엔의 얼굴이 확 펴졌다.

"뭐라구요? 키엠이 사이공 경찰이 됐어요? 당신, 벌써 키엠과 연락을 한 거예요? 사이공으로 내려가기로?"

"연락은 무슨, 저번에 편지가 왔더구먼. 사이공으로 내려오라고."

"그래, 뭐라고 했어요? 내려가겠다고 답장을 보냈어요? 아이참, 그런 일이 있었으면 내게도 얘기를 해줘야죠. 그래야 준비를 할 거 아녜요. 어차피 프랑스인들이 떠났으니 수예점은 문을 닫아야 해요. 손님 거의 다가 프랑스 사람이었으니까. 당신 학교는 어떻게 하죠? 거기도 프랑스인 교장이 떠났으니 곧 문을 닫는 거 아닌가요. 당신은 어쩌죠? 요즘 수업을 하긴 하는 거예요? 가르칠 프랑스 애들도 없을 텐데. 이번 달 봉급은 나오는 거고요?"

쑤엔은 본래 말수가 적었는데 이렇게 많은 말을 한꺼번에 뱉어내는 것을 보면 꽤나 흥분한 게 틀림없었다. 밉지 않은 들창코 아래 땀방울까지 송알송알 맺혀 있는 게 그랬다.

"이봐, 쑤엔. 당신, 사이공으로 잠시 여행이라도 떠나는 사람 같구먼. 가더라도 낯선 타향살이야. 약삭빠르고 반지라운 사이공 사람들 틈바구니에서 살아가야 한다구."

"람, 당신은 저를 마치 비엣박 산간 마을 출신의 무지렁이 대하듯 하는군요. 저, 소학교 때까지 사이공에서 살았어요. 아버지가 통킹 총독부로 옮겨 오지 않으셨다면 나는 거기서 계속 살았을 거예요. 그랬으면 당신을 만나지는 못했겠지만…….”

사이공의 코친차이나 정부 농상무역부 관리였던 장인은 쑤엔이
중학교에 진학할 무렵 하노이 총독부로 전근하였다고 했다. 쑤엔은
어린 시절의 사이공을 그리워하는 것 같다. 까만 눈동자가 가물가물
했다.

“사이공이 그렇게 좋은가?”

“아니 뭐, 그렇게 좋다는 게 아니라……. 아뇨. 좋아요. 베트민, 저
딱딱하고 무지한 사람들보다는 사이공 사람들이 훨씬 싹싹하고 교양
있어요. 당신도 알잖아요. 베트민 사람들이 8월 혁명 때 얼마나 으스
대고 멋대로 굴었는지. 나는 그런 꼴은 더 보고 싶지 않다구요.”

“베트민 사람들이라고 다 그럴라고. 어디나 못나고 못된 자들이
있는 게지. 그리고 베트민이 없었으면 프랑스를 베트남에서 쫓아낼
수 있었겠어? 그 사람들이 혁명가이고 애국자들인 건 인정해야 해.
그러니 함부로 말하면 안 돼.”

람은 막냇동생 꽝이 누구를 위해 희생했는지 잊었느냐는 말은 하
지 않았다. 그것은 피차 말하기에도, 듣기에도 거북해서 오래 피해온
이야기였다.

“아유, 혁명이고 뭐고 전 몰라요. 애국자야 존경하지만 성모 마리
아님을 쫓아내는 공산주의자들과는 같이 살고 싶지 않답니다.”

쑤엔은 결국 그 말을 하고 싶었던 거였다. 람은 고개를 돌리며 물
었다.

“타오는 어디 있어? 학교에서 돌아왔을 시간인데 저녁도 안 먹고
어딜 간 거야?”

“학교 동무들하고 모임이 있다며 아까 전에 나갔는데 늦지는 않을
거라고 했으니 곧 돌아올 거예요. 타오는 왜요? 아, 그러네. 타오한테
도 얘기해야지요. 사이공으로 가는 거. 그렇지요? 람.”

람이 담배 한 대를 다 피웠을 때 타오가 돌아왔다. 람이 짐짓 부드

럽게 말했다.

"타오, 너 주말에 나하고 타인호아 할아버지 댁에 다녀오자."

"이번 주말에 애들하고 하롱으로 하이킹을 하기로 했는데요, 아빠."

"하롱까지? 며칠 뒤면 프랑스군이 하노이를 떠나고 베트민 군대가 들어올 것이다. 멀리 자전거 여행을 할 때가 아니야."

"벌써 친구들하고 약속을 했는데요. 1박 2일간 여행하기로요."

람은 화가 치솟는 걸 애써 억누르며 천천히 말했다.

"그런 여행이라면 먼저 아빠 엄마의 허락을 받아야 하지 않느냐? 나는 아무 얘기도 들은 게 없는데 혹시 엄마께 말씀드렸니?"

쑤엔이 조금 불안해진 눈빛으로 고개를 저었다.

"엄마에게도 말을 안 했어? 그러면 타오, 네 멋대로 약속을 해버린 거네. 아빠 엄마 허락도 없이 1박 2일 여행을. 그래, 안 그래?"

그러자 타오가 앙다물고 있던 입을 열었다.

"아빠, 실은 오늘 저녁이나 내일 아침에 말씀드리려 했어요. 그리고 아빠, 저는 이제 어린아이가 아니에요. 비엣 선생님이 말씀하셨어요. 너희들은 이제 어린아이가 아니라고. 그러니까 1박 2일 여행은 암것도 아니에요."

"뭐라고? 어린애가 아니라고? 비엣 선생이 그런 말을 했어? 그 너희들이 누구누구인데?"

람이 쏘아보자 타오는 당황한 기색이 역연했다.

"말을 해라, 타오. 너희들이 누구며 비엣 선생이 언제 어디서 왜 그런 말을 했는지. 당장 말을 하라니까, 엉? 비엣 선생이 왜 그런 말을 했느냐구."

람이 기어이 소리를 지르자 쑤엔이 손을 저으며 막아섰다.

"아아, 당신은 왜 소리를 지르고 그래요. 타오가 중학 2학년이니까 어린애 아닌 것 맞잖아요. 비엣 선생님이 자기 반 아이들에게 의젓해지라며 그런 말 할 수 있는 거고. 별것도 아닌 것 같고 그렇게 다그칠

게 뭐예요. 그런데 타오야, 이번 주말에는 반드시 아빠하고 타인호아에 다녀와야 한다. 투이는 지난여름에 다녀왔고, 또 네가 장손이니 사이공으로 가기 전에 할아버지께 인사를 드려야 한다. 친구들에게는 사정을 얘기하고 약속을 못 지키게 되어 미안하다고 하렴. 알았지?"

쑤엔은 그렇게 사이공행을 못 박을 요량인 것 같았는데, 람은 순간 엄마 말을 듣는 타오의 눈빛이 크게 흔들리는 걸 놓치지 않았다.

그래서였는지 다음 날 오후 람이 비엣을 만났을 때 비엣의 눈빛도 조금은 흔들리는 것 같아 보였다. 호안끼엠 호수 남서쪽 찬티 거리의 2층 찻집에서였다. 삐걱거리는 나무 층계를 밟고 올라온 비엣은 람을 보자마자 "선배님, 어쩐 일이십니까?" 하고는 담배부터 입에 물었는데 람에게는 비엣의 그런 행동이 어딘가 불안정해 보였다. 2년 선배라지만 선배가 권하지도 않은 담배를 먼저 입에 무는 것은 아무래도 불손한 태도 아닌가. 그런데 비엣은 람이 성냥불을 건네자 가볍게 고개를 저었다.

"아닙니다. 요즘 제가 무심코 담배를 입에 무는 습관이 생겼습니다. 선배님 앞에서 결례를 했네요. 허허……."

비엣이 콧잔등에 작은 주름을 지으며 웃어 보이자 람도 따라 웃을 수밖에 없었다.

"하하하, 결례는 무슨. 사범학교 2년 선배가 무슨 예를 갖춰야 할 상대인가. 친구 사이지 친구. 불 꺼지기 전에 어서 붙이게."

그러나 비엣은 후, 입바람을 불어 성냥불을 껐다. 하관이 쏙 빠져 얼핏 강팔하게 보이는 인상이지만 반듯한 이마에 두 눈이 우묵하니 깊고 눈동자가 맑아 전체적으로는 여전히 문학청년처럼 보이는 비엣이다. 15년 전이었나, 16년 전이었나? 대학 서클, 서클 이름이 베트남 땅이라는 뜻의 '덧 비엣'이었는데 거기에 새로 가입한 눈빛이 해맑은 이 친구의 이름 또한 비엣이었다. 인도차이나사범대학 당국이 하노이 총독부 측에서 서클 이름에 민족주의 색채가 강하다는 지적이 있었다며 개명을 재촉하는 바람에 공식적인 서클 이름은 불교 경전에 나오는다는 상상의 꽃 '우담바라'로 바뀌었지만 서클 회원들은 옹졸한 총독부 관리를 비웃으며 내내 '덧 비엣'이라는 이름을 썼고, 그래서 더욱 비엣은 서클 동료들이 친숙하게 부르는 이름이 되었다. 덧 비엣 회원들은 프랑스-베트남의 역사와 문화와 관련된 주제로 자유토론을 하곤 하였는데 람이 프랑스어에 능숙한 대신 비엣은 한자에 정통하였다. 사범대학 졸업 후 람은 하노이의 프랑스계 중학교에서 프랑스 아이들에게 프랑스 역사와 문화, 베트남어를 가르쳤고, 비엣은 베트남계 사립중학교에서 베트남 아이들에게 베트남 역사와 문화, 프랑스어를 가르쳤다.

"그나저나 자네는 결혼을 하지 않을 건가? 자네라면 아오자이를 입은 아름다운 하노이 아가씨들이 줄을 설 터인데. 혹시 독신을 고집하는 이유라도 있는가? 뭐랄까, 독신주의 같은……."

옛 생각에 마음이 느긋해진 람이 말끝에 허허허, 웃음소리를 달자 비엣도 빙그레 웃었는데 정작 입에서 나온 소리는 엉뚱했다.

"제 이름이 '비엣 남'의 비엣 아닙니까? 제 할아버지께서 이름을 그렇게 지은 데는 무슨 이유가 있지 않을까 싶네요."

"이유? 무슨 이유?"

람이 짐짓 몹시 궁금하다는 듯 재우쳐 묻자 비엣이 껄껄 웃었다.

"이유는 무슨, 그저 허튼소리를 한 것이죠."

그러나 허튼소리라 하면서도 비엣의 눈꼬리는 팽팽했다. 그것이 그저 제 눈에 그렇게 보이는 것인지도 몰랐지만 람은 풀어놓았던 신경줄이 급히 조여드는 걸 느꼈다. 허튼수작이나 하자고 비엣을 불러낸 것은 아니지 않은가.

"이보게 비엣, 타오는 잘하고 있는가?"

"타오요? 아주 훌륭하지요. 공부도 열심히 하는 데다 육체와 정신이 다 강건합니다. 타오는 이제 어린아이가 아녜요. 어엿한 사나이지요."

"뭐라고? 사나이라니? 이제 열네 살짜리 중학생이 사나이라니, 그게 무슨 말인가?"

람은 어제저녁 타오를 다그칠 때처럼 조바심이 일었다. 두 달 전 타인호아 고향집에서 아버지가 한 말이 불현듯 뇌리에 떠올랐다. 열네 살이면 무엇이든 할 수 있는 나이다. 가장 위험한 나이야. 순수한 영혼이 가장 용감한 법이니까. 네 동생 꽝이 열일곱에 죽은 걸 어느새 잊었더냐. 아! 람은 숨죽여 짧은 탄식을 토했다. 어제저녁에는 떠오르지 않았던 아버지 말씀이 왜 지금에야 떠오르는 걸까. 람은 그 이유가 의아한 만큼 비엣에게서 분명한 대답을 들어야 했다. 그러나 비엣은 대수롭지 않다는 표정이었다.

"람 선배, 선배는 중학 2학년 때 내가 이제 어른이 다 됐구나, 그런 생각을 한 적 없습니까? 저는 그 나이에 첫 몽정을 해서 그랬던지 아하, 이제 나도 아버지와 같은 남자구나, 그런 생각도 했었거든요. 하하하……."

람은 슬쩍 얼굴을 붉혔다. 쑤엔의 말대로 내가 별것도 아닌 말에 과민한 것 아닌가. 그렇다고 열일곱에 베트민 의용대로 나섰다가 총에 맞아 죽은 막내 꽝의 이야기를 뜬금없이 꺼내놓고, 그래서 내가 과민했던 모양이네, 이해하시게 어쩌구 하며 양해를 구하는 일은 더욱 우스운 노릇일 터였다. 웃음을 그친 비엣이 탁자 위의 커피잔을 들며 물었다.

"람 선배. 그런데 저를 갑자기 보자 한 이유가 있을 텐데요? 특별히 하실 말씀이라도 있습니까?"

"특별히 할 말은 무슨? 그냥 오랜만에 얼굴이나 한번 볼까 해서…… 그리고……."

람은 잠시 뜸을 들이면서 타오가 이번 주말에 친구들과 하롱으로 1박 2일 자전거 여행을 가겠다는데 허락해도 될까? 실은 타인호아로 애 할아버지께 인사를 드리러 갈까 해서 말이야……, 얘기를 꺼낼까 하다가 급히 목구멍 너머로 삼켰다. 그러고는 조금 목소리를 낮추어 물었다.

"이보게. 비엣, 자넨 어쩔 생각인가? 계속 하노이에 머물 생각인가? 학교 문제도 그렇고, 어찌해야 좋을지 자네 의견을 들어보고 싶어 이렇게 만나보자 한 거네."

그렇게 말을 해놓고 보니 진짜 그런 이유로 비엣을 만난 것 같기도 하고, 선배의 말로서 품격도 있는 것 같았다. 비엣이 다 식어버린 커피를 한 모금 삼킨 뒤 고개를 끄덕였다.

"그렇군요. 대충 짐작은 했지요. 지금은 그런 시국이니까요."

"무슨 소리인가? 짐작이라니? 좀 알아먹기 쉽게 얘기하게."

람은 어째 계속 비엣에게 끌려가는 것 같은 느낌에 조금 성마른 소리를 냈다.

"람 선배는 남부로 내려가려는 것이죠? 사이공으로 가십니까?"

"아니, 뭐. 아직 결정한 것은 아니야. 타인호아에 가서 아버님 말씀도 들어봐야 하고. 남부로 내려가는 게 어디 쉬이 결정할 일인가?"

"그렇다고 더 시간을 끌 때도 아니지요."

"왜? 베트민 군대가 들어온다고 당장 별일이야 있겠나? 호찌민 주석은 민간을 억압할 그런 분이 아니시지 않은가. 통킹 총독부에 부역한 관리나 해방전쟁에서 프랑스 군대 편을 든 군경 출신, 악평을 받는 일부 지주와 부호들은 아무래도 곤란해지겠지. 그런데 그런 사람들은 이미 남부로 거의 내려가지 않았나. 지금도 내려가고 있고. 그렇지만 우리 같은 중학교 선생들까지 어쩌기야 하겠나. 더구나 나는 프랑스 학교가 문을 닫으면 더 이상 선생도 아닌데 뭐."

"글쎄요. 그렇게 간단히 정리가 될까요. 결국 이념의 문제가 되면 아이들을 가르치는 선생, 선생을 했던 이들이야말로 어려운 처지가 되지 않을까요. 선생이 아이들을 새로 가르쳐야 할 텐데 인간이란 쉽게 바뀌지 않는 존재이니 같은 선생이 새로운 세상에서 무언가를 새로이 가르친다는 것은 쉬운 일이 아닐 테니까요."

비엣은 말의 높낮이도 없이 평평하게 말했지만 람은 약간의 모욕감과 함께 불편함을 느껴야 했다.

"어째 날 두고 하는 소리 같구먼."

람은 그런 자네는 어떤데? 하려다 입술을 꾹 다물었다. 비엣이 그런 눈치를 챘다는 듯 눈으로 짧게 웃었다.

"저도 마찬가지일 테죠. 그렇지만 저는 하노이에 남을 것입니다. 저야 노총각으로 딸린 식구도 없으니 뭔 일이 있다 한들 견디지 못하겠습니까? 선배는 내려가시지요. 하노이는 몰라도 사이공에는 프랑스인들이 꽤 많이, 오래 머물 것입니다. 또 앞으로는 미국인들도 늘어나겠지요. 그러니 프랑스어는 물론 영어까지 잘하는 선배를 필요로 하는 학교나 일자리는 많을 겁니다."

"영어야 아직 초보일세, 초보. 그저 재미 삼아 독학으로 조금 익힌 것뿐이야."

람이 빙그레 웃었는데, 비엣은 제 말을 잇고 있었다.

"더구나 타오 말로는 삼촌이 사이공에 자리를 잡았다고 하던데 뭘 걱정이십니까?"

순간, 람은 키엠의 편지를 읽을 때는 실감되지 않던 사이공 경찰 보안대원이라는 소리가 가슴에 쿵, 내려앉는 것 같았다. 그렇구나. 키엠 때문에라도 하노이에 머물 수는 없겠구나. 왜 진작 그 생각을 못 하였지. 쑤엔은 내가 남이 말할 때 딴생각을 하는 버릇이 있다고 하지만 딴생각은커녕 사리 분별이 없는 거 아닌가. 람이 때아닌 자책으로 고개를 젓는데 비엣이 한마디 덧붙였다.

"문제는 타오지요. 타오가 걱정입니다."

순간, 람은 불에 덴 듯 의자 등받이에서 몸을 떼며 새된 소리를 냈다.

"타오가 문제라니? 타오가 걱정이라니? 그게 대체 무슨 소리인가, 비엣."

그러나 비엣은 오히려 가볍게 등을 젖히며 시(詩) 한 구절을 흥얼거렸다.

"두 줄기 강 사이에 서서 걱정한다. 휩쓸려 갈 것인가, 아니면 한 줄기를 선택해야 하는가."

그러고는 덧붙였다.

"중요한 것은 타오의 선택이지요. 타오의 선택."

람의 가족이 하노이를 떠난 후 1년이 지난 이듬해 가을, 응오딘민은 '계급전쟁의 유령'이 송호이 강을 넘어 타인호아 땅에 당도한 것을 알았다. 중국인 고문 1인에 베트민 간부와 지역 인민위원회 위원(그들은 베트민 일꾼이라고 했다) 각 2인, 그리고 농민 대표(그들은 모두 빈농이라고 했다) 5인으로 구성된 토지개혁대가 모습을 드러낸 것이었다. 그들이 가는 마을마다 인민재판소가 차려졌는데 토지개혁대원 10명이 재판관이었으며, 그들 휘하로 수십 명의 무장 민병대원이 배속되어 그 위세가 대단하였다.

1년 전 늦가을 오후, 민 노인은 반얀나무16 아래 정자에서 큰아들 람의 편지를 읽었었다. 편지의 절반 이상은 인사조차 드리지 못하고 하노이를 떠나 사이공으로 내려올 수밖에 없었던 사정을 구구절절이 풀어놓은 것이었다. 프랑스 학교 교사이던 자신이 하노이에서 계속 선생 노릇을 할 수 있을지 불확실한 데다 독실한 천주교 신자인 아내 쑤엔이 하노이에 머무는 것을 두려워한다고 하였다. 타오는 곧 사춘기에 접어들 나이여서 전환기에 혼란스러워하지 않을까 걱정이며, 투이도 명년 봄이면 학교에 가야 해서 기왕이면 사이공의 소학교에 보내는 게 좋겠다는 생각을 하게 되었다고 하였다. 그러고는 지나가

---

16 반얀나무: 상록 뽕나무과에 속한 나무. 가지에서 뿌리가 내려 기둥처럼 자라나 영구함과 신령함을 표상한다.

는 말처럼 키엠이 사이공 경찰의 보안대원이 되었다는 소식을 짧게 덧붙였는데, 민은 그 대목에서 람이 아비에게 인사도 하지 않고 허둥지둥 하노이를 떠난 이유를 짐작할 수 있었다. 아우가 사이공 경찰의 보안대원이라면 베트민의 명백한 적일 것이고, 그 형 또한 반동의 낙인에서 벗어나기 어려울 터였다. 그러니 베트민 군대가 입성하기 전에 서둘러 하노이를 떠나야 했겠지, 이해하면서도 민은 맏손자 타오를 보지 못한 것이 못내 서운하였고, 그럴수록 둘째 아들 키엠이 못마땅했다.

키엠은 어려서부터 별종인 녀석이었다. 형인 람이나 동생 꽝과는 한배에서 나온 자식이 맞나 싶게 생긴 것부터 하는 짓까지 영판 달랐다. 람과 꽝은 누가 봐도 형제라고 할 정도로 둥그런 얼굴에 얌전한 성품이었다면 키엠은 각이 진 얼굴에 성격이 급하고 행동이 부산했다. 중학 내내 공부는 뒷전이고 툭하면 싸움질이나 하는 사고뭉치여서 아비는 아예 내놓은 자식 취급을 했다. 그나마 어미가 감싸주면서 그럭저럭 고등학교까지는 진학했는데, 베트민 의용대원으로 나선 막내가 총에 맞아 죽고 그 충격으로 어미마저 떠난 뒤 키엠은 말도 없이 가출해 종적을 감추었다. 서너 해가 지나 불쑥 사이공의 프랑스 은행 보안요원으로 일하게 되었다는 소식이 날아와 제 앞가림은 하니 다행이다 싶었는데, 그예 사이공 경찰이 되었다는 것이었다. 더구나 보안대원이라면 지엠 정권의 사냥개에 다름없지 않은가. 키엠은 결국 제 형 람의 발목에 옴짝달싹 못 할 연좌의 고리를 걸어놓았고, 제 아비가 지난 세월 어렵사리 지켜온 '애국 지주'의 평판에도 커다란 흠이 될 것이었다. 그러나 이제 와서 품 떠난 자식을 원망하랴. 민 노인은 편지에서 눈을 떼고 반얀나무 그늘에 긴 한숨을 뱉어내야 했다.

아비의 낙담을 헤아린 것일까. 람은 편지 뒷부분에서 베트민이 토지개혁을 한다 해도 아버지야 수년 전부터 소작료 인하 운동에 적극

동참하였을 뿐 아니라 이미 논 1천 평도 소작인 호앙 씨 명의로 넘겨 주었으니 평판 나쁜 지주들과 달리 별일 없을 거라 하였다. 그러면서 저들에게 꽝의 희생을 조심스럽게 환기시키는 것도 좋을 것이란 의견을 덧붙였다. 람 또한 '애국 지주'란 평판의 유효성을 잊지 않고 있었던 것이다.

그러나 호앙끼꾹의 낯빛은 어두웠다. 호앙 씨네는 부자(父子)가 대를 이어 응오 씨 댁 농사와 집안 살림을 주관해온 마름이자 집사였다. 응오딘민이 스물네 살에 급제하여 후에 조정에 출사했다가 나이 쉰넷에 낙향하였을 때 꾹은 아버지 티엔의 뒤를 이어 응오 씨 댁 집사가 되어 있었다. 나이는 민보다 불과 세 살 아래였으나 꾹은 민을 '교육감님'으로 부르며 깍듯이 모셨다. 민은 사십대 초반에 타인호아 동쪽 삼손 지방의 교육위원을 역임하였는데, 꾹은 그걸 그렇게 높여 부르는 것이었다. 교육감은 선대인 할아버지가 하셨던 벼슬이고, 교육위원은 그 한참 아래 관직에 지나지 않으니 그리 부르지 말라 하여도 꾹은 막무가내였고 민 또한 그다지 듣기 싫지는 않아 그냥 내버려 두었던 터였다.

"교육감님, 아무래도 몸을 피하시는 게 좋을 것 같습니다요. 벌써 여러 마을에서 인민재판이 벌어졌다 합니다. 교육감님도 잘 아시는 따이썬 마을의 응우옌 씨와 후 마을의 쩐레이 씨, 그 두 분도 처형을 면치 못하였다고 합니다. 응우옌 씨와 쩐레이 씨는, 교육감님과 함께 소작료 인하 운동에 앞장서며 베트민을 음양으로 도운 사람들 아닙니까. 그런 분들까지 악덕지주로 몰려 처형당하였다고 하니 교육감님도 무슨 변을 당할지 누가 압니까? 더구나 작은도련님이 사이공 경찰이 된 데다, 큰도련님도 지난해 가을 사이공으로 내려가셨으니, 행여 어느 놈이라도 해코지하자고 하면 꼼짝없이 반동분자로 몰릴 게 뻔합니다요. 그러니 잠시 빈으로 내려가 계시지요. 거기 믿을 만한 제 친구가 있는데 이미 연락을 해두었습니다. 오늘 밤에라도 내려가실 수 있으니 잘 모시라고요."

"오늘밤에라도? 무슨 죄를 지었다고 야밤에 줄행랑을 친단 말인가. 나는 그럴 생각 없네."

"아이구, 교육감님. 지금 누가 꼭 죄를 지어서 그럽니까요. 토지개혁의 미친바람이 불어서 그렇지요. 지주들 논밭 빼앗아 거저들 준다니까 빈농들이 두 눈이 뒤집혀 아무에게나 반동이라고 손가락질하며 욕설과 저주를 뱉어내고 있어요. 뺨을 때리고 주먹질을 하고 침을 뱉고……. 그 망나니짓을 누군들 견뎌내겠어요. 아니, 토지개혁대에 끌려가면 모진 고문으로 재판도 받기도 전에 반죽음을 당한다고 하데요. 그러니 교육감님, 제발 일단 몸을 피하셔야 합니다. 미친바람에 맞서다가는 성한 사람만 죽어나갑니다요. 밤중이 뭣하면 내일 새벽같이 떠나시지요. 일단 걸어서 찌에우 시장까지 가시면 거기서부터는 자동차로 모실 수 있습니다. 거기 상인 중에 제 친구 조카 녀석이 있는데 자동차 편을 마련해놓으라고 이미 통지를 해두었습니다요."

민은 오랜 세월 햇빛 아래 지내 자신보다도 훨씬 늙어 보이는 꾹의 주름진 얼굴을 망연히 바라보다가 가만히 고개를 끄덕였다. "고맙네, 꾹. 자네 말대로 내일 새벽에 떠나기로 하지. 그런데 자네는 어쩌나? 내가 몸을 피한 줄 알면 자네에게 분풀이를 하려 하지 않겠는가?"

"분풀이요? 그런 걱정은 마세요. 토지개혁대 중에 제 아우 전우가 한 명 있지요. 왜 아시잖아요? 빙이라고 제 아우 놈. 빙은 비엣박의 항전에서 프랑스군 총에 맞아 죽었지요. 꽝 도련님 돌아가시기 훨씬 전에요. 참, 그때 교육감님은 후에 조정에 계실 때라서 잘 모르시겠군요. 하여튼 제 죽은 아우의 전우가 토지개혁대의 베트민 간부 두 명 중 하나예요. 제가 알아보니까 토지개혁대 위원이 농민대표 다섯 명을 포함해 총 열 명이라고 하지만 실제 최종 판결은 중국 놈 고문과 베트민 간부 두 명이 결정한다고 하데요. 나머지 인민위원과 농민

대표는 들러리에 지나지 않지요. 그러니까 빙의 전우라는 그 친구는 꽤 센 놈인 셈이지요.”

응오딘민은 제 자식 죽은 것만 아파했지 남의 가족 죽은 것은 까맣게 잊고 있었던 자신이 민망해져 잠시 두 눈을 껌벅이다 말했다.

“그런데 그 친구가 죽은 빙의 전우라는 걸 어찌 알았나?”

“어찌 알긴요. 엊그제 그 친구가 저를 찾아왔더라구요. 16년 전 빙의 유골을 전해주었던 반투안이라고 하는데 혹시 기억하시느냐, 어쩌구 하며 제법 싹싹하게 굴데요.”

“여기 집으로?”

민이 불안한 눈빛을 하자 꾹이 고개를 끄덕이고는 목소리를 낮추었다.

“토지개혁대의 베트민 간부란 자가 왜 저를 찾아왔겠습니까요. 지말로는 16년 전에 죽은 전우가 생각나 인사차 왔다고 하기에 그런가 싶었는데 찬찬히 생각해보니 아무래도 그게 아니었어요. 이것저것 교육감님 근황을 묻다가 넌지시 람 도련님은 계속 하노이에 사느냐, 묻는 것도 그렇고요. 조만간 토지개혁대가 우리 마을로 들어오면 교육감님을 인민재판에 불러내려 하는 게 아닌가 하는 생각이 퍼뜩 들었지요. 그래서 어제 여기저기 연락을 하고 교육감님 떠나실 채비를 해놓았지요. 이제 내일 새벽에 떠나시면 무탈하실 겁니다. 교육감님, 저를 믿으세요.”

꾹이 앞이마를 손바닥으로 쓸어 넘기며 웃음을 지었다. 평소 귀가 어두웠던 민 노인도 이번에는 집중해 귀를 기울인 덕인지 꾹의 이야기를 온전히 알아들을 수 있었다.

“고맙네. 꾹, 자네가 없었으면 내 꼼짝없이 횡액을 당하였겠구먼.”

민 노인이 오른손을 내밀어 꾹의 한쪽 손을 잡았다. 의외로 작고 부드러운 손이었다.

“별말씀을요, 교육감님. 내일 새벽 일찍 일어나시려면 그만 주무시지요. 저도 그만 내려가 자겠습니다요."

꾹이 일어나 대나무 발을 제치자 방 밖의 등나무 그림자가 시커멓게 흔들렸다. 민 노인은 순간, 자신의 혼령이 등나무 그림자 속으로 빨려 들어가는 환영을 본 것 같았으나 눈 깜짝할 새에 사라져버려 감각조차 할 수 없었다.

응오딘민이 그렇게 사라졌던 자신의 혼령과 마주한 것은 그로부터 사흘이 지나서였다. 찌에우 시장 건너편 공터에 차려진 인민재판소 앞으로 사람들이 몰려들고 있었다. 사람들은 민 노인이 사는 프엉 마을뿐 아니라 이웃 마을인 응이썬, 후안, 호이 등지에서도 몰려왔다. 아직 해가 뜨지 않은 아침이었으니 이웃 마을 주민들은 새벽부터 집을 나섰을 거였다. 그네들의 꾀죄죄한 바지저고리는 서리에 젖어 후줄근했다. 남정네들의 손에는 여러 깃발과 꽹과리, 북, 징 등이 들려 있었고, 아낙네들은 '봉건 악덕 지주 응오딘민 타도!' '반혁명분자, 반동 첩자 호앙끼꾹 처단!' '빈농을 구원하는 토지개혁 절대 환영!' '베트민 만세!' 등의 글귀가 적힌 종이와 플래카드를 펼쳐 들고 있었다. 인민재판소는 대나무를 잘라 만든 단 위에 세워졌는데 단상에는 중앙에 앉은 중국인 고문과 통역관 좌우로 토지개혁대 위원들이 줄지어 나무의자에 앉았고, 단하 맨땅에는 두 늙은이가 속곳 차림으로 무릎이 꿇린 채 앉아 있었다. 어깨에 총을 멘 민병대원들이 몰려드는 사람들을 새끼줄 밖으로 내몰았다.

"여기 새끼줄을 넘어오면 안 됩니다. 정렬하시오. 정렬, 정렬!"

"아, 거기 꽹과리 치는 양반, 그만 치시오. 북도 그만 치고. 아유, 그만 정숙하라니까."

한동안 이어지던 소란이 잡히자 단상에서 베트민 군복 차림이 일어서서 소리쳤다.

"먼저 반혁명분자 호앙끼꾹을 고발한 모웅아이 씨가 피고인의 죄상을 말하시오."

그러자 작달막한 키에 퉁방울눈을 한 사내가 새끼줄 맨 앞에서 일어나 걸어 나왔다.

"나는 저기 건너편 찌에우 시장에서 닭고기 파는 모옹아이입니다. 호앙끼꾹과는 오래전부터 알아온 사이입니다. 꾹이 제 삼촌 디옹오와 친구라서 꾹 삼촌이라고 불렀지요. 그런데 저놈이 내게 닷새 전인가, 엿새 전인가 제 주인인 응오딘민 씨를 빈으로 모시고 갈 자동차를 준비해놓으라는 것이었습니다. 필요한 경비에 보태 수고비를 넉넉하게 쳐주겠다면서요. 옛날 같았으면 웬 떡이냐 하며 따랐을 겁니다. 그런데 가만 생각해보니 악덕 지주를 빼돌리려는 수작이 분명했습니다. 그래서 비밀히 민병대에 알려 사흘 전 새벽 저 두 늙은 놈이 제 가게 앞으로 자동차를 타러 왔을 때 체포하도록 한 것이지요. 꾹이란 저 늙은 놈은 제 아비 때부터 대를 이어 지주의 마름 노릇을 하며 소작농과 빈농을 착취한 나쁜 자입니다. 저도 소작인이면서 주인보다 더 가난한 농민들을 업신여기고 못살게 군 놈입니다. 주인이 소작료를 낮춰주어도 저 꾹 놈이 가운데서 가로챘지요. 제 삼촌도 저놈 꾹에게 여러 번 당해 이를 갈았습니다. 친구라는 제 삼촌에게도 그랬으니 다른 소작인들에게는 어찌 했겠습니까. 그런데 그런 저놈이 나를 영 만만하게 보았는지 세상이 변한 것도 모르고 이래라저래라 한 것이지요. 저놈은 2년 전인가, 그 전인가는 잘 기억이 되지 않습니다만 제 주인 응오딘민에게서 논 1천 평을 넘겨받았다면서 내게 자랑을 했습니다. 그러면서 응오딘민 씨가 죽으면 전 재산이 제 차지가 될 것이라고 했습니다. 민의 부인이 죽고 자식들은 모두 고향을 떠났다며 말입니다. 저놈 꾹은 악덕 지주보다 더 나쁜 놈입니다. 저런 악독한 놈을 살려둘 수는 없지 않습니까?"

응아이가 짤막한 팔을 휘두르며 소리치자 북과 꽹과리 소리, 옳소 하는 함성이 요란하게 뒤따랐다. 잠시 후 단상에서 베트민 군복 차림이 소란을 진정시킨 후 땅바닥에 엎드린 호앙끼꾹의 머리를 내려다

보며 큰 소리로 말했다.

"피고인 호앙끼꾹은 자신의 죄를 인정하는가? 못 하는가?"

그러자 호앙끼꾹이 소스라치듯 얼굴을 들어, 제 아우 빙의 전우라던 투안을 안타깝게 올려다보았다. 사흘 전 새벽 찌에우 시장 앞에서 민병대원에게 붙잡힐 때 구타당한 얼굴에 피멍이 꺼멓게 죽어 있었다.

"못 하오. 인정 못 합니다. 아아, 제 동생 빙이 어떻게 죽었는지는 전우이신 대장님께서 저보다 더 잘 아시지 않습니까요. 아우를 항전에서 보낸 제가 반동분자라니 너무 억울합니다. 으흐흐흐……."

꾹이 땅바닥에 이마를 찧으며 울음을 터뜨렸는가 싶더니 갑자기 상체를 벌떡 일으켰다. 그러고는 옆에 머리를 숙이고 앉아 있는 응오딘민을 흘겨보며 욕설을 퍼붓기 시작했다.

"다 이놈, 응오딘민이 시킨 일입니다. 이놈이 닷새 전에 저에게 토지개혁대원이 프엉 마을에 오기 전에 빈으로 몸을 피해야겠으니 자동차를 준비하라고 했습니다. 왜 갑자기 달아나려 했는지 나는 잘 알고 있습니다. 하노이 총독부가 운영하던 프랑스 학교에서 선생질을 하던 이놈의 큰아들 람은 지난해 해방군이 하노이에 입성하기 바로 전에 사이공으로 달아났습니다. 또 이놈의 작은아들 키엠은 그 전에 사이공 경찰의 보안대원이 되었습니다. 나는 이놈의 큰아들 람이 제 아비에게 보낸 편지를 읽어 그 내용을 자세히 알고 있습니다. 나는 때를 보아 이놈 응오딘민의 반역죄를 고발하려고 했습니다만, 마음이 약해 우물쭈물하다가 기회를 놓쳤을 뿐입니다. 이 호앙끼꾹이 저지른 죄라면 그것이 유일합니다. 인정에 사로잡혀 우물쭈물한 것 말입니다.…… 이놈이 2년 전 수확량이 떨어지는 북쪽의 논 1천 평을 내게 준 것은 사실입니다. 그러나 그것은 이놈 응오딘민이 토지개혁에 대비해 명의만 내게 옮겨준 것에 불과합니다. 그리고 또 이놈이 소작료를 낮추어준 것도 다 제 생색내기 농간이었습니다. 실제 소작을 관리하는 내게는 낮춘 소작료만큼 어떡하든 다른 명목으로 벌충

하라 했으니까요. 그러다 보니 방금 전 나를 고발한 응아이의 삼촌, 그러니까 내 친구인 디응오와 사이가 나빠지기도 했습니다. 아아, 나는 억울합니다. 다 이놈 간악한 지주 놈, 대대로 후에 봉건조정의 녹을 먹고 가난한 농민들을 착취해온 응오딘민의 죄입니다. 아아, 더 말해도 된다면 하루 종일은 못 하겠습니까요. 제 억울한 사정을. 나는 정말 억울합니다. 살려주십시오. 끄억끄억……."

응오딘민은 가만히 눈을 떠 통곡하는 꾹을 쳐다보았다. 그 선해 보이던 꾹의 얼굴은 야차의 그것으로 변해 있었다. 눈에서는 불길이 솟고, 입에서는 검은 연기가 쿨럭쿨럭 몰려나오는 듯했다. 눈물과 콧물이 범벅이 되어 턱 밑으로 질질 흘러내렸고, 오줌을 지린 듯 아랫도리가 젖어 있었다. 꾹은 지하창고에서도 끄억끄억, 돼지 멱따는 비명을 질러댔었다. 그 단말마의 비명소리를 듣는 것만으로 혼절하지 않았던가. 응오딘민은 다시 그렇게 혼절하고 싶었다. 눈앞이 아득했다. 순간 아무것도 보이지 않고 아무 소리도 들리지 않았다. 회색의 진공 속에 들어앉은 양 몸과 마음이 가벼워진 것 같았다. 사흘 전 새벽 모응아이의 가게 앞에서 잠복해 있던 민병대원들에게 붙잡혀 지하창고에 구금된 이후 계속 가슴을 죄어오던 통증도 잠깐 사라지는 듯했다. 꾹은 지금 저들 토지개혁대가 하라는 말을 그대로 옮기고 있을 거였다.

"뭐라고, 애국 지주? 이거 보쇼, 응오딘민 선생. 지금 이 베트남 땅에 제 자식 하나 전선에 바치지 않은 사람이 있을 것 같소? 토지개혁은 혁명을 위한 또 다른 디엔비엔푸 전쟁이오. 그러니 순순히 인민재판에 응하는 것이 그나마 선생의 명예를 지키는 것일 것이오. 나도 되도록 선생의 구명에 힘을 쓰겠소. 물론 최종판결은 인민의 손에 달린 것이지만."

베트민 간부 구엔반투안은 그렇게 최후통첩을 하지 않았던가. 이제 저들은 내 집과 논과 사탕수수밭을 빼앗아 기대에 찬 흥분에 휩싸인 저 구경꾼들, 빈농과 그 가족에게 나누어주며 사회주의 혁명을 찬양하라 할 거였다. 곧 나의 머리와 가슴에 총알이 박히면 예순일곱의 내 생은 끝날 거였다. 그래, 빨리 끝내고 싶구나. 제발 죽음이 빨리 왔으면……. 응오딘민은 며칠 전 등나무 그림자 속으로 빠져나가던 제 혼령을 똑똑히 볼 수 있었다. 옆에서 흐느끼는 꾹의 울음소리가 들렸다. 그 소리는 자신을 위해 울어주는 오랜 벗의 곡소리 같았다. 응오딘민의 몸뚱이가 조금씩 오른쪽으로 기울어지는가 싶더니 풀썩, 모로 쓰러졌다.

이듬해 9월, 베트남 노동당 전체회의는 토지개혁의 심각한 과오를 인정하고 쯔엉찐 총서기 등 강경파 4인방을 해임하였다. 호찌민은 자아비판을 했다.

"나에게 민주주의 정신이 결여되어 있었기 때문에 듣지 않았고 보지 않았다. 따라서 우리는 이제 민주주의를 장려해야 한다. 시련의 시기에 책임을 받아들이겠다."

2년여에 걸친 급진적 토지개혁 과정에서 최소 3,000명에서 5,000명이 악덕 지주 및 반혁명분자로 몰려 처형되었다. 대불항전 시기에 베트민을 지원했던 '애국 지주'와 무고한 유산자들도 계급전쟁의 유령에 의해 목숨을 잃어야 했다. 전체 계획에 더 높은 도덕성을 두는 체제의 무자비한 논리가 수많은 개인의 목숨을 희생시켰다. 당의 강경파들에게 토지개혁은 사회주의 국가 건설을 위한 기본 과제였으며, 가난한 농민들에게 누가 그들의 적인가를 알려주는 것은 과제 수행의 효율적 수단이었다. 증오의 광기가 혁명의 머리띠를 두르고 피를 불렀다. 호찌민은 토지개혁 초기에 그의 동료들에게 "뜨거운 국은 천천히 마실 때 가장 쉽게 마실 수 있다"고 말했다. 급하고 무리한 토지개혁에 대한 우려와 경고였다. 그러나 당의 강경파들은 박 호[17]

---

17 박 호(Bac Ho): 백부(伯父) 호. 호 아저씨. 호찌민을 큰아버지처럼 친근하게 생각하는 베트남 사람들이 그에게 붙인 애칭.

말을 새겨듣지 않았고, 호찌민도 더는 제지하지 않았다. 그랬던 호찌민이 '민주주의 정신의 결여'라며 자아비판을 하였는데 죽은 응오딘민의 영혼이 그 소리를 듣는다면 납득할 수 있겠는가. 응오딘민의 논과 사탕수수밭은 여러 조각으로 나뉘어 빈농에게 배분됐으며, 그의 집 정자는 부수어졌고 정자에 그늘을 드리웠던 아름드리 반얀나무도 베였다. 그 자리에 빈민들이 자우무옹18을 심었다. 안채와 별채 사이에 있던 중문은 쪼개져 땔감으로 쓰였고 담장은 허물어져 마당의 작은 연못을 메웠다. 그 안으로 가난한 농민 가족 여러 세대가 들어와 살며 닭을 키웠다.

호앙끼꾹은 제 옆에서 응오딘민이 쓰러져 숨을 거두자 돼지 멱따는 소리 같은 비명을 몇 차례 질러대고는 정신줄을 놓았다. 꾹은 말을 잃고 기억도 잃었지만 목숨은 건졌다. 꾹의 아내 리엔은 헛간에서 살면서 온종일 아기처럼 침을 흘리는 남편과 응오 가(家)의 사당을 보살폈다. 그런데 얼마 후 프엉 마을에 괴상한 노래가 들리기 시작했다. 아이들이 부르는 그 노래는 곧 이웃 마을에서 이웃 마을로 퍼져 나갔다.

18　자우무옹: 열대지방에서 자라는 반수생식물로 베트남 서민들이 가장 즐겨 먹는 채소.

4

우리는 공동 점령이나 신탁에 반대한다. 만약 점령이 필요하다면
미국이 흘린 피 값과 소모한 막대한 비용의 대가로
미군만의 단독 점령을 환영한다. 왜 우리가 러시아로 하여금
한국에 들어와 공산주의 정부를 수립하고 한국에서 유혈내전의 씨앗을
뿌리도록 허락해야 하는가?
— 1945년 8월 27일. 이승만이 태평양지구 미 육군사령관
더글러스 맥아더에게 보낸 전문 중

나를 따르시오. 뭉치면 살고 흩어지면 죽습네다.
— 1945년 10월 17일. 이승만의 경성라디오 방송 중

'문제적 인간' 이승만의 분열적 자아(自我)는 그의 태생에서부터 비롯되었는지 모른다. 이승만은 조선 왕조 세 번째 임금, 태종 이방원의 장남 양녕대군의 16대손(孫)이었으나, 그가 1875년 3월, 황해도 평산에서 태어났을 때는 왕족의 후손은커녕 이미 수 세대 전에 벼슬길이 끊긴 몰락한 양반가의 5대 독자에 지나지 않았다. 하지만 평생을 양녕대군의 후손이라는 자긍심으로 살았던 부친 이경선의 영향을 받아서인지 이승만 또한 왕족의 후손이라는 자부심이 대단하였다.

그러나 말기(末期)의 이 씨 왕조는 이승만에게 좌절과 분노를 안겨주었을 뿐이었다. 이승만은 열네 살 어린 나이부터 과거 시험이 있을 때마다 응시했으나 1894년 갑오경장으로 과거제가 폐지되기까지 연거푸 낙방했다. 출세할 수 있는 공적인 통로가 막혀버린 것이었다. 영민한 두뇌의 소유자로 출세욕이 남달랐던 이승만은 자신이 계속 과거에서 떨어진 것은 실력이 모자라서가 아니라 왕조의 구조적인 부패와 부정 탓이라고 확신하였고(그의 확신은 틀리지 않았다), 그러한 생각은 봉건왕조체제에 대한 강한 불신과 적대감으로 이어졌다. 이승만이 1899년 1월, '박영효 쿠데타 음모' 사건[19]에 연루된 것도 봉건왕조에 대한 뿌리 깊은 반감에 기인했을 터였다. 그렇다고 이승만이 왕족 의식에서 벗어난 것은 아니었다. 이승만은 상대와 필요에 따라 왕족 후손으로서의 권위를 내세웠으며, 그의 내면에 자리한 유아독존적 왕족 의식은 그가 입으로 찬양해 마지않던 미국식 자유민주주의보다는 파쇼 독재에 내재적 친근성을 보이는 것이었다. 그가 원하였던 것은 민주주의적 지도자가 되는 게 아니었다. 그는 평생 절대권력의 왕(王)이 되기를 원하였고, 훗날 그의 정치역정은 배타적 권력을 획득하고 영속하기 위한 독재자의 길이었다.

---

19 박영효 쿠데타 음모 사건: 1884년 갑신정변의 주역으로 일본에 망명 중이던 박영효(1861~1939)가 고종을 폐위시키고 입헌군주국을 세우려 음모를 꾸몄다는 사건.

1895년 배재학당에 입학하여 영어와 기독교를 만난 이승만은 1898년 독립협회가 개최한 만민공동회를 통해 탁월한 청년개혁가로서 세상에 이름을 알리기 시작하였다. 그러나 그의 운명을 바꾸어준 일등공신은 배재학당에서 인연을 맺은 미국 선교사들이었다. 아펜젤러, 게일 등 서울에 와 있던 미국 선교사들은 청년 이승만의 뛰어난 자질에 매료되어 그를 장차 훌륭한 조선인 목회자로 만들 작정이었다. 이승만이 역모죄로 구금되자 선교사들은 그의 석방을 조선 조정에 청원하는 한편 그들의 영향력을 총동원해 이승만의 옥중 생활을 도왔다. 이승만의 장모, 즉 그의 첫 부인 박승선의 어머니가 고종이 총애하던 엄비(嚴妃)의 침모(針母)였던 인연으로 옥살이는 더욱 수월해졌다. 탈옥을 기도하다 실패하여 무기수가 된 이승만이었지만 경성감옥 안의 개인 도서실에서 영어 공부와 신학문 습득에 매진할 수 있었다. 또한 옥중 포교에 나서서 수십 명의 죄수들을 기독교로 개종시킴으로써 미국 선교사들의 후원에 보답하였다.

이승만은 투옥된 지 5년 7개월 만인 1904년 8월, 주한 일본공사 하야시 곤스케(林權助)의 도움으로 석방되었다. 서재필이 이끌던 독립협회는 당시 발발한 러일 전쟁에서 '황인종 일본'을 공개적으로 옹호하였는데 하야시는 그들 개화파에 대한 배려로 이승만 석방에 힘을 썼을 것이다. 경성감옥에서 풀려난 이승만은 그해 11월 도미(渡美)하였다. 미국 선교사들이 주선한 유학을 떠난 것인데, 때맞춰 그의 일생에 매우 중요한 영향을 미칠 행운이 주어졌다. 대한제국 참정대신 민영환·한규설의 개인 밀사로서 미국 정부에 한미수호조약(1882년)의 상호방위조문을 발동해 조선 독립을 보전해달라는 청원을 하는 임무였다. 이승만은 1905년 2월 전(前) 주한 미국공사 딘스모어의 주선으로 헤이 국무장관을 만난 데 이어, 8월에는 하와이의 감리교 목사 윤병구 등의 도움을 받아 시어도어 루스벨트 대통령을 접견하고 조선의 독립 보전을 청원함으로써 외교밀사 역을 120퍼센트 완수하였다.

하지만 이승만의 외교 노력은 기실 아무런 효과가 없는 것이었다. 이승만이 루스벨트를 만나기 직전에 미국은 '가쓰라-태프트 밀약'(1905년 7월)을 통해 이미 조선에 대한 일본의 종주권을 인정한 상태였다. 그러나 실제 성과와는 별개로 나이 서른의 젊은 이승만이 미국의 국무장관과 대통령을 대면했다는 사실만으로도 그의 명성을 드높이기에 충분한 이력이 되었다. 1910년 7월 이승만은 미국 프린스턴 대학에서 정치학 박사학위를 취득했다(박사학위 논문은 '미국의 영향을 받은 중립'[Neutrality as influenced by the United States]으로 향후 그의 미국 일변도 독립외교의 향방을 가늠할 수 있다). 1905년 2월 조지워싱턴 대학에 입학하여 유학을 시작한 지 불과 5년 반 만이었다. 최소 12년이 걸리는 박사 과정을 그 절반도 안 되는 기간에 마친 것이었다. 이승만의 박사학위 취득은 그의 비상한 두뇌와 경성감옥에서 익힌 영어 실력에 서울의 선교사들과 미국 기독교계의 전폭적인 지원이 뒷받침되어 이루어진 것이었다. 특히 석사 과정(하버드대)을 마친 이승만이 같은 해 박사학위를 받을 수 있었던 데에는 미국 기독교계의 강력한 입김이 작용했다. 이승만의 유학 경비 대부분을 지원한 미국 기독교계가 그는 한국 기독교를 이끌어갈 인물이므로 조속히 귀국해야 한다며 프린스턴 대학 당국에 빠른 학위 수여를 촉구했던 것이다. 박사학위를 받은 이승만은 곧바로 귀국해 2년 가까이 종교 및 교육 활동을 했으나 애당초 목회자가 될 생각은 없었다. 1912년 1월 '105인 사건'[20]이 터지자 그해 3월 이승만은 다시 미국 선교사의 도움으로 미국에 망명하였고, 이듬해 1월 경성감옥 동지 박용만[21]의 초청을 받아 하와이

---

20 105인 사건: 일제가 한국의 민족운동을 탄압하기 위해 일으킨 사건. 양기탁, 이동녕, 이동휘 등 신민회 간부를 비롯해 수백 명이 검거되었는데 그중 105인이 기소되어 '105인 사건'이라 한다.

21 박용만(1881~1928): 언론인, 독립운동가. 1904년 경성감옥에서 이승만을 만나

로 향했다.

그렇게 떠났던 이승만이 고국에 돌아온 것은 32년이 지난 1945년 10월 16일이었다. 귀국한 다음 날 이승만은 경성라디오 방송을 통해 이렇게 말했다.

"나를 따르시오. 뭉치면 살고 흩어지면 죽습네다."

풍문이 쌓이면 전설이 되고, 전설이 바래면 신화가 된다.

귀국 당시 71세의 고령이었던 이승만은 이미 전설이고 신화였다. 이승만이 임정 대통령이었다는 풍문은 20여 년 세월이 흐르면서 전설이 되었고, 이승만이 서른 살 젊은 나이에 미국 대통령을 대면하여 조선 독립을 청원했으며 그 후 40년간 미국 땅에서 항일 독립운동을 해왔다는 전설은 신화가 되었다. (남한) 사람들은 '이승만 박사 귀국 환영회'에서 미 점령군사령관 하지가 이 박사에게 부동자세로 경례를 부치는 걸 보고서 깜짝 놀랐다. 조선 사람들을 거지발싸개만치도 보지 않는 것 같던 하지가 저토록 깍듯한 것을 보면 이 박사의 명성이 헛것은 아니로구나, 경탄했다. 그러니까 공산당이 만들었다는 인공에서도 주석 자리를 비워놓고 이 박사가 귀국하기를 기다린 거로구나, 고개를 끄덕였다.

이승만은 미 점령군이 인천에 도착하기 이틀 전인 1945년 9월 6일, 급조된 조선인민공화국의 주석으로 발표되었다. 인공 설립을 주도한 박헌영의 숨은 의도는 이승만을 간판으로 내세우되 실권은 조선공산당이 쥐려는 것이었으나 당사자의 의사는 묻지도 않은 채(이승만은 얼마간 뜸을 들이다가 주석직 수락을 거절하였다) 덜컥 주석 자리에 앉힌 박헌영의 경솔한 결정은 좌익과 우익을 아우르는 민족지도자로서 이승만의 이미지만 강화해주었을 뿐이었다. 미 국무부의 반대에도 불구

의형제를 맺었으나 그 후 대일 무장투쟁을 주장, 대미 외교독립 노선을 고집하는 이승만과 결별하였다.

하고 이승만이 김구 등 임정 요인에 앞서 귀국하는 데 협조를 아끼지 않은 맥아더와 하지, 그리고 명백히 그들과 대척점에 서게 될 조선공산당 당수 박헌영이 이승만의 이미지 강화에 공동으로 기여한 셈이었다.

이미지가 곧 실체는 아니다. 민중의 삶과 괴리된 전설과 신화란 피부에 와 닿는 것도, 손에 잡히는 것도 아니다. 이승만은 실제 식민지 조선 민중과는 너무 멀리, 너무 오래 떨어져 있었다. 조선 민중으로서는 잘 모르는, 안다고 해도 그저 전설과 신화 속 존재였을 뿐이다. 그러나 불안정한 혼돈의 시대일수록 이미지가—그것이 환상일지언정—실체보다 강력한 카리스마의 원천이 될 수 있다. 이승만은 충칭의 임정(대한민국임시정부) 주석 김구보다 한 달여 앞서 귀국함으로써 자신이 원하던 '국부'(國父)의 이미지를 선점할 기회를 잡았고, 그런 기회를 유효하게 활용할 만큼은 충분히 유능하고 노회하였다.

이승만은 철저한 현실주의 정치인이었다. 그가 40년 망명 생활을 통해 헌신하였다는, 외교를 통한 독립운동 또한 현실주의의 산물이었다. 이승만은 1912년 미국에 망명한 이래 조선의 자력 독립은 불가능하다는 생각에서 벗어난 적이 없었다. 미개한 조선인, 허약한 조선의 국력으로 '아시아의 문명국' 일본에 대항하는 것은 비현실적이다. 조선의 독립은 오로지 미국의 힘에 의해서만 가능하고, 미국을 움직이려면 미국의 입장에서, 미국인의 눈으로 조선을 바라보아야 한다. 미국이 원치 않으면, 미국인이 지지하지 않으면 조선의 독립은 요원하다. 따라서 미국 사회의 주류 여론에 역행하여서는 안 된다. 그것이 이승만의 일관된 생각이었다. 따라서 이승만이 보기에 이토 히로부미를 저격한 안중근이나 노골적인 친일 행각으로 조선인의 분노를 산 스티븐스를 암살한 장인환·전명운, 그리고 훗날 임정의 지령으로 거사를 감행한 이봉창·윤봉길·나석주 등의 의열(義烈) 투쟁은 미국 주류 여론에 반하는 야만적 테러 행위에 지나지 않았다. 이승만에게는 중국과 만주 등지에서 벌어지던 항일 무장투쟁이나 국내에서 공산주의자들을 중심으로 이어지던 민중투쟁에 대한 이해가 없었다. 섣부른 무장투쟁은 화(禍)만 불러올 뿐, 미국 정부로 하여금 조선을 일본의 식민지로 내버려두는 것이 미국의 국익에 도움이 되지 않는다고 판단케 하는 외교술만이 조선이 독립을 이룰 수 있는 유일한 방도였다. 이승만은 미국이 일본으로부터 조선을 독립시켜 한반도를 완충국화(중립화)하는 것이야말로 동양의 평화는 물론 미국의 이익에도 도움이 되는 최선책이라고 주장하였다.

미국인보다 더 미국적으로 사고하던 이승만이었지만 그는 미국 또한 저들의 이익을 위해서라면 약소국의 처지 따위는 아랑곳하지 않는 신흥 제국주의국가일 뿐이라는 사실을 알지 못하였다(알려 하지 않았다). 오히려 조선을 장래 미국 같은 기독교 국가로 만드는 것이 꿈이었던 이승만은 미국의 이익이 곧 조선의 이익이라고 믿어 의심치 않았다. 그러나 미국에게 조선은 '핵심적 가치가 없는 주변부 열등국가'에 지나지 않았다. 그러니 이승만이 30여 년에 걸쳐 헌신하였다는 대미 독립외교 또한 그 성과는 미미할 수밖에 없었다.

일제가 패망하고 조선이 해방되자 이승만은 귀국을 서둘렀다. 그러나 미 국무부에서는 이승만의 귀국을 달가워하지 않았다. 한반도 분할 점령으로 소련과의 협력이 필요한 시점에 노골적인 반소(反蘇) 반공주의자인 이승만은 골치 아픈 '트러블 메이커'(말썽꾼)에 지나지 않았다. 이승만은 임정 주석 김구가 자신보다 먼저 귀국해 남한의 정국 주도권을 쥐지 않을까 노심초사하였다. 이승만은 미국인 '친구들'을 동원해 국무부에 출국 로비를 하는 한편 태평양지구 사령관 맥아더에게 귀국 청원을 했다. 이 청원에서 이승만은 미국과 소련이 한반도를 분할 점령하는 것에 반대하며, 필요하다면 미군이 한반도 전역을 점령해야 한다고 강조하였다. 완고한 반소 국가주의자인 맥아더가 듣고 싶어 한 소리였다. 결국 이승만은 맥아더의 도움으로 김구보다 한 달여 일찍 귀국할 수 있었고, 미군정의 전폭적인 지원을 받은 이승만에게 한 달이란 기간은 정국 주도권을 쥐는 데 충분히 긴 시간이었다.

이승만은 책략에 능하고 정세를 읽는 눈이 빨랐다. 그는 미 국무부의 국제주의 노선과 군부를 중심으로 한 국가주의 노선 사이의 갈등과 향배를 간파함으로써 숙원이던 남한 단독정부의 수반에 오르는 데 성공한다. 국제주의 노선은 프랭클린 루스벨트 대통령의 전후(戰後) 구상으로 미·소·영·중 등 승전(勝戰) 강대국 간의 협력 하에 미국이 세계질서를 주도하는 방안이었다. 1943년 카이로 회담에서 루스벨트 대통령이 제안한 전후 패전국 식민지에 대한 다국(多國) 신탁통치안은 이러한 국제주의의 반영이었다. 반면 맥아더 등 군부 지도자들을 중심으로 한 국가주의자들은 국제주의는 결국 미국의 이익을 저해할 것이며, 특히 소련과의 협력은 공산주의의 팽창을 초래할 것이라고 우려하였다. 더구나 미국이 보유한 원자탄의 가공할 위력이 (일본의 히로시마와 나가사키에서) 증명된 이상 초강대국 미국에게 다국 간 협력이란 '거추장스러운 외투'에 지나지 않을 것이라는 게 국가주의자들의 불만이었다. 루스벨트 대통령의 후임인 트루먼 대통령의 행정부에서 국제주의자들의 발언권은 차츰 약화되었다. 루스벨트에 비해 국제정치적 상상력이 크게 떨어지는 트루먼은 애초 국가주의 성향이 강한 인물이었다. 그러나 전임자의 정책을 폐기하기까지는(미·소 냉전의 분위기가 확연해지기까지는) 좀 더 시간이 필요하였고, 그사이 해방된 남한에서는 국무부의 국제주의와 군부의 국가주의가 모순되고 착종되면서 혼란과 갈등을 심화시킬 수밖에 없었다.

이승만은 미국의 '친구들'을 통해 미·소 냉전의 흐름과 트루먼 행정부의 변화를 감지할 수 있었고, 그 맥을 제대로 짚음으로써 최종의 승리를 얻어냈다. 결국은 맥아더를 비롯한 미국 국가주의자들의 뜻대로 된 것이었지만 이승만 개인으로 보면 집요한 권력의지와 노회한 전략전술의 승리였다. 이승만의 최우선 관심사는 해방된 조국에 어떤 나라를 세우냐는 것이 아니었다. 어떻게 해야 자신이 권력을 잡느냐는 것이었다. 그에게는 통일된 민족국가 수립보다는 남한 단독정부의 수반이 되는 것이 중요하였고, 끝내 자신의 목표를 이뤄냈다.

무대의 연출은 단연 미군정의 몫이었다. 미군정의 시나리오는 결코 잘 짜인 것은 아니었으나 남한을 소련 공산주의의 팽창을 막는 방파제로 삼으려는 정책 목표가 일관되었던 만큼 이승만과의 일시적이고 부분적인 갈등이 그의 승리에 결정적 장애가 되지는 않았다. "고집불통에다 교활한 늙은이"(미 점령군사령관 하지는 한때 이승만을 그렇게 욕했다)라고는 하나 미국으로서는 독실한 기독교도이자 친미 반공주의자인 이승만에게 반공의 보루 남한을 맡기는 선택을 오래 주저할 이유가 없었다.

*

박명도는 이승만 박사의 라디오 방송 연설을 서울 화동 하숙집 안채 대청마루에서 들었다. 하숙집 주인인 이명현 선생은 왜정 때 일본에서 공산당 운동을 하다가 투옥돼 5년간 감옥 생활을 하고 1940년 봄에 귀국하였다고 했는데, 왼 다리를 저는 건 일본 경찰에 당한 고문의 후유증이라고 했다. 일본 주오 대학 출신으로 공산주의 운동 경력으로만 보면 조선공산당 당수 박헌영 선생의 선배뻘이 될 거라고 했다. 그런 얘기는 모두 하숙생 중 유일한 대학생인 심정운에게서 나온 것이어서 사실 여부는 분명치 않았으나 굳이 의심해야 할 까닭도 없었다. 어림짐작으로 쉰 줄의 연배인 이 선생은 갸름한 얼굴에 광대뼈가 도드라져 얼핏 차갑게 보이는 인상이었지만 웃으면 실눈이 잠기면서 단박에 온화한 얼굴이 되었다. 명도가 경북 영천에서 상경해 중앙중학에 편입하던 지난해 봄, 하숙을 들면서 처음 인사를 드릴 때도 이 선생은 그렇게 실눈을 하고 웃어 보였다. 그래서였을까. 명도는 하숙집 주인이 공산당 운동을 했던 어른이란 말을 처음 들었을 때 문득 공산주의자의 진짜 얼굴은 어느 쪽일까 하는 생각을 했었는데, 왜 갑자기 그런 뜬금없는 생각이 들었는지는 여태껏 모를 일이었다.

하숙은 안채 뒤뜰에 기역자로 달아낸 방 셋에 다섯 명이 들어 있었다. 경성의전에 다니는 심정운이 한 방을 썼고, 정주간을 사이로 휘문중학생 김성우와 오경철, 그리고 중앙중학생 박명도와 서준석이 각각 한 방을 함께 썼다.

이승만 박사의 환국 소식은 미군정이 들어선 후 가라앉았던 해방의 들뜬 기운을 얼마간 되살려주었는데, 젊은이들의 그런 기운이 안채에 전해졌는지 이 선생이 하숙생들을 안채 대청으로 불러 모았다. 대청에는 저녁상까지 올라와 있었다. 의대생을 뺀 중학생 넷은 귀를 바짝 세우고 라디오에서 흘러나오는 이 박사의 연설을 들었다. 가늘게 흔들리는 목소리와 노(老) 망명객의 낯선 억양은 왠지 구슬프게 들렸는데 그것이 한 가닥 숙연한 감동을 주어 그들은 교장 선생님의 훈화를 듣는 듯 저녁상 앞에 고개를 수그리고 있었다. 방송이 끝나자 이 선생이 예의 실눈에 미소를 띠고 입을 열었다.

"내가 쌀 한 가마 값을 치르고 구입한 라디오로 방송을 거저 듣게 해주고 이렇게 저녁상까지 차려주었는데 군들은 어째 감사하다는 인사조차 없는고?"

그 말에 중학생 넷은 황망히 엉덩이를 들어 올리며 나란히 머리를 조아렸는데 이 선생이 껄껄, 크게 웃었다.

"농일세 농이야. 내 군들과 한번 저녁을 함께해야겠다고 생각하던 차에 마침 이 박사 연설을 재방송한다기에 새로 장만한 제니스 라디오도 자랑할 겸 겸사겸사해서 자리를 마련한 것이야. 심정운 군은 오늘 늦는 모양이기에 자네들 네 명 식사만 한 상에 차렸으니 편하게들 들게. 자아, 식사들 하세."

이 선생은 따로 상을 받고 있었는데 보리를 둔 쌀밥에 호박찌개와 멸치구이, 열무김치 반찬은 다를 게 없었다. 따로 상을 받았다지만 안채 어른과 함께 식사를 하는 것은 미상불 불편한 자리여서 중학생 넷은 한동안 빠르게 수저질만 했다. 그러던 중 숫기 좋은 오경철이 입을 열었는데 꽤나 진지한 표정이었다.

"어르신. 이 박사 말씀을 어찌 들으셨습니까?"

"어찌 듣다니?"

"옳은 말씀이신지, 그른 말씀이신지? 어찌 들으면 옳은 말씀인 것 같기도 하고, 달리 들으면 아닌 것 같기도 해서요."

이 선생이 수저를 내려놓았다.

"아닌 것 같기도 하다는 말은 틀린 것 같다는 소리일 터인즉 군은 뭐가 틀린 것 같은가?"

"틀렸다기보다는 무언가 이상하지 않습니까?"

"뭐가 이상한가?"

"지난달에 하지 사령관은 남한에서는 미군정이 유일한 정부라고 하지 않았습니까? 그런데 이 박사께서는 나를 따르라고 하시니 하지와 이 박사가 손을 잡은 겁니까? 해방 이튿날에는 몽양(여운형) 선생님이 저희 학교 운동장에서 새 나라를 만들자고 웅변하셨는데, 이번에는 이 박사가 나서니 두 분이 함께하시는 겁니까?"

"호오! 자네는…?"

"휘문중학 오경철입니다."

"경철 군은 시국을 보는 눈이 아주 예리하군그래. 허나 어찌 돌아갈지는 좀 더 두고 봐야겠지."

"박헌영 선생의 조선공산당은 어찌 됩니까?"

중앙중학 서준석이 끼어들자 이 선생의 얼굴빛이 조금 어두워지는 것 같았다.

"공산당은 어려울 것이네. 어려울 것이야. 미국이 공산당을 받아

줄 리 없으니······. 그나저나 군들은 어찌 생각하나? 뭉치면 살고 흩어지면 죽으니 나를 따르라는 이 박사의 말씀. 너무 독선적이라고 생각하지 않나? 이 박사 저 양반이 무슨 생각을 하고 있는지 나는 어찌 염려가 되는구면. 당장 인공은 어찌할 것이고, 충칭에서 돌아올 임정은 어쩌나. 인공과 한민당은 빙탄불상용(氷炭不相容)의 관계이고 미군정은 한민당과 한속이겠거늘. 시끄러울 게야. 시끄러운 정도가 아니라 큰 사변이 날 수도 있어. 군들은 향후 시국을 주시하되 경거 망동해서는 아니 될 것이네. 매사 신중하고 또 신중하게 행동해야 할 것이야. 자칫 세속의 바람에 잘못 휩쓸리면 군들의 앞날도 어찌 될지 모르니 오직 학업에 열중해야 할 것이야. 부디 내 말을 흘려듣지 말기 바라네."

그렇게 말하는 이 선생의 야윈 얼굴에는 회한(悔恨)의 빛이 어리는가 싶었고, 중학생 넷은 누가 먼저랄 것도 없이 명심하겠다며 머리를 숙였는데 그날 밤 늦게 그들로부터 이 선생의 말을 전해 들은 심정운의 반응은 차가웠다.

"쳇. 전향자의 기회주의적인 발언이로군."

입에서 술 냄새가 풍기긴 했지만 정신은 말짱해 보였다. 김성우가 그게 무슨 소리냐고 묻자 심정운은 잠시 망설이는 눈빛이더니 천천히 입을 떼었다.

"진정한 해방과 독립을 맞으려면 혁명이 있어야 하고, 혁명의 주체는 인민이어야 하지. 혁명은 무엇인가? 인민의 힘으로 친일 잔재를 척결하고 통일된 민주주의 국가를 수립하는 것, 그것이 바로 혁명이지. 미군은 건준과 인공, 모두 인정하지 않는다고 했어. 좌익 공산당이라 안 된다는 것이지. 그러고는 친미 반공 우익인 이 박사를 밀기로 한 거야. 친일 유산자 계급인 한민당이 한편이 될 것이고. 미군정에는 벌써부터 친일파들이 모여들고 있다고 하지 않던가. 이래서야 진정한 혁명이 가능하겠나? 더러운 반동이 있을 뿐이지. 그런데 학업에만 열중하라고? 과연 그럴 수 있을까? 자네들도 이제 피 끓는 청춘인데 거꾸로 돌아가는 세상을 외면한 채 책상에 머리나 박고 있을 수 있겠느냐고? 나야 외과의사가 될 거니까 수술용 메스만 들고 있으면 되겠지만 말이야. 제기랄……. 그나저나 이 선생의 말씀 중에 자네들이 명심해야 할 대목이 없는 건 아니로군."

"그게 뭔데요?"

얼굴빛이 상기된 오경철이 말꼬리를 올렸다. 묻는 게 아니라 따져보자는 기색이었다. 중학생들은 은연중 저희들을 깔보는 듯한 심정운의 냉소와 이명현 선생에 대한 무례에 불편한 심기였는데 오경철이 그네들의 심중을 대변한 셈이었다. 그러나 심정운은 콧잔등에 주름을 지으며 가볍게 말했다.

"사변이 날 수도 있다는 것. 그러니 부잣집 도련님인 군들은 각별히 몸조심해야 한다는 것. 안 그런가? 하하하……."

경기도 양주 대지주가(家)의 손자인 서준석이 발끈했다.

"아니, 무슨 말을 그리합니까? 그러는 형님은 가난한 고학생이어서 몸조심할 필요가 없다는, 그런 말입니까?"

중학생들이 알기로 심정운의 집안은 왜정 때 이래 종로 화신백화점에서 금은방을 하는 알부자라고 하니 서준석이 핏대를 세울 만도했다. 그러자 심정운이 싱긋거리더니 답하였다.

"이런 이런……. 불쾌하게 들렸다면 내 사과하겠네. 나야말로 친일파 거두에게 빌붙어 부귀를 꾀한 썩은 부르주아 집안의 자식이지. 그러니 나는 사변이 나면 조심하고 말고 할 것도 없겠지. 친일 잔재는 깨끗이 청소되어야 할 테니. 그런데 말이야. 나는 정말 그런 날이 빨리 왔으면 좋겠어.…… 어라, 왜들 그렇게 놀란 눈들을 하나. 농담일세, 농담이야. 하하하……. 내 오늘 오후에 시신 해부 실습을 하고 속이 뒤집혀 학우들과 독한 배갈을 몇 도꾸리 했더니 아직 취기가 가시지 않은 모양이야. 술 취한 혀가 제멋대로 움직이는 걸 낸들 어쩌겠나. 좋아 좋아. 기왕 술기운을 빌었으니 한마디만 더 하지. 자네들 혹시 역사의 수레바퀴라는 말 들어보았나? 들어보았다고? 그러면 말이야. 역사의 수레바퀴가 인민의 뜻과는 무관하게, 아니 정반대로 굴러간다면 어쩌겠나? 인민이 역사의 주체가 아닌 객체로 전락한다면 어쩌겠나? 헌데 유감스럽게도 바야흐로 역사의 수레바퀴가 거꾸로 굴러가려는 모양일세. 그러니 누군가 그 방향을 바로 돌려놓아야 하지 않겠나. 그게 누구냐고? 글쎄, 나는 아니고, 자네들이면 어떻겠나? 하하하······. 자아, 오늘은 이쯤 하고 그만 건너들 가서 잠이나 자게. 그리고 다시 해방된 나라의 새 아침을 맞자고."

그랬던 게 벌써 1년 전이었다.

명도는 여름방학 전인 7월 중순에 영천의 아버지로부터 편지를 받았다. 친필로 쓴 편지에서 아버지는 이번 하기 방학에는 집에 내려오지 말고 서울에서 면학하라고 하셨다. 대구에서 호열자가 창궐하여 인근 지역으로 전파되고 있으니 화동 하숙집에 머물며 공부에 전념하라는 말씀이었다. 하숙집 주인께는 따로 편지를 드리고 하숙비는 별도로 지불하기로 하였으니 괘념할 것 없다는 추신이 붙은 편지였다. 하기야, 2년 전 여름 학병으로 나갔던 형의 전사(戰死) 소식에 몸 져누우신 뒤로 시난고난하는 어머니가 염려되기는 하였으나 제가 내려간다고 딱히 도움 될 일은 없을 터였다. 신탁통치 반대로 온 나라가 뒤집어진 듯 시끄러웠던 지난 겨울방학 때도 영천 고향집은 뒷마당 감나무로 날아든 까치 울음소리뿐 세한(歲寒)의 적요가 물처럼 고여 있었다. 아버지는 어릴 적 당신이 가르치셨던『논어』를 틈틈이 익혀라 내주셨고, 겨울볕 깊숙한 오후에는 자리보전하시는 어머니의 말동무를 하며 시간을 보냈다. 그렇다고 세상의 소요가 담장 밖에 머무는 건 아니었다. 마실 삼아 찾아간 삼호리 아재는 대구에서는 말할 것도 없고 영천읍내에서도 한동안 반탁시위가 요란하더니 해가 바뀌고 나서는 어찌된 영문인지 인민위원회 사람들이 친탁으로 돌아섰다고 하였다.

"하이고, 도련님. 지가 그 속사정까정 우째 알겠나요. 용민이가 있으면 자초지종을 알 낀데, 우편국 일로 바쁜지 집에는 보름에 한 번, 한 달에 한 번 코빼기나 비치고 있습지요. 혹시 대구 나갈 일이 있으시믄 우편국에 들러보이소. 하기사 명도 도련님은 서울서 중학교 다니는 학생인데 반탁이고 친탁이고 간에 신경 쓸 이유가 있습니꺼. 공연히 시세에 휩쓸렸다가 화만 당하기 십상이지요. 용민이 집에 들르면 도련님 오셨다 카고 읍내로 찾아뵈라 카지요."

"아, 아닙니더. 지가 아우인데 그런 말씀 마이소. 일간 대구 나가는 길에 우편국으로 용민 형님을 찾아뵙지요."

예로부터 영천군 금호면 삼호리에는 몰락한 반남 박 씨들이 이십여 호 촌을 이루고 살았는데 그들은 거개가 영천읍내 지주가인 밀양 박 씨네 논밭을 부쳐 먹는 소작농이었다. 왜정 말기에 영천 밀양 박 씨들이 하나둘 대구와 경주, 부산 등 도회지로 빠져나가고, 삼호리 반남 박 씨들도 대처로 흩어지면서 박 씨 집성촌은 사라졌으나 주종 관계는 오래도록 무너지지 않았다. 용민의 아버지 박일구 씨는 명도가 태어나기 전부터 영천읍 박노환 씨 댁 마름이었다. 명도는 자라면서 박 씨를 아재라 불렀고, 박 씨의 아내 윤 씨는 숙모라 칭하였다. 본은 다르나 성 씨는 같은 박 씨이니 그리 부르라는 아버지의 명이었는데 정작 당사자들은 무슨 말씀이냐며 질겁하였다. 세월이 얼마이며 세상이 바뀌었는데 상하 구별이 가당하겠는가, 아버지가 몇 번을 말씀하셔도 사람 사는 근본에 변함이 있겠느냐, 천부당만부당하다는 순박한 사람들이었다. 그 통에 갈수록 멀어진 것은 네 살 터울인 명도와 용민의 사이였다. 겨울방학이 다 가도록 용민은 읍내에 얼굴을 비치지 않았다. 지주댁 마나님 간병차 드나드는 제 어머니 편에 지난 신문을 두어 번 전해주었을 뿐이다. 묵은 신문에는 소란한 세상이 먹빛으로 쓰여 있었고, 명도는 아침저녁으로 까치 울음이나 듣고 있는 자신이 문득 부끄러웠다.

그랬던 지난 겨울방학이었기에 명도는 짧은 답신으로 인사를 대신하고 화동 하숙집에서 여름을 보내기로 하였다. 방학이 되자 강원도 강릉에서 유학 온 김성우와 경기도 수원에서 올라온 오경철, 양주 출신인 서준석은 모두 고향으로 내려가 화동 하숙집에는 명도와 심정운 둘만 남았는데, 심정운은 꼭두새벽부터 나가는지 얼굴 한 번 마주치기가 힘들었다. 심정운은 수재들이나 될 수 있다는 의전생으로 중학생들보다 나이도 서너 살 위인 데다 성정이 차가운 편이어서 명도가 쉬이 접근할 수 있는 상대가 아니었다. 그나마 언죽번죽하니 넉살 좋은 김성우가 가끔 심정운과 중학생들 사이에 다리를 놓곤 하였는데 성우마저 강릉 고향집에 가고 없으니 명도가 심정운과 접할 일은 없었다. 명도로서는 서대문 밖 아현동에 대궐 같은 본가가 있다는 심정운이 왜 서울의 제 집 놔두고 하숙 생활을 하는지, 그가 얘기했던 인민의 혁명은 과연 일어날 수 있는 것인지, 역사의 주체 또는 객체로서의 인민은 어떻게 다른 것인지 등등, 묻고 싶고 알고 싶은 것이 많았지만 심정운은 좀처럼 곁을 주지 않았다. 더구나 심정운은 여름방학이 끝나기 전 온다 간다 말도 없이 훌쩍 화동 하숙집을 떠났으니 더는 묻고 말고 할 것도 없었다.

해방의 새 아침은 날마다 소란하고 불안하고 격렬한 기운에 휩싸인 채 밝아왔다. 2학기가 시작되고 달포가 지났을 무렵에는 그 기운이 비등점에 오른 것 같았다. 서울, 부산, 대구의 철도 노동자들이 파업을 벌여 기차가 끊겼다고 했고, 전신국과 우편국 등 공공기관과 함께 서울의 크고 작은 공장 노동자들이 동맹파업에 나섰다고 했다. 화동 하숙생들의 의견은 둘로 갈렸다. 김성우와 오경철은 이번 파업이 조선공산당의 지령에 의한 것이라고 하였다. 미군정이 조공을 불법화하고 박헌영 당수에 대한 체포령을 내리자 공격적인 대응전략으로 총파업을 택한 것이라는 얘기였다. 서준석은 그보다는 생활고가 제

일 원인이라고 했다. 미군정이 철도 노동자의 월급제를 일급제로 바꾸면서 임금을 삭감하자 그렇잖아도 저임금에 시달리던 노동자들의 분노가 폭발한 것이라고 했다. 어차피 김성우나 서준석의 의견은 학교 안팎에서 주워들은 얘기일 것이니 어느 쪽이 꼭 맞는다고 할 수는 없을 것이었다. 명도는 선후야 어떻든 두 원인이 복합적으로 작용한 것일 거라고 조심스럽게 말했고, 오경철이 "오우, 박명도. 자네의 매사 회색적인 태도는 맘에 안 들지만 이번의 신중한 견해는 정답인 것 같군", 호들갑을 떨었다. 그나저나 경기와 휘문, 경신에 이어 중앙에서도 맹휴(동맹휴학)가 이어져 학교는 다시 방학이나 다름없었다. 맹휴를 주동한 학생들은 공청(조선공산주의청년동맹)과 연결되어 있다고 했고, 반대하는 측은 이승만 박사의 독촉(독립촉성국민회)과 끈이 닿아 있다고 했는데, 경찰이 곧 공청 쪽 학생들을 색출할 것이며, 맹휴에 동참한 학교에서는 이미 좌익계 교사들이 여럿 경찰에 연행되거나 자취를 감추었다는 흉흉한 소문이 돌았다.

명도가 안채로 난 중문을 밀고 안으로 들어섰다. 마당가 장독대 앞으로 붉은 화관(花冠)을 매단 맨드라미가 줄지어 있고 그 뒤편 담장 아래 대추나무가 여린 열매를 달고 있었다. 명도가 사랑채 댓돌로 다가가자 창호 문이 열리며 이 선생이 얼굴을 내밀었다. 명도가 꾸벅 절을 하자 이 선생이 "명도 군이 아닌가? 웬일인가?" 물었다.

"예, 선생님. 고향집에 며칠 다녀오려고 해서요. 인사 드리려 왔습니더."

"영천에? 열차가 다닌다든가? 어제로 철도 파업이 끝났다고는 하나 아직 열차가 제시간에 운행하기는 어려울 텐데."

"용산에 있는 차부에 가면 대구로 가는 시외버스가 있다 합디더. 대구에 가면 영천 가는 차편은 많고요. 하루 이틀 지나면 열차도 정상 운행하지 않겠습니꺼? 올라올 적에는 대구에서 열차 타면 되겠지요."

"왜? 집에 무슨 일이라도 있는가?"

"아닙니더. 여름방학에도 안 내려갔는데, 아무래도 학교가 며칠 더 쉴 거 같아서 그 짬에 잠시 다녀오려고요."

"부모님께 내려간다는 말씀은 전하였고?"

"우편국이 파업 중이라서, 편지도 안 간다 카더예."

"아, 그렇구먼. 그런데 여비는 있는가?"

"그기, 있기는 헌데. 버스비가 얼매나 드는지 모르겠고, 또 가다가 차를 갈아타야 할지도 모르겠고 해서요. 선생님이 조금 빌려주실 수 없겠습니꺼? 죄송합니더. 올라오는 대로 즉시 갚겠습니더."

"어허, 죄송하기는. 잠시 기다리게나. 내, 돈 내어줄 테니."

이 선생의 실눈에 웃음이 실렸다.

5

우리 마을, 늙은 꾹 온종일 침을 질질 흘린다네.
불쌍하여라. 늙은 꾹 아기로 변했다네.
— 타인호아, 꾹의 노래

하루 24시간, 1년 365일. 우주의 시간은 만물에 균일하다. 그러나 인간의 시간은 다르다. 한 시기의 응축된 시간이 전 생의 시간을 결정한다. 언젠가 타인호아의 웅오딘민 노인이 얘기했던 순수한 영혼에 주어지는 운명의 시간이다. 웅오딘민의 손자 타오에게 그런 시간이 다가왔다.

하노이에서 사이공으로 내려오고 3년이 지난 지금 타오는 반타잉 학교 11학년(고등학교 2학년)이다. 키는 1미터 70센티미터까지 자랐고 몸무게는 58킬로그램이어서 헌칠하고 날랜 몸매였다. 하노이에서 전학한 그해 말 시험에서 무난히 진급한 데 이어 매 학기 우등생일 만큼 공부도 잘했으며, 동그란 얼굴에 눈빛이 맑아 여학생들에게 인기가 좋았다. 그러나 말수가 적고 늘 무언가를 골똘히 생각하는 인상이어서 여자애들이 쉽게 접근하지는 못했다. 어울리는 친구도 많지 않았다. 그런 타오가 반타잉 학교에서 유명인사가 된 것은 그가 읽은 짧은 시가 알려지면서였다.

2주 전, 반타잉 문예반 '벼꽃' 회원들이 사이공 교외 붕따우로 소풍을 갔을 때의 일이다. 건기가 시작된 논에서는 벼가 한창 익어가고 있었고, 여트막한 언덕에 홍시엠[22]의 황갈색 열매가 흐드러진 토요일이었다. 9학년(중학교 3학년) 여학생 레이가 '아오자이 아가씨'란 자작시를 낭송한 뒤 모두가 돌아가며 한마디씩 소감을 말하는 차례였는데 타오는 한참을 생각하다가 "아름답기는 한데…" 하고 입을 닫았다. 인솔교사 후옹 선생이 눈을 찡긋하고는 물었다.

"아름답기는 한데? 그게 다야?"

타오는 다시 생각하는 표정이더니 아름답기는 한데 무슨 소리인지는 모르겠다고 답했다. 아이들은 가볍게 웃었지만 레이는 얼굴이 빨개져 금방 울음이라도 터뜨릴 것 같았다.

---

22 홍시엠: 감나무과의 열대과실수.

"무슨 소리인지 모르다니. 흰 아오자이를 입은 사이공 아가씨의
아름다움을 노래한 것 아니냐?"

후옹 선생이 짐짓 레이를 다독이는 눈짓을 했지만, 타오는 입을 꾹
다물었고, 그러자 후옹 선생은 조금 화가 난 듯, 좋다, 그러면 타오,
너의 시를 들어보자, 고 했다. 앙갚음이라도 하려는 듯한 눈치였다.
아이들이 선생의 의도를 눈치채고 손뼉을 치며 타오를 채근했다.

"타오, 타오, 어서 해, 어서 해."

그러자 잠시 뒤 타오의 입에서 이상한 시가 흘러나왔는데 그 구절
이 이러했다.

"우리 마을, 늙은 꾹 온종일 침을 질질 흘린다네.
불쌍하여라. 늙은 꾹 아기로 변했다네.
우리 마을, 늙은 꾹 날마다 돼지 멱을 딴다네.
불쌍하여라. 늙은 꾹 돼지로 변했다네.
꽤액 꽤액, 늙은 꾹 돼지 멱따는 소리.
송호이 강물에 흘러간다네."

"타오, 이게 무슨……?"

후옹 선생의 얼굴이 딱딱해졌고, 문예반 아이들은 놀란 눈으로 서
로를 보았다. 고개를 숙이고 있던 레이도 눈을 들어 타오를 멍히 바
라보았는데 왠지 방금 전에 보였던 원망의 빛은 사라지고 없었다. 타
오는 노래 부르듯 흥얼거리고 나서 오히려 담담한 표정이었는데, 며
칠 후부터 반타잉 학교에 그 괴상한 노래가 수군수군 퍼지며 타오의
이름도 함께 알려졌다. 상황이 꼬인 것은 타오의 시에 나오는 '우리
마을 늙은 꾹'이 '우리 학교 늙은 탐'이나 '우리 학교 늙은 끼' 식으로
교장서부터 여러 선생 이름으로 자유자재로 둔갑해 아이들이 낄낄거
리며 부르는 노래가 되면서부터였다. 이를테면 이런 식이었다.

"우리 학교, 늙은 탐 온종일 방귀를 뿡뿡 뀐다네.
불쌍하여라. 늙은 탐 홀아비가 되었다네.

우리 학교, 늙은 끼 날마다 깩깩 소리를 지른다네.

불쌍하여라. 늙은 끼 원숭이로 변했다네.”

마침내 교장 선생이 담임 선생에게 타오의 학부형을 부르라 하였는데, 그 다음 날 오후 학교에 나타난 것은 타오의 삼촌 키엠이었다. 키엠은 그새 지역 경찰서 보안계장으로 승진해 있었다. 키엠은 어깨에 작대기 세 개가 붙은 경찰 정복 차림으로 곧장 교장실로 들어갔는데, 들어갈 때의 당당한 기세와는 달리 나올 때는 안색이 허옇게 변해 있었다. 키엠이 돌아가기 전 타오를 교실 밖으로 불러내 말했다.

“타오야. 너 학교 파하는 대로 나한테 좀 들러라. 내 사무실은 레방제트 경찰서 2층 왼쪽 맨 끝 방이다. 내 미리 말해놓을 테니 경찰서 정문에서 삼촌 만나러 왔다고 하면 안내해줄 거다. 집에 가기 전에 꼭 나를 만나고 가야 한다. 알겠지?”

키엠은 경찰서로 돌아와서도 굳은 얼굴로 사무실에 처박혀 있었다. 타오가 시라며 불렀다는 노래, 그 괴이쩍은 가사를 어찌 잊을 수 있었겠는가.

호앙끼꾹의 둘째 아들 띠우가 키엠을 찾아온 것은 지난해 늦은 여름이었다. 우기(雨期)가 한창이어서 온종일 굵은 빗줄기가 쏟아지던 날 오후 띠우는 흠뻑 젖은 몰골로 경찰서 정문 초소 앞에 서 있었다.

“띠우, 우산도 없이 이게 무슨 꼴인가? 얼른 이리 들어오게.”

키엠이 제 우산을 들어 내밀자 띠우가 손사래를 치며 헤, 웃어 보였다.

“벌써 다 젖었는데요 뭘. 다 와서 우산이 뒤집어졌지 뭡니까요. 그리 들어가면 도련님마저 젖을 겁니다.”

“도련님은 무슨? 동갑내기 친구끼리. 그냥 옛 이름대로 킴이라 부르게. 자, 일단 비는 피해야지. 저기 길 건너 찻집이라도 가자구.”

키엠이 킴이었던 어린 시절, 동갑인 둘은 타인호아의 논과 들을 싸돌아다니며 긴 하루를 보내곤 했다. 부모들은 주종 간으로 신분이 달랐으나 어린 그들은 벌거벗고 같이 노는 불알친구일 뿐이었다. 그러나 키엠의 어린 시절 추억에 깊이 남은 사람은 띠우가 아닌 띠우의 형 토우였다. 토우는 키엠의 형 람보다도 세 살이나 위여서 키엠의 상대가 되어주지 않았고, 열여섯 살이 되자 하노이 동남쪽 하이퐁 항으로 가서 선원이 되었다. 람과 키엠 형제가 통킹 총독부로 전근한 아버지를 따라 타인호아에서 하노이로 옮겨 간 해 가을이었다. 키엠은 키가 크고 뼈대가 굵은 토우를 좋아했다. 샌님에다 공부벌레인 형 람보다는 배를 타고 남중국해를 오간다는 토우를 동경했다. 그래서였을까. 하노이에서 간신히 고등학교 과정을 마친 키엠은 하이퐁으로 토우를 찾아갔고, 토우의 도움으로 배를 타고 남쪽으로 내려올 수 있었다.

그런 토우가 타인호아 남쪽 지방 삼손에서 횡사했다는 소식을 들은 것은 키엠이 프랑스 은행 보안요원으로 일하던 5년 전 여름이었다. 프랑스 여자까지 낀 한 무리의 남녀가 삼손의 해안에서 어울려 놀았는데 토우가 술에 취한 채 바닷물에 들어갔다가 심장마비로 숨졌다는 것이었다. 하필 무리에 섞인 프랑스 여자가 코친차이나 프랑스 고위 관리의 외동딸이어서 토우의 죽음보다는 사이공에 사는 프랑스 여학생이 왜 북부 해안까지 올라가 하층 계급인 베트남 선원들과 어울렸는지가 더 화제였다고 했다. 람은 소식을 전하며 지나가는 말처럼 그 프랑스 여자가 토우의 애인이었던 모양이더라고 했다. 키엠은 토우가 사고를 당했다기보다는 자살을 한 게 아닐까 싶었다. 제 유치한 생각이었지만 꼭 그럴 것만 같았다. 프랑스 여학생과 사귀던 토우가 이루어질 수 없는 사랑에 괴로운 나머지 스스로 죽음을 선택한 것이리라. 아무리 그렇더라도 여자애 때문에 자살을 하다니. 개죽음 아닌가. 어리석은 토우 같으니! 그렇게 경멸함으로써 키엠은 어린 시절 동경의 대상이었던 토우를 곧 잊을 수 있었다. 그런데 바로 그 토우의 동생 띠우가 비 맞은 생쥐 꼴로 갑자기 눈앞에 나타난 것이었다.

수건으로 젖은 머리를 닦아내고 빗물이 떨어지는 갈색 민소매 윗도리를 벗어 물기를 짠 다음 의자에 거는 등 한참 수선을 피운 띠우는 커피를 한 모금 마시고 나서야 키엠과 눈을 맞추었다.

"몇 년 만이지요? 킴 도련님."

"어이, 띠우. 도련님이라 하지 말라니까. 내가 하노이를 떠난 게 46년 겨울이니까 벌써 10년이 넘었군그래. 5년 전 토우 형이 돌아가셨단 소식을 듣고도 조문조차 하지 못했네. 집에서 도망 나온 주제에 하노이로 올라가기가 뭣했고, 그렇다고 타인호아 고향집으로 연락하기도 그렇고 해서. 아무튼 띠우 자네에게 미안하이. 그나저나 사이공에 살고 있나? 언제 내려왔나? 재작년 제네바 협정 뒤에? 그러면 우리 형 가족과 비슷한 시기에 내려왔겠구먼. 그래 지금 어디서 무슨 일을 하고 있나? 내가 여기 레방제트 경찰서에서 일하고 있다는 건 어떻게 알았구?"

솔직히 반가움보다는 뭔가 성가신 일이 생길 것 같은 예감에 그렇게 단숨에 몰아붙였을 거였다. 형 토우와는 달리 왜소한 체구에 핏기 없는 얼굴을 한 띠우는 아니나 다를까, 조금은 당황한 눈빛이었는데 애써 침착하려는 듯 남은 커피를 홀짝 마시고는 의자 등받이에 걸었던 갈색 윗도리 주머니에서 기름종이에 싸인 무언가를 꺼냈다. 한눈에 사절로 접은 편지지 같았다. 띠우가 기름종이를 펴고 접힌 편지지를 꺼내어 펴서 키엠에게 건넸다.

"이게 무언가?"

키엠은 띠우가 어디 취직 부탁을 하든가, 아니면 민원을 하려는가 싶었다. 어느 놈에게 사기를 당했는데 그놈 좀 잡아 혼내주고 내 돈 좀 찾아줄 수 있겠나 따위의. 키엠이 경찰이라는 걸 알게 된 사람들은 비슷한 민원을 하고는 했다. 몇 달 하숙을 하던 집주인 영감에, 이름을 바꾸었는데도 용케 찾아온 저 옛날 북부의 중학 동창, 심지어는 자주 찾던 국숫집 여주인에 이르기까지. 그래서 이럴 때 키엠은 저도 모르는 새 조금은 거들먹거리고, 조금은 짜증스러운 표정을 짓고는 했다. 그랬는데 편지지에는 괴이적은 시, 아니 노래 가사가 적혀 있었다. 고작 3행의 짧은 글이었지만 키엠은 읽자마자 경악하였다.

"이게 무슨 소린가? 늙은 꾹이라니? 혹시……."

그러자 띠우가 천천히 고개를 끄덕였다. 방금 전과는 달리 안정을 찾은 듯 얼굴에 핏기가 돌아와 있었다.

"제 아버지 호앙끼꾹이지요. 제 아버지는 온종일 침을 질질 흘리고, 돼지 멱따는 소리를 내는 바보가 되었습니다, 킴 도련님."

순간 키엠은 띠우가 저를 조롱하고 있다는 느낌이 들었다. 아니면 깊은 적의를 감추고 있는지도 몰랐다. 키엠의 눈꼬리가 팽팽해졌다.

"이봐, 띠우. 그놈의 도련님 소리 그만 집어치우라니까. 대체 무슨 일이 있었나? 꾹 아저씨가 어쩌다가……."

하다가, 키엠은 신음처럼 덧붙였다.

"혹시 내 아버지는……?"

그러자 띠우의 미간이 좁혀졌다.

"아니, 여태 모르고 계셨습니까? 도련님 부친 응오딘민 어르신께서 돌아가신 걸. 정말 여태껏 모르고 있었습니까? 작년 가을 타인호아 프엉 마을에서 벌어진 일을? 어르신의 죽음에 충격을 받아 제 아버지 꾹은 말도 못 하고 온종일 침을 질질 흘리며 날마다 돼지 멱따는 소리로 꽥꽥 울어대는 바보가 되었다는 걸."

"뭣이라구? 아버지가 돌아가셔? 왜? 어쩌다가? 아버지의 죽음에 충격을 받은 꾹 아저씨가 바보가 되었다구? 야, 띠우. 이 개자식이 지금 무슨 헛소릴 지껄이고 있는 거야. 경찰서로 가야겠다. 가서 조사를 해봐야겠어."

보안계원의 직감이었을까. 키엠은 꾹이 날마다 돼지 멱따는 소리로 꽥꽥 울어댄다는 소리를 듣는 순간 꾹이 제 아버지를 죽게 했을 거라는 강렬한 의심이 들었고, 그래서 마치 살인 피의자를 연행하듯 띠우를 경찰서로 끌고 갔던 것이다.

띠우는 노래 얘기부터 했다. 그 괴이쩍은 노래가 타인호아 프엉 마을에서 빈까지 흘러 내려왔다고 했다.

"저는 빈에서 곡식 밀무역을 하고 있었습니다. 후에 서북방 쪽으로 라오스 국경을 타고 비무장지대를 우회하는 루트가 있어요. 대불항전 때 베트민이 병력과 무기를 운송하던 길인데 거기로 남부의 쌀을 가져와 북부에 파는 것이지요. 남북이 막힌 뒤 북쪽에서는 식량 사정이 아주 나빠져 서너 배 이문 남기는 건 식은 죽 먹기였죠. 베트민 쪽에서도 워낙 곡식이 부족하다 보니 민간의 밀무역을 어느 정도 눈감아주기도 했고요. 그런데 해가 바뀌면서 단속이 아주 심해졌습니다. 그래서 아무래도 남쪽으로 내려가야겠다고 생각하던 차에 그놈의 노래를 듣게 된 것입니다. 세 달 전쯤이었지요. 너무 놀라 허둥지둥 타인호아로 갔지요. 그랬더니 노래 가사처럼 아버지는 바보가 되어 있었고, 어르신께서는 이미 돌아가셨더군요. 어르신네 논과 사탕수수밭은 여러 소작인들에게 나누어졌고 집도 그자들이 차지한 채 제 어머니가 헛간에 살면서 아버지와 어르신네 사당을 지키고 있었습니다. 어떻게 된 일인지 자초지종을 물어도 어머니는 눈물만 흘렸고, 마을 사람들도 모르쇠로 입을 닫았지요. 그러나 말을 안 한다고 모르겠습니까. 토지개혁대 놈들이 어르신과 제 아버지를 그렇게 만든 것이지요. 북베트남 곳곳에서 그동안 수백, 수천 명이 악질 지주와 반혁명분자로 몰려 처형을 당했다고 하데요. 어르신과 제 아버지도 놈들에게 당한 것입니다."

띠우는 며칠 뒤 하이퐁으로 가서 밀항선을 타고 다낭으로 내려온 뒤 한 달 만에 사이공에 들어왔고 키엠이 이전에 일했던 프랑스 은행에 찾아가 수소문한 끝에 이곳 경찰서까지 왔노라고 털어놓았다.

"왜 이제야 연락을 했느냐구요? 제가 사이공에 계신다는 두 분 도련님의 주소를 어찌 알겠습니까? 아니, 안다고 해도 남북 간에 편지

왕래가 끊긴 지 한참인데 어찌 연락을 취하겠습니까요. 저는 살기 위해 남부로 내려왔고 사이공으로 온 김에 도련님을 찾은 것이지요. 실은 어려운 부탁도 드릴 겸해서…….”

무언가 석연치 않았으나 띠우의 말을 믿지 않을 수도 없었다. 람의 반응도 그랬다. 띠우가 사이공까지 내려와서 거짓말을 할 리가 있겠냐. 꾹 씨가 아버지와 함께한 세월이 얼마인데 설마 해코지를 했겠냐. 꾹 씨가 아버지를 죽게 했다면 왜 말도 못 하고 코를 질질 흘리고 날마다 돼지 먹따는 소리로 울겠냐. 띠우의 말대로 베트민의 토지개혁이 피를 부른 거야. 공산주의자들의 계급 혁명에 아버지가 억울하게 희생당한 거라구. 람은 마치 남의 일처럼 담담하게 말했다. 분노와 비통함으로 제정신이 아니었던 키엠은 형의 반응에 충격을 받았다. 아버지의 기대와 사랑을 독차지했던 장남이란 놈이 이렇듯 냉정할 수 있는가. 아버지에게서 버린 자식 취급을 받았던 나는 뭐란 말인가. 키엠은 람을 노려보면서 이를 갈았다. 이놈은 나보다 더 출세에 눈이 멀었군. 프랑스어와 영어 실력 덕에 정보장교가 되더니 사람이 싹 달라졌어. 이놈 머릿속에는 어떻게 하면 지엠 정권에 공을 세우나 하는 생각밖에 없는 모양이야. 좋아. 그렇다면 이제 나, 레키엠이 진짜 아들 노릇을 해야겠군. 키엠은 수상한 월남자라며 유치장에 가두어놓았던 띠우를 사무실로 데려간 뒤 부드럽게 말했다.

“띠우, 내가 너무 심하게 한 것 같구나. 그놈의 노래 가사인가 시인가를 본 데다 아버지가 급자기 돌아가셨다는 바람에 너무 흥분을 했던 모양이야. 그리고 요즘 사이공의 분위기가 아주 안 좋아. 자넨 잘 모르겠지만 지엠 대통령은 공산주의자라면 아주 질색이지. 작년 내내 수천 명이 체포되었어. 내 손으로 체포한 공산주의자 놈들만 수십 명이고, 그 공으로 여기 레방제트 경찰서 보안계장이 된 거라구. 공산주의자들은 주로 북쪽 베트민에 붙었던 놈들인데 너처럼 월남한 자들 중에 첩자가 많지. 그러니까 내가 너를 공산주의자라고 하면 띠우, 너는 그날로 감옥에 가거나 운 나쁘면 총살당할 수도 있어."

그 대목에서 키엠은 책상 위 서랍을 열고 권총을 꺼내 들었다. 그런 다음 천천히 총구를 따우에게 겨누며 차갑게 말했다.

"아니, 내가 지금 너를 빵, 쏘아 죽여도 그만이야. 무슨 뜻인지 알겠나?"

따우가 멍한 눈으로 총구를 바라보았다. 하루새 얼이 빠진 것 같았다. 키엠이 권총을 내리며 웃었다.

"하하하…… 말이 그렇단 것이지. 어떻게 내가 어릴 적 친구인 자네를 쏘겠나. 걱정 말라구. 그런데 자네가 앞으로 남쪽에서 계속 살려면 공산주의자가 아니라는 보증이 필요해. 보안경찰 간부인 내가 그 보증을 해주겠어. 증명서를 만들어주겠다구. 단 조건이 있네. 따우, 자네가 다시 북으로 올라가는 거야. 타인호아로 가서 내 아버지 시신을 화장한 다음 유골을 가져오게. 자식이 제 아버지 유골조차 모시지 못한다면 그런 불효막심이 어디 있겠나. 내가 다낭까지 안전하게 갈 수 있는 통행증을 끊어주겠네. 그다음에는 하이퐁으로 가는 밀무역선을 타든, 아니면 라오스 루트로 빠지든 그건 따우 자네가 더 잘 알 거 아닌가. 비용도 넉넉히 대주지. 그리고 일을 마치고 돌아오면 자네 부탁대로 이곳 사이공에서 먹고살 수 있도록 일자리를 마련해주겠네. 어때, 할 수 있겠나? 따우."

따우가 고개를 크게 끄덕였다. 그러나 따우는 다시 돌아오지 않았다. 1년여 만에 돌아온 것은 따우가 전했던 그놈의 괴이쩍고 불쾌한 노래였다.

타오는 우연히 아버지 람의 책상 위에 놓여 있던 시를 읽었다고 했다. 한 번 읽었을 뿐인데 저절로 머릿속에 들어갔는지 잊히지 않고 있다가 문예반 소풍 때 선생님이 다그치는 바람에 불쑥 튀어나온 것이라고 했다.

"타오, 너는 그게 시라고 생각하니?" 묻자 타오는 따우가 그랬던 것처럼 크게 고개를 끄덕였다. 같은 방, 같은 공간이어서 그런지 키엠은 띠우를 떠올리며 얼굴을 찌푸렸다.

"야, 인마 그게 무슨 시냐? 시라면 무엇보다 아름다워야 하는데 콧물 질질 흘리고 돼지 멱따는 게 무슨 시냐구? 그따위 더러운 노래는 다시 입에 담지 말거라. 알겠지?"

"……."

"왜, 대답이 없어. 너도 이제 열일곱 살 11학년이니 세상 돌아가는 것도 알아야 한다. 지엠 대통령은 철저한 반공주의자이고, 나와 네 아버지는 공산주의자들, 베트민 동조자들과 싸우고 있어. 네 아버지를 베트남정부군 장교로 만들어준 게 이 삼촌이라는 건 알고 있겠지? 지금 네 아버지는 아주 잘나가고 있어. 영어를 잘해 통역을 하면서 미국 고문단과도 가까워졌다고 하더라. 장차 네 아버지가 별을 단 장군이 될지도 몰라. 그렇게 된다면 하노이에서 학교 선생 하던 것과는 정말 하늘과 땅 차이인 거라구. 54년 가을에 너희 식구를 사이공으로 불러들인 것도 바로 이 삼촌이라는 걸 알고 있니? 내가 뭐 네게 생색내자고 이런 말 하는 건 아니다. 타인호아의 할아버지가 돌아가신 건 가슴 아픈 일이다만 이젠 다 지난 일이야. 과거의 일에 발목을 잡히는 건 어리석은 짓이지. 앞으로 미국이 군사원조를 늘려주면 북쪽의 베트민 놈들을 베트남 땅에서 몰아낼 거야. 그런 날이 오면 이 삼촌이 맨 먼저 타인호아로 달려가서 할아버지 묘를 다시 쓰고 사당을 새로 지어 모실 거야. 이건 네 아버지에게도 하지 않고 너한테 처음 하는 말이야. 정말이다. 그런데 타오, 네가 쓸데없는 노래를 퍼뜨려 학교를 시끄럽게 하다니! 이런 일은 네 아버지와 삼촌 모두에게 나쁜 영향을 줄 수 있어. 삼촌이 무슨 말을 하는 건지는 너도 알겠지?"

"예, 알아요. 삼촌."

타오가 선선히 대답하자 키엠이 빙긋 웃으며 얼굴을 풀었다.

"됐다, 그러면. 내가 너네 교장 선생님께는 잘 말씀드렸다. 네 아빠에게도 염려하지 않아도 된다고 말해주지."

키엠이 타오의 어깨에 손을 얹는데, 타오가 중얼거리듯 말했다.

"그런데요 삼촌, 슬픈 노래도 시예요. 베트남이 슬프니까요."

"뭐? 누가 슬퍼? 무슨 말이냐, 타오? 지금 뭐라고 했니?"

"아네요. 삼촌 저 그만 가볼게요."

타오가 꾸벅 절하고 돌아섰다. 등뼈가 곧고 어깨가 탄탄해 보이는 것이 저 옛날 토우의 뒷모습 같았다. 타오는 이제 어린아이가 아니었다. 키엠은 문득 타오가 제 말을 하나도 알아듣지 못했거나, 아니면 한마디도 받아들이지 않으려 할지도 모른다고 생각했다. 베트남이 슬퍼? 뭔가 개운치 않은 느낌이었다.

키엠의 생각은 맞았다. 타오는 삼촌의 말을 받아들이지 않았다. 키엠은 타오에게 세상 돌아가는 것도 알아야 한다고 했지만 타오는 이미 많은 것을 알고 있었다. 1955년 10월, 바오다이 전 황제를 축출하고 베트남공화국의 초대 대통령으로 취임한 응오딘지엠은 제네바 협정에 따른 남북 총선거를 거부했다. 그것은 애초 미국의 뜻이기도 했다. 총선거를 치를 경우 호찌민의 하노이 정부가 압승할 것이 빤하였기 때문이다. 지엠은 독재를 휘둘렀다. 자신을 비판하는 정당은 문을 닫게 하였고, 개인은 체포해 강제수용소로 보냈다. '공산주의자 고발' 운동을 통해 남부의 베트민 조직과 그 동조세력을 색출하고 처형하였다. 그의 두 동생은 실권을 쥐고 권력을 남용하며 형의 독재를 비호하였다. 지엠 일가의 족벌 독재에 대한 남베트남 사람들의 불만은 날로 높아졌다. 특히 남베트남 인구의 90퍼센트에 달하는 농민들의 불만이 팽배했다. 지엠은 그들의 불만을 무마하기 위해 농지개혁을 실시하였으나, 그 내용은 철저히 자신의 지지 기반인 지주계급의 이익을 보호하는 것이었다. 농지개혁을 하였지만 새로이 자작농이 된 농민은 전체의 3분의 1에도 미치지 못하였고, 3분의 2는 여전히 과도한 소작료에 시달려야 했다. 자작농이 된 농민들 중에도 토지

보상가격이 너무 높아 이전 지주에게 되파는 경우가 적지 않았다.

농지개혁 실패와 비판 여론 탄압, 기독교에 대한 절대적인 옹호 등으로 지엠 정권의 인기는 바닥세였으나 미국에게 남베트남은 공산주의 확산을 저지할 반공의 전진기지였으며, 지엠이 미국의 목표에 충실한 한 그의 독재를 묵인하는 것은 자연스러운 정책 결정이었다. 남한의 반공주의 독재자 이승만에게 그랬던 것처럼. 아이젠하워 행정부는 막대한 원조로 지엠 정권을 지원했다. 미국의 잉여 농산물과 값싼 소비재들로 사이공의 거리는 흥청망청했으며 쓴 커피 속 설탕처럼 시민들의 불만을 다독거렸다. 그러나 이는 기름이 든 솥의 뚜껑을 닫고 그 밑에서 계속 장작불을 피우는 것과 같았다. 솥 안의 기름은 끓기 시작하고 그예 폭발할 것이었다.

사이공학생운동위원회(학운위)는 사이공 시내 여러 중등학교 학생 대표들의 연합모임으로 각 학교 내 자치회 활동 허용과 학비 인하, 사립학교에 대한 규제 철폐, 공립학교의 증설 등 학생 인권과 교육환경 전반에 대한 요구를 주장하는 공개단체였다. 표면적인 투쟁 상대는 각 학교 관리자인 교장, 교감이나 지역 교육청이었으나 사이공 경찰은 학생대표들의 움직임에 촉각을 곤두세우고 있었다. 불만이 있는 곳에는 어디든 공산주의자들의 촉수가 뻗친다는 걸 그들은 알고 있었다. 학운위는 연합체 성격으로 공동대표의 합의제를 채택하였다. 단회의 운영을 위한 간사 1명에 서기 2명을 두었는데, 모임이 거듭되면서 간사의 비중은 점점 커졌으며 3대째에 이르러서는 실질적인 리더로서 학운위를 이끌었다. 탄싱 중학교 11학년 팜반부옹, 하노이에서부터 타오의 친구였던 부옹이 그 주인공이었다. 학운위의 간사는 매년 9월 초에 새로 뽑았다. 12학년생은 졸업시험을 준비하기 위해 물러나는 것이 관례였기 때문이다. 부옹은 각 학교 대표들 3분의 2의 지지를 얻어 학운위 3대 간사로 선출되었고, 사이공 경찰은 당연히 부옹을 주목했다. 그러나 부옹의 아버지는 통킹 총독부의 고위 관리 출신인 데다 외삼촌은 지엠 대통령 동생 뉴의 측근이어서 섣불리 손을 대지 못하였다. 응오딘뉴는 대통령 고문이자 비밀경찰 총수로서 형에 버금 가는 절대권력을 휘두르고 있었다. 그런 뉴의 측근 인사의 조카를 함 부로 대했다가는 목이 열 개라도 배겨나지 못할 것이었다.

부옹이 사이공 중심가인 콩리 로(路)의 찻집으로 타오를 불러낸 것은 삼촌 키엠이 학교에 다녀가고 한 주일이 지나서였다.

"이봐, 타오. 너 꽤 유명해졌더라. 네가 부른 노래를 암송하는 애들이 많아. 그런데 바보 꾹이 누구야?"

"타인호아 할아버지 댁 집사 일을 보던 아저씨야."

"그런데 왜 바보가 된 거야?"

"나도 자세한 건 몰라. 북쪽의 토지개혁으로 생긴 일이라는 것 외에는."

"할아버지는 돌아가셨다며?"

"네가 그걸 어떻게 알아?"

"그런 소문이 있어 물어본 거야."

"소문이라니? 어디서 그런 소문이 난 거야?"

"글쎄, 발 없는 말이 천리를 간다고 하지 않아. 그렇게 난 거겠지. 아무튼 많이 슬프겠구나?"

"모르겠어. 슬프다기보다는 뭐가 뭔지 모르겠어."

"모르다니 뭘 몰라?"

"뭐가 옳은 건지 잘 모르겠다구."

"그래, 그러면 비엣 선생님을 만나 여쭤보면 어떨까?"

"뭐? 비엣 선생님? 선생님이 어디 계신데? 설마 사이공에 계신 거냐?"

부옹이 중지를 들어 입술에 가져다 댄 뒤 목소리를 낮추었다.

"맞아. 사이공에 계시지."

"사이공 어디에?"

"왜, 당장 만나 뵙고 싶어?"

"당연하지."

"그래, 그럼 가자."

시클로[23]를 타고 십여 분을 가자 시계탑 위에 중국풍의 커다란 용이 장식된 빈타이 시장 입구가 보였다. 예전 중국인들이 모여 살던 쩌런 지역의 재래시장이다. 시클로에서 내려 타오가 물었다.

"비엣 선생님이 시장에 계신 거야?"

부옹이 찡긋거리며 답했다.

"응, 구둣방 주인이야."

"뭐, 구둣방 주인?"

타오가 놀란 눈을 했지만 부옹은 아랑곳없이 시장 안으로 휘적휘적 걸어 들어갔다. 빈타이 시장은 가운데 공터를 중심으로 둥글게 이루어진 2층 목재 건물이었는데 좁은 틈 사이로 미로 같은 통로가 촘촘히 나 있었다. 아래층의 잡화점과 문방구점을 지나 왼편으로 꺾어 들자 구둣방들이 나란히 줄지어 있었다. 통로로 구두코를 바짝 내민 진열대에 수십 켤레의 구두가 층층이 놓여 있고, 그 뒤로 구멍이 움푹 파여 있었는데 그 안이 점포였다. 서너 평이나 될까 좁고 어둑한 공간에서 한 사내가 낮은 의자에 앉아 구두창을 달고 있었다.

"선생님, 부옹입니다. 타오와 함께 왔어요."

사내가 고개를 들었다. 빛바랜 쥐색 바지에 청색 런닝, 검정 고무 샌들을 신고 손질하지 않은 머리에 뿔테 안경을 코에 건 사내는 고개를 들며 환하게 웃었는데 미처 어둑함에 초점이 맞지 않은 타오의 눈에는 전혀 비엣 선생님 같지 않았다.

"오, 네가 타오냐. 그새 청년이 다 되었구나. 참으로 반갑다."

비엣 선생님이 일어나 손을 내밀었다. 타오는 얼결에 고개를 숙이며 두 손으로 비엣 선생님의 오른손을 맞잡았다.

---

23 시클로: 베트남을 상징하는 교통수단. 자전거가 끄는 인력거.

"선생님이 어떻게 구둣방에……?"

"왜, 선생은 구둣방을 하면 안 되느냐. 허허허……. 여긴 좁아서 둘러앉기가 뭐하구나. 곧 진짜 주인이 올 게다. 그러면 어디 찻집에라도 가자꾸나."

"진짜 주인이라뇨?"

부옹이 물었는데 때를 맞춘 듯 얼굴빛이 검고 몸매가 탄탄한 청년이 점포로 들어섰다.

"아이고, 말하기가 무섭게 오네. 인사하지. 이쪽은 부옹, 저쪽은 타오라고 예전 하노이에서 중학 선생 할 때 제자들이야. 부옹은 사이공 학생운동위원회 대표일세."

청년이 흰 이를 드러내며 싱긋 웃었다.

"난 벤이라고 합니다. 반갑습니다."

"이보게, 벤. 아우들인데 말을 편히 하게."

그러자 숫기 좋은 부옹이 얼른 나섰다.

"예. 벤 형님. 말씀 놓으세요."

"형님? 듣기가 나쁘진 않네. 하하하……."

좁은 구둣방이 때아닌 웃음으로 가득 찼다. 타오는 문득 아버지와 삼촌의 웃음과는 많이 다른 건강한 웃음이라고 생각했다. 아버지는 월남하고 근 1년 동안 영어에만 매달렸다. 키엠 삼촌은 아버지에게 영어가 살 길이라고 하였고, 아버지는 그 말대로 아침부터 밤까지 영어 공부에 열심이었다. 워낙 어학에 재능이 있는 데다 일찍이 독학으로 영어를 익혀온 아버지인지라 반년쯤 지나자 읽고 쓰기에 능숙해졌고 다시 반년이 지나자 듣고 말하게 되었다. 보안경찰로 군과 선이 닿았던 키엠 삼촌은 아버지를 정보장교로 추천하였고, 프랑스어와 영어를 둘 다 할 수 있는 아버지는 단박에 소령 계급장을 달았다. 지엠 대통령은 남부 출신보다 북부와 중부 출신을 우대한답디다, 삼촌이 말했고, 남부 놈들은 게으른 데다 어리숙하니까, 아버지가 응답했다. 게다가 지엠 대통령은 우리와 같은 응오(吳) 씨야, 삼촌이 말하자 그러게 말이야. 족보를 찾아보면 팔촌 형님쯤 될지도 모르지, 아버지가 맞장구친 그날 저녁 두 사람은 술을 마셨고 간간이 우하하하 집이 떠나갈 정도로 크게 웃었다. 엄마도 따라 웃었지만 타오는 웃음이 나오지 않았다. 디엔비엔푸의 승전을 알리던 팸플릿이 떠올라 웃을 수 없었다. 그런데 지금 팸플릿을 건네주던 비엣 선생님과 팸플릿을 함께 뿌린 부옹, 그리고 처음 보는 벤이라는 구둣방 청년과 함께하는 웃음은 푸근하고 유쾌하였다.

"하아, 그것 참 슬픈 노래구먼."

벤이 수선한 구두 몇 켤레를 자전거에 싣고 떠난 뒤 부옹이 타오의 시를 들려주자 비엣 선생님이 짧은 숨을 내쉬었다. 벤이 구두 수선을 맡긴 고객에게 구두를 가져다주고 와야 한다며 되돌아서는 바람에 세 사람은 별수 없이 구둣방에 머물러야 했는데 찻집에 갔었더라면 부옹이 그 괴상한 시를 낭송하지는 못했을 거였다. 오히려 소가죽과 고무, 아교풀 냄새가 가라앉은 구둣방이 온종일 침을 질질 흘리고 날마다 돼지 먹따는 소리로 울어대는 꾹의 노래를 들려주기에 제격이었다.

"그래, 타오가 혼란스러워하는 이유를 알 것 같군. 결국은 베트민 토지개혁대가 할아버지를 죽음으로 몰아간 것이니까."

비엣 선생님의 단정적인 말씀에 부옹이 흘깃 타오의 얼굴을 훔쳐보고는 변호하듯 빠르게 말했다.

"아녜요, 선생님. 타오 할아버지가 돌아가신 이유는 아직 확실하게 밝혀진 게 없대요."

그러자 비엣 선생님이 타오에게 다시 물었다.

"타오야, 할아버지가 돌아가신 건 확실하지? 꾹 아저씨는 할아버지가 사망하신 걸 알고 그렇게 되었고."

"예, 그렇게 알고 있어요."

"그런데 뭐를 모르겠다는 거지?"

"전 할아버지와 떨어져 산 지 오래여서 자세한 내막은 몰라요. 그렇지만 할아버지는 악덕 지주도 아니고 반혁명분자는 더욱 아니에요. 제 막냇삼촌은 지금 저보다 어린 나이에 의용대원으로 나섰다가 프랑스군의 총에 맞아 죽었어요. 46년 프랑스군이 하노이를 재침공했을 때지요. 막내아들을 프랑스군에 잃은 할아버지가 베트민 사람들에 의해 죽임을 당하다니, 어떻게 그럴 수 있나요? 그걸 알고 싶어요. 그리고 제 삼촌은 여기 사이공 경찰 보안계장입니다. 아버지는 월남 후 베트남 군대의 정보장교가 되셨구요. 미국인 고문단의 통역을 맡은 데다 철수하는 프랑스군의 인수인계 업무를 잘 처리해 군에 들어간 지 2년도 안 돼 중령이 되었지요. 삼촌은 제게 아버지가 머잖아 별을 달지도 모른다고 말했어요. 군인 계급장은 전투로 다는 게 아니라 정치로 다는 거라면서요. 그런데 아버지와 삼촌은 왜 할아버지 댁 집사였던 꾹 아저씨의 슬픈 노래를 두려워하나요? 베트민 사람들이 제 할아버지를 죽게 하고 꾹 아저씨를 바보로 만들었다면 저들을 비난하고 선전할 일이지 왜 쉬쉬하는 건가요? 그 이유를 잘 모르겠어요. 선생님."

타오는 말해놓고 자신이 알고 싶은 게 정말 그 두 가지였나 싶으면서도 제법 논리적으로 말할 수 있었다는 데 적이 안심하였다. 놀란 것은 외려 부옹이었다. 웬만해서는 입을 잘 열지 않는 타오가 저렇듯 논리 정연하게 자기 의사를 피력하다니. 비엣 선생님도 조금 놀라는 눈치였다.

"타오의 할아버지를 돌아가시게 하고 꾹 아저씨를 바보로 만든 베트민의 행위는 비난받아 마땅한 잘못이야. 호 주석께서도 토지개혁 과정에서 빚어진 과오를 인정하고 자아비판을 하셨어. 얼마나 침통한지 눈물까지 흘리셨다고 하더군. 토지개혁을 강행한 추옹 제1서기 등 당내 급진파들이 줄줄이 인책 사퇴하였으니 토지개혁의 과오를 당의 이름으로 인정한 것이지. 하지만 그런 잘못에도 불구하고 토지개혁을 통해 북베트남의 백만이 넘는 빈농과 소작농들이 제 땅을 갖게 된 것은 사실이야. 향촌을 지배하던 지주계급을 무력화하고 오랜 세월 착취당하던 가난한 농민들을 악덕 지주들로부터 해방시킨 것 또한 사실이고. 성과가 있으니 과정의 잘못은 괜찮다는 뜻은 아니야. 더구나 옥석을 가리지 않고 그동안 베트민을 음양으로 지원하고 희생을 감수했던 타오 할아버지 같은 분들까지 악덕 지주나 반혁명분자로 몰아 인민재판을 한 것은 급진파의 치명적인 과오로 두 번 다시 되풀이되어서는 안 될 죄악이지. 다만 내가 타오 네게 하고 싶은 말은 네 할아버지와 꾹 아저씨의 비극을 개인의 차원에서, 극복해야 할 시대의 비극으로 치환할 수 있겠느냐는 것이야. 산모가 극심한 진통 끝에 아기를 낳듯 새 세상을 열기 위한 아픔으로 인식할 때 혼돈을 넘어 새로운 내일을 모색할 수 있지 않을까. 그렇지 않다면 이 베트남 땅은 숱한 개인의 원혼들로 뒤덮여 숨도 쉬지 못할 것이야. 그렇지 않겠니? 타오, 네 아버지와 삼촌 그리고 학교 교장까지 너의 시— 노래라는 편이 좋겠지만—에 대해 민감한 것은 거기서 파생될 수 있는 여러 가지 해석, 즉 북쪽의 토지개혁에 따른 남베트남 농민들의 토지 소유에 대한 열망과 지주계급의 불안—그것은 지엠 정권에게 매우 심각한 문제이지—을 염두에 둔 까닭이 아닐까. 시든 노래든 수용하는 사람들에 따라 다르게 해석될 수 있을 테니까 말이야. 너무 어렵게 말한 것 같구나. 내 말을 이해할 수 있겠니?"

비엣 선생님은 말을 마치고 진지한 눈으로 타오를 바라보았는데, 타오는 문득 비엣 선생님이 3년 전 하노이에서 했던 말을 떠올렸다. 누가 동지이고 적인지는 차차 스스로 판단하게 될 것이며 너(너희)는 이제 어린아이가 아니다, 나의 동지다. 타오는 순간 가슴 한복판을 가득 채워오는 충일감에 복받쳐 짧게 소리쳤다.

"예, 선생님. 이해할 수 있어요. 저는 어린아이가 아니잖아요."

부옹이 활짝 웃으며 맞장구쳤다.

"그럼요. 우리는 어린아이가 아니에요. 선생님의 동지이지요."

부옹은 비엣 선생님에 대해 무언가 좀 더 알고 있을 것 같았다. 그렇지 않고서야 제가 미처 하지 못했던 동지라는 말을 그렇게 쉽게 입에 올리지는 못했을 거라는 게 타오의 생각이었다. 그래서 돌아가는 길에 타오가 넌지시 물었는데 부옹은 고개를 저었다.

"동지가 뭐 별난 말인가. 비엣 선생님이 옛날 하노이 국숫집에서 한 말씀이 생각나 해본 것뿐이야. 선생님과 어떻게 연락이 되었냐구? 타오, 너도 알겠지만 학운위에서 지난 학기에 학비 인상 반대운동을 했잖아. 그 바람에 내 이름이 몇몇 신문에도 오르내렸고. 비엣 선생님이 신문에서 내 이름을 보시고 연락을 해 오셨지. 나도 구둣방에 오기는 이번이 처음이야."

"그래? 그런데 선생님은 왜 사이공으로 오신 거야? 구둣방은 뭐고?"

"왜 아까 여쭤보지 않고. 비엣 선생님 고향이 사이공에서 가까운 비엔호아야. 남부 사람이었던 거지. 선생님은 어려서 부모님을 잃고 비엔호아 큰아버지 댁에서 더부살이를 하다가 하노이에서 사범학교를 나오셨다고 하더라. 당신 말로는 제네바 협정 뒤에도 그냥 하노이에 머물려고 했는데 큰아버지가 돌아가셔서 할 수 없이 고향 비엔호아로 내려왔다가 사이공에 눌러앉게 되었다는 거야. 구둣방은 고향 친구 거고, 벤은 친구의 조카로 원래 제화공이라고 하더라. 비엣 선생님이 왜 학교로 가지 않고 구둣방을 선택했는지 자세한 내용은 나도 몰라. 그런데 말이야……."

부옹이 잠시 말을 끊더니 타오의 귓가에 입을 가까이 하고 빠르게 덧붙였다.

"이건 내 생각인데 복귀자가 아닐까?"

"복귀자? 어디로 복귀해?"

"어디긴 어디야. 남부 출신 베트민 요원이 북부에서 남부로 복귀

하는 거지. 아마 비엣 선생님은 D나 C지구(사이공 서부와 북서부의 해방
지구)와 연결이 되어 있을 거야. 벤도 그럴 거고. 너 벤의 눈빛 봤냐?
그게 어디 제화공의 눈빛이던?"

부웅은 그래 놓고는 어깨동무하듯 오른팔로 타오의 목을 두르고
낮게 말했다.

"야, 타오. 이건 백 퍼센트 나의 추측이야. 그러니 아무한테도 얘기
하면 안 돼. 특히 네 삼촌에게는 구둣방이고 뭐고 입도 벙긋하지 마
라. 요즘 사이공 경찰이 복귀자들을 색출하느라 눈깔이 뻘겋다고 하
더라."

타오의 낯빛이 붉어졌다. 타오가 부웅의 팔을 풀고 쏘아붙였다.

"부웅, 너 날 어떻게 보는 거야? 너나 조심해."

부웅이 클클 웃었다.

"아, 미안, 미안해. 하여간에 나는 입방정이 문제야. 저기 좀 앉았
다 가자. 네게 할 얘기가 있어."

부웅이 길가 망고나무 뒤편에 놓인 돌벤치로 가 앉았다. 아래로 물
이 마른 작은 개천이 있는 움푹한 곳이어서 제법 호젓했다.

"할 얘기가 뭔데?"

타오가 기분이 덜 풀린 기색으로 물었는데 부웅은 개의치 않고 되
물었다.

"너 전에 내가 얘기했던 거 생각해봤어? 학운위에 참여하는 거 말
이야."

타오가 미간을 좁혔다.

"아, 생각해보기는 했는데. 아무래도 그렇잖아?"

"뭐가 그렇다는 거야?"

"삼촌이 사이공 보안경찰인데 그쪽 애들이 나를 프락치로 의심하
지 않을까?"

부웅이 과장되게 어깨를 으쓱해 보였다.

"뭐? 프락치? 야, 타오. 그만 좀 웃겨라. 내 외삼촌은 뉴의 측근이야. 지엠 대통령의 동생 뉴, 비밀경찰의 수장인 뉴 말이야. 솔직히 말할게. 내가 굳이 너를 학운위로 끌어들이려는 건 네가 레방제트 경찰서 보안계장 키엠의 조카이기 때문이야. 적은 때로 든든한 방어벽이 되기도 하는 법이거든. 가끔은 정보를 흘려 그들의 반응을 떠보기도 하고, 반대로 정보를 얻기도 하고. 그리고 말이야. 언제까지 합법운동만 할 수는 없지 않나. 미국과 지엠 정부가 베트남 통일을 원치 않는 거는 이미 백일하에 드러났어. 지엠과 뉴는 지금 남부의 해방운동세력을 잡아들이는 데 혈안이 되어 있지. 그런데 하노이 정부는 당장 남부 해방세력을 도울 생각이 없는 모양이야. 아니, 생각이 없다기보다는 그럴 만한 힘이 없거나 미국이 두려운 거겠지. 섣불리 나섰다가 미국이 개입하면 어쩌나 하고 말이야. '북을 먼저 건설하고 남을 바라보자', 그게 하노이 정부의 구호라더군. 쳇! 비겁한 변명이지. 그렇다면 남부 해방운동세력이 선택할 수 있는 길은 단 두 가지야. 운동을 포기하거나—지엠의 군대와 경찰에 체포되어 감옥에 가거나 처형되는 것도 결과적으로는 운동을 포기하는 범주에 넣어야겠지—하노이의 도움 없이 항전을 벌이는 것. 타오, 너라면 어느 길을 택하겠니? 조만간 사이공학생운동위원회는 항전의 전위가 되어야 할 거야. 그래서 너 같은 동지가 필요한 거라구. 통역장교인 아버지와 보안경찰인 삼촌을 둔 응오반타오. 어때, 적의 눈을 흐리게 할 완벽한 조건이지 않아?

기억하냐? 타오. 너와 나, 쩜과 루언 넷이서 하노이 시내 곳곳에 디엔비엔푸의 승리를 알리는 팸플릿을 돌리던 때를. 쩜과 루언은 지금 하노이에서 어떻게 지내고 있을까? 기적의 승리를 거두었는데 달라진 게 뭐냐? 프랑스 대신 미국이 들어온 것 외에 뭐가 달라졌느냐고. 남북통일을 약속했던 제네바 협정은 휴지조각이 된 지 오래야. 남베트남은 지엠과 뉴 형제의 놀이판이 되었고, 그들은 베트남의 미래에는 관심이 없어. 오로지 반공을 앞세운 독재로 권력을 강화하고 미국이 던져주는 원조물자로 부패한 저들 패거리의 배를 불리는 데에만 열심이지. 이런 체제가 언제까지 가겠냐. 아니 이대로 가도록 보고만 있어야 하겠냐."

부옹의 말은 입방정이 아니었다. 껑충한 키에 웃음이 헤퍼 싱겁다는 소리를 듣던 부옹이 아니었다. 부옹의 작은 눈은 사금파리처럼 반짝였고 입술은 달궈진 쇠처럼 붉었으며 턱은 강철처럼 강인해 보였다. 타오는 그제야 부옹이 사이공의 학생운동을 이끌어가는 대표라는 것을 실감했다. 타오의 낯빛이 다시 붉어졌다. 조금 전의 불쾌함이 아닌 부끄러움이 타오의 얼굴을 붉게 했다. 그리고 곧 온몸이 뜨거워졌다. 운명의 시간이었다. 타오의 입에서 달뜬 목소리가 새어 나왔다.

"내가 해야 할 일을 말해줘, 부옹."

부옹이 타오의 손을 잡으며 환하게 웃었다.

"그럴 줄 알았어, 타오. 너는 오랜 동지니까."

6

금일 조선은 부르주아 민주주의 혁명의 단계를 걸어가고 있나니
민족적 완전 독립과 토지 문제의 혁명적 해결이
가장 중요하고 중심 되는 과업으로 서 있다.
— 박헌영의 '8월 테제(1945년), 현 정세와 우리의 임무' 중

박헌영은 1946년 8월, 북한에 북조선노동당(북로당)이 설립되자 '조선 공산당 중앙'으로서 자신의 입지가 흔들리는 것에 불안과 초조를 느끼고 있었다. 서른넷 새파란 김일성은 이미 북한의 실권을 장악하고 있는 데 반해 마흔여섯, 어느덧 초로(初老)에 접어든 자신은 권력은커녕 미군정의 탄압으로 신병(身柄)조차 보전하기 어려운 처지였다.

1925년 4월 서울에서 조선공산당을 창당한 이래 조선공산주의운동의 정통성은 분명 박헌영, 그에게 있었다. 김일성이 비록 만주 지역에서 항일 유격 무장투쟁으로 명성을 얻고, 소련군 대위가 되어 모스크바의 지지를 받고 있다고는 하지만 일제 치하 조선 땅에 공산주의의 뿌리를 내리게 한 박헌영의 투쟁과 공로에 비할 바는 아니었다. 세 차례의 투옥과 일제 경찰의 가혹한 고문으로 생사(生死)를 넘나든 10년의 감옥살이에도 그는 정통 마르크스레닌주의자로서의 신념을 잃은 적이 없었다. 일제의 모진 탄압과 회유 속에 많은 이들이 변절하거나 이탈하였어도 그는 바위같이 무겁고, 강철처럼 강인하게 고난을 이겨내고 마침내 해방된 조선에 공산당을 재건하였다.

박헌영은 철두철미한 공산주의자였다. 만 스무 살이던 1920년 11월, 중국 상하이에서 고려공산당에 가입하고 이듬해 3월 고려공산청년단 책임비서가 된 이래 박헌영은 오로지 마르크스레닌주의와 소련공산당의 교시대로 세상을 보려 하였다. 작달막한 키에 가무잡잡한 낯빛을 한 박헌영은 좀처럼 큰 소리로 말하지도, 소리 내어 웃지도 않는 인물이었다. 그는 교조적인 원리주의에서 한 치도 벗어나지 않았으며 한번도 공산주의에 대해 회의하지 않았다. 그에게 소련공산당과 코민테른(국제공산당)은 무오류(無誤謬)의 존재였으며, 그런 만큼 당의 결정은 반드시 따라야 하는 정언명령(定言命令)이었다. 1955년 북한에서 '남조선 해방전쟁' 실패의 책임을 뒤집어쓰고 (김일성 일당은 박헌영 등 남로당 출신들에게 미제 간첩이란 혐의를 씌웠으나 박헌영은 당의 결정에 순순히 따랐다고 한다) 총살당하는 박헌영의 비극은 그렇게 잉태되었는지 모른다.

박헌영은 해방 직후 발표한 '8월 테제'에서 조선혁명의 현 단계는 부르주아민주주의혁명이라고 규정하였다. 봉건 잔재를 일소하기 위하여 자본주의를 수용하고, 유산계급과 협력하여 생산력을 비약적으로 발전시키는 한편 민주주의를 훈련함으로써 장차 사회주의혁명, 인민민주주의혁명을 준비해야 한다는 것이었다. 박헌영의 주도 하에 건국준비위원회를 대체한 조선인민공화국은 미래의 혁명을 위한 '인민정부'였다. 박헌영은 급조한 인공 각료에 이승만, 김구, 조만식, 김성수 등 저명한 우익 민족주의자들을 병렬시킴으로써 민족통일전선의 모양새를 갖추었다. 그러나 남한의 우익 세력은 인공의 실제 주인이 박헌영과 공산주의자들이라는 사실을 잘 알고 있었다. 대다수가 유산 지주계급으로서 크든 작든 친일의 오점을 지니고 있던 그들에게 일제 치하 국내에서 항일투쟁을 주도해온 공산주의자들이 권력을 쥐는 것은 악몽이었다. 박헌영의 조선공산당은 특히 친일파와 민족반역자에 대한 철저한 숙청을 강조하였고, 그것은 다수 조선 민중의 요구이기도 하였다.

위기에 처한 우익 진영은 '인공 타도'를 첫째 목표로 한 한국민주당(한민당)을 창당하고, 중국 충칭에서 환국할 대한민국임시정부를 받든다는 '임정 봉대론(奉戴論)'으로 친일 시비를 미봉하는 한편 서울에 진주한 미 점령군에 접근하였다. 한민당이 미 점령군의 가장 훌륭한 파트너임이 확인되기까지는 그리 오랜 시간이 필요치 않았다. 미 점령군이야말로 그들의 '해방자'였으며, 미군정 하에서 친일의 오점은 금세 지워질 얼룩에 지나지 않았다.

인공의 실패는 피할 수 없는 것이었다. 인민공화국의 '국'(國) 자에서부터 극도의 알레르기 반응을 보인 미군정에게 인공의 존재란 "흥행가치조차 의심할 만한 괴뢰극"(아치볼드 아널드 군정장관)에 지나지 않았다. 박헌영은 뒤늦게 환국한 충칭 임시정부와 합작을 시도했으나 대한민국 정부의 법통을 내세우는 임정이 급조된 인공의 1 대 1 합작

124

요구를 선선히 받아들일 리 만무했다. 건준의 두 기둥이던 여운형과 안재홍도 인공에서 이탈하였다. 중도 좌파와 중도 우파 성향인 두 사람은 애초 공산주의자인 박헌영과는 결이 다른 민족주의자였다. 이로써 인공을 통해 인민정부 수립을 꾀하던 박헌영의 시도는 좌절되었다.

그렇다고 인공의 실패가 박헌영과 조선공산당에 결정적 타격을 안긴 것은 아니었다. 건준 지부를 대신한 인민위원회가 각 지방 단위로 들어서면서 조공의 기반은 오히려 단단해졌다. 어차피 미군이 점령한 남한에서 박헌영과 조공이 살 길은 인민의 지지를 받는 것이었다. 해방공간에서 그들의 활발한 활동은 좌익에 대한 민중의 폭넓은 지지가 있었기에 가능하였다. 그들은 민심의 바다가 아니면 숨 쉴 곳이 없는 물고기였다. 그러나 박헌영은 교조주의적 신념과 편협한 원칙주의에 매몰됨으로써 스스로 숨 쉴 공간을 축소시켰다. 박헌영의 경직된 사고는 치명적인 실수를 낳았고, 그 결과는 인공의 실패와는 비할 수 없는 결정적 타격이었다.

1943년 11월 카이로 회담에서 전후(戰後) 추축국 식민지에 대한 신탁통치를 제시했던 미국 대통령 프랭클린 루스벨트는 1945년 4월 사망한다. 그러나 그해 7월 포츠담 회담에서 조선에 대한 신탁통치 방침은 유지되었으며, 12월 모스크바 3상 회의에서 최종안이 결정되었다. 루스벨트의 첫 제안은 조선을 40~50년간 신탁통치 하에 두자는 것이었으나(루스벨트는 미국이 필리핀을 50년간 위임통치한 것을 기준으로 삼았다) 소련 수상 이오시프 스탈린은 그 기한이 짧으면 짧을수록 좋다고 주장하였고(스탈린은 기한이 짧은 것이 소련에 유리하다고 보았을 것이다), 3상 회의의 최종안은 5년으로 줄었다. 신탁통치의 조건도 한국에 유리하게 변경되었다. 즉, 한반도의 남북을 점령하고 있는 미군과 소련군이 공동위원회를 설립해 한국의 과도임시정부를 구성하고, 과도임시정부와의 협의를 통해 최장 5년간의 4대국 신탁통치를 결정한다는 것이었다. 결정문의 문맥에 따르면 한국의 과도임시정부 설립이 우선이고, 신탁통치는 차후 임시정부의 강력한 요구가 있으면 취소될 수도 있다(그럴 가능성은 희박할지라도)는 해석이 가능한 내용이었다.

그러나 상황은 급반전되었다. 1945년 12월 27일, 그러니까 모스크바 3상회의 결정서가 공식 발표되기 하루 전날《동아일보》를 비롯한 남한 신문 여럿에 3상회의 결정 내용이 왜곡 보도되면서였다.

"소련은 신탁통치 주장, 미국은 즉시독립 주장, 소련의 구실은 38선 분할점령."

이는 애초 신탁통치를 주장한 쪽은 미국이고, 소련은 그 속내야 어떻든 신탁통치의 조건과 기간을 한국에 유리하게 조정한 사실을 정반대로 뒤집은 최악의 오보였다.

워싱턴 발(發)《합동통신》지급보(至急報)로 보도된 이 기사는 실제 워싱턴 발이 아니라 미 육군이 태평양 지역에 근무하는 미군들을 위해 도쿄에서 발행하던《성조기》태평양 판에 실린 내용을 번역한 것으로, 기사 작성자인 유피(UP)통신 랠프 헤인젠은 '날조 전문기자'로 악명이 높은 자였다.[24] 그렇다면 누가, 무슨 목적으로, 같은 날 태평양 지역 미군과 남한 사람들에게 최악의 오보를 전한 것인가. 왜곡 보도의 주체는 누구란 말인가!

허나 보도의 출처나 진위를 따져볼 겨를은 없었다. 남한 사회는 신탁통치라는 네 글자만으로 단박에 뒤집어졌다. 36년의 일제 치하에서 벗어난 것이 언제인데 또다시 외세의 지배를 받는단 말인가! 신탁통치란 결코 받아들일 수 없는 악마의 주문이었다. 반탁을 외치지 않는 자는 민족의 배반자였다. 우익과 좌익의 구분이 있을 수 없었다.

그런데 해가 바뀌자마자 조선공산당과 좌익 세력은 돌연 모스크바 3상회의 지지를 선언하고 나섰다. 3상회의 결정은 남과 북을 통합

---

24 정용욱의 '편지로 읽는 현대사' 신탁통치 대립(2019.6.8. 한겨레신문).

한 과도임시정부 수립이 우선이며, 미·영·중·소 4대국의 신탁통치는 후견의 성격이니 받아들일 수 있다는 것이었다. 기실 모스크바 3상회의 결정에 따라야 한다는 조공의 주장은 미군과 소련군이 남북한을 분할 점령하고 있는 현실과 두 강대국 간 냉전이 본격화하는 추세에 비추어 분단과 내전(內戰)을 피할 수 있는 유일한 방도일 수 있었다. 그러나 반탁은 논리가 아닌 정서의 문제였다. 해방을 맞고도 점령군에 억눌려 있던 사람들의 민족감정이 폭발했다. 반탁은 애국이요, 찬탁은 매국이었다. 더구나 조공은 설명하고 설득하는 과정을 생략한 채 느닷없이 입장을 뒤집음으로써 민중의 신뢰를 잃었다. 박헌영의 치명적인 실수였다. 조공과 좌익은 소련의 지시를 받는 매국노라는 우익의 공세에 몰렸고, 민심은 급속히 좌익으로부터 멀어졌다. 민중에 대한 장악력의 우위 또한 좌익에서 우익으로 넘어갔다. 그러는 새 우익 친일파들은 반탁의 깃발을 높이 들고 애국적 민족주의자로 둔갑하였다. 실로 극적인 반전(反轉)이었다.

*

"선옥아. 오늘은 아무래도 병원 문을 일찍 닫아야 되겠제."

대구 영생의원 정수길 원장은 은테 안경을 콧잔등에 내리 걸며 창문 밖으로 시선을 주었다. 엊저녁에 대구역 광장에서 경찰이 시위대에 총질을 했다고 하더니만 오늘은 아침부터 길거리 분위기가 심상치 않은 게 뭔 일이 터져도 크게 터질 거 같았다. 아침에 집에서 병원으로 나오면서 보니 공평네거리에서 중앙통으로 이어지는 대로가 학생들의 행렬로 가득했다. 눈짐작으로도 족히 수백 명은 될 듯싶었다. 대학생들이 앞줄에 서고 그 뒤를 중학생들이 따랐는데 행렬의 선두에는 앞뒤 좌우로 흰 가운을 입은 네 명의 젊은이들이 담가를 들어 올려 어깨에 메고 있었다. 흰 가운으로 보아 대구의대생들이 틀림없어 보였다. 아침의 멀건 빛이 흰 가운에 반사되어 하늘로 날아올랐는데 행렬은 그 아래에서 소리 없이 나아가고 있었다. 담가를 앞세운 침묵시위 행렬은 소리가 없어 더욱 무겁고 비장해 보였다.

"맨 앞에 메고 가는 기 머시래요?"

"글씨, 광목을 뒤잡아 씌어놓은 걸 보면 죽은 사램 같기는 헌데, 누가 죽었글래 학생들이 저리 쳐 들고 가는고?"

"어젯밤에 대구역 근방에서 순사들 총에 사램이 맞아 죽었다 카데요."

"총에 맞아? 하이고, 그라믄 저 담가에 실린 기 총 맞아 죽은 사램인가 보네. 근데 시체를 둘러메고 어디로 가는 기고?"

"봐 허니 갱찰서로 가나 싶습니더."

"갱찰서로 간다꼬? 와 그리 가노? 순사들이 또 총을 쏘면 우짤라꼬."

"누가 아니라예. 내사 마 해방이 됐다 캐서 좋은 시상 올 줄 알았는데 왼통 죽을 판이 아닌교."

"새끼들 목구멍에 거미줄 치고 있는 행편에 좋은 시상은 뭔 낮도깨비 같은 소리여. 퍼뜩 가자. 가서 또 악을 써야 보리쌀 한 봉지라도 손에 쥘 거 아이가."

길가 전봇대 아래에서 아낙네 둘이 하는 수작을 귀에 담았던 것이 한 시간쯤 전이었다. 입성이 꾀죄죄한 아낙들은 대구부청 쪽으로 종종걸음을 쳤다. 어제 정오 무렵에 부녀자들이 부청 앞에 몰려들어 배고파 죽겠다, 곡식 내놔라 아우성이더니 다시 시위를 벌이려는가 보았다. 영생의원 자리가 대구부청에서 멀지 않은 공평네거리 왼편 목조건물 2층이어서 아낙네들의 고함소리가 지척인 듯 요란하였고, 정원장은 그래서 구경 삼아 부청 쪽으로 발걸음을 했었는데 아낙들의 남루한 모습도 그렇지만 겁먹은 얼굴로 엄마를 올려다보는 아이들의 때꾼한 두 눈이며 여윈 팔다리를 오래 구경 삼을 일은 아니어서 금방 돌아서야 했다. 아무튼 부녀자와 아이들이야 수백, 수천이 모인들 별일이야 있겠느냐만 시신이 실린 담가를 앞세우고 학생들이 경찰서로

쳐들어간다면 사변을 피하기 어려울 거였다. 도청으로 해서 대구경
찰서까지 한 번 둘러봐야 하나, 마나? 정 원장은 불안함과 궁금증으
로 마른침을 삼키며 창문에서 눈길을 떼었다.

"선옥아, 니 오늘 영천 댁으 간다 안 했나? 우편국 다니는 거그 오
래비와 함께 간다 했제?"

"예, 영천 오래비가 이따 병원 문 닫을 때쯤에 데불러 온다고 했어
예. 갔다가 낼 아침 일찍 돌아올게요. 원장님."

정 원장은 마른 수건을 개키고 있는 선옥을 보며 잠깐 낯을 찡그렸
다. 우편국도 파업이라던데 일찌감치 와서 날 훤할 때 다녀오도록 하
지 저녁에 데리고 가서 굳이 밤을 재울 게 뭐 있노. 아무리 친동기간
같은 사이라지만 다 큰 처녀애를 멀쩡한 사내 녀석에게 딸려 보내는
게 영 마뜩치 않았다. 그렇다고 수년 동안 친딸자식처럼 아이를 거두
어준 영천 박 씨가 몸져누웠다는데 가보지 말라 할 수는 없는 노릇이
었다.

영천 박 씨에게 딸자식을 맡기고 떠난 재호에게서는 해방되고 1년
이 지나도록 기별조차 없었다. 행여 만주 땅에서 무슨 변고라도 당했
을지 모를 일이었다. 하기야 만주에 가선들 땅에다 코 박고 농사나
지었을 리 만무한 인사였다. 아니, 처음부터 작심하고 공산당 하려
만주로 건너간 것일 수도 있다. 자본가, 노동자, 지주, 소작인, 양반,
상놈이 고루 잘사는 시상이 올 거라꼬? 평등세상? 하이고, 그런 시상
이 하늘 아래 어데 있을 거라꼬. 지 딸년 간수조차 몬 하는 인사가 남
들 다 돌아오는 고향에도 몬 오고 여직까지 어데서 무얼 하고 있는
고. 정 원장은 아득히 먼 만주 땅을 바라보듯 망연한 눈길을 창밖으
로 던졌다. 10년 전 가을 재종간인 이재호가 찾아와 딸자식을 부탁하
였을 때 매몰차게 거절했던 것도 다 그놈의 공산당 이력 때문이었다.
군위와 선산, 상주 등지에서 적색노동운동을 해 왜경에 쫓긴다는 '주
의자'와 얽혔다가 집안에 다시 무슨 횡액을 부를까 싶어 두말도 하기

129

전에 고개를 돌렸던 것이었다. 기왕에 왜놈 세상이 되었다면 너 하나만이라도 기를 펴고 살라며 중학부터 내지에 유학 보냈던 아들녀석이 졸지에 교통사고로 횡사한 것이 두 해 전이었다. 딸 둘을 내리 낳아 의기소침했던 아내가 어렵게 얻었던, 말 그대로 금쪽같은 아들이었다. 아내는 유골로 돌아온 자식을 보자 기함을 하고 쓰러졌고 그 뒤로 말을 거의 잃었다. 그런 아내에게 육촌 아우뻘 되는 자가 공산당 일을 하다가 왜경에 쫓겨 만주로 야반도주를 해야 할 처지인데 딸자식을 부탁해 왔다는 말을 어찌 한단 말인가. 해서 재종수께 인사라도 드리고 가야 하지 않겠느냐는 자의 등을 막무가내로 떠밀어냈던 것인데, 군말 없이 고개를 숙이고 힘없이 걸어가던 재호의 뒷모습이 해가 갈수록 가슴에 얹혔던 것이다.

영천 박 씨 집에서 선옥을 데려온 것은 재호의 네 식구가 만주로 떠나고 햇수로 4년이나 지나서였다. 재호가 주의자란 말만 빼고 선옥의 사정을 이야기하자 아내는 금세 고개를 끄덕였다. 귀한 아들 창졸간에 잃고 두 딸은 모두 출가하여 적막강산이던 집 안에 수양딸이라도 들인 듯 살갑고 애틋해하였다. 그때 열세 살이던 선옥은 어느덧 열아홉 살 처녀가 되었다. 애가 워낙에 영리한 덕에 학교 공부를 온전히 하지 못하였는데도 간호학교 과정을 훌륭히 마쳐낼 수 있었다. 그러니 애 애비가 돌아온다 하여도 이제는 떳떳이 공치사를 할 수 있으리라, 모질게 박대했던 옛일은 훌훌 털어버릴 수 있으리라 싶었다. 그렇게 기다리는 재호에게서는 일절 소식이 없는 터에 영천 박 씨가 몸을 크게 다쳐서 자리보전을 하고 있고, 그래서 우편국 직원인 그 집 아들이 오늘 저녁에 선옥을 데리고 영천으로 건너가기로 했다는 거였다. 내키지는 않아도 허락할 수밖에 없는 사정이었다.

"넬 아침에 돌아온다꼬? 그럴 거 읎다. 기왕 간 김에 며칠 있다가 와도 된다. 그 댁 양반 몸이 많이 상하셨다니 옆에서 살펴드리고. 우쨌거나 선옥이 니한테는……."

아버지 같은 사람이 아이더냐, 하려다가 정 원장은 급히 말을 돌렸다.

"안 그래도 며칠 병원 문을 닫을까 하던 참이다. 이 난리통에 병원 문 열어놓아 뭐 하겠노. 중한 환자들이야 대학병원에 가믄 될 끼고 약이야 약전골목에서……. 마, 그거는 그렇고 내는 도청으로 해서 대구경찰서 앞으로 한 바퀴 둘러보고 와야겠다. 뭔 사변이 났는지 당최 궁금해서 안 되겠다. 내 나가면 안에서 문 닫아걸어라."

돌아서던 정 원장이 문득 생각난 듯 바지주머니에서 반으로 접은 누런 봉투를 꺼내 선옥에게 건넸다.

"참, 영천 갈 때 고기 근이라도 끊어 가거라. 문안 말씀 잘 전하고."

선옥이 원장이 건네는 봉투를 두 손으로 받으며 고개를 숙였다.

"예, 그럴게요, 원장님. 근데 영천 오래비는 이따 늦게 올 거예요. 제가 병원에 있을 테니까 다녀오시어 점심 드셔요."

"하, 그거 참. 일쪽 와서 건너가지, 뭐 할라꼬 다저녁때 온다 카더노. 점심은 무슨, 생각 읎다. 내 늦으면 니나 벤또 꺼내 묵어라. 병원 문 안에서 단디 걸고."

"예, 원장님."

하이고, 저놈의 원장님 소리. 단둘이 있을 때면 큰아버지라고 불러도 좋으련만 꼬박꼬박 원장님 소리였다. 게다가 저리 또박또박 서울말을 쓰는 건 또 뭐람. 제 친모가 서울 가까운 수원 여자라더니 그래서 그런가. 정 원장은 입에서 쩝, 소리를 내고 2층 계단을 내려갔다.

원장의 뒷모습이 길 건너 네거리 모퉁이로 사라지자 선옥은 안에서 문고리를 걸었다. 벽시계의 바늘은 11시 5분을 가리키고 있었다. 용민이 오려면 아직 네다섯 시간은 더 지나야 할 거였다. 대체 어데서 뭘 하고 있담! 안에서 문을 닫아걸자 오히려 불안감이 엄습해 그녀는 두 팔로 가슴을 안았다.

대구역 광장에 총소리가 울리고 사람들이 비명을 지르며 흩어지고 있었다. 인파를 헤치고 용민이 다가오는 것을 선옥은 보지 못했다. 용민이 손을 뻗어 거칠게 그녀의 오른팔을 잡아채며 빨리 뛰라고 소리 질렀다. 정신없이 뛰어 대구부청 건너편 길목에 이르렀을 때 용민이 거친 숨을 뱉어내며 빠르게 말했다.

"내는 아무래도 가봐야 되겠다. 낼 병원 파할 시간에 갈 테니 꼼짝 말고 있어라. 알겠나?"

"어델 가는데?"

"시투(대구시 총파업 투쟁위원회) 사무실로 가봐야제."

"거긴 또 와?"

선옥의 눈빛에 걱정이 묻어났던지 용민이 씨익 웃어 보였다.

"와, 걱정되나? 걱정 말고 기다리라. 낼 영천 가믄서 다 이야기해주께. 참, 원장님께 말씀드렸나 낼 영천 갈 끼라고. 가서 하룻밤 자고 올 끼라고."

선옥이 고개를 끄덕였는데 용민은 그새 등을 돌려 어스름 속으로 달려갔던 것이다.

도청 앞으로 해서 대구경찰서 쪽으로 한 바퀴 둘러보고 오겠다던 정 원장은 한 시간이 채 안 되어 병원으로 돌아왔다. 눈자위가 허옇고 입술을 부들부들 떠는 것이 혼비백산한 얼굴이었다.

"선옥아, 병원 문 닫고 집에 가자. 난리가 났다 난리가 났어."

"원장님, 무신 일이 있어예? 점심 드셔야지예."

놀란 선옥의 입에서 평소 안 쓰던 대구 말투가 흘러나왔지만 정 원장은 그런 거 알아챌 경황이 아닌 듯했다.

"점심? 야가 지금 무신 소릴 하고 있노? 난리가 났다 안 하나. 대구역 쪽에서 순사들이 총질을 해 여러 명이 죽었다 카고, 대구갱찰서에서는 학생들이 몰려가자 순사들이 총을 버리고 달아났다 칸다. 이 난리에 벤또 까먹을 경황이 어디 있노. 퍼뜩 집으로 가자."

"지는 뱅원에 있어야 됩니더. 오래비가 이리로 온다 캤어예."

"아, 그랬제. 같이 영천 갈 끼라고. 근데 이 난리통에 갈 수 있겠나? 마라, 마라. 나중에 간다 캐라."

"오빠가 오면 그리 얘기해볼게예."

"오래비가 오면?… 마, 알았다. 그라믄 내가 나가면서 병원 문 닫을 테니 니는 안에 있다가 옆에 쪽문으로 나오거라. 참, 그리고 니 오래비한테 잠깐 집에 들러 날 좀 보고 가라 캐라. 내 단디 할 말이 있어 그란다. 알겠제?"

용민이 병원 문을 두드린 것은 초저녁이 다 되어서였다. 원장님이 집으로 돌아간 뒤 오후 내내 안절부절못하던 선옥 앞에 나타난 용민은 잔뜩 흥분해 있었다. 눈빛은 타는 듯했고 목소리는 가래에 잠긴 듯 낮고 걸걸했다.

"퍼뜩 가자."

선옥이 쪽문으로 얼굴을 내밀자 용민은 다짜고짜 선옥의 손을 잡아끌었다.

"어델 가는데?"

"어데긴? 영천 가야제."

"가더라도 쪼금 쉬었다 가자. 물이라도 한 잔 마시고."

"그럴 시간 읎다. 쪼매 있으면 통행금지가 될 기라."

"통행금지?"

"미군이 계엄령을 내렸다."

"계엄령? 그기 뭔데?"

"계엄령이 뭐냐꼬…. 설명할 시간 읎다. 영천 가서 이야기해줄게, 퍼뜩 가자."

쪽문에 자물쇠를 거는 선옥의 손가락이 덜덜 떨렸다. 오후 내내 커져가던 불안감이 덜그럭거리며 소리를 지르는 것 같았다. 둘이 네거리를 건너 골목길로 들어서는데 멀리 소방서에서 사이렌 소리가 들렸다. 사이렌 소리는 음울한 곡성(哭聲)처럼 길게 이어지다 뚝 끊겼다. 곧이어 미군을 가득 실은 트럭이 네거리를 가로질렀고 그 뒤를 시커먼 쇳덩어리가 굉음을 내며 뒤따랐다. 탱크였다. 처음 보는 거대한 흉물에 기겁한 선옥이 움찔하는데 확성기 소리가 들렸다. 탱크 굴러가는 소리에 묻혔는지 선옥의 귀에는 잘 들리지 않았는데 용민이 골목 안쪽으로 잡아끌며 다급하게 말했다.

"일곱 시부터 통행금지란다. 그 전에 대구를 빠져나가야 된다. 대구여고 뒷문에서 사람들이 기다리고 있다."

"사람들이 누군데?"

"알 거 없다. 얼른 가자."

땅거미가 내려앉아 어둑해진 골목길을 돌고 돌아 대구여고 후문 쪽으로 갔을 때 담장 밖으로 뻗어 나온 감나무 가지 아래로 트럭 한 대가 어스름 속에 서 있었다. 둘이 채 다가가기도 전에 트럭의 시동이 걸렸고, 휘발유 냄새가 나는 푸른 연기가 옅게 뿜어져 나왔다. 천막 친 적재함에서 크고 억센 손이 내려와 선옥과 용민을 차례로 끌어올렸다. 적재함에는 생선 궤짝이 가득했는데 그 앞으로 쌀 두어 가마쯤 들어갈 빈 공간이 있었고 거기에 두 남자가 나란히 앉아 있었다.

"어서 와요."

중절모를 쓴 남자가 말을 건넸고 용민이 부위원장님께 인사드리라고 했지만 허리를 구부린 탓인지 아랫배가 당기어 선옥은 고개만 까닥해야 했다. 옆에 앉아 있던 얼굴색이 흰 남자가 깔고 앉아 있던 나무 궤짝을 내어주며 "여기 앉아요" 했는데 용민이 "아, 아닙니더. 강 선생님" 하며 화들짝 밀어냈다. 선옥은 얼핏 강 선생님이라는 남자가 선생님으로 불리기에는 너무 젊다고 생각하며 용민 곁에 쪼그려 앉았는데 이내 아랫배가 땡땡해졌다.

트럭이 먹물을 끼얹은 듯 깜깜해진 4번 국도를 달리는 동안 아무도 입을 열지 않았다. 적재함 앞턱에 쌓인 생선 궤짝이 쓰러지지 않도록 등을 대고 서 있는 덩치 큰 청년이 가끔 쿨룩쿨룩 기침을 했고, 적재함이 좌우로 흔들릴 때마다 생선 비린내가 풍겼을 뿐이다. 트럭은 금호면으로 꺾어지는 동구 앞에서 멈춰 섰다. 길가에서 멀찍이 떨어진 곳에 초가들이 어둑하니 웅크려 있었는데 차 소리에 놀란 듯 개들이 컹컹 짖어댔다. 중절모 남자가 "박용민 씨, 걸어갈 수 있겠소? 어렵게 얻어 타는 차라 돌아가자 할 수도 없으니…"했고, 얼굴 하얀 젊은 남자가 "조심해 가시오. 낼 아침에 봅시다" 했다. "염려 마이소. 예서 멀지 않습니다. 예, 예. 낼 아침 일찍이 읍내로 가겠습니다." 용민이 두 사람에게 번갈아 가며 인사를 하는 사이 선옥은 땡땡해진 아랫배를 간신히 펴고 적재함에서 내렸다. 오를 때 두 손을 잡아주었던 청년이 이번에는 한 손으로 가볍게 선옥을 내려주었다.

트럭이 떠나고 고샅길로 들어섰을 때 선옥이 용민의 팔을 잡아 세웠다.

"와? 힘드나?"

"배…, 배가…."

"배 아프나?"

"그기 아니고…."

"아니믄…, 오줌 마렵나?"

선옥이 고개를 끄덕이자 용민이 주위를 둘러보고 말했다.

"알았다. 저짝에 두엄더미 뒤로 가서 보그라. 내 망보고 있을게. 내참, 오줌 참느라 맹꽁이맨키로 입을 꽁 봉하고 있었나. 흐흐흐……."

저녁에 영생의원에 나타난 뒤로 처음 보이는 웃음이었다. 누군 창피해 죽을 지경이구만 뭐가 재미있다고 웃기는. 그런데 이상도 해라. 두엄더미 뒤에서 행여 쎄, 소리가 들릴까 조바심을 치며 오줌을 누고 났을 때 선옥은 더 이상 창피하지도 불안하지도 않았다. 부끄럽게도 한데에서 속곳을 내리고 맨땅에 오줌을 누었어도 우뚝한 장승처럼 지켜주는 용민이 있는 한 괜찮다는 느낌이 모락모락 피어올랐던 것이다.

금호면 삼호리 집에 도착한 것은 밤이 이슥해서였다. 달빛이 내려

앉은 댓돌 앞으로 다가서자 지게문 안에서 낮게 깔린 목소리가 새어 나왔다. 잔뜩 경계하는 듯 겁먹은 목소리였다.

"밖에 누가 오셨소?…… 뉘시오?"

"어무이, 접니다. 용민입니더."

"누고…? 용민이…?"

외짝문이 열리고 윤 씨가 엎어지듯 마루로 기어 나왔다. 속적삼에 속치마 바람이었다.

"하이고 놀래라. 니가 이 밤에 우짠 일이고."

용민이 뒤로 한 걸음쯤 떨어져 있던 선옥이가 그림자 옆으로 나서며 고개를 숙였다.

"어머님, 저 선옥이에요."

"누구라꼬? 선옥이? 이기 무신 일이고? 너희 둘이 오밤중에……."

박명도가 영천읍에 도착한 것은 서울을 떠난 지 꼬박 하루가 지나서였다. 아침 9시 용산에서 출발한 대구행 버스는 수원과 평택, 조치원, 천안을 거쳐 대전에 이르기까지 여덟 시간이나 달렸다. 버스는 털털거리며 마른 먼지가 이는 국도를 천천히 달렸고 멈추는 차부에서마다 마냥 늑장을 부렸다. 천안에서는 운전사가 점심을 먹고 버스에 기름을 넣어야 한다며 한 시간 반이나 지체했다. 철도 파업이 끝났다고는 했지만 아직 정상운행이 되지 않아서인지 버스 안은 콩나물시루처럼 승객들로 빼곡했다. 입추가 지났는데도 한낮의 더위는 여전해서 버스 안은 땀내와 담배 냄새, 사람들 입에서 나는 음식 냄새로 범벅이 되어 숨을 쉬기조차 어려울 지경이었다. 더구나 학생인 명도는 자리가 나도 오래 앉을 수가 없어 거의 서서 가야 했다. 명도는 버스가 설 때마다 차부 그늘에 앉아 다리쉼을 하며 자신의 경솔한 작심을 여러 차례 후회했다. 철도 파업이 종료되었다고 하니 동맹휴학도 며칠 내에 끝날 텐데 이 고생을 하며 굳이 고향집을 찾는 것이 아무래도 바보짓 같았다. 허어, 진득허니 공부나 할 것이제. 곧바로 상경해야 할 줄 뻔히 알믄서 뭐 하러 내려왔느냐? 아버지는 반기기보다 꾸중부터 하실 것이 틀림없었다. 그런데 왜 그렇게 조바심이 났던 것일까.

명도가 조바심의 정체와 맞닥뜨린 것은 버스가 대구에 도착해서였다. 차부 입구에서부터 불빛이 어지럽게 흔들렸고 여기저기서 고함소리가 요란했다. 버스가 서자 허리에 권총을 찬 미군과 어깨에 소총을 멘 조선인 경찰이 버스에 올랐다. 미군에 비해 키가 훨씬 작은 조선인 경찰이 목청을 키워 말했다.

"대구는 금일 저녁 일곱 시부터 명일 아침 여섯 시까지 통행금지요. 그러니 여러분들은 차부에서 날이 밝을 때까지 꼼짝 말고 기다려야 합니더."

"아니, 내 집 놔두고 차부에서 날밤을 새란 말이요? 와요?"

"지는예 어무이가 편찮아서 빨랑 집에 가야 하는데예. 여기서 멀지도 않아예."

중년 사내와 젊은 아낙이 한마디씩 하자 목이 굵고 어깨가 실팍한 경찰이 핏대를 세웠다.

"아이고, 이 답답한 사람덜 같으니라고. 대구에 아까 낮부터 난리가 나서 미군이 계엄령을 내렸소. 그러니 잔말 말고 시키는 대로 해야 합니더. 미군의 명령을 듣지 않으믄……."

왕방울 눈에 코가 뭉특한 조선인 경찰이 뒷말을 길게 빼며 고개를 돌리자 키가 장대같이 큰 미군이 천천히 권총을 들어 보였다. 말이 통하는지는 몰라도 미리 그리하기로 짜놓은 것 같았다.

"…저 총에 맞아 죽을 수도 있어요. 자아, 빨랑빨랑 내려 차부 안으로 들어가시오. 차부 안이 비좁으니 차례차례 질서를 지켜야 합니더."

미군이 권총을 들어 보여서인지 누군가 이게 대체 먼 개소리여?, 낮게 중얼거리고는 그만이었다. 열대여섯 명의 승객들은 순순히 짐을 들거나 머리에 이고 나란히 차부로 걸어 들어갔다. 명도는 차부 입구에 선 미군이 검지를 모로 세워 입술에 대고 있는 것을 보았다. 셧 더 마우스. 입을 다물어라. 그래서인지 차부 안에 먼저 들어와 있던 사람들도 입을 봉한 채 멀뚱한 눈으로 뒤에 들어오는 사람들을 바라보았는데, 명도 앞에 있던 아낙이 그예 입을 개봉하였다.

"난리가 났다 카던데 참말이오? 무슨 일이라 합디까?"

그러자 비료포대를 깔고 앉아 있던 농부가 고개를 들며 낮게 말했다.

"대구 사람들이 폭동을 일으켰다 캅디더. 부자들 집에 불 싸지르고 갱찰도 여럿 죽였다 카대요."

"하이고 마. 그기 참말이오?"

아낙이 손으로 입을 막으며 그 자리에 주저앉았는데 명도는 순간 흐릿하게나마 제 조바심의 정체를 본 것 같았다. 폭동이 일어났다고? 부잣집에 불 지르고 경찰을 죽였다고? 마침내 심정운이 얘기하던 인민의 혁명이 일어난 것인가.

날이 희붐하게 밝아오자 가로세로로 누워 새우잠을 자던 사람들이 눈을 비비고 일어났지만 차부 출입문이 잠겨 밖으로 나갈 수 없었다. 사방을 둘러봐도 권총 찬 미군도, 소총 멘 경찰도 보이지 않자 사람들이 와글와글 말을 뱉어내기 시작했다. 밤이 지나자 공포도 사라진 듯했다.

"아니, 이 잡것들이 사램들 가둬놓고 어데로 꺼졌나?"

"씨벌, 오줌 마려 죽겠구먼. 아줌씨들한테 내 좆 꺼내 보일 수도 없고. 히잉….''

"야 이눔아야. 거 밴댕이 좆만 한 거 내 주소, 할 아줌씨 읎다. 걱정 말고 꺼내봐라.''

한쪽 귀퉁이에서 잡부들로 보이는 젊은 축들이 키득거리자 얼굴에 수심이 가득했던 아낙도 소리 죽여 큭큭거렸고, 장사꾼으로 보이는 중년 사내들은 와중에도 시세를 묻고 손가락셈이 분주했다. 그런 모습을 보며 명도는 문득 혼란스러웠다. 인민의 혁명이라고 했는데 대체 누가 인민이란 말인가.

얼마 있자 조선인 경찰이 차부 문을 열었고 사람들이 몰려 나갔지만 명도는 한 시간 반을 더 기다려서야 영천읍으로 가는 버스에 오를 수 있었다. 된장, 간장에서부터 소금과 고춧가루, 마른 생선, 야채에 더해 고무신과 철사, 못, 종이 등을 담은 작은 항아리와 포대, 나무상자, 보따리들이 가득해 화물트럭에 진배없었다.

"이기 다 영천시장 가는 깁니더. 전 같으믄 시장에서 새벽같이 트럭이 와서 싣고 갈 낀데, 어젯밤에 그짝 트럭들이 몽땅 징발을 당했다 카네요. 그라니 좁더라도 조금들 참으시오."

버스운전사가 시동을 걸며 말했는데 말투가 아무렇지도 않은 듯 심상해서인지, 승객들 거개가 화주(貨主)라서인지 불평하는 사람이 없었다. 그러나 명도는 궁금증을 참을 수 없었다.

"아재요. 징발당했다 캤습니꺼? 그기 무슨 말씀입니꺼?"

얼굴이 둥글넓적한 중년 나이로 보이는 운전사가 고개를 돌려 흘깃 명도를 보고는 쯧, 혀를 찼다.

"봐 하니 여게 학교 학생 같지는 않고, 어데서 왔노?"

"서울서 중학교 다니는데요. 며칠 고향집에 다니러 내려왔심더."

그러자 소금 가마니 옆에 앉은 머리털이 희끗한 늙은이가 끼어들었다.

"마, 그럼 유학생이가?"

"예."

"서울 어느 핵교 다니나?"

"중앙중학입니더."

"근데 여름방학도 아인데 와 내려왔노? 하필 난리통에?"

명도는 은근히 짜증이 나서 슬쩍 고개를 돌렸는데 때맞춰 운전사가 얼굴마냥 납작한 뒤통수를 보인 채 입을 열었다.

"서울서 중학 댕기는 학생이 징발으 뜻도 모리나? 강제로 빼앗아
간다는 기 아이가. 그러니께 오늘 새벽에 영천으 공산당 허는 사램
들하고 인민위원회으 젊은 사램들, 그리고 소작하는 농민들, 마 내는
잘 모르지만, 그런 사램들이 어젯밤 대구에서 넘어온 사램들과 합세
해서 시장 트럭을 모조리 징발해서 화산면, 화북면, 임고면, 그러니
께 영천군 온갖 데로 갔다 카더라."
"와요?"
"와요? 니 참말 모리나? 서울은 엄캉 조용한가 보지?"
"그렇지 않습니다. 서울역에서 파업이 일어나 엄청 시끄러웠습니
더. 지도 동맹휴학으로 학교가 문을 닫아 그 짬에 내려온 거라예."
그러자 옆자리 늙은이가 다시 참견을 하고 나섰다.
"동맹휴학이 뭐꼬? 여러 학교가 동맹을 해서 공부를 안키로 했다
는 기가?"
"예."
"와, 학생들이 비싼 월사금 내놓고 공부를 안 하나? 서울서 유학
하려믄 돈이 수월찮게 많이 들어갈 낀데."
마침 버스가 덜컹거리면서 짐짝들이 흔들리는 바람에 명도는 답
을 하지 않아도 되었다. 그런데 잠시 후 뒷자리에서 누군가 말했다.
창호지로 보이는 종이 뭉치를 싼 큰 보따리가 곁에 놓인 것으로 보아
지물포를 하는 상인 같았는데 목소리에 각이 지고 힘이 있었다.
"와인지 내가 알려주까. 친일파 관리와 지주, 악질 갱찰 놈들 싹 쓸
어내려는 게지. 그러니까 한마디로 인민으 혁명이 일어난 게야."
명도와 옆자리의 늙은이, 그리고 다른 십여 명에 맨 앞의 운전사까
지 모두 뒷자리로 눈길을 돌리는 기색이었지만 아무도 뭐라 하지는
않았다. 명도의 뇌리에 문득 심정운의 얼굴이 떠올랐지만 그래서 더
입을 열 수가 없었다.
버스가 읍내로 들어서 영천시장 건너편 간이 정류소에 멈추었을

때는 아침 해가 제법 올라와 있었다. 명도는 읍내 차부까지 가야 했지만 버스 안 짐들을 내리는 걸 멀뚱히 보고만 있을 수는 없어 차에 오르내리며 일손을 거들어야 했다.

"고맙구마. 목마를 낀데 이기라도 한 입 베어 묵그라."

그동안 어디 숨어 있었는지 보이지도 않던 몸피 작은 할머니가 보따리에서 사과 한 알을 꺼내어 명도에게 건넸고, 명도가 "아, 아입니더. 됐심더", 손을 젓는데 갑자기 시장 안쪽에서 와 하는 함성과 함께 요란한 발소리가 들렸다. 그리고 이내 한 덩어리의 사내들이 정류소 앞 공터로 몰려나왔다. 얼핏 보아 서른 명 남짓인 것 같았는데 거의가 시퍼렇게 젊은 청년들이었지만 중늙은 사내들도 몇 명 끼어 있었다. 사내들의 손에는 하나같이 단단한 작대기들이 들려 있었다. 그중 몇 명이 버스 앞을 가로막았다. 명도는 손에 사과를 든 채 뒷걸음을 했다. 중절모를 쓴 남자가 손짓으로 운전사를 버스에서 내리도록 했다. 운전사가 차창으로 고개를 빼고 "와요? 먼 일이요?" 기세를 보이자 작대기를 든 청년들이 버스로 올라가 운전사를 끌어내렸다.

"여게는 영천 인민위원회 사람들이오. 그짝 버스를 잠깐 써야겠소이다. 여게 사람들을 태우고 화북면 면사무소까지 가는데 가는 도중에 몇 사람씩 내려주면 되오. 그라믄 운전사 양반은 아무 일 없이 돌아가도록 내 약조하지요. 한 시간여면 넉넉할 끼요. 협조해주실 거라 믿소."

키는 작지만 목덜미가 굵고 어깨가 두툼한 사내는 굵은 목소리로 위엄 있게 말하였고 운전사는 어느새 기세가 꺾인 채 납작한 머리통을 조아리고 있었다. 운전사가 다시 버스에 오르자 작대기를 든 청년들이 우르르 버스로 몰려들었는데 순간 명도는 한 걸음 더 뒷걸음질을 쳐야 했다. 작대기를 오른손에 움켜쥐고 버스에 오르는 청년 중 눈에 익은 얼굴이 있었다. 용민 형? 박용민이었다. 대구우편국 직원이 되었다던 삼호리 아재네 장남 박용민이 틀림없었다. 그리고 다음 순간 명도는 흡, 숨을 들이켜야 했다. 중절모 사내와 함께 마지막으로 버스에 오르는 얼굴색 하얀 사내. 그는 지난 여름방학 끝날 무렵에 화동 하숙집에서 홀쩍 자취를 감추었던 경성의전생 심정운이었다. 심…정…운? 심정운이 맞나? 심정운이 왜 영천에? 명도는 어질하니 현기증을 느꼈으나 두 다리에 힘을 주어 간신히 버티어냈다. 버스가 뒤꽁무니를 보일 때까지 명도는 땅바닥에 붙은 듯 그 자리에 서 있었다. 손에 들린 빨간 사과에 아침 햇살이 어룽댔다.

7

북을 먼저 건설하고 남을 바라보자.
— 1956년 6월. 하노이

1957년 초, 레주언이 베트남민주공화국 총서기 대행에 선출되자 남부 베트남 해방운동세력은 크게 고무되었다. 호찌민 주석이 눈물까지 보이며 자아비판을 함으로써 급진적 토지개혁을 주도한 쯔엉찐 등 당내 강경파들의 2선 퇴진은 충분히 예상된 일이었으나, 남부 출신 레주언이 총서기 자리에 오른 것은 예상치 못했던 놀라운 소식이었다.

레주언은 오랜 세월 '남부 해방운동의 대변인'이었다. 태평양전쟁 시기 이래 남부지역위원회 의장을 맡아온 그는 남다른 조직력과 헌신성으로 '남부의 호 아저씨'로 불릴 정도였다. 레주언은 총서기가 되기 얼마 전 '남부 혁명의 길'이라는 짤막한 팸플릿에서 현 단계 베트남 혁명에는 북부 사회주의 건설과 남부 해방의 두 가지 과제가 있다고 설파하였다. 레주언은 당의 기류에 맞춘 듯 북부 사회주의 건설을 우선하였으나 그가 방점을 찍은 것은 역시 남부 해방이었다. 그런 레주언이 총서기가 된 데는 최고지도자 호찌민의 동의가 있었을 것이고, 그러니 그간 남부 해방에 소극적이던 하노이의 기류가 변화할 것으로 해석하여도 무방할 터였다. 남부 해방운동세력이 고무된 것은 그런 연유에서였다.

그러나 상황은 녹록치 않았다. 소련과 중국은 미국이 남베트남의 해방투쟁을 빌미 삼아 인도차이나에 본격 개입하는 것을 꺼렸다. 서방과의 관계 개선을 꾀하고 있던 흐루쇼프는 베트남 문제로 미국을 자극할 의사가 없었다. 특히 북베트남과 국경을 맞대고 있는 중국은 한국전쟁에 이어 다시 미국과 무력 충돌을 하지 않을까 우려하였다. 마오쩌둥은 자신을 찾아온 호찌민에게 북남 베트남의 통일은 아주 먼 훗날의 일이 될 수도 있다고 에둘러 말하고, 남부 해방보다는 북부의 사회주의 혁명이 선결과제라고 강조하였다. 미국을 두려워하기는 하노이의 당 지도부도 마찬가지였다. 호찌민은 민족통일의 대의를 버리진 않았으나 미국의 군사 개입이 확대되는 것은 피하고 싶어

했다. 하노이 정부의 공통된 기류는 아직은 남부 해방의 때가 무르익지 않았다는 것이었다. '북을 먼저 건설하고 남을 바라보자'—하노이의 슬로건은 사이공의 해방운동세력에게 배신일 수 있었다.

그러는 사이 미국의 막대한 원조에 힘입어 권력 안정화에 연착륙한 응오딘지엠 정권은 남부의 해방운동세력을 박멸하는 데 총력을 기울였다. 그들은 메콩 델타에 산재한 농촌 부락들을 수백 개의 요새화된 집단 거주지로 강제 이주시키고, 다섯 가구를 한 단위로 묶어 공동으로 감시하고 고발하는 보안망을 작동시킴으로써 반정부 게릴라의 활동을 제약하고 분쇄하였다. 혁명세력에게는 갈대숲과 밀림으로 숨어들어 목숨을 부지해야 하는 어두운 시기였다.

*

부옹이 처음 타오에게 부탁한 일은 빈타이 시장 구둣방으로 가서 벤을 만나라는 거였다.

"벤을? 비엣 선생님이 아니고?"

"응, 선생님은 시골에 가신 모양이야."

"시골? 어디?"

"그건 나도 몰라."

"그런데 벤을 왜 만나? 무슨 일인데?"

"만나보면 알겠지."

"뭐? 그 말 전하려 학교 앞까지 왔냐. 전화로 하지."

그러자 부옹의 얼굴이 조금 굳어졌다.

"네 집으로? 야, 타오. 내 말 잘 들어. 네 아버지 정도면 뉴의 비밀경찰이 도청을 할지도 몰라. 너도 조심해야 돼."

"무슨 소리야? 비밀경찰이 왜 우리 집 전화를 도청해? 우리 아버지는 베트남공화국 정보장교라고."

"네 삼촌은 레방제트 경찰서 보안계장이시고."

타오가 얼굴을 붉혔다.

"야, 부웅. 너 말이 좀 이상하다. 왜 그래?"

"아, 미안. 내 말은 그러기에 더 조심해야 된다는 거야. 비밀경찰은 같은 편을 감시하는 데 더 열심인 법이거든. 무슨 말이냐 하면 그렇게 해야 걔들이 말을 더 잘 들을 테니까."

"뭐? 개?"

"하하, 네 아버지와 삼촌이 개라는 건 아니고. 하여간 조심하는 게 좋아. 이건 뉴의 충직한 개인 외삼촌에게서 들은 말이거든."

"네 외삼촌이 너한테 그런 말까지 해?"

"아니, 우리 아버지와 하는 말을 엿들은 거지. 그만 간다. 또 보자."

타오는 두 팔을 늘어뜨린 채 팔자걸음으로 걸어가는 부웅의 뒷모습에 피식 웃음이 나왔지만 속이 편치는 않았다. 아버지와 삼촌이 지엠 정권의 개라면 온종일 침을 질질 흘린다는 타인호아의 꾹 아저씨는 뭐란 말인가.

벤에게 물을 일은 아니었다. 벤은 오랜만이네 하고는 별말이 없었다. 타오는 중간고사를 보느라 정신이 없었다는 둥, 기말고사와 합산해 성적이 나쁘면 최종 진급고사를 치러야 하고 거기서도 성적이 안 나오면 12학년으로 올라갈 수 없다는 둥, 벤이 듣는 것 같지도 않은 말을 주섬주섬 꺼내놓고서야 벤과 눈을 맞출 수 있었다.

"비엣 선생님은 시골에 가셨다면서요?"

벤이 검은 얼굴 때문에 유난히 희어 보이는 이를 드러내면서 싱긋 웃었다.

"비엣이 아니라 호앙둑이야."

"예……?"

"비엣 선생님이 아니라 호앙둑 동지라니까. 우리는 그렇게 부르지."

타오는 얼결에 우리? 우리 누구요? 하고 물을 뻔했다. 그런데 벤이 동지라고 하지 않는가. 3년 전 가을, 하노이의 국숫집에서 비엣 선생님은 타오와 친구들을 동지라고 했었다. 부옹도 얼마 전 저를 동지라고 불렀다. 타오는 마른침을 삼켰다. 뚜렷하지는 않지만 뭔가 답이 떠오르는 것 같았다.

그래, 우리는 개가 아니야!

타오는 행여 그 말이 입 밖으로 새어 나올까 입술을 앙다물었다. 그때 벤이 종이상자를 건넸다.

"이 구두를 너희 학교 트롱다이 수학 선생님께 전달해줬으면 하는데. 비엣 선생님, 아니 호앙둑 동지가 타오, 네게 부탁하라고 하더군."

"아, 그러지요. 그냥 갖다드리면 됩니까?"

"빈타이 6호점에서 전해주라고 했다면 아실 거야. 그리고 말 안 해도 알겠지만 이 일은 비밀이야. 호앙둑 동지께서 부옹과 타오는 믿을 수 있는 동지라고 하더군."

기말고사가 끝나고 방학이 되기 전까지 타오는 벤으로부터 세 상자의 구두를 받아 수취인에게 전달했다. 두 사람은 타오가 다니는 반타잉 학교의 중등교사였고, 한 사람은 학교 뒤편 자전거포의 주인 남자였는데 구두상자를 건네받은 이들은 약속이라도 한 듯 의례적인 인사말은커녕 눈도 마주치지 않았다. 트롱 선생 때는 무안을 당한 듯 불쾌하기까지 했던 타오는 차츰 침묵이야말로 가장 강력한 신뢰의 표현이 아닐까 싶어졌다.

해가 바뀌고 새 학기가 시작될 무렵에야 타오는 부옹이 최종 진급 시험에서 떨어졌다는 것을 알게 되었다. 사이공학운위 위원장이었던 부옹의 유급 소식은 사이공 학원가에서 놀랍고도 흥미로운 이야깃거리였다. 낙제는 매 학년에서 대여섯 명 정도인데 우등생으로 알려졌던 부옹이 최종 진급시험까지 치르고도 유급한 데 대해 여러 말들이 오갔다. 대개는 부옹이 공부를 제쳐놓고 학생회 일에 매달리다 그렇게 된 모양이라고들 했으나, 위원장 자리를 내놓지 않기 위해 일부러

낙제를 한 게 아니냐는 수군거림도 있었다. 유급생에게 학생회 간부 자격이 주어지겠느냐는 소리가 들리면서 수군거림은 곧 잦아들었으나, 부웅의 외삼촌이 뉴의 최측근이란 사실이 알려지면서는 다시 여러 말들이 나돌기 시작했다.

뉴가 누구냐? 지엠의 바로 밑에 동생으로 사이공 정권의 2인자인데, 부웅의 외삼촌이 뉴의 측근이라면 아무래도 탄싱 학교에서 뭣 모르고 부웅을 낙제시킨 거 아닐까? 아니지. 부웅의 외삼촌이 교장에게 압력을 가해 부웅을 억지로 유급시킨 거야. 왜? 그래야 부웅이 사이공학생회 일을 하지 못할 테니까. 아! 듣고 보니 그러네.

"부웅, 어떻게 된 거야?"

타오가 찾아가 묻자 부웅이 능청을 떨었다.

"뭐가 어떻게 돼? 아, 유급 말이냐. 그거야 공부를 안 했으니 그렇지. 이제 11학년을 한 해 더 하면서 공부를 제대로 해볼 생각이야."

"사이공학생회 일은 어쩌고?"

"학생회는 이제 끝났어. 비밀경찰의 프락치들이 드러내놓고 설치는 학생회에서 무슨 일을 더 할 수 있겠냐. 나도 너처럼 구두 배달을 하는 게 낫지. 하하…….''

부웅은 짧게 웃었으나 타오는 웃을 수 없었다. 구두 배달이라고? 타오가 얼굴을 붉히며 부웅을 노려보았다.

"너, 내게 숨기는 게 있지? 아직 나를 믿지 못해 그러는 거냐?"

"아니야. 그런 게 아니라구. 너를 믿지 못한다면 빈타이 6호점에 데려가지도 않았어. 벤이 네게 구두 배달을 시키지도 않았을 거고. 아, 저쪽 다리 아래로 가자. 실은 네게 해야 할 말이 있거든."

길가 벤치에서 일어나 다리 밑으로 내려가자 부웅이 잽싸게 타오의 팔을 끌어 그늘진 곳으로 들어갔다. 그리고 귀에 대고 작고 빠르게 속삭였다.

"나, 학교 그만둘 거야. 곧 D지구로 갈 거야. 벤과 함께 가기로 했지. 비엣 선생님도 그곳에 계셔."

놀란 타오는 두 눈을 크게 뜨고 신음하듯 물었다.

"뭐라구? 그럼 나는 어떡해?"

키가 큰 부옹이 타오를 내려다보며 빙그레 웃었다.

"뭘 어떡해. 졸업반이니까 공부 열심히 해서 대학 가야지."

타오의 얼굴이 다시 붉어졌다.

"부옹, 솔직히 말해줘. 너는 내게 동지라고 했어. 비엣 선생님도 옛날 하노이에서 그렇게 말씀하셨고. 그런데 지난 몇 달 동안 내가 한 일은 벤이 건네주는 구두 상자를 배달한 것뿐이야. 벤은 구두 상자를 누구에게 가져다주란 말 외에는 어떤 설명도 하지 않았어. 받는 사람들도 말 한마디 없더군. 그래서 나도 묻지 않았지. 그래야 할 거 같아서 말이야. 그렇지만 부옹, 지금 네가 하는 말을 들으니 너는 처음부터 모든 걸 알고 있었던 게 분명해. 그렇다면 너라도 내게 얘기해줬어야 했어. 비엣 선생님, 아니 호앙둑 동지와 벤, 그리고 구두의 비밀에 대해서. 하지만 너는 그러지 않았어. 심지어 나는 네가 유급을 한 것도 소문을 통해 알아야 했어. 그런데 학교를 그만두고 벤과 D지구로 갈 거라고? 비엣 선생님도 거기 계시다고? 나는 공부 열심히 해서 대학이나 가면 된다고? 너는 정말 나를 어린아이 취급하고 있는 거야. 동지? 동지라고? 흥, 너는 나를 무시하는 거야."

말을 쏟아내면서도 타오는 내심 왜 이렇게까지 화를 내야 하는지 조금은 의아했다. 그동안 동지의 의미에 대해 진지하게 생각한 적이 있었나 미심쩍기도 했다.

"아니, 아니,… 타오. 그런 게 아니야.… 널 무시하다니.… 난 너까지 위험에 빠지게 하고 싶지는 않았을 뿐이야."

"너까지라고? 그 말은 어째 네가 나를 보호하려고 애쓴다는 소리로 들리는데?"

타오가 여전히 성마른 소리를 내자 부옹이 펄쩍 뛰는 시늉을 했다.

"그런 게 아니라니까. 저기 개울가로 가자. 내가 다 얘기해줄 테니까."

물이 마른 개울가에는 망초꽃이 무더기로 피어 있었다. 타오는 부옹이 얘기하는 내내 보라색 꽃더미에서 눈길을 떼지 않았다. 부옹은 아버지가 저를 미국에 유학 보낼 계획을 하고 있는데 그게 다 외삼촌이 바람을 불어넣어서라고 했다.

"엄마는 내가 네 살 때 여동생을 낳다가 돌아가셨어. 여동생은 엄마 배 안에서 죽었다고 하더군. 그러니까 지금 어머닌 계모고, 동생 셋은 모두 배다른 형제야. 그래서인지 어려서부터 외삼촌이 유독 나를 챙기곤 했지. 내 외삼촌이 누군지는 너도 알지?"

타오는 계속 망초꽃만 바라보고 있었다. 탄타이는 사이공의 유명 인사였다. 프랑스 유학파로 스물다섯 나이에 사이공 대학 교수가 된 것만으로도 이름을 알렸던 수재(秀才)는 이제 뉴의 최측근으로 위명(威名)을 떨치고 있었다.

"외삼촌은 뉴의 참모이자 비밀경찰의 제1국장이야. 그런 인물이 일찍 죽은 누이의 유일한 핏줄을 유학 보내겠다고 하는데 아버지가 왜 마다하겠냐. 아버지가 그러시더군. 이젠 미국의 세상이니 미국 가서 공부하고 돌아오면 출세가 보장될 거라고. 그런데 내가 낙제를 해버렸으니 얼마나 실망했겠냐. 외삼촌은 창피하다며 연락도 하지 말라고 하더라. 수재가 보기에 낙제란 아예 이해가 안 되는 영역이겠지. 나는 학생회에서 손 떼고 2년 동안 공부에 전념해 우수한 성적으로 졸업시험을 통과한 뒤 미국 유학을 가겠다, 반드시 그렇게 해서 아버지와 외삼촌의 체면을 살려드리겠다고 했어. 2년의 시간을 번 거지. 그런데 이젠 더 시간을 벌 필요가 없게 됐어. 곧 비엣 선생님이 계신 D지구로 갈 거니까. 빈타이 6호점은 얼마 전 문을 닫았어. 비밀경찰이 냄새를 맡은 것 같아서 내가 벤에게 귀띔을 해주었지. 타오, 너는 사이공에 남아 있어야 해. 네 아버지와 삼촌을 통해 군과 경찰의 정보를 얻고 그걸 우리에게 알려줘야 해. 그건 D지구에선 할 수 없는 매우 중요한 일이야. 사실 나는 사이공에서 더 활동을 하기 어려워. 학생회 일을 계속할 수도 없고 더 할 생각도 없어. 그동안은 외삼촌 등 뒤에 숨어 있을 수 있었지만 더는 그러고 싶지 않아. 머지않아 남베트남해방전선이 출범할 거야. 하노이의 도움을 마냥 기다리고 있을 수는 없어. 레주언이 총서기가 된 지 1년이 넘었지만 북은 여전히 움직일 생각이 없는 모양이야. 미국이 두려운 거지. 그러는 동안 매일 수십 명의 해방운동 동지들이 체포되고 처형되고 있어. 이제 남쪽만으로라도 싸워야 해. 비엣 선생님은 그 일을 준비하기 위해 월남하신 거야. 난 비엣 선생님, 호앙둑 동지를 도울 거야."

부옹이 사이공에서 자취를 감춘 것은 열흘이 지나서였다. 그리고 사흘 뒤 타오는 비밀경찰에 체포되었다. 수업이 끝나고 귀가하려 나오던 학교 정문 앞에서 타오는 세 명의 사복에게 붙잡혀 지프에 실렸다. 한 사내가 타오의 얼굴에 두건을 씌우며 낮은 소리로 협박했다.

"지금부터 아무 소리도 내지 마라. 찍소리라도 내면 네놈 목이 부러질 테니까."

빛이 차단된 두건 속에서 타오는 숨이 가빠 헉헉거렸다. 순간의 어둠이 가져온 공포로 손발이 덜덜 떨렸다. 얼마나 달렸을까. 지프에서 내려졌을 때 타오는 새들의 울음소리를 들은 듯했다. 원숭이들이 깩깩거리는 소리도 들은 것 같았다. 그러나 두건이 벗겨진 곳은 천장에서 늘어뜨려진 알전구가 촉수 낮은 빛을 흩뿌리고 있는 작은 방이었다. 창문 하나 없는 회벽 꼭대기에 환풍기가 달렸는지 녹내 나는 바람이 느적느적 돌아가고 있었다. 방 안에는 긴 나무탁자 양편으로 두 개의 철제 의자가 놓여 있었다. 타오를 철제 의자에 앉힌 사복이 나가자 잠시 뒤 중년 사내가 들어와 타오의 맞은편 의자에 앉았다. 역삼각형처럼 턱이 뾰족한 데다 작은 눈알에 눈매가 쭉 찢어져 성난 원숭이 같았다. 사내가 탁자 밑에서 뭔가를 들어 올렸다. 얼핏 보아 동물 뼈 같기도 하고 나무뿌리 같기도 했다.

"이게 뭔지 아나? 대나무 뿌리야. 땅속 깊은 곳에서 파낸 대나무 뿌리를 햇볕과 바람에 오랜 시간 말리면 쇠보다 단단해지지. 강철 같은 의지를 가졌다는 혁명가들도 이걸로 몇 대만 맞으면 굴복하지. 손가락을 부러뜨리고 어깨뼈를 바수어버리니까. 그렇다고 네게 이놈을 쓰겠다는 건 아니야. 넌 공산주의 혁명가는커녕 애송이 철부지에 지나지 않으니까. 내 말이 틀렸나?"

"……."

"왜 대답을 못 해. 그렇다면 너는 혁명가인가? 공산주의자인가?"

"아, 아닙니다. 저는 아무것도 아닙니다."

"아무것도 아니다? 맞아. 인간은 다 아무것도 아니야. 그저 태어나고 늙고 병들어 죽는 유한한 존재인 거야. 왜? 놀랐나? 내 말이 너무 근사해서? 흐흐……."

사내가 차갑게 웃음을 흘린 뒤 목소릴 조금 높였다.

"그런데 말이야. 공산주의 혁명가라는 놈들은 자기들이 대단한 존재라고 생각하는 거야. 인민이 모두 다 평등하게 먹고살 수 있는 세상을 만든다는 헛된 꿈을 꾸는 거지. 평등한 세상은 인류의 역사에서 한번도 존재한 적이 없어. 인간은 타고날 때부터 불평등한 거야. 그렇지 않으면 세상이 굴러갈 수 없으니까. 가난한 자가 있어야 부자가 있지 않느냔 말이야. 그런데 평등한 세상이라고? 개나 물어 가라고 그래라. 하기야 꿈이야 무슨 꿈인들 못 꾸겠냐. 문제는 놈들이 제 헛된 꿈을 너같이 아무것도 모르는 애송이 철부지에게까지 불어넣는다는 거지. 어때? 내 말이 틀렸나? 난 경찰이든 군인이든 무식한 놈들은 질색이야. 그런 놈들은 너 같은 아이들을 마구 다뤄서 더 지독한 공산주의자로 만들기도 하지. 난 반대야. 폭력보다는 대화를 좋아해. 인내와 설득, 그것이 나의 모토야. 어때? 정말 근사하지 않나?"

사내는 눈을 감고 고개를 끄덕였다. 스스로 제 말을 근사하다고 느끼는 것 같았다. 그러나 잠시 후 눈을 뜬 사내의 낯빛이 갑자기 붉어

졌다. 세모꼴의 작은 두 눈알이 쏟아질 듯 튀어나왔고 억센 턱 위의
얇은 입술은 파르르 떨렸다.

"그런데 공산주의자 혁명가라는 놈들은 끝내 나의 인내를 시험하
고 설득을 거부하지. 인민의 평등 어쩌고 하지만 실은 저 잘난 체하
고 권력을 탐하는 놈들이 날 무시하고 경멸한단 말이야. 그러면 나보
다 먼저 이 대나무 뿌리가 분노하지. 수십 년 땅 밑 어둠 속에서 웅크
리고 있던 분노가 폭발하는 거야. 분노는 가장 아름다운 생명력이야.
그 힘으로 놈들의 손가락을 부러뜨리고 어깨를 바수어버리지. 간혹
머리통을 쪼개버린 적도 있지만 그건 내 잘못이 아니야. 대나무 뿌리
의 분노를 폭발시킨 놈들의 잘못이지. 무슨 소리인지 알아듣겠나?"

사내가 손가락으로 허옇게 응고된 대나무 뿌리의 끝을 가볍게 쓰
다듬었다. 놀랍게도 가느다랗고 길쭉한 손가락이었는데, 타오의 눈
에는 그 섬세한 손가락이 외려 더 섬뜩해 보였다.

"응오반타오, 이제부터 네게 몇 가지 묻겠다. 네가 사실대로 말하
면 바로 풀어줄 거야. 만약 거짓말을 한다면 이 대나무 뿌리가 화를
내겠지. 팜반부옹은 어디로 갔나?"

"모, 모릅니다."

"몰라? 네가 부옹의 가장 친한 친구라던데. 최근에 만난 적은 언제지?"

"십여 일 전입니다."

"어디서 만났나?"

"제가 부옹의 학교로 찾아가 만났습니다."

"둘이 만나서 어디로 갔지?"

"그냥 길가 개울 앞으로 갔습니다."

"개울? 거기로 가서 무슨 얘기를 했나?"

"부옹이 유급했다는 소식을 들어서 제가 어떻게 된 일이냐. 어떻
게 할 거냐 물었습니다."

대답하면서 타오는 문득 그것은 정말 바보 같은 질문이었다고 자

책했다. 부옹은 일부러 진급시험을 망쳤을 수도 있다. 아니, 이미 계획했던 일에 틀림없었다. 왜 이제야 부옹이 고의로 낙제를 했을 거란 생각이 드는 걸까. 사내가 다그쳤다.

"그랬더니 부옹이 뭐라 했나?"

"11학년을 한 해 더 하면서 공부를 제대로 해보겠다고 했습니다."

"그래? 그러고는 무슨 말을 했지?"

"사이공학생회에선 손을 떼겠다고 했습니다."

"호오, 그랬어? 그다음엔?"

"그다음엔 별 얘기 없었습니다."

"그걸로 끝이야?

"아, 부옹은 아버지와 외삼촌이 자기를 미국에 유학 보내려 했는데 유급하는 바람에 실망이 크시다는 말도 했습니다."

"그게 다야?"

그게 다였다. 타오는 차츰 사내의 눈알이 노래지고, 콧잔등에 주름이 지어졌으며, 입술이 가늘어지는 변화를 알지 못했다. 타오는 제 눈빛이 흔들리고 목소리가 작아지고 이마에 진땀이 배는 것도 눈치채지 못했다. 갑자기 사내가 클클 웃었다.

"응오반타오. 너를 보니까 내 어릴 때를 보는 것 같구나. 시인을 꿈꾸던 순수한 젊음의 시절 말이야. 나도 너만 한 나이 때는 옛 황도 후에의 거리에서 시를 읽고 낭만을 노래하던 문학청년이었다고. 흥, 다 흘러간 옛날 얘기지만 말이야. 아무튼 타오, 넌 지금 거짓말을 하고 있어. 그렇지만 나는 일단 널 용서하기로 했어. 왜냐? 네 거짓말은 어린아이처럼 순수하니까. 저 지금 거짓말하고 있어요, 말하고 있으니까. 다시 묻겠다. 부옹이 어디로 간다고 했나? 빈타이 시장 구둣방 놈들과 어디로 간다고 했느냐고?"

타오는 숨이 가빠지고 입안이 말랐다. 비엣 선생님과 벤, 부옹의 얼굴이 어지럽게 떠올랐다. 그때 부옹이 귓가에 속삭였다. '타오, 넌

나의 오랜 동지야.' 타오는 힘겹게 부웅의 목소리를 붙들었다. 사내가 천천히 철제 의자에서 일어나 탁자에 놓여 있던 대나무 뿌리를 쥐어 들었다.

"웅오반타오. 난 네가 빈타이 시장 구둣방에서 구두 배달을 한 사실도 알고 있어. 어떻게 알았을까? 세상에는 비밀이 없으니까. 아니, 밝혀질 수밖에 없는 것이 비밀의 숙명이니까. 그런데 너는 지금 거짓말로 비밀을 감추려 하고 있어. 곧 밝혀질 비밀을 어리석게도 감추고 있어. 이 대나무 뿌리를 화나게 하고 있다고. 지금 나는 얘가 분노하지 않도록 달래는 중이야. 얘가 폭발하면 나도 어쩔 수 없어. 네 손가락을 부러뜨리든, 네 어깨를 바수어버리든, 네 머리통을 쪼개버리든 나는 어쩔 수 없어. 그러니까 사실대로 얘기해. 내 인내심을 더 시험하려 들지 마."

사내는 마치 대사를 읽는 연극배우 같았다. 사내의 얼굴에 분노 대신 희열의 빛이 번들거렸다. 타오는 다시 하나의 목소리를 붙들었다. '타오, 너는 이제 어린아이가 아니다. 나의 동지다.' 아아, 비엣 선생님! 머리가 쪼개지듯 아파왔고 숨이 턱에 차올랐다. 사내가 대나무 뿌리로 탁자를 꽝 내리쳤다. 순간 타오는 두 눈에 검은 망막이 덧씌워지는 것 같았다. 타오의 상반신이 모로 쓰러졌다.

"하, 요것 봐라. 순진한 것들이 더 애를 먹인다니까."

사내가 탁자 위에 엎어진 타오를 내려다보며 중얼거리고는 방문 위쪽 창살에 대고 소리 질렀다.

"야, 이 새끼. 데려가 응급처치해. 뒈지기라도 하면 골치 아프니까."

사내는 타오의 아버지가 현역 육군 정보장교이고 삼촌은 사이공 보안경찰이라는 사실을 파악하고 있었다. 그래서 딴에는 아주 점잖게, 고상하게 다루던 참인데 애송이가 맥없이 쓰러져버린 것이었다.

"아, 애새끼. 손도 안 댔는데 왜 쓰러지고 지랄이야."

키엠이 사이공동물원 안에 있는 P42를 찾은 것은 사흘 뒤였다. P42

는 뉴가 운영하는 비밀경찰의 아지트로서 사무실과 조사실, 감옥을 갖추고 있었다. 조사실에서는 고문이 상시적으로 행해졌는데 동물원을 찾은 관객들은 코끼리 우리 뒤편 숲속의 지붕 낮은 건물에서 간혹 새어 나오는 비명소리를 동물의 울음소리로 착각하고는 했다. 형수 쑤엔은 타오가 이틀째 집에 돌아오지 않았다고 했다. 학교에서도 행방을 모른다고 하니 좀 알아봐달라고 했다. 지방 출장 중인 람에게는 전화연락조차 안 된다며 우는소리를 했다. 키엠은 정보 보고를 통해 람이 미 고문단 통역관으로 중부 해안 지역 시찰에 수행한 것을 알고 있었다. 키엠은 부하를 닦달해 즉시 탐문조사를 하도록 했다. 다만 관할 경찰서 보안계장의 조카가 실종된 것이 알려지면 공연히 시끄러워질 수 있으니 조심스럽게 움직이라고 주의를 줬다. 시끄러워질 일은 없었다. 탐문조사를 나갔던 부하는 반나절도 지나지 않아 돌아와 보고했다.

"아무래도 P42로 잡혀간 거 같습니다. 사흘 전 방과 후 학교 앞에서 검은색 지프에 실려 가는 걸 본 아이들이 여럿이더군요. 사복을 한 경찰들이 데려간 거 같다고 하데요."

"사복경찰? 걔네들이 왜?"

키엠은 문득 타오가 불렀던 괴상한 노래 가사가 떠올랐지만 이미 오래전 일이고, 그만한 일로 비밀경찰이 관할 경찰서에 알리지도 않고 직접 어린 학생을 연행한다는 것은 이해할 수 없는 일이었다. 그러나 탐문 내용이 그렇다면 우선은 P42를 의심할 수밖에 없었다.

"알았어. 내가 알아볼 테니 너희는 입 다물고 조용히 있어. 별일 아닐 테니까."

그렇게 입단속을 해놓았지만 정말 비밀경찰 쪽에서 움직였다면 보통 일이 아닐 거였다. 람이라도 사이공에 있으면 군 쪽을 통해 짚어볼 수도 있으련만. 그나저나 이 작자는 제 새끼가 무슨 생각을 하고 있는지도 모르고 사나 보네. 키엠은 갈수록 저를 우습게 여기는 것 같은 형이 못마땅해 구두덜대며 사이공동물원으로 입장했던 것이다.

30분 넘게 기다려서야 접견실에 나타난 중년 사내는 흰색 면 셔츠 차림의 사복이었다. 호리호리한 몸에 턱이 뾰족하고 눈매가 날카로웠다. 사내의 계급을 알 수는 없었지만 키엠은 부동자세로 경례를 올려붙였다.

"무슨 일이시오? 여기는 일반 경찰이 올 곳이 아닌데……."

"아, 죄송합니다. 제 조카 녀석이 이곳에 있다고 해서 찾아왔습니다. 본인은 사이공 레방제트 경찰서 보안계장 레키엠 경위입니다."

"키엠 경위? 알고 있소. 응오반타오의 삼촌이라는 것도."

사내가 작은 눈알을 굴리며 빙긋 웃었다.

"아, 그러면 타오가 정말 여기 있는가 보네요?"

당황한 키엠이 어정쩡하게 물었다.

"왜, 여기 있으면 안 되나?"

사내가 웃음기를 지우며 당장 반말을 했다.

"안 된다는 게 아니라 어린애를……?"

"어린애라고? 중학교 졸업반이면 어린애가 아니지."

이 새끼가 왜 계속 반말이지. 키엠은 속이 뒤집혔으나 비굴하게 두 손을 비비며 웃어 보였다.

"그렇군요. 어린애가 아니지요. 그런데 무슨 일로……?"

"무슨 일이냐? 당신 보안계장 맞아? 제 조카 녀석이 공산주의자 놈들과 어울려 다닌 것도 모르고. 아니지. 알았어도 감추었겠지. 제 조카니까. 안 그래?"

키엠의 낯이 붉어지며 목에서 그르렁, 가래 끓는 소리가 났다.

"무슨 말씀을 그리하십니까? 제 조카가 공산주의자들과 어울려 다녔다니요? 그걸 알았어도 제가 그걸 감췄을 거라고요? 이거 너무 심하지 않습니까? 같은 경찰끼리."

사내가 다시 빙긋 웃고는 소파에서 천천히 몸을 일으켰다.

"같은 경찰끼리 이러지 말자, 그 말인가? 일어서!"

한 성깔 하는 키엠이 더는 못 참고 벌떡 일어섰다. 순간 사내의 구 둣발이 키엠의 정강이를 호되게 걷어찼다. 어이쿠! 키엠이 허리를 구부리자 사내가 손바닥으로 키엠의 어깨를 세게 쳤다. 키엠은 다시 소파 위로 주저앉은 꼴이려니였다.

"잘 들어. 이 새끼야. 우리는 너희와 똑같은 경찰이 아니야. 우리는 너희와는 차원이 다른 특별경찰이야. 너희 같은 무지렁이 한심한 놈들이 아니라구. 나는 네놈을 당장 여기 감옥에 처넣을 수도 있어. 무슨 죄로? 관내에서 공산주의자 놈들이 활개 치고 있는데도 명색이 보안계장이란 네놈은 아무것도 모르고 있었지. 조카 녀석이 놈들의 심부름을 하고 다니는 동안에도 눈감고 있었어. 그래도 정보장교인 아비와 현직 경찰인 삼촌의 얼굴을 봐서 곱게 다루고 있는 참인데 건방지게 찾아와서 뭐, 무슨 일이냐고? 같은 경찰끼리 너무 심하지 않느냐고?"

키엠은 정강이가 끊어질 듯 아픈 것도 잊고 소파에서 굴러내려 사내 앞으로 기어갔다.

"아이고, 죽을죄를 졌습니다요. 용서하십시오. 조카 놈에게 데려다주십시오. 제가 놈의 목을 비틀어서라도 모든 죄를 토설토록 하겠습니다. 그리고 제발, 제가 뭐라 부를 수 있도록 존함을 알려주십시오. 어려우시다면 가명이라도……."

그러자 사내가 키엠의 어깨를 툭툭 쳤다.

"일어나게, 키엠 경위. 몇 날 며칠 스트레스가 쌓이다 보면 나도 모르게 폭력적이 된단 말씀이야. 영어로 말하면 셀프컨트롤이고, 공자님 말씀을 빌면 수기(修己)인데 그게 참 어려워. 사는 게 참 힘들어. 그렇지 않나? 허허…. 내 이름? 트롱 반장이라고 부르게."

"예, 예. 트롱 반장님. 존함을 받들어 모시겠습니다요."

경찰이면 다 같은 경찰이냐며 정강이를 걷어차기까지 했지만 키엠이 납작 엎드려 머리를 조아리자 트롱 반장은 금세 기분이 좋아진 듯했다.

"이보게, 키엠. 자네 조카 친구 중에 부옹이라고 사이공학운위 위원장 하던 아이가 있는 건 알고 있나?"

"제네바 협정 뒤에 하노이에서 내려온 형님네와는 달리 저는 오래전에 단신 월남했고, 그 후에도 따로 떨어져 살아서 조카 친구 이름까지는 잘 모릅니다."

"그래? 그럴 수도 있겠구먼. 좋아, 자네 말대로 같은 경찰이고 특히 보안계장이라니까 정보 공유 차원에서 이야기해주지. 앞으로 자네가 수집한 정보도 내게 비밀리에 보고한다는 조건에서 말이야."

"그러고말고요. 앞으로 충성을 다하겠습니다."

"충성을 다한다? 좋아. 아주 좋아."

트롱 반장이 흡족한 듯 껄껄 웃었다.

경찰서로 돌아온 키엠은 쓸개 씹은 기분이었다. 그동안 사이공학생운동위원회에 주목하지 않은 것부터가 불찰이었다. 하기야 수업료 인상 반대나 군사훈련 시간 축소 따위를 주장하는 학생들의 움직임에까지 일일이 신경을 쓸 여력은 없었다. 상부에서 떨어진 '공산주의자 청소운동'의 실적을 올리는 게 발등의 불이었으니까. 그렇더라도 위원장인 팜반부옹의 신원은 파악해두었어야 했다. 그랬더라면 타오가 놈과 어울리는 것은 미리 차단할 수 있었을 거였다. 적어도 트롱 반장, 그 늙은 원숭이 같은 작자에게 코가 꿸 일은 없었을 것 아닌가. 곤경을 벗어나려면 작자가 감히 쳐다볼 수도 없는 거물과 선을 대야 한다. 경찰서장에게 보고하고 도움을 청한다? 안 될 일이었다. 트롱 반장의 말마따나 일반 경찰과 비밀경찰은 같은 경찰이 아니었다. 레방제트 경찰서장은 트롱 반장의 턱짓 한 번에 굽실할 인물이었다. 그럼 누구? 한참 머리를 굴리던 키엠의 뇌리에 부옹의 외삼촌이라는 탄타이의 이름이 떠올랐다. 아, 그래. 키엠은 무릎을 쳤다. 뉴의 측근으로 비밀경찰 국장인 탄타이와 끈이 닿을 수만 있다면 트롱 반장 따위에 일일이 정보를 보고해야 할 일은 없을 거였다. 트롱 반장의 말대로 부옹이 공산주의자들과 연계되어 있다면 외삼촌인 탄타이에게도 목에 걸린 가시일 터. 그 가시를 이용하면 된다. 그러자면 정보장교인 람이 있어야 한다. 람도 제 자식이 걸린 일인데 타인호아 아버지의 죽음처럼 이미 지난 일인데 어쩌겠느냐고 하지는 못할 거였다. 키엠은 형수 쑤엔에게 전화를 걸었다.

"형수, 타오가 어디 있는지 알아냈어요. 그런데 타오를 데려오려면 형의 도움이 필요해요. 형이 돌아오는 대로 바로 연락 주세요. 타오가 어디 있느냐고요? 무슨 일이냐고요? 아, 전화로는 말하기 힘들어요. 그렇다니까요.…… 아, 그건 너무 걱정 마세요. 안전하게 있을 수 있도록 제가 얘기해놨으니까요.…… 학교요? 학교에도 제가 연락하지요. 며칠 더 결석할지 모른다고요.…… 아니요, 형님과 연락되는 대로 곧 데려올 수 있을 거예요.…… 아, 그건 걱정 말아요. 아무 상관이 없다니까요.…… 아, 예. 제가 지금 좀 바빠서 그만 끊습니다."

중간중간 질문을 쏟아내던 쑤엔이 작년에 타오가 읽었던 괴상한 시 얘기를 했고 키엠은 그 일과는 상관이 없다며 송수화기를 내려놓았는데, 순간 어쩌면 상관이 있을지도 모르겠다는 느낌이 들었다. 기분 더러운 예감이었다.

8

국립경찰이 수중의 사람들을 야만적으로 취급해서 한국인이 반감을 가졌고
이로 말미암아 각계각층의 사람들이 어떠한 시위나 경찰에 대한 습격에도
자발적으로 참여했다.
— 1946년 11월. 미 24군사령부 감찰참모실
「한국 대구에서 발생한 소요 사태에 관한 조사보고서」중

선옥이 잠에 빠져든 것은 동창이 희붐하게 밝아오던 새벽이었다. 윤씨는 용민이 안방으로 건너가자 바로 등잔불을 껐으나 선옥은 쉬이 잠들지 못했다. 몸뚱어리가 천근만근 무거워 방구들 밑으로 가라앉는 것 같았지만 정신은 말똥말똥했다. 언젠가 시어머니 되실 분과 나란히 누워 있는 것이 못내 거북해 숨소리를 내는 것조차 조심스러웠다. 마당을 쓸고 가는 바람 소리가 들렸다. 구구구 구우……. 멀리서 산꿩이 우는 듯했다. 끄무레한 천장에 달님을 가로질러 날아가는 기러기 떼의 그림자가 어른거리는 것 같았다. 아버지 어머니는 왜 돌아오시지 못하는 걸까. 경수와 영수는 얼마나 컸을까. 사무치는 그리움에 선옥은 흠칫 어깨를 떨었다. 두 눈에 눈물이 고이면서 천장의 그림자가 뭉개졌다. 선옥은 이불 속에서 가만히 오른손을 빼내어 손등으로 눈물을 닦았다. 삼호리 네 칸 초가집은 그녀에게 친정 같기도 했고 시댁 같기도 했다. 찾을 때마다 낯익어 푸근하면서도 한편으로는 어렵고 불편하였다. 더구나 올해에는 지난 설에 세배하려 찾아뵌 후로 처음인데 한밤중에 들이닥쳐 어머님께서 늦은 밥상을 차리게 하였으니 송구하고 민망한 노릇이었다. 옆자리에서 고른 숨소리가 들렸다. 어느새 새벽빛이 방 안으로 스며들었다. 선옥은 여명 속에 잠들었다.

선옥이 소스라쳐 일어났을 때는 아침의 환한 빛이 방 안에 가득했고, 옆의 이부자리는 말끔히 개어져 윗목에 놓여 있었다. 선옥은 허둥지둥 지게문을 열고 마루로 나갔다. 기척을 들었는지 안방에서 윤씨의 목소리가 넘어왔다.

"일어났나. 들어오너라."

선옥은 앞머리를 매만지고 안방으로 들어갔다. 용민 아버지 박 씨는 베개로 등을 받힌 채 요 위에 비스듬히 앉아 있었다. 선옥이 황급히 엎드려 절을 올렸다. 절을 마친 선옥이 고개를 들자 박 씨가 희미하게 웃었다. 눈 밑이 거뭇하고 입술이 부어 있어서인지 모르는 이처럼 낯설어 보였다.

"아버님, 어젯밤 늦어서 인사도 못 드렸네예. 일찍 일어났어야 하는데…… 너무 송구……."

선옥이 떠듬거리는데 박 씨가 말을 끊고 손을 내밀었다.

"마, 됐다. 이리 가차이 와보그라."

선옥이 무릎걸음으로 다가가자 박 씨가 끙, 허리를 세워 선옥의 손을 잡았다.

"그래, 그래. 내 꼴이… 이리되어 긴말은 몬 하겠고… 니 아부지 소식은 여태 읎냐? 원장 댁은 안녕하시고?……."

박 씨가 부은 입술을 벌리느라 힘겹게 말하는데 선옥의 눈에서 눈물 한 방울이 똑 떨어졌다. 선옥은 당황해서 한 손으로 박 씨 손등에 떨어진 눈물을 닦으랴, 제 눈의 눈물을 훔치랴 허둥댔다. 박 씨가 짐짓 아내 윤 씨에게 눈길을 돌렸다.

"선옥이 야, 아츰밥 묵어야제."

용민은 아침 일찍 읍내에 다녀온다며 나갔다고 했다. 돌아오는 대로 데려다줄 터이니 기다리라 했다고 하였다. 윤 씨는 아침밥을 먹고 난 선옥이 정지에서 설거지를 하고 나오자 용민의 말을 전한 끝에 "야가 증말 용한 침쟁이를 데려올 수 있으려나 모르겠네" 혼잣말을 하고는 "선옥아, 니는 잠깐 바람 쐬고 오거라이. 내는 그새 저 양반 용변 수발할런다"고 했는데, 조금은 멋쩍은 기색이었다. 선옥은 정수리께 머리칼이 허연 데다 좁은 어깨가 안으로 굽어 한층 노약해 뵈는 윤 씨 모습에 콧잔등이 시큰거려 얼른 고개를 숙이고 돌아섰다. 삽짝을 나서자 고샅 옆 야트막한 언덕에 옥수수와 들깨가 어른 키만큼 자랐고 그 아래 자드락밭에는 새빨간 씨고추가 가을볕을 받고 있었다. 왜 자꾸 눈물이 나려 하지? 선옥은 제 마음에 가만가만 물었다. 눈 밑에 거뭇하니 멍이 죽어 있고 입술이 부어오른 아버님과 지난 설 때에 비해 부쩍 늙어버린 어머님을 뵈어서일 게다. 두 분 밑에서 지내

166

온 세월의 잔영이 눈시울을 뜨겁게 해서일 게다. 그렇게 생각하며 발걸음을 옮기는데 갑자기 가슴 깊숙이 덩이졌던 서러움이 복받쳐 올랐다. 한 방울 떨어뜨려 자제했던 눈물이 선옥의 뺨 위로 줄줄 흘러내렸다. 선옥은 길바닥에 쭈그려 앉아 무릎에 얼굴을 묻었다. 아부지 엄니, 어디 계셔요? 흔들리는 선옥의 어깨 위로 한 줄기 바람이 스쳐 지나갔다.

그 시각에 용민이 탄 버스는 영천지서 건너편 길가에 멈추어 섰다. 오는 길에 강 선생은 말했다.

"우리는 경찰서를 접수하여 악질 경찰을 징벌하고 구금된 사람들을 석방합니다. 하지만 살인은 안 됩니다. 방화도 금합니다. 마을 사람들이 흥분하여 무슨 짓을 할지 모르는데 그 사람들을 통제해야 합니다. 어제 대구에서 경찰 여럿이 살해되었고 십수 건의 방화가 벌어졌습니다. 사태가 이렇게 진행되어서는 안 됩니다. 미군정 측은 모든 살인과 방화, 폭력 행위를 조공과 민전, 파업 지도부가 사주하고 선동한 것으로 몰아갈 것입니다. 벌써 대구 일원에 체포령이 떨어졌습니다. 어젯밤 대구사대에서 열린 조공과 민전 대구지부, 시투와 학생 대표들의 긴급회의에서 폭동은 안 된다는 결론을 내린 것도 이러다가는 우리 조직이 모두 저들에게 노출되어 투쟁 역량이 심각하게 위축될 수 있다는 우려 때문입니다. 산발적이고 비조직적인 폭력으로 저들을 이길 수 없습니다. 주민과 함께하되 그들을 적절히 통제하여 우리의 역량을 극대화하여야만 저들과 맞서 싸우고 궁극적인 승리를 기약할 수 있습니다. 분별없는 폭력 행위는 우익분자들의 백색 테러와 마찬가지입니다. 우리는 우익분자들에 도덕적 우위를 견지하여야 합니다."

그러나 저마다 작대기나 몽둥이를 움켜쥔 억센 손아귀의 주인들은 백면서생의 말을 귓등으로 흘려듣고 있었다. 매끄러운 서울 말씨부터 투쟁 역량이니 도덕적 우위니, 유식쟁이들이나 쓰는 어려운 말은 오히려 귀에 거슬릴 뿐이었다. 하이고, 경찰 놈들이 순순히 무릎 꿇고 나온다면 모를까, 총 들고 나올 기 뻔한데 싸대기 몇 대 때려 혼 내주면 된다는 소리여, 뭐여. 조공 사람들이 저 모양이니 만날 우익 놈들에게 당하지. 이에는 이, 눈에는 눈이여. 이 판에 악질 친일순사 에 면장, 이장도 벼슬이라고 설치던 놈들, 포악한 지주 놈들을 싸잡 아 요절을 내야지. 뭐라꼬? 분별없는 폭력 행위는 안 된다꼬? 저 젊 은 양반은 설맞은 개가 주인 무는 것도 모르는 모양이네. 다들 말들 은 안 했지만 그렇게 못마땅한 표정들이 역연했다.

용민도 그랬다. 아침 일찍 읍내 인민위원회로 나올 때까지만 해도 용민은 제 손에 실팍한 몽둥이가 쥐어질 줄은 전혀 몰랐다. 그저 윤 부위원장과 강 선생을 만나 돌아가는 사정을 듣고 시투의 다음 활동 에 대한 지시를 받을 거라 생각했을 뿐이었다. 외려 걱정이 된 것은 침 잘 놓고 뜸 잘 뜨는 의원을 찾아 삼호리 집에 데려가는 일이었다. 의원을 찾는다 해도 차편이 문제였다. 대구에서 영천을 오가는 버스 가 끊겼다면 삼호리 집까지 꼼짝없이 걸어가야 할 판인데 의원이 돈 몇 푼 더 준다고 왕복 20리 길을 걸으려 할 성싶지 않았다. 정 안 되 면 우편국 영천분소의 자전거를 빌릴 수야 있겠지만 과연 의원을 자 전거 뒤에 태울 수 있을까도 싶었다. 그렇다고 아버지 앞에 용한 의 원을 대령하겠노라, 큰소릴 쳐놓고 혼자서 터덜터덜 돌아갈 수는 없 지 않은가. 그런데 인민위원회에 도착해 얼떨결에 몽둥이를 받아 들 자 좀 전의 걱정은 감쪽같이 사라지고 용민의 모든 감각은 몽둥이를 쥔 오른손의 악력에 집중되었다. 시장 앞 공터에서 징발한 버스가 출 발한 뒤 윤 부위원장이 영천지서부터 접수하자고 했을 때는 용민의 몸뚱이 전체가 전율하듯 부르르 떨렸다. 간밤에 잠든 줄 알았던 아버 지가 슬며시 제 손을 잡아주었을 때 느꼈던 둔중한 분노가 되살아나 면서 몸 안의 모든 근육과 핏줄이 펄떡펄떡 뛰는 것 같았다. 걷잡을 수 없는 폭력에의 충동과 두려움 섞인 희열에 심장이 두근거리고 숨이 가빠졌다. 강 선생의 말이 귀에 들어올 리 없었다.

버스가 멈춰 서고 윤 부위원장을 선두로 몽둥이를 든 영천 인민위원회 청년들이 쏟아져 내렸다. 용민도 무리 뒤로 따라붙었다. 지서는 길 건너편이었는데 흙으로 쌓은 낮은 담장 위로 철조망이 쳐져 있고 그 가운데 뻥 뚫린 정문 왼편에 작은 초소가 붙어 있었다. 청년들이 와, 소리를 지르며 길을 가로질렀다. 초소 앞에 서 있던 경찰 두 명이 황급히 담장 뒤로 몸을 숨겼다. 청년들은 기세 좋게 정문 쪽으로 달려들었다. 용민은 선두의 후미였다. 그때였다. 탕탕탕! 담장 뒤에서 총소리가 나는가 싶더니 앞장섰던 청년 둘이 고꾸라졌다. 윤 부위원장이 당황해 소리소리 질렀다.

"엎드려! 엎드리라카이. 이 새끼들이 우리가 올 걸 알고 있었나 보네. 일단 저쪽 둔덕으로 몸을 피하지. 하나 둘 셋 하면 쎄 빠지게 뛰어야들 하네. 하나, 둘, 셋. 뛰어!"

윤 부위원장의 호령에 맞춰 모두들 후다닥 뛰어 길가 둔덕 아래로 몸을 굴렸다. 다행히 총소리는 나지 않았다.

"저눔아들이 총질을 몬 하는 걸 보이 총알이 얼매 없는 거 같으이. 그렇담 수가 있지."

"먼 수요? 작대기로 우째 총알을 막는다꼬."

누군가 투덜대자 윤 부위원장이 턱으로 건너편에 멈춰 있는 버스를 가리켰다.

"내가 저걸 몰고 정문을 돌파할 테니 동지들은 버스 뒤를 따르시오. 그짝 네 사람은 쓰러진 동지부터 구원하시오. 그런 다음 버스에 실어 가까운 병원으로 가시오. 내 운전사 양반한테 그리하도록 일러놓을 테니. 알았지요?"

윤 부위원장은 경황 중에도 순서를 정하고 역할을 나누었다.

"총 맞은 게 누구고? 어라, 성준이가 안 보이네. 또 하나는? 민철이가? 누구고? 으응, 벌써 죽었으면 우짜요?"

나잇살 먹어 보이는 사내가 울상을 하자 한 젊은이가 벌떡 일어섰다.

"젠장, 이러고 숨어 있을 거시 아니라 당장 가서 끌고라도 와야 하지 않겠습니꺼?"

"숨기는 누가 숨었다고 그려. 대구 부위원장님 말씀대로 버스 뒤로 바짝 붙어가야 해. 무작정 끌고 오려다간 총알받이가 될 수 있어."

"버스가 시동을 걸었나 보네. 우리도 후딱 따라갑시더."

후진한 버스가 오른쪽으로 회전해 지서 정문으로 돌진했다. 총소리가 몇 방 더 들렸으나 급발진한 버스가 내는 굉음에 묻혀버렸다. 담장 뒤에 숨어 있던 경찰 서넛이 혼비백산해 소총을 버린 채 달아났고 버스 뒤에 붙어 달려온 젊은이 서넛이 작대기를 휘두르며 뒤쫓았다. 용민은 다른 젊은이들과 함께 지서 안으로 몰려 들어갔다.

"조옿케 말로 할라꼬 했는데 총질을 해? 이 친일파 문디 새끼들. 살고 싶으면 퍼뜩 손 들고 무릎 꿇어, 개자슥들아!"

앞장선 젊은이가 작대기를 쳐들고 소리치자 경찰 서넛이 냉큼 손을 들고 바닥에 무릎을 꿇었다. 뒤따른 젊은이들이 작대기로 손을 든 경찰들의 어깨와 등짝을 후려치는데 나잇살 먹어 보이는 사내가 쓰러진 경찰의 멱살을 움켜쥐고 으르렁거렸다.

"가네다 이치로, 이 개자슥은 어데 갔노? 여기 영천지서 주임이 왜놈 개 노릇 하던 가네다 이치로 아녀? 뭐, 김일수라꼬? 창씨개명을 할 적은 언제고 그새 조선 이름을 다시 달았나 보네. 후레자식 같으니라꼬. 지 조상에 부끄럽지도 않은 모양이여. 그눔아, 어데 있나. 엉. 좋게 물을 때 말해. 그라믄 당신들은 모두 살려줄 텐게."

작대기에 어깨와 등짝, 팔을 맞고 쓰러져 끙끙거리던 경찰 중 한 명이 손가락으로 벽장을 가리켰다.

"오호라. 이 문디 자슥이 비겁허게 벽장에 숨었고마."

사내가 의자를 걷어차고 탁자 위로 올라가 뒤편 벽장문을 여는 순간 야아, 기합소리와 으악, 비명소리가 겹치면서 사내가 바닥으로 떨

어졌다. 눈 깜짝할 새여서 모두가 어안이 벙벙한데 가네다 이치로,
김일수가 일본도를 꼬나들고 벽장 아래로 뛰어내렸다.

"이 공산당 빨갱이 새끼들! 이 가네다 이치로가 네놈들을 죄다 베
어버릴 테다!"

작대기를 든 젊은이들이 비칠비칠 뒤로 물러섰다. 용민도 그들의
뒷걸음질에 밀려 뒤로 물러났다. 머릿속이 자글자글 끓고 귓속은 잉
잉거리는 데다 눈앞은 뿌연 막이 쳐진 듯 흐릿했다. 용민은 두 눈을
꿈쩍꿈쩍했다. 단전에 힘을 모아 정신을 집중했다. 그러자 눈앞의 막
이 사라지고 칼날이 긴 일본도를 빼들고 야차 같은 모습으로 서 있는
가네다 이치로, 김일수가 보였다. 용민은 슬며시 옆걸음질 치며 주위
를 살폈다. 오른편 책상 위에 재떨이가 보였다. 얼핏 보아 가운데가
움푹 파인 간장 종지만 한 수석(水石)이었다. 누군가 강에서 주운 돌
을 재떨이로 쓴 모양이었다.

"비켜라! 이 빨갱이 새끼들. 아니면 네놈들 목이 달아난다. 썩 비
키라니까!"

가네다 이치로가 두 손을 모아 일본도를 오른편 어깨 위로 들어 올
리며 소리를 질렀다. 작대기를 든 젊은이들은 연신 뒷걸음질을 쳤다.
용민은 슬쩍 오른편으로 빠지며 몽둥이를 놓고 재떨이를 집어 들었
다. 크지도 작지도 않아 손아귀에 꽉 잡혔다. 앞의 젊은이들을 겨냥
하느라 가네다 이치로는 용민의 동작을 눈치채지 못한 것 같았다. 용
민은 호흡을 멈추고 정신을 모았다. 실수하면 여럿이 놈의 칼에 베일
것이다. 놈의 머리에 정통으로 맞추어야 한다. 거리가 너무 가까워도
안 된다. 대여섯 발짝 정도가 돼야 한다. 용민은 재떨이를 허리 뒤로
감춘 채 뒷걸음을 했다. 가네다가 한 걸음 나서면 뒤로 두 걸음, 그렇
게 수를 세던 용민이 옆으로 빠지며 벼락같이 재떨이를 가네다의 머
리를 겨냥해 던졌다. 순간 작은 돌덩어리가 놈의 이마를 정통으로 때
렸다. 으악, 두 손을 모아 장도를 들어 올렸던 놈이 비명을 지르며 쓰

러졌다. 뒷걸음질 치던 젊은이들이 작대기를 쳐들고 달려들었다.

"비키시오. 비키라고!"

쓰러진 놈을 난타하던 젊은이들이 소름 끼치는 소리에 놀라 옆으로 물러났다. 낮고 무거운 소리에는 범접하지 못할 살기가 배어 있었다. 가네다 이치로의 얼굴은 깨진 이마에서 흘러내린 피로 범벅이 되어 있었다. 그러나 숨은 끊어지지 않았는지 가슴이 벌렁벌렁했다. 용민이 바닥에 떨어진 일본도를 들어 올렸다. 작대기를 든 젊은이들이 서슬에 놀라 물러났다. 장도를 들어 올린 용민의 두 손과 두 팔뚝, 그리고 심장과 머리에서 같은 소리가 났다. 놈을 죽여. 지금 죽이지 못하면 너는 평생 후회할 거야. 찔러. 놈의 심장 깊숙이 왜놈의 칼끝을 박아. 피하지 마라. 박용민, 이건 너의 운명이야. 용민의 머릿속은 자글자글 끓는 물로 가득했고 수천 수만 마리의 벌들이 귓속에서 잉잉거렸다.

그날 아침 박명도는 사랑채에서 아버지의 꾸지람을 들었다.

"시국이 어수선한 판에 뭣 하러 내려왔노? 기차 편도 끊겼다고 하더만 뭘 타고 왔어?"

"시외버스 타고 왔심더."

"버스? 얼매나 걸렸노?"

"어제 아츰 일쯕 떠나 저녁 늦게사 대구에 도착했는데 계엄령이 내렸다며 차부에 붙잡혔다가 아침에야 풀려났습니다."

"계엄령? 미군이 계엄령을 내렸나? 와, 먼 일이 있었나?"

"사람들 얘기가 대구에 난리가 났다 카데요."

"난리? 허어, 그예 사단이 났는가 보구나. 그러게 왜 경망하게 움직이느냐. 서울에서 지긋이 공부나 할 것이제."

"지난 여름방학 때도 못 내려왔는데 마침 학교가 동맹휴학으로 쉬는 중이라서 하루이틀 다녀가려고 왔심더."

"동맹휴학이라꼬? 허어, 시국이 수상타 보이 학생들도 가만있지만 은 못하겠제. 내 촌에 살아도 듣는 귀는 있다. 여그 인민위원회 사람 들 말이 틀리지 않다는 것도 알고. 허나 사람에게는 다 제 분수와 본 분이 있는 법이다. 제 분수를 모르고 본분을 잊어불고 시국에 편승하 여 오지랖 넓게 나대다가는 반드시 화를 입기 마련이지. 니 형 학병 나가 죽고 없으니 인자 이 집으 장남은 명도 니다. 형 보내고 혼이 반 절 넘게 나간 니 어메를 생각혀서라도 매사 진중하여야 헌다. 알았느 냐?"

"예, 명심하겠습니더."

"명심한다는 눔이 이 소란기에 기별도 없이 불쑥 내려와. 여로에 변이라도 당허면 우짤라꼬. 화동 이 선생께는 말씀드리고 내려온 것 이더냐?"

"예. 여비까지 보태주셨습니더."

"뭣이여? 그 양반, 애를 붙잡아두기는커녕 여비를 보태줘? 그래, 얼마를 주시더냐?"

"삼십 원을 주셨는데 제가 빌리는 것으로 말씀드렸습니더."

"빌려? 그래, 그건 잘했다아. 내 돈 줄 터이니 상경하는 대로 갚아 드려라. 그건 그렇고 학교는 은제 다시 문을 연다꼬 하드냐?"

"정해진 거는 없고요. 아마 내주에 열까 싶습니더."

"내주? 그라믄 사흘 뒤가 아이냐. 근데 내려올 염이 나더냐? 쯧쯧, 그거 참⋯. 기왕지사 내려왔으니 오늘이랑 내일 쉬고 모레 아츰 일찌 거니 상경토록 하여라. 그만 건너가 쉬어라."

명도가 사랑채에서 물러나 안채로 건너가자 어머니가 삶은 밤을 종구라기에 가득 담아 내왔다.

"햇밤이다. 몇 개 묵어봐라."

"아니, 아츰밥 묵은 지 얼매나 됐다꼬요."

"밥이사 밥이고. 얼릉 묵어봐라. 햇밤인데도 팍팍하니 속이 꽉 찼다. 근데 은제 올라갈 끼고?"

"모레 아츰 일찍 올라갈 낍니더."

"뭣이여. 모레 아츰? 서울서 먼 길 와갔고 달랑 이틀만 있다 간다
꼬? 아부지가 그러시더나. 그리 급히 올라가라꼬?"

"아네요. 내주에 학교가 문을 열 거 같아 그래요."

"니도 참. 그리 시간이 바툰데 와 심들게 내려왔노? 내사 니 얼굴
보니 좋긴 하다만."

어머니가 따스하게 웃었다. 병색이 조금은 가신 듯해 보였다.

"얼매 안 있으면 겨울방학이니 그때 내려와서 어무이 말동무 오래
할랍니더."

"말동무를 해준다꼬? 되았다. 내는 니 얼굴만 봐도 좋다. 그나저나
진짜로 내 말동무 해주는 삼호리 윤 씨는 오늘도 못 오려나 부다. 거
그 박 씨가 얼매 전에 지서에 끌려가 치도곤을 당해 몸져누웠다 카더
라. 그래 못 넘어오는가 보다. 네게 닭이라도 한 마리 고와 멕여야 할
낀데. 내는 이제 당최 기력이 읎어놔서 닭 모가지도 몬 비튼다."

명도는 까짓 닭 모가지야 지가 비틀면 되지요, 하려다가 문득 아침
시장터에서 본 용민이 떠올라 급히 물었다.

"어무이, 삼호리 아재 댁에 먼 일이 있어요? 왜 아재가 지서에 끌
려가 치도곤을 당해요?"

"왜기는? 하곡 공출에 협조하지 않는다꼬 그런 게지. 하이고, 말도
마라. 온 마을이 공출로 식겁을 했다 안 하나. 우리야 니 아부지가 쌀
댓 가마를 선선히 내주어 별일 읎었다마는 소작 짓는 사램들이 욕을
많이 봤제. 군수 면장 이장 할 거 읎이 모다 나서서 닦달을 하고 식량
계원이라 카든가 뭐라든가 군정 관리들하고 경찰이 나서서 곡물 내
놓지 않는다꼬 소작인들을 끌고 가 매질을 하고, 또 뭐라 카더라? 소
작인들이 마주 보고 서로 뺨을 때리게 했다 카더라. 매일 아츰저녁으
로 얼굴 맞대는 이들끼리 그게 어데 사람이 할 짓이냐. 해방이 됐다

꼬 좋아라 하더니만 왜정 때보다도 험한 시상이다."

그러자 명도의 뇌리에 몽둥이를 든 용민의 모습이 또렷이 떠올랐다. 명도가 종구라기를 밀어놓고 일어섰다.

"어무이, 저 삼호리 아재 댁에 좀 다녀올게요. 못 들었으면 몰라도 몸져누우셨다고 하는데 문안 인사라도 해야죠."

"어제 종일 내려오느라 곤할 낀데 가더라도 내일 가는 게 어떻겠노. 차편이 있을랑가도 모르고."

"아닙니더. 산보하듯이 걸어가도 한 시간이면 됩니더. 혹시 아부지가 찾으시면 잠깐 바람 쐬러 나간 모양이라고 하셔요."

명도가 벗어놨던 교복을 갖춰 입고 교모를 썼다.

"야야, 걸으면 더울 낀데 편한 옷으로 갈아입고 가지 그러냐."

잠깐 기다리라며 방으로 들어갔던 어머니가 마당으로 따라 나오며 명도 손에 지폐 한 장을 쥐여줬다.

"내도 한번 건너가 봐야 하는데 몬 가봤다. 윤 씨가 하도 질급을 해서 니 아부지께는 여태 말씀도 몬 드렸고. 가는 길에 시장에 들러 꿀 한 병 사다 드려라. 어데를 얼매나 상했는가는 몰라도 따순 물에 타 마시믄 좋을 끼다. 근데 덥지 않겠나? 웬 교복을 입고 간다고 그러냐."

명도는 그래도 병문안인데 마실 차림을 할 수는 없잖아요, 하려다가 고개를 꾸벅하고 대문을 나섰다. 아닌 게 아니라 걷기에는 꽤 더울 듯 짱하게 밝은 날이었다.

명도가 금호면으로 꺾어지는 삼거리에 이르렀을 때 버스 한 대가 마른 먼지를 일으키며 지나갔다. 명도는 무심코 손을 들었다가 내렸다. 버스는 금호면 북쪽인 화산면으로 향하고 있었다. 그래도 버스가 다니는 걸 보니 차편이 완전히 끊어진 건 아니네, 돌아올 때는 버스를 탈 수 있겠네. 명도가 그런 생각을 하며 길을 건너려는데 끼이익, 버스가 급정거하는 소리가 들렸다. 명도가 고개를 오른편으로 돌리자 멀찍이 길가에 멈춰선 버스 뒤꽁무니에서 누군가 손짓을 하는 게 보였다. 누구를 부르는 거지? 명도가 고개를 돌려 주위를 살피는데 이번에는 목소리가 날아왔다.

"거게 명도, 박명도 아이가?"

명도가 어리둥절하는데 한 청년이 "맞구먼, 명도. 박명도" 하며 한 걸음에 다가왔다.

"내 모르겠나?"

명도의 눈이 휘둥그래졌다.

"아아! 용민 형? 용민 형님 아입니꺼?"

"그래, 맞다. 내 용민이다. 근데 니가 여기 우짠 일이고? 어데 가는 길이고?"

"아, 삼호리 형님 집에 가는 길인데요. 아재께서 편찮으시다고 하셔서…. 오늘 새벽에 영천에 내려왔는데 어무이가 아재가 몸을 상하셨다고 해서… 문안 인사를 드릴 겸 가는 길인데… 용민 형은 어데?……"

명도가 여전히 놀라 말을 떠듬거리자 용민이 한 발짝 더 다가와 명도의 팔을 잡았다.

"어, 내는… 아이다. 명도야, 이래 니를 길에서 만날 줄은 참말 몰랐다. 버스 창으로 보이까 교복을 입은 기 한눈에 닌 줄 알겠더라. 참말로 이런 우연이 어데 있겠노. 근데 명도야. 널 이래 만났으이 부탁하나 하자. 우리 집에 가믄 내한테 일이 생겨 바로 집에 몬 간다고 전해줘라. 아무려도 오늘 중엔 못 가지 싶다. 그라고 집에 가믄 선옥이, 참, 니는 선옥이 잘 모르제? 대구 영생의원에서 간호원 하는 선옥이라고 있을 끼다. 니가 갸 좀 대구에 데려다주면 좋겠다. 삼호리 시장 앞에 가믄 대구 나가는 차편이 있을 끼다. 선옥이헌티 내가 병원으로 연락할 거라고 해라. 아참, 저녁이 되믄 통행금지가 될 거시니 일찌기 움직여야 할 끼다. 명도야. 버스가 기다리고 있어 긴 얘기는 몬 하겠고 부탁헌다. 알겠제? 나, 그만 간다. 선옥이 잘 부탁헌다, 명도야."

용민이 뒤돌아 달려갔고 곧 버스가 떠났다. 명도는 사라지는 버스 뒤꽁무니를 한참 바라보았다. 방금 전 용민이 눈앞에 나타났던 것이 무엇엔가 홀린 듯 실감이 나지 않았다. 명도가 용민을 마지막으로 보았던 것은 서울로 전학 가던 해 봄이었다. 2년 반 전, 삼호리 아재를 따라온 용민이 아버지에게 인사를 드리던 자리였다. 삼호리 아재는 용민이 우편국에 들어가게 됐는데 그게 다 어르신 덕이라며 용민에게 두 번, 세 번 고개를 숙이도록 했다. 명도는 아버지 곁에 있기가 뭣해 슬그머니 자리를 피했는데, 마뜩잖아하는 용민의 기색은 보지 않아도 느낄 수 있었다. 그 전에도 가끔 얼굴을 대할 기회가 있었지만 용민은 제 아버지가 명도를 도련님이라고 부를 때마다 낯빛을 붉히며 등을 돌리기 일쑤였다. 그랬던 용민이 느닷없이 나타나 반색을 하였다. 두 눈이 충혈된 데다 들떠 있는 듯 불안정한 모습이었지만 의좋은 아우를 대하듯 살가웠다. 말 한마디 제대로 섞지 않던 터에 부탁을 하였다. 선옥이를 잘 부탁한다고? 선옥이? 대구 영생의원 간호사 선옥이? 명도가 고개를 갸웃하는데 한 소녀의 얼굴이 천천히 떠올랐다. 뽀얗고 동그란 얼굴, 숨어서 훔쳐보았을 뿐인데도 오랫동안 마음에 남았던 얼굴이었다.

강일권 선생이 입을 열었다.

"영천 인민위원회 전성준 씨는 경찰이 쏜 총에 맞아 즉사했고 오동식 씨는 가네다 이치로, 김일수가 휘두른 칼에 가슴을 찔려 끝내 사망했어요. 피를 너무 많이 흘려 살릴 수가 없었지요. 그러고도 놈은 동지들을 계속 해하려 일본도를 휘둘렀습니다. 그러니 놈을 죽인 것은 정당방위요. 정당방위에 의한 살인은 무죄지요. 문제는 영천군 각 읍면에서 분별없는 폭력 행위가 난무했다는 겁니다. 영천읍에서는 군수가 주민들에게 맞아 죽고, 청통면에선 식량 공출 때 악독하게 굴었다는 이유로 면장을 잡아 산 채로 불태워 죽였다고 합니다. 지주들 집에 방화하고 세간을 때려 부수고 식솔들은 닥치는 대로 붙잡아 몽둥이질을 하고. 벌써 수십 명이 죽거나 다쳤다고 합니다. 우려했던 폭동이 벌어지고 있는데, 주민들을 말려야 할 우리 사람들마저 부화뇌동하고 있어요. 이는 극좌 모험주의적 행태로 당의 입장에서는 결코 찬동할 수 없습니다. 나는 이 길로 대구로 가서 당 지부에 상황을 보고하고 당 차원에서 향후 대책을 준비해야 할 것 같습니다. 상황을 봐서 제가 내일 오전에 다시 이리로 오거나 아니면 사람을 보내겠습니다."

강 선생이 그렇게 말하고 떠나자 남은 사람들은 좁은 인민위원회 사무실 바닥에 둘러앉았다. 영천지서를 접수하여 구금자를 석방한 뒤 화남면을 거쳐 화북면으로 올라갔다가 동남 방면인 임고면, 고경면을 돌아 서북쪽 화산면과 신녕면, 청통면을 일순해 영천읍 인민위원회로 되돌아온 강행군이어서 모두들 지칠 대로 지친 상태였다. 더구나 화북면에서 버스를 돌려보낸 후에는 그곳 어물전 상인의 트럭을 얻어 탈 수밖에 없어서 온몸에 흙먼지를 뒤집어써야 했다. 영천 시장에서 시래기국밥으로 늦은 끼니를 때운 뒤끝이어서 아무 데고 누우면 곧장 잠이 쏟아질 듯도 한데 누구 하나 하품을 하지는 않았다. 온종일 팽팽했던 긴장감을 풀기에는 상황이 너무 좋지 않다는 걸 모두들 알고 있었다. 아침에 떠날 때는 서른다섯 명이었는데 영천으로 돌아온 사람은 열두 명이었다. 두 명이 죽고 여섯 명이 다쳤으며, 열다섯 명은 각 면 소재 인민위원회나 민전 쪽으로 나뉘어 흩어졌다.

"부위원장님, 내는 강 선생이란 양반이 입에 달고 사는 말이 도대체 먼 소린지 몬 알아묵겄습니다. 분별없넌 폭력 행위라는 거시 대체 먼 소립니꺼? 분별 있넌 폭력 행위도 있습니꺼? 그라고 또 자꾸 폭동, 폭동 하는데 그 소리도 내는 영 귀에 거슬립니다. 여게 있는 모두가 두 눈으로 보아 잘 알겄지만 영천군 모든 면으 마을에서 사람들이 쏟아져 나왔습디다. 악덕 지주와 친일 관리, 우익 떨거지들을 빼놓고 수백, 수천 명이나 되었지요. 거개가 소작농이고 가난한 사람들입니다. 그 사람들이 지서와 관청, 지주네 기와집에 불을 싸지르고 군수와 이장, 면장, 악질 경찰들을 때려죽인 거시 분별없넌 폭력 행위란 말입니꺼? 그 사람들은 뼈에 사무친 원한에 그란 겁니더. 왜정 때 일본 놈 앞잡이 하며 못되게 굴던 경찰과 관리들, 일 년 내내 뼈 빠지게 농사지으면 수확량의 칠 할을 빼앗아 가던 악덕 지주들이 해방이 되고 일 년이 지나서도 버젓이 고개 쳐들고 거들먹거리는 것에 두 눈이 뒤집혀 그란 겁니더. 군수 면장 이장이란 놈들이 하곡 공출에 앞장서서 제 자식들 하루 두 끼 삶아 먹일 보리쌀마저 샅샅이 긁어내 빼앗아 가니 더는 참지 몬허고 폭발한 겁니더. 그거시 분별없넌 폭력입니꺼? 폭동입니꺼? 우리가 그 사람들을 우에 말립니꺼? 토지개혁을 하믄 모두가 잘 묵고 잘 사는 평등사회가 된다꼬 한 쪽은 본래 조공 쪽 사람들 아닙니꺼? 그 말을 농민들에게 전하라 해놓고 이제 와서 부화뇌동이라 카믄 대체 우리가 뭔 일을 우째 한단 말입니꺼?"

영천읍 인민위원회 청년분과 위원인 임대수가 벼르고 별렀던 말을 쏟아낸 것은 한동안 무거운 침묵이 흐르고 난 뒤였다. 구석 자리에 앉아 있던 용민은 또래로 보았던 임대수가 제 생각을 조리 있게 발언하는 것이 내심 놀라웠다. 용민이 온종일 제정신이 아니었던 데 반해 대수는 사태를 면밀히 관찰하고 제 생각을 머릿속에 쟁여왔던 것이었다. 그리고 조공 대구지부 간부라는 강일권의 말을 조목조목 반박한 것이다.

용민이 가네다 이치로, 김일수의 가슴패기에 일본도를 내리치려는 순간 누군가 소리쳤다.

"시체에 칼질할 거 있노? 벌써 꼴깍했구먼."

그러자 다른 청년이 가네다의 피범벅이 된 몸뚱이를 작대기로 툭툭 쳤다. 방금 전까지 벌떡이던 가슴의 진동은 잦아들었고 얼굴을 가리고 있던 오른팔이 바닥으로 떨어졌다.

"어라, 참말 뒤졌나 보네. 문디 새끼, 골로 갔구먼. 아, 거 칼 치우소. 괜히 애먼 사람 찌르지 말고."

용민은 두 손에서 스르르 힘이 빠져나가면서 치켜들었던 칼끝이 비스듬히 기울어진 것을 알지 못했다. 용민은 뒷걸음질 쳐 일본도를 책상 위에 내려놓았다. 관자놀이가 툭툭 뛰면서 눈앞은 흐릿했고, 잉잉거리던 소리가 사라지면서 귓속은 먹먹했다. 지서 밖에서는 어느새 몰려든 수십 명의 주민들이 풀려난 구금자들의 이름을 부르며 아우성이었는데, 그것도 잠깐이고 더 많은 농민들이 곡괭이와 낫, 부삽, 지게작대기를 휘두르며 지서 안으로 쏟아져 들어왔다.

"아아, 여러분. 우리는 영천 인민위원회 사람들입니다. 경찰 놈들은 모두 달아났고 최고 악질인 김일수, 아, 그러니까 가네다 이치로는 죽었습니다. 그런데 우리 동지 한 사람이 놈의 칼에 찔려 위중합니더. 당장 병원에 옮겨야 하는데 여러분이 좀 도와주시오."

지금 떠올려보니 그렇게 소리 지른 청년이 바로 임대수였다. 몇 사람이 책상 아래에 쓰러져 있던 젊은이에게 다가갔고, 젊은이는 곧 임대수의 등에 업혀 밖으로 나갔다. 바로 그때 지서 뒤편에서 불길이 솟아올랐다.

"박용민 씨, 뭐 하고 있소? 마을 사람들이 불을 지른 모양이니 후딱 나오시오."

바깥에서 윤 부위원장이 소리쳤고 용민은 비척비척 지서 건물을 빠져나왔다. 주민들과 함께 칼에 찔린 젊은이를 인근 병원에 데려갔던 인민위원회 청년들 셋이 돌아오자 버스는 곧 출발했다. 임대수의 말처럼 일행이 할 수 있는 일은 없었다. 일행이 도착하는 면마다 이미 주민들이 들고일어나 면사무소와 지서, 왜정 때 동양척식회사였다가 이름을 바꾼 신한공사 분소에 불을 지르고 그간의 악덕으로 인심을 잃은 지주와 관리들의 집을 습격하고 있었다. 그 수가 최소 수십, 수백이어서 누가 나서서 말리거나 진정시킬 계제가 아니었다. 오후가 되어 충청도에서 경찰병력이 경상도로 넘어왔다는 풍문이 돌면서 소요가 조금 진정되는 분위기였으나 한번 끓어오른 가마솥이 식으려면 몇 날 며칠이 걸릴지 모를 일이었다.

항쟁(抗爭)이었다. 거의 모든 군민이 나선 투쟁을 폭동이라고 할 수는 없는 일이었다. 그러니 인민위원회 청년들은 마땅히 군민의 편을 들어야 했다. 그런데 강일권은 분별없는 폭력 행위요, 폭동이라고 하였다. 인민위원회 청년들이 폭동에 부화뇌동했다고 비판하였다.

"어젯밤 대구에서 영천으로 몸을 피한 사람들이 여기저기에 대구 소식을 알리고 농민과 주민들을 선동한 모양이오. 그러잖아도 공출에 시달리고 굶주리던 사람들이 분김에 일어났고. 그리 뇌관에 불꽃이 옮겨붙어 화약이 폭발한 셈이니 어쩌겠소. 다만 강 선생은 우리가 주도해서 싸움을 조직화할라고 한 것인데 그게 실패하니 낙담해서 한 말 같소. 그라니 우리끼리 뒷말은 맙시다. 낼이면 미군이 영천에 올라올 것이오. 그에 앞서 충청도 경찰병력이 올 것이고 달아났던 여기 경찰들도 저들에 합세할 것이오."

"그라믄 우짜지요, 저희는?"

화북면 어물전 상인으로 트럭을 몰았던 조 씨가 맨손을 부비며 물었다.

"강 선생이 대구로 갔으니 거기서 미군의 동향 같은 거를 알아보고 낼 아침에 무슨 연락을 줄 겁니다. 우리는 거기에 따라 움직여야 할 것이오."

"기양 이 길로 집에 가믄 안 되겠습니꺼? 집에 노모에다 자식이 셋이나 있어 놔서……."

촉수 낮은 알전구 불빛이 중늙은이 조 씨의 얼굴에 그늘을 지었다.

"낼 아침까지는 예서 기다려보고 움직입시더. 그게 더 안전할 낍니더."

"와? 우리도 붙잡혀 갑니꺼?"

"행여 그란 일이 생기믄 조정남 씨는 생선 팔러 가다가 붙잡혀 할 수 없이 끌려다녔다 하이소. 누가 그랬냐 물으면 이 윤준묵이가 그랬다 허고요."

윤 부위원장이 허허, 웃자 조 씨가 손바닥으로 흙먼지가 허옇게 말라붙은 목덜미를 쓸었다.

"하이고, 부위원장님. 무신 그런 말씀을 하십니꺼? 내 아무렴, 혼자 살겠다고 하겠습니꺼. 내 그런 놈 아닙니더. 안 그렇습니꺼?"

조 씨가 동의를 구하듯 주위를 둘러보았다.

"아, 그러믄요. 조 씨 아재가 으리 없이 그럴 분이 아니지요. 하하하……."

누군가 말하고 웃음을 터뜨리자 모두가 덩달아 웃으며 고개를 끄덕였다.

와중에 용민은 교복 차림의 명도를 떠올리고 있었다. 버스가 화산면으로 들어가는 삼거리를 지날 때 웬 남학생이 손을 들어 흔들었는데 순간 용민의 두 눈이 커졌다. 어, 어 하다가 버스를 세워달라 외쳤는데 참으로 신기하게도 명도가 맞았다. 명도 아녀? 박명도? 용민이 제 입으로 명도의 이름을 부른 것은 그때가 처음인 것 같았다. 더 놀라운 것은 마치 의좋은 동기간을 대하듯 스스럼없이 말문을 연 것이었다. 아버지가 도련님이라고 부를 때마다 부아가 끓어 말 한번 제대로 섞은 적 없는 사이였다. 그런데 왜 그리 반가웠을까? 살가운 척했을까? 선옥이 때문이었다. 선옥에게 어떻든 연락을 할 수 있겠다 싶어서였다. 부탁을 할 수 있어서였다. 선옥이를 대구에 데려다줘! 선옥이는 대구로 무사히 돌아갔을까. 내일 선옥이를 볼 수 있을까. 아아, 용민은 불현듯 간절한 그리움에 부르르 진저릴 쳤다.

교복 차림에 교모까지 단정히 쓴 남학생이 사립문을 밀고 마당으로 들어선 것은 정오 무렵, 선옥이 윤 씨와 같이 건넌방의 삿자리를 걷어내어 털고 볕바라기를 하도록 마루와 댓돌 사이에 걸쳐놓았을 때였다. 삿자리에서는 마른 곰팡내가 났다.

"안녕하셨습니꺼. 저 명도입니더."

남학생이 교모를 벗고 고개를 숙이자 윤 씨가 기겁을 하며 마당으로 내려섰다.

"아이고메. 이기 누구여? 명도 도련님 아니라예? 하이고, 우리 도련님 헌헌장부가 다 되셨구마. 이기 얼마 만이래요."

윤 씨가 다가가 남학생의 두 손을 그러잡았다. 윤 씨는 선옥이 댓돌 아래 서 있는 것은 잊은 듯했다.

"동계 방학이 되려믄 아직 멀었을 낀데 은제 내려오셨습니꺼? 그라고 여그는 또 우짠 일로⋯⋯."

"오늘 새벽에 내려왔는데 낼모레 올라가야 합니더. 아재께서 몸이 상하셨다 해서, 여기 꿀 한 병 가져왔어예."

"새벽에 내려오셨다믄 몸도 곤허실 텐데 멀 이런 걸 다 들고 와예. 보시오. 용민 아부지. 명도 도련님 오셨네예."

그러자 안방에서 기척이 들렸다.

"누가 와?⋯⋯명도 도련님?"

"예, 아재. 저 명도입니더. 많이 편찮으시다고 해서 문안 인사를 드리려⋯⋯."

"방으로 들갑시더. 저 양반은 허리를 다쳐 놔서 아직 기동이 불편합니더."

윤 씨가 남학생의 손을 잡아끄는 동시에 선옥은 댓돌 옆으로 물러섰는데 남학생이 그런 선옥을 보고 꾸벅 인사를 했다. 윤 씨는 그제야 선옥이 있는 것을 알아챈 듯했다.

"하이고. 내 정신 좀 봐라. 선옥아, 니도 알제? 명도 도련님. 응? 잘 모를 수도 있겠네. 하여간에 인사드리거라. 누군지는 나중에 찬찬히 알기로 하구."

윤 씨가 도련님, 도련님 하는 통에 선옥도 부지불식간에 고개를 숙여 절했는데 고개를 들며 흘낏 보니 남학생의 낯빛이 잔뜩 붉어져 있었다. 선옥은 윤 씨와 남학생이 안방으로 들어가는 것을 보고 뒤꼍으로 돌아 나갔다. 우물가 대추나무의 여린 열매가 가을볕에 연녹색으로 반짝였다. 선옥은 그 아래 맨드라미의 붉은 술을 손으로 쓰다듬으며 명도? 명도? 하다가 아주 오래된 기억을 떠올렸다. 아버지가 삼호리 댁에 저를 맡기고 떠난 해였었다. 선옥이는 용민 아버지 손에 이끌려 영천읍내 큰 기와집 내외 어른께 인사를 드리러 가야 했는데 얼굴색이 하얀 사내아이가 어른들 뒤에서 저를 핼끔핼끔 훔쳐보다가 눈이 마주치면 얼른 어른들 뒤로 숨었다. 그때도 낯을 붉혔었나. 그 뒤로도 한두 번 더 본 것도 같은데 기억은 처마 높은 기와집 대청마루에서 제 아버지 어머니 등 뒤로 숨던 소년에 멈춰 있었다.

그런데 그 소년이 훌쩍 큰 남학생이 되어 나타났고, 선옥을 대구에 데려다주겠다고 하였다. 용민 형이 제게 그러라고 부탁했다고 하였다. 윤 씨가 용민을 어디서 어떻게 만났고 어데로 갔느냐, 지는 와 못 오고 명도 도련님에게 쟈를 데려다주라고 했느냐, 재우쳐 물어도 명도는 읍내에서 삼호리로 오던 길에 만났는데 용민은 여러 사람들과 버스를 타고 화산면 쪽으로 가는 것 같더라는 말뿐이었다.

"대구에는 내일 가도 되예. 원장님이 며칠 있다 와도 된다 카셨습니더. 늦더라도 오빠가 온 다음에 갈 거라예."

선옥이 윤 씨에게 말하고 명도에게 고개를 돌렸다.

"그라니 그짝은 걱정 말고 돌아가이소."

선옥이 명도의 눈을 마주 보며 단호히 말하자 명도가 얼굴을 붉히며, "용민 형님이 부탁한다 하셔서……" 말끝을 흐렸다.

"문디 자식. 지가 하면 될 낀데 먼 대단헌 일이 있다꼬 심들게 고향 내려온 도련님에게 그런 부탁을 하노? 되았소. 명도 도련님은 그만 댁으로 돌아가시오. 낼 아츰까지 안 돌아오믄 선옥이는 내가 델다

줘도 됩니더."

명도가 돌아가고 저녁을 지나 밤이 이슥해도 용민은 돌아오지 않았다. 어머님이 당신이 읍내로 가봐야겠다고 한 것 같았다. 안방에서 아버님의 역정 내는 소리가 들렸다.

"이 밤에 어델 간다고 그려. 선옥이 쟈를 데려다준다고 했으니 낼 아츰엔 오겠지. 방정 떨지 말고 쟈한테나 가보아."

"선옥이가 뭐 어린애요? 내가 건너가믄 쟈만 불편할 끼요. 내 암말 안 할 터이니 그만 주무시우. 하이고, 야는 대체 어데서 뭘 하고 있는고."

윤 씨의 푸념 소리가 들리고 안방의 불이 꺼졌다. 어데서… 뭘 하고……. 천장에 눈을 준 채 멍하니 누워 있던 선옥이 무심결에 윤 씨의 푸념을 되뇌었다. 창호로 스며든 달빛이 천장에 끄무레한 얼룩을 지었다. 어데서… 뭘 하고……. 선옥은 다시 웅얼거리며 눈을 감았다. 요 며칠 같은 말을 여러 번 하는 것 같았다. 자야지. 잠들고 나면 곧 날이 밝을 것이고, 아침이 되면 용민이 삽짝을 밀고 마당으로 들어설 거였다. 아무 일도 없을 거야. 잠들면 돼. 잠들어야 해. 하나, 둘, 셋……. 선옥은 입안으로 숫자를 세었다. 서른다섯, 서른여섯, 서른일곱……. 잠이 드는가. 창호에 바람이 부딪혔다.

9

왕의 자녀는 왕위에 올라가고
승려의 자녀는 벵갈 보리수 잎을 쓸어요.
그러나 언제나 인민이 일어나면
왕의 자녀가 패해서 절을 쓸러 가지요.
—「인민 승리의 노래」[25]

25　베트남의 민간노래.

타오는 P42에서 풀려난 뒤로 침묵했다. 말수가 줄어든 정도가 아니라 거의 말을 하지 않았기 때문에 의도적인 침묵이라고 해야 맞았다. 집에서도, 학교에서도 타오는 꼭 해야 할 말 외에는 하지 않았다. 2주 만에 학교에 나타난 타오는 누구와도 눈을 마주치지 않았다. 짜오 반!(안녕) 같은 인사말도 하지 않았다. 타오의 눈은 초점을 잃은 듯 늘 먼 곳을 향하고 있었고 눈빛은 강물 속처럼 희뿌옜다. 넋이 나간 것 같아! 몇몇 여자애들이 수군거렸고, 타오를 좋아하던 레이는 몰래 눈물을 흘렸다. 1년 전 문예반 '벼꽃' 회원들이 붕따우로 봄 소풍을 갔을 때 자작시 '아오자이 아가씨'를 낭송했다가 타오에게 무안을 당했던 소녀였다.

소문이 나돌았다. 비밀경찰에 붙잡혀 갔던 타오가 호된 고문을 당해 얼이 빠진 모양이라는 거였다. 학교 측은 타오에게 일어난 일을 빤히 알면서도 대통령 동생의 사조직인 비밀경찰이 두려워 쉬쉬, 암말도 못 한다는 거였다. 타오가 학교 정문 앞에서 검은 지프에 실려 가는 것을 본 아이들이 여럿인 데다, 며칠 전 쾅하이 선생까지 강제 연행된 것으로 보아 전혀 근거가 없는 소문은 아닌 듯했다. 그러나 은밀하게 나돌던 소문은 얼마 못 가 슬그머니 꼬리를 감췄다. 비밀경찰은 벽 뒤에도 귀가 있다는 소문이 함께 나돌았기 때문이었다.

타오는 P42에서 석방되기 전 각서를 썼다.

'본인은 이곳에 구류되었던 사실과 이곳에서 있었던 모든 일을 외부에 발설하지 않을 것이며 이를 어길 시 기밀누설죄에 의해 가중 처벌 받을 것을 서약합니다.'

타오가 서명을 했고 학부모 대신 삼촌 키엠이 연명을 했다.

키엠이 람의 전화를 받은 것은 형수 쑤엔과 통화하고 사흘이 지나서였다. 미 군사고문단을 수행해 깜라인에서 다낭까지 동부 해안 지역을 훑고 다니느라 전화 한 통 할 겨를이 없었다고 했다.

"미 해병대가 주둔할 곳을 둘러본 거지."

람이 기밀 사항을 알려주는 양 목소리를 낮췄을 때 키엠은 소리를 버럭 질렀다.

"형, 타오 일부터 물어봐야 하는 거 아니야?"

"야, 키엠. 왜 소리를 지르고 난리냐? 그 일이야 만나서 얘기해야지 전화로 할 일이냐? 내가 보고서 작성 끝나는 대로 네 사무실로 갈게. 두세 시간 걸릴 거야."

두세 시간? 이런 개자식 같으니라구. 지 새끼가 지금 어디서 어떤 험한 꼴을 당하고 있는지 알고도 그런 한가한 소리가 나오나 보자. 키엠은 화가 나서 씩씩거렸으나 세 시간 후 경찰서로 찾아온 람은 여전히 침착했다.

"타오가 P42에 있는 거냐?"

"어떻게 알았어?"

"쑤엔의 얘길 듣고 짐작했지. 어떻게 된 사정인지 찬찬히 얘기해봐. 흥분한다고 될 일이 아니야."

하기야 흥분한다고 될 일은 아니었다. 타오를 P42에서 꺼내 오는 일도 그렇지만 늙은 원숭이처럼 교활한 트롱 반장의 손아귀에서 벗어나자면 냉정하게 일을 추진해야 한다.

"좋아. 형, 부옹이라고 알지? 타오의 하노이 중학 동창이라던데."

"부옹? 그래, 알 거 같다. 월남하기 전에 하노이 집에 놀러 왔었어. 또래보다 키가 한 뼘이나 더 큰 녀석이었지. 그래서 기억이 나네."

"부옹은 사이공학생운동위원회 위원장이었어. 작년 가을에 군사훈련 시간 줄이라며 데모를 하고 시끄러웠는데 기억 안 나?"

"아, 그래. 기억난다. 군이 나서서 진압해야 한다는 강경론이 있었는데 미 군사고문단이 반대했다고 하더군. 애들 데모하는데 군대가 왜 나서냐고. 한심하고 창피한 노릇이지. 그나저나 부옹이 뭐? 빨리빨리 요점을 얘기해."

키엠이 침착해지자 람이 조바심을 냈다. 얼굴색이 어두워졌고 손가락을 떨기 시작했다.

"그 부옹이란 녀석이 얼마 전에 사이공에서 사라졌어. 그런데 부옹의 외삼촌이 누구냐면 탄타이야."

"탄타이? 뉴의 최측근으로 비밀경찰 총국장이라는?"

"맞아. 바로 그 탄타이의 생질이 부옹이지."

"뭐라고? 이상하잖아? 탄타이가 제 조카를 사이공학운위 위원장을 하도록 했다는 게."

"아비도 제 자식 맘대로 못 하는 판에 외삼촌이 하라 마라 할 수 있겠어? 강제로 못 하게 할 수야 있었겠지만 탄타이로서는 조카 일로 제 이름이 오르내리는 게 싫었겠지."

"그렇더라도 제 부하를 시켜 감시는 했을 거 아니야? 너희도 그랬을 거고."

"우리? 우리가 무슨 여력으로 애들까지 감시해. 지난 2년간 '공산주의자 청소운동' 실적 올리느라 생똥을 쌀 지경이었는데."

"아, 그렇다 치고 요점을 얘기하라니까."

람이 조바심을 낼수록 키엠은 냉정해졌다.

"잘 들어 형. 타오와 부옹이 다니던 하노이 중학에 레반비엣이라는 선생이 있었는데 그자가 작년 봄에 재편성자로 사이공에 잠입했어. 재편성자가 뭔지는 형도 알지? 제네바 협정 후 월북했던 남부 출신들을 훈련시켜 해방운동 간부로 남파하는 건데 거기에 비엣이 포함된 거야. 호앙둑이라는 가명을 쓰는 거물인데, 타오가 호앙둑이 레반비엣 선생이라고 진술했다는 거야."

"뭐? 누구라고? 레반비엣?"

"왜? 형이 아는 자인가? 그렇네. 형도 하노이에서 학교 선생을 했으니 알 수도 있겠네? 아는 자야?"

키엠은 람의 얼굴색이 새파래지는 걸 보면서 아연 흥미를 느끼기 시작했다.

"알아. 하노이 사범학교 2년 후배야."

"이런 젠장. 그렇다면 형의 후배가 호앙둑이라는 비엣이고, 그자가 부옹을 데리고 D지구나 갈대 평원의 베트민 해방구로 간 거로군. 타오에게는 구두 배달을 시키고."

"구두 배달? 그건 또 무슨 소리야?"

키엠은 함구하라던 트롱 반장의 얼굴이 떠올랐으나 놈의 손아귀에서 풀려나려고 형의 도움을 청하는 판에 이것저것 잴 이유는 없었다.

"호앙둑이라는 자가 빈타이 시장에 구둣방을 열어 아지트로 삼았는데, 구두 수선을 직접 했다고 하더군. 구두 배달은, 구두 밑창에 암호가 적힌 쪽지가 들어 있었다고 하니 비밀 연락 수단이었겠지."

"뭐라고? 그 구두를 타오가 배달했다는 거냐? 누구에게?"

람의 낯빛이 흙색으로 바뀌었다. 키엠은 람의 얼굴 쪽에 제 얼굴을 바짝 가져갔다.

"누구겠어? 반정부 혁명분자들이겠지. 베트민 공산주의자들이거나."

"그, 그러면……. 타오도 한패였단 거냐?"

람이 키엠을 노려보았다.

"넌 보안경찰이라면서 타오가 놈들과 한패인 것도 깜깜 모르고 있었냐고?"

키엠은 고개를 젖히며 흥, 콧소리를 냈다.

"지금 내 탓을 하는 거야? 기가 막히는군. 그런 형은 그 잘난 정보장교라면서 아들이 혁명분자들과 어울리는 걸 왜 모르셨나?"

키엠을 노려보던 람의 기세가 대번에 꺾였다.

"네 탓을 하는 게 아니야. 타오가 비밀경찰에 체포됐는데 우리 힘으로는 꺼낼 수 없을 것 같아 화가 났을 뿐이야."

"우리 힘으로 안 되면 더 센 힘을 이용해야지."

"더 센 힘? 누구? 빨리 말해봐, 키엠."

람은 이제 거의 애원조였다.

"탄타이."

"뭐? 누구? 탄타이?"

정보장교가 된 지 2년이 지났다지만 람은 여전히 숙맥이었다. 걸 핏하면 도미노 이론이 뭔지 아느냐? 남베트남이 무너지면 라오스와 캄보디아는 물론 필리핀과 말레이시아, 인도네시아까지 줄줄이 공산 화된다는 얘기다. 그러니 미국은 끝까지 남베트남을 지킬 수밖에 없 다. 스탈린이 죽고 나서 소련도 많이 변했다. 소련은 더 이상 중국과 한편이 아니고 따라서 하노이와의 관계도 멀어졌다. 흐루쇼프와 마 오쩌둥은 모두 미국을 두려워하고 있다더라. 그러니 호찌민도 섣불 리 남부에 개입하는 결정을 내리지는 못할 것이다 등등의 사설을 풀 고는 보안경찰도 국제 정세는 어느 정도 알아야 하지 않느냐고 잘난 척을 했지만 정작 어디를 움직여야 제 자식을 비밀경찰에게서 빼내 올 수 있을지는 감조차 잡지 못하고 있는 게 분명했다. 키엠은 한심 한 형에게 자신의 복안을 알려주었다. 자초지종을 얘기하고 대책을 일러주었는데도 람은 여전히 미심쩍어하는 얼굴이었다.

"탄타이는 조카 부옹이 D지구로 갔다는 사실이 알려지는 걸 원치 않을 거야. 비밀경찰 총국장의 조카가 베트민 해방지구로 달아났다 면 놀라운 소식 아니겠어? 부옹이 사이공학생운동위원회 위원장이 었으며 낙제를 한 것도 흥미로운 기삿거리가 되겠지. 신문기사야 비 밀경찰을 동원해 막는다고 쳐도 소문까지 막을 수 있겠어? 부옹의 친구 타오를 P42 비밀감옥에 계속 잡아두면 학교나 부모 측에서 지 역 경찰에 실종 신고를 할 수밖에 없을 것이고, 그러다 보면 결국 세 상에 모든 게 알려질 거다. 타오를 풀어주면 현역 정보장교인 아버지 와 보안경찰인 삼촌이 목을 걸고 비밀을 지키는 한편 부옹의 구출에 도 최대한 협력하겠다.…… 탄타이에게 그런 얘기를 전하면 된다니 까. 탄타이는 경찰 쪽은 잡고 있지만 군 쪽은 아니니까 형이 잘 접근 하면 의외로 쉽게 풀릴 수 있을 거야. 형이 미 군사고문단 쪽 유력인사를 이용하면 탄타이가 당장 형을 만나자고 할지도 몰라."

키엠의 예상대로였다. 람이 통역을 하며 가까워진 군사고문단의 대령에게 아들이 억울한 혐의로 구금되었는데 탄타이를 만나 석방을 청원할 수 있도록 도와달라고 하자 대령은 "당신의 아들을 왜?"라고 반문했는데, 키엠은 대령의 표정에서 탄타이와 비밀경찰에 대한 명백한 불쾌감을 읽을 수 있었다. 미군 대령의 불쾌감에는 기대 이상의 막강한 위력이 있는 것 같았다. 다음 날 바로 탄타이 측에서 만나자는 연락이 왔으니까. 람이 차이나타운 촐론의 고급 음식점 별관 깊숙한 방으로 들어서자 허연 얼굴색에 살집이 넉넉해 화교 부호처럼 보이는 중년 사내가 만면에 웃음을 띠며 맞았다. 람은 꼿꼿하게 서서 거수경례를 했다.

"아, 경례는 무슨. 우리는 지금 사적인 자리에서 만난 것이니 편하게 하시오, 중령."

"이렇게 시간을 내주셔서 영광입니다, 총장 각하."

"총장 각하라니? 하하하……. 자, 앉아서 술 한잔 받으시오. 마오쩌둥이 좋아하는 마오타이요."

고급 갈색 면셔츠를 입은 사내가 퉁퉁한 손으로 청동색 자기에 든 맑은 술을 따랐다. 람은 두 손으로 술잔을 든 뒤 고개를 돌려 한 모금을 마셨다.

"역시 북부 출신이 예의가 밝아. 사범학교를 나와 선생을 했던데 어쩌다 통역장교가 되었소?"

람은 제네바 협정 직후에 월남했으며 하노이에서 중학 선생을 할 때부터 영어를 익힌 덕에 정보장교가 될 수 있었다는 등 개인사를 비교적 상세하게 얘기했지만 타인호아에서 베트민 토지개혁대에게 죽임을 당한 아버지와 레방제트 경찰서 보안계장인 아우 이야기는 하지 않았다. 그렇게 시작된 대화는 줄곧 핵심을 비껴나 빙빙 돌았다. 탄타이는 특히 람이 미 군사고문단의 통역을 맡고 있다는 데 관심이 많은 것 같았다. 마치 그 일로 람을 부른 것 같았다.

"그래, 미 해병대가 어디에 주둔할 것 같소?"

탄타이는 람이 최근 동부 해안 지역을 시찰한 미 군사고문단을 수행한 것을 알고 있는 것이 분명했다. 비밀경찰 조직은 어제 하루 급히 움직여 람에 대한 보고서를 작성했을 것이고, 탄타이는 어쩌면 중국인 거리로 오는 차 안에서 그 보고서를 읽었을지도 모른다.

"저는 기밀 사항에 접근할 위치에 있지 못합니다. 그러나 미국이 지상군 병력을 남베트남에 파견할 계획을 검토하고 있는 것만은 틀림없습니다. 다만 그 결정이 현 아이젠하워 정부에서 이루어질 수 있을지는 분명치 않습니다."

"미국의 다음 대통령은 누가 유력하오? 케네디라고 젊은 친구가 만만치 않다고 하던데 그렇소? 아니, 그보다 저 사람들이 지엠 대통령, 뉴 장관에 대해서는 뭐라 합니까? 혹시 좋지 않게들 얘기하지는 않습니까?"

"총장 각하, 저 사람들은 제가 있는 자리에서는 정치적인 발언을 거의 하지 않습니다. 저는 그저 저들이 통역하기를 요구하는 내용을 들을 수 있을 뿐입니다."

"아하, 그렇겠구먼. 그렇겠지. 그러나 람 중령, 그대가 좀 더 관심을 가지고 집중하면 훨씬 중요한 정보를 얻을 수 있을지도 모르오. 그건 우리 베트남공화국에도 유익한 정보가 될 것이고. 우리는 여러 채널을 통해 미국의 움직임을 체크하고 있소. 다만 나는 람 중령, 그대와 사적인 채널을 갖고 싶어요. 미 군사고문단의 일거수일투족을, 그러니까 아주 사소한 거, 이를테면 저들이 어디서 밥을 먹고 똥을 누는지, 하하하…. 뭐, 그런 거라도 좋으니 내게 알려주시오. 그러면 그에 따른 합당한 보상이 따를 것이오. 물론 그 전에 내가 할 수 있는 일은 하겠소. 내 말 무슨 뜻인지 알지요? 람 중령."

"아, 예. 잘 알겠습니다, 총장 각하."

"허허허…. 각하라고 부르지 말라는데도. 자, 한 잔 더 드시오."

그게 다였다. 탄타이는 부옹과 타오에 대해서는 입도 벙긋하지 않았다. 그가 람에게 언질을 준 것은 내가 할 수 있는 일은 하겠다는 한 마디뿐이었고, 다음 날 타오가 P42 비밀감옥에서 풀려났던 것이다. 탄타이의 행동은 람에게 어느 정도 감명을 주었다. 아무것도 묻지 않고 말하지 않으면서 제가 원하는 것을 얻고 상대가 원하는 것을 준다. 놀라운 협상 기술이었다. '뉴의 강아지'라고 생각했던 탄타이는 결코 만만한 인물이 아니었다. 치밀하면서도 노련하게 여유와 권위를 잃지 않았다. 그런 탄타이와 선이 닿는 것은 정보장교로서도 득이 될 터였다. 기회를 봐서 키엠을 연결해준다면 키엠도 좋아할 거였다. 더 센 쪽에 줄을 서는 걸 마다할 리 있겠나. 그래서 람은 탄타이가 그랬던 것처럼 집에 돌아온 타오에게 별말을 하지 않았다. 부옹과 비엣, 빈타이 시장과 구두 배달에 대해, P42에서 있었던 일에 대해 묻지 않았다. 람은 그저 탄타이처럼 한마디했다.

"타오야. 그저 악몽을 꾼 것으로 생각하렴. 아빠가 무슨 말을 하는지 알겠지?"

타오가 깊숙이 고개를 숙였고, 곁에 서 있던 아내 쑤엔은 눈물을 글썽이며 계속 고개를 끄덕였다. 쑤엔 역시 람의 짧은 언명에 감명을 받은 것 같았다. 엄마는 외려 눈치를 보는 기색이었다. 아빠는 이미 삼촌에게서 얘기를 들었을 것이고 그래서 새삼 묻지 않았을 거였다. 아무것도 모르면서 묻지 않는 이는 엄마뿐이었다. 타오는 그런 엄마에게 미안했지만 어차피 엄마에게 할 수 있는 말은 없었다. 타오의 눈치를 보는 것은 학교 선생님들과 반 아이들도 마찬가지였다. 배려인 것 같기도 하고 기피인 것 같기도 했다. 타오는 자신에게 향하는 복합적인 시선을 무관심으로 차단했다. 그렇게 열흘쯤 지난 날 오후 수업이 끝나고 학교 앞에서 시클로를 기다리는 타오 옆으로 레이가 다가왔다.

"타오 오빠, 집에 가요?"

검정색 치마와 깃 없는 흰색 셔츠의 교복 차림이었지만 레이에게서는 어느새 처녀티가 났다.

"응. 시클로를 타려고."

"걸어가면 멀어요?"

"뭐, 그렇게 멀지는 않아."

타오가 말하자 레이가 얼굴을 붉히며 환하게 웃었다.

"그럼, 나와 같이 걸어가요. 네?"

타오는 대꾸 없이 걸음을 옮겼고 레이가 종종걸음으로 따라왔다.

"지금도 '벼꽃'에 나가?"

한동안 말없이 걷던 타오가 불쑥 묻자 레이가 깜짝 놀란 듯 고개를 저었다.

"아니요. 그만뒀어요. 아무래도 시에는 재간이 없는 것 같아서요."

"그래? 꼭 시를 써야 되는 건 아니잖아. 읽으면 되지."

레이가 고개를 들어 타오와 눈을 맞추며 배시시 웃었다.

"아하, 그러네요. 읽으면 되지."

타오도 피식 웃었다. P42에서 풀려난 뒤 처음 웃은 것 같았다. 길거리가 시끄러워졌다. 신호등이 바뀌면서 멈춰 있던 차량과 오토바이, 시클로, 자전거들이 한꺼번에 소리를 내며 사이공 중심가 르로이 거리를 지나고 있었다. 소음이 가라앉자 레이가 타오 옆으로 다가섰다.

"타오 오빠, 저쪽 골목에 코코넛우유 파는 가게가 있어요. 바로 구워낸 바게트 빵도 팔아요. 잠깐 쉬었다가 가면 안 돼요? 내가 살게요."

"집에서 엄마가 기다리시지 않아?"

타오가 묻자 레이가 쓸쓸하게 웃었다.

"저, 엄마 없어요. 5년 전에 돌아가셨어요. 외할머니하고 이모 둘과 살아요."

타오는 당황해서 서둘러 말했다.

"그래? 몰랐어. 미안해. 가자. 바게트와 우유는 내가 살게."

노천카페의 빛바랜 파라솔 아래 앉았을 때 타오는 작년 봄 붕따우 소풍에서 자작시 '아오자이 아가씨'를 낭송하던 레이를 떠올렸다. 선생님이 레이의 시가 어떠냐고 감상을 물었을 때 타오는 아름답기는 한데 무슨 소리인지 모르겠다고 했고, 무안을 당한 레이는 얼굴이 새빨개져 울상이 되었지. 그리고 돼지 먹따는 소리로 꽥꽥…, 꾹 아저씨의 슬픈 노래를 중얼댔다니. 왜 하필 그때 그 노래가 떠올랐을까? 키엠 삼촌은 타오가 P42에서 풀려나던 날 그 괴상한 노래가 네게 불운을 부른 것이라고 말했다. 그러면서 이제 액땜을 했으니 앞으로는 별일 없을 거다, 삼촌이 지켜주겠다, 너는 이제 공부만 열심히 하면 된다, 고 했다. 그러나 공부만 열심히 한다고 그 전으로 되돌아갈 수는 없다는 걸 타오는 알고 있었다. 아아, 타오가 입속으로 옅은 신음을 뱉어냈을 때 레이가 코코넛우유와 조각낸 바게트를 담은 나무접시를 탁자 위에 내려놓았다. 굳이 제가 사겠다며 레이가 고집을 피웠던 차였다.

"아빠는 어디 계신데?"

코코넛우유를 한 모금 마신 뒤 타오가 물었다. 이런, 또 가족 얘기를 꺼내다니! 타오가 묻는 순간 자책했지만 레이는 생긋 웃으며 쾌활하게 답했다.

"아빠는 재혼하시고 미토에서 살아요. 아빠는 함께 살자고 하지만 저는 새엄마와 동생들보다는 외할머니 집에서 이모들과 함께 사는 게 편해요. 전학 가는 것도 싫고요. 아빠는 캄보디아 국경 근처 델타에서 고무나무 농장을 하시는데 매달 학비와 생활비를 보내주셔서 용돈은 넉넉해요. 코코넛우유와 바게트 빵 정도는 언제든 살 수 있다니까요."

둘은 바게트 빵을 우유에 적셔 먹었다. 해가 지려면 아직 멀었지만 석양의 기운이 파라솔 위에 내려앉은 듯 레이의 뺨에 불그레한 빛이 떠돌았다. 검은 머리칼에 좁은 이마, 얼굴의 선은 갸름했지만 납작한 코 탓인지 전체적으로는 크메르족 같은 인상이었다. 타오의 눈빛이 출렁, 흔들렸다.

P42의 늙다리 수사관은 자신이 크메르족의 자손이라고 했다. 남부 베트남의 주인은 본래 크메르족이었는데 북에서 내려온 비엣족이 메콩 삼각주의 기름진 땅을 차지하고 제 조상들을 척박한 중부 고원 산악지대로 내몰았다고 했다. 수사관은 제 역사 지식을 뽐내듯 어깨를 으쓱하더니 갑자기 으르렁거리며 적의를 드러냈다.

"옛날이나 지금이나 북에서 내려온 놈들이 문제라니까!"

사내가 타오의 몸을 묶고 손가락과 발가락에 전선줄을 감았다. 얼굴에는 물에 적신 수건을 덮어씌웠다. 사내가 이죽거렸다.

"전기가 강해지면 네놈 얼굴이 익을 거야. 네 손가락과 발가락을 통한 전류가 물기를 찾아갈 테니까. 더 강해지면 네 머리통까지 익을 걸. 그러면 넌 영원히 멍청한 바보가 되는 거야. 네놈의 뇌가 더는 제 구실을 못 할 테니까 말이야. 일단은 아주 약하게 시작할 거야. 간지러울 정도로 말이야. 그렇지만 나는 오래 기다려주지 않아. 곧 전압이 높아질 거야. 그러니 빨리 항복하는 게 좋을 거야. 항복의 표시는 한마디면 돼. 짜오! 어때, 멋지잖아. 안녕 하고 인사하면 되니까."

간지럼은 몇 초도 되지 않았지만 그 짧은 시간이 예고하는 공포는 타오가 살아온 전체 생의 시간보다 길었다. 전압이 높아졌고 타오는 비명을 질러댔다. "짜오! 짜오!" 그러나 입을 벌릴수록 젖은 수건이 입안으로 말려들면서 목구멍이 막혔다. 타오의 몸뚱이가 꼬챙이에 찔린 지렁이처럼 꿈틀거리다가 축 처지자 사내가 전류 스위치를 끄고 타오의 얼굴에서 젖은 수건을 벗겨냈다. 타오를 눕혔던 평상이 시멘트 바닥에 끌리면서 끼이익 소리를 냈다. 날카로운 소리가 타오의 뇌에 전해졌는지 전압으로 꺼메진 타오의 손가락 끝이 힘겹게 꼼지락거렸다. 한참 뒤 타오가 정신을 차리자 크메르족이 빙글빙글 웃으며 말했다.

"녀석, 그렇게 약해빠져서 어디에 쓰겠냐? 그만 털어놔라. 부옹이 누구와 언제 어디로 간다고 했는지, 빈타이 시장 구둣방에서 누구에게 구두를 배달했는지, 네가 아는 걸 다 털어놓으라니까. 너는 햇병아리야. 햇병아리는 빨리 어미 닭 품으로 돌아가야지."

타오는 그때 엄마 품이 얼마나 포근한 것인지를 절감해야 했다. 눈물과 콧물이 쏟아졌다. 자신은 정말 솜털이 보송보송한 햇병아리였다.

코코넛우유를 마시던 레이가 갑자기 두 눈을 동그랗게 떴다. 레이의 두 눈은 꺼뭇한 자국이 남아 있는 타오의 손가락을 응시하고 있었다. 레이가 짧게 소리쳤다.

"타오 오빠, 대체 무슨 일이 있었던 거예요?"

겁에 질린 햇병아리는 크메르족이 요구하는 대로 제가 아는 모든 것을 털어놓았다. 부옹은 벤과 함께 비엣 선생님, 호앙둑이 있는 D지구로 간다고 했으며, 구두를 배달한 반타잉 학교의 선생님들과 이름이 기억나지 않는 자전거포 주인에 대해 진술했다. 다만 구두 안에 무엇이 숨겨져 있었는지는 모른다고, 정말이라고 말했다. 다음 날 아침, 반타잉 학교의 쾅하이 수학 선생과 판롱, 반하오, 두 중등 교사가 붙들려 왔다. 자전거포 주인은 낌새를 채고 행방을 감춘 모양이었다. 타오가 특별히 해야 할 역할은 없었다. 고개를 끄덕여 그들이 구두 배달의 수취인이라는 걸 확인해주는 것 외에는. 타오가 고개를 끄덕이자 선생님들은 잠시 어두운 눈으로 타오를 바라보았다. 그게 다였다. 아무 일도 없었다.

"으응? 뭐? 무슨 일? 아무 일도 없었어."

타오가 오른손 엄지와 검지로 바게트 빵 조각을 쥔 채 천천히 말했다.

"거짓말! 나도 알고 있어요. 오빠가 비밀경찰에 붙잡혀 갔다는 걸. 그건 학교 애들 거의가 아는 사실이에요. 알면서도 모른 척하는 거라구. 나는 그런 애들이 너무 싫어. 교장 선생님부터 모든 선생님들이 다 싫어. 어떻게 자기네 학교 학생이 비밀경찰에 붙잡혀 간 걸 알면서 아무 말도 못 해. 적어도 무슨 일이냐? 왜 우리 학교 학생을 잡아갔느냐? 알아보고 항의해야 하는 거 아냐? 쾅하이 선생님 일도 그래. 어떻게 수업하는 교실에 들어와 선생님을 잡아갈 수가 있어? 중학교에서도 두 분이나 연행됐다고 하데. 그런데도 학교 측은 꿀 먹은 벌처럼 입을 봉하고 있어. 모두들 너무 비겁한 작자들이야. 나는 정말 이 거지 같은 학교를 더는 다니고 싶지 않아. 이곳 사이공을 떠나고 싶어.…… 타오 오빠, 내가 얼마나 걱정한 줄 알아요? 며칠 동안 잠도 자지 못했다구. 그런데 아무 일도 없었다구요? 오빠는 내가 여직 어린애인 줄 알아요? 나는 작년 봄에 '벼꽃'에서 붕따우로 소풍 갔을 때, 그때 오빠는 나를 무지 부끄럽게 했지만, 오빠가 읽은 시, 괴상한 노래 같은 시 말이야, 그 시가 너무 좋았어요. 슬프지만 감동적이었다구. 그래서, 그래서……. 며칠씩이나 오빠를 만나려고 학교 앞에서……."

레이가 흑, 눈물을 쏟았다.

타오에게 레이의 작고 붉은 입에서 쏟아져 나오는 말의 홍수와 그녀의 큰 눈망울에서 떨어지는 눈물 조각, 무엇보다 '아오자이 아가씨'를 낭송하던 때와는 너무 달라진 저돌적인 모습은 하나같이 낯설었다.

타오가 P42에서 풀려난 뒤 마주한 풍경은 모두가 낯설었다. 거리의 야자수와 교회의 뾰족탑, 노천카페에 옹기중기 모여 있는 사람들, 심지어 푸른 페인트가 칠해진 집 마당 울타리까지, 모든 것이 눈에 설었다. 아빠와 엄마, 삼촌, 학교 선생님과 아이들, 그를 둘러싸고 있던 우주는 먼 행성으로 날아가버린 것 같았다. 그렇지 않고서야 그가 컴컴한 지하방에 갇혀 있는 동안에도 세상의 풍경이 그대로일 수는 없을 것 같았다. 비밀경찰은 복수의 빈타이 시장 상인들로부터 중학 10학년이나 11학년쯤으로 보이는 학생 둘이 번갈아 구

듯방 6호에 드나드는 것을 보았고, 그중 키가 작은 학생은 몇 차례
가 구두 상자를 들고 나갔다는 진술을 받았다고 했다. 결정적인 단
서는 9호 구둣방의 증언이라고 했다. 다만 탄타이가 부옹의 외삼촌
이어서 섣불리 나서지 못하고 우물쭈물하던 중 부옹이 사라지자 구
둣방을 덮쳤는데 호앙둑과 조수 애는 이미 날아버렸고, 애꿎은 너만
당한 꼴이지 뭐. 키엠 삼촌은 그를 위로하기 위해 가볍게 어깨를 두
드렸는데, 애꿎다는 말이 타오의 마음에 걸리리라는 건 전혀 모르는
것 같았다.

타오는 레이의 눈물이 아주 오래 제 마음에 남으리라는 걸 직감했
다. 송곳처럼 날카롭지는 않아도 묵직한 아픔이 되리라는 걸 느낄 수
있었다. 그렇지만 그러한 느낌조차 비현실적이어서 타오는 당황한
얼굴로 떠듬거려야 했다.

"레이, 왜 그래?…… 제발 그만둬.…… 나도 무슨 일이 있었던 건
지 모르겠어. 천천히 생각해볼 거야. 그런 다음 네게 이야기할게. 무
슨 일이 있었던 건지.…… 그만 일어나자. 집에 가야지."

타오가 의자에서 일어나 레이를 일으키려 하는데, 누군가 등 뒤에
서 그를 불렀다.

"어이, 응오반타오."

타오가 고개를 돌렸다. 흰색 바지에 조각배가 그려진 헐렁한 청색
반팔 남방을 걸친 젊은 사내가 비죽 웃었다.

"누구… 세요?"

앞머리를 바투 친 데다 각진 턱에 목덜미가 단단해 일본 가라데 선
수처럼 보이는 사내가 흥, 코웃음을 쳤다.

"누구냐구?…… 그건 알 거 없구. 여학생 눈에서 눈물 나게 하면
쓰냐? 하여간에 연애는 이제 그만하고 집에 가야지. 네 삼촌이 걱정
하신단 말이다."

순간 타오의 머릿속이 하얘졌지만 그렇다고 현실감마저 잃은 것

은 아니었다. 정신을 차려야 돼. 타오가 사내를 노려보았다.

"삼촌이 시켰나요? 저를 감시하라고? 당신은 삼촌 부하입니까? 아니면, 누구의 스파이입니까?"

사내가 어이없다는 표정으로 타오를 바라보다가 씁듯이 내뱉었다.

"뭐? 스파이? 스파이가 무슨 이런 허접한 일을 하겠냐? 나는 그저 너를 보호하라는 지시를 받았을 뿐이야. 그러니 빨리 집에 가렴. 나도 좀 쉬게. 얘, 너도 빨리 집에 가라. 하여간 요새 계집애들은 부끄러운 것도 모르네. 사람들이 보든 말든 남자애 앞에서 징징거리니 쯧."

사내가 잇새로 침을 찍 뱉었다. 타오는 그 침방울이 레이의 얼굴에 떨어지는 것 같았다. 더는 참아선 안 돼. 타오가 주먹을 쥐고 사내에게 달려들었다. 그러나 사내는 가볍게 몸을 피하며 오른발로 타오의 다리를 걸었고, 타오는 맥없이 땅바닥에 나둥그러졌다.

"하, 고 녀석 꼴에 남자라고. 아이고, 되었다. 그만 집에 가거라. 어서."

사내가 두 손을 탁탁 털고 돌아서자 레이가 달려와 타오를 부축했다.

"오빠, 저 사람 뭐예요? 왜 이러는 거야? 그런데 아까 말한 거 약속은 꼭 지켜야 해요. 나중에 나한테 다 이야기해주기로 한 거."

레이의 물기 남은 두 눈이 반짝거렸다.

1학기가 끝날 무렵인 11월 하순 중간고사를 며칠 앞둔 즈음에 반타잉 학교 졸업반인 12학년 응오반타오가 결석했다. 결석이 시험 전날까지 사흘 계속 이어졌을 때에야 동급생들은 타오가 사이공에서 사라졌다는 것을 알았다. 더 놀라운 소식은 10학년 여학생 응우옌찬티레이도 함께 자취를 감췄다는 사실이었다. 학교가 발칵 뒤집혔다. 오전 내내 교장이 주재하는 회의가 열렸다. 아이들은 자습으로 시험 준비를 했다. 남학생들은 은연중 시험을 안 봐도 될 타오를 부러워했고, 여학생들은 잘생긴 타오를 따라갔다는 레이를 시샘했지만 당장 발등에 떨어진 중간고사 때문에 오래 그럴 수는 없었다.

"엑소더스야."

한 남학생이 어깨를 으쓱하며 결론을 지었다. 타오와 한 반인 졸업반 교실에서였다.

"엑소더스가 뭔데?"

"대탈주라는 거지."

"대탈주? 대탈출 아니고?"

"그게 그 말이야."

"그래? 그렇구나."

다른 학생이 고개를 끄덕였다. 그들은 뭔가 알고 있는 것 같았지만 더 이상 말하지는 않았다. 길게 말해 좋을 것 없다는 것쯤은 그들도 눈치로 알고 있었다.

놀랍게도 그날 저녁 레방제트 경찰서 보안계장의 방에서도 같은 말이 흘러나왔다.

"엑소더스야."

람이 중얼거리자 키엠은 낯을 잔뜩 찡그렸다. 한참 언쟁을 한 끝에 밑도 끝도 없이 엉뚱한 소리를 흘리는 형이 영 마뜩잖았다. 람은 사무실로 들이닥치자마자 키엠의 탓부터 했다. 도대체 타오의 감시를 어떻게 했느냐는 거였다. 키엠이 발끈했다. 두 달 넘게 부하직원을 따라붙여봤지만 별일이 없었다. 형수도 타오가 공부에만 전념하고 있다고 하더라, 곧 중간고사라고 해서 부하에게 타오 따라다니는 일을 그만 중지하라고 했다, 그게 잘못이냐? 언제까지 경찰을 애 뒷바라지에 쓴단 말이냐? 키엠은 화가 나서 견딜 수 없었다. 겨우 늙은 원숭이, 트롱 반장의 손아귀에서 벗어나는가 싶었는데 다시 일이 터진 것이었다. 부옹의 문제가 걸려 있는 한 늙은 원숭이가 대놓고 문책을 하지는 못할 거였다. 그렇지만 일이 이렇게 꼬여서는 계속 놈에게서 풀려나기 어려울 터였다. 그런데 정작 제 자식 간수하지 못한 작자가 형이랍시고 제 부하 닦달하듯 하더니 엑소더스라니! 키엠이 퉁명스레 물었다.

"그건 또 무슨 소리야?"

"대탈주라고. 사이공의 학생, 작가, 불교도와 호아하오 교도,[26] 그리고 메콩 삼각주 농민들이 우르르, 베트민해방구로 몰려가고 있다구. 뉴나 탄타이인들 어쩌겠냐? 이건 비밀경찰이 막을 수 있는 일이 아니야. 너희 같은 지역 경찰이 나선다고 될 일도 아니고. 군이 나서면 또 모를까. 그런데 미 고문단은 계엄령을 선포하지 않는 한 병력 동원을 오케이할 수 없다는 거야. FM대로 하자는 거지. 그렇지만 남베트남은 이제 안정 국면에 들어섰으며, 미국이 군사 지원을 좀 더 확실하게 해준다면 하노이 정권을 접수하는 것도 시간문제라고 큰소리치던 지엠 대통령이 쉽사리 계엄령을 내릴 수 있겠냐? 더구나 군은 군대로 지엠 대통령 형제의 전횡에 부글부글한 판에."

쳇, 또 잘난 체로군. 키엠도 메콩 삼각주 여기저기서 농민들이 폭동을 일으켰다는 이야기는 들었다. 프랑스와의 독립전쟁 때 베트민 군대가 지주로부터 빼앗아 소작농에게 돌려주었던 토지를 사이공 정부 출범 이후 지주들이 되빼앗은 데 대한 분노가 폭발한 때문이라고 했는데, 지주들의 뒤에 지엠 대통령과 뉴 장관 형제가 있다는 것은 공공연한 비밀이었다. 지주계급이야말로 사이공 정권의 확실한 지지기반이었으니까. 그러나 키엠은 한 귀로 듣고 한 귀로 흘렸었다. 어차피 내가 신경 쓸 일이 아니잖은가. 키엠이 참지 못하고 소릴 질렀다.

"아니, 형. 지금 한가하게 그런 소리나 하고 있을 때야? 타오를 어찌할 건지 그걸 얘기해야지."

람은 대꾸 없이 창문 밖 어스름에 눈길을 주더니 또 엉뚱한 소리를 했다.

"그런데 말이야. 타오가 레이라는 여자애와 함께 사라졌다며? 그

---

26 호아하오교: 불교 예식을 단순화한 베트남의 자생 민간종교.

러면 개네들이 정말 해방구로 간 걸까? 둘이 사랑에 빠져 달아난 건지도 몰라. 열여덟, 열여섯이면 그럴 수도 있는 나이잖아. 아무래도 고 맹랑한 계집애가 타오를 꼬인 것 같아. 타오는 순진한 아이잖아."

타오가 P42에 붙잡혀 갔을 때는 부웅 탓을 하더니 이번에는 여학생 레이 탓이었다. 키엠은 피우던 담배를 재떨이에 눌러 끄고 책상 서랍을 열었다. 한참을 뒤적거린 끝에 낡은 종이를 끄집어낸 키엠이 람의 눈앞에 불쑥 들이밀었다.

"이게 뭔데?"

"읽어봐."

람의 눈길이 삐뚤삐뚤한 글자에 머물렀다.

우리 마을, 늙은 꾹 온종일 침을 질질 흘린다네.

불쌍하여라. 늙은 꾹 아기로 변했다네.……

"이게 뭐야?"

두 줄을 읽은 람이 눈길을 들어 키엠을 보았다. 정말 처음 읽은 괴상한 노래라는 듯 멍청한 눈빛이었다.

"몰라? 그게 뭔지 정말 모른다는 거야?"

키엠은 순간 형의 낯짝을 후려치고 싶을 지경이었다.

"작년 여름에 타오가 읽어 말썽이 되었던 시잖아. 아하, 그때도 내가 학교에 가서 교장에게 싹싹 빌고 무마했었지. 형은 그저 남의 일 보듯 했고 말이야."

"어, 그래, 그런 일이 있었지. 이제 생각나네. 그런데 이게 이번 일과 무슨 상관인데? 이 빌어먹을 노래대로 북쪽의 토지개혁 때 타인 호아의 아버지가 돌아가시고 꾹 씨가 바보가 되었다면 타오가 제 할아버지를 죽게 한 놈들의 소굴로 갔다는 건 더 말이 안 되지 않느냐고. 타오는 고 계집애하고 달아난 게 분명해. 아, 타오, 이 한심한 놈의 새끼 같으니라고……."

키엠이 두 손을 들어 올려 흔들어댔다.

"아, 형. 말도 안 되는 소린 제발 그만둬. 타오는 우리와 다를 거야. 아니, 분명히 달라. 정말 모르겠어? 이런 젠장, 걘 우리와 다르다고."

10

이승만은 비현실적인 자신의 방법으로 만사를 해결하려 하며
남한 단독정부를 세우고자 하는 불쾌한 인물입니다.
그러나 우리는 조심스럽게 다루지 않으면 돌이킬 수 없는 손실을 초래할
그의 잠재력을 간과할 수 없으며, 또한 간과해서도 안 될 것입니다.
— 1946년 12월 31일. 하지 중장이 국무장관에게 보낸 비밀전문 중

점령군사령관 하지는 남한 주둔 3개월 만에 심각한 딜레마에 빠졌다. 하지는 모스크바 3상회의가 열리기 한 달여 전, 신탁통치안을 걷어치워야 한다는 정치고문 윌리엄 랭던의 '정무위원회안'을 워싱턴에 타전한 바 있었다. 랭던의 정무위원회안은 신탁통치 대신 남한의 우익 중심으로 정무위원회를 조직하고 이를 군정과 통합하여 남한의 과도정부로 삼은 다음, 소련 측과 협의해 정무위원회의 권한을 북한으로 확대하고 남북 총선거를 통해 정식 정부를 구성한다는 것이었다. 그러나 루스벨트의 국제주의자들이 워싱턴을 장악하고 있는 한 모스크바 3상회의의 결정을 당장 되돌릴 수는 없는 일이었다. 승전국 간에 맺은 국제협정을 협정서의 잉크가 마르기도 전에 파기할 수는 없을 터였다. 문제는 미군정의 절대적 우호세력이라 할 이승만과 김구, 한민당 우익그룹이 미국이 주도한 신탁통치 결정에 맹렬히 반대하는 것이었다.

반탁의 선봉은 백범(白凡) 김구였다. 백범은 미군정의 모든 한인 관리들에게 임정의 명령을 따르라고 지시하였다. 미군정에 대한 사실상의 쿠데타였다. 백범은 반탁운동을 통해 미군정이 박탈한 대한민국임시정부의 법통을 회복하려 하였다. 그러나 백범의 쿠데타는 하루 만에 미 점령당국에 의해 간단히 진압되었다. 섣부른 쿠데타가 좌절된 후 백범은 이승만과 손잡고 '남조선대한국민대표민주의원'에 참여했으나 '민주의원'은 애당초 좌익을 배제한 반쪽짜리 대표기관인 데다 의결권조차 없는, 미군정의 자문기구에 지나지 않았다. 백범은 신탁통치를 막기 위해서는 우선 우익세력이라도 단결해야 한다는 충정에서 그랬겠으나 그 결과는 참담했다. 백범이 그토록 지키려 했던 임정의 정통성은 훼손되었고 권위는 소멸되었다. 백범의 치열한 반탁투쟁은 이승만의 남한 단독정부 추진에 강력한 후원이 되었을 뿐이었다. 훗날 백범이 남북 통일정부 수립을 위해 혼신의 힘을 쏟은 것에 비추어 그는 자신의 완강한 반탁 노선이 결과적으로 분단의 조건을 강화하리라는 점을 미처 인식하지 못하였을 거였다. 백범은 환국 후 이승만이 아니라 여운형·김규식과 손을 잡았어야 했다. 1948년 봄이 아니라 1946년 봄에 평양행을 했어야 했다. 하여 이승만-김일성 분단세력과 맞서야 했다. 그러나 어쩌랴. 지체된 정의는 화(禍)가 되는 것을. 역사의 가정은 부질없는 것을.

'민주의원'은 랭던의 '정무위원회'가 간판만 바꿔 단 것으로 하지의 기대대로라면 북한의 두 배가 넘는 남한의 인구 분포로 미루어 볼 때 우익 우위의 친미 정부를 세울 수 있을 거였다. 하지는 물론 자신의 구상대로 미·소 공동위원회가 굴러갈 수 있으리라 자신할 수 없었다. 민주의원을 보이콧한 범(凡) 좌익세력이 '민주주의민족전선'(민전)을 결성하여 강력히 반발하고 나선 터에 반쪽짜리 '민주의원'이 남한 과도정부로서 역할을 수행할 수 있을지 의문이었다. 소련 측이 우익 일색인 민주의원을 협의 파트너로 인정한다는 보장도 없었다. 그런 마당에 완고한 반소(反蘇)주의자 이승만의 존재는 협상에 큰 장애가 될 것이 분명하였다. 미·소 공위 기간만이라도 이승만을 민주의원에서 분리해야 했다.

기회는 뜻밖에도 이승만 스스로 제공하였다. 이승만이 한 미국인 사업가에게 한국 광산의 채굴권을 팔아먹었다는 '광산 스캔들'이 터진 것이었다. 소문은 사실이었고, 파문이 커지자 이승만은 민주의원 의장 자리에서 물러날 수밖에 없었다. 제1차 미·소 공위(1946년 3월 20일~5월 6일)가 열리기 직전이었다. 하지는 이승만에게 지방 시찰을 권유하였다. 이승만을 중앙정치에서 배제하여 미·소 공위가 좀 더 원활하게 굴러가게 하는 한편 이승만의 지명도를 활용해 지방에 우익세력을 확장하기 위한 포석이었다.

이승만은 4월부터 6월까지 충청도, 경상도, 전라도의 26개 지역을 순회하며 반소·반공을 주요 내용으로 하는 대규모 연설회를 열었다. 연설회 후에는 지역 우익인사들과의 면담이 이어졌다. 해방 후 친일의 전력(前歷) 탓에 움츠리고 있던 그들은 이승만에게 눈도장을 찍고 거액의 정치자금을 기부하였다. 일종의 면죄부를 얻기 위해서였다.

가장 열렬히 이승만을 환영한 것은 친일 경찰이었다. 그들은 경찰서마다 이승만의 사진을 걸어놓고 충성경쟁을 하였다. 그들은 이승만에 대한 테러 위험을 빌미로 좌익세력에 대한 대대적인 예비검속을 벌여 각 지역의 지도자급 좌익 인사들을 체포 구금하였다. 공포 분위기 속에서 우익세력은 지역 주민과 학생들을 동원하여 이승만을 환영하였으며, 행사가 끝난 후에는 지역 인민위원회, 조선공산당 등 좌익 단체를 습격하여 간판을 떼어내고 방화하는 등 난동을 벌였다. 경찰은 그들의 난동을 방관하거나 묵인함으로써 우익에 힘을 보탰다.

석 달간 계속된 이승만의 남선 순행(南鮮巡行)은 하지와 이승만의 합작품이었다. '광산 스캔들'로 정치적 위기를 맞았던 이승만은 순행이 흥행에 성공함으로써 오히려 자신의 영향력을 지방으로 확대할 수 있었으며, 하지는 그간 좌익이 우세했던 남한의 정치 지형을 우익 우세로 돌려놓을 수 있었다.

그러나 민주의원은 완벽한 실패작이었다. 제1차 미·소 공위는 결렬되었고, 이승만은 기다렸다는 듯 순행 중이던 전북 정읍에서 남한만의 단독정부 수립을 주장하고 나섰다.

이승만에게 허를 찔린 하지는 이승만-김구 중심에서 여운형-김규식 중심의 좌우 합작으로 눈을 돌렸다. 이승만 등 극우파를 뒤로 물리지 않고서는 한 발짝도 더 나아가기 어렵다는 현실적 한계와 함께 여운형으로 대표되는 중도좌파세력을 좌익그룹에서 떼어내 박헌영의 공산당 그룹을 고립, 멸살시키려는 정략적 의도가 내포되어 있었다.

박헌영은 좌우 합작에 결렬하게 반대하였다. 박헌영은 여운형이 미군정의 농간에 놀아나고 있다고 비난하였다. 하지의 정략이 명백하였던 만큼 박헌영의 반발에는 나름의 근거가 있었다. 그러나 미·소가 남북을 분할 점령하고 있는 현실에서 통일된 민족국가를 세우자면 좌우 합작은 필수적인 전제조건이었고, 그 점에서 몽양(夢陽, 여운형)과 우사(尤史, 김규식)의 좌우 합작 노력은 성사 여부를 떠나 옳은 방향이었다. 하지만 박헌영은 자신의 원칙을 고수함으로써 결과적으로(백범의 의도치 않은 결과와 마찬가지로) 극우 이승만의 단정노선에 힘을 보태는 격이 되고 말았다.

*

용민은 거동사(巨洞寺) 대웅전 왼편 돌층계를 올라 산길로 접어들고 있었다. 주지스님을 뵙고 그믐에 한 중학생이 제 누이와 함께 스님을 찾아올 것이니 제가 있는 움막을 가르쳐주십사, 부탁말씀을 올리고 돌아가는 길이었다.

"윤 선생이랑은 떠났다믄서 혼자 있기 뭐하믄 며칠 절로 내려와 있어도 되네. 누이가 여기로 온다믄서 움막에 혼자 있을라 카나."

주지스님이 붙잡았으나 용민은 고개를 저었다.

"아입니더, 스님. 누이를 만나보고는 저도 바로 부위원장님 따라 갈 낍니더. 움막 있는 데서 한 고개 넘어가믄 야산대가 있다 캅니더. 그리로 가야 합니더."

"누이는 어쩌고?"

"잠깐 얼굴만 보고 바로 돌려보낼 낍니더."

"허어, 바로 돌려보낼 걸 만나 뭐 하노. 애별리고(哀別離苦)를 어찌 감당하려고. 쯧쯧… 근데 진짜 누이는 맞는고? 암만 캐도 아이지 싶은데?"

주지스님이 장작불처럼 붉어진 용민의 얼굴을 슬쩍 보고는 콧잔등에 주름을 지었다.

"그나저나 그 꼴로 누구를 만나겠노. 요사(寮舍)에 들러 수염 깎고 머리도 감고 가게나."

214

덕분에 수염도 자르고 머리도 감고 속옷도 갈아입을 수 있어 한결 가벼워진 걸음이었다. 전나무 숲이 울창한 응달진 비탈에는 어젯밤 내린 눈이 수북했고 멀리 산마루에는 잎 떨어진 활엽수들이 거꾸로 세운 싸리빗자루 모양으로 도열해 있었다. 처음 왔을 때는 단풍으로 울긋불긋하던 산허리가 온통 잿빛이었다. 입산 이후 제 운명도 잿빛이 된 게 아닐까 싶어 용민은 잠시 걸음을 멈추고 끄무레한 하늘을 바라보았다.

밤늦게 대구로 돌아간 강일권 선생이 다음 날 아침 윤 부위원장에게 전한 쪽지에는 '入山-普賢山' 두 단어만 씌어 있었다. 쪽지를 가져온 대구의대생은 미군과 경찰, 우익청년단이 합동으로 대구 지역의 폭동 가담자들을 잡아들이고 있으며, 특히 민전과 전평, 인민위원회 등 좌익계열 인사들은 폭동의 주모자로 몰려 있으니 당장 몸을 피해야 한다고 하였다. 대구 다음으로는 지척 간인 달성, 영천, 칠곡, 성주일 터이니 시간이 촉박하다고 하였다.

대구에서 시작된 봉기의 불길은 삽시간에 경북도 전역으로 번져 나갔으나 봉기를 지휘하고 통제할 단일 지도부는 존재하지 않았다. 군·면의 인민위원회와 농민조합, 민청, 각 지역의 명망 있는 좌익인사들이 봉기를 주도하였다고는 하나 그들은 지역 단위에서 활약했을 뿐이었다. 더구나 봉기 초기에 각기 통신선이 절단됨으로써 그들은 항쟁을 일으킬 때나 탄압에 대응할 때나 고립될 수밖에 없었다.

영천읍 인민위원회 사무실에서는 열 명이 밤을 새웠다. 영천에서 합류했던 청년들은 돌아오는 길에 뿔뿔이 흩어져 사무실에는 대구에서 올라온 시투 사람들만 남아 있었다. 영천 사람은 용민이 유일했다. 좌장인 윤 부위원장이 입을 뗐다.

"우짜겠소. 대구는 위험하다 카니 일단 보현산으로 갑시더. 내 보현산 초입에 있는 거동사 주지스님과 안면이 있는 사이요. 우리가 찾아가면 박대를 하지는 않을 깁니더. 그리 가서 며칠 피해 있을 곳을 찾아보입시더. 그라믄 강 선생한테서 다시 연락이 있지 않겠소. 아, 하지만 선택은 어디까지나 여러분 각자가 할 일이오. 나하고 같이 갈 사람은 남고 아닌 사람은 먼저 일어나셔도 좋소."

한동안 서로의 얼굴을 힐끗거리며 눈치를 보더니 세 명이 일어나 사무실을 떠났다. 작별인사를 하고 말고 할 겨를은 없었다. 용민이 남아 있는 걸 보고 윤 부위원장이 물었다.

"박용민 씨, 개안캤소?"

괜찮을지 괜찮지 않을지는 용민이 묻고 싶은 말이었다. 그러나 용민은 "예, 개안습니더", 고개를 끄덕였다. 윤 부위원장은 나머지 다섯 명에게도 일일이 의사를 묻고 확인했는데, 그러는 동안 용민은 제 손바닥을 물끄러미 바라보고 있었다.

용민이 던진 재떨이가 가네다 이치로, 김일수의 이마빡에 명중하였고 놈이 쓰러지자 놈의 칼을 피해 뒷걸음질 치던 젊은이들이 우르르 달려들어 몽둥이질을 했다. 명도가 놈이 떨어뜨린 일본도를 치켜들었을 때 누군가 시체에 칼질하지 말라 외쳤고, 장도의 손잡이를 꼬나들었던 용민의 손아귀에서 스르르 힘이 빠져나갔다. 그게 다였다. 놈을 죽인 것은 아니었다. 혹시 용민이 던진 돌덩이에 이마를 맞은 것이 치명타였을지 몰라도 놈의 가슴팍에 칼끝을 박지 않았으니 살인을 한 것은 아니다. 용민은 그렇게 생각했고, 아무도 놈의 죽음에 신경을 쓰지 않았다. 누구도 제 몽둥이에 맞아 죽었다고 여기지 않았으니 살인자 또한 있을 리 없었다. 그저 죽어 마땅한 놈이 저절로 죽은 것일 뿐이었다. 하지만 손바닥에 남아 있는 살기가 손금처럼 생생한 만큼 그냥 괜찮은 일은 아닐 거였다. 피 묻은 손이 제 운명의 목덜미를 움켜쥐고 있는 것 같아 용민은 슬그머니 주먹을 쥐었다.

새벽에 영천읍에서 빠져나와 보현산 기슭의 거동사에 도착한 것은 한낮이었다. 오는 동안 목수일 하던 황 씨와 인쇄소일 하던 이 군이 경주와 영덕의 고향집으로 가겠다며 빠져나가 일행은 윤 부위원

216

장을 합해 모두 다섯으로 줄어들었다. 윤 부위원장은 옛날 대구역사 불자회장이었던 연고로 거동사 주지스님과 구면이라고 하였는데, 통통한 얼굴에 희끗한 눈썹을 단 주지스님은 다행히 윤 부위원장을 기억했다. 이런저런 얘기들이 오간 끝에 주지스님은 보현산 중턱 큰 바위 아래 움막을 지으면 비바람을 피할 수 있을 거라고 했다. 바위 틈새에서 약수가 나오니 물 걱정은 놓아도 되고 먹을거리는 절집에서 대어줄 거라며 큰 웃음을 지어 보였다.

"허나 당분간이지요. 보현산은 크고 깊은 산이 아니어서 오래 머물 곳은 못 됩니다. 시세가 여의치 않으면 더 크고 깊은 산을 찾아야 될 게요."

윤 부위원장은 껄껄 웃었다.

"더 크고 깊은 산이라면 태백산이요, 지리산이요? 하이고, 스님. 저희는 산사람이 될 생각일랑은 쪼끔도 없습니다. 길게 잡아 열흘 뒤에는 대구로 돌아갈 낍니더. 저기 박용민 씨는 대구우편국 직원이고, 그 옆 오원기 선생은 대구여고 교사, 또 그 곁은 남선전기 직원인 김세일 씨, 그라고 여기는 대구역에서 저와 함께 일했던 차덕근 씨로 모다 대구 파업투쟁을 돕다가 운수 사나워 잠시 피신을 했습니다만 아무 죄도 없는 사람들이지요."

주지스님이 허허, 웃어 보였다.

"예나 지금이나 죄 없는 중생이 핍박받는 게 세상사이지요. 나무아미타불……."

젊은 축인 용민과 세일이 보리쌀과 고구마 가마니를 나누어 지었고, 오원기 선생은 솥과 바가지, 소금, 된장 등속이 든 부대를, 대구역 화부였던 차덕근 씨가 이불 두 채와 마대, 가마니를 둘둘 말아 메고 이고 하면서 단풍이 울긋불긋한 산 중턱으로 올라갔다. 바람막이에 맞춤한 큰 바위 아래 움막을 두 개 치고 둘셋씩 자리를 잡은 다음 보리쌀을 씻어 솥에 안치고 밑불에 고구마를 구웠다. 뒤따라 올라온 윤 부위원장의 지게에 김칫독이 달랑 얹혀 있어 제법 구색이 맞추어졌다. 마치 소풍이라도 온 듯 화평하였다. 멀리 바라보이는 시루봉 아래 고즈넉한 산세도 평화로웠다.

그러나 화평한 기운은 윤 부위원장이 잡았던 열흘이 지나가자 싸악 사라졌다. 모두들 머릿속에서 열흘을 세고 있었던 듯싶었다. 움막에 서리가 허옇게 내려앉은 아침에 대구여고 오 선생이 불쑥 산을 내려가겠다고 하였다. 삼십대 초반의 노총각인 오 선생은 애초 입산은 잘못된 선택이었다며 윤 부위원장을 힐난하였다.

"박용민 씨와 김세일 씨, 그라고 지는 직장에 복귀했어야 합니더. 지금이라도 돌아가야지요. 더 늦으면 영영 산사람이 되고 말 낍니더. 열흘이 지나도록 아무 연락이 없는 조공 쪽 말을 따른 것이 잘못이었지요. 지는 강일권 씨를 도통 믿을 수가 없십니더. 우리에게는 보현산에 들어가라 해놓고 지는 나 몰라라 서울로 줄행랑이라도 친 거 아입니꺼? 다들 내려가입시더. 우리가 뭐 살인 방화를 한 것도 아니잖습니꺼? 투쟁을 할라믄 당당하게 해야지요. 산속 움막에서 절집 식량이니 축내고 있어서야 되겠습니꺼, 어데."

윤 부위원장이 평소답지 않게 발끈하였다.

"아니, 오 선생. 내 언제 가겠다는 사람 붙잡은 적 있소? 이제 와서 핍박하면 우짜란 말이요. 그라고 투쟁을 당당하게 해야 한다는 말은 또 뭔 소리요? 우리가 지금 이 고생하고 있는 거시 비겁한 행동이란 기요? 살인 방화를 안 했다 해도 미군과 경찰, 우익 놈들이 그 말을 믿어줄 거 같소? 그넘들은 이번 참에 우리 쪽 사람들을 전부 잡아 죽일라 할 것이오."

윤 부위원장은 잠시 숨을 몰아쉬고는 애써 흥분을 가라앉히려는 듯 목소리를 눅였다.

"…… 그라고 강일권 씨, 그짝 얘기도 그리 함부로 하는 기 아이오. 강 선생, 경성의전 나와 서울에서 외과의사로 편히 살 수 있는데도 대구까지 내려와 사서 고생하는 사람이오. 부르주아 출신으로 무산 계급을 위해 자기희생을 하는 훌륭한 젊은이란 말이오. 뭔가 사정이 있을 게요. 며칠 더 기다려보고 그때 다시 이야기하입시더, 오 선생."

그러나 오원기는 고개를 흔들었다.

"아이지요. 하루라도 빨리 돌아가야 합니더. 가서 난리 탓을 하고 적당히 둘러대면 넘어갈 수 있을 낍니더."

윤 부위원장이 혀를 찼다.

"둘러댄다 해도 독이 오른 놈들이 순순히 넘어가겠소? 좋소. 그라믄 이렇게 하입시더. 내가 먼저 대구로 가서 행편을 살피고 오겠소. 그다음에 함께 하산할지 말지를 결정합시다."

그러자 차덕근 씨가 펄쩍 뛰었다.

"갱찰 놈들이 부위원장님 잡을라꼬 눈알이 빨개 있지 않겠습니꺼? 안 됩니더."

되느니 안 되느니 두 사람이 실랑이를 벌이는 걸 지켜보던 용민이 나섰다.

"지 생각에도 부위원장님은 안 가시는 거시 좋을 거 같습니더. 지가 다녀오지요. 가서 사정을 알아보고, 어쩔랑가 가보아야 알겠지만 대구의대로 가서 강 선생도 만나보지요. 절집에 가서 머리 깎고 장삼 빌려 입고 가면 별일 없을 낍니더."

세일이 "지도 함께 가지요"하고 나섰지만, 둘이면 외려 눈에 띌 위험이 크다는 말들에 결국 용민이 혼자서 산을 내려갔다가 오기로 했다. 머리는 깎지 않고 벙거지 쓰는 걸로 대신했지만 먹빛 장삼에 바랑 메고 버선발에 검정 고무신을 신으니 영락없는 스님이었다.

대구우편국 수집계 직원 김선희는 용민을 알아보고는 다짜고짜 우편물 창고로 끌고 갔다. 용민을 친동생처럼 대해주던 서른 줄의 고참이었다. 김선희는 대구는 말할 것도 없고 달성, 영천, 칠곡, 성주, 구미, 선산, 경주 가릴 것 없이 경북 지방이 쑥대밭이 되었다고 했다.

모르긴 몰라도 수십 명은 총살당하고 수백 명이 감옥에 갇혔을 거라고 했다. 좌익 쪽 사람들은 물론이고 대학생, 중학생까지 폭동에 연루된 자들은 노소를 불문하고 이 잡듯이 잡아낸다고 하였다. 경찰과 우익청년단이 조를 짜서 가가호호를 뒤지고, 누워 있던 환자까지 끌어내 물고를 내었다고 했다. 침이 튀도록 빠르게 입을 놀린 김선희가 말을 끊더니 용민을 물끄러미 바라보았다. 그러고는 낮게 물었다.

"니, 영천지서에서 가네다 이치로를 죽였나?"

"뭔 소립니꺼?"

"기여? 아니여?"

"……."

"하이고야, 맞능가 보네. 김일쑨가 가네단가 그 문디 짜석은 대구 근동에 이름이 짜하니 알려진 악질 순사였잖아. 근데 그넘이 영천지서에서 일본도에 가슴팍을 찔려 즉사했는데, 용민이 니가 그넘을 찌르는 걸 여러 사람이 보았다 카데. 그넘아가 워낙에 원성이 자자했던 작자여서 그랬는지 그 소문이 쫙 퍼지면서 갱찰이 너 잡겠다고 여기 우편국까지 와서 생난리를 치지 않았나. 야, 박용민. 분명히 말하거라. 가네다 이치로, 그넘의 새끼를 니가 죽인 게 맞나?"

다그치는 소리를 들으니 용민은 제가 진짜 가네다 이치로를 죽인 것도 같았다. 손바닥에 생생하게 남아 있던 살기가 그것을 증명하는 것 같았다. 용민이 중얼거리듯 말했다.

"모르겠심더. 죽인 것도 같고 아인 것도 같고……."

"야, 이눔아야. 니 지금 뭔 소리를 하고 있노? 됐다. 그 쌍놈의 새끼 죽은 기는 천벌을 받은 거시니 더 따질 거 읎다. 니 꼴을 보니 어디 절집에 숨어 있는 모양인데 여기는 뭐 할라꼬 왔노?"

창고 안에서는 마른 종이와 곰팡이 냄새가 났다. 김선희는 용민에게 대구 시내를 돌아다니는 건 위험천만하니 곧장 몸을 피하라고 하였다. 대구의대에 가봐야 한다고 했더니 대구의대가 빨갱이 소굴로 찍혀 의사와 학생 여럿이 붙잡혀 갔다며 고개를 저었다. 그러면서 몸을 의탁한 절집을 알려주면 대구의대 의사며 영천 집 소식이며 두루두루 알아본 뒤 편지를 하겠다고 했다.

"근데 니 이름을 그대로 쓰면 안 좋을 낀데. 뭐, 생각나는 가짜 이름 쓸 만한 거 없나?"

용민이 잠깐 생각할 것도 없이 '시봉'으로 하자고 했다.

"시봉? 시봉 스님? 니 참말로 머리 깎았나? 어느 절집인데?"

"머리를 깎기는예. 보현산 시루봉이 생각나서 거게서 가운뎃자를 뺀 것입니더."

"보현산? 아, 거기 절집이믄 거동사?"

"맞습니더. 근데 행님이 우째 절집을 아십니꺼?"

"야, 보현산 아래 절집이믄 천년 사찰 거동사제. 그걸 누가 모리나? 우쨌든동 편지는 영천군 화북면 거동사 시봉 스님 앞으로 보내면 되겠네. 그렇지요. 시봉 스님?"

두 사람은 서로의 눈을 마주 보며 처음으로 웃었다.

용민이 움막으로 돌아와 대구 사정을 이야기했는데도 오원기는 대구가 안 되면 재종형이 있는 부산으로라도 가겠다며 다음 날 아침 산을 내려갔다. 떠나기 전 윤 부위원장과 차덕근 씨가 주머니를 털어 비상금을 건네자 오원기는 전날의 무례를 용서하라며 머리를 숙였다. 오원기가 남은 담배를 모두에게 돌렸다. 함께 담배를 피운 뒤 오원기는 떠났다. 벙거지에 장삼을 걸친 스님 차림으로, 용민이 절집에서 빌려 입었던 것들이었다.

오원기가 떠나고 며칠이 지나 절집에서 불목하니로 일하는 승호가 김선희의 편지를 들고 움막으로 올라왔다. 용민이 그간 몇 차례 절집에 통행을 하다가 통성명을 한 동갑내기 젊은이였다.

시봉 스님 전

대구나 영천에 발걸음할 생각일랑은 일절 마시게. 대구 파업 관계자는 몽땅 폭동 주모자로 몰렸다고 하네. 특별히 자네의 경우는 김일수, 가네다 이치로, 그자가 죽은 게 마음에 걸리네. 내야 자네 말을 믿지만 여러 명이 보았다는 소문이 내 귀에까지 들어왔다면 경찰이야 오죽하겠는가. 없는 죄도 뒤집어씌우면 옴짝 못 할 판국이니 조심하게나.

며칠 전엔가 충청도와 경기도에서 온 경찰이 팔공산에 새카맣게 몰려가 거기 은신하던 폭동 연루자들을 일망타진하였다 하네. 머잖아 영천 보현산, 칠곡 유학산 등 대구 인근의 산에도 수색대가 갈 거라고 하는데, 국방경비대 군인들까지 출동한다고 하네.

자네 친가에는 아직 가보지 못하였네. 섣불리 발걸음을 했다가 무슨 화가 있을지 몰라 차일피일하였네. 아무래도 우편국 동료인 내보다는 만만한 사람을 보내는 게 안전할 것 같네. 그라고 참, 대구의대에 알아보았는데 강일권이란 선생은 없다 하데. 저번 난리 후에 젊은 의사가 한 명 경찰에 붙들려 갔는데 성이 심 씨라고 하더군. 사정 보아 다시 연락하겠네. 이만 총총….

편지를 직접 읽고 난 윤 부위원장은 웃기부터 했다.

"시봉 스님이라 캤는데 절집 젊은이는 용민 씨에게 온 편지인 줄 우째 알았다 캅디꺼? 미리 이야기를 해두었다꼬요? 우쨌거나 용민 씨는 이참에 머리 깎고 출가를 해도 되겠구먼. 안 그렇소? 시봉 스님, 허허허……."

그러나 편지를 돌려 본 차덕근 씨와 김세일은 따라 웃지 않았다. 두 사람의 얼굴은 시커멓게 굳어 있었다. 윤 부위원장이 머쓱하니 고개를 돌리며 중얼거렸다.

"아무캐도 더 깊은 산으로 들어가야 하겠구먼."

윤 부위원장과 차덕근 씨가 보현산 골짜기에서 야산대와 조우한 것은 그 다음다음 날이었다. 경찰과 경비대 군인들이 수색에 나선다면 거동사에서 지척인 산 중턱 움막은 대번에 발각될 것이었다. 움막에는 절집에서 가져온 김치 동이며, 소금과 된장 항아리, 요와 이불, 심지어 스님들 속옷이며 버선 등속까지 들어 있어 발각되는 날이면 거동사 주지스님에게까지 화가 미칠 것이 불 보듯 훤한 노릇이었다. 그래서 윤 부위원장은 다음 날 아침부터 새로운 은신처를 찾아본다며 차덕근 씨와 산마루를 넘어 다녔는데 사흘째 되던 날 시루봉 후면 골짜기에서 족히 서른 명은 되어 보이는 입산자들과 맞닥뜨린 것이었다.

"하이고, 갑자기 소나무 둥치 뒤에서 손 들엇! 총부리가 쑥 기어 나오는데 똥줄이 빠지는 줄 알았다 안 하나."

차 씨가 손바닥으로 목덜미를 쓸며 웃어 보였고, 윤 부위원장이 자세히 말을 이었다.

"그 사람들은 우리처럼 그냥 몸을 피한 거시 아이라 셋에 둘은 소총으로 무장한 야산대여. 거기 대장 하는 황보 씨란 사람은 영천 신녕면에서 인민위원회 위원장 하던 마흔 줄 가까운 양반인데 말하는 품세하며 행동거지가 학식깨나 있는 인텔리더구만. 일고여덟 명씩 분대를 짜가 교대로 보초를 서고 밤에는 산을 넘어 군위, 청송까지 들어가 주민들한테 식량을 구하고 간간이 부근 지서를 습격해 무기를 빼앗기도 한다고 하데. 황보 대장 말로는 그런 야산대가 칠곡 유학산과 대구 팔공산에도 있었는데 팔공산 부대는 얼마 전 경찰에 습격당해 십수 명이 죽거나 붙잡히고 나머지는 흩어져서 달아났는데 그중에 다섯은 보현산에 합류하였다고 하데. 말하는 걸로 보아 거개가 대구 영천 사람들 같은데 까까머리 중학생부터 중늙은이까지 여러 사람들이더군. 넘의 집 머슴이나 종노릇 하다가 입산한 젊은이들도 여럿이라 하고. 황보 씨는 제 사촌도 대구역에서 기관사로 일하다가 가을 파업투쟁 때 우익 테러단에 맞아 죽었다며 지금은 남로당으로 간판을 바꾼 조공의 무장투쟁 노선에 함께해야 한다고 재차 삼차 나를 설득하데. 그런데 그 사람들 꼴이 말이 아니여. 저거들 말로 보급투쟁에 나가면 산골 마을 주민들이 환대를 한다고는 하더만 누더기 차림에 수염투성이인 것이 산 거지가 따로 없더군그래. 저들에 비하면 우리야 서당 선비인 셈이지. 허허…….”

그러자 차덕근 씨가 조심스레 운을 떼었다.

“그렇다고 우리 너이서 언제까지 여기 이러고 있을 수 있겠습니꺼. 절집 신세도 유분수지. 스님들도 차츰 딴 데로 떠나라고 눈치를 주는 것도 같고요. 기왕에 이래 된 거 하산할 처지가 아니라믄 황보 대장네로 가입시다. 그 사람, 부위원장님 대하는 태도를 보아 하니 믿을 만한 사람 같습니다. 자네들 생각은 어떤고? 응, 말들 해보소. 꿀 묵은 벙어리 모양새로 가만있지만 말고.”

유난히 말이 많은 것으로 보아 차 씨는 야산대를 만나고 적잖이 흥분한 것 같았다.

“지야 부위원장님이 하자 카는 대로 따르겠습니더.”

김세일이 말했고, 용민은 묵묵부답이었는데 그때 용민이 선옥의 얼굴을 떠올리고 있는 것이야 누구도 알 리 없었다. 윤 부위원장은 고개를 끄덕이면서도 무거운 표정이었다.

“그거시 그리 간단한 문제가 아이네. 우리가 야산대에 일단 발을 들여놓으면 그날부터는 빼도 박도 몬 하고 산사람이 되는 거여. 그러니 가더라도 좀 더 기다려보세. 강 선생이 경찰에 체포됐다는 심 씨가 아니라면 우째 되었든 연락을 할 것이네. 야산대 쪽에는 내하고 차덕근 동지가 수시로 넘어가 끈을 이어놓을 터이니 두 사람은 절집에 내려가 월동 준비를 도우면서 바깥소식을 살피도록 하시게.”

그러나 보름이 지나도록 아무런 연락이 없자 윤 부위원장은 마침내 결단을 내렸다.

“야산대 사람들은 모레 지리산으로 들어갈 거라 하데. 거기에 이

미 수백 명이 모여 있는 모양이야. 우리도 함께하기로 하였네. 내일 내가 주지스님께 인사드리고 오는 대로 떠나세."

용민이 당황하여 떠듬거렸다.

"부위원장님, 지는 며칠 더 있다가 뒤따라가겠습니더. 여기서 그믐날에 누굴 좀 만나기로 해서예."

"여기 움막에서? 누구를…?"

"그기…. 부위원장님도 본 적 있십니더. 선옥이라고 제 누이 되는, 전에 대구서 영천 가는 트럭에 같이 탔던…….'"

"아, 누이가 아니고 박용민 씨 색시 될 처자 아니오? 그런데 그 처자가 여기로 오기로 했단 말이오? 일전에 대구에 갔을 때 그러기로 약조를 한 거요?"

"아, 아입니더. 대구에 갔을 때는 얼굴도 못 봤습니더. 지한테 시봉 스님이라며 서신 연락을 해준 우편국 사람에게 편지로 부탁을 해서……."

"허허, 참. 야산대 사람들과 약속을 해놓은 터라. 그렇다고 박용민 씨 혼자 두고 떠날 수도 없고 이 일을 우짠다……?"

그때 김세일이 나섰다.

"지가 지리산 어느 쪽으로 가는지 알아봐가 용민 형에게 알려드리지요. 아니믄 거기 야산대 자리에서 기다렸다가 함께 뒤따라가든지요."

윤 부위원장은 잠시 난감한 얼굴이었으나 그러기로 하였고, 세 사람은 그제 산마루를 넘어갔다. 윤 부위원장은 야산대에 들어가는 것은 진짜 산사람이 되는 거라고 했다. 그 전에 선옥을 한 번이라도 보아야 한다. 김선희는 서울 중앙중학생 박명도에게 서찰을 직접 전하였다는 짧막한 회신을 보내주었다. 그러나 용민의 머리에 명도는 떠오르지 않았다. 오직 선옥의 얼굴만이 가득했다. 내일이면 선옥을 볼 수 있다! 아아, 용민은 한숨을 크게 쉬고 산비탈을 걸어 올라갔다.

선옥이 봇짐에서 수수떡을 꺼내 명도에게 건네었다. 대구를 떠난 시외버스가 영천 화산면으로 들어서는 참이었다. 버스 창밖 풍경은 황량하였다. 추수를 끝낸 지 달포가 지난 논은 텅 비어 있었고 그 뒤로 보이는 초가집들도 추레한 몰골이었다. 논농사를 마친 뒤에는 초가지붕에 새 이엉을 올리고 담장 울타리를 손보고는 했지만 올 가을엔 난리 통에 그럴 경황이 아예 없었을 터였다. 양력이라지만 낼모레가 새해인데 연기 나는 굴뚝은 보이지 않았다. 설빔이야 음력설에 맞춰 장만한다고 해도 새해 아침에 떡국 한 그릇씩은 상에 올리기 마련이거늘 그럴 형편도, 분위기도 아닌 것 같았다. 미군정의 뒷배를 업은 경찰과 우익청년단들은 난리가 진압된 지 달포가 지났어도 여전히 폭동 가담자를 색출한다며 마을 곳곳을 뒤지고 다녔고 그 서슬에 젊은이들은 하나둘 자취를 감추었는데 그들 중 태반은 맥도 모르고 침통 흔든다고 남들이 우 하고 일어나니 덩달아 와 하고 일어났던 축이었다. 젊은이가 사라진 마을에 활력이 있을 리 없었다. 날씨보다 마음이 추운 겨울이 세밑의 시골 마을을 뒤덮고 있었다.

명도는 교복에 교모를 단정히 쓴 서울 중학생 모습이었다. 교복 위에 외투를 걸칠 만도 한데 명도는 이름 석 자가 적힌 헝겊명찰이 가슴 왼편에 붙은 검정 교복을 단출하니 입고 있었다. 용민은 편지에서 너처럼 유명한 서울 중학교 학생은 안전할 것 같다고 했고, 명도는 그 말을 따른 것이었다.

망설이다가 내려온 영천 집에 우체부가 찾아온 것은 그저께 한낮이었다. 마침 햇볕이 좋아 앞마당에 나와 있던 명도가 대문을 열자 깡마른 체구에 얼굴색이 거무튀튀한 우체부가 명도를 쓱 훑어보더니 대뜸 "박맹도 학생? 서울 중앙중학생 박맹도 학생 맞나?" 묻더니, 명도가 얼결에 고개를 끄덕이자 누런 편지봉투를 잽싸게 명도 손에 쥐어주며 속닥이는 것이었다.

"박용민이 편지여. 얼른 집어넣어. 읽은 후엔 태워삐고. 아이고, 이

딴 심부름을 해도 개안헌지 모르겠네. 우쨌든 지대로 전하였으니 내는 그만 가겠네."

박명도에게
　동계방학을 맞아 귀향하였을 것 같아 몇 자 적어 보내네. 대구 영생의원 간호원 이선옥을 내 있는 곳으로 데려다주었으면 고맙겠네. 서울 명문 중학생인 자네가 나서준다면 안전할 것 같아 어려운 부탁을 하네. 사흘 뒤 그믐날에 영천 보현산 아래 거동사 주지스님을 찾아가 내 얘기를 하면 내 거처를 일러주실 거네. 나는 지금 두 달 넘게 몸을 피해 있는데 곧 다른 곳으로 옮겨 가야 하는 처지일세. 자세한 이야기는 만나서 하기로 하고 대구 서문시장 건너편 차부에 가서 보현산 가는 버스를 타게.
　박용민이가

　사절지 갱지에 철필로 쓴 짧은 편지를 단숨에 읽은 명도는 어이없고 불쾌하였다. 두 달 전에는 지나던 버스에서 불쑥 나타나 삼호리 집에 있는 여자를 대구에 데려다주라더니, 이번에는 제 은신처로 여자를 데려와달라는 소리 아닌가. 더구나 부탁은커녕 마치 마땅히 해야 할 일을 하라는 식이었다. 자네, 어쩌구 하는 어투도 어색하고 역겨웠다. 쳇! 내가 언제부터 박용민이 심부름꾼이 되었담. 태워버리고 모른 척하면 그만이야. 명도는 구두덜거렸으나 결국은 용민의 지시를 따르리라는 걸 직감하고 있었다. 그 여자, 선옥을 만나는 일이기에 거부할 수 없으리라는 걸 알고 있었다.
　그리고 지금 그 여자, 선옥이 옆에 앉아 있다. 선옥은 남색 치마와 흰 저고리에 분홍색 배자를 겹쳐 입어 얼핏 친정에 나들이 가는 어린 새댁 같아 보였다.
　"이거 좀 들어보아요."

선옥이 떡을 건넸는데도 기척이 없는 명도에게 짧게 말했다.

"됐습니더. 그짝이나 드셔요."

또 그짝이네! 선옥은 긴장한 듯 앞만 바라보고 있는 명도의 옆얼굴을 살짝 흘겨보았다. 아무래도 한두 살은 저보다 아래일 텐데 누나라고 부르면 안 되나. 가는 도중에 경찰 검문이 있으면 어머니가 거동사 보살님이신데 고뿔에 걸리셔서 대신 동생과 함께 절집에 세밀 수수떡 공양을 하러 간다 하기로 입까지 맞춰놓았으면서도 명도는 그예 그짝이었다.

"그래도 하나 들어봐요."

선옥이 재차 권하자 명도가 손을 내밀어 떡을 받더니 한입에 집어넣고 우물거렸다.

"아이고, 물 가져오는 거 깜빡했네. 천천히 들어요. 목 멕힐라."

선옥이 주먹 쥐어 곁에 앉은 명도의 등을 가볍게 두드렸다. 선옥으로서는 무심결에 한 행동이었는데도 명도는 귀밑까지 빨개져 몸을 움찔하였다. 선옥은 무안하기도 하고 민망하기도 해서 얼른 손을 내렸다.

선옥은 문득 먼 옛날 어느 여름날의 풍경을 떠올렸다. 커다란 병풍이 처진 사랑방에서 어린 그녀는 처음 뵙는 양주께 큰절을 올려야 했다. 용민 아버님이 그녀를 영천읍내 지주 댁으로 인사 시키려 데려간 날이었다. 계집아이는 너무 크고 높아 보였던 솟을대문과 뜰 안에 핀 작약의 붉은빛에 머리가 어질고 눈이 시려 쳐다보지도 못하였으니 두 어른의 얼굴은 기억에 남아 있을 리 없다. 다만 내외 어른 뒤편에 저를 훔쳐보던 사내아이가 있었던 기억은 또렷하다. 그 아이가 지금 중학생이 되어 제 옆, 시외버스 옆자리에 앉아 있는 것이다.

"참, 집에는 별고 없어예?"

"예. 없습니더. 뭔 일이 있을 리가 있나요."

선옥이 어색한 침묵을 깨자 명도가 고개를 끄덕이며 얼른 답했다.

선옥이 무슨 말이든 붙여주기를 원했던 눈치였다.

"아니 뭐, 기와집들이 불에 탔다고들 들어서예."

"그거야 대지주나 부잣집들이지요. 지 집은 아니라예."

"그짝 아버님께서 덕이 많아 해코지를 당하지 않으신 거라 하데예."

선옥은 제 입에서도 '그짝' 소리가 나온 것에 조금 당황했는데 명도는 선옥의 말에 더 놀란 것 같았다.

"울 아부지가 덕이 만타꼬, 누가 그런 말을 했어요? 삼호리 아재요? 아주머니요?"

"어데예. 용민 오빠가 그러데요. 그짝 아버님께서 덕이 아주 많으신 분이시라고."

선옥은 두 눈을 동그랗게 뜨는 명도에게 조금은 장난스럽게 대꾸했는데 순간 명도의 눈빛이 가늘게 흔들렸다. 명도는 어린 시절부터 용민이 저희 집에 대해 가지고 있는 적대의 감정을 알고 있었다. 명도는 어릴 적부터 지금껏 '명도 도련님'이었고 용민은 이름조차 불리지 않는 '저희 자식 놈'이었다. 열두어 살 되어 명도가 처음 용민을 형이라고 불렀을 때 되레 어쩔 줄 몰라한 것은 곁에서 그 소리를 들은 삼호리 아재였다. 진작부터 아재라 부르라, 형이라 부르라 하신 것은 아버지였고, 그래서 아버지는 빙그레 웃으셨는지 몰라도 삼호리 아재는 마냥 황송해하는 낯빛이었는데 명도는 그때 용민의 얼굴이 검붉게 타오르는 것을 놓치지 않았다. 소작인들이 지주들의 기와집에 불을 지른 건 아마 그처럼 검붉은 색깔의 원망 때문이었으리라. 그런데 용민은 명도 아버지가 덕이 많다 하였다 한다. 그 덕에 영호읍 괴안동 열두 칸 기와집은 무사했던가.

시외버스가 화산면 차부에 닿자 운전사가 먼저 차에서 내렸다. 소변도 보고 담배도 한 잎 말아 태울 모양이었다. 명도가 "잠깐 내렸다가 올게요" 하고 일어섰고 선옥은 무릎 위에 놓인 봇짐을 당겨 안았다. 내리고 타는 승객조차 몇 안 될 정도로 오전의 차부는 한산했다.

차창 밖으로 보이는 하늘은 비라도 내리려는지 꾸물꾸물했다. 며칠 전 첫눈이 내린 뒤로는 날이 푹해서 눈이 올 것 같지는 않았다. 선옥은 문득 보따리 바닥에 있는 털실 양말의 촉감을 느꼈다. 그러자 머리 한구석에 밀어놓았던 용민의 얼굴이 떠올랐다. 아니, 이리 가까운 곳에 있었으면서 두 달이 넘도록 소식 한번 없었단 말인가. 절집에 숨어 있었을라치면 내 혼자서도 얼마든지 찾아올 수 있을 건데 명도를 왜 불러냈을꼬.

운전사가 버스 운전석에 오르자 그새 차부에 모여 있던 승객들이 우르르 버스에 올랐다. 그 끝으로 중학교 교모가 올라왔다. 아유, 뭐 하고 있다가 꼬래비람. 선옥이 오른손을 살짝 들어 올렸다.

시외버스가 차부를 떠나 황토색 신작로로 접어들었을 때 뒤쪽에서 요란한 경적이 들리는가 싶더니 버스가 황급히 길가로 비켜섰다. 군인을 가득 실은 트럭들이 맹렬한 속도로 달려오고 있었다. 트럭들은 환한 오전인데도 앞머리에 누런 불을 매달고 있었다. 그것들은 희뿌연 먼지를 뒤집어써서 마치 죽은 이의 낯빛 같았다. 순간 선옥은 저 소름 끼치는 불빛이 평생 저를 따라다닐 것 같은 예감에 사로잡혔다. 찰나였지만 너무도 선명한 느낌이었다. 물색없이 가벼워졌던 선옥의 마음속으로 무거운 돌덩이가 쿵 소리를 내며 떨어져 내렸다. 나락 같은 심연이었다. 아아, 선옥은 진저릴 치며 무릎에 얼굴을 묻었다. 명도가 그런 그녀를 당혹한 눈으로 지켜보고 있었다.

11

같은 깃발 아래 어깨를 맞대고
일어나라! 남부의 용감한 자들이여!
일어나라! 우리 폭풍을 뚫고 나가자.
 — 「남부를 해방하라」 중에서

미토의 메콩은 강이 아니다. 티베트 히말라야에서 발원하여 중국, 미얀마, 라오스, 태국, 캄보디아를 거쳐 베트남 남부를 관통하는 메콩은 사이공 남서부 미토 지역에 이르면 강폭이 무려 2킬로미터에 달하였으니 강이라기보다 바다라 해야 어울릴 거였다. 인도차이나의 젖줄인 메콩 강은 여섯 나라, 장장 4천 킬로미터를 흐르고 흘러 마침내 종착지에 가까워지며 제 옆구리와 발치에 6만 제곱킬로미터에 달하는 드넓은 삼각주를 이루어내는데 강물이 실어 온 기름진 땅에서는 1년 내내 벼가 자라 2천 년간 베트남인들의 '쌀 바구니'가 되었다. 미토는 바로 그 메콩 삼각주로 들어가는 입에 위치한 도시였다.

벤은 미토로 와서 빈짱 사원(寺院) 안내인 응우옌떤럼 씨를 찾으라 하였다. 그러면 그 뒤의 일은 럼 씨가 알아서 할 거라고 하였다. 타오가 벤을 만난 것은 11월 둘째 주 목요일 오후였다. 만났다기보다 벤이 학교 앞 건널목에서 기다리고 있었던 것이지만 타오는 얼마 전 노천카페에서 저를 미행하는 사복경찰과 맞닥뜨린 뒤로 낯선 사내의 접근에 민감하였던 터라 밀짚모자를 쓴 젊은 사내가 옆으로 다가왔을 때 감출 수 없는 적의로 주먹을 쥐어야 했다.

"이봐, 타오. 왜 그래? 나, 벤이야. 빈타이 6호 구둣방. 그새 잊었나?"

그때 건널목의 신호등이 초록색으로 바뀌었고 벤이 앞을 본 채 속삭였다.

"길 건너 버스 정류장 앞에서 기다리고 있으면 내가 곧 시클로를 끌고 갈 거야. 암말 말고 타라고."

벤이 끄는 시클로는 빠르게 내달려 좁다란 골목 안 허름한 자전거포 앞에 멈춰 섰다. 야자수가 그려진 빛바랜 철 간판은 녹이 슬고 아래위 가장자리가 구부러져 있었는데 점포 이름은 거창하게 '비엣남'(越南)이었다. 시클로 운전석에서 내린 벤이 점포 안에 대고 "쩜 아저씨, 저 왔어요" 하고 소리치자 검정색 아오바바27에 카키색 작업복 상의를 걸친 바짝 마른 중늙은이가 손바닥 부채로 햇빛을 가린 채 바깥으로 나왔다. 중늙은이는 타오를 흘깃 보고는 시클로를 몰고 골목을 빠져나갔다. 뭔가 못마땅해하는 것 같았다. 타오가 머쓱한 얼굴을 하자 벤이 클클 웃었다.

"쩜 아저씨는 원래 저래. 말이 없고 퉁명스럽지. 하지만 속은 아주 착한 사람이야. 저 양반이랑 나랑 교대로 시클로를 끌어. 자전거 수리만으론 수입이 얼마 안 되거든. 이 가게는 쩜 아저씨 것이고 나는 저번에 구둣방에서처럼 매번 조수지, 조수. 하하……. 자, 안으로 들어가세."

좁고 어둑한 점포 안에 마주 앉아 둘은 건성건성 이야기를 나누었다. 언제 사이공에 다시 돌아왔나, 어쩌다가 구둣방이 아닌 자전거포냐, 집안은 다 안녕하시냐, 졸업하고 대학에 진학할 것이냐 등등 으레 주고받을 이야기였다. 부옹과 비엣 선생님, D지구에 대해서는 입도 벙긋하지 않았다. 마치 누가 먼저 속내를 드러낼까 탐색이라도 하는 것 같았다. 그렇게 얼마가 지나 어둑한 점포 안이 눈 안에 또렷이 들어올 때쯤 타오는 마침내 참고 있던 숨을 토해내듯 말했다.

"벤 형, 부옹은 잘 있나요? 부옹이 있는 곳으로 가고 싶어요. 날 부옹에게 데려다줄 수 없나요? 아니, 나 혼자서라도 그곳에 가고 말 거예요."

벼르고 벼른 끝에 한 말이었지만 막상 제 입에서 흘러나온 말에 흠칫한 것은 타오였다. 벤은 놀라지 않았다. 잠시 까맣고 작은 두 눈으로 타오를 뚫어지게 보더니 짧게 물었을 뿐이다.

"정말 그렇게 결심한 거야, 타오?"

타오는 크게 고개를 끄덕이며 오랜 생각 끝에 내린 결심이라고 덧붙였는데, 그렇게 말하고 나자 언제부터였는지는 분명치 않았어도 꽤 오랫동안 생각해왔던 것 같았다. 부옹이 떠나고 P42에 끌려갔다

---

27 아오바바: 노동자들이 주로 입는 통이 넓은 바지.

234

가 나온 뒤부터였나? 그 전 붕따우에 소풍 갔던 날 괴상한 시를 낭송한 뒤부터였을까?

"더는 사이공에 있고 싶지 않아요. 아버지와 삼촌이 사는 세상, 비밀경찰이 도마뱀처럼 추악한 혓바닥을 날름거리는 이 추악한 도시에는 한시도 더 머물고 싶지 않아요. 비엣 선생님과 부옹이 있는 곳으로 가고 싶어요. 제발, 나를 데려가줘요, 벤 형."

타오는 그렇게 말하면서 이제는 돌이킬 수 없다고 생각했다. 벤도 그런 생각인 것 같았다.

"부옹은 타오가 사이공에서 할 일이 있다고 하더라만 자네 결심이 정 그렇다면 부옹의 말을 따로 전할 필요는 없겠구먼. 좋아. 이달 안에 미토로 갈 수 있겠나? 미토의 빈짱 사원, 알지? 거기로 가서 안내인 응우옌떤럼 씨를 찾아 벤이 보낸 동지라고 하게. 이마 왼편에 얼룩 반점이 있는 대머리 아저씨니 찾기는 어렵지 않을 게야. 참, 동지라는 말을 빼먹지 말아야 해. 일종의 암호니까. 그럼, 그만 가보게. 나는 자전거 바퀴에 바람을 넣어야 하니까. 나중에 보세."

벤은 싱긋 웃어 보였지만 타오는 그제야 벤이 처음부터 저를 D지구로 데려가려 한 게 아닐까 싶었다. 그렇지 않고서야 저리 선뜻 고개를 끄덕일 수 있겠는가. 나중에 보자는 것도 D지구에서 만나자는 말로 들렸다. 타오는 키 낮은 철제 의자에서 일어났다. 엄청난 결정이 삽시간에 이루어진 것에 가슴이 덜컹하고 두 다리가 후들거렸다. 타오가 붙든 것은 벤이 끝에 붙인 말, 동지라는 한마디였다.

타오가 미토에 갈 일이 생겼다고 하자 레이는 단박 얼굴에 홍조를 띠며 반색했다.

"전에 얘기하지 않았나요? 우리 아버지와 새엄마가 미토에 산다고. 같이 가면 되겠네. 나도 오랜만에 아버지 집에 들를 겸. 나랑 같이 가요. 미토는 내가 잘 알아요."

레이는 무슨 일이냐고 묻기도 전에 들뜬 모습이었다. 주말여행쯤으로 생각하는 것 같았다.

"놀러 가는 게 아냐. 너와 함께 갈 수는 없어."

"왜요? 아, 일이 있다고 했죠. 그래요. 가서 일 봐요. 오빠가 일 보는 동안 나는 아빠 집에 갔다가 올 테니. 어차피 학교 땜에 주말에나 갈 거 아녜요? 토요일 점심 전에 갔다가 일요일 저녁 전에 돌아오면 되겠네. 버스를 타도 세 시간이면 충분하니까."

타오는 레이에게 미토 얘기를 꺼낸 제 경솔함을 자책했지만 거기에는 레이의 가벼운 태도에 대한 실망감도 배어 있었다.

"레이, 난 전에 네게 한 약속을 지킨 것뿐이야. 무슨 일이 있으면 네게 얘기해주기로 한 약속. 그래서 미토에 갈 일이 있다는 얘기를 한 거라고. 그렇다고 너와 함께 가자는 거는 아니야."

타오가 딱딱한 얼굴로 말하자 레이가 입을 삐죽거렸다.

"무슨 일인데요? 미토까지 함께 갔다가 일 끝나면 같이 돌아오면 되잖아요. 오빠 일 보는 데 방해는 안 할 테니 걱정 마세요."

레이의 얼굴에서 웃음기는 사라졌지만 여전히 타오의 일보다는 같이하는 여행에 흥분한 기색이었다. 타오가 불쑥 성마른 소리를 냈다.

"돌아오지 않을 거야!"

레이가 두 눈을 동그랗게 떴다. 낯빛이 금세 창백해졌다.

"뭐라고요? 돌아오지 않는다고요? 어디로… 가는데요?"

"그건… 말할 수 없어. 이런 얘기를 꺼낸 건 레이 널 믿기 때문이지만 더는 말할 수 없어."

레이가 미간을 좁혀 타오를 쏘아보다가 새된 소리를 냈다.

"흥! 믿지만 말할 수 없다고요? 그게 지금 말이 된다고 생각해요? 오빠는 나를 아직도 '아오자이 아가씨'를 낭송하던 철부지로 여기는군요. 난 오빠가 비밀경찰에 잡혀간 뒤로 이곳 사이공이 싫어졌어요. 학교도 선생님들도 다 역겨워졌어요. 그래서 언제든 이곳을 떠날 생각이었어요. 오빠와 함께 떠나고 싶었다고요. 나는 타오 오빠를……."

레이가 갑자기 두 손으로 얼굴을 감쌌다.

"레이, 왜 이러는 거야. 사람들이 보잖아. 그만해 제발."

그러자 레이가 고개를 꼿꼿이 들었다. 눈에는 눈물이 글썽했지만 입술은 차갑고 단단해 보였다. 레이가 단호하게 말했다.

"같이 가요. 나도 돌아오지 않을 테니까."

강물은 먹장 빛이었다. 달빛이 수면에 부서지면서 하얗게 반짝거렸지만 바다 같은 강물은 시커멓게 꿈틀거리며 뱃전에 부딪혔다. 나룻배라고 하지만 노 대신 엔진을 달았고 배 가운데에 휘장을 친 작은 선실까지 있어 중하류 강안에 다닥다닥 붙어 사는 수상가옥 주민들의 나룻배와는 달랐다. 이물에 쌓인 곡물 자루 위로 닭장이 놓여 있었는데 닭들은 어둠 속에 잠이 들었는지 잠잠했다. 타오와 레이는 곡물 자루에 기대앉아 무릎과 가슴에 낡은 담요를 덮고 있었다. 선실에서 남폿불 빛이 새어나오는가 싶더니 선주인 당 씨가 두 사람 쪽으로 다가왔다. 파르스름한 담배 연기가 흩어지면서 닭장의 닭들이 푸드덕거리는 소리가 들렸다.

"예서부터는 엔진을 끄고 물길에만 맡겨도 새벽녘이면 타이닝 나루에 닿을 걸세. 강물은 위에서 아래로 흐른다지만 메콩은 워낙 크고 긴 강이어서 물길이 여기저기 다르지. 어디선가 다시 모여 아래로 흘러 내려가겠지만 말이야."

그러고 보니 귓속에서 웅웅거리던 소리가 말끔히 사라지고 없었다.

"아아, 이제 걱정할 거 없네. 나루에서 민병대 놈들이 가끔 집적거리기도 하지만 담배 한 갑씩 쥐여주면 그만이야. 더구나 새벽이면 놈들이 초소에서 자빠져 자고 있을 시간이니 아무 일 없을 거야. 내가 이 일을 한 지 벌써 2년째이고 그동안 태워 나른 젊은이가 줄잡아 오육십 명 되지만 모두들 무사했지. 그러니 걱정 말고 선실로 들어가 한숨들 자라고. 새벽 강바람은 아주 차니까.…… 그나저나 두 사람은 오누이 사이인가?"

빈짱 사원 안내인 응우옌 씨도 타오와 레이를 보고 물었던 말이었다. 그때 둘은 거의 동시에 얼굴을 붉혔지만 여기서는 어두워서 보이지 않을 거였다. 그때처럼 레이가 "같은 학교 선후배 사이예요"라고 답했지만 당 씨는 더 이상 묻지 않았다. 응우옌 씨처럼 "아, 그래 무슨 사인들 어떤가. 함께 싸우러 간다는데. 하여간에 몸조심들 하게. 죽어서야 해방의 날을 어찌 보겠는가!"라는 비장한 말도 하지 않았다. 선실로 들어가 눈을 붙이라는 말만 했다.

새벽이 나루에 먼저 도착해 있었다. 메콩의 거대한 강물이 새벽을 밀어 올린 듯했다. 타오와 레이는 닭장을 하나씩 들고 나룻배에서 내렸다. 타오는 검은색 파자마에 누런색 면직 윗도리를 입었고, 레이는 통 좁은 갈색 바지에 목까지 올라오는 보라색 스웨터를 입고 머리에는 농28을 쓰고 있었다. 학생 티를 내지 말라며 빈짱 사원 안내인 응우옌 씨가 일껏 마련해준 것이었지만 둘의 등에는 학교에서 소풍갈 때 메던 륙색이 얹혀 있어 의심 많은 민병대원 눈에는 여전히 티가 나 보일 거였다. 다행히 찬바람이 부는 새벽 나루에는 당 씨가 말한 것처럼 민병대는커녕 인기척 하나 없었다.

"저어기 양철 지붕이 있는 창고 뒤로 해서 쭉 올라가면 맹그로브29 숲이 나오는데 거기 초입에 사람이 와 있을 걸세. 어서들 가게. 나는 예서 짐을 마저 내려야 하니까. 인사 같은 거 할 생각 말고 빨리들 가라고. 민병대 놈들 나오기 전에."

곡물 자루를 들어 올리느라 허리를 숙인 당 씨가 재촉했다. 타오와 레이는 앞으로 얼마나 많은 이들과 이렇듯 황망하게 이별해야 할지

---

28 농: 종려나무 잎 등으로 엮은 고깔 형태의 베트남 전통 모자. '농라'라고도 한다.
29 맹그로브: 아열대나 열대 지역의 습지에서 자라는 관목.

몰랐다. 한번 헤어지면 영원히 만나지 못할 별리가 줄줄이 저들을 기다리고 있으리라는 걸 알지 못했다.

이듬해 여름, 타오는 라오스 영내 밀림에서 홍수로 메콩 강이 범람했으며 타이닝의 나룻배 선주 당반쭝 씨가 남베트남 군대에 총살되었다는 소식을 들었다. 메콩 델타의 중심지인 벤쩨에서 베트민 자위대와 지역 농민들이 합세하여 관공서를 습격했는데 그 후 벤쩨와 미토, 타이닝 등 메콩 강 유역 나루의 민병대가 군인들로 교체되었고 그 와중에 누군가 당 씨를 베트민 일꾼이라고 고발하는 바람에 변을 당했다는 것이었다. 그 뒤로 미토에서 타이닝으로 오는 나룻배 루트도 끊겼다고 하였다. 타오는 메콩 강의 물줄기가 어디선가 다시 모여 흘러갈 거라고 하던 당 씨의 주름진 얼굴을 잠시 떠올렸으나 특별히 애도를 하지는 않았다. 호앙둑 동지는 말했었다.

"착한 전쟁은 없어. 수십만, 아니 그 이상의 사람들이 희생될지도 모르네. 우리 또한 죽은 자의 일원이 될 확률이 높지. 그러니 매 죽음마다 애도를 할 겨를은 없을 게야. 언젠가 해방전쟁이 승리로 끝나는 날, 영광이 모두에게 애도를 대신하겠지."

타오와 레이는 이틀 낮과 밤을 걸어 타이닝 성(省) 북서쪽 바덴 산 중턱에 자리한 D지구 교육대에 도착했다. 산비탈에 움푹 파인 동굴이 있었고 그 앞 공터 대나무 기둥에 야자 잎과 갈대 이엉으로 지붕을 올린 허름한 막사가 들어서 있었다. 주위가 온통 빽빽한 밀림이어서 통로를 찾지 못하면 접근조차 하기 어려운 장소였는데 타오의 짐작대로 벤이 동굴 앞에서 두 사람을 맞았다. 벤은 타오가 시키는 대로 꾸벅 인사를 하는 레이를 보고 히쭉 웃었다.

"어이, 타오. 이렇게 아리따운 여전사(女戰士)를 모시고 올 줄은 몰랐는데그래. 자, 우선 안으로 들어가서 호앙둑 동지께 인사를 드려야지."

그때 이후로 비엣 선생님은 없었다. 교육대 대장인 호앙둑 동지는 두 사람을 따듯하게 맞았지만, 타오는 허름한 군복 차림에 허리에 권총을 찬 중년 사내에게서 예전의 비엣 선생님을 찾아보기가 어려웠다. 말투도 억양도 귀에 설었다.

"오, 타오 군이 아닌가? 벤 동지로부터 온다는 얘기는 들었지. 그런데 여학생은?……"

레이가 또박또박 당차게 답했다.

"예. 저는 사이공 반타잉 중학교 10학년 응우옌찬티레이입니다. 응오반타오 동지의 학교 후배로서 뜻을 함께하고자 따라왔습니다."

동지라고? 타오는 지레 당황한 얼굴이었는데 호앙둑 동지는 빙그레 웃어 보였다.

"중학 10학년이면 나이가 열여섯? 열일곱? 대단한 결심을 하였구먼그래. 먼 길을 왔으니 일단 요기를 하고 쉬도록 하게. 이야기는 천천히 하기로 하고."

그러나 다시 천천히 이야기할 시간은 주어지지 않았다. 타오와 레이는 서른 명 남짓한 교육생의 일원일 뿐이었다. 첫 교육으로 '베트남의 식민지 역사와 해방전쟁의 의의'와 '미 제국주의의 꼭두각시 지엠 정권'이라는 강의를 두 명의 강사가 오전에 한 시간씩 나누어 했는데 두 명 다 사이공 대학에 다니던 대학생이라고 했다. 강사의 강의가 끝나고 호앙둑 동지가 짧은 강평을 했다.

"여기 모인 여러 동지들은 열여섯 중학생부터 마흔 살 농부까지 다양하지요. 그래서 강의가 누구에게는 쉽고 누구에게는 어려울 수 있을 겁니다. 어려워도 괜찮습니다. 한 가지만 알면 됩니다. 그것은 우리가, 우리 부모 형제들이 프랑스에 이어 다시 미국의 노예가 될 수는 없다는 것입니다. 우리의 자유와 베트남의 통일을 위해서는 우선 미제의 하수인인 지엠 파쇼정권을 타도해야 합니다. 우리는 싸우기 위해 함께 모였습니다. 나는 애국이란 거창한 말보다는 외세에 굴하지 않는 베트남 민족의 자존심, 우리 모두의 자유를 지키자는 말을 하고 싶습니다. 자, 이제 토론을 합시다."

토론은 이어지지 않았다. 애국과 민족적 자존심의 차이를 논하기는 어려웠다. 다음 날 강의인 '마르크스레닌주의와 세계 피압박 민족 해방을 위한 국제공산당(코민테른)의 역할'은 더 그랬다. 교육생들은 비정기 대기병이었다. 어느 날 열 명이 떠나고 새로 열 명이 들어오는 식이었다. 그러니 체계적인 교육이 이루어지기는 어려웠다. 모두들 어디로 갈 것인가에만 관심이 있었다. 닷새째 되던 날 아침, 타오와 함께 열 명의 행선지가 정해졌다. 트럭을 타고 국경을 넘어 라오스 동쪽, 베트남 중부 접경 지역으로 간다고 하였다. 레이는 같은 날 다른 여학생 팜티홍과 메콩 델타의 껀터 지역으로 떠났다. 껀터의 비밀 아지트에서 '해방 방송' 요원으로 활동하게 될 거라고 했다. 타오와 레이로서는 너무 급작스러운 결정이어서 이별을 준비할 틈도 없었다. 레이는 우는 것도 아니고 웃는 것도 아닌 묘한 표정으로 타오를 바라보며 말했다.

"나는 오빠와 함께 총 들고 싸우려 했는데 방송 일을 하라네요. 호앙둑 동지께서 선전 선동은 일당백의 전투라고 하셨으니 열심히 해야겠지요. 우리, 곧 만나게 되겠죠? 아니, 반드시 다시 만날 거예요. 그렇죠?"

레이가 그예 눈물방울을 떨어뜨렸고 타오는 레이의 손을 잡아주었지만 언제 다시 만나리란 기약을 할 수는 없었다.

타오 일행을 태운 트럭은 캄보디아와 라오스의 국경을 넘어 지명을 알 수 없는 산간 마을에서 멈췄고, 거기서부터 일행은 밀림을 헤치고 동북쪽으로 나아가야 했다. 이틀 뒤 일행은 통나무집이 있는 중간 기착지에 도착했고, 그곳에서 각자 식수 한 통과 쌀 20킬로그램, 호미와 접는 삽, 1인용 텐트와 해먹, 우비, 모기장, 해독제와 상비약, 군복 한 벌과 두 켤레의 샌들이 든 배낭을 지급받았다. 그곳에서 일행을 인수받은 레끼 분대장은 낡은 중국군 군복에 소련제 AK 소총을 메고 있어 두 사회주의 우방국이 남베트남 해방운동을 후원한다는 것을 보여주는 듯했는데 입에서 나오는 말은 전혀 달랐다.

"소련의 흐루쇼프와 중국의 마오는 둘 다 베트남이 시끄러워지는 걸 원치 않는다고 하데. 남베트남에서 전쟁이 일어나면 미국이 군대를 보내지 않을까 싶어서이지. 그건 하노이 정부도 매한가지야. 그러니 당장은 우리 힘으로 싸워야 해."

비장하지는 않았다. 이미 대불항전 시기부터 베트민 활동을 했다는 삼십대 중반의 레끼 분대장은 식량 얘기부터 했다. 그는 앞으로 몇 달 동안 식량 보급이 없을 수 있다, 그러니 되도록 식량을 아끼고 먹을 것은 밀림에서 자체조달한다, 새나 들짐승은 물론 뱀과 쥐도 잡아먹을 수 있어야 한다, 걱정할 거 없다, 사흘을 굶으면 인간은 모든 걸 먹을 수 있다, 고 말했다. 그의 말은 맞았다. 밀림에서 10개월이 지나는 동안 식량 보급은 두 번, 20킬로그램짜리 쌀 두 포대가 전부였다. 타오 등은 뱀과 쥐를 잡아 말린 뒤 불에 구웠으며 밀림의 온갖 나무열매와 독초로 의심되는 것을 빼고는 자생하는 모든 푸성귀를 먹어야 했다. 우기에 접어들기 전 산비탈에 감자와 옥수수, 호박을 심었고, 숲에는 덫을 놓았는데 어쩌다 멧돼지나 노루가 걸리면 대원 전원이 단백질을 보충할 수 있었다. 잠은 우기 때는 텐트에서 자고 건기 때에는 나무 둥치에 해먹을 걸고 그 위에서 잤다. 개미와 거머리, 진드기, 모기 등 온갖 해충을 피하자면 해먹에 모기장을 쳐야 했다.

굶주림과 형편없는 잠자리, 해충과 독초보다 더 나쁜 것은 점차 시간의 흐름에 대한 감각이 희미해지는 것이었다. 아침에 해가 뜨면 시작하여 해가 지는 시각까지 이어지는 작업이 반년 넘게 이어지면서 모든 감각기관이 동일하게 작동하는 듯 어제와 오늘, 내일과 모레의 구분이 불분명해졌다. 기억마저 흐릿해져 전과 후가 헷갈렸고 세상은 온통 원근이 사라진 풍경화처럼 평평하게 느껴졌다.

타오는 집을 떠나기 전에 어머니 쑤엔에게 쪽지 편지를 남겼다.

어머니

당분간 집을 떠나 있으려 합니다. 학교에는 휴학계를 내고 건강이 좋지 않아 시골로 요양을 보냈다고 하세요. 아버지께는 불효를 용서해달라는 말씀을, 삼촌께는 죄송하다는 말씀을 전해주세요. 저는 이제 어린아이가 아니니 너무 염려하지 마시기 바랍니다.

어머니를 사랑하는 타오 올림

아버지는 상황을 냉정하게 판단할 거였다. 삼촌 또한 P42에서 알아서 좋을 리 없으니 부하를 풀어 조카를 찾는 따위의 무모한 행동은 하지 않을 거였다. 어머니는 충격으로 몸져누울 수도 있겠지만 며칠 지나면 자리에서 일어나실 거였다. 어린 투이도 얼마간은 오빠를 찾겠지만 차츰 괜찮아질 거였다. 레이는 외할머니께 미토의 아버지에게 다녀온다고만 말씀드렸다고 했다. 정말 D지구로 가리라고는 생각하지 못하였다고 했다. 미토에서 타이닝으로 가는 나룻배에 오르기 전 타오가 외할머니와 이모가 걱정하시지 않겠느냐, 학교는 어쩔 거냐, 지금이라도 돌아가는 게 어떻겠냐고 물었을 때 레이는 타오의 얼굴을 빤히 보며 두 눈을 깜박였다.

"타오 오빠가 돌아가고 싶은 거 아녜요? 돌아가고 싶으면 돌아가요. 나 혼자 갈 테니까."

레이야말로 즉흥적이고 무모한 결정을 내린 것이었는데 외려 부끄러워한 쪽은 타오였다. 레이는 껀터의 비밀 아지트에서 '해방 방송' 아나운서 훈련을 받을 거라고 했다. 이미 남베트남 해방을 독려하는 방송을 했을지 모른다. 몇 년 전 붕따우에서 '아오자이 아가씨'를 낭송하던 때와는 다른 카랑카랑한 목소리로.

부옹은 D지구로 왔다가 곧바로 북으로 올라갔다고 했다. 벤은 부옹이 하노이 교외에 있는 수안마이 훈련소에서 장교 교육을 받고 내년이나 후년쯤 남쪽으로 내려올 거라고 했는데 그 시기가 앞당겨지고 있었다. 그러나 레끼 분대장은 아무 말도 하지 않았다. 그는 하노이의 정치를 파악할 수 있는 위치에 있지 않았다. 그는 중노동에 지친 대원들의 눈빛에 어리는 회의와 두려움, 굶주림과 독충에 대한 공포 따위는 아랑곳하지 않았다. 그 역시 굶주려 볼이 움푹 파이고 까맣게 탄 팔다리에는 해충에 물린 자국이 벌겋게 부어올라 있었으나 눈빛에는 힘이 있었고 늘 콧노래를 흥얼거렸다.

"큰 연못에 물고기를 키워요. 큰 호수에 오리를 기르고 큰 밭에서 닭을 길러요. 1년 내내 손님이 와도 연못과 밭이 있으니까 음식은 아무 데서도 찾을 필요 없어요."[30]

그는 마치 풍족한 고향집 마당을 거니는 것처럼 두 팔을 가볍게 휘적거렸다. 그는 가장 먼저 작업을 끝내고 산토끼와 도마뱀, 개구리, 산새 등을 닥치는 대로 잡았다. 그가 작업 현장에 도착해 제일 먼저 한 일은 진흙을 개어 부뚜막을 만들고 땅속에 기다란 홈통 같은 작은 굴을 여러 개 만들어 연기가 숲속으로 빠져나가게 하는 것이었다. 그는 대원들을 모아놓고 짧게 지시했다. 야간에는 불을 피우지 말 것. 불을 피워도 연기가 하늘로 올라가지 않도록 할 것. 한데 모여 시끄럽게 떠들지 말 것. 불을 피운 뒤 연기가 땅속 굴을 빠져나와 숲속으로 흩어지는 것을 확인한 그는 흡족한 웃음을 짓고는 음탕한 노래를 흥얼거렸다.

"부적을 걸고 있는 분홍 속옷의 아가씨. 어머니께서 그대를 파신다면 내가 그 반을 사겠어요. 내가 배꼽부터 가랑이까지 사지요. 배부터 얼굴까지는 맹세코 관심이 없어요."[31]

음치가 틀림없는 그의 흥얼거림에는 놀랍게도 대원들을 위로하는 힘이 있었다. 그의 놀라운 낙천성과 씩씩한 모습은 그 자체로 분대원

---

30 베트남의 민간노래「자급자족의 노래」.
31 베트남의 민간노래「욕정의 노래」.

들을 통솔하는 데 부족함이 없어 보였다. 그러나 무더위와 갈증, 독충에 시달리는 고된 노동이 여러 달 이어지면서 대원들은 하나둘 말을 잃어갔다. 한데 모여 시끄럽게 떠들 일도 없었다. 10명으로 이루어진 1개 분대였지만 대부분의 작업은 협업이라기보다 개인별로 할당된 구간의 나무를 베고 덩굴을 자르고 풀을 뽑고 흙을 돋우어 길을 내는 일이었다. 대불항전 시기 베트민 전사들이 내었다는 산길은 기껏해야 달구지 한 대가 지날 만했는데 그사이 곳곳에 풀이 자라고 나무덩굴이 뒤덮고 있었다. 그런 길을 두 배로 넓혀야 하는 데다 분대에 할당된 거리가 10킬로미터에 달해 함께 모여 노닥거릴 여유가 없었다. 개인별 구간이 맞닿을 때면 두셋씩 모이기도 했으나 담배를 피우거나 벌레에 물린 상처를 서로 봐주는 정도였다. 그나마 식량이 떨어져 각자 먹을 것을 챙기게 되면서는 서로 간에 묘한 경계심과 심지어 적대감이 일기도 하였다.

하노이 남부 빈에서 시작해 쯔엉선 산맥을 타고 라오스를 거쳐 캄보디아 국경에 이르는 장장 1,000킬로미터의 호찌민 루트는 1959년 봄부터 남베트남 정권이 무너지는 1975년 봄까지 무려 16년에 걸쳐 건설되었는데, 타오는 그 초기에 라오스 동남부 밀림 지대에 투입된 것이었다.

호앙둑 동지는 타오의 일행이 트럭에 오르기 전 한 사람 한 사람과 악수를 했다. 갈아입은 낡은 군복은 대체로 크거나 작거나 했는데 레이와 동갑내기쯤으로 보이는 어린 남학생이 제 아버지에게나 맞을 것 같은 헐렁한 군복을 걸친 것이 꼭 허수아비 같아 보였다. 호앙둑 동지가 웃으며 말했다.

"이보게. 자네는 아가씨를 옷 안에 넣고 가도 되겠네그려."

긴장해 있던 도열에서 웃음이 삐져나왔는데 타오는 문득 레이를 제 옷 속에 넣고 갈 수 있으면 좋겠다는 생각이 들었다. 그것은 레이를 만난 이후 처음으로 느끼는 강렬한 욕망이자 날카로운 아픔이었다. 명치 밑을 찌르는 것 같은 예리한 통증에 타오는 하마터면 소리를 지를 뻔했다. 호앙둑 동지가 말했다.

"머잖아 하노이 정부가 남베트남 해방전쟁에 힘을 보탤 것이오. 북베트남 군대가 남쪽으로 내려오려면 좀 더 시간이 걸리겠지만 하노이 정부가 남부 해방에 강한 의지를 갖고 있는 것은 분명한 만큼 조만간 남부 해방투쟁이 일대 전기를 맞을 것입니다. 동지들은 이제 남부 혁명과 해방의 길을 건설하러 갑니다. 동지 여러분이 닦는 길로 북베트남 인민군대가 물밀듯이 쏟아져 내려올 것이오. 총을 들고 싸우는 것만이 전쟁이 아닙니다. 여러분은 호미와 삽을 들고 전쟁을 하는 것입니다. 건강한 몸으로 다시 만날 날을 기약합시다. 남베트남 해방 만세! 베트남 독립 만세!"

그날 이후로 호앙둑 동지, 비엣 선생님을 만난 적은 없었다. 그렇다면 착한 전쟁은 없다는 말은 누구에게서 들은 것일까? 해방전쟁이 끝나는 날 승리가 죽은 자들에 대한 애도를 대신할 거라는 말을 누가 했던 것일까? 미토의 빈짱 사원 안내인 응우옌 씨가 했던가? 아니면 총살당했다는 타이닝 나루의 당 씨? 아니면 미래의 누군가가 내게 들려줄 말인가! 어이없는 생각에 타오는 고개를 저었다. 레끼 분대장은 몸이 고단하면 잡생각이 없어진다고 했다. 혁명전사에게는 어제도 내일도 없고 오직 오늘의 투쟁만이 있을 뿐이라는 D지구 교육대 강사의 구호보다 더 피부에 와 닿는 말이었다. 타오는 잡생각을 떨쳐 내려 잠을 청했다. 그러나 몸은 고단한데도 잠이 오지 않았다. 진청색 하늘에 별빛이 반짝였다. 가까운 숲에서 원숭이가 끽끽거렸다. 지금 닦고 있는 이 길로 부옹과 북베트남 병사들이 내려올 때 해방전쟁은 시작될 거였다. 타오는 해먹 위에 누워 그것이 언제쯤일까 생각했다. 어머니와 투이와 레이의 얼굴이 스치듯 떠올랐다. 감자 두 알로 저녁을 때웠지만 위장이 졸아들었는지 그다지 배가 고프지는 않았다. 어느새 졸음이 타오의 눈꺼풀 위에 내려앉았다.

전쟁은 아직 시작되지 않았다. 북베트남 노동당은 1959년 1월, 제15차 전체회의에서 그동안 관망하던 자세에서 벗어나 남부 해방에 최우선 순위를 두기로 결정하였으나 그것이 곧 남부에 대한 본격적인 군사 지원을 의미하는 것은 아니었다. 소련과 중국은 여전히 베트남에서 전쟁이 재발하는 것을 원치 않았으며, 미국의 직접적인 군사 개입 가능성을 낮게 볼 수 있는 전망은 점차 희박해지고 있었다. 하노이 정부는 당분간, 아니, 어쩌면 아주 오랜 기간 남부를 간접 지원하는 후견인의 위치에 머물러야 할 것이었다. 그렇다면 호앙둑의 전망은 지나치게 긍정적인 것일 수 있겠으나 북부 사회주의 건설의 상위에 남부 해방의 목표가 놓인 것만으로도 남부 해방운동세력에게는 고무적인 신호였다.

어느 날 저녁, 레끼 분대장이 분대원들을 불러 모았다.

"모레 아침, 우리는 D지구로 복귀한다. 이 지역 공사는 북베트남 공병단이 마무리 지을 것이라고 한다. 우리가 지난 1년 동안 힘들게 넓혀놓은 길로 북베트남 공병단이 내려오는 것이지. 그동안 고생들 많았다. 특히 다른 구역에서는 탈영병이 하나둘씩 생겼다는데 너희들은 한 명도 도망가지 않아서 내가 많이 자랑스럽다."

분대원보다 저 자신을 칭찬하는 이상한 말이었지만 모두가 웃으며 박수를 쳤다. 아무려면 어떤가. 밀림을 벗어날 수만 있다면 레끼 분대장을 업어줘도 좋다는 박수였다. 박수 끝에 사이공 대학 학생이었다는 탄하우가 "북베트남 군대는 언제 내려옵니까?" 물었다. 레끼 분대장이 고개를 숙였다. 잠시 할 말을 생각하는 듯했다. 그리고 말했다.

"이봐, 하우. 그건 호 아저씨가 결정하실 거야. 우리는 아저씨의 결정을 따르기만 하면 돼. 그렇지 않은가. 생각이 많으면 힘들어져. 모든 행동은 머리가 아닌 몸에 맡긴다. 어제는 잊을 것, 내일은 미리 걱정하지 말 것. 오늘만, 현재만 생각할 것. 이건 내가 프랑스 놈들과 싸울 때 스스로 깨달은 거야. 어때? 멋지지 않은가?"

타오는 순간 얼굴을 붉혔다. 문득 제가 아직 어린아이라는 생각이 들어서였다. 레끼 분대장이야말로 어른 남자이고 혁명전사였다. 제각기 흐르던 메콩의 강물이 어디선가 한데 모여 아래로 흘러 내려가듯 개개의 혁명전사들이 묵묵히 힘을 합할 때 해방의 날이 올 것이었다. 부옹은 어디 있을까? 부옹도 레끼 분대장 같은 혁명전사가 되어 있을까?

타오가 부옹을 만난 것은 그로부터 다시 한 해가 지나서였다. D지구로 복귀한 레끼의 분대원들은 일주일간 휴식을 취한 뒤 유격대 훈련소로 배치되었다. 호미와 삽 대신 소총이 지급되었고 한 달간 사격과 수류탄 투척, 부비트랩 설치, 각개전투 훈련을 받았다. 단독으로 밀림에 들어가 20일 동안 견디는 생존 훈련도 받았다. 10킬로그램짜리 쌀 한 봉지와 물 한 통으로 살아남아야 했다. 타오는 살아남기 위해 움직였고 살아남았다. 머리가 아닌 몸이 명령하는 대로 따랐다. 토끼와 쥐를 잡아먹었으며 나무뿌리를 씹어 갈증을 달랬다. 독초인지 아닌지를 한눈에 구분하였고, 해충의 공격을 피하는 법도 스스로 터득하였다. 극한적인 환경이 인간을 어떻게 변모시키는지를 타오는 알지 못하였지만 유격대로 복귀하였을 때 타오는 '혁명전사'가 되어 있었다. 그를 만난 부옹의 첫마디가 그랬다.

"야아, 응오반타오 동지, 혁명전사가 다 되었군그래. 비엣 선생님이 그러시더군. 타오 동지가 벌써 열 차례나 크고 작은 전투에 참가했다고."

타오의 첫 전투는 껀터 지역 북쪽 마을의 경찰서를 공격하는 것이었다. 경찰은 유격대의 기습공격에 총도 쏘지 못한 채 달아나버렸으니 전투랄 것도 없었다. 유격대는 경찰이 작성한 주민등록표를 불사르고 무기와 식량을 빼앗았다. 유격대는 철저히 게릴라전을 벌였다. 적이 약하면 공격하고 강하면 물러났다. 화력이 좋은 남베트남 정규군보다는 경찰이나 민병대를 목표로 삼았다. 관공서를 불태우고 창고의 식량을 탈취했다. 마을을 지키는 방위군 초소에 들어가 술 취해 잠든 사병의 총과 수류탄을 들고 나오기도 했다. 지엠이 야심 차게 기획한 '아그로빌'[32]은 안에서부터 붕괴하고 있었다. 미국이 지원한 각종 무기와 탄약이 상자째 야시장으로 흘러나왔으며, 남베트남군 장교가 직접 베트민 유격대에 무기를 팔아넘기기도 했다. 무엇보다 농사짓던 곳에서 강제로 소개된 농민들의 불만은 해방운동세력에 대한 호감으로 변하였으니 아무리 다섯 가구를 하나로 묶는다 한들 '아그로빌'은 이미 집 안에서 새는 바가지 꼴이었다.

"크고 작은 전투라고 할 수는 없지. 모두 소소한 싸움이었으니까…… 그런데 비엣 선생님이라니! 호앙둑 동지라고 불러야 하는 것 아닌가?"

타오가 고개를 갸웃하자 부옹이 크게 웃었다.

"하하하……. 혁명전사가 되더니 너무 경직된 거 아닌가. 타오, 너와 내겐 여전히 비엣 선생님이지 안 그래?"

"경직되다니…? 무슨 뜻이야?"

"무슨 뜻? 음, 이건 그냥 내 생각인데 우린 좀 더 여유를 가져야 할 것 같아. 뭐랄까, 자신감 같은 거 말이야. 10년이 걸려도, 20년이 걸려도 우리가 끝내 이 전쟁에서 승리하리란 믿음이 있다면 초조할 것도 두려울 것도 없지 않겠나. 타오, 너는 유격대에 오기 전 라오스의 정글에서 길을 닦았다고 들었어. 물론 네가 맡은 구간은 수천 수만 구간의 한 곳이었겠지. 지금 그 일을 맡고 있는 공병단의 숫자가 몇 명인지 알아? 무려 5만 명이야. 그들이 북부 베트남에서 라오스와 캄보

<hr />

32 아그로빌: 남베트남 정부가 메콩 델타 일대에 넓게 퍼져 있는 농민들을 혁명세력으로부터 격리하기 위해 강제 이주시킨 요새화된 마을. 미군은 이를 '전략촌 계획'으로 확대 시행하였다.

디아를 거쳐 사이공 북쪽에 이르는 길을 내고 있어. 5만 명의 남녀노소가 산악과 정글에 게딱지처럼 달라붙어 남부에 무기와 병사를 실어 나를 통로를 만들고 있단 말이야. 직선거리로는 1,000킬로미터라지만 계곡과 밀림, 바위와 하천을 피해 구불구불 돌아야 하니 실제 거리는 직선거리의 열 배도 더 될 거야. 5만으로 안 되면 다시 5만이 더 투입되겠지. 그러니 이 전쟁에서 어떻게 질 수 있겠나. 안 그래? 하하하…….”

그리고 보니 부옹은 어딘가 레끼 분대장과 닮은 데가 있어 보였다. 후리후리한 키에 살점 하나 없이 깡마른 근육질의 몸부터 자신만만한 걸음걸이까지. 거기에 하노이의 군사학교에서 훈련을 받아서인지 단단한 대나무 둥치 같아 보였다.

“그런데 부옹, 넌 북베트남군 장교가 된 거 아니야? 벤이 그러던데 장교가 되어서 내려올 거라구. 여기 유격대에는 어떻게 온 거야?”

“장교는 무슨. 이 전쟁은 군복 입고 계급장 달고 싸우는 정규전이 아니야. 타오 네가 그동안 해온 것 같은 게릴라전이지. 그렇지만 그걸 좀 더 체계화하고 확장해나가려면 우리 나름의 대표성 있는 조직이 필요해. 이를테면 준(準)정부조직이자 군사조직이지. 나는 곧 비엣 선생님, 아니 호앙둑 동지를 모시고 조직 결성을 위한 대표자 회의에 참석하게 될 거야.”

부옹은 이미 몇 년 전 껄렁해 보이던 사이공학생회 간사가 아니었다. 얼굴에 여드름을 달고 살던 중학생도 아니었다. 눈은 깊어졌고 이마와 턱은 완강해 보였다. 부옹이 보는 타오도 예전의 중학생은 아닌 듯했다. 부옹이 타오의 어깨에 손을 얹었다.

“타오, 실은 나 처음에는 널 못 알아보았다. 희고 동그란 얼굴의 모범생은 어디로 가고 검게 탄 피부에 눈빛은 타는 듯하고 턱수염이 더 부룩한 혁명전사가 나타났으니 못 알아볼 수밖에.”

타오는 문득 아주 오랫동안 거울을 보지 못했다는 생각을 했다. 그러나 혁명전사의 얼굴이라니! 허튼소리 같았다.

"부옹. 나는 너처럼 강하지 못해. 혁명전사라니 엉터리없는 소리
야. 몸은 어느 정도 따라가고 있는 것 같은데 정신은 여전히 흔들리
고 있어. 잡생각을 버려야 하는데 여전히 생각이 많아. 회의와 두려
움에서 자유롭지 못해."

부옹이 타오의 어깨에 얹은 손을 내리더니 손바닥으로 제 가슴팍
을 쳤다.

"두려울 때 나는 이렇게 가슴팍을 치고는 하지. 그동안 아마 수백
번은 더 쳤을 거야. 두려움에서 자유로울 사람은 없어. 하지만 회의
하기에는 아직 우린 너무 젊지 않아? 먼 훗날—우리가 그때까지 살
아 있다면 말이야—지난 세월을 돌아보고 회의할 수도 있겠지만 지
금은 아니야. 북베트남 노동당은 지난 9월, 전당대회에서 북부에서의
사회주의 혁명 완수와 동시에 미 제국주의의 지배로부터 남부를 해
방시켜 국가 통일을 완수하겠다고 선언했어. 그동안 남부 해방 소리
는 여러 번 했어도 구체적으로 미국의 지배로부터의 해방과 남북 통
일을 선언한 것은 처음이야. 미국이 순순히 물러날 리 없으니 전쟁을
피할 수 없겠지. 기억나? 6년 전 하노이의 국숫집에서 비엣 선생님이
하신, 프랑스보다 훨씬 강한 미국과 싸워야 할 날이 올 거 같다던 말
씀 말이야. 그때가 다가오고 있어. 회의할 여유가 없어."

타오가 '남베트남민족해방전선'이 결성되었다는 소식을 들은 것
은 1960년 한 해가 기울던 12월 말이었다. 캄보디아 국경 부근 비밀
장소에서 열린 대표자 회의에 참석했던 비엣 선생님과 부옹이 D지구
로 돌아왔다. 해방전선은 남베트남의 해방을 위한 정치조직이자 군
사기구로서 빠른 시일 내에 남베트남 임시혁명정부를 구성할 것이라
고 했다. 호앙둑 동지가 말했다.

"우리는 이제 베트남민족해방전선의 무력, 즉 인민해방군에 통합
되어 미 제국주의와 그 하수인인 지엠 정권과 싸울 것이오."

사이공 정부와 남베트남군은 인민해방군을 '베트콩'(Viet cong)이라 칭하였다. '베트남 공산주의자'(Vietnam Communist)를 경멸하고 조롱하는 이름이었다. 해가 바뀌어 인민해방군에 재편성된 D지구 유격대는 해산하였다. 해산하기 전 부웅의 선창으로 전 대원이 주먹을 흔들며 노래를 불렀다. 새로 배운 「남부를 해방하라」였다.

남부를 해방하기 위해
우리는 전진하기로 결정했네.
미 제국주의자들을 전멸시키고
나라를 파는 자들을 파멸시키기 위해.
아, 뼈가 부러졌고 피가 흘려졌고
증오는 솟아오르네.
우리 나라는 너무 오래 분리돼 있었네.
여기 신성한 메콩 강이, 여기 영광스러운 쯔엉선 산맥이
우리에게 전진해
적을 죽이라 재촉하고 있네.
같은 깃발 아래 어깨를 맞대고
일어나라! 남부의 용감한 자들이여!
일어나라! 우리 폭풍을 뚫고 나가자.
우린 조국을 구하고
최후까지 희생하리라.
네 칼과 총을 들고 우리 앞으로 가자.
기회가 다가오네.
태양이 온 누리를 비추네.
우리는 영원히 빛나는
조국을 일구리라.

12

10월 폭동의 그 단정적인 첫 번째 원인은
경찰 및 군정 내의 친일 부역자들에 대한 초보적인 적개심이라고
결론지었습니다.
— 1946년 12월 5일. 재한국 정치고문 랭던이
국무장관에게 보낸 비밀전문 중

1946년 5월, 제1차 미·소 공위가 결렬되자 하지는 본격적인 공산당 탄압에 나섰다. 정판사 위조지폐사건[33]을 빌미로 남한 내 공산당을 불법화하고 박헌영, 이강국, 이주하 등 조공 지도부에 대한 체포령을 내렸다.

그해 가을, 영구차 한 대가 서울을 빠져나갔다. 영구차가 강원도 홍천의 산간 지역에 멈춰 서자 관 속에서 수의를 입은 중년 사내가 몸을 일으켰다. 조선공산당 당수 박헌영이었다. 홍천에서 철원에 이르는 험준한 산악 지역을 거쳐 월북한 박헌영은 그간의 수세적 투쟁에서 벗어나 적극적 투쟁으로 전환하기로 결정한다. 강력한 대중운동으로 미군정의 탄압에 정면으로 맞서는 '신(新) 전술'이었다. 9월 하순, 부산과 대구, 서울에서 철도 노동자들이 파업에 돌입하고, 전평(조선노동조합전국평의회) 산하 조합 노동자들의 동맹파업이 벌어졌다. 미군정은 파업 분쇄로 대응했고, 경찰과 우익 청년단체가 무력진압의 선봉에 나섰다. 철도 파업은 곧 진압되었으나 10월 들어 대구를 시작으로 한 달여 동안 경상도와 전라도, 충청도, 강원도 일원에 이르는 민중봉기가 연쇄적으로 일어났다. 마침내 화약통에 점화가 된 것이었다. 그러나 조선공산당은 민중봉기를 주도할 수도, 통제할 수도 없었다. 중앙의 지도부는 붕괴하였고, 조공의 기반인 지방의 좌익세력은 이승만의 '남선 순행'을 기점으로 발흥한 우익세력과 경찰의 계속된 탄압으로 지리멸렬한 상태였다.

화약통을 터뜨린 불씨는 해방 이후 거듭된 미군정의 실정(失政)과 민생고, 친일 경찰에 대한 민중의 혐오와 분노였다. 그러나 미군정의 실정을 인정하지 않으려는 하지는 공산주의자들과 좌익세력이 대중

33 　정판사 위조지폐사건: 조선공산당이 일제의 화폐인쇄시설을 이용하여 위조지폐를 찍어냈다는 사건. 조공 측은 사건을 경찰이 조작했다고 주장했으며, 명확한 진상은 밝혀지지 않았다.

폭동을 기획하고 사주하는 것으로 보았고, 우익세력은 그런 하지의 의심을 부추겼다. 하지는 차제에 지방의 공산주의자와 좌익세력을 뿌리 뽑기로 하였고, 폭력 진압과 보복 폭력이 휩쓸고 간 자리에 남은 것은 증오와 원한의 깊은 골이었다. 동족상잔, 비극의 씨앗은 그렇게 뿌려지고 있었다.

*

용민은 추위에 잠을 깼다. 발밑을 덥혀주었던 구들돌은 차갑게 식어 있었다. 구들장처럼 얇고 넓은 돌을 아궁이 속 잔불에 묻어 데운 뒤 움막 안 발치에 깔고 자면 아침까지 온기가 남아 있었는데 날이 추워지면서 새벽이 오기 전에 식어버렸다. 윤 부위원장과 차덕근 씨, 김세일이 야산대에 합류하려 산마루를 넘어간 것은 사흘 전이었다. 윤 부위원장은 절집에서 가져온 물건은 죄다 절집에 돌려주어야 한다고 하였다. 두고 갔다가 수색대의 눈에라도 띄면 필경 절집에 화근이 될 거라는 말에 덕근 아재(얼마 전부터 용민과 세일은 차덕근 씨를 그렇게 불렀다)가 지게에 김칫독을 지고 용민과 세일이 솥단지와 이불을 이고 들고 하며 산을 내려갔다 와야 했다. 윤 부위원장과 덕근 아재가 묵었던 움막을 걷어낸 자리에는 소나무 삭정이와 낙엽을 덮었다. 남아 있는 것은 용민과 세일이 들었던 움막과 진흙을 개어 만든 아궁이, 보리쌀 조금과 묵은 김치 몇 가닥, 식수 반 통이 전부였다. 날이 밝으면 남은 보리쌀로 밥을 지어 먹고 움막을 걷어낼 거였다. 아궁이를 없애고 밥그릇과 숟갈, 냄비, 물통 등 잡동사니를 담요에 싸서 등짐을 만들면 떠날 채비는 끝난다.

그러고 나면 아아! 선옥이 올 거였다. 용민은 누운 채 손바닥으로 턱을 쓸어보았다. 어제 요사채에서 더운 물로 머리를 감고 면도를 한 건 정말 잘한 일이었다. 기름때에 전 머리칼에 수염이 삐죽삐죽한 몰골로 선옥을 대하지 않는 것만도 다행이었다. 요사채 방장스님이 벌쭉 웃으며 "아따, 훤언하네!" 하지 않았던가. 선옥의 동그란 얼굴을 떠올리자 추위가 눅는 것 같았는데 바로 다음 순간 용민은 흠칫 어깨를 움츠려야 했다. 선옥을 만난다 한들 곧 이별해야 한다. 만나야 한다는 생각뿐 헤어질 생각은 뒷전이었기에 이별할 준비는 되어 있지 않았다. 애별리고를 어찌하려나! 그 뜻조차 헤아리지 못했던 스님의 탄식이 그제야 귓전에 생생하였다.

윤 부위원장은 야산대에 들어가면 진짜 산사람이 될 거고, 진짜 산사람이 되면 영영 하산하지 못할지도 모른다 하였다. 영영 하산하지 못하면 산에서 죽는다는 말인데, 용민은 그럴 리야 있겠나 싶었다. 영천을 떠난 지 두 달 반이 지났으니 한두 달 더 피해 있으면, 겨울 나고 봄이 되면, 산에서 내려갈 수 있을 거라 생각하였다. 영천이나 대구로 가기가 정 뭣하면 포항이나 부산으로 내려가면 되려니, 우편국으로 돌아가기는 영 틀렸다 치더라도 젊은 놈이 어디 가서 무얼 한들 제 몸 하나 간수하지 못하겠나 싶었다. 그렇게 버티다 보면 살아갈 길이 생기려니, 세상이 조용해지면 지난 일은 묻힐 것이고 그러면 삼호리 집으로 돌아가 선옥과 혼인을 할 수 있으려니, 그리 여기고 있었다. 그때까지 기다려달라고 말하려면 선옥의 얼굴을 한번은 꼭 보아야 한다. 거기까지였다. 그 뒤는 생각하지 않았던 것이다.

선옥을 만나고는 산마루를 넘어가야 한다. 서쪽 능선을 넘어 샛길로 한참을 내려가면 오른편에 돌담불이 있고, 그 뒤편 소나무 숲에 폐가가 된 당집이 있는데 오늘 세일이 그곳에서 기다리겠다고 했다. 거기서 만나 함께 야산대를 뒤따라가기로 했었다. 늦어도 해거름까지는 당집에 당도해야 하니 선옥과 함께 있을 수 있는 시간은 길어봐야 반나절도 못 될 터였다. 게다가 명도도 올 거였다. 딴에는 선옥을 안전하게 데려다주겠다 싶어 우편국 선배 김선희에게 직접 전해달라며 서찰까지 보냈었거늘 정작 당사자인 명도는 까맣게 잊고 있었던 거였다.

"에라! 이 문디 자슥아."

용민은 제풀에 얼굴을 붉히며 구두덜거렸다. 생각해보니 시위가 벌어진 대구역 광장으로 선옥을 불러내고, 계엄령이 내린 날 밤 윤 부위원장과 백 선생이 탄 트럭에 선옥을 태워 대구를 빠져나온 일부터, 화산면 초입 삼거리에서 우연히 만난 명도에게 삼호리 집에 와 있는 선옥을 대구로 데려다주라 하고, 그예 이곳 보현산까지 함께 와 달라고 편지를 보낸 일까지, 하나부터 열까지 용렬한 짓거리였다. 이리될 줄 알았으면 선옥을 불러내지 말았어야 했다. 명도는 끌어들이지 말았어야 했다.

용민은 눈을 부릅뜨고 움막 속 어둠을 노려보았다. 그새 새벽이 가까워졌는지 어둠의 농도는 옅어져 있었는데 놀랍게도 그 속에 뚜렷이 잡히는 형상이 있었다. 가네다 이치로, 김일수의 팔초한 얼굴이었다. 좁다란 이마와 가늘게 찢어진 눈에 뾰족한 턱. 용민의 목 깊숙이에서 가래 끓는 듯 신음이 터져 나왔다. 모든 일이 놈으로부터 시작된 거였다. 지난여름 아버지가 집 마당 맨땅에 무릎을 꿇고 있는 광경을 목도하지 않았더라면, 그곳에서 놈과 상면하지 않았더라면 우편국의 동맹파업에 참여하지 않았을지도 모른다. 놈이 기어이 아버지를 영천지서로 끌고 가서 매질을 하지 않았더라면 윤 부위원장과 강 선생에게 신세 질 일은 없었을 거였고, 그랬더라면 두 사람을 내내 따르지 않아도 되었을 거였다. 선옥을 남겨둔 채 새벽같이 영천읍내로 건너가는 일은 없었을 거였고, 우연히 만난 명도에게 선옥을 부탁하는 어쭙잖은 짓도 하지 않았을 거였다. 놈의 가슴팍을 겨누며 장도(長刀)를 머리 위까지 치켜들 일도 없었을 거였고, 생생한 살의(殺意)를 손바닥에 불도장처럼 남기지도 않았을 터였다. 그랬더라면, 아아! 정말 그랬더라면 보현산 중턱 움막에서 두 달을 보내고 이제 그립고 그립던 선옥의 얼굴을 보자마자 다시 곧장 야산대를 뒤따라가야 하는 기막힌 운명은 애당초 없었을 거였다.

운명? 운명이라니! 대구여고 교사이던 오원기 선생이 산을 내려간 날 저녁, 윤 부위원장이 말했었다.

"그런데 오 선생은 시투 사람도 아니면서 왜 여기까정 따라왔다꼬 합디까?"

누구한테 묻는다기보다 혼잣말을 하는 것 같았는데 곁에 있던 덕근 아재가 받았다.

"꼭 시투 사람이라야 할 까닭이 있겠습니꺼?"

"그야 아니지만 저리 내려갈 끼면 첨부터 따라오지나 말지 그랬나 싶어 해본 말이오. 가다가 별일은 읎어야 할 낀데."

"쯧쯧…. 이 아수라판에 누가 울로 가야 헐지, 아래로 가야 헐지 안 답니꺼? 다 지 팔자소관, 운명이제."

덕근 아재도 그나마 한 자리가 비어서 쓸쓸한 기분으로 한 푸념 같았는데 윤 부위원장은 그렇지 않은 것 같았다.

"팔자소관, 운명이라니! 뭔 말을 그리하시오? 우리가 여태껏 이 고생을 한 거시 다 팔자소관, 운명이란 말이오? 울로 갈지 아래로 가야 헐지 모리는 아수라판이라니? 차 동지는 참말로 어데로 가야 헐지 몰라서 하는 소린교? 내는 공산당 허는 강 선생처럼 유식하지는 몬하지만 가야 할 길은 알고 있소. 지금 같은 가짜 해방 말고 진짜 해방의 길이오. 남쪽과 북쪽에서 미국 놈들, 소련 놈들 다 나가라 카고 친일 경찰, 반동 우익 놈들 싹 몰아내고 바른 세상 맹그는 거, 그것이 진짜 해방 아니겠소."

처음에는 노기 띤 언성이었지만 끝에는 착 가라앉아 웅얼거리는 목소리였다.

"하이고, 지는 그저 별생각 없이 한 말 아닌기요. 지가 어찌 부위원장님 속을 모리겠습니꺼? 지가 누굴 믿고 예까정 왔겠습니꺼?"

덕근 아재가 낯빛을 벌겋게 달구는데 평소 좀처럼 말 참여를 하지 않던 김세일이 끼어들었다.

"진짜 해방이 될라믄 38선이 읎어져야 할 낀데 그거시 어데 쉬이 되겠습니꺼? 전에 민전 사람들 허는 말을 들으니 북쪽에는 이미 공산당이 들어섰다 카데요. 그 사람들이 남쪽과 쉽게 합칠라 헐까요?"

윤 부위원장은 답을 구하려는 듯 미간을 좁혔으나 쉽사리 구하지 못하는 기색이었다. 잠시 후 윤 부위원장이 꺼낸 답은 이랬다.

"38선? 그건 미처 생각 몬 해보았네. 허지만 북한 인구가 얼매인 가? 남한 인구 절반도 안 되제. 남쪽에서 진짜 해방해서 통일하자 카면 북쪽에서 뭘 어쩌겠는가. 강 선생 말이 공산당도 원래 남쪽이 중앙이라데. 박헌영 당수가 하자 카믄 북쪽 김일성이는 꼼짝 못 할 기라 하던데. 김일성이는 서른몇 된 청년이라 카더만. 아직 머리꼭지 새파란 젊은 아가 산전수전 다 겪은 박헌영 당수의 상대가 되겠나. 어데……."

말하면서도 속 시원한 답이 안 된다는 걸 알았는지 윤 부위원장이 큼큼, 헛기침을 두어 번 하더니 덧붙였다.

"하여간 일에는 다 순서가 있는 법이제. 일단은 남쪽에서 친일파 반동 우익과 악질 갱찰, 놈들을 싸고도는 미군정을 몰아내는 거시 급선무란 말일세. 그러니 우리는 우리가 할 수 있는 일을 하면 되는 거 아니겠나."

그때 윤 부위원장이 말꼬리를 내린 '우리가 할 수 있는 일'이란 결국 야산대를 따라가는 것이었고, 용민이 할 수 있는 일은 선옥을 만난 뒤 그 뒤를 쫓아가는 것이었다. 그다음에 뭘 할 수 있는지는 알 수 없었다.

김세일이 나타난 것은 움막을 걷어낸 용민이 잡동사니를 담요에 싸 등짐의 고리를 만들었을 때였다. 바위 뒤에서 불쑥 얼굴을 드러낸 세일은 숨이 턱에 차는지 입을 열기 전 손사래부터 쳐댔다.

"하이고, 빨랑 가입시더. 등짐일랑은 팽개치고 후딱 일나이소."

260

그제야 용민이 등짐에서 손을 떼고 일어섰다.

"니가 여기 웬일이고? 내랑 오후에 당집에서 만나기로 하지 않았나? 근데 빨랑 가자니 뭔 일이 있나?"

"뭔 일이 있는지는 가믄서 이야기할 터니 후딱 가입시더."

용민의 얼굴이 굳어졌다.

"안 된다. 내가 오늘 꼭 만나야 할 사람이 있는 기는 니도 잘 알 낀데 갑자기 뭔 소리고? 내는 지금 당장은 몬 간다."

"덕근 아재가 용민 형 빨랑 데꼬 오라고 했는데……."

"뭐라꼬? 덕근 아재가 어데 있는데? 야, 물부터 마시고 찬찬히 얘기해봐라. 뭔 사정인지 알아야 가든 말든 할 거 아이가."

용민이 물통을 건네자 세일이 벌컥벌컥 들이켜고는 엉덩이를 내려놓았다.

"내 참, 지금 한가하게 이러고 있을 때가 아이구만도……."

세일이 입가를 손등으로 닦고는 침을 꼴깍 삼켰다.

"오늘 아츰에 대구에서 경비대 군인들과 경찰 수색대가 영천 보현산과 칠곡 유학산 쪽으로 출동했다꼬 합니더."

야산대는 대구와 영천에 망원을 두고 있었는데 오늘 새벽 대구 쪽에서 사람이 와 그리 전했다는 거였다.

"아니, 여그 야산대는 엊그제께 지리산으로 떠난 거 아이가?"

"선발대는 엊그제 새벽에 떠났지만 여그저그서 사람들이 더 온다꼬 해서 열댓 명은 남아 있었소. 부위원장님은 선발대와 같이 가셨고, 덕근 아재는 그럴 거면 용민 형을 데리고 가자며 후발대에 남아 있었는데 오늘 아침에 대구에서 망원이 와가……."

하더니 세일이 갑자기 딴소리를 했다.

"전에 오원기 선생이 산에서 내려갈 적에 승복을 입고 갔지요?"

"그랬지. 나가 절집에서 얻어 와서 대구 갈 때 입었던 걸 입고 갔지."

"그라믄 틀림없구마. 틀림없어."

세일은 얼마 전에 가짜 중 하나가 대구역 부근에서 불심검문에 걸렸는데 전에 대구여고 선생 하던 사람이더라고, 덕근 아재가 대구에서 온 망원에게서 들은 얘기라고 했다.

"그라니 오 선생이 틀림없네."

"그 양반, 포항으로 간다꼬 안 했나?"

"아따, 어데로 간다꼬 했던 간에 가짜 중에 대구여고 선생이믄 빼도 박도 몬 허는 기지. 덕근 아재는 오 선생이 붙잡혔다믄 여그 움막도 불었을 게 틀림없으니 빨리 형을 데려오라 했소. 그라니, 당장 가입시더. 등짐은 내가 질 테니 물통이나 드시우."

세일이 더는 못 참겠다는 듯 벌떡 일어서서 성큼 걸어가더니 한 손으로 등짐을 들어 올려 어깨에 메었다. 용민이 쫓아가 세일의 팔뚝을 잡았다.

"지금은 몬 간다 안 하나. 선옥이가 늦어도 점심때 전에는 올 끼다. 만나보고 바로 뒤따라갈 테니 니 먼저 가거라. 덕근 아재에게 먼저 가시라꼬 해라."

"지리산이 뭐 동네 뒷동산이여? 어데로 갈지 알고 무작정 뒤따라온다 카는 기야. 내 참."

"전라도 구례 쪽이라고 안 했나. 부위원장님이 떠나기 전에 그런 얘기를 했지 싶은데."

"아, 모르겠소. 구례인지 삼례인지. 우쨌든 이제 그만 아재에게 가야 하우. 다른 사람들을 더 붙잡아둘 순 없을 끼구먼. 그라니 그만 내랑 같이 갑시더. 형수씨도 난중에 사정을 알게 되믄 다 이해하지 않겠소."

"안 된다. 뭘 우찌 이해한다 말이고? 내는 오늘 꼭 만나봐야 헌다. 그라니 김세일이, 니 먼저 가그라. 그동안 니한테 참말로 고마웠다. 같이 몬 가서 정말로 미안타. 그라고 윤 부위원장님과 덕근 아재께 전해라. 내 기필코 지리산으로 찾아가 뵐 거라고. 그때 니캉 내캉도 다시 보지 않겠나?"

용민이 세일의 등에서 짐을 내린 뒤 두 팔로 그의 어깨를 안았다. 만난 지 석 달 만에 친동기간 같은 느낌이었는데, 그래서 그런지 잠깐 뒤 가슴에서 떨어진 세일의 두 눈에도 눈물이 그렁했다.

"아, 알겠수. 그라믄 내 먼저 가우. 지리산에서 만나기로 한 약속 꼭 지키우. 몸조심하우."

세일이 멀리 헐벗은 산마루를 넘어갔다. 용민은 점점이 작아지는 그의 모습이 눈에서 완전히 사라질 때까지 겨울나무처럼 우두커니 서 있었다.

바람에 풍경이 흔들리며 쟁강쟁강, 소리가 났다. 선옥은 문득 그 소리가 우물 속 깊은 곳에서 나는 소리 같다고 생각했다. 예닐곱 살 무렵이었나. 선옥은 엄마가 우물에 두레박을 떨어뜨릴 때 들리는 소리가 좋았다. 엄마는 계집애가 우물 속을 들여다보면 깊은 곳에 있는 처녀귀신이 긴 머리칼로 목을 휘감아 끌어들인다며 겁을 주었다. 그래서 선옥은 엄마가 우물에서 물을 길을 때면 언제나 몇 발짝 떨어져 있어야 했지만 두레박이 우물에 자맥질하며 내는 소리는 생생하게 들을 수 있었다.

왜 풍경 소리를 들으며 우물에 떨어지는 두레박을 떠올렸을까. 혹시 너무 맑고 깨끗해서 검푸른 빛을 띠던 우물물이 쟁강쟁강, 풍경 소리를 내었던 것은 아닐까.

주지스님은 새색시처럼 앳된 선옥과 교복 차림의 명도를 보고는 산에 오를 생각 말고 요사채에서 기다리라, 기다리고 있으면 사람을 보내 용민을 내려오라 이르겠다고 하였다. 잠시 후 짚신에 감발을 치고 갈색 저고리 위에 쥐색 배자를 껴입은 날렵한 몸매의 젊은이가 불려 왔는데 꺼뭇한 상고머리와 그 행색으로 보아 스님은 아니고 절집에서 드난살이하는 불목하니 같아 보였다.

"승호야, 니가 시봉 스님을 좀 모셔 와야겠다."

주지스님은 말씀하시면서 입꼬리에 슬며시 웃음을 달았고, 고개를 숙이고 듣고 있던 젊은이도 비식 웃는 것 같았는데, 그 까닭을 알 수 없는 선옥과 명도는 공연히 당황해서 얼굴을 붉혀야 했다.

"명도 학생이라고 했지? 자네는 대구우편국 다니던 시봉 스님을 잘 알 터인데. 허허허……. 왜들 그리 놀라나. 정말로 머리를 깎았는지 아닌지는 곧 만나보면 알 것이거늘. 승호야, 그만 다녀오너라."

젊은이가 꾸벅 절하고 돌아서는데 명도가 함께 다녀오겠다며 따라나섰고, 주지스님은 잠시 어쩔까 하는 표정이더니 그러라고 승낙하여 선옥이 혼자 요사채 툇마루에 걸터앉아 풍경 소리를 듣고 있었던 것이다. 동짓달 그믐인데도 날씨가 푸근하여 굳이 스님들 거처하는 방에 버선발을 들여놓지 않아도 괜찮았다. 참새 떼가 건너편 공양간의 낮은 초가지붕에 오로로 모여 앉아 부리로 쪼아대고 있었다. 공양간 옆 빈터에는 동백나무가 두 그루 어깨를 맞대고 있었는데 첫눈이 내린 지 오래인데도 아직 추위가 덜해서인지 붉은 꽃은 보이지 않았다. 낮은 바람이 살짝 불었고 처마 끝에 매달린 풍경이 다시 쟁강쟁강, 소리를 냈다. 시봉 스님? 에유, 주지스님도 참, 농담도 잘하시네. 어느 짝에 머리 깎고 스님이 되었을라고. 말도 안 돼. 근데 시봉은 대체 무슨 뜻이람. 어쨌거나 주지스님이 저리 농을 하실 정도라면 절에 있지 않고 왜 산으로 들어갔지? 아, 참, 일행이 있었지. 부위원장이라던 중년 남자와 얼굴이 새하얗던 젊은 남자. 그리고 통나무처럼 몸피가 굵던 청년……. 선옥은 잠깐 생선비늘이 말라붙은 나무 궤짝이 쌓여 있던 트럭 적재함을 떠올렸다가 지웠다. 그래, 이제 곧 만나면 다 알 수 있을 텐데 조바심을 낼 필요가 있나. 아홈, 선옥은 어깨를 오므렸다 펴며 짧은 기지개를 했다. 산사(山寺)의 풍경 소리 덕이었을까, 선옥은 알지 못하게 마음이 편안했다. 지난 두 달여, 시도 때도 없이 마음 졸이고 악몽에 가위눌리던 시간들이 가뭇없이 스러진 것 같았다.

얼마나 지났을까. 선옥은 풍경 소리마저 사라진 것 같아 요사채 처마 끝에 매달린 물고기 모양의 풍경을 가만 올려다보았다. 바람 소리는 들리지 않아도 손바닥 크기의 풍경은 여전히 흔들리고 있었다. 쟁강 소리는 어디로 갔담? 이마 위로 흘러내린 머리칼을 쓸어 올리며 선옥이 고개를 갸웃하는데 어디선가 부릉부릉 소리가 들려왔다. 무슨 소리? 선옥이 고개를 들어 일주문에서 대웅전 쪽으로 난 큰길을 바라보는데 소리가 점점 커지며 시커먼 동체가 달려오는 게 보였다. 선옥의 두 눈이 화등잔처럼 커지며 평안했던 가슴이 방망이질하기 시작했다. 검은 동체는 앞머리에 두 개의 누런 불을 매달고 있었다. 희뿌연 먼지를 뒤집어써서 죽은 이의 낯빛 같던 불빛. 평생 저를 따라다닐 것만 같던 소름 끼치던 불빛. 아침에 화산면 황톳길에서 만났던 군 트럭의 불빛이었다. 아아, 선옥은 두 손으로 얼굴을 감싸며 진저리를 쳤다. 알지 못할 평온 뒤에 숨어 있던 불길함이 죽은 이의 낯빛으로 달려들고 있었다.

"이야, 명도 아녀? 근데 선옥이는 안 왔나? 와 니 혼자 왔노?"

반 시간 남짓 산등성을 넘고 비탈을 올라 큰 바위가 보이는 산 중턱에 오르자 등짐 위에 걸터앉아 있던 용민이 벌떡 일어나 달려 내려왔다. 용민이 명도의 두 손을 잡고 재우쳐 물었다.

"선옥이는 몬 데려왔나?"

그러자 한 발짝 뒤에 있던 상고머리가 앞으로 나서며 이죽거렸다.

"아따, 그짝 눈에는 색시밖에 안 뵈는 모양이여."

"하이고. 승호 씨, 미안하구먼."

"승호 씨는 또 뭔 승호 씨여. 야, 자 허자고 헌 게 원젠디. 그나저나 얼릉 내려가더라고. 주지스님이 후딱 데불고 오라 하셨어."

"주지스님이 날 데려오라 했다꼬? 명도야. 정말 니 혼자 왔나? 선옥이는 안 왔나?"

용민이 명도에게 고개를 돌리는데 승호가 쿡 웃었다.

"아, 왔구먼. 와서 지금 요사채에서 얌전히 그짝을 기다리고 있구먼. 그라니 어서 따라나서더라고."

"요사채에 있어? 와 거그 있노?"

"와는 무슨 와여. 주지스님이 산에 오를 생각 말고 요사채에서 기다리라 하셨으니께 그러제. 아, 그만 소리 하고 빨랑 등짐이나 메어. 워째, 내가 메어주까?"

승호가 한 걸음 옮기자 용민이 서둘러 걸어가 등짐을 어깨에 둘러메었다. 홑겹 우편국 직원 복장에 절집에서 얻어 입은 것 같은 솜저고리를 걸친 용민은 얼굴이 시커멓게 탄 것 외에는 몰골이 그리 험하지 않았다. 코와 턱 밑은 매끈하고 머리도 말끔해 두 달 넘게 산에서 숨어 산 꼴은 아니었다. 명도는 허둥대는 용민을 보며 아무래도 쓸데없는 발걸음을 한 게 아닌가 싶었다. 더구나 색시라니? 왠지 쓸개 씹은 기분이었다. 그러고 보니 용민은 선옥이 소리만 했지 정작 제게는 인사말도 제대로 건네지 않았다. 게다가 명도는 용민이 어쩌다가 보현산 중턱에 숨어 있게 된 것인지 까닭조차 모르고 있었다. 화산면 가는 삼거리에서 불쑥 나타나 선옥을 대구에 데려다주라더니, 난데없이 서찰을 보내 이리로 데려다달라고 한 것일 뿐 한번도 전후 사정을 들려준 적이 없었다. 그런 명도 속을 뒤늦게 알아차리기라도 한 것일까. 승호와 앞서거니 뒤서거니 산비탈을 내려가던 용민이 고개를 돌려 소리쳤다.

"명도야. 니 중앙중학이라 했제. 몇 학년이고? 인자 졸업할 때 안 됐나? 아무튼 간에 힘든 걸음 해줘서 고맙다. 선옥이도 니한테 많이 고맙다 생각할 끼다. 내는 선옥이 얼굴만 보고 가야 헌다. 내 사정이 지금 그렇다. 자세한 이야기는 난중에 내가 다 해주께. 내 떠나믄 선옥일 다시 대구에 데려다줘라. 명도야. 마, 니한테는 억수로 미안코

고마웁다. 니한테 진 신세 곱으로 갚을 날이 올 끼다.”

명도는 잰걸음으로 앞서가는 용민의 뒷모습을 바라보다가 어쩌면 평생 저 등판을 잊지 못할 거 같다는 생각에 뒷머리가 잠깐 서늘했다.

전나무 숲을 지나 대웅전 뒤뜰로 이어진 돌층계를 내려가던 승호가 갑자기 걸음을 멈추고 뒤돌아서더니 검지를 입술에 댔다.

“쉬잇!”

용민이 허리를 숙이며 명도에게도 숙이라는 손짓을 했다.

“저어기 법당 아래에 찌프차 아닌가베? 봐라, 봐라. 군인인지 순사인지 총 멘 사람들도 보인다. 안 되겠구먼. 저짝으로 돌아 가자.”

승호가 잽싸게 층계를 뒤돌아 올라와 전나무 숲 쪽으로 기어들었고 용민과 명도도 절반은 엎드린 자세로 승호를 따라갔다. 구르듯 달려 내려간 승호가 작은 움막 앞에 멈추었다. 움막 옆으로 장작더미가 쌓여 있었다. 승호가 목소리를 낮춰 빠르게 말했다.

“두 사람은 얼른 저기 장작 안에 숨으소.”

“승호 씨는 어쩌게?”

“아따, 뭘 어째? 내야 절집에서 더부살이하는 주제에 장작 한 더미 지고 공양간으로 가면 되제. 내가 내려가서 뭔 일인지 알아보고 올 텐게 그때까정 꼼짝 말고 있더라고.”

승호는 움막에서 지게를 들고 나오더니 장작 두 단을 지고 법당 쪽으로 난 샛길을 걸어갔다. 디근 자로 쌓아 올려 그 안으로 움푹하니 방이 하나 들어선 것 같은 장작더미 안으로 들어가자 용민이 빠르게 말했다.

“명도야. 오늘 아침 대구에서 경비대와 경찰이 출동했다 카더만 그놈들이 절집에도 온 모양이다. 하지만 야산대는 벌써 떠났으니 별일 없을 끼다. 너무 걱정 마라.”

명도는 용민이 하는 말이 무슨 소린지 채 알아들을 수 없었지만 문득 화산면 들머리에서 보았던 군 트럭의 행렬이 떠올랐다. 불현듯 낮빛이 어두워져 어깨를 옹크리던 선옥과 그 어깨에 손을 올릴까 주저 주저하던 제 모습도. 하지만 그런 얘기를 용민에게 해선 안 될 것 같았다. 마른 장작 냄새 때문인지 명도는 속이 울렁거렸다.

승호가 돌아온 것은 한 식경쯤 지나서였다. 해가 멀리 산봉우리에 올라선 참이었다.

"인자 경비대 군인들은 죄다 갔구먼. 주지스님이 절집에 총 들고 들어오는 벱이 아니라며 찬찬히 타이르니 돌아갔다 하데. 아무려도 거게 일행을 찾는 거 같다던데 내야 스님들이 하는 말을 건너 들은 거니 자세히는 모르제. 자, 그만 내려들 가더라고. 주지스님이 요사채에서 기다리고 계시구먼. 아, 거게 색시는 주지스님이 잘 데불고 있으니 걱정일랑 말고. 흐으…….."

승호가 벌쭉 웃자 용민이 어색한 눈으로 명도를 힐끔 보더니

"하, 거 참. 누이라니깐 와 자꾸 색시라고 혀."

했는데, 입술 끝에 웃음을 매다는 것으로 보아 싫지 않은 기색이었다.

주지스님은 벽에 먹으로 그린 탱화가 걸려 있는 요사채 아랫목 보료 위에 앉아 계셨다. 그 아래 아랫목 위쪽에 단정히 앉아 있던 선옥은 방 안으로 들어서는 용민을 보고 어깨를 움칠했다. 순간 용민과 선옥의 눈길이 부딪혔으나 주지스님이 아랫목에 정좌하고 계신 터여서 반가운 기색을 할 수는 없었다. 명도는 저도 방 안으로 들어가야 할지, 그냥 바깥에 있어야 할지를 몰라 한 발을 댓돌 위에 올려놓은 채 우물쭈물하고 있었다.

"거기 학생도 들어와. 아, 빨랑 들어와 문 닫지 뭐 하고 있나?"

서슬에 둘이 재빨리 문턱을 넘어 무릎을 꿇고 앉자 스님이 무겁게 입을 열었다.

"내 단도직입적으루다 말허겄네. 용민 군은 이미 눈치를 챘을 거네만 경비대 군인들이 윤준묵 부위원장을 쫓고 있네. 물론 차덕근 씨와 김세일 군, 그리고 용민 군 자네까지 몽땅 잡으려는 거겠지. 대구

268

여고 교사였다던 그 사람, 이름이 뭐랬더라?"

"오원기 선생입니더."

"그래. 그 오 선생이 붙잡힌 모양이여. 그렇지 않고서야 막무가내로 절집에 몰려올 리가 있나? 내 딱 잡아떼어 물러는 갔지만도 심상치 않아. 자네는 아무려도 빨리 여길 떠나는 거시 좋겠네."

주지스님의 곤혹스러운 눈길이 향하자 용민이 얼른 고개를 들어 대답했다.

"예, 스님. 그러잖아도 바로 야산대를 뒤따라갈 낍니더."

"야산대를 따라간다꼬? 야산대는 벌써 떠나지 않았나?"

"아입니더. 선발대는 엊그제 아츰에 떠났지만 열댓 사람이 남아 있었고, 그 사람들은 오늘 아침에야 떠났을 테니 뒤따라가믄 만날 수 있을 낍니더."

용민이 당장 일어서기라도 할 듯 엉덩이를 들썩이자 주지스님이 혀를 찼다.

"쯧쯧, 떠날 때 떠나더라도 앞뒤 생각을 혀야지. 어찌 이리 경거망동하는고. 산으로는 몬 가네. 군인들이 벌써 올라갔어. 수색대가 쫙 깔렸을 텐데 어데로 간다는 게야? 오늘 아침에 떠났다는 사람이 무사할지 모르겠구먼. 나무아미타불 관세음보살……. 그나저나 야산대 사람들이 지리산으로 간다 카던데 맞는고?"

용민이 들었던 엉덩이를 내려놓으며 고개를 꾸벅였다.

"예. 전라도 구례 쪽으로 간다꼬 했습니더."

"구례라면 지리산 서쪽인데, 거기 어데로 간다 카더나?"

"그거는 잘 모리겠습니더. 하지만도 구례로 가서 수소문하믄 알 수 있을 낍니더."

"허어, 이런 철없는 인사를 보았나? 산으로 들어간 사람들을 뉘에게 수소문혀? 거그에도 경찰과 우익청년단이 우글우글할 낀데.…… 가만있어봐라. 구례 가믄 화엄사라고 대찰이 있네. 거그 절집에 가서 화승 스님을 찾아 내가 보냈다고 하믄 산사람들이 있는 곳을 알 수 있을 게야."

주지스님은 그러면서 다탁 아래에서 문갑을 꺼내 벼루에 먹을 갈아 붓에 묻힌 다음 소매에서 명주 손수건을 꺼내 그 위에 '명'(鳴) 자를 썼다.

"이걸 화승 스님에게 건네면 내가 보낸 사람인 줄 알 터이니 간수하게."

용민이 두 손을 내밀어 주지스님이 건네는 손수건을 받아 우편국 작업복 윗주머니에 접어 넣었다.

선옥은 다소곳이 앉은 채로 흰색 손수건을 건네는 주지스님의 기름한 손가락과 그걸 받아 접는 용민의 꺼칠한 두 손을 망연히 바라보고 있었다. 쟁강쟁강, 귓속에서는 연신 풍경 소리가 들렸고 눈에는 죽은 이의 낯빛 같은 누런 불빛이 어른거렸다. 불길함이 그 모습을 점차 드러내고 있었지만 그 실체가 무엇인지는 여전히 알 수 없었다. 주지스님과 용민이 무어라 좀 더 말을 주고받는 것 같기는 한데 귓속은 풍경 소리로 먹먹하고 눈앞은 어른거리는 누런 불빛이어서 아무것도 들리지도, 보이지도 않았다.

"한데 꼭 야산대 사람들을 찾아가야 하나?"

"예, 그리허겄다고 약속하였습니더."

"으음, 정 그러하다면 화북면 차부에 가서 임실이나 광양으로 가는 버스를 타게. 구례에는 그곳 사정을 수소문한 다음에 가는 게 좋을 거여. 구례는 이전부터 좌익이 승한 고장이여. 산사람들이 그쪽으로 간다는 걸 경비대와 경찰이라고 모리겄나. 대뜸 구례로 갔다가 낭패를 당할 수도 있네."

얼마나 지났을까. 주지스님과 용민이 주고받는 말소리가 들렸고, 어느새 방 안으로 들어왔는지 퉁퉁한 얼굴에 혈색 좋은 방장스님이 거들었다.

"오늘 같은 날에 차부에서 버스를 탈라치면 검문이 심할 텐데 혼자서 괜찮을지 모르겠네요. 아무려도 위험하지 않을까 싶구먼요."

순간 선옥의 귓속으로 '혼자서'라는 말이 깊숙이 파고들었다. 선옥이 번쩍 고개를 들고 주지스님에게 여쭈었다. 언제 어진혼 나간 듯 멍하니 앉아 있었느냐는 듯 뜸직하고 야무진 목소리였다.

"지랑 같이 가믄 되지예. 임실이든 광양이든 구례든 지가 같이 가겠심더. 그라믄 안 되겠습니꺼, 스님."

13

우리의 해군이 고래를 쏘았을 뿐이지.
— 1965년 8월. 린든 B. 존슨 미 대통령

1964년 7월 31일 자정께 일단의 남베트남군 무장보트들이 비무장지대 남쪽 다낭 항을 빠져나갔다. 보트들은 검은 바다를 미끄러져 북쪽으로 올라갔다. 6개월 전부터 완벽한 보안 속에 계속돼온 작전 34-A였다. 작전 34-A는 북베트남 연근해의 해안시설들을 기습공격하거나 특공대를 상륙시켜 지역 요인을 납치 또는 암살하는 교란 작전이었다. 미국의 구축함 매덕스 호는 이들 무장보트들을 멀찍이서 호위하고 있었다. 하루 반이 지난 8월 2일 정오께 매덕스 호가 하와이 호놀룰루의 미 태평양함대사령부에 긴급전문을 보냈다. 북베트남 어뢰정의 공격을 받아 교전을 벌였다는 내용이었다. 긴급 명령에 따라 다른 구축함 터너조이 호가 매덕스 호에 합류했다. 이틀 후 자정, 북베트남 어뢰정이 2차 공격을 해왔다는 전문이 백악관으로 날아들었다. 존슨 대통령은 즉각 안보회의를 소집하고 북베트남에 대한 보복 공습을 명령했다.

"날카로운 화살을 쏠 준비를 하라."

다음 날 오전, 64대의 해군 전폭기들이 군사분계선인 북위 17도선 북부 도시 빈의 항구 시설과 유류 저장소를 폭격했다. 1964년 8월 5일, 미국은 그렇게 선전포고도 없이 길고 긴 베트남전의 수렁 속으로 걸어들어갔다.

1차 폭격이 있고 이틀이 지난 8월 7일, 미 의회는 북베트남 측이 공해상에 머물러 있던 미 구축함을 선제공격했다는 행정부의 주장을 받아들여 이를 격퇴하는 데 필요한 군사적 조치를 취할 수 있는 모든 권한을 대통령에게 위임하기로 결의하였다. '통킹만 결의안'으로 사실상 전쟁에 대한 백지수표를 존슨 대통령에게 안겨준 것이었다.

그러나 통킹만 앞바다의 짙게 깔린 안개처럼 통킹만의 진실은 오리무중(伍里霧中)이었다. 매덕스 호가 정말 공해상에 머물러 있었는지, 북베트남 전투함이 정말 매덕스 호를 공격하였는지, 모든 상황이 석연치 않았다. 매덕스 호가 호놀룰루 태평양함대사령부에 보냈다는 긴급전문도 공개되지 않았다. 차츰 드러난 사실은 8월 2일의 첫 번째 공격은 몰라도(그것조차 의심스러웠지만) 의회 결의안 통과의 결정적 빌미가 된 8월 4일의 두 번째 공격은 아예 없었다는 것이었다. 존슨 대통령은 '통킹만 결의안'이 의회를 통과하고 1년쯤 지났을 무렵 사석에서 북베트남의 2차 공격이 정말 있었느냐는 물음에 농담조로 받아넘겼다고 한다.

"우리의 해군이 고래를 쏘았을 뿐이지."

1963년 11월, 존 F. 케네디 대통령이 암살당하자 존슨 부통령은 느닷없이 대통령직을 승계하였다. 존슨이 제시한 국정목표는 '평등한 시민권에 기초한 위대한 사회 건설'. 동부 엘리트 출신의 케네디와 달리 중부 텍사스 출신인 존슨은 미국 서민들의 사랑을 받는 '민권 대통령'이 되기를 희망하였다. 그러나 베트남 문제에 대해 깊은 인식이 없었던 존슨은 취임 선서를 하는 순간부터 베트남의 덫에 빠져들었고, 끝내 깊은 수렁에서 빠져나오지 못하였다. 베트남은 그의 대통령직을 송두리째 흔들었고 그러는 사이 그는 점점 권력에 의존해 대중을 기만하고 대중으로부터 격리됨으로써 스스로 '민권 대통령'의 희망마저 파괴해버렸다.

케네디는 암살되기 전 베트남에서의 철수를 심각하게 검토하였고, 존슨 또한 비록 실권 없는 부통령으로서 대외정책 결정에서 철저히 소외되어 있었으나 개인적으로는 군사 개입보다 중립화 정책을 선호하였다. 실제 존슨은 1954년 아이젠하워 대통령 시기 상원 원내총무로 디엔비엔푸 전투에 미국이 직접 개입하는 것을 반대하였다.

그러나 차츰 아이젠하워와 케네디의 공동작품인 '자유세계의 경찰국가론'에 공감한 존슨은 베트남에서 철수할 경우 보수파 반발에 따라 국내 정치에 위기가 초래될까 우려하였다. 더구나 전임 대통령 유고에 따른 승계가 아닌 투표에 의해 정식 대통령이 될 수 있는 대선이 1년 앞으로 다가오고 있었다. 고집 세고 완강한 성격의 '텍사스 카우보이' 존슨은 선거를 앞두고 '공산주의자들을 두려워하는 겁쟁이'라는 비난을 듣고 싶지 않았다. 맥너마라 국방장관 등 매파 참모들은 그에게 군사력으로 공산주의의 승리를 막아야 한다고 부추겼고, 존슨은 마침내 북폭(北爆) 계획을 승인하였다.

존슨은 원시상태를 벗어나지 못한 허약한 북베트남에 미국의 막강한 무력을 과시하면 북베트남은 남베트남 공산주의자들의 게릴라 활동 지원에서 당장 손을 뗄 것이라고 생각했다. 그렇게 된다면 북폭은 확전을 막고 평화를 보장하기 위한 군사행동이란 명분을 얻을 수 있을 것이었다. 어마어마한 폭탄을 탑재한 미국의 폭격기들이 날아가서 북베트남의 구석구석을 몇 차례 두들기면 저들은 겁에 질려 금세 평화를 구걸할 것이었다. 휘익 획, 채찍질로 소 떼를 모는 텍사스 카우보이처럼 그렇게 북베트남을 다루면 될 일이었다. 필요한 것은 북베트남에 폭격을 시작할 '하나의 계기'였고, 통킹만 사건은 그것을 만들어내기 위한 조작극34일 뿐이었다.

존슨은 알지 못하였다. 외세에 맞서 1,000년을 싸워온 베트남 민족의 불굴의 역사를. 저들의 강인한 투쟁정신과 상상을 초월하는 극한의 인내심을. 전쟁이 계속될수록 자신들이 원하는 방향으로 몰아갈 수 있으며 역사 또한 자신들의 정당성을 입증할 것이라는 자신감에 충만해 있는 하노이의 지도부와 그들을 전적으로 신뢰하는 북베트남 인민을. 아이젠하워와 케네디가 내세운 '자유세계'란 부패한 독재정권 하에 신음하는 남베트남 인민들과는 아무런 상관이 없는 허구의 이데올로기라는 것을. 존슨은 결국 수년 전 프랑스의 드골이 젊은 대통령 케네디에게 들어가지 말라 충고했던 '끝없는 전쟁과 정치적 수

---

34 통킹만 사건: 1971년 《뉴욕타임스》와 《워싱턴 포스트》가 폭로한 「펜타곤 페이퍼」에 따르면 당시 매덕스 호의 함장은 "악천후로 인한 소음 때문에 어뢰가 발사된 것으로 착각을 했을 뿐 북베트남의 어뢰 공격은 없었다. 다만 의심스러웠을 뿐"이라고 보고하였다. 미국 정부는 '의심스러움'을 '북베트남의 공격'으로 조작한 것이었다.

령'에 제 발로 성큼 걸어 들어간 것이었다.

존슨의 '채찍질'에도 하노이는 아랑곳하지 않았다. 평화를 구걸하기는커녕 미군 철수를 전제로 한 남베트남의 중립화 요구에서 한 발짝도 후퇴하지 않았다. 호찌민 루트를 통해 남베트남으로 투입되는 북베트남 정규군의 수가 급증하면서 남부의 게릴라 활동도 부쩍 활발해지고 있었다. 해가 바뀌자마자 국경 지역의 남베트남 정규군 1개 연대가 북베트남 정규군과 베트콩의 연합공격을 받아 괴멸되었다. 2월에 들어서는 사이공 동북쪽 비엔호아와 중서부 고원지대인 플레이쿠의 미군 기지가 잇따라 게릴라의 기습공격을 받았다.

존슨은 다시 북폭을 명령했다. 3월 들어 수백 대의 미군 전폭기들이 군사분계선 북쪽의 교량과 철도, 항구, 수송 설비를 폭격하였다. '롤링 선더'(Rolling Thunder), 천둥번개 작전이었다. 그러나 롤링 선더 작전은 공습만으로는 결코 하노이의 항복을 받아낼 수 없다는 것을 입증했을 뿐이었다. 주월(駐越) 미군 사령관 웨스트멀랜드는 북베트남은 어떤 폭격에도 견딜 수 있는 적응력과 인내력을 보여주었다며 지상군의 파병을 거듭 요구했다. 파병의 논리는 이런 것이었다. 지상전투를 피하기 위해 공습은 계속되어야 한다. 공습을 계속하려면 미군 기지의 안전이 우선되어야 하는데 남베트남군만으로는 게릴라의 기습공격을 방어하기 어렵다. 따라서 지상군 파병은 불가피하다.

전투를 피하기 위해 지상군이 필요하다는 역설적인 논리였으나 존슨과 그의 참모들은 미국이 충분한 자원을 가지고 있는 강대국인 만큼 전쟁을 제대로 치르기만 한다면 단기간에 끝낼 수 있다는 자신감에 차 있었다. 어차피 시작된 전쟁이니 빨리 끝내야 한다. 그보다 명확한 파병의 논리가 있겠는가. 존슨은 지상군 파병을 결정했다.

1965년 3월 8일. 한 세기 전인 1858년 식민제국 프랑스의 군함이 닻을 내렸던 다낭의 금빛 모래사장에 첫 번째 미군 전투부대가 상륙하였다. LST(상륙정)의 선수문(船首門)이 열리고 완전군장에 M-14 소총을 든 병사들이 쏟아져 내렸다. 미 해병 2개 대대, 3,500명 규모의 지상군이었다.

*

노을이 지고 있었다. 불그레한 빛이 구름을 뚫고 엷은 융단처럼 계곡을 감싸고 멀리 번져나갔다. 타오는 D지구에서 북동쪽으로 80킬로미터쯤 떨어진 캄보디아 접경의 산악지대에 머무르고 있었다. 두 달 전 비엔호아의 미군 기지를 기습하고 밤새워 내달려온 곳이었다. 높지는 않지만 밀림 사이사이에 크고 작은 천연동굴이 있어 남은 대원 스물네 명의 은신처로는 맞춤이었다. 타오는 대원들을 이끄는 소대장이었다. 출동할 때 4개 분대 서른두 명이었는데 여덟 명을 잃었다. 다른 쪽 대원들보다 희생이 컸다. 수류탄을 던져 유류 저장소를 폭파했는데 맞은편 모퉁이에 폭탄이 탑재된 트럭이 있는 것을 알지 못하였다. 유류 저장소의 화염이 옮겨붙으며 순식간에 트럭의 폭탄이 터졌고 모퉁이를 돌아 나오던 폭파조는 산산조각이 났다. 몸뚱이에서 분리된 머리와 목, 팔과 다리가 어둠 속으로 날아갔다. 모두 타오의 대원들이었다. 타오는 자책하였지만 하노이에서 내려온 정치위원 두안반하우는 외려 그런 타오를 질책하였다. 조용조용 말했지만 위로는 아니었다.

"이보시오, 소대장 동지. 개개 전투에서의 손실이 전체 전쟁의 패배로 이어지지 않으면 됩니다. 미군 기지 한 곳을 공격하다가 인민해방군 수백 명이 희생된다 하여도, 그것이 비록 전투의 패배라 할지라도 전쟁의 패배는 아니지요. 이번 전쟁의 승패는 어느 쪽이 많이 손실을 입느냐에 달린 게 아니라 어느 쪽이 더 많이 두려움을 갖느냐에 달렸습니다. 미국에 두려움을 주었다면 전쟁에서 승리한 것은 마땅히 우리 쪽이니 더는 자책하지 마시오."

하우는 작달만한 키에 안경을 쓴 중년의 사내로 젊은 시절 하노이 총독부에서 하급관리를 하던 중 비엣박의 베트민 기지를 찾아갔었노라고 자신을 짧게 소개하였다. 그는 말할 때면 수줍은 듯 안경 속의 두 눈을 깜박거리고는 했으나 시커멓게 탄 얼굴과 이마에 깊게 팬 굵은 주름은 그가 베트민의 오랜 전사(戰士)였음을 알려주고 있었다. 인민해방군의 병력은 어느새 남베트남 전역에 수만 명에 이른다고 하였으나 게릴라전은 대체로 소대 규모를 넘지 않았다. 비엔호아 미군 기지를 기습할 때는 D지구와 사이공 동북부 C지구에서 온 게릴라 대원에 북에서 내려온 북베트남 정규군 1개 소대가 합세하여 전체 병력이 백여 명에 이르렀지만 이는 매우 드문 경우였다. 작전은 정규군 장교가 지휘했으나 그 또한 하우가 하는 말에 귀를 기울이던 것으로 보아 정치위원의 위세가 녹록지 않음을 짐작할 수 있었다. 그런 하우가 퇴각하면서 타오의 소대와 동행한 것은 뜻밖이었는데 그에게는 미리 생각해둔 계획이 있었던 것 같았다.

"여기에 거점 캠프를 만듭니다. 동굴에는 간이병원과 통신시설, 식량 보급소 등이 들어설 것이오. 의사와 간호사, 약품, 보급품, 인쇄기, 무선통신기, 그리고 이곳을 지킬 대원들이 보름 내 이곳으로 올 것이오. 그들이 도착하기 전에 여러분이 할 일이 있소. 기간통로와 연결되는 샛길을 내고 그 주위를 완벽히 위장하는 것이오. 참호를 파고 방공호도 만들어야 합니다. 기간통로를 지키는 게 이번 전쟁의 승패를 가르는 일이 될 게요. 미국은 이미 연전부터 라오스를 통과하는 산악 통로에 폭격을 가했소이다. 북폭을 하기 훨씬 전부터 말이오. 다만 미국에서도, 하노이에서도 폭격 사실은 비밀에 부쳤지요. 왜냐? 하노이에서는 정규군을 내려보낸 사실이 없다고 하자니 기간통로의 존재 자체를 부인해야 했고, 미국은 국제법 위반인 중립국 라오스 영토에 대한 공습을 숨기려다 보니 공개적으로는 없었던 일이 된 게지요."

타오는 그때 라오스 국경 산악지대에서 1년 가까이 굶주리고 독충에 물려가며 길을 내던 기억에 아, 입을 벌려 짧게 비명을 내질러야했다. 그렇다면 그 길은 다 무너져버렸단 말인가. 뒤에 내려온다던 북베트남 공병단은 어찌 되었나. 그런데도 폭격을 비밀에 부쳤다니. 어떻게 그럴 수가 있단 말인가. 타오는 전쟁은 하노이에서 하고 전투는 밀림에서 한다는 생각이 들었다. 전투에서 진다고 전쟁의 패배는 아니라는 정치위원 하우의 말도 그제야 조금은 이해가 되었지만 마음 한구석은 여전히 개운치 않았다.

하우는 타오가 한숨을 쉬는 동안 입을 닫았다가 차분하게 말을 이었다.

"하지만 우리의 기간통로는 끄떡없소. 군데군데 거점 캠프와 제2, 제3, 제4의 대피로가 있는 데다가 수백, 수천의 젊은 지원병과 남녀 노동자들이 길이 부서지기가 무섭게 달려들어 보수했으니까. 물론 그러다가 열에 넷은 죽었지만. 으음……, 이제 이곳에 또 하나의 거점 캠프를 만듭니다. 우리 병사와 노동자들이 얼마간이나마 휴식을 취할 수 있는 대피소이자, 부상자를 치료하고 보급과 통신, 교육이 가능한 전방 속의 후방을 건설하는 겁니다. 이는 어느 전투에 못지않게 중요한 과업이오."

타오는 하우가 말하는 기간통로가 호찌민 루트를 지칭하는 것이란 걸 알았다. 하우가 안경알 뒤의 두 눈을 빠르게 깜박이고는 물었다.

"할 수 있겠소? 소대장."

여전히 조용조용한 말투였으나 타오는 부동자세를 했다.

"아, 소대장 동지. 나는 명령을 내리는 사람이 아닙니다. 그저 해야 할 일을 의논하는 겁니다. 대원들에게도 내 뜻을 잘 전달해주기를 바랍니다."

보름이 지나자 하우가 말했던 대로 의사와 간호사를 포함해 의약품과 비상식량, 무선통신 장비 등이 나무덩굴 새로 난 샛길을 따라

들어왔다. 손잡이에 대나무를 길게 가로지른 자전거가 가잉³⁵처럼 양
옆에 짐들을 매달고 있었다. 대원들이 몰려들어 짐들을 옮기느라 한
동안 부산하게 움직이고 나자 계급장 없는 녹색 군복상의에 헐렁한
반바지를 입은 키 큰 사내가 정치위원 하우에게 경례를 했다.

"지도위원 동지, 오래만에 뵙겠습니다. 하오반루언입니다."

"오, 누가 오시나 했더니 루언 동지구려. 우리가 저번에 만났던 데
가 어디였지요?"

"라오스 국경 원숭이 계곡 야전병원에서지요."

"아하, 그때 루언 동지가 없었다면 내가 죽었을 수도 있었습니다.
그렇지요?"

"아닙니다. 말라리아에 영양실조 증세가 심하기는 했지만 죽을 정
도까지야……."

"그렇습니까? 아무튼 살아남아 이렇게 루언 동지를 다시 만나니
아주 좋습니다. 하하하……."

정치위원 하우가 소리 내어 웃기는 이때가 처음이었는데 타오의
눈길은 그를 지도위원이라고 부르는 키 큰 군복 차림에 멎어 있었다.
루언이라고? 하오반루언? 옛날 '허수아비' 루언이 맞나? 타오가 고
개를 갸웃하는데 제 옆얼굴에 향하는 눈길을 느꼈는지 군복 차림이
고개를 돌려 타오를 보더니 두 눈이 휘둥그레졌다.

"야, 이게 누구야? 타오 아닌가? 응오반타오, 맞지? 나 루언이야.
알아보겠나?"

"뭐? 루언? 허수아비 루언?"

"맞아. 허수아비 루언이야."

둘은 누가 먼저랄 것 없이 서로 어깨를 끌어안았다.

"히야, 이게 몇 년 만이야? 하노이에서 중학 3학년 때 헤어졌으니

---

35 가잉: 긴 대나무 막대 양 끝에 바구니 같은 것을 매달아 운반하는 도구.

10년이 더 지났구먼. 부옹에게서 타오 네가 인민해방군 소대장이 되었다는 말은 들었지만 여기서 이렇게 만날 줄은 몰랐네."

"뭐라고? 부옹을 만났나? 언제, 어디서?"

"쟈딘 지구에서 열흘 전에 만나고 오는 길이야. 부옹은 지난달 플레이쿠의 미군 기지를 타격한 북베트남 정규군의 중대장이야. 놈들의 비행기를 두 대나 폭파하고 미군 놈들도 수십 명 작살내었다고 하데."

"뭐? 부옹이 중대장이라고? 정말 대단하구먼."

그쯤해서 하우가 끼어들지 않았으면 둘은 아예 정치위원의 존재를 잊어버릴 뻔했다.

"루언 동지의 어릴 적 별명이 허수아비였소? 왜? 껑충하니 키만 커서? 하하, 반갑겠소. 허나 회포는 따로 천천히 푸시고 다른 사람들도 인사를 시켜야지. 언제까지 저렇게 세워두려 하시오?"

그제야 둘은 서로에게서 떨어졌다.

"아이구, 지도위원 동지. 죄송합니다. 중학 동창을 10여 년 만에 밀림에서 만났더니 정신을 그만 깜빡한 모양입니다. 아, 소개하지요. 저기 아가씨가 간호사인 반티프엉 양이고요. 그 옆은 꽝하이 소대장이고, 그 옆은 통신기사 겸 장비 담당 콩쫑 씨, 그리고 저는 의사이자 여기 거점 캠프 책임을 맡은 루언 대위입니다."

뭐, 의사? 대위? 루언이 군의관이 되었나 보네. 타오는 그러다가 고개를 숙이는 간호사에게 눈을 돌렸는데 깃 없는 검은 셔츠 뒤로 살짝 보이는 목덜미에 보송한 솜털이 나 있는 것으로 보아 채 스물이 안 된 소녀 같았다. 순간 타오는 가슴에 짧은 통증을 느꼈다. 오래 지우고 있던 여동생 투이의 깡총한 단발머리와 껀터로 떠난 레이의 동그란 얼굴이 겹치듯 떠올랐다. 아아, 어느새 5년이 지났나, 6년이 지났나?

"프엉 양은 하노이에서 간호학교를 나왔는데 그냥 간호사가 아니라 총도 쏘고 부비트랩도 만들 줄 아는 전사이지요. 여성 간호사라고 얕보다가는 큰코다칠 겁니다."

루언이 오랜만에 여자를 보고 눈빛이 달라지는 대원들 들으라는 듯 목소리를 높이자 주위에서 쿡쿡, 웃음소리가 터져 나왔다. 그러자 검은 파자마 차림에 타이어 고무 샌들을 신고 손에는 AK 소총을 들어 얼핏 우스꽝스러워 보이는 꽝하이가 제가 인솔해 온 대원들에게 꽥, 소리를 질렀다.

"아, 뭣들 하고 있어. 입초 세우고, 장비 설치하고 해야지. 언제까지 히히거릴 거야, 엉?"

루언이 손을 저었다.

"꽝 동지. 성미 급하시기는. 천천히 하십시다. 쉬었다 하자구요. 괜찮아요. 괜찮다니까요."

그러나 정작 루언이 운을 뗀 상황은 괜찮지 않았다. 하우와 루언, 타오, 꽝하이, 네 사람이 동굴 안 부들자리에 둘러앉았는데 하노이 쪽과 해방전선 쪽이 둘씩 나눠 앉은 모양새였다.

"미 해병대가 다낭에 들어왔다고 합니다."

하우가 안경코를 올리고 루언의 말을 받았다.

"미국이 기어이 지상군을 보낸 게지요. 선발대로 해병대가 왔으니 그 뒤로 보병들이 몰려올 것은 시간문제요."

"몰려와요? 얼마나요?"

"그거야 두고 봐야지. 5만? 10만?"

"그렇게나 많이요? 그렇다면 미국이 전면전에 나선다는 것인데, 놈들이 결국 17도선을 넘을까요?"

루언이 얼굴을 찡그리자 하우가 천천히 말을 이었다.

"군사분계선을 넘지는 못할 게요. 미국도 중국의 군사 개입은 두려워하니까. 십여 년 전 조선전쟁 때 미국은 북조선 북단까지 점령했다가 중국군에 밀려 전쟁 이전의 남북 분할선까지 밀려난 채 휴전을 했어요. 중국과의 전쟁을 피한 거지요. 그러니 섣불리 17도선 위까지

지상군을 투입하지는 못할 겁니다."

타오가 조심스레 끼어들었다.

"그렇다면 결국 해방전선이 놈들의 주적이 되겠네요."

"주적이라? 남부의 인민해방군만으로 미국을 상대할 수 있겠소? 북부 정규군이 지원한다고 해도 어려울 게요. 베트남 전 인민이 함께 해야 미국을 겨우 상대할 수 있을 것이오."

꽝하이가 맨손으로 넙데데한 얼굴을 쓸며 한마디했다.

"양키에게 이기려면 놈들을 밀림으로 끌어들여야 합니다. 그런 다음 치고 빠지면 승산이 있습니다."

하우가 짝짝, 짧게 손뼉을 쳤다.

"맞소, 맞아요. 프랑스 놈들에게 한 것처럼 말이오. 허나 미국은 프랑스와는 견줄 수 없을 만큼 강한 적입니다. 아주 오래 견뎌내야 할 것이오. 오래 견뎌내면 우리가 이길 것이오."

"얼마나요?"

"글쎄올시다. 10년, 20년?"

10년, 20년? 타오는 문득 같은 얘기를 들었던 것 같아 고개를 갸웃하는데 옆자리에서 꽝하이가 중얼거렸다.

"10년, 20년이라고요? 젠장, 그 전에 늙어 죽겠네요."

이틀 후 타오는 소대원 스무 명을 데리고 캠프를 떠났다. 부상자 넷은 캠프에 남겼다. C지구까지 가려면 일주일 넘게 밀림 속을 행군해야 할 것이었다.

"몸조심하게. 또 만나세."

루언이 길쭉한 손을 내밀었다. 타오의 눈에 반바지 아래 털이 숭숭한 루언의 맨다리가 들어왔다.

"어이, 루언. 의사 옷이 이게 무어야. 프엉 양 보기에 민망하지 않겠나?"

간호사 프엉이 살짝 웃고는 씩씩하게 인사했다.

"저는 괜찮습니다. 소대장 동지, 조심해 가십시오."

"아, 우리 대원들 잘 부탁합니다."

타오가 등을 돌렸는데 하우는 이미 꽝하이 쪽 소대원 두 명의 호위를 받으며 밀림 속으로 자취를 감추고 있었다. 남베트남 순회 정치위원인 하우는 중남부 산악 지역인 부온마투오이로 간다고 하였다. 떠나기 전 하우는 타오를 따로 불러 조용히 말했다.

"이건 우리끼리 하는 얘기지만 요즘 들어 달아나는 해방전선 병사들이 늘어나고 있소이다. 작전 나갔다가 제 고향집으로 슬쩍 돌아가는 거지요. 왜 아니겠소. 산 하나 넘고 강 하나 건너면 고향집인데. 그런데 그렇게 돌아간 병사들이 살아남겠소? 지엠의 전략촌 계획³⁶은 이미 실패했다고 하지만 마을마다 감시의 눈들은 남아 있으니까 말이오. 사실 양키보다 무서운 적은 양민들 속에 숨어 있는 사이공의 개들이오. 전략촌의 개들을 솎아내야 합니다. C지구에 돌아가면 그 점을 얘기하시오. 아무튼 대원들이 흔들리지 않으려면 소대장부터 낙관해야 합니다. 10년, 20년이 걸려도 이 전쟁은 반드시 이길 거라는 자신감을 가져야 합니다. 다시 만날 날이 있을 것이오, 소대장 동지."

타오는 그쯤에서 부옹이 같은 말을 했던 걸 기억했다. 2년 전이었나. D지구 유격대에서 조우하였을 때 부옹은 말했었다. 10년, 20년이 걸려도 우리가 끝내 이 전쟁에서 승리하리란 믿음이 있다면 초조할 것도 두려울 것도 없을 거라고. 하우가 하는 말과 똑같은 소리였다. 레끼 분대장의 얼굴도 떠올랐다. 라오스 중부 산악지대에서 길을 내던 날들. 목마름과 굶주림, 무더위와 독충에 시달리면서도 그는 늘 콧노래를 흥얼거렸지. 믿음과 낙관이 혁명전사들이 공유하는 덕목이

---

36 전략촌 계획: 남베트남 농민들을 요새화된 촌락으로 강제 이주시켜 공산게릴라들의 활동 근거를 없애려 한 계획. 그러나 베트콩에 대한 농민들의 동조는 두려움 때문이 아니라 지엠 정권에 대한 반발에서 비롯되었기 때문에 이 계획은 실패할 수밖에 없었다.

라면 타오 자신은 아직 멀었다는 생각이 들었다. 그러나 내색할 수는 없었다. 타오는 짐짓 쾌활한 목소리로 답하였다.

"예. 나중에 다시 뵙겠습니다. 안녕히 가십시오, 정치위원 동지."

사이공 벤타인 시장 뒤편, 버린 생선 궤짝과 빈 깡통, 깨진 항아리와 찢어진 곡물 포대, 썩은 야채더미 등 온갖 쓰레기들이 뒤엉켜 쌓여 있는 야적장으로 트럭 한 대가 그르렁 그르렁, 밭은소리를 내며 들어섰다. 바닥으로 향한 뿌연 전조등 앞으로 파리와 모기, 하루살이 떼가 날아들었다. 그것들은 마치 숨어 있던 게릴라들처럼 트럭 앞으로 돌진하였다. 트럭이 멈춰 서며 전조등이 꺼졌다. 희미한 불빛이 지워지자 짤막한 빛기둥 속에서 아우성치던 날것들은 일시에 어둠에 나포된 듯 사라져버렸다.

트럭의 앞자리 운전석에 앉은 사내가 담배를 피워 물었다. 옆자리의 사내가 마땅찮아하는 소리를 냈다.

"담배를 왜 피워…… 응? 담배를 왜……?"

운전석의 사내가 빡 소리 나게 담배를 빨더니 트럭 앞창 쪽을 향해 작은 원을 그렸다.

"이게 저쪽 놈들에게 보내는 신호야. 잠깐 있으면 놈들이 모습을 드러낼 거라고."

"베트콩 애들이 직접 온다고?"

"놈들의 심부름을 하는 거간꾼이라지만 다 한통속 아니겠어. 저어기, 나타났네. 형은 내려서 내 두어 발짝 뒤에 서 있으면 돼. 권총은 뒤춤에 숨기고."

트럭에서 두 사내가 차례로 내려서자 저쪽에서도 둘이 다가왔다. 고만고만한 키에 둘 다 검정 파자마 차림이어서 검은 덩어리가 다가오는 것 같았다.

"물건은 약속대로 가져왔습니까?"

"그쪽이 원한 품목대로 빠뜨리지 않고 가져왔소. 거기에 버드와이저 맥주 두 상자는 덤으로 얹었고."

"하, 버드와이저? 좋지요."

"대금은?"

"아, 그건 염려 마십시오. 저희는 계속 거래를 해야 할 특급선에 대해선 절대 신용을 잃지 않습니다. 다만 전액을 달러로 준비하지는 못했습니다."

"그럼, 어떻게?"

"2만은 달러로. 5천은 동[37]으로. 꼭 달러로 해야 한다면 사흘 후 달러로 바꾸어 드릴 수도 있습니다만."

"5천 달러가 동으로는 어떻게 되나?"

"1억 동으로 넉넉히 잡았습니다."

"1억 동이면 부피가 굉장할 텐데 그걸 어떻게 운반한단 말이오?"

"큰 가마니 두 개지요. 염려 마십시오. 달러가 든 가방과 함께 두 분이 타고 돌아갈 차에 단단히 실어놓았습니다."

"그러면 저 트럭의 물건들은 어디에 싣고 가나?"

"에? 트럭의 물건들을 싣고 가다니요? 저희가 트럭째 인수하는 걸로 압니다만……."

"뭐라? 트럭째 가져간다고? 잠깐만……."

앞의 사내가 두어 발짝 뒤의 사내에게 고개를 돌렸다. 뒤의 사내가 고개를 끄덕였다.

"이런 젠장. 당신들 셈이 너무 짠 거 아닌가? 5천은 더 해야지."

"아이고, 그저 저희들 목숨값 얹어준다 생각하십시오. 다시 안 볼 사이도 아니고요. 그렇지 않습니까?"

---

37 동: 베트남 화폐. 지폐 단위는 500동부터 50만 동짜리까지 12종류가 있다. 1달러는 약 2만 3천 동(2020년 기준).

"물건은 확인하지 않아도 되겠소?"

"81밀리 박격포와 유탄발사기 세 대. 수류탄 백 발, 권총 스무 자루, 키니네 열 상자. 노보카인[38] 열 상자, 붕대 이십 상자, C-레이션[39] 백 상자, 그리고…… 트럭 한 대. 믿고 하는 거래에 피차 확인할 필요가 있겠습니까. 다시 안 볼 사이도 아닌데……."

검은 파자마가 이죽거리며 같은 소리를 하자 앞의 사내가 맨땅에 침을 찍, 뱉었다.

"이런 제기랄, 내가 당신들 또 볼지 안 볼지 어떻게 알고 그래. 그나저나 우리가 타고 갈 차는 어디 있나? 나는 아무래도 돈 가방을 좀 확인해야겠는데. 대금을 확인한 뒤에 트럭 키를 넘겨주지."

"아, 그러시지요."

파자마가 휙, 휘파람을 불자 납작한 지프 한 대가 굴러왔다. 사내가 지프 뒷자리로 올라가 손전등을 켜는 사이 파자마들은 잽싸게 트럭 적재함으로 올라갔다. 손전등 불빛이 가늘게 흔들렸다. 잠시 후 트럭과 지프는 쓰레기 야적장을 빠져나와 서로 반대 방향으로 달려갔다.

30분 가량이 지나 지프가 멈춰 선 곳은 차이나타운인 촐론 지구의 뒷골목이었다. 모자를 깊숙이 눌러쓴 지프 운전사는 지폐 가마니를 허름한 2층짜리 건물 앞에 내려놓고는 곧장 사라졌다. 인사는커녕 사내들과 눈도 마주치지 않았다. 나무계단을 올라 사무실로 들어간 앞의 사내가 벽면의 스위치를 올리자 촉수 낮은 알전구가 불그레한 빛을 발했다. 뒤의 사내가 달려가 든 가방을 바닥에 내려놓으며 중얼거렸다.

"인쇄소를 하겠다더니 여기가 거기냐?"

---

38 노보카인: 마취제.

39 C-레이션: 조리를 하지 않고 즉시 먹을 수 있는 통조림 형태의 미군 전투식량.

"응. 아직 기계를 들여놓지 못해 두어 달은 더 지나야 될 거야. 잠깐, 커튼을 쳐야지. 불빛이 새어 나가 좋을 게 없잖아."

앞장선 사내가 진녹색 커튼을 치자 먼지가 뽀얗게 피어올랐다. 쿨룩, 사내가 짧게 기침을 하고는 돌아섰다.

"내가 이 건물을 산 건 아무도 모르니 형은 아무 걱정 마. 프엉이라고 중년 과부가 갖고 있던 건물인데 한 달 전에 내게 팔고 미국으로 떴어."

계급장과 명찰이 없는 경찰 전투복을 입은 키엠이 싱긋거리자 밤색 셔츠에 쥐색 양복을 걸친 람이 물었다

"미국? 뭐 하던 과분데?"

키엠이 푹, 소리를 내며 웃었다.

"나 참, 형이 그건 알아 뭐 하게. 돈푼께나 만지던 과부가 젊은 놈 팡이 꿰차고 지긋지긋한 베트남에 빠이빠이 한 거겠지. 아니면 여기 와 있던 미군 애와 눈이 맞았거나. 그건 그렇고 이번 건 좀 큰데 문제 없겠어? 형이 직접 나선 것도 그렇고 말이야."

람이 마른손으로 얼굴을 닦았다.

"야, 키엠. 내가 나서지 않으면 박격포, 유탄발사기, 수류탄에 트럭까지 통째로 빼 올 수 있었겠냐? 나도 몇 달 어렵게 작업한 거야. 별일은 없을 거야. 미군 기지에 쌓인 게 포탄이고 화기인데 재고 장부 조작하는 건 일도 아니야. 장군부터 장교들까지 너도나도 해 먹지 못해 눈이 시뻘건데 뭐. 트럭은 이미 전략촌으로 빼냈던 거니까 괜찮을 거고."

"비용은?"

"여기저기 찔러준 것과 줘야 할 돈 제해도 오육천 달러는 떨어지겠지."

"우리 둘 목숨값이네. 흐흐……."

"겨우 오육천 달러에 목숨을 거냐. 이제 시작이야. 기왕지사 이렇

게 된 거 돈이나 왕창 벌어 여기 건물주였던 과부처럼 미국으로 떠
야지."

"형수와 투이는?"

"다 데려가야지. 나 혼자 가겠냐?"

"참, 타오 소식은 전혀 모르지?"

람이 얼굴을 굳힌 채 입을 닫더니 금세 말을 바꾸었다.

"키엠, 너는 어쩔 거야? 계속 비엔호아에서 경찰 할 거야? 사이공으
로 돌아오기는 틀린 거냐? 여기에 인쇄소 차린다면서 어떡하려고?"

"인쇄소야 사람 쓰면 되고, 비엔호아에서 사이공까지 차로 달리면
30분밖에 안 걸려. 외려 우리 사업하기에는 거기에 나가 있는 게 낫
지. 비엔호아 미군 기지에서 빠져나오는 물건도 꽤 쏠쏠하다고."

"거기 작년엔가 재작년엔가 베트콩 애들한테 되게 당했었잖아."

"뭐, 미군 애들 일고여덟 죽고 비행기 몇 대 부서지고 그랬지. 지금
은 괜찮아. 미군 전투부대도 들어오고. 참, 형수는 비엔호아에 와 살
면 좋을 거야. 교회가 엄청 많으니까 말이야. 북에서 내려온 신자들
이 우글우글하고."

"야, 키엠, 혹시라도 쑤엔에게 실없는 소릴 할 생각일랑 아예 하지
마라. 그렇잖아도 쑤엔은 타오가 사라진 뒤로 성모마리아만 부르고
사니까. 그나저나 너 지내기는 어떠냐. 이제 보안 일은 안 하는 거지?"

"보안 일이 뭐 따로 있나? 대민 활동에다 미군 애들 뒷바라지하는
게 모두 보안 일이지. 그래도 여기보다는 나아. 사이공은 정말 지긋
지긋하다고."

"키엠, 넌 결혼은 안 할 거냐? 앞으로 계획이 뭐야?"

"결혼? 생각 없어. 여자 생각 나면 그때그때 풀면 되지. 결혼은 귀
찮아. 계획? 으음, 형하고 사업 잘해서 돈 벌고. 형 미국으로 뜰 때 따
라갈까? 흐흐……. 아니야, 난 형처럼 영어를 하는 것도 아니고 미국
놈들한테 기죽어 살기는 싫어. 난 나중에 타인호아 고향집에 돌아가

살 거야. 그 쌍놈의 새끼, 아버지 돌아가시게 한 꾹, 그 늙은 놈을 패 죽이고 내가 아버지 위패 모시고 살 거라고."

람은 키엠이 아버지 얘기를 꺼낸 것에 조금 놀라기는 했으나 별다른 감흥이 일지는 않았다. 고향으로 돌아가 살겠다고? 아버지 위패를 모시고? 흥! 어느 세월에……. 람은 속으로 코웃음을 쳤다.

"근데 형은 다시 복귀 안 되는 거야? 언제까지 문관 노릇 하는 거냐고. 지엠 대통령이 그렇게 끝나지만 않았더라도 형은 지금쯤 장군이 되었을지도 모를 텐데 말이야. 아, 아니지. 그 개자식, P42 트롱 반장과 엮이지만 않았더라도 별일 없었을 텐데 말이야. 아, 그게 다 꾹 그 개자식 때문이야. 그 늙은 놈이 날마다 돼지 먹을 딴다는 그 괴상한 노래 탓이라고. 그 빌어먹을 노래 때문에 타오가……."

"야, 키엠. 그만둬. 타오 얘기는 왜 꺼내고 그래, 쓸데없이. 이런 사업 하기에는 문관 통역이 더 나아. 문관이지만 미군 영관급과 어울리는 나를 우습게 보는 놈들은 거의 없거든. 이번 사업도 다 그 덕이라고. 하여튼 나는 몇 번 더 크게 하고 미국으로 뜰 거야. 네 말처럼 베트남은 너무 지긋지긋해."

1963년 6월, 상하(常夏)의 열기가 거리를 휘감고 있던 한낮, 사이공의 대로에서 한 승려가 분신 공양 하였다. 승복 차림으로 꼿꼿이 앉아 석유를 뿌려 제 몸을 태우는 끔찍한 장면이 텔레비전과 사진을 통해 전 세계에 전송되었다. 하나의 영상, 한 컷의 사진은 공산주의자들의 위협으로부터 자유세계를 지킨다는 미국의 주장이 얼마나 허구와 기만에 가득 찬 것인지를 웅변하였다. 남베트남에 도대체 어떤 자유가 존재했다는 말인가. 미국이 말하는 자유란 지엠 대통령 형제와 그들을 추종하는 소수 기득권 세력에게나 허용되었을 뿐이었다. 미국이 한때 '남베트남의 조지 워싱턴'이라고 추켜세웠던 지엠은 '남베트남에서 특별한 사명을 완수하라는 신의 계시'가 자신에게 주어졌다고 믿는 독재자였다. 가톨릭 신자인 그는 인구의 95퍼센트가 불교

도인 나라에서 불교를 배척하였으며, 자신에 대한 일체의 비판을 허락하지 않았다. 그는 반(反)공산주의의 대가로 주어지는 미국의 원조에 기대어 절대권력을 누리면 그만이었다. 눈가림식 토지개혁에 대한 절대 다수 농민들의 원성과 기근으로 굶어 죽는 빈민들의 비참한 삶은 아랑곳하지 않았다. 지엠의 동생 뉴는 대통령궁에 파묻혀 은둔하는 형의 눈과 귀를 가린 채 권력을 전횡하였다. 비밀경찰 총수가 되어 공산주의자는 물론 정권에 대한 비판자들을 불법 체포, 구금하고 학살했다.

승려 틱쾅둑의 분신자살은 부패한 독재 권력의 붕괴를 예고하는 참혹한 리허설이었고, 본편이 연출된 것은 5개월이 지난 그해 11월이었다.

남베트남의 민주주의보다 반공 정권을 더 중요하게 여겼던 미국은 지엠에게 불교도에 대한 탄압을 멈추고, 동생 뉴를 권좌에서 물러나게 할 것을 권고하였다. 등 돌린 민심을 달래기 위한 몇 가지 개혁 조치도 필요하다고 종용하였다. 그러나 지엠은 미국의 요구를 일축하였다. 오히려 뉴는 비밀경찰을 동원해 전국의 유명 사찰을 파괴하였다. 불교 종파가 공산 게릴라에 온정적이라는 이유였다.

이제 미국이 원하는 것은 지엠의 축출이었다. 9월 들어 케네디 대통령은 "남베트남 정부와 국민 간의 거리가 너무 멀어졌다고 생각한다"고 발언하였다. 몇 주 후에는 "이제 남베트남 정부는 새로운 인물을 고려할 때"라고 언급했다. 남베트남 장성들에게 쿠데타를 일으키라는 시그널을 보낸 것이었다.

11월 2일, 드디어 쿠데타가 일어났고, 지엠과 그의 동생 뉴는 압송되던 중 암살되었다. 1954년 아이젠하워 정부의 절대적 지원으로 권좌에 오른 지 9년 만에 케네디 정부의 각본에 따라 제거된 것이었다. 사실상 미 CIA가 주도한 쿠데타였지만 일개 통역장교인 람이 그 내막을 알 수는 없는 노릇이었다. 람이 알 수 있었던 것은 뉴의 사설

조직이었던 비밀경찰이 해체되면서 엉뚱한 불똥이 제 발등에 떨어졌다는 사실뿐이었다. P42 트롱 반장에 대한 조사 과정에서 미 군사고문단의 일정을 보고한 통역장교의 문서가 발각되었고 람은 베트남군 헌병대에 체포되었다. 다행히 극비문서가 아닌 데다가 그동안 통역을 하면서 낯을 익힌 군사고문단 측의 배려로 3개월 만에 군복을 벗고 예편하는 것으로 일단락되었다. 한두 달이 멀다 하고 연쇄적으로 발생한 쿠데타로 실권자가 계속 바뀌는 정국의 혼란도 람의 석방에 도움이 되었다. 뛰어난 영어 실력 덕분에 몇 달 후 그는 문관 통역관으로 다시 일할 수 있게 되었다. 파병되는 미군의 수가 열 배, 스무 배로 늘어나면서 그에 비례해 통역관 수요도 늘어날 수밖에 없었다. 계급장 없는 군복을 입은 영관급 문관 통역관이 람의 새로운 지위였다.

람이 군복을 벗을 즈음 키엠에게는 사이공 레방제트 경찰서에서 사이공 외곽 비엔호아 경찰서로 전근 명령이 떨어졌다. 지구 보안대가 군으로 흡수되면서 키엠은 비엔호아 경찰서 경무과장으로 보직이 변경되었다. 명목상으로는 전출이었으나 실제로는 시골 한직으로 밀려난 꼴이었다.

군복을 벗은 람이 문관 통역관이 되고 얼마 지나지 않아 키엠이 집으로 찾아와 한 말이 돈을 벌자는 거였다.

"형, 어차피 이렇게 된 거 우리 돈이나 법시다. 형이 미군 애들 쪽을 뚫어주면 처리는 내가 할게. 미군 PX에서 빠져나온 물건이 지금 사이공 암시장에 지천으로 널렸어. 그런데 그건 아무것도 아니고 온갖 군수물자부터 무기까지 안 나오는 것이 없다고. 서로 눈이 뻘게져서 해 먹는 판이야. 전략촌으로 보급되는 물자는 그 지역 사령관부터 그 아래 장교들이 서로서로 빼돌리고, 미군 병참기지 무기도 박스째 새어 나오고 있어. 수류탄, 권총에다가 박격포까지, 탱크도 분해되어서 저쪽 애들한테 넘어간다니 말 다 했지."

"저쪽 애들이라니?"

"뭐, 해방전선이라는 베트콩 애들이지."

"설마, 그럴 리가."

"내가 다 알아보고 하는 말이라니까. 몇 탕만 잘하면 몇만 달러, 아니 그 이상도 벌 수 있을 거야. 형은 이제 별 달기 틀린 거고, 나도 경찰 해 먹기 얼마 안 남은 것 같으니까 끈 떨어지기 전에 돈이라도 벌어야지. 그래야 이 지긋지긋한 베트남을 뜰 거 아니야. 안 그래?"

"베트남을 떠? 어디로?"

"형은 진작부터 미국에 가고 싶어 했잖아. 그래서 미군 고문단 통역 일에 열심인 거 아니었어? 그래서 투이에게도 영어, 영어! 노래를 한 거 아니었냐고."

별을 다는 걸 꿈꿔왔던 건 아니었다. 통역장교 출신이 장군을 바라는 건 언감생심이었다. 베트남을 떠 미국으로 가는 것도 깊이 생각해 보지는 않았었다. 그런데 키엠의 입에서 미국 이야기가 떨어지자마자 람은 눈앞이 환해지는 느낌이었다. 그래, 미국으로 가자. 타오는 이미 연을 끊은 놈이니 쑤엔과 투이만 데리고 키엠 말대로 이놈의 지긋지긋한 베트남을 떠나는 거다. 아랫입술을 씹은 람이 키엠의 손을 잡아 쥐었다. 그렇게 시작한 사업이 반년 만에 본 궤도에 오른 것이었다.

어둑새벽에 키엠의 부하가 경찰 지프를 몰고 왔다. 람이 조금 불안한 눈빛을 하자 키엠이 쿡, 웃었다.

"형, 걱정 마. 저 친구도 동업자니까."

람은 지프 뒷자리에 올랐다. 지프가 출발하자 가솔린 냄새가 코를 찔렀다. 람은 낯을 찡그리며 고개를 돌렸다. 낮은 단층건물의 희끄무레한 벽면이 스쳐 지나갔다. 좁고 더러운 골목길이었다. 람의 기분도 갑자기 더러워졌다. 느닷없이 화가 치밀어 올라 앞자리의 키엠과 운전대를 잡은 부하 경찰, 동업자라는 두 놈의 뒤통수에 총알을 박아

넣고 싶을 지경이었다. 가쁜 숨을 쉬며 앞을 노려보던 람의 동공이 순간 크게 흔들렸다. 무언가 시커먼 그림자가 골목 어귀에 서 있는 것 같았다. 검정색 파자마에 소련제 AK-47 소총을 어깨에 멘 베트콩. 타오? 타오인가? 람의 목구멍에서 어어, 짧은 신음이 나왔으나 지프는 빠르게 골목을 빠져나갔다. 골목 어귀의 수양버들이 머리를 풀어 헤친 채 어지러운 그림자를 만들고 있었다.

14

단독정부가 출현한다면 나뿐 아니라 전 민족이 반대할 것이다.…
좌우익이 합작해 우리 민족 전체의 의사를 대표하는
통일기관을 만들어야 할 것이다.
— 1946년 6월. 여운형

1947년 7월 19일 오후 1시경, 미국제 고급승용차 스튜드베이커가 서울 혜화동 로터리로 들어섰다. 갑자기 맞은편 파출소 쪽에서 트럭 한 대가 달려 나와 승용차 앞을 가로막았다. 놀란 운전수가 충돌을 피하려 속도를 줄인 순간 한 젊은이가 승용차 뒤쪽 범퍼로 날렵하게 뛰어올랐다. 젊은이는 승용차 안의 신사를 겨누어 권총의 방아쇠를 당겼다.

탕, 탕…….

두 발의 총성이 초하(初夏)의 한낮을 찢어발겼다. 몽양 여운형은 그렇게 암살되었다. 해방 이후 2년 동안 열두 차례나 테러를 당했던 그가 끝내 노상(路上)에서 생을 마감한 것이었다. 혁명가는 길 위에서의 죽음을 두려워하지 않는다던 그 자신의 말대로. 향년 62세였다.

몽양의 피살은 '예고된 정치 테러'였다. 몽양은 피살되기 나흘 전인 7월 15일 한 모임에서 수도경찰청장 장택상으로부터 암살 위험에 대한 경고를 받았던 사실을 공개했다. 미군정은 몽양에 대한 암살 테러 위험을 인지하고 있었다는 얘기다. 그러나 미군정은 별다른 조치를 취하지 않았다. 사실상 암살을 방관한 셈이다. 왜일까?

1886년 4월 경기도 양평에서 출생한 몽양은 20대의 대부분을 기독교인으로 살았다. 스물둘에 기독교에 입교하였고, 스물여섯에 평양 장로교신학교에 입학하였다. 스물여덟이던 1914년, 중국으로 건너가 난징 금릉대학에 입학한 것도 신학을 공부하기 위해서였다. 그러나 항일정신에 투철했던 몽양은 1918년 상하이에서 '신한청년단'을 만들어 본격적인 독립운동에 뛰어들었다. 민족자결주의를 선언한 우드로 윌슨 미국 대통령에게 조선 독립의 당위성을 호소하는 청원서를 보내는 한편 제1차 세계대전의 전후 처리를 논의할 파리강화회의에 신한청년단 대표(김규식)를 파견하였다. 몽양의 이러한 활동은 이듬해 국내 3·1운동의 기폭제가 되었다.

1922년 몽양은 소련 모스크바에서 열린 '원동민족근로자대회'에 김규식과 함께 참석하였고 레닌, 트로츠키와 만나면서 공산주의에 공명하였다. 그러나 기독교 전도사 출신인 몽양은 생래적으로 공산주의자가 될 수 없는 인물이었다. 그는 자신의 마음 깊은 곳에 늘 신(하느님)이 존재한다고 토로하였다. 그는 '조선을 위한 공산주의'에 흥미를 가진 것이었지 '공산주의를 위한 조선'을 염두에 둔 것은 아니었다. 사상은 현실을 타개할 방편일 뿐 추구할 진리의 대상은 아니었다. 민족독립과 통일에 도움이 된다면 어떤 이념이나 사상이든 구애받지 않고 활용할 수 있다는 것이 몽양의 생각이었다. 이는 몽양이 오랜 세월 아끼던 후배 박헌영과 끝내 결별할 수밖에 없었던 이유이기도 했다.

몽양은 잘생긴 외모에 건장한 몸과 활달한 성격을 가진 만능 스포츠맨이자 웅변가요, 《조선중앙일보》 사장을 역임한 언론인으로서 특히 청년, 학생들에게 인기가 높은 대중정치인이었다. 그는 현실적이고 합리적인 지도자로서 조선의 독립과 통일국가 수립을 위해서라면 어떠한 실천적 행동도 마다하지 않았다. 일찍이 상하이 임시정부 인사(외무차장)로서 주위의 비난을 무릅쓰고 일본을 방문해 조선 독립의 당위를 웅변하였으며, 일제가 패망하는 날 건국 준비를 위해 조선총독부와 교섭하는 일도 개의치 않았다. 미·소 군정을 서슴없이 왕래하였다. 해방 정국에서 북한을 세 차례나 방문한 남한 정치인은 그가 유일하였다. 그는 남북의 분단을 막고 자주통일을 이루기 위해서는 미국과 소련, 남과 북, 좌우의 대립 갈등을 해결해야 한다는 것을 통찰하고 있었다. 그런 그가 해방 후에 30년 전의 동지 우사 김규식과 손잡고 좌우합작운동의 선봉에 나선 것은 피할 수 없는 운명이었으리라. 그러나 어느 한쪽에 매이지 않는 그의 거침없는 행보는 좌우 극단세력 모두의 비난과 테러의 표적이 되었고 끝내 풋내기 극우청년의 총탄에 쓰러지고 만 것이다.[40]

몽양이 암살당한 뒤 제2차 미·소 공동위원회는 최종 결렬되었다.

미·소 공위를 통한 임시정부 수립이란 국제 협약은 물거품이 되었고, 민족통일국가의 꿈도 허망하게 사라졌다. 남은 것은 몽양이 그토록 우려했던 남북 분단과 동족상잔의 전쟁이었다.

*

"하이고 마, 칭일 비가 오는 걸 보이 장마인갑다. 야야, 니는 왜 이 불도 덮지 않고 요대기에 누워 있냐. 홀몸도 아니믄서 고뿔이라도 들믄 우짤라꼬. 저번에 허 씨 댁에서 가져온 밀가루 남은 기 있어 빈대떡 몇 장 부쳐봤다. 애호박 얹어 들기름에 지졌더니 달큰하니 묵을 만하다."

윤 씨가 이 빠진 대접에 빈대떡을 얹어 건넌방으로 들어섰다. 방바닥에 요를 깔고 누워 있던 선옥이 무거운 몸을 일으켜 윤 씨가 건네는 접시를 받았다.

"빈대떡을 부치셨어예. 지를 부르시지 않고요."

"되었다 마. 비도 오고 출출하던 차에 시렁에 얹어두었던 밀가루 봉지가 생각나서 몇 장 부쳐본 기라. 묵어봐라. 맛이 우짠지."

"아버님은예?"

"그 양반은 물꼬 낸다 카믄서 허 씨들이랑 같이 울력 나갔다."

"몸도 안 좋으신데 우중에 나가시믄……."

"안 좋기는, 개안타. 농사일 하든 사램은 논에 나가야 몸도 나아진다."

"돌아오시믄 시장하실 텐데예."

"저녁밥 일찍 드리믄 된다. 니나 어서 묵어라."

40 경찰은 범인이 19세 한지근이라고 발표했으나 공범과 범행 배후 등 사건의 실체는 전혀 밝혀지지 않았다. 뒤늦게 한지근의 본명은 이칠형(21세)이며 범행 20일 전 고향인 평북 영변에서 월남했음이 알려졌다.

"죄송합니더. 어머니."

"야가 또 뭔 소릴 허고 있노. 그눔의 죄송 소리는 그만허라 안 했나. 배 속에 아가 들면 이거저거 많이 묵어야 하는 법인데. 쯧쯧······. 우쨌든둥 니 몸 풀 때 쯤이믄 얼추 햇곡식을 거둘 게니 그나마 다행이다. 하이고, 내 정신 좀 봐라. 미나리 우린 물 가져온다믄서 깜빡했구마. 찬찬히 묵어라. 얹히지 안쿠로."

윤 씨가 지게문을 열고 나갔다. 문 열린 새로 빗소리가 기어들어왔다. 선옥은 노릇노릇하게 익은 빈대떡 한 조각을 떼어내 입으로 가져갔다. 들기름 냄새로 콧속이 간질간질했다. 배 속의 아이가 자라면서 입덧이 사라진 지는 오래되었다.

용민의 가슴에 얼굴을 묻고 있을 때에도 선옥은 콧속이 간질거렸었다. 영생의원 원장님은 자주 코가 막히거나 간질거리는 건 비염이 있어 그러는 거라며 그럴 때마다 소독수로 콧속을 씻어내라 하셨지만 선옥은 제 코가 유독 냄새에 민감한 때문이라 여기고 있었다.

"개코인가 보네."

선옥이 용민의 가슴팍에 코를 문지르고 나서 그런 얘기를 하자 용민이 우스개로 한 말이었는데, 선옥이 엄지와 검지로 집게를 만들어 용민의 코를 쥐어 흔들자 용민은 가볍게 도리질을 하고는 뜨거운 입술로 그녀의 이마와 코, 입을 찍어댔다. 용민의 입술은 곧 그녀의 목과 젖가슴을 거쳐 배와 배꼽 아래로 내려갔고, 선옥은 코가 막혀서인지 숨이 막혀서인지 하아, 옅은 신음을 내고는 까무룩 정신줄을 놓고 말았다. 임실의 여인숙 뒤채에서였다.

기막혀라. 이틀 밤낮을 그렇게 지내었다니. 선옥의 낯빛이 제풀에 붉어지며 지난날들이 활동사진처럼 뇌리에 떠올랐다.

선옥이 용민과 동행하는 걸로 결정이 나자 거동사 주지스님은 방장스님에게 용민이 입을 양복 한 벌과 중절모, 테가 굵은 안경, 구두 한 켤레를 준비하라 일렀다. 용민은 면도로 깔끔히 수염을 밀어내고

때가 전 우편국 작업복을 양복으로 갈아입었다. 품이 크고 빛바랜 감색 양복에 헌 구두였지만 밤색 뿔테 안경에 검정색 중절모를 머리에 얹자 그런대로 멀끔한 행색이었다. 검문이라도 있을라치면 신혼내외가 화북면 처가에 들렀다가 임실로 돌아가는 것으로 둘러대기로 하였다. 행선지를 임실로 정한 것은 승호 씨가 임실 읍내에서 제분소를 한다는 제 삼촌의 집 주소와 이름을 내어주었기 때문이었다.

"혹 임실 어디 사요? 물어싸면 내동 제분소 집 장남이라고 해버리시오. 그라고 내동 제분소 뒤편에 여인숙이 하나 있는디 거그 쥔아저씨는 내가 잘 아는 어른이여. 아무튼 간에 그짝허고는 잘 통할 양반잉께 내가 보냈다 말하고 사정을 야그하면 알아서 도와줄 거구먼. 몸조심하더라고. 색시도 잘 가시오. 좋은 세상에서 다시 만납시다."

화북면 차부 앞까지 배웅을 나온 승호 씨는 오는 길에 저는 원래 전라도 임실 사람인데 사정이 있어 고향을 떠나 경상도를 전전하다 절집에 몸을 의탁하는 처지가 되었노라 하였다. 용민이 무슨 사정인데 그간에 입 봉하고 암말도 안 했느냐, 짐짓 통을 놓자 승호 씨는 "거그 사정도 만만치 않은디 먼 야그를 혀, 야그를" 하고는 간만에 편하게 고향 말을 쓰니 속이 다 시원타며 쿡쿡 웃었다. 그랬던 승호 씨가 눈물을 글썽이며 돌아서자 용민은 제 처지도 잊은 채 이별을 안타까워하였다.

한눈에 젊은 내외로 보였던지 화북면 차부에서도, 종점인 임실 차부에서도, 둘을 검문하려는 경찰은 없었다. 그래서였을까. 두 사람은 스스럼없이 제분소 건너편 여인숙으로 들어섰고, 임실 살던 이승호씨 소개로 찾아왔노라 하자 구렛나루가 희끗한 쥔 남자는 두말없이 뒤채 우묵한 방을 내주었다. 볕이 안 들어 어둑한 방 안에서 둘이 조금은 어색한 눈을 하고 있는데 물주전자를 들고 뒤따라온 쥔 남자가 용민을 불러냈다. 한참 만에 방으로 돌아온 용민이 마치 남의 이야기하듯 건성건성 말했다.

"이틀은 예서 묵으라 카네. 구례 화엄사에 신도들이 들어가는 공일에 맞추는 게 좋을 거라네. 그라고 승호 그 사람은 여그 주인어른과 임실 인민위원회에서 같이 일했었다고 허는데 2년 전쯤에 낫으로 지주 팔을 베고 달아났다 카더만. 머슴은 아니었고 소작농 장남이었다고 하니 빤하지 뭐. 악독한 지주가 승호 씨 부친을 얼매나 몬살게 굴었으면 그 착한 사람이 낫을 휘둘렀겠어. 그나마 죽이지 않고 팔하나 베었으니 망정이지. 내 같았으면…….”

중얼거리던 용민이 갑자기 입을 꾹 닫았다. 가네다 이치로의 가슴팍을 겨누었던 장도(長刀)의 느낌이 손바닥에 선명하게 되살아나 용민은 성급히 마른손을 비벼댔다.

"그게 먼 소리예…? 와 그라예…?”

선옥이 고개를 들어 용민을 쳐다보았지만 영문을 모르는 만큼 크게 놀란 기색은 아니었다.

"아, 아이다. 그나저나 우짤래. 공일에나 구례로 넘어갈 낀데 니는 그마 대구로 돌아가야 되지 않겠나?”

용민이 그제야 선옥과 눈을 맞추며 묻자 선옥이 눈길을 피하며 고개를 저었다.

"괜찮아예. 병원장님께 삼호리 집에서 며칠 묵었다가 온다꼬 말씀드려 허락을 받았구…… 병원도 신정 초에는 문을 닫기로 했구예…… 그라니 구례까정 함께 가도 되예……. 아아, 흐읍…….”

선옥은 더 말할 수 없었다. 용민의 두툼한 입술이 그녀의 입을 막아버렸기 때문이었다. 선옥은 정신이 아뜩해지며 다리에서 힘이 풀려 두 팔로 용민의 목을 감았다. 둘은 삿자리 위로 뒤엉켜 쓰러졌고, 용민의 후들후들 떨리는 손이 허겁지겁 선옥의 옷을 벗겨냈다. 용민의 손이 치마 속으로 들어왔지만 선옥은 예전처럼 제지하지 않았다. 신음이 방 밖으로 새어 나갈까 손바닥으로 제 입을 막았을 뿐이었다. 두 팔을 들어 올리자 작고 통통한 젖가슴이 봉긋하게 솟아올랐다. 용민이 그것을 삼키듯 베어 물었다. 누가 먼저랄 것도 없었다. 용민과 선옥은 정신없이 서로의 몸뚱이를 탐했다. 방 안은 둘이 내는 열기로 후끈 달아올랐다. 마침내 가랑이 사이로 뜨거운 불덩이가 밀고 들어오자 선옥은 입을 악물었다. 속살 깊숙이 통증이 일었으나 차츰 잔잔한 희열이 아픔을 감싸 안았다. 아아, 이제 이 사람은 내 남자야! 남자의 뿌리가 깊이 들어왔고 그녀는 두 다리를 올려 남자의 허리를 감았다.

둘은 이틀 밤낮을 그렇게 보냈다. 헤어짐은 툇마루 아래 댓돌 위까지 다가와 있었고 이별은 어쩌면 아주 오래갈 것이었다. 서로 입 밖에 내지는 않았어도 둘은 그것을 잘 알고 있었다. 하기에 젊은 남녀는 안타까이 서로를 안고 또 안아야 했다. 함께 있을 수 있는 시간이 너무 짧았기에, 헤어져야 하는 순간이 다가오고 있었기에, 행여 영영 이별이 될지도 몰랐기에.

공일날 아침 개다리소반에 조기 구이가 올랐다.

"서해 생선이 모처럼 예까지 내려왔구먼. 가시가 많긴 해도 제철 어물이라 맛은 그만이네."

툇마루에 상을 물릴 쯤 해서 나타난 쥔 남자가 빙그레 웃어 보였다.

"예, 비린 음식을 언제 묵었는가 몰라 가시째 삼켜버렸습니다. 하하……."

용민과 선옥이 나란히 고개 숙여 인사하였는데 웃음은 거기까지였다.

"어쩌, 떠날 채비는 하셨는가. 마침 내도 구례 넘어갈 일이 있으니 함께 가세나. 색시도 함께 가시나?"

단박에 굳어진 용민의 눈이 선옥을 거쳐 쥔 남자를 향했다.

"아입니더. 여그는 대구로 돌아갈 낍니더."

선옥이 용민의 팔을 잡았다.

"구례까정은 지도 갈 거라예. 화엄사 절 구경하고 돌아가지예."

선옥의 눈에 설핏 물기가 번졌을까, 잠자코 보고 있던 쥔 남자가
고개를 끄덕이며 말했다.

"그려. 함께 가더라고. 내도 오랜만에 화엄사 절 구경하고 싶구면.
겸사겸사 화승 스님도 만나보고."

"화승 스님을 아십니꺼?"

"알다마다. 속명이 최이섭이라고 내 어릴 적 동무여. 그 친구는 왜
정 때 광주고보를 댕기다가 머릴 깎았으니 벌써 20년이 다 돼가는구
면. 두 사람은 애기 쩍이었을 테니 모르겠지만 지금으로부터 십칠팔
년 전에 전라도 광주에서 학생들이 항일운동을 일으켰었네. 11월인
가 늦가을에 시작된 시위가 전라도 전체로 번지면서 이듬해 춘삼월
까지 이어졌으니 기미년 3·1 운동 이래 가장 큰 독립운동이었제. 광
주고보에서 시위를 주동했던 최이섭은 왜경에 쫓기자 산으로 들어가
머리를 깎았다는데, 해방되고 구례 화엄사에서 보았다는 이가 있어
나도 그간 두어 번 찾아가 보았구면. 하여간에 저짝하고도 기맥이 통
하는 눈치이더니 이짝하고도 인연이 됐는가 싶구면."

말하면서 흘깃흘깃 선옥을 훔쳐보는 품이 남자들끼리만 알아듣는
얘기 같았다. 저짝, 이짝? 선옥이 고개를 갸웃하자 용민이 얼른 말을
돌렸다.

"구례에 볼일이 있다시믄서 화엄사까지 가실 수 있으십니꺼?"

"화엄사가 구례 화엄사지 어데 딴 데 있는감. 들렀다가 나오면서
일 보면 되제."

"그라믄 이 사람 데불고 나오시면 되겠네요. 혹시 대구 가는 차편
에 태워줄 수 있겠습니꺼?"

선옥이 낯을 붉히며 용민에게 눈을 흘겼다.

"지가 뭐 어린아이예요? 차를 태워주게. 별소릴 다 하네예."

용민이 양복 안주머니에서 접힌 돈을 꺼내어 건네자 쥔 남자가 두
손을 저었다.

"아니여. 넣어두시게. 워딜 가드라도 돈이란 거시 아쉬울 때가 있는 벱이여. 승호 동무라는데 내가 빈방에 잠재우고 방삯 받으면 안 되제."

"아, 아입니더. 끼니마다 따순 밥에 비린 반찬까정 챙겨주시었는데 이라시믄 지가 염치가 읎지요."

"염치? 이보게. 지금 시상에 염치 찾다가는 살아남지 못혀. 워쨌든 살아남아야제. 고운 색시를 생각해서라도 살아남아야제. 안 그려?"

화엄사 대왕전 삼존불 아래 보살 아낙들이 나란히 엎드려 예불을 드리고 있었다. 선옥은 댓돌 아래 서서 가만히 합장하였다. 임실을 떠나기 전 여인숙에서 들었던 쥔 남자의 말소리가 입안에서 맴돌았다.

'살아남게 해주소서. 살아 다시 만나게 해주소서……'

홍매화가 피기에는 이른 초동(初冬)이었다. 용민은 두어 달쯤 지나 봄이 되면 집으로 돌아갈 수 있을 거라고 하였다. 돌아가는 대로 부모님과 원장님 댁 어른들께 말씀드리고 혼인식을 올리자 하였다. 헤어지기 전 화엄사 각황전 앞 석등(石燈) 아래에서였다. 그러나 매화가 피고 지고 한여름 장마철이 되기까지 용민에게서는 기별조차 없었다.

대구로 돌아온 선옥은 꼬박 하루 반 동안 잠을 잤다. 영생의원 살림집 문간방에서 선옥은 죽은 듯 잠들어 있었다. 안방 부인이 몇 차례 그녀를 깨워보았으나 힘겹게 눈꺼풀을 올렸다 내리고는 그만이었다. 명도와 같이 영천 거동사로 가 용민을 만나고, 용민과 동행해 임실로 가 여인숙에서 이틀을 지내고, 구례 화엄사에서 용민과 이별하고 대구로 돌아오기까지 3박 4일간의 밭은 일정이었지만 그녀에게는 제 평생의 시간이었다. 평생의 시간을 소진한 그녀에게 찾아온 것은 죽음처럼 깊은 잠이었다.

"선옥이, 야에게 뭔 일이 있지요?"

"낸들 아나. 영천 집에 며칠 다녀오겠다 했으니 그랬나 보다 할밖에."

"전에는 영천에 건너가도 하루 이틀 만에 돌아왔잖아요. 그런데 이번에는 사나나달이나 걸렸어요. 필시 뭔 일이 있는 게 분명해요."

"글쎄, 저리 잠만 자고 있으니 물어볼 수도 없고. 허어, 그거 참. 머리 검은 짐승은 거두지 말라는 옛말이 아예 틀리지는 않은가 보네."

"하이고 마, 잠결에 들었소. 숭한 소릴랑 허지 마시오. 얘 일나면 뭔 일이 있었는가 내 찬찬히 물어볼 테니 당신은 눈 딱 감고 모른 척 하시오."

잠결에 선옥은 두 분이 방 밖에서 주고받는 말을 들었다. 꿈속 같기도 하고 생시인 것 같기도 하였지만 그제야 선옥은 제가 머물던 방으로 돌아온 것을 실감하였다. 하지만 선옥은 이내 자신의 육신이 허공에 떠 있다는 걸 알았다. 제가 있을 곳이 아니었다. 아버지와 어머니, 두 남동생의 모습이 스쳐 지나가는가 싶더니 그 뒤 멀리로 중절모를 쓰고 산길을 오르는 용민의 뒷모습이 보였다. 아아, 왜 따라가지 못하였을까. 산속에서인들 사람들이 모여 살 것이거늘 왜 함께 갈 생각조차 하지 못하였을까. 지리산 깊은 계곡, 청수 한 그릇 떠놓고 산신령님께 절하여 신랑각시의 연을 고하면 되거늘 어찌 이리 돌아와 허공에 떠 있는고. 선옥은 힘겹게 오른손을 들어 제 가슴과 아랫배를 가만가만 쓸어보았다. 몸 깊숙이에서 용민의 살 냄새가 피어오르는 것 같더니 콧속이 간질거렸다. 선옥의 몸이 허공에서 아래로 가라앉았고 그녀는 상체를 일으키며 쿨룩쿨룩 재채기를 하였다.

"하이고 마, 쟈가 이제 깨어난가 싶소."

문밖에 기척이 있더니 안방 부인이 들어섰다.

"야야, 인자 일어났노. 뭔 잠을 그리 오래 자더니만……."

선옥이 파리한 얼굴을 들었다. 입술이 바짝 말라 있었다.

"죄송합니더. 죄송합……."

마른 입술을 달싹거리는 선옥의 눈에서 눈물이 배어 나와 뺨 위로 흘러내렸다.

"일났으면 되았다. 울긴 와 우노. 우선 물부터 마셔라. 으응, 선옥

308

아. 좀 일나봐라."

안방 부인이 그녀의 손을 잡아 일으켰다.

화엄사 대법당 뒤편으로 용민의 모습이 사라졌을 때 선옥은 제 몸 속에서 커다란 덩어리가 빠져나가는 걸 느꼈다. 덩어리가 빠져나간 공간에 산사(山寺)의 빈 뜰을 쓸던 바람이 몰려들었고, 그녀는 두 발이 땅에서 떨어지며 제 몸뚱이가 허공에 둥둥 떠오르는 걸 멍하니 지켜보아야 했다. 그렇게 얼이 빠져 잠을 자도 잔 것 같지가 않고, 밥을 먹어도 먹은 것 같지 않던 겨울이 지나고 봄이 왔을 때 그녀는 허깨비 같던 제 몸속에 다시 무언가가 들어선 것을 알았다. 대구부청 앞 울타리에 개나리가 노란 꽃을 매단 즈음이었다. 전달에 달거리를 건너뛰었는가 싶더니 밥 냄새만 맡아도 구토가 일고 아랫배가 더부룩했다. 처음에는 놀라고 당황하였으나 선옥은 차츰 제 배 속에 든 새 생명으로 몸 전체가 충만해지는 것을 느꼈다. 줄곧 허공에 둥둥 떠 있는 것 같던 육신도 비로소 땅 위로 내려선 것 같았다. 선옥은 가만히 배 위에 손바닥을 얹었다.

아가야, 그 사람이 저 대신 널 보내주었구나!

선옥의 배가 조금씩 불러왔다. 그녀는 이불 속청을 뜯어 아랫배를 친친 감았다. 목련이 피고 지고 버드나무에 진초록 새순이 돋아나던 어느 날, 쌀죽과 물김치를 쟁반에 얹어 들어선 그녀를 안방 부인이 유심히 쳐다보고는 앉으라, 눈짓했다. 선옥이 부른 배 탓에 엉거주춤하자 부인이 나직이 입을 열었다.

"여자 몸은 여자가 안다 안 하나. 원장님은 몰라도 내는 진즉부터 눈치채고 있었다. 선옥아, 니 홀몸 아니제? 언제까정 감추려 카나. 배는 점점 불러오구만. 내한테 다 이야기하그라. 애 아부지는 누고? 우편국 직원 한다는 영천 박 씨 댁 아들, 맞제? 내 니 입덧하는 것 보고 그리 짐작했다마는 니가 말을 안 하는데 먼저 묻기도 그래서 입때껏 입 닫고 있었다. 그렇지만 더는 기다릴 수가 없구나. 전후 사정을 알아야 내라도 널 도울 수 있지 않겠냐? 니는 우짠지 몰라도 원장님과 내는 참말로 니를 친딸로 생각혀왔구만. 하아…….”

긴말이 힘에 겨운 듯 한숨을 토해내는 부인의 눈가에 눈물이 배어 나왔다. 선옥이 쓰러지듯 엎드려 머리를 조아렸다.

“죄송합니더.…… 죄송합니더. 지가 은혜를 모르고 죽을죄를 지었구면예. 큰어머님.”

선옥의 입에서 저절로 큰어머님 소리가 나온 건 그때가 처음이었다.

“죽을죄라꼬? 니 뭔 말을 그리하노. 배 속에 알라가 들었는데 죽기는 왜 죽어? 우쨌든동 살아서 아를 낳고 키워야제. 그라니 그런 무서운 말은 말고 그간에 뭔 일이 있었는지 내게 다 이야기하그라. 어서.”

공일을 전후해 병원 문을 닫고 부산에 다녀온다며 집을 나섰던 정원장은 귀가한 다음 날 아침 선옥을 안방으로 불러들였다. 그녀가 안방 부인의 다그침에 임신한 사실과 아기 애비의 이름 석 자를 이실직고 한 사흘 뒤였다. 그동안 안방 부인조차 더는 아무 말이 없어 마음을 졸였던 그녀가 아랫목에 나란히 앉은 내외 앞에 자리하자 원장님이 무겁게 입을 열었다.

“선옥아. 니는 이제 영천 박 씨 댁으로 가그라. 니 부모가 널 찾으러 올 때까정은 데리고 있으려 했다마는 그 댁으로 보내는 거시 맞는 거 같구나. 내하고 니 큰어무니는 부산으로 내려가기로 혔다. 작년 가을에 난리가 있던 뒤부터 생각혀왔던 일이다. 대구에서는 더는 정붙이고 살 수 있을 것 같지가 않구나. 겨울에는 너무 춥고 여름에는 너무 더워 니 큰어무니 건강에도 안 좋고 해서 따뜻한 부산으로 가려 한다. 부산으 대학뱅원에 있는 친구가 이사할 집도 찾아준다 캤으니 이달 내로 내려갈 것 같구나. 으음…, 실은 니도 데불고 갈 생각이었다만 니 사정이 그렇잖느냐. 그라니 영천 댁에 가서 몸을 푸는 거시 좋겄다. 이제 그 댁 내외는 니 시부모가 아니냐. 그쪽 어른들도 다 알고 계시냐? 아, 아이다. 알고 모르고 간에 이미 엎질러진 물인데 우짜겠느냐. 가서 소상히 말씀드리거라. 으음,… 그나저나 배 속 아 애비는 여태 아무 연락이 없느냐. 언제 오겠다는 말도 읎었고? 허어, 그거 참.… 우쨌든 돌아오게 되믄 제일 먼저 제 집으로 안 가겠나. 이래저래 선옥이 니는 이제 그 집 사람이 되었으니 기다리더라도 그 집에 가서 기다리는 게 맞지 싶다. 으음…, 더 길게 말하지 않아도 잘 알아들었을 게다. 그만 건너가 쉬거라. 내는 부청에 가서 폐업 신고부터 혀야 해서 그만 일나야겠다. 임자도 선옥이 쟈에게 더는 암말 마시오."

원장님이 끄응, 자리를 털고 일어서서 나가고 선옥이 뒤따라 일어서려는데 안방 부인이 무릎걸음으로 다가와 그녀의 손을 잡았다. 어느새 두 눈에 눈물이 글썽했다.

"아무려도 그리하는 거시 좋겠구나. 니도 알제? 원장님이나 내나 니가 미워서 쫓아내는 거는 아이라는 걸."

선옥이 고개를 흔들며 머리를 조아렸다.

"알고말고예. 지는 두 분을 끝까정 모시지 못해 그거시 죄송할 따름이지예. 두 분 은혜는 죽을 때까정 잊지 못할 낍니더. 큰어머님."

눈물이 손등에 떨어졌으나 그녀는 외려 마음이 편해지는 걸 느꼈다. 비로소 제가 있어야 할 곳을 찾았고, 찾았으니 떠나야 했다. 길을 찾아주고, 떠날 수 있게 해준 두 분 어른이 진정 고마웠다. 큰아버님, 큰어머님! 그녀는 이틀 후 큰절을 하고 대구 영생의원 댁을 떠났다. 4월 초, 어느 봄날이었다.

"니 부모가 이제라도 돌아오면 무어라 할지 모르겠다. 처녀가 아를 배었으니 원……."

느닷없이 찾아온 선옥이 용민의 아이를 가졌다고 토설하자 삼호리 댁 내외는 어안이 벙벙한 듯 입을 꾹 닫고 있었는데 한참 만에 입을 연 박 씨의 첫말이 그러했다. 미간을 잔뜩 좁히고 낯빛이 불그레한 게 시뻐하는 기색이었다.

그러자 시어머니가 된 윤 씨가 대뜸 언성을 높이며 역성을 들고 나섰다.

"하이고, 야가 머 헛군데서 아를 맹글어 왔습니꺼? 당신은 입때껏 야가 한 말을 귓등으로 들었소? 콧등으로 들었소? 용민이 아라 안 합디여. 그라믄 되었제. 처녀가 아를 배다니, 그런 모진 소릴 우째 합니꺼? 힘들게 찾아온 아한테. 내는 오래전부터 선옥이가 내 며늘애 되었으면 좋겠다 싶었으니 되았소. 야야, 선옥아. 니, 참말로 잘 왔다카이. 그간에 얼매나 힘들었을꼬. 인자는 암 걱정 말고 내캉 지내자."

윤 씨가 무릎걸음으로 다가가 선옥의 어깨를 감싸 안자 박 씨가 마른 손바닥으로 수염이 희끗희끗한 턱을 쓸며 웅얼거렸다.

"허어, 그거 참. 누가 선옥이 야가 마음에 안 들어 하는 소린가. 용민이 그눔아 땜에 그러제."

박 씨는 그간 영천지서에 여러 차례 불려가 닦달을 당하였다. 용민이 어디로 갔는지 대라는 거였다. 몸이 성치 못한 덕에 매질까지 당하지는 않았지만 을러대는 기세가 보통 사나운 게 아니었다.

"우편국이나 착실허게 당기라고 그리 말을 했구만 이눔의 문댕이 자석이 아무려도 파업인가 먼가 헌다믄서 인민위원회 쪽 사람들과 어울린 모양입디더. 그렇지만도 갸가 경찰관을 죽이다니요? 그럴 리가 있었습니꺼? 그거시 참말이라믄 지 앞에 잡아다 주시오. 쌍놈으 자석 지 손으로 당장에 때려죽이겠습니다." 그렇게 두 손 모아 싹싹 빌다가, "아츰에 읍내 나갔다가 온다던 눔이 돌아오지 않았소. 그 뒤론 일절 소식이 없으니 두 발 달린 짐승이 어데로 갔는지 지가 우째 알겠습니꺼? 모르니 모른다고 헐 수밖에. 지야말로 복장 터져 죽을 노릇이오" 뻗대기도 하였다.

난리 끝에 많은 이들이 대구 팔공산과 영천 보현산, 성주 유학산 등지로 피신했다고들 하였다. 주로 민전과 인민위원회 일을 보던 공산당 쪽 사람들과 난리 동안 천지 분간 없이 설쳐댔던 소작인, 머슴, 부랑자들이라고 하였는데 그들의 태반은 이미 경비대와 경찰 토벌

312

대의 총에 맞아 죽거나 붙잡혔다는 흉흉한 소식이 영천 바닥에 짜했다. 그런데 지서에서 여태 찾는 걸 보면 용민이 죽거나 붙잡히지 않은 것만은 분명하였다. 해서 마음 한구석에 적이 안심이 되던 터였는데, 막상 선옥에게서 용민이 지리산으로 들어갔다는 말을 듣자 가슴이 철렁 내려앉았던 것이다. 게다가 옛 동무 이재호가 10년 전 제게 맡기고 떠났던 딸아이가 덜컹 용민이 아이를 가졌다며 보따리 싸 들고 찾아왔으니 심사가 갑갑하기 짝이 없었다.

"선옥아, 니 용민이 만났었다는 말은 아무한테도 하믄 안 된다. 배 속의 아가 용민이 아란 야그는 더더욱 안 되고. 임자도 입도 뻥긋하면 안 되어. 혹여 이웃에서 물으면 대구 영생의원이 문 닫고 부산으로 내려가는 통에 건너왔는데 얼마 있다가 부산으로 따라 내려갈 끼다. 대충 그렇게 둘러대야 해여. 내가 지금 뭔 말을 하는지 알겠제."

박 씨는 그렇게 단단히 오금을 박았지만 머릿속은 여전히 뒤숭숭했다. 선옥의 입에서 가네다 이치로, 김일수란 이름자가 나오지 않은 것을 보면 용민이 놈에 대해서는 일절 함구한 모양이었다. 박 씨의 뇌리에 지난해 여름, 놈의 앞에 무릎 꿇고 있던 제 모습이 떠올랐다. 하필 바로 그때 용민이 나타날 게 무어람. 그렇다고 그만한 일로 용민이 놈을 죽였을 리는 만무했다. 그러니 영천지서 순사 놈들이 하던 택도 없는 수작을 아내와 선옥에게 들려줄 까닭은 없었다. 헌데 용민이 그 깊고 험하다는 지리산으로 들어가다니! 혹시 순사들 말이 사실이 아닐까? 용민이 참말로 놈을 죽인 게 아닐까? 그래서 영영 산사람이 되는 건 아닐까? 그런데 저 아이는 용민이 아를 배었다고 하니 이 일을 우짤꼬. 박 씨는 마른 한숨을 푹푹 내쉬다가 속을 다잡았다. 혼례도 치르기 전에 아부터 가졌으니 남우세스럽기는 하다만 배 속의 아가 내 손자새끼이니 우짜겠노.

"그려. 혼례는 용민이 돌아오면 허기로 허고 우선은 배 속으 아가 잘 자라도록 하여야 헌다. 임자가 단디 살피어. 알았제."

남편의 얼굴이 좀 펴진 듯하자 윤 씨가 헤벌쭉 웃었다.

"어따, 쫌 전엔 물 멕인 소 맹키로 암암한 얼굴이더니 어째, 배 속의 아는 걱정이데요? 걱정 마시우. 내 다 알아서 할 터이니."

쯧쯧, 속없는 여편네 같으니라고. 지 새낀 산사람이 되어 죽을 둥 살 둥이구먼 머가 저리 좋을꼬. 박 씨는 입안이 썼지만 더는 암말 하지 않았다.

대구에 다녀와서도 박 씨는 별말을 하지 않았다.

"우쨌든 선옥이 니를 공부시켜 간호원까지 맹글어준 분들이 부산으로 내려간다 카는데 모른 척 발 싸매고 있어야겠느냐. 해서 내가 인사차 다녀왔다. 부산 가서 자리 잡히는 대로 선옥이 니한테 편지한다 카시더라."

그 말뿐이었다. 허기야 당신들 대면하는 일조차 불편했을 터에 무슨 긴 이야기를 나누었겠나 싶어 선옥은 조용히 듣기만 했다. 배가 점점 더 불러왔지만 그럴수록 그녀는 마음이 평온해짐을 느낄 수 있었다. 이제나저제나 용민을 기다리지도 않았다. 사무치게 그립다가도 배 속의 아기를 떠올리면 견뎌낼 수 있었다. 아기를 낳을 때쯤이면, 아니 아기가 태어나면 돌아오겠지. 설마 애비 없는 자식을 만들기야 하겠노. 해가 지나기 전에는 돌아올 거야. 그렇지 아가야. 선옥은 종종 그렇게 배 속의 아기와 두런두런 얘기를 나누며 긴 밤을 보내곤 하였다.

"야야, 빈대떡은 안 묵고 뭐 하느라 넋 놓고 앉았냐. 이거 좀 마셔봐라. 미나리가 몸 안으 독을 빼내는 데 좋다 카더라."

윤 씨가 사발에 담아 온 미나리 우린 물을 건넸다.

"어머님, 저 몸 괜찮아예."

"야가 무신 소릴 하노. 내 니보다는 배 속의 손자새끼가 귀해서 그란다. 와? 섭하나?"

"하이고, 어머님도. 지가 죄송해서 그라지예."

"밸소릴 다 한다. 죄송허긴 뭐가 죄송하노. 그나저나 용민이 갸가 빨랑 돌아와야 할 낀데……. 마, 언제고 돌아오지 않겠나. 그리 마음 단디 묵어라. 에휴……."

윤 씨가 한숨을 폭 쉬고 나더니 갑자기 생각났다는 듯 말을 돌렸다.

"참, 읍내 댁으 명도 도련님이 내려오셨더라. 여름방학이 돼서 내려왔냐고 물었더니 아주 내려왔다 카더라. 마님 말씀으로는 대구에 있는 사범학교에 간다 카더라. 근데 명도 도련님이 며칠 전에 영생 의원에 갔던 모양이더라. 병원 문이 닫혔더라면서 니 소식을 묻더라. 그래서 내가 울 집에 와 잘 있다꼬, 딴말은 안 하고 그 말만 살짝 혀 줬다. 그라고 돌아오는 길에 사람들이 모여 쑤군거리는데 서울서 몽 양 선생이란 양반이 총 맞아 죽었다 카더라. 그 양반이 훌륭허기는 한데 빨갱이 물이 들어 그리됐다 카더라. 신문지에도 대문짝만허게 실렸다믄서. 에휴, 이눔의 시상이 은제까지 이럴라나 모르겠다. 야야, 행여 용민이도 빨갱이 물이 든 거는 아니겄제? 마, 아이다. 그럴 리가 읎다. 갸는 곧 돌아올 끼다. 너무 걱정 말그라."

선옥은 그제야 구례 화엄사에서 임실로 갈 때 명도에게 제대로 인사조차 하지 못했던 일이 떠올랐다. 일껏 보현산 아래 거동사까지 동행해주었는데 본 척도 않고 돌아섰으니 마음이 꽤나 상했을 거였다. 그런데 명도가 웬일로 영생의원을 찾았을까? 선옥은 고개를 갸웃했다. 빗줄기가 그쳤는지 창호 밖이 조용했다.

15

구정 공세로 베트콩과 북베트남 군부는 심각한 타격을 입었다.
그럼에도 이러한 현상이 왜 북베트남의 빛나는 정치적 승리로
해석되어야 하는지 이해할 수 없었다. 특히 미국 내에서조차 그랬다.
— 1968년. 딘 러스크 미 국무장관

새들이 사라졌다. 새의 울음소리는 들리지 않았다. 나무들이 뿌리째 뽑혀 나가고, 불에 타고, 잎들이 말라버리자 새들은 자취를 감추었다. 새들이 사라진 산마루는 세계의 종말을 그린 묵시록의 풍경인 양 찢기고 헐벗은 채 잿빛 정적 속에 가라앉아 있었다.

산꼭대기에는 폭격으로 생겨난 거대한 분화구가 입을 벌리고 있었고, 그곳에 미군의 포진지가 들어섰다. B-52 전폭기가 1만 톤이 넘는 대량 살상용 폭탄을 투하하면 직경 300피트(91.4미터)짜리 구덩이가 파이는데, 검푸른 색 동체가 빛나는 초대형 시코르스키 헬리콥터가 그 구덩이에 105밀리 곡사포와 건설자재를 실어 날랐다. 군사분계선인 북위 17도선 아래 남베트남 중서부 산악지대에서부터 사이공 북부에 이르는 고지 곳곳에 그렇게 생겨난 미군의 포대들이 시커먼 아가리를 벌리고 있었다. 새들은 사라졌고, 공룡의 등뼈 같은 쯔엉선 산맥의 줄기마다 새의 울음소리 대신 간단없이 오르내리는 헬기의 요란한 프로펠러 소리가 윙윙거리며 낮게 드리운 회색빛 구름을 흩트렸다.

날카롭고 긴 휘파람 소리가 허공을 찢는다. 81밀리 박격포가 조명탄을 쏘아 올리면 수백 발의 곡사포가 날아가고 작렬하는 포탄의 굉음은 계곡을 흔든다. 새들이 깃들어 잠들 곳은 어디에도 없다.

'수색과 섬멸'

남베트남 주둔 미 야전군사령관 웨스트멀랜드는 게릴라전에서 승리하기 위해서는 초토화 작전을 불사해야 한다는 '태평양 전쟁의 영웅' 맥아더 장군의 조언을 따랐다. 초토화 작전의 기본전략은 수색과 섬멸. 헬리콥터와 포대는 수색과 섬멸 작전에 요구되는 기동력과 화력의 양 날개였다. 수색작전에 나선 보병들은 적을 발견하는 즉시 산마루의 포대와 헬리콥터에 연락한다. 수색대의 무전을 받은 포대는 좌표에 찍힌 지역을 집중 포격하고, 무장 헬리콥터는 계곡을 훑으며 달아나는 게릴라들에게 기관총 세례를 하면 그만이었다. 공격용 코브라 헬기는 1분당 6,000발의 기관총탄을 쏟아부었다.

밀림 속 산간 마을의 주민들은 가능한 보호구역으로 소개하도록 하되 소개에 응하지 않는 마을은 게릴라들이 관할하는 지역으로 간주해 '사격자유지역'으로 지정하였다. 사격자유지역에서는 살아 있는 모든 것에 대한 무차별 폭격과 사격이 허용되었다. 융단폭격을 하고, 네이팜탄으로 통째로 불태웠다. 산간 마을의 초가집들은 불붙은 마른 검불처럼 후루룩 날아가버렸다.

무장 헬리콥터의 기관총 사수들은 '노랑이 사냥'에 나섰다. 그들은 게릴라와 민간인, 남녀노소를 구분할 수도, 그럴 필요도 없었다. 그저 지상의 움직이는 표적을 쏘고 "한 놈 잡았어!" 환호성을 지르면 그만이었다. '노랑이'가 보이지 않으면 논의 물소를 쏘며 낄낄거렸다. 말 그대로 깡그리 불태우고 모조리 죽여 없애는 초토화 작전이었다.

웨스트멀랜드는 수색과 섬멸 작전으로 빠르면 6개월 내에, 늦어도 1년이면 전쟁을 끝낼 수 있을 것으로 자신하였다. 북폭(北爆)으로 하노이의 발을 묶어놓고, 압도적인 기동력과 화력으로 남부의 베트콩 게릴라를 소탕하면 될 일이었다. 병력은 꾸준히 증원되었고 군수품은 지천으로 넘쳐나고 있었다. 오래 끌려 해도 끌 수 없는 전쟁이라는 게 웨스트멀랜드의 판단이었다.

터무니없는 오판이었다. 웨스트멀랜드는 6개월도 되기 전에 헬리콥터와 포대, 즉 기동력과 화력만으로는 이기기 어려운 전쟁이 있으며, 그로 인해 자신의 빛나는 군 경력이 막바지에 이르러 크게 훼손될 수도 있으리라는 걸 직감해야 했다.

전선(戰線) 없는 전쟁이었다. 적은 어디에도 없었고, 어디에나 있었다. 검은 파자마를 입고 논둑길을 걷는 농부에서부터 시골 마을의 열댓 살 먹은 아이들까지 민간인이자 게릴라였다. 수색하고 섬멸해도 베트콩 게릴라들은 씨가 마르지 않았다. 밀림과 땅굴은 그들의 은신처이자 탈출로였다. 정글은 깊고 어두웠으며, 땅굴은 개미굴처럼 팔방으로 퍼져 있었다. 그들은 날랜 원숭이처럼 정글 밖으로 뛰쳐나왔다가 민첩한 두더지처럼 땅굴 속으로 모습을 감추었다. 수색하여 죽이고 불태워 섬멸했어도 그들은 결코 사라지지 않았다. 미군 병사들은 인디언에 둘러싸인 채 요새에 갇힌 기병대 꼴이었다. 기지를 벗어나면 사방에 적이었지만, 적은 보이지 않았다.

계속된 북폭에도 하노이의 지도부는 흔들리지 않았다. 1,000일 동안 매 90분마다 한 번 꼴로 총 200만 개의 폭탄을 퍼부었어도 그들은 항전 의지를 굽히지 않았다. 거듭된 폭격으로 빈과 타인호아 등 하노이 남부 도시들은 형체마저 사라져버렸고, 매주 1,000명 이상의 민간인들이 불구덩이 속에서 죽었으나 북베트남 인민들은 상상할 수 없는 인내와 끈기로 버텨내고 있었다. 북베트남의 가정마다 최소한 한 명씩은 죽거나 다쳤어도 남편과 아들은 전선으로 떠났으며 아내와 딸들은 농사를 짓고 공장에서 일했다. 그네들은 저마다 개인 방공호를 만들어 미군의 폭격을 견뎌냈다(미국은 베트남 전쟁 기간 동안 제2차 세계대전 때의 4배에 달하는 800만 톤의 폭탄을 투하했다).

베트남 남북을 관통하는 쯔엉선 산맥에 융단폭격을 했어도 호찌민 루트를 통해 남파되는 북베트남 정규군의 숫자는 꾸준히 증가하였다. 폭격으로 파괴된 산악통로는 놀라운 속도로 복구되었으며, 하나의 통로가 막히더라도 그 옆이나 아래로 다른 통로가 나 있어 북베트남 병사들에게 호찌민 루트는 관목이 우거지고 뱀과 거머리, 독충이 우글대는 정글에 비한다면 고속도로나 다름없었다. 하여 라오스와 캄보디아 국경 지대 계곡의 깊고 짙은 코끼리 숲은 북베트남 정규군과 남베트남해방전선 게릴라들의 발걸음으로 늘 수선거렸다.

베트남에서 미국은 공산주의와 싸운 것이 아니라 긴 세월 동안 타협이 불가능했던 베트남 민족주의와 싸운 것이었다. 적이 누구인지, 왜 싸워야 하는지를 알지 못하는 미군 병사들에게 민족해방의 신념과 통일의 의지로 단합한 베트남 인민은 화력과 기동력만으로 굴복시킬 수 없는 대상이었다.

베트남에 투입된 나이 열아홉, 스무 살의 미군 병사들에게 최고의 목표는 복무 기한 1년 동안 죽지 않고 살아서 고향으로 돌아가는 것이었다. 1년이 지나면 다시 애송이 신병들로 교체되었다. 장교들의 전투 지휘 기한은 더욱 짧아서 반년마다 후방으로 순환 배치되었다. 더구나 일선 전장에 투입되는 병사들의 수는 그 기간 전체 주둔 병력의 10퍼센트에 지나지 않았다. 그러니 전투 경험이 쌓일 리 없었다. 전투 경험 없는 미군 병사들에게 베트남의 더위와 정글, 보이지 않는 적들은 늘 낯설고 두려운 대상이었을 뿐이다. 기동력과 화력으로 수색하고 섬멸한다 한들, 한 마을을 불태우고 살아 있는 모든 것을 모조리 죽여버린다 한들 그것이 전쟁의 승리를 담보하는 것은 아니었다.

하노이의 정치위원 두안반하우는 언젠가 캄보디아 접경의 산악지구에서 젊은 게릴라 유격대장 응오반타오에게 개별 전투에서 진다고 전체 전쟁에서 패배하는 것은 아니라고 하였다. 전쟁의 승패는 어느 편이 더 두려움을 갖느냐에 달렸다고 말했다. 그러나 미군 사령관 웨스트멀랜드가 그 말을 온전히 이해하기까지는 몇 년의 시간이 필요했다.

*

무신년(戊申年) 원숭이해를 맞은 구정(舊正) 연휴의 첫날 새벽, 밤 하늘을 밝혔던 폭죽의 마지막 불꽃마저 사위어갈 무렵 사이공 시내 레주언 거리의 어두컴컴한 골목으로 중고 트럭이 서서히 굴러 들어왔다. 트럭이 멈춰 서자 골목 안에서 그림자들이 부산하게 움직였다. 검은 파자마 차림의 사내들은 재빨리 트럭의 적재함 휘장을 열고 실려 있던 부대 자루를 내려 묶여 있던 끈을 풀었다. 희끄무레한 쇳덩이들이 자루에서 빠져나왔다. 소련제 AK-47 소총과 탄띠, 수류탄 등이었다. 사내들은 제각각 소총을 어깨에 메고 탄띠를 허리에 두른 다음 수류탄을 나누어 쥐었다.

"가자."

누군가 어둠 속에서 이빨을 드러내며 짧게 말했다. 사내들은 골목을 빠져나와 길 맞은편 웅장한 흰색 건물 쪽으로 재게 움직였다. 새해맞이 인파가 거의 귀가한 거리에는 몇몇 취객들이 흐느적거리며 걷고 있었고, 길가 가게 앞에는 휴가 나온 남베트남군 병사 몇몇이 술에 취해 꼬부라져 있었다.

미국대사관 앞으로 모여드는 사내들은 그들뿐만이 아니었다. 여기저기 골목에서 빠져나온 그림자들이 길을 건너 달려오고 있었다. 대사관 건물 좌우 담벼락 위에 설치된 망루에서 탐조등 불빛이 번쩍거렸지만 그림자들은 잽싸게 담벼락 아래로 달라붙었다. 그때 택시 한대가 불빛을 가로질러 대사관 정문으로 돌진했다. 기겁한 초병들이 소리를 지르며 총격을 가했으나 택시는 철문을 부수며 대사관 안으로 진입했다. 그 뒤를 그림자들이 쫓아 뛰어들었다. 수류탄이 터지며 폭발음이 새벽 공기를 흔들었고 콩 볶듯 총소리가 요란했다. 1968년 1월 31일 새벽, '테트 공세'(Tet Offensive)[41]의 신호탄이었다.

타오는 그 시각에 사이공 시내에서 북서쪽으로 7킬로미터쯤 떨어진 탄손누트 공항으로 향하고 있었다. 타오가 이끄는 공격소대는 공항 경비초소 전방 1킬로미터 앞까지 접근했다. 둔덕 아래로 갈대가 우거져 소대가 은신하기에 맞춤한 곳이었다. 남베트남군의 절반이 휴가를 간 탓인지 모래주머니로 쌓아 올린 벙커 뒤쪽은 초병의 기척도 없이 잠잠했다. 그 뒤쪽 멀리 높이 솟은 관제탑 위로 새벽이 희번

---

41 테트 공세: 테트는 베트남의 음력설로 일주일의 연휴가 따랐다. 베트콩은 구정 기간 중 휴전의 관례를 깨고 대대적인 공세를 벌였다.

하게 밝아오고 있었다. 타오가 받은 명령은 공항을 점령하는 것이 아니었다. 그러기에는 유격대의 규모가 너무 작았다. 더구나 소대 병력이 일시에 움직인 것도 아니어서 대원들이 모두 집결할 때까지 기다려야 했다. 대원들은 열흘 전부터 삼삼오오 흩어져 사이공으로 진입하였다가 제각각 다른 방향에서 모여들었다. 집결 시간은 새벽 다섯 시였으나 모두 모이기를 기다리느라 한 시간가량 기다려야 했다.

이번 작전은 정글에서의 전투가 아니었다. 밀림도 동굴도 없는 개활지, 시가지에서의 각개전투였다. 수년간 게릴라전에 익숙해온 유격대원들로서는 낯선 만큼 위험한 작전이었다. 동북쪽으로 옛 왕조의 수도 후에에서 사이공 남쪽 비엔호아에 이르는 남베트남 40여 개 주요 도시에서 동시다발적으로 벌이는 시가전이었다. 게릴라가 시가전이라니! 그러나 하노이 지도부와 남부해방전선 사령부가 결정한 작전이었다. 캄보디아 국경 부근 정글에 있는 C지구 사령부에서 호앙둑 메콩 제2지구 부사령관은 단호하게 말했다.

"동지들이 무엇을 걱정하는지 알고 있다. 그러나 이번 작전은 응우옌치타인 남부 총사령관이 몇 개월 전부터 하노이 지도부와 협의한 끝에 내린 결정이네. 레주언 총서기가 승인했다면 호 주석께서도 수락하신 사항인 게지. 이미 동부 케산에서는 열흘 전부터 대대적 공세가 시작되었네. 14년 전 디엔비엔푸에서 프랑스군을 물리쳤던 북베트남 304사단과 325사단 등 3만 병력이 케산의 미 해병대 진지를 포위하고 맹공을 퍼붓고 있어. 그러니까 이번 작전은 케산에 미국의 눈을 돌려놓고 벌이는 양동작전인 셈이지. 적들은 우리가 정글에서 나와 도시를 공격하리라고는 미처 생각하지 못할 것이니 그 허를 찌르는 것일세. 그렇다고 우리가 남부 베트남의 전 도시를 단시간에 점령하여 전쟁을 끝낼 수는 없을 것이네. 작전이 실패할 수도 있겠지. 그러나 분명한 것은 미국에게 남베트남의 어느 한 곳도 안전하지 못하다는 두려움을 안겨줄 수 있다면 이번 작전은 성공한 것이라는 사실이네."

무기와 탄환은 각 도시에서 지하활동을 하고 있는 해방전선의 세 포요원들이 유격대원들에게 인계하는 한편 지하조직원들은 도시 내 주요 지점마다 바리케이드를 설치해 미군과 남베트남 군경의 출동을 저지한다는 것이 작전의 골자였다.

"이미 석 달 전부터 작전 대상 도시의 세포요원들이 준비해왔으니 별다른 차질은 없을 것이네. 또 시가전의 경우, 민간인 밀집지역에 미군이 함부로 폭격을 가할 수는 없을 테니 일단은 우리에게 유리한 전투가 될 수 있을 것이야. 허나 전황이 불리하다고 판단되면 각 대 장들은 대원들을 이끌고 즉각 캄보디아나 라오스 국경 너머로 후퇴 하게."

말을 마친 호앙둑 사령관이 주먹을 쥐고 흔들며 「남부를 해방하 라」의 한 구절을 불렀고 모두가 따라 불렀다.

"같은 깃발 아래 어깨를 맞대고
일어나라! 남부의 용감한 자들이여!
일어나라! 우리 폭풍을 뚫고 나가자."

노래는 두려움을 없애는 주술이었다. 미국에 두려움을 줄 수 있다 면 이 전쟁의 최종 승자는 우리이다. 놈들에게 두려움을 주기 위해 먼저 우리의 두려움을 없애야 한다. 그것은 해가 바뀌고 또 바뀌어도 변하지 않는 해방전선의 신조(信條)였다.

다음 날부터 대원들은 허름한 농부 차림으로 정글을 떠났다. 머리 에는 갈댓잎으로 엮은 농라를 쓰고 발에는 짚신을 신었다. 낡은 바지 에 기운 적삼을 걸쳐 입었다. 몇몇은 갈색 군복을 벗고 검은 파자마 로 갈아입어야 했지만 검게 탄 피부와 거친 손발은 메콩 델타의 농 민들과 크게 다를 게 없었다. 산길이든 샛길이든 그들이 모르는 길은 없었다. 지나치는 농가에 들러 하룻밤을 묵어 가는 일도 예삿일이었 다. 그렇게 시골 마을을 빠져나온 대원들은 구정을 맞아 고향을 찾는

귀성객 무리에 슬며시 끼어들었다. 쌀 과자나 술병이 든 선물 꾸러미를 손에 들기도 하고, 자전거 뒷자리에 젓갈 항아리와 채소를 산더미처럼 쌓아 올려 짐꾼 행세를 했지만 연중 최대 명절을 맞아 시끌벅적한 도시로 숨어드는 데 별 어려움은 없었다.

정작 불안감은 다른 곳에 숨어 있었다. 뿔뿔이 흩어져 도시로 잠입한 대원들 중 약속된 시간과 장소에 나타나지 않는 자도 있지 않을까? 도시에 잠입하는 대로 지하조직과 접선하여 그들이 제공하는 은신처에 머문다고 했지만 개중에 배반하여 남베트남군이나 경찰에 고발이라도 한다면 작전을 시작도 하기 전에 몰살을 면치 못할 거였다. 타오가 조심스레 의구심을 나타내자 벤은 싱긋 웃어 보였다.

"이보게, 타오. 미리 걱정하는 것도 병일세. 동지들을 믿어야지. 안 그래? 그런데 말이야. 정말 그런 일이 벌어진다면 그것도 베트남의 운명이겠지. 나는 그러지는 않을 거라는 베트남의 운명을 믿네. 하하하…….."

벤이 말하는 베트남의 운명은 분명치는 않지만 유격대원들 개개인의 운명을 초월하는 그 무엇이었다. 탈영병이나 귀순자들은 베트남의 운명에 어떤 영향도 미칠 수 없는 하찮은 존재일 뿐이었다. 타오는 벤이 그렇게 말함으로써 스스로 두려움을 없애려 한다고 생각했지만 아무 말도 하지 않았다. 두려움은 타기해야 할 제1의 적이었으니까.

벤은 사이공 시내 '거점 1'의 공격 소대장이었다. '거점 1'은 미국 대사관이고, 타오가 맡은 탄손누트 공항은 '거점 11'이었다. 타오와 소대원 셋은 사흘 전 탄손누트 공항에서 서남쪽으로 3킬로미터쯤 떨어진 마을 어귀의 작은 절에서 지역 세포와 접선했다. 지역 세포는 절의 주지에게 타오 일행을 인계하고 바로 떠났고, 오십 줄의 주지스님은 그들을 절 뒤편 바위 아래 암자로 안내한 뒤 음식과 물을 넣어 주었다. 바위 아래 움푹 들어간 부분에 판자로 지붕을 대고 짚과 진흙으로 얼기설기 엮어 만든 암자는 금방이라도 허물어질 듯 낡은 데다 네 명이 들어앉으면 꽉 찰만큼 좁았다.

"좁지요? 오랫동안 버려두었던지라 잠깐 지내기도 불편들 하실 게요. 중은 달랑 나 하나이니 주지랄 것도 없고 저기 아래 기와집 한 칸에 불상 모시고, 그 옆칸은 살림집이니 절이랄 것도 없소이다. 여기도 한때는 열두 칸 요사에 중들이 버글버글하던 제법 큰 사찰이었지요. 그러던 것이 지엠 정권 때 공항 인근의 사찰들을 폐쇄하고 죄다 불을 지르는 통에 이 꼴이 되었소. 지엠과 그의 아우 뉴는 공공연히 중들은 공산주의자이고, 사찰은 베트민 소굴이라고 떠들어댔으니 놈들의 행패가 오죽했겠소이까. 그리되어 모두들 떠나고 이렇게 나혼자 남았구려. 구정이 낼모레이니 이 늙은이 굶어 죽지 말라고 음식 공양하는 보살들이 몇몇 있을까, 별일은 없을 테니까 염려 마시오. 내 그동안 혼자 지내느라 말을 안 해 입안에 좀이 슬 지경이었소. 해서 이리 수다인가 싶소이다. 허허허……."

반얀나무 아래에서 스님이 한동안 너스레를 떨었지만 거기까지였다. 더는 아무것도 묻지 않고 말하지 않았다. 지하조직 세포요원이 인계했으니 일행의 정체를 눈치채었겠지만 아예 모르쇠하기로 작정한 듯싶었다. 타오가 돌아서는 스님에게 법명이라도 알려주십사 청하자 그가 빙그레 웃어 보였다.

"법명이라? 빈 절간을 지키며 밥이나 축내는 처지에 당치 않은 말씀이오. 피차 스쳐 가는 인연에 이름은 알아 무엇 하겠소. 이 몸은 그저 그대들이 생목숨을 잃지 않도록 부처님께 기원할밖에 할 일이 없지요. 부디 사시오들. 살아남는 게 성불(成佛)이오. 나무아미타불……."

절집으로 내려가는 스님의 뒷모습을 바라보는 타오에게 문득 이번 작전이 마지막이 될지도 모른다는 느낌이 들었다. 마지막이란 죽음을 의미했다. 그러나 죽음, 죽음이라니! 새삼스러운 느낌이었다.

사이공을 떠나온 후 근 10년 세월이었다. 불어난 강물에 휩쓸리듯 흘러간 시간이었다. 낡은 해먹에서 별빛을 보며 잠들고, 정글의 빽빽한 나무숲을 헤치며 걷고, 거머리와 모기에 뜯긴 상처가 수천 번 도졌다가 가라앉는 사이 피부는 햇볕에 타고 바람에 쓸려 검게 그을렸으며, 양 볼은 배고픔에 쪼그라든 위장처럼 홀쭉해졌으나 두 눈은 원숭이의 그것처럼 날카로워졌다. 밥솥과 쌀 한 봉지, 느억맘 한 종지와 야채 몇 포기, 모기장과 지하참호에 까는 비닐 한 장이 든 배낭을 멘 채 적의 수색대를 피해 물이 차오른 땅굴 속에서 온종일을 웅크리고 견뎌내던 숱한 나날들. 사각형의 네이팜탄이 내리꽂힌 땅에서 치솟는 시뻘건 불덩이와 고막을 찢는 폭탄의 폭발음. 적들의 헬기는 늘 그르렁거리며 정글의 상공을 맴돌았고 간단없는 기관총 소리는 귓전을 먹먹하게 했다.

그동안 죽음은 늘 그의 곁에 있었다. 머리가 통째로 날아가고, 사지가 갈가리 찢겨 너덜거리고, 온 몸뚱이가 새까맣게 타고, 뇌수가 터져 흰 죽처럼 흘러내리고, 창자가 배 밖으로 꾸역꾸역 밀려 나오던 참혹한 죽음들. 처음에는 보는 순간 배 속의 노란 물까지 게워내야 했다. 심장에서 피가 새어 나오는 듯한 아픔과 머리털이 솟구치는 분노로 정신을 잃을 지경이었다. 통곡으로 목이 쉬고 눈물이 샘솟듯 멈추지 않은 때도 있었다.

그러나 죽고 죽이는 전투에서 이승과 저승의 간격은 미간(眉間)보다 좁았고 그것을 지켜보는 눈에는 점차 회색의 망막이 덧씌워져 생(生)과 사(死)의 경계조차 흐릿했다. 슬픔과 분노는 희석되었고 죽음의 두려움도 희미해졌다. 그렇게 그는 게릴라가 되었고 유격대장이 되었다.

살아남는 것이 성불이라니! 스님의 알 듯 말 듯한 말씀에 새삼스레 죽음이 떠오른 것일까.

지난해 가을, 메콩 남부의 전략촌을 습격했을 때의 일이다. 경비병들 서넛을 처치하고 창고에 쌓여 있는 곡물 부대를 실어 내오는 간단한 작전이었다. 우기의 끝자락이어서 물안개가 마을 앞 해자를 뿌옇게 덮고 있었다. 해자에는 무르팍 높이의 물웅덩이에 뾰족하게 깎은 대나무가 촘촘히 꽂혀 있었고 그 뒤로 철조망이 길게 쳐져 있었지만 이미 전략촌 내부의 해방전선 일꾼들이 해자 가장자리에 사다리를 걸쳐놓고 철조망의 이음새 부분을 군데군데 잘라놓은 뒤여서 한 시간도 걸리지 않아 작전을 끝낼 수 있었다. 경비병들은 총 한 번 쏘지 못하고 달아나버렸고, 전략촌 사람들은 집 안에서 기척도 하지 않았다. 그들은 거개가 메콩 강 삼각주에 띄엄띄엄 박혀 살던 농민들이었다. 그런 사람들을 강제로 끌어내 한곳에 모여 살게 하였으니 아무리 새집 주고, 먹여준다고 한들 우리에 갇힌 가축 꼴이었다. 더구나 처음에 약속했던 새집도, 곡식도 제대로 보급되지 않았다. 건축자재와 곡식은 군부대 장성들과 지역 관리들이 앞다퉈 빼돌렸고 의류, 의약품부터 심지어 미군이 여자들과 아이들 쓰라고 가져다준 화장품과 학용품까지 돈 된다 싶은 것은 몽땅 새어 나갔다. 그러니 어차피 누구 아가리로 들어가는지도 모를 것 기왕이면 해방전선 쪽에 가는 게 낫다 싶은 게 전략촌 농민들의 이심전심이었다. 그러다 보니 자발적으로 해방전선의 일꾼 노릇을 하는 사람들도 생겨났고, 아예 게릴라들을 따라 밀림으로 들어오는 젊은이들도 적지 않았다. 지엠 정권과 미국이 공들여 세운 전략촌은 그렇게 안으로부터 붕괴되어 3년쯤 지나면서부터는 게릴라들이 주기적으로 드나드는 보급소 꼴이 되어 있었다.

　그날도 그랬다. 간단히 작전을 끝낸 유격대원들은 마을 밖 언덕 뒤편에 세워두었던 트럭으로 곡물과 합판, 의약품 등을 옮겼다. 전략촌 쪽에서 조명탄이 터지며 총소리가 요란했으나 달아났던 경비병들이 뒤늦게 건성으로 하는 총질이 분명했다. 밤비가 내려 미군 공격헬기가 뜰 것 같지도 않았다. 그래서였을까. 타오와 대원들은 전혀 긴장하지 않은 채 논두렁을 지나 언덕 쪽으로 난 샛길로 접어들었다. 사위가 컴컴했지만 길가에 찔레꽃 더미가 우거진 것으로 보아 내려올 때와는 다른 길이었다. 타오는 문득 부비트랩을 깔아놓기에 좋은 길목이라고 생각했다. 순간 머리끝이 쭈뼛했고 거의 동시에 앞쪽에서 폭발음이 들리며 대원 한 명이 허공으로 날아올랐다. 열일곱 살 난 소대의 막내 반뚜안이었다.

뚜안은 새벽에 죽었다. 다리는 둘 다 날아가버렸고 팔은 오른쪽만 덜렁거리며 붙어 있었으며 얼굴은 반쪽만 남았는데도 다섯 시간 넘게 숨이 붙어 있었다. 밤새 추적거리던 비가 그치며 새벽이 밝아오자 밀림의 초록빛이 번들번들 빛을 내었다. 그 빛 속에 기괴한 형체가 던져져 있었다. 그것은 팔다리가 잘린 파충류의 몸통 같았다. 반쪽만 남은 얼굴을 수건으로 덮어서인지 더 그래 보였다. 그것은 인간의 육신이 아니었다. 빛나는 열일곱 소년의 몸은 더욱 아니었다. 대원들은 울지 않았다. 그들에게는 흘릴 눈물이 남아 있지 않은 듯했다. 그저 컴컴한 눈으로 피와 살점으로 범벅이 된 기괴한 형체를 지켜보았을 뿐이었다.

까무잡잡한 얼굴에 작고 반짝이던 눈. 사이공 남부 칸토의 중학생이던 뚜안은 열다섯에 해방전선의 전사가 되었다고 했다. 아버지는 소작농이었고, 어머니는 메콩 강에서 물고기를 잡아 자식의 학비를 대었다고 했는데 밀림으로 들어오던 해 여름 홍수가 나면서 어머니가 강물에 휩쓸려 떠내려갔다고 했다. 어머니의 시신을 찾지 못한 아버지는 날마다 술에 취해 강 하류를 헤매고 다녔고, 보다 못한 외할아버지가 뚜안과 여동생 둘을 당신이 살던 캄보디아 국경 부근 산지 마을로 데려갔는데 어느 날 뚜안은 부근을 지나던 게릴라들을 보았고 무작정을 그들을 따라나섰다고 하였다.

뚜안은 타오의 소대에 배속되기 전 2년 동안 호찌민 루트 보수대에서 일했다고 했다. 유격대의 막내인 데다 이래저래 제 지난 시절을 떠올리게 하는 녀석이어서 타오는 뚜안에게 유독 신경이 많이 쓰였다. 뚜안은 원숭이처럼 날래고 용감하였다. 작은 두 눈은 언제나 생기 있게 반짝거렸고 팔과 다리는 물오른 야자나무처럼 싱싱하였다. 뚜안은 작전에 나갈 때마다 첨병에 나섰고, 미군이 뿌려놓은 나뭇잎 또는 열매 모양의 숱한 전파감지기를 귀신같이 찾아내곤 하였다. 대원들은 그것들에 오줌을 깔기며 낄낄거렸고 뚜안은 그럴 때마다 박수를 치며 즐거워했다. 뚜안의 타고난 낙천성은 부옹이나 벤을 빼닮아 보였다. 사이공학생운동위원회를 이끌던 부옹은 오래전 북베트남군 장교가 되었고, 빈타이 시장 6호점에서 구두 수선을 하던 벤은 지하조직인 사이공 C지구 총책이자 지역 민병대 대장이 되었다. 타오가 기억하기에 둘은 한번도 두려운 기색을 비친 적이 없었는데 뚜안역시 그러했다. 그러고 보면 그들은 두려움과의 싸움인 미국과의 해방전쟁에 특화된 전사였다. 두려움이 희석되면 낙천의 빛을 띠던가. 그런 뚜안이 타오에게 말했었다. "소대장님을 닮고 싶어요. 소대장님 같은 멋진 전사가 되고 싶습니다"라고. 뚜안의 뜬금없는 말에 타오는 순간 당황했지만 내색하지는 않았다. 젖은 담요를 깔아놓은 것 같은 구름이 하늘을 뒤덮은 지난해 우기의 정글에서였다.

소대원들은 종종 수류탄 껍데기나 미군이 마시고 버린 맥주 깡통에 폭약을 넣고 전선을 이어 만든 부비트랩을 적들의 동선에 깔아두었는데 손재주가 뛰어난 뚜안은 그 일에도 열심이었다. 부비트랩을 설치한 동선에는 그 길섶에 돌이나 나뭇가지로 게릴라들만 알 수 있는 표시를 해두었다. 따라서 지나온 길이 아니면 진입하기 전에 그 표시를 확인하는 것이 대원들의 불문율이었다. 그런데 그날은 너무나 간단히 끝낸 작전에 들떠 지나오지 않은 샛길로 성큼 들어섰던 것이다. 어둑한 정글에 뚜안의 시신을 묻고 돌무덤을 만들면서 타오는 자책하였지만 대원들은 아무도 입을 열지 않았다. 죽음은 일상처럼 늘 그들 곁에 존재하였기에 새삼스러운 일이 아니었다.

그런데 타오는 지금 일상의 죽음을 새삼스럽게 느끼고 있었다. 10년

세월을 정글에 유폐되면서 인간이 느끼는 희로애락의 원초적 감정도
메말라 있었다. 그러나 죽음을 맞아야 한다면 그 전에 가족을 한번은
보고 싶었다. 사이공이 지척이어서 그런 것 같기도 하였다. 정보장교
로 미국 군사고문단의 통역이었던 아버지, 사이공 레방제트 경찰서
보안계장이었던 삼촌은 지난 세월을 어찌 보냈을까. 아버지는 남베
트남군의 장군이 되었을지 모르고, 삼촌은 경찰서장을 지내고 있을
것 같기도 하다. 어머니는 많이 늙으셨을까. 스무 살이 되었을 투이
는 아름다운 아가씨가 되었겠지. 성숙한 투이의 모습을 상상하자 불
쑥 레이의 동그란 단발머리가 떠올랐다. 미토의 방송요원으로 떠난
레이는 몇 차례인가 C지구 사령부로 편지를 보내왔지만 마지막 편지
를 받은 것이 벌써 3년 전이었다. '타오, 이제는 오빠가 아닌 동지라
고 부르겠어요'라고 시작한 마지막 편지의 끝말은 '당신의 레이'였
다. 아아, 레이!

타오가 부르르, 어깨를 떠는데 등 뒤에서 인기척이 들렸다.

"대장님, 하이가 왔어요. 이제 모두 도착했습니다."

곁에 엎드려 있던 부소대장 반둑이 고개를 돌려 막 도착한 대원을
불렀다.

"어이, 하이. 마누라 고쟁이 속에 코를 처박고 있느라 시간 가는 줄
몰랐나. 왜 이리 늦었어?"

반둑이 짐짓 언성을 높이자 꾸앙중하이가 뒷머리를 긁적였다.

"지름길로 온다고 했는데 그만 길을 잘못 들어 돌아 오느라 늦었
습니다요. 죄송합니다, 타오 대장님. 근데 둑 형님은 지 마누라 죽은
지가 언젠데 여직 고쟁이에 코를 박는다고 합니까? 나, 참……."

"그새 작은마누라를 만들었는지 누가 알아. 허허……."

메콩 삼각주 서쪽 하띠엔의 고무농장에서 일하던 꾸앙중하이는
2년 전 미군 폭격기의 오폭(誤爆)으로 부모와 처자식이 몰살당한 후
캄보디아 국경을 넘어온 사내였는데 부소대장 반둑과는 동향으로

호형호제하는 사이였다. 때아닌 시각에 때아닌 농담을 귀에 담으며 타오는 눈꼬리를 곧추세웠다. 온몸의 근육이 팽팽하게 일어서며 새삼스럽던 죽음의 느낌을 털어냈다.

"자, 가자. 1분대와 2분대는 남쪽 초소, 3분대는 동쪽 초소를 친다. 저격병은 망루의 보초를 처리하고 4분대는 나와 함께 북쪽 격납고를 폭파한다. 1차 공격이 끝나면 서쪽 관제탑을 점령하여 공항을 통제한다."

타오가 둔덕을 넘어서자 대원들은 세 방향으로 나뉘어 갈대밭으로 뛰어들었다. 기습을 하기에는 너무 밝은 아침이었다.

16

정치적으로는 대공 투쟁과 집단 안보 체제를 강화하여 국민을 단결시키고
해외로 진출해 국제적 지위 향상에 기여하고,
군사적으로는 미군을 한반도에 계속 주둔케 해 한국의 방위를 보장받고
군의 전투력을 향상해 국방력을 강화하며,
경제적으로는 외화를 획득하는 좋은 기회가 된다.
— 1965년 1월 26일. 박정희 대통령, '월남전 참전 담화문'에서

한국 정부는 미국으로부터 특별한 대접을 받고 싶어 하며,
베트남에 있는 5만 명의 한국군을 그들의 꿈을 실현시켜줄
'알라딘의 램프'로 생각하고 있다.
— 1967년 11월 25일. 윌리엄 포터 주한미국대사, '국무부에 보내는 전문'에서

1964년 9월 첫 파병(본격적인 전투병 파병은 1965년 10월부터) 이후 1973년 3월 완전 철수할 때까지 8년 반 동안 베트남에 파병된 한국군은 324,800여 명(연인원). 그중 5,000여 명이 전사했고 11,000여 명이 부상당했다. 또한 수만 명의 참전 병사들이 귀국 후 고엽제 후유증 등으로 신음해야 했다.

1967년 포터 대사의 전문(電文)은 한국 정부가 한국군의 베트남 파병을 내세워 미국에게서 군사 지원과 경제 원조 등 원하는 모든 것을 얻어내려 한다는 내용이었다. 그러나 '알라딘의 램프'라니! 한국은 월남전 참전으로 일본이 한국전쟁 때 그랬던 것처럼 전쟁특수[42]를 누릴 수 있었다. 외화 수입이 눈덩이처럼 불어났고 국내 저축률도 높아졌다. 허나 그것은 참전 군인들과 파월 기술자(연인원 68,000명)들이 피와 땀으로 번 돈이었다. 목숨값, 핏값이었다. 알라딘의 요술 램프가 펑 터지며 이뤄낸 기적이 아니었다.

한국군에게 '월남전'은 애당초 승패가 중요한 전쟁이 아니었다. '자유월남'을 위해 싸운다고 하였으나 기실은 전쟁특수를 통해 경제 발전(근대화)의 계기를 마련코자 하는 국가와 가난의 굴레에서 벗어나려는 절대 다수 병사들의 처절한 욕망이 뒤섞여 치러진 '남의 나라 전쟁'일 뿐이었다.

베트남 전쟁이 끝나고 20여 년이 지나 존슨 행정부의 국방장관으로 전쟁을 지휘했던 맥너마라는 자신의 회고록[43]에 이렇게 썼다.

"각성한 (베트남) 민족이 발휘하는 민족주의의 힘에 대해 무지했으며, 미국 시민의 호응을 얻는 데 실패하였고, 미국식 사명감의 독선

---

42 전쟁특수: 1965~1973년에 미국이 한국군에 지급한 (전투)수당 총액은 2억 3500만 달러였는데, 파병 군인들은 전체 수당의 83퍼센트인 1억 9500만 달러를 고국에 송금했다. 파월 기술자·노동자들의 송금액도 1억 6000만 달러에 달했다.(박태균, 『베트남 전쟁』, 한겨레출판, 2015)
43 로버트 맥너마라 회고록 『베트남 전쟁의 비극과 교훈』(1995).

에 빠져 있었다."

명분 없는 '더러운 전쟁'에서 미국은 참담하게 패배했다. 그러나 전쟁의 주체가 아니었던 한국군에게는 패배의 의미조차 모호했다. 전쟁에서 얻을 교훈도 없었다. 그저 반공이라는 국가이데올로기 아래 돈 벌기 위해 싸웠던 전쟁이 끝난 것 이상도 이하도 아니었다. 전쟁이 남긴 죽음과 공포의 기억, 학살의 트라우마(정신적 외상)만이 오롯이 참전 병사들의 몫으로 남겨졌다.

베트남 파병의 첫째 명분은 미국이 한국에서 빼내어 베트남에 투입하려는 주한미군 대신 한국군을 파병해 한반도의 안보 공백을 방지한다는 것이었다. 하지만 파병 이후 한국의 안보 위기는 심화되었다. 북한의 김일성은 박정희 정권이 1964년 한일 협정으로 한·미·일 삼각동맹 체제를 갖춘 데 이어 베트남에 군대를 파견하자 공격적인 대남 정책에 착수했다. 1968년 1월, 북한군 특수부대가 청와대를 습격하였다. 11월에는 울진·삼척 지구에 무장공비가 침투했다. 남한의 안보를 교란하여 베트남 파병을 저지함으로써 호찌민의 북베트남을 간접 지원한다는 명분이었다. 같은 해 1월에는 미국의 정보함 푸에블로 호가 원산 앞바다에서 북한에 나포되었다. 정전협정 이후 한반도의 안보 위기는 최고조에 이르렀다. 일촉즉발의 전쟁 위기였다.

'반공(反共)의 십자군'으로서 자유세계를 지원한다고 했으나 자유 진영의 핵심 국가이자 미국의 가장 가까운 동맹국인 영국과 프랑스는 파병을 거부했으며, 대만, 필리핀, 태국, 호주, 뉴질랜드 등이 적게는 200여 명, 많아야 37,000여 명을 파병했다. 320,000여 명을 파병한 한국과는 비교조차 할 수 없는 미미한 숫자였다.

마침내 1971년 3월, 미국의 닉슨 행정부는 베트남에서 발을 빼기 직전 주한미군 7사단 병력 20,000명을 철수시켰다. 닉슨이 박정희의 뒤통수를 제대로 친 셈이었다. 한국군 파병의 명분은 사라졌다. 남은 것은 참전 병사들의 피와 바꾼 달러, '근대화의 종잣돈'이었다. 그리고 베트남 전쟁 기간 동안 나라를 '전국적 동원 체제의 병영국가'로 만드는 데 성공한 박정희에게 유신독재의 기회가 주어졌을 뿐이었다.

*

어머니 전상서44

일주일 전에 손톱 발톱 깎고 이마 위쪽 머리털을 잘라 누런 봉투에 넣었습니다. 봉투를 받을 집 주소도 적었지요. 작전 나갔다가 혹시 전사하게 되면 부모님에게 부쳐드린다고 하네요. 전 정말 하기 싫었지만 소대장님 명령이니 어쩔 수 없었지요. 하지만 그 봉투는 당연히 두 분께 전달되지 않았겠지요. 저는 죽기는커녕 다치지도 않았으니까요. 앞으로도 그럴 일은 절대 없을 테니 걱정하지 마세요.

제게는 첫 작전이었습니다. 백마 28연대 1대대 독립중대 1소대가 제가 속한 전투부대랍니다. 소대장 김창렬 중위님 하에 장정수 중사님과 최태성 하사님, 이일섭 병장과 김태길·오찬욱 상병, 김성남 일병과 저. 독립중대에 속한 소대라서 다른 부대 분대 규모이지요.

제가 월남에 온 지도 벌써 두 달이 다 돼가는군요. 한국을 떠나기 전 아버지께 보낸 편지에서 말씀드린 것처럼 어머니는 제가 월남 간다고 하면 펄쩍 뛰실 것 같아 비밀로 하였지요. 지금쯤은 아버지께서 어머니에게 말씀하셔서 알고 계실지도 모르겠군요. 어머니, 죄송해요. 그렇지만 아무 염려 마시고 건강에 유의하세요. 어머니가 고혈압으로 고생하고 계시다는 걸 저라고 어찌 모르겠어요. 월남 오기 전에 받은 편지에서 윤희가 어머니 건강이 좋지 않다며 걱정을 많이 하데요. 오

---

44 베트남 전쟁에 참전했던 박동수가 어머니에게 쓴 편지. 내용 중 상당 부분은 베트남 전쟁에 소총수로 참전했던 이의 구술을 바탕으로 하고 있으나 소속 부대(28연대, 독립중대 1소대) 및 등장인물은 모두 실제와 관계없음을 밝힌다.

빠에게는 알리지 말라셨다고 하면서요. 이제 제발 병원 일은 그만두세요. 마흔 중반의 나이에 간호사라니요.

아버지 월급만으로는 빠듯하리라는 거 압니다. 하지만 이제 제가 받는 수당이 매월 40불이 넘는답니다. 여기서는 돈을 쓰려고 해도 쓸 데가 없어요. 먹는 거고 입는 거고 몽땅 미군에서 대주니까요. 부대에서도 나라 명령이라며 몇 불만 쓰고 전액 송금하라 독촉하고요. 그러니 제가 보내드린 돈으로 어머니 좋은 약부터 사 드세요. 어머니 속만 썩이던 제가 그나마 효도할 수 있는 것 같아 정말이지 월남에 오기를 잘했다고 생각합니다.

처음 작전 나갔던 얘기를 하려 했는데 옆길로 샜네요. 작전 얘기를 계속할게요. 작전 나가기 직전에 개인소총 M-16을 자동으로 놓고 총알 열두 발이 든 탄창 1개를 모두 소비합니다. 지급된 소총의 성능을 시험해보는 것이지요. 야간 사격 훈련도 하구요. 복장은 계급장과 명찰을 제거한 뒤 착용하는데 국산 전투복은 작전에 맞지 않아 미군 전투복을 입고 군화 역시 바닥에 철판이 들어 있는 미군용 정글화를 신지요. 좀 크긴 해도 앞에 휴지를 쑤셔 넣으면 괜찮아요. 3일치 전투식량으로 C-레이션을 받아 포장을 벗겨 배낭에 넣는데, C-레이션이 뭐냐 하면요. 조리를 한 다음 상하지 않게 진공 상태로 깡통에 저장한 통조림이에요. 닭고기 국수, 햄, 소시지부터 빵, 과일, 과자까지 종류도 여럿이지요. 모두 한국에서는 먹어보지도 못한 고급이랍니다. 그 외에 커피와 잼, 껌, 담배, 휴지 등이 든 부속대는 따로 있고요. 보통 1식에 C-레이션 2깡을 먹는데 처음에는 그거 먹고 허기져서 어쩌나 싶었는데 영양분이 높아서 그런지 배가 고프지는 않더군요. 다만 대변은 사흘이 지나서야 보았답니다. 참, 생각나는 대로 적다 보니 별 얘기를 다 하는군요.

어쨌거나 미국은 정말 엄청난 부자 나라 같아요. 미군에다가 한국군까지 수십만 명에게 먹일 그 많은 음식을 비행기로 끝도 없이 실어 나르니까 말예요. 생수와 맥주는 물론 얼음에다가 아이스크림, 심지어 장교들이 샤워할 목욕물까지 공수한다고 하데요.

또 이야기가 빗나갔네요. 작전 나갔던 이야기를 다시 할게요. 군장을 꾸린 후 대대에 집합해 헬리콥터에 일개 분대씩 분승하여 분대장이 갖고 있는 지도에 표시되어 있는 랜딩(착륙)지로 줄줄이 날아가지요. 랜딩지에 가까워지면 헬기 양쪽에 거치되어 있는 중기관총으로 착륙 지점 주위 사방에 집중사격을 합니다. 혹시 베트콩이 숨어 있다가 저격을 할지도 모르니까요. 그런 다음 공중을 빙 돌아서 내려가는데 완전 착지를 하는 게 아니라 약간 떠 있는 채로 랜딩을 하게 됩니다. 헬기는 바퀴가 아닌 스키발로 되어 있어 그걸 밟고 뛰어내리는데 대원들이 하나둘씩 뛰어내리면 헬기가 자꾸 상승하여 나중에는 거의 키 높이만큼 올라가버립니다. 그래서 성큼 뛰어내리지 못하고 주춤거리면 미군 기관총사수가 뭐라 하며 냅다 등짝을 밀어버립니다. 그러면 배낭 무게에 눌려 땅바닥에 콕 처박히게 되는데 신기하게도 아무도 다치지는 않았지요.

랜딩 후에는 거총을 하고 사주경계를 하면서 신호에 따라 신속히 정글 속으로 숨어야 합니다. 정글 속으로 들어간 다음에는 말을 하지 않고 손과 눈을 이용한 완수신호를 하게 되는데 손가락 둘을 보이면 베트콩이고, 손바닥을 지붕처럼 구부리면 가옥을 가리키는 거지요.

작전은 분대가 헬기에서 랜딩한 후에 지도에 표시된 루트를 따라 소대로 모이고, 다시 소대들이 모여 중대가 되면 종료되는데, 각 루트에 따라 행군을 하던 중 적을 발견하거나 적과 마주치게 되면 상황이 발생하게 됩니다. 상황이란 사격전을 말하는 것인데 매복해 있던 적에게 우리가 먼저 노출되면 저격을 당하게 되니 바짝 긴장을 할 수밖에 없습니다.

길이 없는 길을 뚫고 산을 넘고 물을 건너가노라면 점점 체력이 고갈됩니다. 정신을 잃지 않기 위해 아랫입술을 깨물다 보니 입술이 헤어져 뭘 먹기조차 힘든 지경이 되지요. 정신을 차리려고 배낭을 멘 채로 개울물에 들어갔다가 나오면 어깨가 부서지는 것처럼 아픕니다. 미군 정글화를 신었어도 발바닥에 물집이 생겨 발가락을 들고 뒤꿈치로 걷다가, 뒤꿈치를 들고 발가락만 딛고 걷기도 하지요. 고통스럽지만 죽지 않으려면 걸을 수밖에요. 고참들 말로는 그렇게 작전 몇 번 나가다 보면 굳은살이 박여 괜찮다고 하데요. 정글 속을 뚫고 가다 보니 나무라는 나무는 죄다 가시가 있는 듯 철모와 정글복, 배낭을 잡아당기는데 조금만 꾸물거려도 그 틈에 거머리와 전갈, 개미들이 꾸역꾸역 기어듭니다. 그렇게 행군을 하다가 첨병(보통 4인)들로부터 휴식 신호가 오면 그대로 뒤로 자빠져 정말 거짓말 안 보태고 1초 만에 잠에 빠집니다. 10분쯤이나 지났을까. 휴식이 끝나 출발하는데 저는 뒤따라오던 대원이 발로 차는 통에 깜짝 놀라 일어나 다시 걸었지요.

저녁 무렵 분대장 지도에 정치되어 있는 야영지에 도착했습니다. 곧장 개인호를 파고 적의 침투 예상로에 크레모아45를 설치한 다음 호 속에 판초를 치고 자리를 잡은 후 우선 한 일은 옷을 벗고 거머리를 떼어내는 것이었지요. 처음 달라붙었을 때는 이쑤시개만 했던 놈이 피를 빨아 먹고 어느새 손가락만큼 커져 있는데 고참들이 얘기하기를 그냥 잡아떼면 침을 쏘고 떨어져 나중에 심하게 가려우니 라이터 불로 지져 저절로 떨어지게 해야 한다고 해서 그렇게 했지요.

밤이 되자 사위가 칠흑같이 어두워 아무것도 보이지 않는데 적의 침투가 걱정되다 보니 고단해도 잠은 자는 둥 마는 둥, 크레모아 격발기를 손에 꼭 쥐고 어둠 속을 노려볼 수밖에요. 멀리 떨어진 개활지의 포병들이 우리 작전 지역에 적이 침투하지 못하도록 접근 차단 포격을 간헐적으로 해주는데 그 소리에 마음이 놓이는 것이 오히려 자장

---

45 크레모아: 땅속에 매설하는 일반적인 납작한 원통형 지뢰와 달리 세워서 사용하는 지뢰. 미군이 베트남 전쟁에서 처음 사용하여 매우 큰 살상 효과를 얻었다.

가 소리처럼 들리더군요.

다음 날 오후 행군을 하는데 첨병으로부터 신호가 왔습니다.

'전방에 가옥, 베트콩 출현 예상.'

훈련받은 대로 그 자리에 주저앉아 배낭을 벗어 던지고 단독군장을 한 다음 거총을 하고 엎드렸지요. 그러는 사이 전방에서는 몇 초간 콩 볶는 듯 집중사격 소리가 들리고 곧이어 거짓말처럼 잠잠해졌는데, 잠시 후 정적을 뚫고 아, 하는 신음과 함께 의무병을 부르는 고함소리가 들렸습니다. 앞서가던 다른 소대원이 당한 거지요.

몇 명이 부상병을 들것에 실어 나르고 나머지는 사주경계를 하면서 독립가옥을 수색하는데, 가옥이라고 해봤자 대나무를 엮은 지붕에 야자나무 잎을 덮은 게 그냥 가축우리 같았습니다. 아군이 당하면서 대원들 눈빛이 달라졌지요. 저 역시 어느새 두려움보다 적개심이 타오르는 걸 느낄 수 있었습니다. 움직이는 건 무조건 쏘았지요. 돼지 한 마리가 M-16 총탄에 맞아 궁둥이 한쪽이 떨어져 나간 채 꽥꽥 비명을 지르며 달아났습니다. 가옥 안 건초더미 아래에서 땅굴이 발견되었습니다. 최 하사님이 수류탄을 까서 굴속으로 던져 넣었지요. 폭발음과 흙먼지가 튀어 올랐지만 굴속은 텅 비어 있었습니다. 독립가옥 후방에 초가집 몇 채가 있었는데 그곳에도 인기척은 없었습니다. 누구라도 있었으면 모두 죽었을 겁니다. 우리의 작전지구는 베트콩이 관할하는 '사격자유지역'이었으니까요. 사격자유지역이란 말 그대로 마음대로 총을 쏴도 되는 지역이란 뜻이지요. 아아! 마음대로 총을 쏴도 되다니 끔찍한 일이지요. 하지만 누가 베트콩이고 누가 민간인인지 구분이 되지 않는 판에 두려움과 적개심에 제정신을 잃으면 정말이지 살아 있는 모든 것에 총질을 하게 됩니다. 대원들은 빈집들을 불태우고 이동했습니다. 초가집들은 마른 검불이 불에 타듯 후루룩 날아가 버렸습니다.

소대와 소대가 만나 중대가 되면서 1단계 작전이 종료되었습니다.

부상병을 후송하려면 개활지로 나가 '다스톱'에 태워야 합니다. 적십자기가 그려진 의무 헬기이지요. 신속이동 착륙 지점에 노란 연막탄을 까놓고 빙 둘러 사주경계를 하면서 헬기가 날아오기를 기다립니다. 그런데 빌어먹을 놈의 헬기가 공중을 빙빙 돌기만 할 뿐 빨리 내려오지를 않습니다. 중대장님이 통신병의 무전기를 빼앗아 고래고래 소리를 질렀지요.

"You see the yellow smoke right!"

눈물 나도록 안타까운 시간이 흐른 뒤에야 간신히 부상병을 후송시키고 적의 저격을 피해 젖 먹던 힘까지 다해 개활지에서 벗어나 다시 정글로 몸을 숨겼습니다. 숨도 쉬지 않고 그 무거운 배낭을 메고 그렇게 빨리 달릴 수 있었다는 게 그저 신기할 뿐입니다.

다음 날에는 산악이 아닌 숲과 들판이 이어진 지역을 통과했습니다. 놀랍게도 밀림이 타고 있었습니다. 미군 폭격기가 쏟아부은 네이팜탄으로 숲 전체가 불타고 있었습니다. 검은 연기가 하늘을 뒤덮어 어느 방향으로 가야 할지 모를 지경이었지요. 열기로 땅이 뜨거워져 앉을 수도 없이 선 채로 멍히 놀라운 광경을 바라보았습니다. 밀림을 통째로 태울 생각을 하다니 참, 미국이 대단한 나라이긴 하구나 하는 생각이 다시 들데요.

얼마를 더 가다가 미군 수송기가 공중에서 숲에 무슨 액체를 엄청나게 뿌려대는 광경을 보았습니다. 한국군들은 누구나 작전 나갈 때면 철모밴드에 모기약과 거머리 떼어낼 면도칼을 끼우고 다녔어요. 그런데 미군 비행기가 뿌리는 그 액체를 몸에 바르면 지긋지긋한 모기와 거머리가 달려들지 않으니 일부러라도 맞으려 한다더군요. 제가 의무병인 오찬욱 상병에게 슬쩍 물어봤지요.

"저거 정말 맞아도 괜찮은 겁니까?"

"야, 저거 맞으면 나뭇잎이 몽땅 말라버린다는데 좋을 리가 있겠냐? 사람 몸에는 어쩔랑가 모르지만도. 어째 박 일병, 니도 한번 맞아

보고 싶냐?"

"모기랑 거머리랑 달려들지 않는다면 목욕이라도 하지요. 까짓거."

말은 그렇게 했지만 전혀 그럴 생각은 아니었습니다.

들판을 지나 갈대가 우거진 산모롱이로 접어드는데 앞서가던 첨병이 V(베트콩) 신호를 했습니다. 배낭을 벗고 단독군장을 한 다음 소대장님의 수신호에 따라 좌우로 대형을 짜고 엎드려쏴 자세를 했습니다. 그러고는 첨병이 가리키는 지점을 향해 일제사격을 했지요. 81밀리 박격포가 날아가고 M-60 기관총이 작렬했습니다. 잠깐 동안이었지만 저에게는 몇 시간이 지난 것처럼 길게 느껴졌지요. 최 하사님이 낮은 걸음으로 제 옆으로 다가오지 않았으면 저는 계속 얼이 빠져 엎드려 있었을 겁니다.

"야, 인마. 박 일병, 너 뭐 하고 있냐. 빨리 일어나 날 따라와. 거총하고 낮은 자세로 걸어. 어물거리다간 총 맞아 죽는단 말이다. 멍청한 새끼."

갈대숲 안에 흙으로 쌓은 작은 벙커가 있고 그 안에 베트콩 넷이 있었는데 셋은 즉사했고 하나는 쓰러져 신음하고 있었습니다. 주변 수색이 끝나자 소대장님이 명령했습니다.

"의무병, 저 새끼 응급처치하고 후송한다."

"예? 다 죽어가는데요. 그냥 쏴버리지요."

"아직 안 죽었잖아. 야, 최 하사. 응급처치 끝나면 네가 애들 시켜 데리고 가라. 후송해서 살릴 수 있으면 놈들에 대한 정보를 얻어낼 수 있을지도 모르잖아."

그렇게 해서 제일 졸병인 저와 김성남 일병이 들것에 부상한 베트콩을 싣고 이동했으나 곧 날이 어두워져 후송자리를 찾지 못하니 헬기를 부를 수도 없고, 별수 없이 함께 비박을 하게 되었습니다.

"최 하사님. 이거 아무래도 죽는 거 같은데요."

쓰러져 있는 베트콩을 들여다보던 김 일병이 말하자 최 하사가 고개를 돌리며 내뱉었습니다.

"씨발. 그러게 아까 그냥 쏴버리자니까. 아, 몰라. 그냥 놔둬. 죽든지 말든지. 졸려 죽겠는데……."

저는 그제야 죽어간다는 베트콩을 보았습니다. 심장 위를 맞아 즉사는 면했으나 출혈이 심해서인지 어둠 속에 낯빛이 창백하더군요. 세상에 창백하다고 해도 어쩌면 그렇게 창백할 수 있을지. 달빛에 비친 흰 창호지 같았습니다.

빨리 후송하여 치료를 했으면 모를까, 응급처치로 출혈을 멈추게 할 수는 없었을 테니 어차피 죽을 목숨이었습니다. 얼핏 보아 제 또래 젊은이 같은데도 적이라고 생각해서 그런지 사람으로 보이지 않고 그저 죽어가는 짐승처럼 느껴지더군요. 제가 이상해진 걸까요? 전쟁터가 저를 이렇게 빨리 변하게 한 걸까요?

아아, 어머니. 졸려서 그만 써야 할 것 같군요. 내일은 매복을 나가야 해요.

다녀와서 다시 쓸게요.

어머니께!

편지를 안 쓴 지 보름이나 지났네요. 매복과 수색에 번갈아 나가다 보니 몸도 정신도 피곤해 편지 쓸 여력이 없었어요. 우리 독립중대는 월남 중부에 있는 푸옌 성의 성도(省都) 뚜이호아 해안가에 자리 잡고 있어요. 몇 년 전 해병대인 청룡부대가 주둔했던 곳이라고 하네요. 우리 중대가 소속된 백마부대 사령부는 푸옌 성 아래 카인호아 성 닌호아에 있지요.

월남의 성(省)은 우리나라의 군(郡)입니다. 그 밑의 현(縣)은 우리의 읍(邑), 사(社)는 면(面), 촌(村)은 리(里)이지요. 사이공이나 하노이 같은 큰 도시는 우리와 같은 시(市)라 하고요. 언제 월남에 대해 그리 많이 알게 되었냐구요? 아녜요. 아직도 월남에 대해 아는 게 거의 없어요. 처음 여기에 왔을 때 놀란 것은 이 나라가 너무 아름답고 평온해

346

보여서였어요. 푸른 하늘과 키 높은 야자수, 녹색의 물결로 뒤덮인 밀림과 물소 떼가 한가히 노니는 시골 마을의 순박한 사람들. 너무 작고 말라서 총 하나 제대로 들 수 없을 것 같은 월남 남자들……. 도대체 어디가 전쟁터이고 누구와 싸운다는 것인지 이해가 되질 않았지요. 빨갱이인 베트콩들이 월남을 공산화하려 하니 자유월남을 지키기 위해 한국군이 이곳에 왔노라고 하지만 정작 월남 사람들은 한국군이 왜 왔는지 관심조차 없는 거 같았어요. 말이 안 통해서 그렇기도 하겠지만 우리를 보는 텅 빈 것 같은 휑한 눈이 그랬어요.

더 기가 막힌 것은 여기 사람들, 특히 시골 사람들은 거의가 베트콩을 싫어하지 않는다는 거예요. 싫어하지 않는 정도가 아니라 그들 중 많은 수가 실은 베트콩이거나 베트콩과 한편이라는 것이지요.

월남과 월맹은 북위 17도 군사분계선(우리나라로 치면 38선이지요)을 기준으로 남북으로 갈라져 있는데, 우리 한국군은 북위 17도선 아래 중부 해안 지역에 주둔하고 있어요. 위에서부터 아래로 5개 성(省)인데, 청룡부대가 맨 위 지역인 꽝남 성과 꽝응아이 성, 맹호부대가 그 아래 빈딘 성과 푸옌 성, 그리고 저희 백마부대는 푸옌 성과 가장 남쪽인 카인호아 성에서 활동합니다. 한국군의 주요 활동은 평정작전인데, 평정작전이 뭐냐 하면요, 정글과 시골 마을에 대한 정찰과 수색을 통해 베트콩을 소탕하여 월남 사람들을 공산주의로부터 해방하는 것이지요. 베트콩은 베트콩대로 월남을 해방하려 싸운다지만 우리야 어디까지나 반공이니 자유월남을 위해 싸워야겠지요. 월남이 공산화되면 우리나라도 위험해지니 여기 전쟁은 북한 괴뢰와 싸우는 것과 마찬가지라고 하니까요.

그런데 그간 한국군이 평정작전을 하면서 몇몇 마을들을 싹 쓸어버렸다는 얘기를 들었어요. 싹 쓸어버리고 불도저로 확 밀어버렸다고 하데요. 그게 무슨 소리겠어요? 마을 사람들을 모두 죽여버렸다는 거겠지요. 늙은이, 부녀자, 어린애 가리지 않고. 설마 그럴 리가 했는데,

첫 작전 나갔다 온 후로는 그런 일이 있을 수도 있겠다 싶더군요. 저도 정신없이 총질을 했었으니까요.

채명신 주월 한국군사령관님은 "백 명의 베트콩을 놓치더라도 한 명의 민간인을 보호하라"고 하셨다더군요. 정말 근사한 말이지만 여기 전쟁터와는 맞지 않는 소리 같아요. 여기 전쟁은 정말 이상한 전쟁이에요. 전선도 없고 적군도 보이지 않는 데다 도대체 누가 적이고 누가 민간인인지 구별할 수가 없어요. 열댓 살 먹은 아이부터 육십 넘은 노인들, 심지어 젊은 처녀들까지 베트콩 대원이며, 농부들도 낮에는 논에서 일하고 밤에는 총을 든다고 해요. 그러니 민간인이 누군지 어떻게 꼭 집어낼 수 있겠어요. 더구나 수색 중에 아군이 저격을 당하거나 적들이 깔아놓은 부비트랩을 밟아 사지가 찢겨 죽어가는 것을 목격하면 공포와 적개심에 휩싸여 살아 있는 모든 것에 총질을 하게 되지요. 순식간에 눈알이 돌아 제정신이 아니게 되는 거지요. 저희 분대장인 장 중사님은 늘 살아 돌아가는 게 장땡이라고 하세요. 그러려면 베트콩이고 민간인이고 저쪽 편이다 싶으면 무조건 쏴야 한다고 했어요. 저는 장 중사님이 무섭고 싫지만 살아 돌아가는 게 장땡이라는 말만은 옳다고 생각해요. 여기서 죽는 건 정말 개죽음이니까요. 살아 돌아가야 어머니와 아버지, 윤희도 만날 수 있잖아요. 그러니 살려면 무조건 쏴야지요.

아아, 어머니, 이런 제 생각이 옳은 걸까요? 무섭고 두려워 총질을 하지만 쏘고 나면 다시 무섭고 두려워요. 그럴 때면, 제 사수인 이일섭 병장님 말마따나 월남에 온 건 정말 미친 짓이었던 것 같아요.

저번에 매복을 나갔을 때 이 병장님이 제게 물었습니다.

"야, 박동수. 넌 왜 월남에 왔냐? 차출이야? 자원이야?"

"자원입니다."

"자원? 대학물까지 먹었다면서 자원을 해?"

"대학물은요 뭐. 한 학기 다니다가 휴학하고 바로 입대했는데요."

"그럼, 졸병 생활 고달파서 도망쳤냐? 아, 씨발. 나도 한국에서 졸병 때 고참 새끼들한테 빳다 꽤나 맞았지. 개새끼들, 할 일 없으니까 괜히 졸병들 괴롭히는 거야. 높은 놈들은 부식이고 기름이고 빼돌리느라 눈알이 시뻘거니 죽어나는 건 배곯고 헐벗은 졸병들이지. 거기 비하면 여기가 훨씬 낫지. 미군애들 C-레이션 넘쳐나니 배곯을 일 있나, 남쪽 나라니 추워서 떨 일 있나, 빳다 맞을 일 있나. 거기다 매달 50달러씩 돈도 벌고. 아, 이놈의 지긋지긋한 매복과 수색 빼고, 베트콩 총알 안 맞고 부비트랩 안 밟으면 천국이지. 안 그러냐? 쳇, 말해놓고 나니까 조금 그렇긴 하네. M-60 기관총 걸어놓은 이놈의 구덩이가 천국이라니. 지옥이지. 지옥이야."

이 병장님은 혼자서 이 말 저 말 늘어놓더니 다시 제게 물었습니다.

"그나저나 도망친 것도 아니면 너도 돈 벌러 왔냐? 돈 벌려고 소총수 자원한 거야?"

"돈 벌러 온 거 아니에요."

"그러면 왜 왔는데?"

"그냥요. 그냥 월남에 한번 와보고 싶었어요."

"뭐, 그냥 와보고 싶었다구? 와, 이 새끼 정말 미친놈일세."

이 병장님이 크크크, 낮게 웃었습니다. 그래서 용기를 내서 살짝 물었지요.

"그러시는 이 병장님은 월남에 왜 왔어요?"

"나? 나야 당연히 돈 벌려고 자원했지. 여기 온 새끼들은 거의 돈 벌러 온 거야. 다들 지지리 가난한 놈들이니까. 시골 촌놈들은 1년만 박박 기면 논밭에 황소 한 마리 생긴다니까 웬 떡이냐 하고, 도회지 판자촌에 사는 놈들은 배곯는 가족들에게 쌀밥이라도 한번 먹여볼까, 그래서 자원들 한 거라구. 한국에서 올 때 반공이 어쩌구, 자유가 어쩌구, 환송을 한다며 난리들을 쳤지만 다 웃기는 소리야. 까놓고 말해서 월남 애들 지들 좋아서 공산주의 하겠다는데, 미국하고 싸우든지 말든지 우리까지 끼어들 일이 뭐 있냐. 도대체 월남하고 우리가 무슨 상관이냐구? 월남이 망하면 우리나라도 위험하다구? 아, 월남하고 우리나라하고 거리가 얼만데. 무슨 귀신 씻나락 까먹는 소리냐구. 좋아, 그건 그렇다 치더라도 우리야 6·25 때 당해봐서 절대 반공이지만 내가 보기에 월남 애들은 반공의식이란 게 통 없어. 반공의식이 있으면 베트콩들이 그렇게 활개 치고 다닐 수 있겠냐? 우리 같으면 어림도 없는 일이지. 그러니 이놈의 전쟁이 언제 끝나겠냐? 아아, 이딴 개소린 할 거 없고, 나 잠깐 눈 좀 붙일 테니까 잘 지켜보고 있어. 뭐 수상한 기척 있으면 바로 깨우고."

어머니, 이 병장님은 월남에서 2년째 연장복무를 하고 있는데 내달이면 만기 제대랍니다. 서울 청량리에서 국밥집을 하는 홀어머니와 남동생, 여동생이 있는데 귀국하는 대로 그동안 저축해놓은 전투수당으로 방 두 개짜리 집으로 이사하고 동생들 학교 공부도 시킬 수 있을 거라고 하네요. 자기는 공업전문학교 다닐 때 차량정비 면허증을 따냈다면서 나중에 서울에서 자동차 정비소를 차릴 계획이라 하고요. 물어보지도 않은 얘기를 술술 하는 걸로 보아 정말 뿌듯해하는 것 같았습니다.

그런데 어머니, 저는 정말 왜 월남에 온 걸까요? 51사단 신병교육을 마친 뒤 김해 공병학교 급수반(504주특기)을 수료하고 102보충대를 거쳐 6공병여단 26대대 1중대 행정반 공사계 조수로 근무하던 작년 봄. 선임 고참들이 외출해 텅 빈 사무실에서 대대 서무계 중사님의 전화를 받았습니다. 파월 차출이 내려왔는데 너희 중대 504주특기 명단을 부르라는 것이었지요. 제가 명단을 부르니까 최고참인 김 병장은 제대가 얼마 안 남아서 안 되고 그 아래 조 상병이 좋을 것 같다고 하데요. 그때 제가 불쑥 말했습니다. 저는 안 되냐고요. 제가 월남에 가고 싶다고요. 그래? 그럼, 내가 너희 선임하사한테 얘기해볼게. 나중에 딴소리하면 안 된다. 중사님은 그렇게 짧은 다짐을 받고 전화를 끊었습니다. 저의 월남행은 그렇게 갑자기 결정된 것이지요.

월남에 와서 처음 주어진 임무는 카인호아 성 깜란 만에 주둔하던 백마 30연대 인사과 서무계 조수였습니다. 한 학기나마 대학물을 먹은 덕에 행정 보직이 주어진 것 같았습니다. 행정반은 지하구조로 된 벙커에 있었는데 온종일 에어컨이 빵빵하게 돌아가는 데다 낮에는 간식으로 아이스크림이 나오고 저녁에는 해변으로 나가 맥주를 마실 수 있었습니다. 미군 함포에서 밤낮없이 쏘아대는 122밀리 포 소리마저 들리지 않았다면 전쟁터는커녕 남국의 휴양지로 놀러 온 것 같은 착각이 들 정도였지요.

그렇게 한 달쯤 지난 후 저는 인사과 보좌관님을 찾아가 전투부대 배속을 요청했습니다. 왜? 인사과 보좌관인 준위님이 눈으로 물었을 때 저는 준위님의 눈길을 피하며 짧게 답했지요. 답답해서요. 뭐?… 답답해서……?

준위님의 눈꼬리가 올라갔지만 저는 더 할 말이 없었습니다. 사실 저도 그 이유를 잘 몰랐으니까요. 다행히 준위님도 더 묻지는 않았습니다.

그러고 보면 월남에 자원할 때부터 그랬던 것 같습니다. 불쑥 가보고 싶다는 생각이 들었던 것도 같고, 왠지 가야 한다는 생각도 들었던 것 같지만 그 이유가 분명치는 않았습니다. 그러니 이 병장님이 물었을 때도 그저 월남에 한번 와보고 싶었다고 답할 수밖에요. 그리고 기왕에 온 바에 다시 행정병이나 하고 있을 수 없다는 결심에 소총수를 자원한 거구요. 아아, 어머니. 이 병장님 말처럼 제가 정말 미친 짓을 한 걸까요? 아아, 잘 모르겠습니다. 하지만 뭐, 꼭 이유가 있어야 하는 건가? 그냥 그래보고 싶을 수도 있는 거 아닌가? 저는 그렇게 마음을 정리했습니다. 어차피 돌이킬 수도 없는 일이니까요.

사흘 뒤 저는 3/4 다찌 트럭을 타고 푸옌 성으로 올라가 백마 28연대 독립중대 소총수가 되었습니다.

"먼저 보고 먼저 쏘자."

중대본부 앞 관망대에 걸려 있는 커다란 글자를 보고 제가 비로소 전쟁터에 온 것을 실감할 수 있었습니다. 저희 소대 최 하사님은 기왕 월남에 왔으면 사나이답게 전쟁을 해봐야지 행정병으로 사무실에 앉아 펜대나 굴려서야 쓰겠냐, 잘 왔다, 고 했지만 제 사수인 이 병장님은 코웃음을 쳤습니다. 첫 작전 다녀오고 나서 부대 앞 해변에서 맥주를 마시고 있는데 이 병장님이 저를 불러 말하더군요.

"사나이 좋아하네. 최 하사 그 새끼 아무래도 큰 사고 칠 놈이야. 박동수, 너도 조심해 인마. 최 하사처럼 미쳐 날뛰지 말란 말이다. 닥치는 대로 쏘고 죽이는 게 사나이다운 거냐? 너도 작전 몇 번 더 나가다 보면 이놈의 전쟁이 얼마나 좆같은 전쟁인지, 개 같은 전쟁인지 알게될 거다. 노인네고 아녀자고 애들이고 물소고 한번 쏘고 나면 그담부터는 아무렇지 않게 쏘게 되거든. 그냥 습관처럼 쏘게 되는 거야. 미쳐돌아가는 거지. 그게 얼마나 더러운 짓인 줄 제정신을 차려 알 때쯤이면 복무 기한이 끝나는 거고. 난 1년을 더 하면서 그걸 알게 됐어. 작년우기 때 매복을 나갔었는데 종일 비가 내려 참호 안에 무릎까지 물이찼었지. 그런데도 잠귀신은 막을 수가 없데. 판초 우의를 뒤집어쓴 채물구덩이에서 졸고 있는데 베트콩 새끼들이 참호 바로 앞까지 다가온 거야. 코앞도 보이지 않는 어둠 속에 비까지 내리니 놈들이나 우리나 서로 그렇게 가까이 있는 걸 몰랐던 거야. 그래서 어떻게 됐냐구? 아, 나도 모르게 으악, 소리를 지르고 말았지. 그랬더니 베트콩 새끼들도 기겁을 했는지 총도 못 쏘고 돌아서 달아나더라구. 조명탄을 터뜨리고 기관총을 갈겨댔지. 그날 밤 베트콩 열 놈이 죽었어. 우리 소대원들은 모두 멀쩡하고. 그 덕에 우리 소대장은 사이공 주월사령부로 가서 무공훈장을 받았지. 근데 말이야. 나는 그날 밤 베트콩 새끼들이 참호 안으로 수류탄이라도 까 던졌으면 내가 죽었을 텐데 왜 그냥 달아났을까, 그렇게 달아나는 놈들에게 기관총을 갈겨댄 건 좀 그렇지 않았나, 뭐 그런 생각이 들더라구. 사실 놈들하고 내가 원수진 일도 없는데 말이야. 그 뒤로 나는 조준해서 놈들을 쏜 적이 없어. 내가 이제껏 이놈의 지옥에서 살아 있는 건 아마 그래서인지도 몰라. 아아, 박동수. 넌 인마, 내가 뭔 말을 하는 건지 모를 거다."

정말 저는 이 병장님이 무슨 말을 하는 건지 몰라 멀뚱히 있었습니다.

"하기야 너 같은 시꺼먼 졸병이 뭘 알겠냐. 직접 겪어봐야 알지 모를 거다. 나도 그랬으니까. 하여간에 사나이 같은 소리는 개나 물어 가라고 하고, 최 하사 그 새끼처럼 미쳐 날뛰지 말란 말이다. 나야 한 달 뒤면 빠이빠이지만 네가 걱정이다. 넌 인마, 나 같은 사수 만난 걸 다행인 줄 알아야 해. 안 그러냐?"

맞습니다. 이 병장님은 연장복무를 해서 그런지 최 하사님보다도 관록이 있어 보였어요. 침착하면서도 든든한 느낌이랄까, 하여간 이 병장님 곁에 있으면 베트콩 총 맞을 일은 없을 거 같았으니 그런 이 병장님이 제 사수가 된 건 정말 다행이었지요.

그런데요, 어머니. 이 병장님이 매복할 때 한, 월남 사람들이 지들 좋아서 빨갱이 한다는 그 말, 들을 때는 그저 스쳐 들었던 그 말이 왜 자꾸 떠오르는 걸까요. 그 말에 한번도 본 적 없는 친부(親父)의 얼굴이 겹쳐지는 까닭은 무엇일까요. 눈 코 귀 입, 어느 것 하나 분명치 않은 친아버지의 형상에 얼마 전 창백한 얼굴로 죽어가던 젊은 베트콩의 얼굴이 덧씌워지는 이유가 무엇일까요. 아아, 어머니. 제 친아버지는 공산주의자였나요? 빨갱이, 빨치산이었나요? 그때 문득 이상한 생각이 들었어요. 제가 친아버지의 굴레에서 벗어나기 위해 월남에 온 거 아닌가 하는, 그것이 제가 소총수로 자원한 진짜 이유가 아닐까 하는 생각 말예요. 월남전 파병용사라면 누구도 저한테 빨갱이 자식이라고 하지 못할 테니까요. 아아, 모르겠어요. 오래 그런 생각을 했던 건 절대 아닙니다. 그냥, 문득 그런 생각이 들었을 뿐이에요.

어머니, 저는 어머니가 오랜 세월 제게 전하지 못한 얘기처럼 저 또

한 이 편지를 어머니께 전하지 못하리라는 것을 압니다. 그러니 묻지도 못할 친아버지 애기를 한들 무슨 소용이 있겠어요. 열흘 후 큰 작전에 나갈 겁니다. 대대급이 아닌 연대급으로 백마와 맹호가 합동작전을 편다는 걸 보면 베트콩이 아닌 월맹군 정규부대가 내려온 것 같아요. 작전 끝나고 돌아와 다시 쓸게요. 제 사수이던 이 병장님은 전역 만기가 되어 이번 작전에는 함께 가지 못합니다. 하지만 어머니, 아무 염려 마세요. 저는 반드시 살아 돌아올 거니까요.

17

역사가 주는 가장 큰 명예는 평화중재자라는 칭호입니다.
이 명예가 미국을 부르고 있습니다. 우리는 혼란의 계곡에서 세계를 구하여
문명의 새벽 이후 인류가 꿈꾸어왔던 평화의 반석 위에 올릴 수 있는 기회를
맞이하게 되었습니다.
— 1969년 1월 20일. 닉슨 대통령 취임 연설에서

베트콩의 구정 공세는 결국 극적인 반전을 이뤄낸 미국의 승리로 끝났다. 게릴라들의 기습공격으로 사이공의 미국대사관이 일시 점령당하고, 옛 왕조의 수도였던 후에가 한 달가량 적의 수중에 떨어지기도 했으나 미군은 게릴라들의 공격으로부터 남베트남의 주요 도시를 방어해내는 데 성공했다. 80,000여 명의 게릴라들 중 37,000여 명이 죽었다. 수천 명은 부상을 입거나 포로가 되었다. 남은 게릴라들은 캄보디아와 라오스 국경 지대의 정글로 달아났다. 하노이의 명백한 군사적 패배였다.

남베트남해방전선은 괴멸 수준의 타격을 입었다. 병력의 절반 가까이를 잃은 데다 도시의 지하조직이 노출되면서 활동 기반이 붕괴하였다. 농촌과 달리 도시에서는 주민들이 해방전선에 크게 우호적이지 않다는 사실도 뼈아픈 대목이었다. 결정적 승기를 잡았다고 판단한 미군 사령관 웨스트멀랜드는 본국에 20만 명의 추가 파병을 요구했다. 병력 증원이 이루어지면 남부의 베트콩 세력을 뿌리 뽑고 여세를 몰아 하노이의 공산주의자들까지 굴복시킬 수 있다는 게 웨스트멀랜드의 생각이었다.

그러나 텔레비전 뉴스를 통해 구정 공세를 지켜본 미국인들의 생각은 현지 사령관의 생각과는 전혀 달랐다. 본토의 미국인들은 경악했다. 하느님 맙소사! 미국대사관에까지 게릴라들이 침투하다니. 거의 소탕했다는 적들이 도대체 어디에 숨어 있다가 동시다발적으로 쏟아져 나왔다는 것인가? 전쟁이 곧 승리로 끝날 것이라던 정부의 발표는 전부 거짓말이었나? 전사자만 매달 1,000명에 이른다는 이놈의 전쟁을 도대체 언제까지 계속할 셈인가.

베트남에 파병된 미군의 대다수는 학력이 낮은 가난한 시골 출신이거나 흑인들이었다. 대학생은 징집에서 면제되었고, 따라서 백인 상류층이거나 영향력 있는 집안의 자식들은 전쟁터에 나갈 이유가 없었다. 하지만 전쟁이 계속된다면 끝내는 징병의 올가미가 좁혀올 거였다. 더구나 베트남전은 아버지 세대가 기꺼이 나섰던 제2차 세계대전과 달리 참전의 영예조차 찾을 수 없는 전쟁이었다.

세계 최강대국인 미국이 9,000마일이나 떨어진 동남아시아의 작고 가난한 나라와 벌이는 전쟁에 무슨 의미가 있단 말인가. 소련과 중국 공산주의자들의 위협으로부터 자유세계를 방어한다고? 오, 제발! 한국전쟁 이래 줄곧 들어온 똑같은 소리는 더 이상 듣고 싶지 않아! 남베트남과 북베트남 중 어느 쪽이 더 자유롭고, 어느 쪽이 더 민주주의적이란 말인가? 자유민주주의와는 전혀 상관없는 이 '추악한 전쟁'은 당장 끝내야 해!

베트남 전쟁에 반대하는 여론이 대학생층에서 시민 일반으로 확산되면서 반전운동이 급물살을 타기 시작했다. 워싱턴과 시카고 등 대도시에서 수만 명이 반전 시위를 벌였고 급기야 유혈 사태로까지 번졌다.

존슨 대통령은 테트 공세 두 달 만에 텔레비전에 나와 베트남에 더 이상 미군을 증원하지 않으며 북베트남에 대한 폭격을 제한하고 평화협상을 모색하겠다고 발표했다. 아울러 차기 대통령 선거 불출마를 선언했다.

민주당의 유력 정치인 로버트 케네디가 5년 전의 형처럼 암살당하면서 백악관의 주인 자리는 '베트남전의 탈(脫)미국화'를 공약한 공화당의 리처드 닉슨 후보에게 넘어갔다. 닉슨은 대통령 취임 연설에서 평화의 중재자를 자임하였다. '베트남전의 베트남화'로 미군을 단계적으로 철수하고 평화협상으로 전쟁을 끝내겠다고 했다. 그러나 닉슨에게 '평화의 중재'란 확전(擴戰)을 통해 힘의 우위를 확인하는 과정일 뿐이었다. 협상에서 하노이의 양보를 끌어내 미국의 체면을 살리기 위해서는 미군 철수 전에 보다 강력한 공격이 필요하다는 것이 닉슨의 확고한 복안이었다.

닉슨에게 국내의 반전운동은 철부지들의 불평불만에 지나지 않았다. 자유세계를 지키는 세계 최강대국 미국은 결코 우방에 '종이호랑이'로 비쳐서는 안 된다는 과도한 신념과 물러날 때 물러나더라도 반드시 '명예로운 철수'여야 한다는 자기중심적 환상에서 닉슨은 전임자들과 크게 다를 바 없었다. 일시 중단되었던 폭격이 곧 재개되었고, 전쟁은 4년을 더 끌어야 했다. 그러는 사이 미군의 전사자 수는 50,000명을 넘어섰고, 베트남인들은 그 열 배, 스무 배가 더 죽어야 했다.

*

천지가 녹색이었다. 햇빛을 받은 코끼리 숲은 아열대림의 녹색으로 우거졌고, 계곡의 물과 하늘도 그 색에 젖어 온통 녹색이었다. 타오르는 해먹에 누워 새털 같은 구름이 떠 있는 하늘을 바라보고 있었다. 침상에서 해먹으로 옮긴 지는 일주일이 채 되지 않았다.

캄보디아 동북쪽 국경 부근 정글에 있는 8지구 야전병원에는 4개의 침상과 8개의 야전침대가 있었다. 침상은 팔다리가 절단되거나 복부 총상 등으로 움직일 수 없는 중상자에게 배정되었다. 치료를 받던 중상자가 죽으면 야전침대에 누워 있던 부상자 중 상태가 중한 순으로 침상으로 옮겨졌다. 8지구 야전병원은 해방전선이 운영하는 서남지구 여덟 개 야전병원 중 그나마 시설이 나은 축에 속했다. 그러나 혈액은 물론 마취제인 노보카인이나 항생제인 페니실린조차 떨어지는 경우가 많아 중상자 생존율은 30퍼센트에도 미치지 못한다는 게 이곳 책임자 도안반프엉 병원장의 말이었다. 마흔 살의 실제 나이보다 열 살은 더 늙어 뵈는 병원장은 하노이 의과대학 출신의 외과 전문의였는데 자신이 1년간 8지구 병원에서 살려낸 중상자 수는 고작 열 손가락 안에 들 정도라며, 그 열 손가락 안에 타오가 들었다고 말했다.

"소대장 동지가 이곳으로 후송되었을 때는 거의 살 가망이 없었지요. 출혈이 심한 상태에서 마취제도 없이 어깨에서 총탄을 두 개나 뽑아내는 대수술을 해야 했으니까요. 그런데 살아났어요. 내 생각에는 타오 동지의 살려는 의지가 만들어낸 기적이었습니다. 기적이었지요."

출혈이 심해 의식을 잃은 인간의 육신에 생에 대한 의지가 별개로 존재할 수 있을까? 타오는 그때 얼핏 그런 의문을 떠올렸었는데 프엉 병원장은 기적을 재차 강조함으로써 타오의 질문을 봉쇄했던 것 같다. 기적은 질문의 영역을 초월하는 것일 테니까. 하지만 살려는 의지라는 말은 공허하다. 탄손누트 공항을 공격했던 타오의 유격대원 스물네 명 중 열여섯이 죽고 여덟만 살았다. 부소대장 반둑과 그와 동향인 하이, 그리고 쯔엉, 호앙, 꽝, 후이홍, 끼, 히에우, 반꾸엔…… 대원의 3분의 2가 죽었다. 살아남은 여덟 중 셋은 부상을 입었는데 타오는 중상자였다. 테트 공세에 나섰던 해방전선 유격대원 수만 명 중 절반 이상이 죽었다고 했다. 살아남는 것은 요행일 뿐 삶의 의지와는 상관없는 일이었다. 사이공의 미국대사관을 공격했던 벤은 살아남았을까? 후에 전투에 참가했다는 부옹과 루언은? 벤이 말하던 베트남의 운명에는 어떤 의지가 내재되어 있는가. 베트남의 운명에 기적은 과연 존재하는 것인가.

타오는 어른거리는 상념의 조각들을 털어내며 천천히 몸을 일으켰다. 키 높은 께이까우[46] 둥치에 단단하게 매단 해먹이 좌우로 가볍게 흔들렸다. 총탄을 빼낸 왼쪽 어깨의 상처는 어지간히 아물었지만 몸이 흔들리면 묵직한 통증이 등줄기를 타고 내렸다. 발가락 두 개가 잘려 나간 오른발도 힘이 들어가면 힘줄이 꼬이는 듯 시큰거렸다. 병원장은 한 달은 더 침대를 사용해야 한다며 타오를 만류했다. 그러나

---

46 까우나무: 야자수의 일종으로 둥치의 속이 비어 있어 빈랑나무라고도 한다.

머리가 깨지고 팔다리가 덜렁덜렁한 중상자들이 잇따라 후송되어 오는 판에 사지가 멀쩡한 채로 침대에 누워 있을 수는 없는 노릇이었다. 맨땅에 마른 풀을 깔아 침대 대용으로 삼아보았지만 밤새 기어오르는 불개미와 거머리 탓에 하룻밤도 견딜 수가 없었다. 4월이었다. 산악지대의 정글은 아직 밤과 새벽으로 쌀쌀한 기운이 돌았으나 우기가 닥치기 전이니 해먹을 매달아 우의를 깔고 담요를 덮으면 견딜 만하였다.

멀리 대나무 숲의 녹색 이파리들이 햇빛을 받아 찰랑찰랑 흔들리고 있었다. 네이팜탄에 시뻘건 불기둥으로 타오르던 숲들이 녹색의 생명으로 다시 태어나는 찬란한 몸짓이었다. 미군의 폭격기도, 헬리콥터도 정글의 생명력을 앗을 수는 없다. 쉼 없이 폭탄을 쏟아붓고 고엽제를 뿌려댄다 해도 정글의 모든 숲, 온갖 나무를 불태우고 말려 죽이지는 못한다. 정글이 숨 쉬는 한 해방전선 전사들의 생명도 이어진다. 적들을 위협하는 것은 게릴라의 개인 화기나 수류탄, 나뭇잎으로 은폐한 부비트랩, 60밀리 박격포뿐이 아니다. 정글의 무더위와 급하게 불어나는 계곡물, 앞을 가로막는 빽빽한 나뭇가지와 덩굴, 온갖 해충과 도마뱀, 말라리아와 이질, 그 밖의 원인 모를 풍토병, 그 모든 것들이 적을 공격한다. 정글에 어둠이 내리면 적들은 코끼리 숲에 짙게 깔리는 죽음의 냄새를 맡고 헛것을 보고 공포에 떨며 전의를 상실한다. 정글은 게릴라들의 요새이고 거대한 벙커이며 적에게는 나방이 빠진 개미굴이다. 헤어날 수 없는 지옥의 늪이다. 하기에 게릴라들이 정글을 벗어나 도시를 공격한 것은 무모한 작전이었다. 미국에 두려움을 안겨줄 수 있다면 전투에 패배해도 전쟁에 승리하는 것이라지만 수만 명의 대원들을 희생시킨 테트 공세는 명백한 작전 실패였다. 8지구 야전병원에는 석 달이 다 되도록 무선통신이 끊겼다. 해방전선 집행부마저 괴멸된 것인가? 호앙둑 메콩 제2지구 부사령관, 아니 하노이 중학 시절 레반비엣 선생님은 저 옛날 어린 제자가 캄보디아 북부 정글 속 야전병원의 해먹에 누워 있는 걸 알고 계실까? 대원들의 3분의 2를 잃고 낙오한 유격대 소대장은 이제 무엇을 할 수 있는가? 발가락 두 개를 잃은 발로는 빠르게 달릴 수 없다. 다시 총을 들고 싸울 수 있는 몸이 될 수 없다면 어디로 가야 하는가? 아버지와 어머니, 여동생 투이와 삼촌. 그들은 추억의 앨범 속 그리운 가족이지만 다시 사이공의 옛집, 그들 곁으로 돌아갈 수는 없다. 돌아가기에는 너무 멀리, 오래 떨어져 있었다.

시공간의 문제가 아니다. 남베트남 정부 부역자들과 해방전선 게릴라의 간극(間隙)이 문제이다. 그 틈새는 점차 벌어져 이제는 메울 수 없는 적대(敵對)의 관계가 되었다. 해방의 날이 오기 전에 아버지와 삼촌을 대면하는 것은 혈연간 파멸을 부를 뿐이다. 그 전에 죽는다면 아버지와 삼촌을 볼 날은 영원히 사라질 것이다. 그러나 어머니와 투이는 만나보고 싶다. 셋이서 닭고기 국물에 삶은 쌀국수를 맘껏 먹어보고 싶다.

프엉 병원장은 부상자들이 죽을 때마다 회의를 느낀다고 하였다.

"인간은 근원적으로 개별적 존재, 한 사람 한 사람이 독립된 우주라고 하더군요. 하노이 의과대학 시절, 어디선가 주워들은 얘기일 겁니다. 이해하기 어려웠지요. 이해하기는커녕 코웃음을 치고 분노했었습니다. 굶주린 베트남인 하인들이 보는 앞에서 포도주를 마시며 한가한 농담을 지껄이는 프랑스인들의 풍성한 저녁 식탁 자리, 그런 데서나 나올 법한 헛소리로 치부했지요. 베트남인들의 해방 의지를 약화시키려는 프랑스 제국주의자들의 간교한 수작쯤으로 여기고 경멸했지요. 민족해방을 위한 개인의 희생은 그 무엇에 비할 수 없는 숭고한 가치라고 생각하던 젊은 날이었으니까요. 하지만 이제 우리 젊은이들이 끝없이 죽어가는 것을 보면서, 맞아! 이들은 개별적 존재이며 하나하나가 우주야, 그들이 존재하지 않는 우주는 대체 그들에게 무슨 의미가 있을까, 하는 생각이 듭니다."

362

병원장은 타오가 얼핏 못 알아듣은 표정을 짓자 콧잔등에 주름을 잡고 잠시 뜸을 들이더니 덧붙였다.

"……죽은 병사들에게 해방이 무슨 의미가 있겠나 하는 것이지요."

타오는 일순 모욕을 당한 느낌이었다. 남베트남의 해방을 위해 10년 세월을 버텨온 전사에게 할 말은 아니지 않은가. 대원의 3분의 2를 잃은 유격대 소대장에게 해서는 안 될 말이 아닌가. 타오의 얼굴이 굳어졌지만 중년의 병원장은 멈추지 않았다.

"난 하노이의 태도가 싫습니다. 언제까지 남부 해방을 이쪽 전선 사람들에게 떠넘길 작정인지 화가 난다구요. 구정 공세도 그래요. 그런 큰 작전을 할 거면 북쪽 정규군을 훨씬 더 많이 내려보냈어야 하는 거 아닙니까. 이쪽에다 맡겨놓다시피 해서 다 죽여버리면 해방에 도대체 무슨 의미가 있겠습니까. 아, 알아요. 미국 놈들이 계속 북폭을 해대니 하노이도 힘들 거라는 거. 하지만 남쪽의 피해가 이리 클 거라면 무리한 공세는 하지 말았어야지요."

듣고 보니 타오를 위로하려는 말 같았지만 타오는 굳은 얼굴을 풀수 없었다. 그런데 이제는 병원장의 말이 틀린 것 같지 않다. 모두 죽어버리면 남부 해방은 누가 맞이한다는 것인가. 어머니와 여동생의 얼굴조차 보지 못하고 죽어야 한다면 해방투쟁의 의미는 과연 무엇이란 말인가.

대나무 숲 쪽에서 바람이 불어왔다. 께이까우의 너른 잎 새로 햇빛 한 줄기가 내려왔다. 타오는 눈이 시려 눈꺼풀을 덮었다. 깜빡 졸았는가 싶었는데 발소리가 다가왔다. 타오가 눈을 뜨자 병원장의 환하게 웃는 얼굴이 보였다.

"소대장 동지. 귀한 손님이 오셨습니다.…… 아, 내가 좀 부축을 해드려야겠군."

병원장이 해먹의 머리 쪽으로 돌아서는데 고개를 든 타오의 눈에 멀찍이서 다가오는 네 사람이 보였다. 하나는 쑤엉 씨이니 다른 셋이 손님일 터였다. 두 명은 검정색 파자마에 농라를 쓴 농부 차림이었고, 한 명은 아래위 누런색 군복에 군모를 쓴 군관 차림이었는데 먼 발치에서도 여자라는 걸 알 수 있었다. 여성 군관? 타오가 고개를 갸웃하는데 그의 등을 일으킨 병원장이 뒤에서 속삭이듯 말했다.

"저기 오는 여성 군관 이름이 레이, 소대장 동지의 옛 동무 응우옌찬티레이라고 하던데 기억나시오?"

순간 햇살이 어룽거리며 타오의 눈앞이 하얗게 변하였다. 대나무 숲에서 불어오던 바람도, 께이까우 둥치에 매달린 해먹의 미동도 일시에 정지한 듯했다. 가슴이 급격하게 진동하며 숨이 가빠졌다. 누구라고요? 레이요? 레이라고요? 소리치려 해도 정글에서 잠을 자다가 입으로 기어들어온 도마뱀 새끼를 삼켰을 때처럼 목구멍이 콱 막혀 말이 나오지 않았다. 크억, 캑캑……. 타오가 기침을 토해냈다. 기침소리에 정지되었던 풍경이 흔들렸고, 타오는 왠지 모를 비애감에 콧잔등까지 흘러내린 눈물을 손등으로 훔쳤다.

"소대장 동지, 괜찮으시오? 원래 너무 반가우면 실감이 안 나는 법이지요. 그렇다고 울 것까지는 없지 않아요. 흐응……."

병원장의 코웃음이 그치기도 전에 레이가 타오의 해먹 앞에 서더니 거수경례를 했다.

"응오반타오 동지. 메콩 제2사령부 선전대 부대대장 응우옌찬티레이 인사드립니다."

새카맣게 탄 동그란 얼굴, 코끝이 조금 들린 들창코 위로 반짝이는 두 눈이 타오를 정시했다. 군모 아래 귀밑까지 흘러내린 머리카락 몇 가닥이 땀에 젖어 있었다.

"어, 어어……."

타오는 얼결에 오른손을 반쯤 들어 올리며 신음소리를 냈다. 레이인 것 같기도 하고 아닌 것 같기도 했다. 경례를 받아야 할 것도 같고 아닌 것 같기도 했다.

"아, 그리고 여기 두 사람은 타오 동지를 제2사령부로 모셔 갈 응우옌탄청, 쩡민부엉 동지입니다. 456부대 대원이지요."

농라를 벗은 파자마 차림 둘이 절도 있는 동작으로 경례를 붙였다. 경례를 받은 타오가 우정 느릿느릿 말했다.

"아, 먼 길 오느라 고생들 했소. 그런데 내가 이 모양인데 당장 움직일 수 있겠소?"

그러자 레이가 하얀 이를 드러내며 웃었다.

"하하, 소대장 동지는 걷지 않으셔도 됩니다. 청과 부엉 동지가 업어 모실 것입니다. 통로까지만 나가면 짐차가 대기하고 있으니 염려하실 것 없고요."

통로라면 호찌민 루트일 거였다. 듣고 있던 병원장이 손을 저었다.

"아니, 소대장 동지를 모셔 가려면 의사인 내 허락부터 받아야 하지요, 안 그렇습니까? 허허허……. 갈 때 가더라도 준비할 것도 있고 하니 너무 서둘지는 마십시다. 더구나 군관 동지는 타오 소대장과 어릴 적 동무라면서 그 전에 쌓인 이야기라도 나누며 회포를 풀어야 하지 않겠습니까?"

"아, 좋습니다. 그럼 저희가 쌀 두 포대, 40킬로그램을 가져왔으니 그걸로 밥부터 지어 먹을까요. 하하하……."

레이가 싹싹하게 말하며 큰 소리로 웃었다. 타오에게는 여전히 낯선 모습이었다.

밥을 먹고 뽕나무 열매 달인 물을 차 대신 마시는 동안 레이는 프엉 병원장과 대화에 열중했다. 병원 막사 뒤편에 있는 병원장 숙소에서였는데 숙소라고 해봐야 대나무로 엮은 낮은 지붕에 풀잎을 얹은 한 칸짜리 모옥(茅屋)이었다. 모기장을 친 침대가 맨땅 구석에 놓여 있고, 판자를 일자로 잇대어 만든 탁자 위에 몇 권의 책과 옷가지, 등잔, 구리 주전자, 물그릇, 약병 등이 어지럽게 널려 있었는데 그것들을 한쪽으로 밀어놓으면 식탁이 되기도 하고 책상이 되기도 하는 모양새였다. 병원장이 물었다.

"케산은 어찌 되었다고 합디까?"

"포위 작전은 성공적으로 완료되었다고 들었습니다."

"성공적으로 완료되었다? 이겼다는 겁니까, 졌다는 겁니까?"

"승패는 지도부의 평가에 달린 것이지요. 이 전쟁은 아직 끝난 것이 아니니까요."

"하, 참. 군관 동지. 여기 우리끼리니 속 시원하게 아는 대로 얘기하시지요."

"저는 선전대 부대대장으로서 알고 있는 대로 전할 뿐입니다. 케산 전투의 자세한 내용은 저도 잘 알지 못합니다. 다만 한 가지 확실하게 말씀드릴 수 있는 건 우리가 이겼다는 것입니다."

그러자 잠자코 듣고 있던 쑤엉 씨가 끼어들었다. 남베트남군 부대에서 통신기술자로 일하다 해방전선에 참여했다는 민간인 쑤엉 씨는 지지난해 2월, 8지구 병원이 설립되면서부터 이곳 관리자 겸 통신기사 임무를 맡았다고 하는데 나이가 쉰으로 여기서는 최고 연장자였다. 쑤엉 씨는 화를 참지 못하겠다는 듯 붉어진 낯으로 시근거렸다. 평소 과묵하니 말수가 적던 쑤엉 씨에게서는 좀처럼 볼 수 없던 모습이었다.

"아니, 이기다니. 우리가요? 여기는 몇 달째 통신까지 끊겨 깜깜무소식이었소. 예서 10킬로미터나 떨어진 보급소, 그것도 걸핏하면 장소를 옮기는 보급소에서 한 달에 두 번 아주 형편없는 보급을 받았을 뿐이지요. 산사람은 나무 열매와 채소로 연명한다고 해도 부상자들에게는 미음이라도 먹여야 하는데 쌀 20킬로그램으로 한 달을 견디라 하니…… 하여간에 우리가 이겼다니 이젠 식량과 의약품 보급은 제때 이루어지는 것이오? 진통제 구경한 지는 오래고 항생제, 마취제며 주사기, 붕대, 뭐 하나 부족하지 않은 게 없어요. 의약품 보급이 어렵다면 앞으로 여기로 중상자 후송은 더 이상 불가하다고 사령부에 전해주시오."

잠시 어색하고 무거운 침묵이 지나자 병원장이 입을 열었다.

"쑤엉 씨가 그동안 힘들었던 사정을 군관 동지에게 털어놓은 것으로 이해하시오. 부상병 이송하랴, 보급품 수령하랴, 여기 병원일 하나에서 열까지 쑤엉 씨 손 안 가는 곳이 없지요. 한 달 전 간호사 일을 하던 아주머니가 친정 엄마가 위중하다며 떠난 뒤로는 피 묻은 붕대까지 빨아야 했어요. 고생이 이만저만이 아니지요. 그러니 군관 동지도 이해하시고……."

하는데 레이가 말을 끊으며 손사래를 쳤다.

"이해하다니요. 별말씀을 다 하십니다. 다들 고생하고 계시지요. 언제나 어디서나… 죽고 다치고 있지요. 언제나 어디서나. 구정 공세 때 제가 머물던 껀터에는 10분마다 폭탄이 떨어졌어요. 껀터에서 얼마 떨어지지 않은 미토에도 마찬가지였고요. 미국이 사이공을 방어한다며 무차별 폭격을 한 거예요. 너무… 너무 많은 사람들이 죽었어요. 북쪽은 더 심해요. 하노이 남부 타인호아, 빈, 하딘 같은 도시는 몇 년간 계속된 폭격으로 아예 자취마저 사라졌다고 해요. 수십만 명이 죽었고요. 할아버지, 할머니, 엄마, 애기 가릴 것 없이…… 폭격을 피해서 하고한 날 지하 방공호에 들어가 사는데 갓난아기들은 그래도 하루에 한 번씩은 햇빛을 쏘이게 한대요. 안 그러면 살지 못하니까……."

고개를 숙였던 레이가 고개를 들었다. 두 눈에 물기가 어려 있었지만 금세 표정을 바꾸었다. 목소리에도 힘이 실렸다.

"아아, 그런데요. 얼마 전 미국 대통령 존슨이 북폭을 멈추고 평화협상에 나서겠다고 선언했답니다. 그러니 우리가 이긴 것 아닌가요? 이 전쟁을 우리가 이길 수 있는 거 아닌가요? 그러니 쑤엉 씨, 힘내세요."

쑤엉 씨는 계면쩍은 듯 얼굴을 붉히며 고개를 끄덕였으나 병원장은 고개를 저었다.

"평화협상이라……. 그게 쉽게 되겠습니까? 미국은 기껏해야 54년 제네바 협정체제로 돌아가자고 할 게 뻔한데……."

"그게 무슨 얘깁니까? 원장 동지."

뭔가 한마디 하고 싶었다는 듯 쑤엉 씨가 냉큼 끼어들었다.

"54년에 제네바 협정으로 베트남이 나뉘었잖아요. 하노이 정부와 사이공 정부로. 미국은 그 협정을 지키는 선에서 전쟁을 끝내자고 할 거란 말입니다. 그런 다음 북남 총선거로 통일 정부를 세우면 되지 않겠느냐 하겠지요. 54년에 미국, 저들이 반대했던 조건을 생색내듯 내놓으면서 말이지요."

"하, 그게 말이 되는 수작입니까? 전쟁은 지 놈들이 일으켜놓고 이제 와서 없던 일로 하자고요. 그러면 여태껏 남부에서 싸워온 우리는 허수아비란 얘깁니까? 에이, 말도 안 돼요."

아연 활기를 찾은 쑤엉 씨가 주먹을 흔들어 보였다.

"말이 안 되는 얘기니까 평화협상이란 소리도 말장난이라는 게지요. 군관 동지는 어찌 보십니까?"

타오가 보기에 병원장은 레이에게 지나치게 깍듯했다. 군관 복장을 한 선전대 부대대장이라면 당연히 북베트남 공산당원이려니 짐작하는 것 같았다. 대체로 하노이에서 내려온 사람들은 북베트남 공산당원을 어렵게 대했다. 정식 공산당원이 되려면 꽤 까다로운 검증과 교육 과정 등을 거쳐야 한다고 했다. 타오에게는 관심 밖이었지만 의외로 많은 이들이 공산당원이 되기를 원했다. 하노이로부터 인정받고 싶어 했다. 타오는 레이가 자신이 기억하고 있던 레이가 아니라는 것을 실감했다. 저 옛날 사이공 반타잉 학교 문예반 '벼꽃'의 야유회에서 '아오자이 아가씨'를 낭송했다가 타오 때문에 무안해졌던 소녀. 어느 날 주말여행하듯 타오를 따라나서서 메콩의 나룻배를 타고 라오스 접경지역 D지구까지 동행했던 철부지. 그러고는 '해방방송' 요원으로 차출되어 껀터로 떠난 후 보내온 편지 말미에 '당신의 레이'라고 썼던 아가씨. 헤어진 후 문득문득 그리웠던 여자.…… 그 레이가 아니었다. 하노이로부터 인정받은 공산당원이자 이념으로 무장한 선전대 부대대장이었다. 그런 레이가 타오에게 시선을 돌렸다.

"저는 정치요원이 아니라서 솔직히 국제 부문은 잘 모릅니다. 저보다는 소대장 동지의 의견을 듣고 싶군요."

타오는 순간 당황했지만 레이의 눈을 피하고 싶지는 않았다.

"나는 거의 정글에서만 활동해서 국제 부문은 물론 국내 부문도 잘 모릅니다, 군관 동지. 내가 아는 건 크레모아 격발기를 손에서 얼마쯤 떨어진 곳에 두는 게 좋은지, 미군 공격헬기에 잡히지 않으려면 어떻게 위장해야 하는지, 그리고 나뭇잎에서 미군 감지기를 식별하는 법, 부비트랩 설치하는 요령과 네이팜탄에 화상을 입었을 경우 응급처치 하는 방법 등등……그러니까 내가 아는 건 어떡하면 살아남느냐 하는 것뿐이지요."

타오는 엇나가고 있었다. 그러려고 그런 것은 아니었지만 입에서 나오는 말은 뇌의 명령과 엇박자였다. 타오는 레이의 눈이 조금씩 커지는 것을 놓치지 않았다. 그녀의 눈이 더 커지는 걸 보고 싶었다. 그래서 잘난 공산당원의 기를 꺾어버리고 싶었다. 그런데 정작 마지막에 나온 말은 비참했다.

"……그런데 대원들은 거의 죽고 이렇게 구차하게 살아남았지요. 내가 앞으로 무슨 일을 할 수 있을지 그거나 알려주시오, 군관 동지."

레이의 동공이 심하게 흔들리다가 멈추었다. 까무잡잡한 얼굴에 피어오르던 홍조도 사라졌다. 레이가 짧은 한숨을 내쉬고는 프엉 병원장에게 눈을 돌렸다.

"병원장 동지께서 말씀하셨던 것처럼 저는 옛 동무인 소대장 동지와 잠시 회포를 풀고 싶군요. 아까 소대장 동지가 있던 해먹으로 가면 좋겠어요."

"왜요? 그냥 여기 계세요. 어차피 우린 막사로 가봐야 하니까. 쑤엉 씨, 그만 나가봅시다. 참, 군관 동지 일행인 두 사람은 어디 갔나요?"

"아까 밥 먹고 나서 좀 씻고 싶다고 해서 저 밑 개울에 다녀오라 했습니다."

"아, 그래요? 물이 말라서 먹은 힘들 테고 손발이나 씻을까 모르겠네.…… 자, 두 분은 천천히 이야기들 나누세요."

멧비둘기 한 마리가 병원장 숙소 앞 모래밭을 종종걸음으로 지나 갔다. 멧비둘기는 마치 방금 나간 두 사람의 뒤를 쫓듯 막사 쪽으로 걸어 내려갔다.

"와, 비둘기네!…… 비둘기가 살아 있네."

그것은 두 사람만 남은 뒤 레이의 입에서 나온 첫말이었는데 타오의 귀에는 어색한 탄성으로 들렸다.

"놀랍지 않아요? 저렇게 큰 비둘기가 살아 있다는 게. 폭격으로 정글에서 새가 사라진 지 오래라고 하던데. 그렇지 않나요?"

타오가 아무 말이 없자 레이가 피식 웃었다.

"이상하네요. 할 말이 너무너무 많았는데 막상 둘이 있으니 암말도 안 나오네. 그쪽도 그런가 보네요."

그쪽? 그쪽이라고? 타오는 문득 레이가 보냈던 편지의 마지막 구절을 떠올렸다. '당신의 레이'.

"껀터에서 보낸 편지를 마지막으로 받았던 게 언제였는지 기억이 잘 안 나네. 아주 오래전 일이니까."

"맞아요. 난 5년 전에 껀터를 떠나 하노이로 갔어요. 그곳 군사학교에서 1년간 간부 교육을 받고 공산당에 입당했지요. 정식 공산당원이 되어 하노이에서 방송 활동을 하다가 남부로 다시 내려온 건 2년 전이에요. 껀터와 미토, 비엔호아 등 사이공 외곽 지역을 순회하면서 지하조직을 재건하고 선전교육 사업을 하는 임무를 맡았어요. 메콩 제2사령부 소속이지만 하노이에서 파견된 여성 군관이라서 그런지 어딜 가도 대접을 받는 편이지요. 지난가을에는 사이공에도 갔었어요. 사이공에서 벤을 만났는데 그 사람이 그쪽 얘기를 들려주더군요. 정글에 있다고. 유격대 소대장이라고. 살아 있다고……. 난 사실 그쪽이 죽었을지도 모른다고 생각했거든요.…… 아무 소식 없이 오랜 세월이 지났으니까…… 그동안 너무 많은 사람들이 죽어갔으니까…….”

레이가 젖은 목소리로 말했지만 타오의 귀를 파고든 것은 벤이라는 이름이었다.

“벤, 벤을 만났다고? 벤은 저번 공세 때 사이공 미국대사관을 맡았었는데 혹시 그 뒤 소식을 들은 건 없어? 살았는지 죽었는지……. 호앙둑 부사령관, 비엣 선생님은 별일 없으시고?”

“부사령관 동지는 별일 없으신데, 벤은 죽었어요. 미국대사관을 공격하다가……. 공격대원 거의가 전사했다고 해요.”

타오의 뇌리에 10년 전 사이공 빈타이 시장 구둣방 6호점의 어둑한 공간이 떠올랐다. 소매 없는 셔츠 차림에 검정 고무샌들을 신고 낮은 철제 의자에 앉아 구두창을 달고 있던 비엣 선생님, 깡마른 몸매에 눈빛이 날카롭던 제화공 벤, 타오를 구둣방으로 데려갔던 사이공학운위 간사 부옹, 그들이 함께 터뜨리던 건강한 웃음……. 그 웃음에서 길이 열렸고, 처음 갈 곳을 일러준 이는 벤이었다. 벤은 미토로 가라고 했고, 뜻밖에 레이가 동행했었다. 그리고 이제 메콩의 뱃길을 함께했던 레이가 나타나 벤의 소식을 전한다. 벤은 죽었다고 짤막하게.

타오는 문득 발가락 두 개가 날아간 오른발이 허방다리를 짚은 것 같은 느낌이다. 깊고 어두운 나락으로 곤두박질치는 듯하다. 타오는 두 눈을 부릅떠 눈앞을 응시한다. 멧비둘기가 사라진 모래밭 뒤편 찔레덩굴 아래 보자기만 한 그늘이 고여 있다. 그 그늘 속에서 벤이 나타날 듯싶다. 저 옛날 사이공 반타잉 중학교 앞 건널목에서처럼 슬그머니 다가와 말을 걸 것 같다. 이봐, 타오. 왜 그래? 나, 벤이야. 그새 잊었나? 병원장의 말대로 인간 하나하나가 개별적 존재이며 독립된 우주라면 벤의 우주는 어디로 사라졌을까. 실패한 게릴라, 부상당한 전사의 우주는 아직 존재하는가.

레이가 뭐라 중얼거리는가 싶더니 목청을 돋웠다.

"……참, 사이공 집 소식은 들었나요? 아버지와 삼촌 소식?…… 몰라요? 못 들었어요?"

레이가 사내를 만난 것은 지난해 가을 비엔호아에서였다. 사내는 동나이[47] 중앙시장에서 닭고기를 팔았는데 생닭을 잡아 파는지 큰 솥이 걸린 가게 안에 닭털과 닭발, 닭의 내장 등이 어지럽게 널려 있고 비릿한 냄새가 진동했다.

"닭을 어떻게 잡느냐고요? 까짓것 내가 시범을 한번 보여드릴까?"

그녀가 손사래를 치는데도 사내는 가게 앞 통로에 놓인 닭장에서 닭 한 마리를 꺼내 오더니 송곳같이 생긴 쇠침을 닭 정수리에 쿡 찔렀다. 퍼덕거리던 닭이 단번에 눈을 까뒤집으며 늘어지자 사내는 솥뚜껑을 열고 그 안에 닭을 던져 넣었다.

"목을 비틀어 죽이는 건 미련한 짓이죠. 이렇게 급소를 찌르면 단박에 죽는다고요. 그런 다음 뜨거운 물에 살짝 데치면 털이 숭숭 뽑히지요."

그때까지는 사내가 그저 그런 닭장수 같아 보였다. 그런데 가게 안쪽에 달린 방으로 들어가 마주 앉자 사내는 영판 달라 보였다. 인상이 좋지 않았다. 원숭이처럼 뾰족한 턱에 눈매가 가늘게 찢어진 사내는 말을 하면서도 시종 작은 눈을 깜빡거렸으며, 뭔가 불안한 듯 마른손을 부비고 귀와 코를 만져댔다. 그녀가 뭐라 할 때마다 잇몸을

---

47 동나이: 코친차이나 평야의 동쪽. 사이공 북동쪽에 있는 성(省)으로 비엔호아가 성도(省都)이다.

활짝 드러내며 고개를 주억거렸는데 웃음도 몸짓도 비굴하고 간사해 보였다.

"제가 오늘 선생을 찾아온 것은······."

그녀가 입을 떼자 사내가 고개를 주억거렸다.

"하이고, 선생이라니요. 띠우입니다요. 호앙끼띠우. 지 고향은 북쪽 타인호아인데 어찌어찌 남쪽으로 내려왔다가 지금은 보시다시피 이곳에서 닭장수를 하고 있지요. 비엔호아에는 미군 공군기지가 있는 데다 북에서 내려온 천주교인들이 많아 우리 쪽에서 활동하기가 쉽지 않아요. 2년 전인가, 여기 비행장을 브이씨(VC)들이 습격한 후로 미군과 보안경찰의 감시가 심해져 아주 어렵지요."

"브이씨라니요? 베트콩? 띠우 씨도 그렇게 부르나요?"

그러자 사내가 화들짝 놀란 듯 작은 눈을 크게 뜨고는 고개를 저었다.

"하, 그럴 리가요. 미군 놈들과 이쪽 군인 애들이 브이씨라고 하지요. 저는 장사꾼이니까 아무 생각 없이 따라 하는 것이고요. 그래야 하지 않겠습니까요? 저는 그러니까 부러······ 티 나지 않게······."

자기는 지하조직원이어서 티 나지 않도록 조심해야 한다는 소리다.

"아하, 그렇군요. 그래야겠군요."

그녀는 고개를 끄덕였지만 얼굴에서 불쾌한 기운까지 지운 것은 아니었다. 사내가 눈치를 챘는지 목소리를 깔았다.

"군관 동지. 실은 저희가 오래전부터 해치우려고 한 놈이 있었는데, 그놈이 글쎄 며칠 전 총에 맞아 죽었습니다."

"누군데요?"

"하아, 그놈 이야길 하려면 길죠. 저와는 아주 오랜 악연이었고요. 아아, 그렇다고 군관 동지가 그 아픈 속사정까지 알아야 할 건 없겠지요.····· 키엠이라고, 사이공 레방제트 경찰서에서 보안계장 하다가 비엔호아로 좌천됐던 놈인데, 무기 장사 하다가 총 맞아 죽었지요. 그러니까 그게 어떻게 된 얘기냐 하면요. 놈이 걸핏하면 사이공

으로 가요. 여기서 사이공이야 30킬로미터밖에 안 떨어졌으니 자주
왔다 갔다 할 수는 있겠죠. 하지만 지역경찰 보안담당자가 관할 지역
을 자주 비우는 건 아무래도 수상쩍은 일이거든요. 그래서 저희 쪽에
서 사람을 붙여보았지요. 몇 차례 어렵게 미행을 한 끝에 놈이 제 형
하고 함께 무기를 빼돌리는 현장을 잡을 수 있었지요.…… 놈은 놀랍
게도 우리 쪽과 암거래를 하는 공급선이었어요. 사이공 쪽에서는 놈
이 필요하니 손대지 말라 하더군요. 허어, 기가 막혀서 원…….”

“그러면 누가 죽였나요?”

“저야 잘 모르죠. 하지만 사이공에서 손대지 말라고 했으니 우리
쪽은 아닌 게 분명하고 지들끼리 한 짓이 틀림없어요.”

“지들끼리요……?”

“아, 군관 동지는 아직 잘 모르시는 모양인데 미군 무기며 PX 물
건을 암시장으로 빼돌리거나 직접 우리 쪽과 거래하는 자들이 한둘
이 아니거든요. 남베트남의 고위 공무원, 군 장교, 경찰 간부 가릴 것
없이 수두룩해요. 거기에 옛날 호아하오 교도들에다가 부랑배들까지
달라붙어 있으니 서로 싸우고 죽이는 일이 종종 있지요. 그러니까 그
게 어떻게 된 일이냐 하면…….”

하다가 슬쩍 그녀의 눈치를 본 사내가 말을 줄였다.

“……하여간 놈은 잘 죽었어요. 그놈이 어떤 놈이냐면 전에 사이
공에서 보안경찰 하면서 우리 쪽 사람들 많이 잡아다 고문하고 죽게
한 악질이에요. 사이공에서 비엔호아로 건너왔으면 좌천당한 게 분
명한데 왜 사이공에서 밀려났는지 그 이유까지야 모르지만, 아무튼
놈은 비엔호아에 온 후로는 미국 CIA 놈들, 놈들은 지역마다 비밀조
직을 만들어 하노이와 해방전선 쪽이라고 의심되는 민간인들을 붙
잡아다가 고문하고, 별게 안 나오면 죽여버리고…… 어휴, 정말 미국
놈들은 프랑스 놈들보다 더 악독하지요, 아무튼 그놈들에게 붙어서
우리 조직 쪽 사람과 우리에게 도움 주는 사람들을 밀고하거나 붙잡

아 넘겨주는 짓을 해왔어요. 그러면서 뒷구멍으로는 미군 놈들 무기를 우리 쪽에 팔아먹었으니 아주 더러운 쌍놈의 새끼이지요. 그런데 람은 살아남은 모양이에요. 람이 누구냐 하면 키엠의 형이지요. 미군부대 정보장교로 중령 계급장까지 달았었는데 키엠보다는 훨씬 괜찮은 자이지요. 옛날에는 하노이에서 선생질도 한 자이니까……. 그리고 참, 람의 아들 타오는 사이공에서 중학 다니던 중 가출했다고 해요. 집 떠난 후 소식이 끊겼다니 우리 쪽 전사가 됐을지도 모르지요. 혹시나 해서 알아보려다가 그만두었지요. 가출해 입산하는 애들은 거의 이름을 바꾼다고 하더라고요. 아무튼 타오 걔가 우리 아버지 노래를……."

사내의 장광설에 은근히 짜증이 일던 레이가 짧게 비명을 질렀다.

"잠깐만요. 지금 타오라고 했나요? 사이공 반타잉 중학교 다니던 응오반타오?"

"어라? 맞아요. 응오반타오. 군관 동지가 어떻게……?"

그러다가 돌연 코를 큼큼하더니 흥얼거렸다.

"……우리 마을, 늙은 꾹 온종일 침을 질질 흘린다네. 불쌍하여라. 늙은 꾹 아기로 변했다네……."

순간 레이는 기절할 듯 놀랐다. 붕따우 야유회에서 타오가 읊었던 괴상한 시. 저를 무안케 하고 부끄럽게 하고, 마침내 타오와 함께 사이공을 탈출하게 만든 바로 그 노래가 아닌가.

"늙은 꾹이 바로 제 아비지요. 제 아비는 람의 아버지, 그러니까 타오의 할아버지 집 집사이자 마름 일을 하며 타인호아에서 평생을 지내다가 56년 토지개혁 때 화를 당했습니다. 그때 타오 할아버지는 심장마비로 죽었고요.…… 저는 어찌어찌 흉측한 노래를 전해 듣고, 그놈의 노래 가사를 종이에 적어 들고 남쪽으로 내려와 키엠 놈을 찾아갔지요. 옛날 상전인 민 어른의 부음도 전할 겸 해서요. 그랬더니 놈이 타인호아로 돌아가 제 아버지 유골을 파 오라고 하더군요.

그러면 남쪽에서 편히 살게 해주겠다고. 하아, 정말 죽을 고생을 하며 다시 북으로 올라갔지요.…… 저도 처음에는 토지개혁을 한답시고 제 아버지를 그 꼴로 만든 베트민을 원망했었지만 남북을 올라갔다가 내려왔다가 하는 중에 정말 나쁜 자들은 키엠같이 지엠 정권에 빌붙어 사는 놈들이라는 걸 알게 되었습니다. 우리 아버지는 그렇게 되었지만 북쪽의 가난한 농민들이 제 땅을 갖게 되었다는 사실도 알게 되었고요. 그래서 지금은 여기 비엔호아에서 조직 일을 맡고 있지요.…… 하아, 군관 동지가 타오와 알고 지냈다고 하니 옛날 일이 어제처럼 떠오릅니다그려."

사내는 담배를 피워 물며 느긋한 자세였지만 레이의 뇌리에는 줄곧 타오가 붕따우 야유회에서 읽었던 시구절이 떠오르고 있었다. 그리고 타오를 찾아야 한다고 생각했다. 사이공에서 벤이 타오가 정글에 있다고 했을 때는 살아 있다니 다행이다 싶었을 뿐이었는데 이제는 반드시 찾아서 만나야겠다는 마음이 절박했다. 타오를 만나야 할 운명을 타오의 노래가 일러준 듯하였다. 타오를 찾아야 한다. 타오를 만나야 한다…….

테트 공세가 끝나고 두 달쯤 지나 레이는 메콩 제2사령부에서 타오의 소식을 들을 수 있었다. 호앙둑 부사령관은 걸을 수 있다면 데려오라며 대원 둘을 레이에게 붙여주었다. 짐차를 타고 캄보디아 북동쪽 호찌민 루트가 닿는 데까지 간 다음 이틀 꼬박 정글을 걸어서 8지구 병원에 도착했고, 마침내 살아 있는 타오를 만났다. 그리고 지금 비엔호아의 사내에게서 들은 이야기를 전하고 있는 것이다.

삼촌 키엠이 죽었다는 레이의 얘기에 타오의 눈이 커졌다. 레이는 문득 비엔호아의 닭장수 입에서 흘러나오던 소리를 들었을 때 제 눈도 저리 커졌을까 싶었다. 제 운명과 맞닥뜨렸을 때의 전율을 타오는 알고 있을까. 레이는 휘둥그레진 타오의 눈에서 제 눈길을 떼어 숙소 바깥 찔레덩굴을 바라보았다. 발가락이 잘려 나가 온전히 걷지도 못

하는 타오는 이제 총을 들지 못할 거였다. 나와 같이 선전대에서 일할 수도 있을 거야. 레이는 가만가만 고개를 까닥였다. 잠시 후 레이는 타오 곁으로 다가앉았다. 그녀가 흠칫 고개를 돌리는 타오의 목에 두 팔을 둘렀다. 그리고 천천히, 아주 천천히, 입맞춤을 했다. 첫 키스였다.

18

사랑한다고 말할걸 그랬지. 님이 아니면 못 산다 할 것을
사랑한다고 말할걸 그랬지. 망설이다가 가버린 사람
마음 주고 눈물 주고 꿈도 주고 멀어져갔네.
님은 먼 곳에 영원히 먼 곳에. 망설이다가 님은 먼 곳에.
— 김추자, 「님은 먼 곳에」[48]

---

48   「님은 먼 곳에」: 당대의 인기가수 김추자가 1969년에 부른 노래. 40년이 지난
2008년에 월남전 참전 병사의 비극을 다룬 동명 영화가 나왔다.

일요일 늦은 아침. 가을볕이 마루 깊숙이 기어들어 왔다. 그녀는 오랜만에 두 다리를 쭉 뻗고 앉아 앞마당을 바라본다. 장독대 앞 맨드라미가 붉은 술을 달고 있고 그 옆에는 노란 꽃을 피운 금잔화가 납작 엎드려 있다. 좁다란 마당 한구석에 수도꼭지가 고개를 내밀고 있고 그 아래 윤희 운동화가 담긴 놋대야가 놓여 있다. 선옥은 조금 쉬었다가 운동화를 빨아야지, 생각하며 하품을 한다. 남편은 행궁 건너편 수원갈비집 장 사장과 낚시를 하러 간다며 새벽같이 집을 나섰고, 윤희는 반 친구들과 화성에 놀러 가기로 했다며 아침 먹고 나가 집에는 그녀 혼자다.

외래 병동에서 내과로 옮겨 온 후 처음 쉬는 일요일이다. 내과에서 일하는 간호사는 다섯 명인데 그녀가 가장 나이가 많다. 그녀는 저보다 다섯 살이나 젊은 수간호사의 지시를 받는다. 나이 어린 간호사들은 그녀를 언니라고 부르기는 하지만 윗사람 대접을 하지는 않는다. 옛날에 2년제 간호학교를 나온 경력으로는 대접을 받기 어렵다는 걸 그녀도 잘 안다. 한때 육군병원에서 근무했던 적이 있기는 하지만 십육칠 년 전 동란 때 잠깐이어서 경력이라고 내세울 만한 게 못 된다.

이제 간호사로는 늙은 나이다. 병원에서 그만두라 하지 않는 게 다행이다. 젊은 간호사들은 그녀에게 허드렛일을 맡기고는 한다. 청소와 빨래 아줌마들을 관리하는 일도 그녀 몫이다. 시키는 대로, 맡기는 대로 군말 없이 하니 대개들 편해 하고 좋아한다. 그렇지만 환자들은 아무래도 젊은 간호사들을 더 좋아하는 것 같다. 의사들도 대개 그렇다. 혜성종합병원에서 근무한 지 6년째이니 꽤 오래 있었다. 그만둘 때가 가까워졌다는 걸 그녀는 안다.

그녀의 월급은 만 원쯤 된다. 중학교 국어 선생인 남편 월급도 2만 원이 채 안 되니 마흔 넘은 여자 월급으로는 적지 않은 돈이다. 금년까지 해고되지 않고 넘긴다면 저축한 돈이 삼십만 원은 될 것이다. 그녀는 빙그레 웃는다. 통장 생각을 하면 기분이 좋아진다. 남편에게는 비밀로 하고 모아온 돈이다. 그녀는 그 돈으로 내후년 윤희가 고등학교에 진학하기 전에 방이 하나 더 있는 집으로 옮길 계획이다. 팔달공원 쪽에 있는 2층짜리 적산가옥도 미리 보아두었다. 해방 전에 일본인이 살았던 구옥으로 꽤 낡았지만 몇 군데 손보고 도배장판 새로 하면 살 만할 것이다. 남편의 서재도 꾸며주고 싶다. 아래층이 좋을까, 위층이 좋을까. 아무래도 위층이 전망이 좋겠지. 하지만 윤희가 위층 방을 제게 달라 하면 어쩌지. 그녀는 새삼 걱정거리라도 생긴 듯 잠깐 낯을 찡그리고는 일어서 건넌방으로 들어간다. 남편이 쓰는 방이다.

두 평이 될까 말까 한 좁은 방에는 낡은 책상과 책장이 창문과 벽쪽을 차지하고 있어 바닥에 이부자리를 펴면 엉덩이 붙일 자리도 만만찮다. 책상에는 교과서와 시험지, 공책이 쌓여 있고, 널빤지 사이에 붉은 벽돌을 고인 세 칸짜리 책장에는 중학 1·2·3학년 교과서와 전과, 역사책, 소설책, 사전, 옥편, 지구본, 잉크 병, 펜대, 연필꽂이, 지우개 따위가 잡동사니처럼 널려 있다. 팔꿈치 아래 잘려 나간 왼손을 보이지 않으려고 한여름 집 안에서도 긴팔 옷을 고집하는 깐깐한 성격의 남편이 정리 정돈에는 젬병인 게 이상하지만 그녀는 그러려니 하고 제 손을 대지는 않았다.

서향이라 오전 빛이 들지 않았는데도 책상 위에 먼지가 뽀얗다. 그러고 보니 두 달 넘게 남편과 잠자리를 한 적이 없다. 여름방학 때 한두 번 같은 이부자리에서 잔 게 다다. 윤희가 중학생이 된 뒤 건넌방으로 잠자리를 옮긴 남편은 한두 달 혼자 자도 아무렇지 않은 듯했고, 그러다 보니 그녀도 아무렇지 않았다. 이사를 가고 윤희에게 방을 내주면 달라지려나 싶지만 딱히 기대하는 건 아니다. 벌써 갱년기인가 싶기도 하다.

그녀는 마른행주를 적셔 와 책상 위 먼지를 닦는다. 붉은 크레용으로 아이들 점수를 매긴 시험지와 공책, 교과서를 한데 쌓아 올리고 이리저리 밀며 닦는데 벽에 기대어 있던 사진틀이 엎어진다. 공책 크기의 사진틀은 진한 밤색 테두리에 자잘한 꽃무늬를 새기고 얇은 유리를 끼운 것인데 엎어진 뒤편은 희누르스름한 합판 조각이라 보기 흉하다. 그녀는 얼른 사진틀을 뒤집어 들고는 유리판 아래 사진을 들여다본다. 교복 차림에 꽃다발을 든 동수를 가운데로 쥐색 양복 위에 고동색 두루마기를 걸친 남편이 오른쪽, 단발머리에 흰색 스웨터를 입은 앳된 윤희가 왼쪽이다. 그 뒤에 밤색 공단 저고리에 검정색 마고자로 한껏 차려입은 그녀가 웃는지 마는지 한 얼굴로 정면을 향하고 있다. 천연색 사진 하단에 적힌 깨알만 한 글자를 읽지 않아도 동수의 고등학교 졸업식 때 장면임을 알 수 있다. 그녀는 사진틀을 제자리에 세워놓으려다 유리판에 입김을 불어 손등으로 문지르고는 다시 유심히 들여다본다. 그녀의 눈동자가 차츰 커진다. 심장박동이 빨라지는지 어깨가 들썩이고 사진틀을 쥔 손가락이 가늘게 떨린다.

동수가 중학교에 입학하던 해였다. 동수를 보고 이모가 그랬었다.

"애, 선옥아. 동수 저 녀석 지 친애비 꼭 닮았지? 그렇지? 그거참, 그래서 씨도둑은 못 한단 말이 있는가 보다."

그녀는 소스라쳐 이모를 보았다.

"이모, 그게 무슨 말씀이에요?"

"애는 내가 무슨 못 할 소릴 했다고 그렇게 놀라니. 너, 박 서방과 수원에 올라왔을 때 동수가 몇 살이었더라. 여섯 살이었나, 일곱 살이었나. 근데 새삼스레 뭘 그러니?"

"그래도 그런 소리 하지 마세요. 동수는…….'"

"왜? 동수가 박 서방을 제 친애비라고 안다니? 애들 눈치가 얼마나 빠른데. 그러니 억지로 숨기고 말고 할 거 없다."

"숨기든 말든……, 그건 제가 알아서 할 거니까 이모는 제발 쓸데없는 말씀 마세요."

"아, 알았다, 알았어. 하긴, 니 이모부는 진즉에 월북했을 거라고 하더만…… 아님…….”

“아님……? 아님, 죽었거나요?…… 누가요?”

“누구긴. 동수 친애비지.”

“이모부가 그런 말씀을 하셨어요? 언제요?”

“너희네 수원 올라오고 얼마 지나서였으니 벌써 한참 되었지. 아, 왜, 너희 첨 우리 집에 왔을 때 선옥이, 니 입으로 그러지 않았냐. 동수 친가는 경상도 영천인데 조부는 동란 난 해에 돌아가시고 조모는 김해 친정집으로 피난 가 계시다고. 우리야 첨에는 박 서방도 경상도 사람이니 그 친가가 박 서방 친가려니 했는데, 박 서방은 부친이 생존해 계시다 하고, 뭣보다 박 서방과 동수가 첫눈에도 영판 달리 생긴 게 이상하다 싶던 터에 니 이모부가 술 한잔 하면서 이것저것 물었더니 박 서방이 굳이 숨길 거도 없다면서 털어놓았다더라. 동수 친애비 얘기도 그러다가 나왔겠지. 아이고, 되었다. 암만해도 내가 쓸데없는 소릴 했는가 보다. 다 지난 얘기다. 그만두자.”

이모는 서둘러 입막음을 했으나 그녀는 말수 적은 남편이 제게도 하지 않은 이야기를 이모부에게 했다는 게 놀랍고 언짢았다. 일면식도 없으면서 무슨 살가운 사이라고 할 얘기, 안 할 얘기 가리지 않고 털어놓았나. 그래놓고 제게는 시치미를 뚝 떼었다는 얘기다. 뭐, 월북했을 거라고? 아님 죽었을 거라고? 이모부가 그런 말을 했다면 그 말은 필경 남편 입에서 나왔을 거였다. 그녀는 울컥했고 그래서 그만 이모에게 언성을 높이고 말았다.

“이모, 자꾸 그런 소리 하시려면 저희 집에 그만 오세요.”

해서는 안 될 말이었다. 수원에 올라온 이듬해 가을, 윤희가 태어나자 이모는 살뜰하게 그녀 가족을 보살펴주었다. 이모부가 치과의사라지만 이모네 역시 넉넉지 않은 형편이었다. 서울에 아들 딸 둘이나 유학을 보냈다니 자식들 학비와 생활비를 대는 데만도 빠듯할 터였다. 그래도 이모는 된장, 고추장에 김치는 물론 틈틈이, 짬짬이 찬

거리를 챙겨주었다. 그녀가 수원에서 제일 큰 개인병원에 취직할 수 있었던 것도 이모부의 덕이었는데 그나마 이모가 윤희를 돌봐주지 않았다면 엄두조차 내지 못할 일이었다. 이러니저러니 해도 모진 말은 삼갔어야 했다.

"뭐? 니 집에 오지 말라구? 오냐, 알았다. 다신 오지 않으마. 난 그래도 니가, 어려서 부모와 생이별하고 남의 집 애옥살이한 니가, 가여워서……. 왜정 때 만주 땅 건너가 생사조차 모르는 불쌍한 내 언니, 니 어머니 대신 친정 구실이나마 해야 하지 않을까 해서……. 아이구야. 근데, 발걸음도 하지 말라구. 오냐, 알았다. 내 다신 안 오마."

이모는 야속하다, 분통하다 울음까지 터뜨렸는데 그녀는 매몰차게 등을 돌렸었다. 그래도 앞뒤 사정 모르는 윤희가 이모할머니 노래를 하는 바람에 열흘을 넘기지 못하고 발걸음을 한 이모는 그랬었다.

"야, 내 윤희가 보고파서 왔지, 너 보고파 온 거 아니다. 윤희가 할머니 찾는다며 박 서방이 사정사정해서 왔다. 너는 다 박 서방 덕에 사는 줄 알아라."

그러면서도 이모는 그예 그녀의 속을 패는 한마디는 빠뜨리지 않았다.

"내, 동수 친애비 얘긴 두 번 다시 꺼내지 않을 터이니 걱정 마라. 하이고, 그렇잖아도 누가 들으면 동수 빨갱이 자식 아니냐고 할까 봐 네 이모부 입단속도 단단히 해놓았다."

그녀의 기억에는 그때 이죽거리던 이모의 입꼬리가 선명하게 남아 있다.

남편과 영판 달리 생겼다는 동수의 얼굴이 낡은 사진틀에 꽂혀 있다. 그런데 정작 동수가 꼭 닮았다는 남자의 얼굴은 기억에 흐릿하다. 이목구비, 어느 것 하나 선명하게 떠오르지 않는다. 그저 귓속에 이명처럼 쟁강쟁강 풍경 소리가 아득하다. 20여 년 세월이다. 깜박인 것도 같고, 끔찍하게 길었던 것 같기도 하다. 그녀는 사진틀을 내려놓고 책상 앞 나무의자에 앉는다. 동수와 동수가 닮은 남자, 그리고 그녀가 그 덕에 살아왔다는 또 한 남자의 모습이 뒤섞였다가 흩어졌다가 한다. 모두 한 사람 같기도 하다가 금방 다른 사람으로 바뀐다.

아기가 태어났을 때 시부모가 된 삼호리 댁 두 어른은 일성으로 지애비를 빼닮았다고 했다. 눈 코 귀 입, 어느 것 하나 닮지 않은 게 없다고 했었다. 그녀는 사진 속의 동수를 찬찬히 살펴본다. 좁은 이마와 불거진 광대뼈, 찢어진 눈매와 굵은 콧대……. 그 남자, 박용민의 얼굴이다.

아아, 그녀는 짧게 신음하며 진저릴 친다. 구례 화엄사 대웅전 뒤편 산그늘 속으로 사라져간 남자. 봄이 되면 돌아오겠다던 용민은 종내 무소식이었다. 해가 바뀌면서 차례로 들려온 풍문은 남도에서 난리가 났다는 거였다. 봄에는 제주도라 했고, 가을에는 전라도 여수, 순천이라고 했다. 제주도는 한번도 가본 적 없는 바다 건너라 그런가 보다 했지만 여수, 순천은 그렇지 않았다. 거기는 지리산과 가까운 전라도 땅이었다. 군인들이 난리를 일으켰다는 소식을 접했을 때 그녀의 뇌리에 선명히 떠오른 것은 훤한 아침, 군 트럭 앞머리에 매달려 있던 누런 불빛이었다. 가까워질수록 죽은 이의 낯빛으로 차가워지던, 평생 악몽처럼 저를 쫓아다닐 것 같던 소름 끼치던 불빛이었다.

아기의 두 번째 돌을 앞두고 할아버지가 이름을 지어주셨다. 용민이 돌아오는 대로 갖기로 했던 혼인식은 2년 넘게 미루어지고 있었으나 동녘 동에 물가 수, 동수, 박동수……, 아기에게 이름이 생긴 날 그녀는 마침내 박 씨 댁 며느리가 된 것 같았다. 그날 밤 그녀는 잠든 아기의 얼굴을 오랫동안 들여다보았다. 눈물이 흘러 아기를 덮은 포대기에 떨어졌으나 서러워서 운 것만은 아니었다. 살아가야 한다는, 살아갈 수 있다는, 한 가닥 다짐 같은, 한 줄기 희망 같은 눈물이었다.

아기에게 이름이 생기자 그 이름이 그녀에게 버팀목이 되었다. 허방다리를 밟듯 허정거리던 그녀의 육신을 바로잡아주었다. 팔다리에 살이 오르고 작은 머리에 검은 머리털이 나고 옹알이를 하다가 하부, 하미, 엄마 소리를 하는 아기의 몰캉한 젖내와 방실거리는 웃음이 있어 그녀는 살아갈 수 있었다. 그녀는 동수를 둘러업고 농사를 짓고 밭일을 하고 물을 긷고 빨래를 했다. 한시도 떼어놓고 싶지 않았다. 등에 전해오는 아기의 무게가 그녀를 지탱했다.

그러던 어느 날 시아버님이 저녁상머리에서 입을 여셨다. 모처럼 활기 있는 목소리였다.

"내, 오늘 지서에 가가 보도엔맹이라 카는 데 들었다. 거그 들면 전에 인민위원회고 민전이고, 좌익 하든 사램들도 모다 용서한다 카더라. 그래서 내 그마 지장을 찍어부렀다."

"하이고 마, 당신이 머 할라꼬 그런 델 들어요? 거그 든 사램들은 죄다 빨갱이라 카던데……."

시어머님이 기겁하자 눈살을 찌푸린 시아버님이 혀를 찼다.

"쯧쯧, 임자도 잘 아는 영실이 아범, 춘택이 삼촌, 또 누구냐, 영천 시장 윤 씨, 이 씨, 김 씨, 오 씨, 그 사람들이 먼 빨갱이여."

"그 사램들, 영천서 난리 났을 적에 빨갱이로 호가 나서 붙잡혀 들어갔던 사램들 아니오?"

"머, 그때야 공출 땜에 죄다 분기가 솟아 우, 허고 일어났던 것이제. 그 사램덜이 먼 사상이 있어 그랬나. 낫 놓고 기역 자도 모르는 까막눈들이 먼 빨갱이냐고. 빨갱이들은 대개 유식자라 하더만."

"하믄 유식자도 아닌 당신은 머 할라꼬……."

"이런 젠장. 지서 김 순경, 그눔아가 그러대. 거그 들면 용민이 어데 갔냐, 걸핏하면 불러 물어싸코 닦달하는 일이 없을 거며 난중에 용민이 돌아와도 선처가 될 끼라구. 또 거그 들면 장차 농지개혁헐 때 유익이 될 끼라구 하더만. 내도 다 생각이 있어 한 일이여. 먼 여편네가 알지도 몬하믄서 타박이여. 우쨌거나 선옥이 니는 걱정 말고 아나 잘 키우믄 된다. 세상이 마이 조용해졌으니 아 아범도 인자 곧 돌아오지 않겠나. 내 보도엔맹에 들었으니 용민이 돌아온다 캐도 벨일 없이 넘어갈 기다."

그녀는 그저 그리되었으면 좋겠다 싶었다. 보도연맹, 빨갱이······ 그런 소리는 귀에 들어오지도 않았다. 그저 용민이 돌아온다면, 동수에게 아버지를 보여줄 수만 있다면 혼인식은 영 올리지 않아도 좋다는 생각을 했던 것 같다. 모자란 생각인 줄은 알았지만 그녀는 동수외에는 생각지 않기로 마음먹었다. 그래서 전쟁 난 해 여름 어느 날, 지서에 불려 나간 시아버지가 같은 보도연맹원이라는 동네 사람들 십수 명과 함께 보현산 골짜기에서 총 맞아 죽은 시신으로 발견되었을 때에도, 정신줄을 놓은 시어머니와 세 살배기 동수를 번갈아 업고 걸리며 부산으로 내려갔을 때에도, 월북을 했거나 아님 죽었거나 했을 용민을 떠올리지는 않았다.

그런데 남편은 진즉에 용민이 월북했거나 아니면 죽었을 거라 여기고 있었나 보다. 그러면서도 제게는 암말도 하지 않았던가 보다. 그러나 그녀는 그 얘기에 관한 한 남편에게 입도 벙긋하지 않았다. 박용민이란 이름은 오랜 세월 꺼내지 말아야 할 금기어(禁忌語)였다. 피차 입에 올리지 않았던 얘기를 꺼내는 건 피해야 했다.

박명도는 엄연한 동수의 친부(親父)였다. 호적에 그렇게 올라 있다. 부산에서 수원으로 올라와 혼인 신고를 하면서 동수를 친자로 올렸다. 그때 동수는 이미 여섯 살이었지만 동란 직후여서인지 동회 호적계 직원은 친자식이 맞느냐, 혼인 신고가 왜 이렇게 늦었느냐, 으레 할 법한 물음도 하지 않았다. 그러니 이모가 아무리 속을 뒤집어 놓았다고 해도 새삼 박명도의 입에서 박 자, 용 자, 민 자, 소리가 나오게 할 까닭은 없었다.

이모는 그녀에게 걸핏하면 선옥아, 박 서방에게 잘해야 한다, 박 서방만큼 무던한 사람 없다, 고 했다. 그녀는 이모가 그 뒤에 붙이고 싶어 하는 말을 안다. 애 딸린 너를 구해준 박 서방, 제 핏줄도 아닌

동수를 친자식처럼 키워준 박 서방······. 이모는 그녀가 그 고마움을 아무렇지 않게 받아들이거나 대수롭지 않게 여기지 않을까 염려하는 것 같았다. 그녀는 이모의 염려를 덜어주고 싶었지만 적당한 말이 떠오르지 않았다. 지난 세월 박명도에게 그랬던 것처럼.

매일같이 수십 명의 부상병들이 트럭에 실려 와 짐짝처럼 병원 마당에 부려졌다. 낙동강 전선이 무너지면 부산도 끝장이라는 소리가 확성기처럼 왱왱거리던 여름날, 팔다리가 떨어져 나가고 피투성이가 된 군인들이 꾸역꾸역 실려 왔다. 육군병원 구내에 병상이 가득했다. 마당에 가마니를 깔고 그 위에 뉘어놓은 부상병들도 있었다. 무더위 속에 피고름 냄새와 살 썩는 악취가 진동했다. 병원은 신음과 비명으로 아수라장이 된 연옥(煉獄)이었다. 그 속에 박명도가 있었다는 걸 그녀는 한참 뒤에야 알게 되었다.

왼손 팔꿈치 아래를 잘라낸 박명도는 부산의 학생들에게 반강제로 행해진 헌혈로 제때 수혈이 이루어진 데다 때맞춰 미군이 공급해 준 페니실린 덕에 운 좋게 살아났다고 했다. 그보다 덜한 부상에도 피를 너무 많이 흘려, 마취제 항생제가 떨어져 수술도 못 해보고 줄줄이 죽어나가던 때였다. 육군병원 3동 병실에서 조우했을 때 박명도는 핼쑥한 낯을 붉혔다.

그랬던 박명도의 입에서 '운명'이라는 말이 흘러나왔을 때 그녀는 그런 게 있을지도 모르겠다는 정도로만 생각했다. 그런데 박명도는 두 번, 세 번 운명이라고 했고, 그녀는 차츰 그럴 수도 있겠다는 생각이 들었다. 영천 읍내 처마 높은 기와집 대청마루에서 어른들 뒤로 숨던 소년, 대구 영생의원으로 찾아와 용민의 전갈을 알리던 교복 교모 차림의 반듯한 서울 중학생, 영천 거동사까지 길동무를 해주었건만 경황 중에 변변한 인사조차 건네지 못하고 작별해야 했던 지주 댁 도련님. 그 박명도가 팔 한 짝이 잘린 상이군인이 되어 그녀 앞에 나타났으니 보통 인연은 아닐 수도 있겠다 싶었다. 그렇다고 운명일 것까지야.

그녀는 내심 안쓰러운 마음, 미안한 마음 반반이라고 둘러댔으나 어느새 틈나는 대로 3동 병실로 향하는 발길을 돌리지는 못했다. 공연히 죄스러운 마음이 들었으나 운명이라는 박명도의 말을 떨쳐버릴 수는 없었다.

세상이 많이 조용해졌다던 시아버지는 동란이 터지고 북쪽 군대가 물밀듯이 남쪽으로 쳐내려온다는 흉흉한 소식이 전해질 무렵 지서로 끌려가 총살당했다. 빨갱이가 아니라던 마을 사람들도 함께 떼죽음을 당했다고 했다. 며칠 지나지 않아 마을 사람들이 짐을 쌌다. 지서 경찰들은 죄다 달아났고 공산군이 낙동강 상류까지 짓쳐 내려왔다고 했다. 어느새 신작로는 피난민들로 가득했다. 그녀는 넋이 나간 시어머니와 동수를 데리고 피난민의 행렬에 끼어들었다. 그녀는 동수만 생각했다. 용민은 생각할 겨를이 없었다. 동수를 살리고 지켜야 했다. 그래서 부산 부현리, 양철지붕이 드리운 산비탈의 낡은 가옥에 찾아들었을 때 그녀는 염치 불고할 수밖에 없었다. 그녀는 대뜸 동수에게 절부터 시켰다.

"동수야. 큰할아버지, 할머니시다. 인사드려야지."

세 살배기가 두 손을 배꼽에 올리고 드리는 인사는 그 어느 구구절절한 하소연에 비할 바가 아니었다.

"야가 선옥이 네 아이냐? 어느새 이리 컸구나. 하이고, 이 어린 것이 먼 데서 용케도 왔구먼. 이름이 뭐꼬? 박동수······. 오야, 잘 왔다, 잘 왔어. 이자 이 할미가 있으니 암 걱정 말그라. 우리 강아지, 어데 한번 안아보자."

반백의 원장 사모님이 아이를 품에 안고, 뒷전에서 시어머니 윤 씨가 비죽비죽 울음을 터뜨렸으나 그녀는 이를 악물고 참아냈다. 그녀는 여전히 원장님이 입에 익은 큰아버님에게 그간의 사정을 대충대충 말씀 올렸다. 영천 시아버님이 보도연맹에 들었다가 두어 달 전

변을 당한 일까지 고했지만 용민이 지리산에 들어갔다는 이야기는 하지 않았다.

"아, 아범은 어데 가고?"

물으셨지만 소식이 끊겨 모른다 했을 뿐이었다. 원장님은 "소식이 끊겼다꼬?" 하더니 어허, 장탄식 끝에 짧게 말씀하셨다.

"되었다. 알았다."

그녀는 곧 육군병원에 간호원으로 자원했다. 부상병이 밀려들던 때여서 간호학교 졸업장에 전 대구 영생의원 원장의 보증으로 충분했다. 원장님이 딱히 무엇이 되었다, 알았다고 하신 건지는 분명치 않았지만 그녀는 당신이 서둘러 저를 육군병원에 나가게 하는 이유를 알 것 같았다. 주야 여덟아홉 시간에 하루 걸러 교대되는 격무였지만 그녀는 고된 것도 잊고 일했다. 군병원에 들어왔으니 동수를 지킬 수 있을 것 같았고, 그러면 되었다고 그녀는 생각했다.

가을이 되었을 때 시어머니 윤 씨가 영천 삼호리 집으로 돌아가겠다고 했다. 낙동강 전투에서 밀려난 공산군이 북쪽으로 달아났다는 소식이 전해지고 나서였다. 무슨 역적이라고 봉분도 올리지 못한 남편의 무덤이 밤마다 꿈에 나타나 하루를 더 견디지 못하겠으며, 혹여 용민이 돌아왔다가 헛걸음이라도 하면 큰일이니 당신 혼자라도 돌아가 있어야 한다는 것이었다. 돌아가겠다는 일념에 빠르게 기력을 되찾은 윤 씨는 성화를 부리다 못 해 피난 갔던 마을 사람들도 하나둘 돌아올 테니 걱정할 거 없다며 외려 그녀의 어깨를 토닥였다. 윤 씨로서는 사돈지간이라고 말하기조차 거북한 댁에서 마냥 더부살이를 하는 것도 고역일 터였다.

그렇지만 그녀는 떠날 수 없었다. 시어머니를 모시고 삼호리로 돌아가자면 당장 육군병원을 그만두어야 하는데 그럴 상황도, 처지도 아니었다. 육군병원은 여전히 부상병들로 가득했고 군병원은 민간병원처럼 멋대로 그만둘 수 있는 곳도 아니었다. 무엇보다 영천에서는 동수를 안전하게 지켜낼 수 있을 것 같지가 않았다. 총살당한 보도 연맹원 박 씨의 손자이고, 수년 전에 종적을 감춘 용민의 자식인 것을 숨길 수 없다면 또 어떤 해코지가 있을지 모를 일이었다. 군병원에 있으면서 그녀는 빨갱이에 대한 증오와 원한이 피처럼 솟구치는 걸 보고 느낄 수 있었다. 그들은 철천지원수였고, 용민이 이미 그들과 함께했다면 그 화가 동수에게까지 미치지 말란 법은 없었다. 용민이 삼호리 집으로 돌아왔다가 헛걸음을 한다고? 그녀는 잠깐 정신이 혼미했으나 이내 마음을 다잡았다. 동수를 지키는 게 우선이라고.

그렇다고 시어머니 혼자 영천으로 가시도록 할 수도 없는 일이어서 일단 동수를 데리고 당신 남동생 내외 가족이 살고 있다는 김해의 친정집에 가 계시기로 했다. 동란이 끝나면 모시러 가겠으며, 그 전에라도 용민에게서 소식이 있으면 그날로 달려가겠다는 그녀의 간곡한 설득과 원장님의 도움이 있었지만 손자와 동행이 아니라면 윤씨가 고집을 꺾었을 것 같지 않았다. 동수와 떨어지는 게 몸 한쪽을 떼어내는 것 같았으나 당신 몸 하나 간수하기 힘겨운 원장 사모님에게 온종일 아이를 맡길 수도 없는 노릇이었다.

박명도가 다시 '운명'을 입을 올렸을 때 그녀는 문득 자신이 삼호리로 돌아가지 못한 이유 중에 명도가 있다는 걸 깨달았다. 명도는 퇴원하면서 대구 집에 갔다가 오겠으니 기다리라고 했다. 그녀는 용민보다 명도를 기다리고 있는 제 마음을 부정했지만 명도가 돌아와 온전한 오른손을 내밀었을 때 그 손을 거부하지 못했다. 동란이 끝난 해 가을, 명도는 그녀에게 대구사범 은사가 수원의 중학교 국어 선생 자리를 알선해주었다며 함께 올라가자고 했다. 상이군인 출신에 대한 교사 특채인데 오른손이 멀쩡해 선생 노릇 하는 데는 별 지장이 없겠지만 그녀가 곁에 있어주었으면 한다고 했다.

어머니는 어린 그녀에게 수원 얘기를 여러 번 들려주었었다. 조선조 정조대왕이 뒤주에 갇혀 죽은 아버지 사도세자를 추모하려 세운 화성이란 큰 성(城)이 있다는 얘기며, 황해도 해주에서 내려와 수원에 교회를 세운 외할아버지와 외가 식구들 얘기, 거기에 적색 운동 하던 네 아버지를 만나는 바람에 다시는 수원 친정집에 갈 수 없게 되었다는, 어린 그녀로서는 알아들을 수 없었던 어머니의 푸념까지 떠오르면서 그녀는 수원으로 가는 것 또한 어쩌면 제 운명일지 모르겠다는 생각을 했다. 박명도는 당장 혼인식을 올리지는 못하겠지만 부모님의 반승낙은 받았다고 했다. 반승낙은 승낙을 받지 못했다는 것이겠으나 그녀는 동수에게 좋은 아버지가 되겠다는 명도의 말을 따르기로 했다. 김해로 가서 동수를 찾아왔다. 윤 씨는 용민이 돌아오면 영천 삼호리 집으로 돌아가 함께 살겠다는 그녀의 말을 절반도 믿지 않는 기색이었지만 그녀는 빼앗다시피 해서 동수를 데려왔다. 육군병원에는 시집을 가는데 시가가 수원이라서 그만둘 수밖에 없다고 둘러대었고, 원장님 댁에는 떠난다는 인사말로 대신하였다.

제 서방은 살았는지 죽었는지도 모르는데 젊은 놈과 눈 맞아 달아난 화냥년, 남편 잃고 홀로 된 늙은 시어미 나 몰라라 하고, 은혜가가없는 큰아버님 내외와의 연을 칼로 무 베듯 잘라낸 모진 년, 상이군인 새 서방 흠 잡아 제 흠은 가랑이 속에 감추고 사내 부모 마음에 대못을 박은 못된 년, 네 년이 그러고도 천벌을 면하겠느냐…….

그녀는 경부선 야간열차를 타고 수원으로 올라오면서 제게 쏟아질 온갖 험담과 저주를 차창 밖으로 던져버렸다. 그래, 동수에게 좋은 아버지가 생긴다면, 그래서 동수를 안전하게 지킬 수 있다면, 이것이 운명이라면 받아들여야 한다. 박용민은 잊어야 한다, 지워야 한다. 그녀는 그렇게 다짐하면서 곁에 앉은 박명도의 성한 오른손을 꼭 잡아 쥐었다.

하아, 하아……. 그녀는 밭은 한숨을 토해낸다. 띄엄띄엄, 간단없이 이어지는 기억들. 박용민의 어머니, 호적상으로는 아무 관계도 아닌 윤 씨의 부음이 전해졌을 때 그녀는 이틀간 아무것도 먹지 못하고 앓아누웠었다. 끝내 당신의 입으로 혼인을 허락한다는 말씀을 남기지 않은 명도 어머니, 시어머니 조 씨가 운명하였을 때 그녀는 소리 내어 울었지만 그 울음은 문상조차 하지 못한 옛 시어머니 윤 씨에 대한 뒤늦은 호곡(號哭)이었다. 손위 시누이들은 그녀를 벌레 보듯 했다. 그녀는 장례 기간 내내 벌레처럼 몸을 웅크린 채 제게 쏟아지는 모멸의 눈총과 수군대는 등 뒤의 욕설을 견뎌내야 했다. 하직인사를 올리는 자리에서 새 시아버님이 말씀하셨다.

"억지로는 안 되는 기 사람 인연이라꼬 안 하드나. 기왕 인연을 맺었으니 모다 잊고 잘 살그라."

그때가 언제쯤이었나. 윤희를 낳기 전이니 부산에서 수원으로 올라오고 1년이 채 안 되어서였다. 시어머님 두 분은 그 연간에 차례로 세상을 뜨셨고, 영천 시아버님은 윤희가 두 살이 되던 해 돌아가셨다. 살다 보면 스쳐 지나갔던 하나의 풍경, 흘려들었던 짧은 말 한마디가 지워지지 않고 되살아나곤 한다. '모다 잊고 잘 살그라'라는 영천 시아버님의 말씀이 그랬다. 그녀는 그 말씀대로 모두 잊고 살고자 했다. 커가는 동수에게서 문득문득 용민의 모습을 보았으나 월북을 했거나 아님 죽었거나 했을 용민을 떠올리지는 않았다. 저만 두고 만주로 떠난 아버지, 어머니, 남동생들의 모습도 떠오르지 않았다. 절절이 그립고 아프던 기억들은 여러 번 삶아 빤 베갯잇처럼 숨이 죽고 색이 날았다. 새삼 돌이켜보니 세상 간사하고 모진 것이 사람의 마음인 것 같다. 어떻게 저 세월들을 잊고 살아올 수 있었담.

하으, 아으으……. 그녀는 두 팔을 들어 기지개를 켠다. 서슬에 무릎에서 사진틀이 마루로 떨어진다. 그녀는 손을 내려 사진을 집는다. 순간 그녀의 목에서 등줄기로 한줄기 뜨거운 기운이 훑어 내린다. 비수로 긋듯 날카로운 통증에 그녀는 억, 짧은 비명을 토한다. 햇볕이 옮겨 가는지 그늘이 지는가 싶더니 그녀의 눈앞에 낯익은 풍경이 떠올랐다. 군 트럭 앞에 매달린 누런 불빛이 달려왔다. 훤한 아침에 줄줄이 이어지는 불빛. 가까워질수록 죽은 이의 낯빛으로 바래지는 누런 불빛. 그 불빛 뒤로 철모를 뒤집어쓴 군인들이 트럭에 가득했다. 아아…, 그 속에 월남 간 동수가 있었다. 죽은 이의 낯빛으로. 그녀는 거칠게 숨을 몰아쉬며 방금 전만 해도 안온했던 주위를 노려보았다.

남편이 동수에게서 온 편지를 보여준 것은 아직 추위가 가시지 않았던 초봄이었다.

아버지께

저희 부대에 월남 차출이 내려와 자원했습니다. 교육 훈련을 마치고 내일 아침 부산항에서 월남 가는 수송선에 오릅니다. 복무 기한이 1년이니 곧 돌아올 것입니다. 저는 행정병 티오라서 전투에는 나가지 않을 겁니다. 그러니 아무 염려 마십시오. 그래도 어머니는 제가 월남 간 걸 아시면 걱정이 많으실 테니 당분간 비밀로 해주세요. 월남에 도착하는 대로 다시 소식 전하겠습니다.

동수 올림

그녀는 편지지에 또박또박 쓰인 글자를 읽고도 무슨 소린가 싶었다. 간혹 월남에 파병한다는 얘기를 들었고 병원 원무과에 있는 텔레비전에서 파월 장병 환송 행사 장면을 본 적은 있어도 월남이 어디에 있는 나라인지, 왜 그곳에 한국 군인들이 가는 것인지 알지 못했고, 알고 싶지도 않았다.

재수 끝에 대학에 진학한 동수는 한 학기를 마치고는 영장 나온 김에 바로 입대하겠다고 했고, 남편은 어차피 다녀와야 할 군대라면 일찍 가는 것도 나쁘지 않다, 다녀오면 아무래도 철이 들어 제 앞길 마련에 열심이지 않겠느냐, 고 했다. 그녀는 동수가 대학 입시에 실패했을 때 아들에 대한 실망에 앞서 남편 보기가 민망하고 부끄러웠다.

"녀석이 우째 허룽허룽하더만……."

남편은 혼잣말처럼 중얼거렸지만 그녀는 허룽허룽? 귀에 선 낯말에 외려 마음이 아렸다. 차라리 동수 면전에서 역정을 내고 야단을 쳤으면 좋으련만 남편은 입안엣소리를 하고는 그만이었다. 그것은 남편이 그녀를 배려하는 오랜 방식이었지만 그녀는 남편의 속 깊음에 또 한 번 상처를 입어야 했다. 남편은 원체 말수가 적은 사람이었다. 꼭 해야 할 것 같은 말도 하지 않을 때가 많았다. 동수와 관련된 일에서는 더 그랬다. 해서 남편 입에서 '철들어 제 앞길' 얘기가 나오자 그녀는 동수의 입대를 말리지 않기로 했다 그것은 그녀 나름대로 남편을 배려한 것이기도 했다. 그렇다고 월남 가는 것까지 허락한 건 아니었다. 월남 가는 건 말려야 했다.

"동수가 왜 월남에 가?"

그녀는 편지에서 눈을 떼며 남편에게 물었다. 가슴이 뛰며 얼굴이 붉어졌지만 화가 난 건 아니었다. 영문을 몰라 그냥 물었을 뿐이었다. 남편이 무슨 말이라도 했으면 그녀는 참을 수 있었을 거였다. 그런데 남편은 암말도 하지 않았다. 그녀는 남편을 노려보며 신음처럼 내뱉었다.

"당신이 개, 가라고 했어? 월남에……?"

놀란 듯 남편의 입이 벌어졌다. 그러나 여전히 말소리는 나오지 않았다. 순간 그녀의 입에서 이상한 말이 삐져나왔다.

"무서운 인간 같으니라구. 아무리 친자식이 아니라고 해도 그렇지 그렇게 보내버리고 싶었어? 죽을지도 모르는 전쟁터에……?"

비명 같던 그 외마디는 박명도와 살아온 전 세월을 부정하는 것이었다. 그녀가 잊었던, 기억에서조차 지워버리려 했던 박용민의 존재를 인정하는 것이었다. 그때 그녀를 보던 명도의 놀란 눈이 그랬다. 그 뒤로 명도와의 사이에 강이 생겨났음을 그녀는 느낄 수 있었다. 인내심 강한 명도가 견딜수록 그녀는 멀어졌다. 강을 건너간들 그 전으로 온전히 돌아갈 수는 없을 거였다. 동수에게서는 반년이 지나도록 편지 한 장 없었지만 그녀는 명도에게 더는 묻지 않았다. 제 입에서 더 무서운 말이 튀어나올까 봐 입을 틀어막고 있었다.

남편은 수원갈비집 장 사장과 낚시를 가고, 딸애는 친구들과 화성에 놀러가고, 그녀는 가을볕이 고즈넉한 빈집에 홀로 앉아 있다. 기막혀라! 아이는 전쟁터에 보내놓고 어떻게 이리 태평할 수 있담. 그녀는 새삼스레 앞마당의 장독대와 맨드라미와 금잔화와 윤희의 운동화가 담긴 놋대야를 둘러본다. 모두 조금 전과 같은 자리, 같은 모습으로 있건만 하나같이 낯설고 생경하다. 마당에 따사한 빛으로 내려앉은 가을볕도 우중충하다. 지독한 비현실감 속에 불현듯 월북을 했거나 아님 죽었을 박용민의 얼굴이 떠오른다. 사진틀 속 동수의 얼굴이다. 그녀는 손가락 갈퀴로 머리카락을 쥐어뜯는다. 그녀의 생이 이십수 년 전 총성이 올리던 대구역 광장으로 뒷걸음질 친다. 용민이 달려오는 게 보인다. 동수의 얼굴이다.

19

우리 당과 인민들의 가장 값진 전통은 단결이다.
중앙위원회에서 세포에 이르기까지 모든 전사들은
그대들 눈동자와 같이 단결해야 된다.…
내가 죽은 후에 웅장한 장례식으로 인민의 돈과 시간을 낭비하지 말라.
— 1969년 9월 9일. 호찌민의 유언 중[49]

---

49   호찌민은 1969년 9월 3일 심장마비로 사망하였다. 향년 79세. 9월 9일 하노이 바딘 광장에서 거행된 장례식에서 베트남 노동당 제1서기 레주언이 호찌민 주석의 유언인 「호찌민의 의지」를 낭독하였다.

연분홍색 노을이 만(灣) 저 멀리 바다에서 밀려오는 듯했다. 수평선 너머로 붉은 해가 넘어가면 부드러운 어둠이 깔릴 것이다. 해변을 스쳐 온 저녁 바람에 야자열매 냄새가 실려 왔다. 남동쪽 해군기지에서 이륙한 헬기가 꼬리에 별똥별을 붙인 채 하늘을 날아갔다. 투이가 좋아하는 풍경이다. 맨날 이런 풍경을 볼 수 있는 건 아니다. 하늘 천정을 쪼개는 것 같은 폭격기의 굉음과 바다 밑바닥까지 울릴 듯 요란한 대포 소리가 어둠을 찢어놓는 날이 훨씬 더 많았다. 그렇지만 오늘은 빈넬 볼50에서 「노트르담의 꼽추」를 상영하는 토요일이다. 이런 날에는 전쟁을 잠시 쉴지도 모른다. 투이는 조금은 들뜬 기분이다. 종지기 꼽추와 집시 여인의 사랑은 중학생 때부터 들은 이야기다. 보고 싶던 영화를 본다는 게 이렇게 기분 좋은 일일 줄 몰랐다. 투이는 아흠, 작게 기지개를 켠 다음 빠르게 발걸음을 옮긴다.

야외극장 무대 아래는 어느새 관객들로 빼곡하다. 앞자리 정중앙에는 미국인 관리자들이 푹신한 의자에 자리했고, 그 뒤 장의자에는 중간 관리자와 기술자, 노동자들이 직위에 맞춰 차례로 줄지어 앉아 있다. 중간 관리자와 기술자들은 주로 한꾸억(한국)과 필리핀 사람들이고 베트남인들은 거의가 하위직 노동자이다. 투이는 미국인 알렌 씨가 부서장인 총무부의 직원으로 서열로 치면 중간 관리자급이라고 해야겠지만 가운데 자리로 끼어들 엄두는 나지 않는다. 다행히 안면이 있는 베트남인 청소부 아주머니가 투이에게 제 앞자리를 내어준다. 한꾸억 기술자들 뒷자리이다. 영화 대사가 모두 영어였지만 투이는 그럭저럭 알아듣는다. 아버지는 미군 통역장교 일을 할 때부터 자식들에게 영어를 가르쳤다. 앞으로 베트남에서는 프랑스어는 몰라도 된다, 영어만 잘하면 된다, 며 영어 공부를 독려했다. 오빠는 마지못

---

50 빈넬 볼(Vinnel Bowl): 베트남전 당시 미국의 군사 지원 기업인 빈넬 사(社)가 깜라인만 보급기지에 설치한 야외극장.

해 하는 척하다 말았지만 그녀는 프랑스어보다 영어가 쉽고 재미있
어 열심히 했다. 그녀가 1년여 전 사이공에서 미국 회사 빈넬에 취업
할 수 있었던 것도 영어 실력 덕분이었다.

영화가 끝났다. 꼽추 콰지모도가 불쌍해, 아름다운 집시 여인 에스
메랄다가 가여워, 영화를 보면서 몇 차례 눈물을 흘렸던 투이는 손끝
으로 눈가를 가볍게 누르고 자리에서 일어섰다. 어느새 사위가 어두
워져 앞뒤 사람들이 잘 보이지 않았다. 그때 한 사내의 손이 슬그머
니 뻗어 나와 그녀의 팔을 잡았다.

"이봐, 콩까이. 삐루 한잔 어때? 내가 살게? 오케이?"

바로 알아듣지는 못했어도 한꾸억 말이었다. 투이는 사이공에서
깜라인으로 오기 전 몇 주 동안 배웠던 한꾸억 말을 떠올리려 했으나
한마디도 생각나지 않았다. 그녀가 빠르게 말했다.

"싫어요. 이 팔 놓아요."

당황해서인지 그녀의 입에서 튀어나온 말은 프랑스어였다. 사내가
"야, 무슨 소리야? 난 그딴 말 몰라. 저기 백사장에 가서 삐루 한잔 하
자니까. 내가 살게, 내가 산다니까? 오케이?"하며 얼굴을 가까이 했
다. 사내의 입에서 역한 냄새가 났다. 곁에서 다른 남자들이 한마디
씩 했다.

"어이, 영어로 말해. 아름다운 아가씨, 연애 한번 하자구."

"김 씨 영어 실력은 예쓰, 오케이, 땡큐, 익스큐즈 미, 굿모닝이 단
데 먼 소릴 하는 거여 시방"

킥킥거리는 웃음소리가 투이의 얼굴에 오물을 뿌리는 것 같았다.
그녀는 간신히 한꾸억 말 한마디를 생각해냈다.

"싫어!"

그녀는 짧게 소리치며 사내의 팔을 뿌리쳤다. 그러자 사내가 다시
그녀의 팔을 잡았다.

"와, 얘가 우리말도 할 줄 아네. 야, 기분이다. 내가 오늘 너 십 불

줄게. 텐 달러! 텐 달러! 아이 씨벌, 널 먹겠다는 것도 아니고 삐루 한 잔 같이하면 텐 달러 주겠다니까. 어때? 오케이?"

투이가 영어와 베트남어로 거절했다.

"노우! 콩틱(싫어)!"

"야, 수진[51]에 가면 원 달러에 다리 벌리는 년들이 수두룩한데 뭘 비싸게 구냐."

그때 어둑한 그늘 속에서 한 남자가 머리를 쑥 내밀었다. 키가 커서 그런지 머리가 두 뼘은 높이 달려 있는 것 같았다.

"아, 거 싫다는데 어린 여자애에게 왜 자꾸 그러슈. 그만 보내주슈."

그러자 투이의 팔을 잡은 사내가 키 큰 남자 쪽으로 고개를 획 돌리며 으르렁거렸다.

"뭐여? 거기가 뭔데 이래라저래라 하는 거여. 흥! 못 보던 얼굴이네. 보아 하니 파병 왔다가 현지 취업한 젊은 친구 같은데 어디 출신이여? 맹호? 청룡? 백마?"

"출신은 댁이 알 거 없고 여자애 팔이나 놔주슈. 거 여동생 같은 애한테 뭔 짓이오? 창피하지도 않소?"

"뭐, 댁? 아, 어린 놈이 말 참 좆같이 허네."

사내가 투이의 팔을 놓더니 젊은 남자에게 다가갔다. 사내에게서 풀려난 투이는 야외극장 밖으로 고꾸라질 듯 뛰어갔다. 등 뒤에서 싸우는 듯 툭탁거리는 소리가 들려왔으나 뒤도 돌아보지 않고 달음질쳤다.

투이가 키 큰 남자와 다시 만나게 된 것은 이틀이 지난 월요일 오후였다. 인사과에서 찾는다기에 2층 사무실로 갔더니 미국인 과장 앞에 한꾸억 기술자 복장을 한 남자들 넷이 일렬로 서 있고, 그 옆 구

---

51   수진: 베트남어 소찐(9호)의 한국식 발음. 소찐은 음주와 성매매가 이루어진 깜라인만 지역의 기지촌이었다.

석진 자리에 투이가 아는 청소부 아주머니가 겁먹은 얼굴을 하고 있었다.

"응오반티투이 양. 지난 토요일 밤에 빈넬 볼에서 영화 봤지요?"

미국인 과장이 영어로 물었고 옆에 서 있던 남자가 베트남 말로 통역했다. 중국인처럼 얼굴이 허연 베트남인 통역이었다. 투이는 깍듯이 존대하며 그렇다고 답했다. 미국인 과장이 토요일 밤에 있었던 일을 말하라고 했고, 투이는 자초지종을 베트남 말로 설명했다. 통역이 말을 옮겼을 때 그녀가 미국인 과장에게 또박또박한 영어로 말했다.

"저, 영어로 말할 수 있습니다. 잘은 못 하지만요."

미국인 과장은 투이의 영어가 만족스러운 듯 큰 코를 벌렁거리며 웃었다.

"굿! 영어를 잘하는군. 그러면 직접 물어보지. 토요일 밤 저기 키 큰 미스터 리가 당신을 위험에서 구해준 것인가?"

미스터 리? 투이는 흘깃 키 큰 남자를 훔쳐보았다. 키가 크다는 것만 알았지 얼굴은 모르는 남자였다. 주먹으로 맞았는지 입술 한쪽이 부어올라 있었다.

"어두웠고, 놀라고 무서워서 기억이 안 납니다. 그러나 키가 큰 남자는 맞습니다."

투이가 정확한 단어를 골라 영어로 또박또박 답했다.

"당신을 희롱한 남자는 저 끝에 키 작은 미스터 킴이 분명한가?"

미국인 과장은 이번에는 빠르게 물었는데 투이는 희롱이라는 영어를 알아듣지 못해 울상을 지었다. 통역이 베트남 말로 옮겼다.

미스터 킴? 투이는 작은 키에 목덜미가 두툼한 사내를 훔쳐보았지만 기억되는 것은 사내의 입에서 풍기던 역한 냄새뿐이었다.

"어두웠고, 놀라고 무서워서……."

투이가 영어로 얼버무리는데 미국인 과장이 중간에 말을 잘랐다.

"아, 알았네. 쯔엉 부인이 다 증언했으니까. 투이 양은 그만 가도 좋아요."

투이는 꾸벅 절하고 돌아서다가 잠깐 키 큰 남자에게 눈길을 주었다. 1초도 안 되는 짧은 순간이었지만 남자와 눈이 마주친 것 같았다. 그러나 다음 날 점심 무렵 청소부 쯔엉 아주머니가 찾아오지 않았더라면 그 남자를 다시 기억할 일은 없었을 거였다. 쯔엉 아주머니는 키 큰 남자가 차량정비소에서 일하는 미스터 리라며 한번 찾아가 고맙다는 인사를 하는 게 어떻겠냐고 했다.

"그 남자 아니었으면 무슨 봉변을 당했을지 몰라. 술 취한 남쮸띤 (남조선) 놈들은 거기처럼 예쁜 아가씨를 보면 환장을 한다니까. 내가 토요일 밤 빈넬 볼에 영화를 보러 가길 잘했어. 내가 다 지켜보았으니까. 아이구, 말도 말아. 치고받고 대판 싸움이 붙었다니까. 그런데 그 미스터 린가 하는 남자, 키만 멀쩡히 컸지 싸움질을 잘 못하데. 경비대가 달려와서 망정이지 아니었으면 미스터 킴인가 하는 키 작은 놈한테 된통 얻어맞았을 거야. 어제 못 봤어? 입술이 터진 거. 내가 경비대 미국 사람에게 미스터 리는 투이 양을 구해준 좋은 사람이고, 미스터 킴이 나쁜 짓을 했다고 다 얘기를 해주었지. 미스터 킴인가 하는 놈은 몇 달 월급이 깎이는 벌을 받을 거라고 하데. 아무튼 한번 찾아가봐. 자기를 구해준 사람한테 감사 인사는 하는 게 도리잖아. 아, 싫으면 말고."

그저 오다가다 마주치며 얼굴만 알던 쯔엉 아주머니의 오지랖이 조금은 성가시면서도 투이는 고개를 끄덕였다.

"네. 제가 찾아가 고맙다고 인사할게요. 그나저나 저 때문에 쯔엉 아주머니가 곤란해지신 거 아녜요? 공연히 끼어들어서 말예요."

"내가 곤란해질 게 뭐 있어? 남쮸띤 남자들 우리 같은 베트남 사람들은 업신여기고 막 대해도 미국인들에게는 쩔쩔매거든. 상전이 따로 없다니까. 미국인 과장이 한 일인데 제깟 놈이 뭘 어쩔 거야."

가볼까 말까, 망설이던 투이가 야적장 왼편에 콘셋으로 지어진 차

405

량정비소를 찾아간 것은 이틀 후 오후였다. 여러 대의 트럭과 지프가 바퀴 아래 직사각형으로 구멍이 뚫린 정비대 위에 걸터앉은 자세로 서 있고, 군청색 작업복 차림의 정비사들이 그 위아래를 오르내리고 있었다. 여기저기 용접을 하는 파란 불꽃과 소음이 가득한 데다 작업복 차림을 분간할 수 없어 투이는 괜한 걸음을 했다 싶었다. 투이가 아는 건 한꾸억 남자 미스터 리가 다였다. 한꾸억 사람들 성(姓)에는 유독 킴 씨와 리 씨가 많다는 건 한국어를 배울 때 들은 얘기였다. 쯔엉 아주머니는 차량정비소의 기술자들은 거의가 남쥬띤 사람, 한꾸억 남자라고 들었다고 했었다. 그러니 무턱대고 미스터 리를 찾는다고 했다가는 한눈에 열 명도 더 되는 작업복 중에 엉뚱한 사람이 나올지도 모를 노릇이었다. 아니, 키가 크고 입술이 터져 부어올랐으니까 키 크고 입술 터진 미스터 리라고 하면 될까? 그녀는 입술을 깨물며 잠깐 궁리를 했지만 이내 고개를 흔들었다. 한꾸억 말로 그만큼 설명할 자신이 없었고, 영어로 말하면 한꾸억 남자들이 잘 알아들을 것 같지도 않았다. 에이, 그냥 돌아가서 퇴근 준비나 하지 뭐. 투이가 혼잣말로 중얼거리며 등을 돌리는데 반바지만 걸친 새카만 소년이 히쭉, 이를 드러내며 웃었다. 미스터 리를 만나러 오면서부터 조금은 긴장하고 있던 그녀는 비명을 지를 만큼 놀라 한 손으로 입을 막아야 했다.

"짜오반(안녕)! 누나, 누굴 찾으세요?"

"응? 그런 넌 누구니?"

"쩜이에요. 여기 정비반에서 심부름하면서 기술을 배워요. 한꾸억 말도 쪼끔은 하죠. 새끼야, 씨발 놈, 빨리빨리! 어때요? 대단하지요? 여기 한꾸억 아저씨들은 날 쫑이라고 불러요. 쩜이라고 해도 모두들 쫑, 쫑 하면서 강아지 부르듯 한답니다. 기분이 나쁘거나 하면 씨발 놈, 베트콩 새끼라고 하기도 하지요. 뭐, 그래도 괜찮아요. 한꾸억 아저씨들은 욕을 하다가도 먹을 것도 주고 가끔은 1달러씩 주기도 하거든요. 나는 여기서 기술을 배울 거예요. 우리 조장인 리 아저씨가 나에게 머리가 좋으니 기술도 빨리 배울 수 있을 거라고 칭찬했다니까요.…… 그럼, 그만 가볼게요."

소년은 마치 종달새가 지저귀듯이 새된 소리로 빠르게 조잘거리더니 냉큼 어깨를 돌렸다. 투이가 황급히 소년을 불러 세웠다.

"애, 쩜. 너 혹시 미스터 리라고 아니?"

"리 씨요? 우리 조장인 리 씨와 군인 하다가 온 젊은 리 씨, 두 사람인데 어느 리 씨요?"

"으응, 키가 큰 젊은 리 씨 같은데. 참, 입술이 부어 있지 않니?"

"어, 누나가 그걸 어떻게 아세요? 누구랑 싸웠다고들 하던데 나야 잘 모르죠. 근데 그 아저씨는 왜요? 혹시 누나가 리 씨 요거예요?"

소년이 새카맣게 탄 새끼손가락을 들어 보이며 반질반질한 눈을 찡긋했다. 그녀는 애가 저러면 욕을 먹어 싸겠다 싶었다.

"요거? 요게 뭔데?"

그녀가 제 새끼손가락을 세워 보이자 쩜이 푹, 웃었다.

"애인이지요. 애인. 나는 가끔 여기 아저씨들 애인에게 편지도 전해주고 또 콩까이들에게서 편지도 받아 오곤 하지요. 그런 심부름을 해야 달러가 생기는데 자주 있는 일은 아니지요."

쩜이 한숨을 폭 내쉬었다. 무슨 새끼 도마뱀을 본 것같이 징그러웠지만 그녀는 애써 웃으며 말했다.

"그런 건 아니고……. 쩜, 내 심부름 하나 해줄래. 나중에 심부름값 줄게. 나는 여기 총무부에서 일하는 투이라고 해. 키 큰 리 씨한테 내가 저기 보이는 나무, 저게 무슨 나무지? 반얀나무인가? 아무튼 내가 저 나무 아래서 기다리겠다 했다고 전해주렴. 나는 총무부 직원인 응오반티투이, 알았지?"

쩜이 달려가는 걸 보고 투이는 커다란 나무 아래로 걸어갔다. 그냥, 고마웠다고 인사 한마디만 하고 돌아서면 되지 뭐. 그게 쯔엉 아주머니 말마따나 사람의 도리일 테니까. 나무 밑에서 그녀는 무슨 다짐이나 하듯 발을 콩콩 굴렀다. 잠시 후 작업복 차림의 키 큰 한꾸억 남자가 그녀 앞으로 다가왔다. 그녀는 가쁜 숨을 내쉬며 인사했다.

"신 짜오! 안녕하세요."

그러자 남자가 부풀어 오른 입술을 움찍거리며 말했다.

"신 짜오. 한국말을 알아요?"

"아주 조금요. 베트남 말을 알아요?"

"아주 조금."

남자가 눈으로 웃었고, 그녀는 조금 얼굴을 붉혔다.

투이는 아주 조금 아는 한꾸억 말과 남자가 조금 안다는 베트남 말, 그리고 영어 단어를 섞어가며 겨우 소통을 했다. 투이는 저 때문에 다쳐 미안하고 감사하다는 의사를 표현했고, 미스터 리는 고개를 젓거나 끄덕이며 괜찮다고 했다. 외려 한꾸억 남자들이 나쁜 짓을 해서 미안하다고 했다. 말을 하면서 미스터 리는 종종 주먹을 쥐거나 가슴을 치는 등 크고 작은 몸짓을 했는데 투이는 이상하게도 그런 남자가 재미있고 좋게 보였다. 그래서였을까. 투이는 남자가 베트남 말을 배우고 싶다고 했을 때 저는 한꾸억 말을 공부하고 싶다고 했다.

"젓 부이 드억 갑 반(만나서 반가웠어요)."

투이가 작별 인사를 하자 미스터 리가 우물거리더니 베트남 말로 물었다.

"반 뗀 라지(이름이 뭐예요)?"

"투이예요. 응오반티투이."

"난 리예요. 리일섭."

남자가 한 걸음 다가오더니 오른손을 내밀어 악수를 청했다.

"핸 깝 라이(다음에 또 봐요)."

투이는 얼결에 손을 내밀어 남자의 손을 잡았다. 크고 거칠었지만 따스한 손이었다.

투이와 한꾸억 남자 이일섭은 그렇게 만났다. 이일섭은 영내(營內) 기숙사에 머물고 있었고 투이는 영외에서 출퇴근하고 있어서 따로 시간을 내기가 쉽지 않았지만 서로에게 끌린 젊은 남녀는 금방 일주일에 두 번 이상 만날 수 있는 시간을 찾아냈다. 매주 월요일과 목요일 저녁에 열리는 영어교실이었다. 인사과에서 마련한 프로그램은 주로 업무 수행에 필요한 용어 중심이었으나 어차피 둘에게는 상관 없었다. 영어교실이 끝난 뒤 둘은 베트남 말과 한꾸억 말을 공부한다는 핑계로 빈 교실에 남아 있거나 빈넬 볼 옆 공원을 산책하며 대화했다. 그러나 시간은 항상 짧았다. 밤 9시 이전에 투이는 영외로 나가야 했고, 이일섭은 기숙사로 들어가야 했다. 빈넬 사는 민간회사이지만 미군 보급기지여서 군부대처럼 규율이 엄했다.

한 달쯤 지난 목요일 저녁에 이일섭이 투이에게 말했다. 각각 열몇 개씩의 영어 단어와 베트남어, 한국어를 섞어 말하면 어느새 소통에 큰 어려움이 없었다.

"이번 주말에 외출을 할 거야."

투이가 반짝 웃으며 물었다.

"몇 시? 어디로 가요?"

"오후 세 시 퇴근. 어디로 갈지는 몰라."

이일섭이 영어로 답하자 투이가 코끝을 찡긋하더니 한꾸억 말로 말했다.

"같이 가요. 나랑."

토요일 오후 세 시 반. 퇴근버스가 회사 정문 앞에서 출발했다. 이일섭은 투이를 따라 버스에 탔다. 버스 안은 퇴근하는 직원들로 빼곡했다. 베트남인 전용버스인 듯 남녀 모두 베트남 노동자들 같았다. 이일섭은 공연히 눈치가 보여 눈을 내리깔고 있었는데 정작 베트남 노동자들은 한꾸억 기술자에게 별 관심이 없는 듯했다. 이일섭의 뇌리에 작전 나갔다가 마주쳤던 베트남 시골 마을(그곳은 베트콩이 장악한 사격자유지역이었다) 주민들이 떠올랐다. 그들도 그랬다. 그들은 아무런 감정도 없는 듯 무심한 눈으로 무장한 한국군을 바라보았을 뿐이었다. 두려움도 증오도 휘발된 퀭한 눈빛은 도리어 잔인한 학살의 욕망을 부추겼었지. 베트콩이 설치한 수제 부비트랩에 대원의 몸이 찢기고 저격병의 총탄에 첨병이 쓰러지면 두려움과 증오는 삽시간에 병사들의 몫이 되어 광란의 도가니에 휩쓸려들었지. 젠장, 쓸어버려! 기관총과 자동소총이 불을 뿜고 수류탄이 날아가면 한 마을이 눈 깜짝할 새에 사라져버렸지.

불과 반년 전의 일이었지만 오랜 세월 저편 빛바랜 흑백 필름의 조각난 장면처럼 이일섭은 실감이 나지 않았다. 실감이 난다 한들 베트남 아가씨 투이에게 해줄 얘기는 아니었다. 얘기하려 해도 할 수가 없었다. 그것은 수십 개의 단어를 조합해 소통할 수 있는 얘기가 아니었다. 무심한 눈빛, 두려움과 증오, 학살의 충동을 어떤 언어로 어떻게 전할 수 있겠는가.

회사 정문 앞을 출발한 지 30분쯤 지나 버스가 삼거리에 멈추어 섰다. 4번 국도와 지방도로가 만나는 곳이었다. 원래 북서쪽에는 낮은 구릉, 동쪽에는 해변, 남쪽에는 논밭 너머 초가가 점점이 박힌 작은 마을이었는데 깜라인만에 미군 기지가 들어선 이후 게딱지 같은 판잣집들이 다닥다닥 도로변을 에워싼 채 기지촌을 이루었다. 빈넬 사에 근무하는 한국인 노동자들이 종종 찾는 '색싯집' 수진 마을은 그 끄트머리에 달라붙어 있었다.

이일섭은 투이가 몇몇 베트남 여자들과 작별 인사를 하는 동안 딴전을 피우듯 멀리 해변 쪽에 눈길을 돌리고 있었다. 2년 반 전 거대한 수송선에서 내려 첫발을 디뎠던 곳이 바로 저 해변 어디쯤이었을 거였다. 코발트빛 바다와 하얀 모래밭이 조화를 이룬 해변은 완전군장을 한 병사들이 밟기에는 너무 아름답고 평화로워 잠시 미군 수송선이 엉뚱한 곳에 잘못 내려준 게 아닌가 싶을 정도였다. 그때 해병대

청룡부대가 초기 두 달간 주둔했었다는 깜라인에는 백마 30연대가 남아 있었고, 이일섭은 카인호아 성 중부 닌호아의 백마사령부 수송대에 배속되었다. 애초 병과대로 사령부 수송대에서 차량 정비를 했으면 밀림을 기기는커녕 사령부 행정병처럼 총 한번 잡지 않고 복무 기한 1년을 때울 수도 있었을 거였다. 그러나 돈 벌러 온 월남이었고 돈을 벌려면 전투수당[52]을 챙겨야 했다. 수송대대에서도 기름과 부속을 빼돌리면 제법 큰돈을 만질 수 있다고 했지만 그것도 선임하사관급 이상은 되어야지 말단 졸병으로서는 어림없는 일이었다. 이일섭은 전투병을 자원했고 푸엔 성 뚜이호아에 있던 백마 28연대로 전출되어 수색중대 소총수로 복무하며 전투수당을 받았다. 이일섭은 그래서 복무기한 1년이 다 되었을 때 1년 연장복무를 신청했다. 다시 1년이 지나고 살아남아 제대를 했지만 그는 귀국하지 않았다. 제대와 함께 미국 회사 빈넬 사에 현지 취업해 월남에 남았다. 그의 일터는 한국을 떠나 월남에 첫발을 디뎠던 카인호아 성 남동부 깜라인이었다.

"뭐… 하고 싶어요?"

투이가 한국말로 물었다.

"베트남… 음식을… 먹고 싶어."

일섭이 베트남 말로 답했다.

둘은 눈을 맞추며 웃었고, 서로 엄지를 들어 서로의 실력을 칭찬했다. 일섭은 그때 본 투이의 엄지손가락이 자신의 남은 생에서 지워지지 않는 깊은 상처로 각인될 줄은 미처 알지 못하였다.

대나무 발이 쳐진 음식점에서 투이는 까인쭈어[53]에 밥을 말아 먹

---

52 전투수당: 한국군 사병의 전투수당은 월 37.5~54달러(한화 9,750~14,040원). 당시 한국 근로자 가구의 월평균소득은 13,000원(1966년 기준) 수준이었다.
53 까인쭈어: 가물치에 토마토와 토란줄기, 콩, 파인애플 등 여러 야채를 넣어 끓인 베트남 남부 지방의 대표적인 수프.

고, 일섭은 고이꾸온[54]을 안주 삼아 꾸옥루이[55]를 마셨다. 투이는 고이꾸온 맛이 어떠냐고 물었고, 일섭은 찍어 먹는 장이 느억맘이 아니라 한국 된장 같아서 좋다고 답했다. 베트남어와 한국어, 영어가 뒤섞이고 서툰 발음에 여러 개의 단문을 조합한 엉성한 언어였지만 둘은 소통하는 기쁨을 환한 웃음으로 교환했다. 투이는 반짝이는 눈으로 일섭을 바라보았고, 일섭은 따뜻한 미소로 응답했다. 그것이 사랑의 시작이었음을 젊은 남녀는 모른 체하고 있었지만 함께하고 싶은 욕망까지 감추지는 못했다.

세 번째 외출에서 투이는 한방을 쓰는 언니뻘이 주말에 고향집으로 가 혼자 있게 되었다며 일섭을 제 하숙집으로 데려갔다. 성냥갑을 모로 세워놓은 듯한 2층짜리 하숙집 앞에서 투이는 제가 먼저 올라가 베란다에서 신호를 할 테니 뒷마당 쪽으로 난 층계로 집주인 여자 눈에 안 띄게 살짝 올라오라고 했다. 몇 개의 문장과 몇 번의 비밀스러운 몸짓으로 이루어진 공모(共謀)에 젊은 남녀는 현기증을 느낄 만큼 흥분하였고, 마침내 일섭이 투이의 하숙방에 잠입한 순간 둘은 누가 먼저랄 것도 없이 서로에게 달려들었다. 양철지붕 아래 후끈한 방안 열기는 둘의 이성을 마비시키기에 충분하였다. 일섭이 버찌만 한 투이의 젖꼭지를 입에 물자 투이의 손톱이 일섭의 등짝을 찍었다. 투이는 어린 소녀가 아니었다.

그러나 격정의 시간은 양초 한 도막이 타기 전에 스러졌고, 둘은 너무 갑작스러운 사태에 당혹하여 한참을 등을 돌린 채 누워 있어야 했다. 짧은 단문들로 이루어지던 소통은 더는 가능할 것 같지 않았다. 뜨거웠던 몸이 식을 무렵 일섭이 등을 돌려 투이를 안았다. 고라니 새끼같이 작고 매끄러운 투이의 몸이 기다렸다는 듯 일섭에게 안

---

54 고이꾸온: 삶은 새우, 닭고기를 쌀 종이에 말아 장에 찍어 먹는 요리.
55 꾸옥루이: 쌀로 빚은 베트남 소주.

겨왔다. 일섭의 머릿속에서 여러 개의 단어들이 떠올랐다. 잠시 후 일섭이 결심한 듯 입을 떼었다. 한국말이었다.

"사랑해, 투이."

말은 그렇게 하면서도 일섭은 이 작은 베트남 여자를 정말로 사랑하는 것인지 확신할 수 없었다. 그래서 다시 베트남어로 덧붙였다.

"아잉 이에우 앰(사랑해)."

그러자 숨죽이고 있던 투이가 일섭의 목을 끌어안으며 뜨겁게 속삭였다. 베트남어였다.

"앰 이에우 아잉(사랑해요), 깜 언(고마워요)."

한 달 후 일섭과 투이는 살림을 차렸다. 4번 국도에서 1킬로미터쯤 들어간 마을에서 방 둘에 마루와 부엌이 딸린 가옥을 사들이고 살림살이를 들여놓았다. 슬레이트 지붕을 올린 일자(一字) 집은 낡았지만 이웃과 대나무 숲으로 가려져 있어 호젓한 데다 뒤꼍에 채소를 심어 먹을 수 있는 텃밭이 있어 좋았다. 투이는 방 두 개가 무슨 소용이냐며 수진 마을 건너편에 있는 자전거포 위층집이 어떠냐고 했지만 일섭은 한국인 노동자들이 들락거리는 수진 마을 부근은 피하고 싶었다.

살림집으로 퇴근한 첫날 저녁, 일섭이 방으로 들어가자 투이가 일섭의 목에 매달려 키스를 퍼부었다. 일섭은 투이를 번쩍 안아 들어 침대 위로 가볍게 던졌다. 그새 투이의 젖가슴이 한 주먹만큼은 커진 것 같았다. 이것저것 살림살이에 새 침대와 출퇴근용 자전거까지 장만하느라 월급에서 100달러쯤 축이 났지만 투이를 매일 밤 안을 수 있으니 그만한 투자는 아까울 게 없었다. 조금 마음에 걸리는 것은 차량정비소 사람들에게 언제까지 투이와 살림 차린 걸 비밀로 하느냐는 것이었다. 그렇다고 나서서 공개할 일은 아니었다. 그동안 번지레한 눈길로 투이를 훔쳐보던 동료들이 보일 반응이야 그러려니 넘긴다고 쳐도 같은 조원인 김 씨와 유 씨 보기는 아무래도 거북할 노롯이었다.

일섭이 투이와 만나는 것을 눈치챈 정비소 김 씨와 유 씨는 대놓고 키득거렸다. 일섭과 한 조에서 일하는 두 사람은 제대 직후 현지 취업한 일섭을 줄곧 '이 병장'이라고 불렀다.

"어이, 이 병장. 총무과 월남 색시랑 사귄다며. 얼마 전에 걔 때문에 수송대 김 가와 싸웠다더니 말이야. 햐, 걔 몸은 조그만데도 엉덩이 하나는 기막히더구먼. 위로 바짝 올라붙은 것이 먹을 만하겠어. 어때, 맛이 어떻던가. 흐흐흐……."

김 씨가 운을 떼자 유 씨가 받았다.

"그려, 싸게 싸게 말 좀 혀봐. 어찌 되었는가. 허허허……."

그때만 해도 투이와 살림을 차리리라고는 생각조차 하지 않았던 일섭은 그저 손사래를 쳤을 뿐이었다.

"사귀다니요. 한 반에서 영어 공부 몇 번 한 것뿐입니다. 거 나이깨나 드신 분들이 어린애를 두고 별말씀을 다 하십니다."

"어리기는. 여기 베트남 계집애들은 열대여섯 살 되면 시집가서 애도 낳는다고 하더만. 우리나라도 옛날에는 그랬잖아. 그냥 자빠뜨려. 처녀고 뭐고 여기 여자애들은 정조 관념 같은 게 별로 없다던데 뭘."

김 씨는 여전히 헤벌쭉인데 유 씨가 얼굴빛을 바꿨다.

"허지만 살림 차릴 생각은 아예 말더라고. 오래 데리고 살 것도 아니면서 살림을 차렸다가는 괜히 피 같은 달러만 축내는 거여. 또 그러다가 애라도 생기면 어쩔 거여. 어차피 일 년 뒤에는 한국으로 돌아가야 하는데 골치 아프지. 내 듣기에 벌써 여기저기에서 씨 뿌린 놈들이 한둘이 아니라 하더만. 여기 전쟁이 얼마나 가겠능가? 미국이 이긴다는 보장이 있능가? 내 보기엔 이 전쟁에서 미국이 이긴 틀렸어. 얼마 전에 월맹의 호찌민이 돌아갔다는 소식은 알고 있겠지? 근데 여기 월남 사람들까지 그 양반을 '호 아저씨'라며 숭배한다고 하데. '호 아저씨'가 죽었다는 소식에 수진 마을 색시들까지 눈물

바람이었다고 하니 알 만하지 뭐. 우리야 반공, 반공 하지만 여기 사람들은 그런 데는 아무 관심도 없더라고. 그러니 미국이 이 전쟁에서 이길 수 있었겠는가? 이런 판에 한국 놈 씨를 뿌리면 어쩌냐고. 젠장, 우리야 돈 벌고 튀면 그만이지만 남은 새끼들은 어쩔 거여?"

"아따, 이 병장이 언제 살림을 차린다고 했소? 별걱정을 다 하시오. 그리고 잘 알지도 못하면서 미국이 어쩌니, 호찌민이 저쩌니 함부로 씨부리지 말더라고. 공연히 경치는 수가 있으니까. 우리야 굿이나 보고 떡이나 먹으면 되지."

그랬던 게 불과 달포 전이었으니 두 사람 대하기는 피차 민망할 터였다. 그래서 비밀로 하기로 하고 당분간은 출퇴근도 따로 하기로 했던 것이다.

그런데 정작 거북하고 민망한 일은 생각지도 않았던 데서 일어났다. 투이가 새로 산 탁자 위에 식탁보를 깔아놓은 저녁의 일이었다. 하얀 바탕에 자잘한 꽃무늬를 수놓은 식탁보를 보고 일섭이 "예쁘네. 어디서 샀어?"하자 투이가 베트남어로 말했다.

"엄마가 만든 거예요. 직접 수를 놓으신 거죠. 엄만 옛날 하노이에서 수예점을 했어요."

일섭이 '수를 놓다'와 '수예점'을 알아듣지 못한 기색이자 투이가 직접 식탁보에 수를 놓는 몸짓을 해 보였다. 그러나 일섭은 그 낱말들보다 투이의 입에서 나온 '엄마'가 더욱 생경하게 들렸다. 엄마라고? 그때껏 투이의 가족에 대해 한마디도 물은 적도, 들은 적도 없었다는 데 생각이 미치자 갑자기 투이가 낯설어 보였다. 그래서 슬쩍 눈길을 돌리며 "엄마는… 어디 계셔? 아빠는…? 가족은…?", 띄엄띄엄 물었는데 투이는 가볍게 답했다.

"사이공에 사세요. 아빠도요.… 오빠는 떠났어요."

"아빠는… 무슨… 일을 해? 오빠는… 어디로… 떠나?"

일섭이 다시 서툰 베트남어로 묻자 투이가 일섭을 빤히 쳐다보았다. 그 표정은 조금 전보다 훨씬 낯설어서 마주 보기가 거북하고 민망했다. 그녀는 잠깐 그렇게 일섭을 보다가 슬그머니 방으로 들어갔다. 투이의 그런 행동은 처음이었는데, 일섭은 이상하게도 그제야 둘이 살림을 차렸다는 걸 실감할 수 있었다. 뒤이어 유 씨의 말이 옳았다는 생각이 어둠 속에서 깜빡, 불이 켜지듯 뇌리를 스쳐 갔다.

토요일 오후에 외출을 해도 밤 9시 전에는 기숙사로 돌아와야 했다. 이른 저녁에 함께 식사를 하고 나면 갈 곳이 없었다. 키 큰 한국인 노동자 이일섭과 아담한 베트남 아가씨 투이는 사람들 눈에 쉽게 띄었으며, 미군 기지 건너편 해변 카페나 큰 음식점에는 어느 곳에든 외출 나온 한국인 동료들이 있기 마련이었다. 투이와 한방을 쓰는 언니뻘은 주말에 다시 고향집에 갈 계획이 없는 것 같았다. 그래서 둘은 뒷골목 허름한 찻집의 구석진 자리를 찾아 잠깐잠깐 키스를 하고 애무를 했다. 한번 섞은 몸의 기억은 화로 속 밑불처럼 꺼지지 않고 피어올랐고 둘의 몸을 뜨겁게 만들었다. 뒤엉킨 혀에 고인 타액이 입술을 비집고 흘러나올 때 일섭의 손은 투이의 탱탱한 엉덩이를 움켜잡았고, 투이의 손가락은 팽팽하게 솟구쳐 오른 일섭의 바지 위를 잡아 쥐었다. 살림을 차린 건 그렇듯 뜨거워진 몸을 견딜 수 없어서였다. 발정 난 암컷 수컷처럼 교미를 원해서였다. 일섭은 밤마다 암코양이 우는 소리를 내는 투이도 저와 같을 거라고 생각했다.

그랬는데 살림을 차린 지 열흘 만에 투이의 입에서 나온 '엄마' 소리에, 살림은 차리지 말라던 유 씨의 말이 문득 떠오른 것이었다. 일섭은 정글을 기면서 이놈의 전쟁이 이상하고, 더럽고, 미친 전쟁인 것은 알았다. 그렇다고 미국이 이길 수 없는 전쟁이란 생각은 해본 적이 없었다. 아니, 솔직히 어느 쪽이 이기든 상관없었다. 김 씨 말대로 굿이나 보고 떡이나 먹으면 된다는 생각이었다. 어떡하든 살아남아 목돈을 쥐고 귀국해 자동차 정비소를 차릴 수 있으면 그만이었다. 백마부대 소총수였을 때나 빈넬 사 노동자일 때나 오로지 그 생각뿐이었다. 베트남 여자와의 동거는 전혀 계획 밖이었다. 그런데 지금 스물한 살 베트남 여자가 한집 안에 있었다.

잠시 후 일섭이 방으로 들어가 침대 위에 앉아 있는 투이에게 짧은 영어로 말했다.

"투이, 왜 그래? 엄마가 보고 싶어? 사이공에… 같이 갈까? 나도 투이의… 엄마가 보고 싶어. 아버지도… 그리고 오빠도 만나고 싶어."

말을 옮기면서도 머릿속에서 깜빡깜빡 불이 켜졌다 꺼졌다 하는 것 같아 일섭은 쉬운 영어도 더듬거려야 했다. 투이가 침대에서 내려와 일섭의 목에 매달려 속삭였다.

"앰 이에우 아잉… 깜 언…."

그렇지만 평소와 달리 키스를 하지는 않았다.

그날 밤, 투이는 어렴풋이나마 말보다 어려운 게 마음의 소통이라는 걸 깨달았다. 연필 끝이 조금만 비뚤어져도 엉뚱한 선을 긋듯이 마음의 결이 엇갈리면 몸도 딴생각을 한다는 걸 느꼈다. 투이는 잠든 일섭의 몸에서 제 몸을 떼어냈다. 이 사람은 정말 엄마에게 인사를 드리려 사이공으로 가자고 하는 걸까? 아버지를 만나고 싶은 걸까? 난 이 한꾸억 남자를 엄마 아빠에게 뭐라고 소개하지? 타오 오빠 얘기도 해줘야 하나? 오빠는 북으로 간 걸까, 아니면 짐작만으로는 입에 올리기 두려운 단어, 베트콩이 된 걸까? 그리고 키엠 삼촌의 죽음……. 영어와 베트남어, 한꾸억어의 짧은 문장과 몇십 개의 단어, 몸짓으로 그 긴 이야기를 이 한꾸억 남자에게 전할 수 있을까? 하아…, 투이는 짧은 숨을 내쉬었다.

2년 전, 키엠 삼촌이 사이공 촐론 지구에서 괴한들의 총에 맞아 숨진 것은 투이가 중학교 졸업을 세 달가량 앞둔 무렵이었다. 아버지는 수년 전부터 학교를 졸업하면 미국에 유학을 보내주겠다고 하셨기에 투이는 긴가민가하면서도 미국이라는 큰 나라의 대학에 다니는 제 모습을 상상해보고는 했다. 쿠데타가 일어나 지엠 대통령 형제가 죽고 난 뒤 아버지는 군복을 벗고 문관이 되었지만 미군 통역일은 계속 했는데 어찌 된 영문인지 정보장교일 때보다 수입이 크게 늘어난 것 같았다. 미국대사관이 있는 르로이 거리 건너편 옛날 프랑스 사람들 이 살던 언덕의 깨끗한 프랑스식 2층 저택으로 이사하고, 거실에 엄 마가 갖고 싶어 하던 피아노도 들여놓았다. 아버지는 남의 눈이 있어 승용차는 굴리지 않는 게 좋다 하면서도 미국제와 프랑스제 자동차 사진을 펼쳐놓고 엄마에게 어느 게 더 좋은지 골라보라고 했다. 엄마 는 아빠가 키엠 삼촌과 함께 사업을 벌여 큰돈을 벌었다고 말했지만 무슨 사업인지는 잘 모르는 것 같았다. 어쨌든 투이는 이제 부자가 되었으니 진짜로 미국에 유학을 갈 수도 있겠다 싶어 지리부도에서 워싱턴과 뉴욕, 보스턴, 시카고, 로스앤젤레스 등등 미국의 큰 도시 들을 찾아보기도 하였다. 전쟁이 계속되고 있고 오래전 집을 나가 소 식이 끊긴 타오 오빠가 마음에 걸리긴 했지만 투이는 그렇게 미국 유 학의 꿈을 키워가고 있었다.

그녀의 꿈은 키엠 삼촌이 죽으면서 산산조각이 났다. 삼촌의 장례 도 치르기 전 아버지는 사이공 경찰에 구속되었다. 아버지를 면회하 고 돌아온 엄마는 다음 날로 집을 내놓았다. 피아노도, 자랑하던 보 석 목걸이도 팔았다. 미제와 프랑스제 승용차 사진이 놓여 있던 거실 의 고급 탁자와 소파도 실려 나갔다. 그렇게 해서 마련한 보석금을 내고 아버지는 두 달 만에 풀려났다. 보석금이 얼마인지 엄마는 말해 주지 않았지만 투이는 미국 유학은커녕 대학 진학조차 포기해야 한 다는 걸 알았다.

가까스로 엄마가 전에 하던 수예점 뒷방에 거처를 정했지만 아버 지는 자다가도 몇 번씩 벌떡벌떡 일어나 가슴을 쳤다.

"얼마인지 알아? 이만 달러야. 이만 달러라고. 그 개자식들이 내 돈을 다 빼앗아 갔어. 보석금 좋아하네. 다 뇌물이야. 몽땅 뇌물로 처 먹은 거라구."

아버지는 똑같은 말을 되뇌며 한탄을 하다가는 밑도 끝도 없이 키엠 삼촌을 욕하고 타오 오빠를 저주했다.

"키엠, 그놈이 나 몰래 빼돌리려다가 총 맞아 죽은 거라구.… 아아, 타오, 그 자식만 아니었어도 내가 이 꼴이 되지는 않았을 거야. 아아, 그놈의 흉측한 노래를 할 때부터 알아봤어야 했는데……."

아버지의 원망(怨望)이 무엇을 뜻하는지는 몰랐지만 투이의 원망(願望)은 하루 빨리 단칸방에서 벗어나는 거였다. 유학 꿈은커녕 잠이라도 푹 자고 싶었다. 그나마 엄마가 몰래 빼돌려놓은 현금으로 수예점을 다시 열었을 무렵, 투이는 빈넬 사 사이공 본사 직원 모집에 지원해 합격했고, 두 달 후 깜라인 지사 근무를 자원하였다. 그게 벌써 1년 반 전의 일이었다.

지난해 구정에 엄마의 수예점을 찾았을 때 사이공은 전쟁터였다. 단칸방에 틀어박혀 사흘을 보내는 동안 아버지는 내내 불안한 기색이었지만 그녀에게는 우정 당신의 영어 실력을 과시라도 하듯 영어로 말했다.

"걱정 마라. 브이씨가 미국을 이길 순 없다. 전쟁은 곧 끝날 거다. 닉슨은 존슨보다 강한 대통령이니까. 미국이 이기면 아빠는 다시 중요한 일을 하게 될 거고, 투이 너는 미국 유학을 갈 거다. 아빠가 약속하마. 네가 빈넬에 들어간 것은 매우 좋은 일이다. 미국인들과는 영어로 말해야 한다. 그렇게 영어를 익히는 게 중요하다. 어때? 아빠 말 알아들었지?"

그녀는 그저 대충 알아들었을 뿐이지만 크게 고개를 끄덕이며 영어로 답했다.

"그럼요. 회사에서는 전부 영어로 말하고 있어요. 아빠."

"오오, 그래. 아주 좋구나."

아빠는 모처럼 환하게 웃었지만 그녀는 아빠가 불쌍하다는 생각이 들었다. 측은한 감정은 아니었다. 옅은 분노와 모멸감이었다. 그

후로 사이공에 가지 않았다. 깜라인에서 사이공까지 오가는 데 최소한 1박 2일은 잡아야 하는 거리여서이기도 했지만 더는 아버지와 한방에 머무르고 싶지 않아서였다. 엄마는 자주 못 올 거 같아 죄송하다는 그녀의 손을 잡으며 눈물을 글썽였다.

"널 고생시키는 엄마가 미안하지. 아빠 말대로 조금 더 기다리다 보면 좋은 일이 생길 게다. 그때까지 몸조심하고 건강하게 지내야 한다. 먼 길에 힘들게 올 거 없다. 무슨 일이 있으면 편지해라."

하지만 엄마에게 남자, 그것도 한꾸억 남자와 살림을 차렸다고 편지를 보낼 수는 없는 노릇이었다. 그렇지만 아버지는 몰라도 엄마에게만은 저 남자를 인사 시키고 싶다. 어쩌다가 이렇게 되었는지는 설명할 수 없어도 서로 사랑해서 함께 사는, 마음이 따뜻한 좋은 남자라고 소개하고 싶다.

투이는 고개를 돌려 잠든 일섭의 옆얼굴을 바라보다가 오른손으로 단단한 턱선을 살짝 쓰다듬었다. 밤바람에 대나무 숲이 쏠리는 소리가 들려왔다. 밤이 깊었다.

20

하늘에 가 닿을 죄악 만대를 기억하리라.
한국군은 이 작은 땅에 첫발을 내딛자마자
참혹하고 고통스러운 일들을 저질렀다.…
미 제국주의와 남조선 군대가 저지른 죄악을 우리는 영원토록
뼛속 깊이 새기고 인민들의 마음에 진동토록 할 것이다.…
— 베트남 꽝응아이 성 빈선 현 빈호아 사에 세워진 '한국군 증오비'56에서

---

56 『미안해요! 베트남』(이규봉. 푸른역사, 2011) 173~174쪽에서 인용.

어머니께

　장대비가 쏟아지면서 정글 안 계곡물이 삽시간에 불어났어요. A-9 지점을 향해 행군하던 우리 분대는 계곡을 벗어나 산등성이의 협로로 기어올랐지요. 협로는 키 높은 열대수림으로 뒤덮여 마치 좁은 터널 같았어요. 빗물에 젖어 번들거리는 초록빛 나무 잎사귀에서 빗방울이 툭툭툭, 커다란 곤충의 애벌레처럼 떨어져 내리고, 비안개가 나뭇가지와 덩굴 사이를 쇅쇅쇅, 기분 나쁜 소리를 내며 빠져나갔습니다. 배낭 위에 판초 우의를 덮어 몸뚱이는 물에 젖은 스펀지처럼 무겁고 정글화 바닥에 진흙이 거머리처럼 들러붙어 한 걸음을 떼기조차 힘들었습니다.

　제가 속한 1소대 1분대는 푸옌 성 다비아 계곡을 우회하여 서북쪽으로 향했습니다. A-5에서 A-9까지 타원형으로 이루어진 지점을 5개 분대로 협공하여 베트콩 게릴라들을 소탕하는 작전이었지요. 그동안 부대 개편이 있어 독립중대 소대가 5개 분대씩 2개 소대로 재편성되었습니다. 김창렬 중위님 후임으로 저희 1소대 소대장으로 부임한 이태곤 소위님은 매부리코의 차가운 인상과는 달리 수다스러웠습니다. 소대장님은 연초의 구정 공세에서 패해 캄보디아와 라오스 국경 지대로 달아났던 브이씨들이 다시금 중부 지역의 산간 마을로 침투하고 있어 놈들이 새로운 거점을 만들기 전에 소탕해야 한다고 말했습니다. 미국과 월맹이 평화회담을 한다지만 그거야 우리가 알 바 아니며 우리는 한 놈의 브이씨라도 더 죽여 자유월남을 지켜야 한다고 했습니다. 월남이 적화되면 우리나라도 위험해지니 이 전쟁은 바로 우리의 조국 대한민국을 지키는 전쟁이라는, 파병되기 전 교육받을 때 들었던 이야기도 빼놓지 않았습니다. 새파란 나이의 그가 연설을 늘어놓을 때 장 중사님과 최 하사님이 슬쩍슬쩍 입꼬리에 웃음을 매달았던 것으로 보아 전쟁터에는 처음인 '신삥 장교'임에 분명했습니다.

　하기야 소대장이 뭐라 하든 우리 사병들이야 알 바 아니었지요. 사병들은 한 가지 철칙 '적을 죽여야 우리가 살며, 어떡하든 살아남는 게 장땡이다'만 알면 되고, 그것은 작전을 한두 번 나갔다 오면 누가 가르쳐주지 않아도 저절로 알 수 있었으니까요.

참, 어머니, 저 얼마 전에 상병으로 진급했습니다. 제 밑으로 일등병 둘이 새로 들어왔으니 저도 이제 어느새 중고참이 된 셈이지요. 진급을 했지만 전투수당이 조금 오른 것 말고 별로 달라진 건 없어요. 아니, 아니지요. 많이 달라졌어요. 전투에 몸이 반응한다고 할까요. 참호를 파고, M-60 기관총을 거치하고, 개인호 앞에 크레모아를 깔고, C-레이션을 능숙하게 까먹는 병사. 땅굴과 방공호에 수류탄을 까 넣고, 초가를 불태우고, 시신을 웅덩이에 던져 넣을 수 있는 전사가 되었으니까요.

이런 얘기를 하다 보니 전에 사수였던 이일섭 병장님이 생각나네요. 월남에서 2년을 복무한 이 병장님은 만기 제대를 하고도 귀국을 하지 않았답니다. 한 달 전쯤 제게 편지를 보내왔는데 깜라인에 있는 미국 회사 빈넬 사에 현지 취업을 했다더군요. 차량 정비를 하는데 월급이 300불이 넘는다며 자랑입니다. 돈 벌러 월남 왔다던 이 병장님으로서는 소원 성취한 것이겠지만 1년 연장복무도 모자라 현지 취업이라니! 저는 그저 놀라웠을 뿐입니다.

이 병장님은 참으로 든든한 사람이었지요. 그가 떠나고 나니 그의 빈자리가 얼마나 큰지 알 수 있더군요. 이 병장님은 전에 제게 미쳐 날뛰지 말라고, 총질을 함부로 하지 말라고 했어요. 자기는 조준해서 적을 쏘지 않는다는 말도 했지요. 아아, 어머니. 저는 그런 말을 제 밑에 졸병들에게는 하지 못할 것 같아요. 어떡하든 살아남는 게 우선인데 그런 말을 했다가 걔네들이 총 맞아 죽기라도 하면 어떡합니까.

지난번에 작전 나갔을 때 일입니다. 논두렁을 지나 한 마을에 들어섰어요. 마을에는 노인들과 여자, 어린애들뿐이었지요. 분대장인 장중사님이 그네들을 한자리에 모으라고 했어요. 그 마을은 베트콩이 출몰하는 19번 지방도로에서 얼마 떨어지지 않은 곳으로 열댓 채의 초가집이 웅기중기 모여 있는 촌락이었어요. 우리는 노인들과 여자, 어린애들을 우물가로 데려가 줄지어 앉혔습니다. 장 중사님이 촌장으로 보이는 노인에게 담배를 권했고, 위생병인 오 상병은 아이들에게 미제 초콜릿을 나눠주었어요. 넷은 사주경계를 하고 최 하사와 저, 김 상병(김성남 일병도 저와 같이 진급을 했습니다)이 초가집 안팎을 수색했는데 헛간에서 짚으로 덮어놓은 구덩이를 발견했습니다. 한눈에 보아도 땅굴로 연결된 구덩이 같았지요. 최 하사가 김 상병에게 구덩이 안으로 수류탄 한 발을 까 넣으라고 했어요. 곧이어 폭발음과 함께 흙먼지가 피어올랐지만 인기척은 없었지요. 그러나 최 하사는 대번에 흥분했는지 우물가로 달려가 촌장의 멱살을 잡아 일으키며 소리쳤습니다.

"저 안에 땅굴 뭐야? 여기 브이씨 아지트 맞지? 브이씨 새끼들 어디로 갔어. 엉?"

서슬에 놀란 어린애들이 울음을 터뜨렸고 여자들이 비명을 질렀어요. 최 하사가 M-16 총구를 여자들에게 겨누었습니다.

"입 다물어. 닥치라구. 다 쏴 죽이기 전에."

그러자 노인이 엎어지며 최 하사의 다리를 붙잡고 새된 소리로 울부짖었습니다.

"콩틱, 콩틱. 노, 노……."

"뭐라고? 뭐? 떡? 뭔 개소리야. 이 빨갱이 새끼……."

최 하사가 개머리판으로 노인의 이마를 후려쳤어요. 순간적인 일이어서 모두가 그 광경을 바라보고 있을 수밖에 없었지요. 최 하사가 당장에라도 방아쇠를 당길 듯 총구를 들어 올리는데 장 중사님이 버럭 소리를 질렀습니다.

"야, 최 하사. 그만둬. 총 치워, 새꺄. 총 치우라니까. 섣불리 총질하면 여기 싹 쓸어버려야 해. 애들까지 몽땅 죽여버려야 한다구. 민간인 쐈다고 말 나면 골치 아프니까. 야, 너 이 소위가 하던 말 못 들었냐. 한 명의 베트콩을 놓치더라도 열 명의 민간인을 보호해야 한다는 채명신 장군님을 존경한다고 했잖아. 쳇! 신뼝이 뭘 알겠냐. 그렇다고 초장부터 건드릴 이유가 뭐 있어. 그러니까 성질부리지 말고 총 치워. 총 치우라구……. 아이, 씨발. 뭔 말을 알아먹을 수가 있어야지. 전에는 월남 말 좀 하던 이일섭이가 있어서 좋았는데……. 야. 오 상병, 저 노인네 이마 깨진 데 붕대라도 좀 감아줘라. 애들 울지 않게 사탕도 좀 주고……. 야, 그만 여기 뜬다. 빨리빨리 움직여."

대대급 이상의 큰 작전에는 월남 말을 하는 통역관이 배치된다고 하지만 소대급 수색 작전에는 어림도 없지요. 그런데 이 병장님이 그 일을 대신했던 겁니다. 말이 통하냐 아니냐에 따라 수십 명이 살 수도, 몰살을 당할 수도 있으니까 아주 큰일을 한 거지요. 그날도 그랬어요. 장 중사님이 최 하사가 쏘기 전에 말려서 망정이었지, 하마터면 노인, 여자, 어린애 합쳐 스무 명 넘게 떼죽음을 당했을 수도 있었습니다. 어떻게 그럴 수 있느냐고요? 부분대장이 쏘면 분대원들도 따라 쏘게 되니까요. 사람을 쏘는 게 아니라 말이 통하지 않는 짐승을 쏘는 것이니까요. 매복과 수색이 사나흘 넘게 이어지면 눈에 보이는 것은 무채색으로 변하고, 귓구멍은 잉잉거리는 소음으로 막혀버립니다. 초록빛의 음산한 정글을 기고, 참호에 갇혀 밤새 불개미와 모기 떼에 뜯기고, 적이 깔아놓은 부비트랩에 몸뚱이가 찢기고 저격수의 총탄에 머리가 날아간 전우의 죽음을 목격한 병사의 눈은 점차 초점을 잃은 채 허공을 맴돌고, 황폐해진 정신은 살아남아야 한다는 생존 본능과 살의(殺意)의 감각에만 반응할 뿐이지요. 아아, 어머니. 이 병장님은 그런 상태를 미쳐 돌아가는 거라고 말했지만 그런 상황을 누가 어떻게 말릴 수 있을까요.

빗줄기로 날이 빨리 어두워졌습니다. 소대의 집결 지점인 A-9까지는 좌표상의 거리만으로도 10킬로미터는 더 가야 하지만 더 이상의 행군은 무리였습니다. 소대장과 무전 연락을 한 뒤 장 중사님이 비박을 결정했습니다. 장 중사님과 무전병인 이주호 상병, 신입인 김준일 일병이 중앙호에 자리를 잡고 최 하사와 위생병 손찬욱 상병, 김성남 상병과 오근석 일병 그리고 저와 4번 소총수로 유탄발사기 사수인 황대성 일병(황 일병과 오 일병은 소대 개편 때 본부 중대에서 저희 분대로 배속되었지요)이 각각 한 조를 이뤄 참호를 팠습니다. 젖은 땅을 파자 밑바닥에 물이 고였습니다. 판초 우의로 비를 가린다 해도 꼼짝없이 물구덩이에서 밤을 새워야 할 판이었습니다. 10미터쯤 간격으로 참호를 판 다음 그 앞에 크레모아를 깔고 중앙호 앞에 M-60 기관총을, 양옆으로 81밀리 박격포를 거치했습니다. 참호 간에 비상연락은 산비둘기 우는 소리로 하기로 했습니다. 구구구… 한 번 길게 울면 경계 상황, 구구, 구구, 구구… 짧게 끊어 세 번 울면 적 발견. 그러면 최 하사 참호에서 조명탄을 쏘아 올리고, 중앙호의 장 중사님 명령에 따라 사격을 개시하는 것이지요.

비는 그쳤지만 먹장구름이 하늘을 덮어 칠흑같이 어두운 밤이었습니다. 어두운 숲속 망고나무 가지에서는 비에 젖은 원숭이들이 잠을 설치고, 정글 속 늪지에서는 악어들이 커다란 눈을 감고 있을 시간이었지요. 나뭇가지를 깔아 발판을 만들었지만 구덩이는 질퍽질퍽했습니다. 판초 우의 덮개를 벗겨 그럭저럭 숨을 쉴 만해지자 곧바로 잠이 쏟아졌습니다. 하지만 포대의 지원 사격을 기대할 수 없는 분대 규모의 수색 작전에서, 그것도 산악지대의 참호에서 잠이 드는 것은 적에게 목을 맡기는 것과 다름없지요. 둘이서 교대로 자는 것도 위험합니다. 한 명이 잠들면 다른 한 명도 잠에 떨어지기가 십상이니까요. 잠을 쫓으려 입을 열어야 했지요. 목소리가 참호 밖으로 새어 나가면 안 되어 우리는 도란도란 이야기를 나누었습니다.

"야, 황 일병. 넌 어떻게 월남에 왔냐? 자원이야? 차출이야?"

전에 이일섭 병장이 제게 물었던 그대로였지요. 어두워서 황 일병의 얼굴은 잘 보이지 않고 작은 목소리만 들렸습니다.

"반반이지예."

부산에서 수산학교를 나와 배를 탔었다는 황 일병은 경상도 억양이 강했지만 듣기에 거북하지는 않았습니다.

"반반?… 그게 무슨 소리야?"

"마, 차출이 나왔기에 지가 가겠습니더, 손을 들었지예. 그러니 반 반 아입니꺼?"

"돈 벌러 온 거 아니고?"

"택도 없지예. 그까짓 돈 몇 푼 벌자꼬 전쟁터에 옵니꺼?"

"그럼 왜 왔어? 것도 소총수로."

"마, 싸나이로 태어나서 총도 쏴보고, 외국 물도 묵어보고, 지가 배를 탔지만서도 외국에는 아즉 몬 나가보았거든예. 그라고 파월 장병 행진하는 거 보니 근사하더라예. '반공 전사', '자유의 수호신', 공산주의 물리치고 나라 지킨다는 말도 멋지고…… 그래저래 왔습니더."

저는 하마터면 '미친 새끼'라는 말을 입 밖에 낼 뻔했습니다. 얼른 목구멍 너머로 삼킨 것은 황 일병이 졸병이지만 산전수전 다 겪은 듯 이마에 굵은 주름이 그어진 데다 떡 벌어진 어깨며 유탄발사기를 장난감 다루듯 하는 억센 손마디가 만만치 않아서였지요. 저는 부러 헛웃음을 지었습니다.

"뭐? 싸나이로 태어나서, 반공 전사……. 와, 대단하네. 대단해. 아예 말뚝을 박지 그래."

"말뚝요? 장교라도 하믄 모를까, 하사관으로 말뚝 박는 건 싫습니더. 울 아부지가 육이오 때 이등중사가 뭔가 하사관 하다가 전사했다꼬 하데요. 젖먹이 애기 때 일이니 지는 아부지 얼굴도 모르지만도. 여하튼 간에 울 엄니가 부산 자갈치 시장에서 다라이 놓고 생선장사 하믄서 삼 남매 키우느라 고생 억쑤로 했서예. 그런 엄니한테 우째 전쟁터 간다꼬 말하겠습니꺼. 1년 후딱 갈 거니 암말 안 하고 왔지예."

"장남인가 보네."

"아니요. 위로 누이가 둘이고 지가 막내입니더."

잠을 쫓느라 누이들은 결혼을 했느냐, 부산 어디서 살았느냐, 수산 학교에서는 뭘 배우느냐, 배를 탔다면서 해군으로 지원하지 그랬느냐 등 두서없이 말을 잇다가 제가 불쑥 물었습니다.

"그러니까 아버지 복수하러 온 거네."

물었다기보다는 밑도 끝도 없이 내뱉은 격이어서 황당하게 들릴 수 있었을 텐데도 황 일병은 무언가를 생각하는 듯 잠시 말이 없더니 천천히 답했습니다.

"……마, 강원도 오음리에서 파월 교육을 받을 때는 울 아부지 직인 빨갱이 새끼들, 공산당은 모조리 직여 씨를 말려야 한다, 그런 생각도 안 한 건 아니지만 월남 와서 보이 그것도 아인 것 같고, 뭐가 뭔지 좀 헷갈리네예."

"헷갈리다니, 뭐가?"

"전쟁이라 카믄 한판 크게 붙고 고지에 태극기도 꽂고 그런 거로 생각했는데, 이건 뭐 사냥하는 것도 아이고, 쥐새끼 같은 브이씨 놈들 뒤꽁무니나 쫓아다니는 거 아닙니꺼. 언 놈이 적이고 언 놈이 아닌지 알 수도 없고. 재수 없으면 어데서 날라온지도 모르는 총알에 맞아 죽거나 부비트랩인가, 지뢰 밟아 팔다리 날라가고. 헛간 같은 초가에 불 지르고 늙은이, 애새끼들한테 분풀이나 하고. 아, 씨벌. 이럴 줄 알았으면 안 오는 긴데, 마 그런 생각이 왔다 갔다 한다는 거지예. 박 상병님은 어찌 생각합니꺼?"

"생각? 뭘 생각해. 생각하지 마. 장 중사님이 늘 하는 말대로 살아남는 거만 생각하라구. 아, 졸려 미치겠네. 잠깐만 눈 좀 붙일게. 쪼금 있다가 깨워. 졸면 안 돼. 정 졸리면 나부터 깨우라구. 브이씨 새끼들은 아마 우리가 여기 있는 거 다 알고 있을 거야. 사냥하는 게 아니라, 사냥을 당할 수 있다구."

판초 우의에 엉덩이를 붙인 저는 정말 10초도 안 돼 잠에 빠졌습니다. 그리고 끔찍한 사건이 터진 것은 10분도 채 지나지 않아서였습니다. 총소리가 울렸고 눈을 뜨자 황 일병은 꼬꾸라지다시피 잠에 곯아떨어져 있었지요. 저는 군홧발로 황 일병을 걷어차는 동시에 참호 위로 기어올랐습니다. 조명탄이 환하게 어둠을 가르고 M-60 기관총이 불을 뿜고 있었지요.

"야, 유탄발사기, 황대성이 뭐 하고 있냐? 빨리 안 쏘고!"

장 중사님이 고래고래 소리를 질렀고 그제야 기어올라온 황 일병이 M-79 유탄발사기를 발사했습니다. 수류탄보다 몇 곱절 위력이 강한 40밀리 유탄이 날아가고 자동 격발된 M-16이 불을 뿜었습니다. 그렇게 5분가량 집중사격이 이어진 뒤 장 중사님이 사격 중지 명령을 내렸지요. 그러나 적의 기척은 없었고, 날이 밝아 드러난 상황은 이랬습니다.

"김준일이, 네가 쏜 거 맞아? 니가 오근석이 쏜 거 맞아?"

"아… 아닙니다. … 그게… 아닙니다."

"근데 김성남이한테 그랬다며 김 일병 니가 쏜 거 같다고. 김 상병에게 오근석이 니가 죽인 거 같다고 말했다며."

"아닙니다. … 아, 아. 잘 모르겠습니다. … 그게 그러니까…….."

김준일 일병은 이미 사색이 다 되어 온몸을 부들부들 떨고 있었습니다.

"그러니까 뭐? 야, 김 일병! 너 이 새끼, 정신 못 차려? 어떻게 된 건지 내가 알아야 할 거 아니야. 오발일 수도 있고 유탄에 맞았을 수도 있어. 걱정 말고 말해봐."

장 중사님이 담배를 건네자 김 일병이 비죽비죽 울기 시작했습니다. 김 일병의 두 눈은 십 리나 들어간 듯 퀭했는데 거기서 검은 눈물이 줄줄 흘러내렸지요.

"야, 이 씨발 놈아 울긴 왜 울어. 누가 뭘 어쨌다고 울고 지랄이야."

장 중사님이 핏대를 세우는 최 하사를 밀어냈습니다.

"최 하사. 넌 좀 가만있어라. 애가 지금 정신이 없잖아.… 김준일이 울지 말고……. 그래, 그래. 담배 한 대 피우고 말해라."

김 일병은 중앙호에서 전방을 경계하던 중 어둠 속에서 시커먼 덩어리가 움직이는 것을 보았다고 말했습니다. 브이씨들의 검은 파자마가 슬금슬금 다가오는 것 같았다고 했습니다. 하지만 너무 긴장한 나머지 온몸이 얼어붙어 구구구…, 산비둘기 소리를 내기는커녕 분대장에게 알려야 한다는 생각조차 하지 못했다고 했지요. 그런데 바로 그때 좌측 20미터쯤 전방에서 머리 하나가 불쑥 올라왔고 순간 저도 모르게 M-16의 방아쇠를 당겼다고 합니다.

"그게… 다야?"

장 중사님이 묻자 김 일병이 고꾸라지듯 주저앉아 울먹였습니다.

"분대장님, 제가, 제가… 오 일병을 쏜 게 맞나요? 제가, 제가 죽인 게 맞나요? 아, 아니지요? 저는 정말… 어떻게 된 건지 잘… 기억이 잘… 으흐흑……."

"야, 김성남이. 넌 그때 뭐 하고 있었어? 졸았냐? 오근석이 총 맞을 때 넌 뭐 하고 있었냐고 새끼야."

최 하사가 오 일병의 사수인 김 상병을 다그치는데 장 중사님이 버럭 소리를 질렀습니다.

"시끄러워. 너희들 모두 내 말 잘 들어. 오근석 일병은 금일 04시 10분부로 전사한 거다. 브이씨 총에 맞아 죽은 거야. 브이씨 새끼들이 야간 기습을 했고 우리는 놈들과 싸우다가 전우를 잃은 거라고. 김준일이는 오근석이를 쏘지 않았어. 야, 김 일병, 알아들었지. 넌 오근석이를 쏜 일이 없다고. 오근석이는 브이씨 총에 맞은 거야. 너 이 새끼, 더 징징거리고 이상한 소리 하면 정말 내 손에 죽을 줄 알아.… 야, 김 상병, 이 새끼 데려가서 오근석이 싣고 갈 들것 하나 만들어라. A-9까지 데려간다."

"왜요? 헬기 부르지 않고."

최 하사가 투덜거리자 장 중사님이 빽 소리를 질렀지요.

"야, 최 하사. 여기 산비탈에 헬기 내려앉을 데가 어디 있냐? 눈깔이 있으면 좀 보고 말해라. 괜히 불러서 착륙도 못 하고 빙빙 돌다가 브이씨 새끼들 박격포나 맞으면 어쩌려고 그래. 빨리빨리 움직여. 곧장 출발한다.… 아이, 씨발. 오늘은 걸리는 대로 정말 싹 쓸어버린다. 오근석이 복수해야 할 거 아니야. 안 그래?"

그랬습니다. 장 중사님의 말은 옳았습니다. 아니, 옳아야 했습니다. 그렇지 않으면 우리 분대원 모두가 전우를 죽인 공범이 되는 것이었으니까요. 우리는 장 중사님의 말을 믿기로 했습니다. 굳게 다문 입으로 결의를 표했습니다. 김 일병은 배낭 위에 무거운 기관총을 올리고도 오 일병의 시신이 실린 들것의 앞쪽을 들고 묵묵히 걸었습니다. 김 일병은 다른 대원들이 교대를 하자고 해도 한사코 거절했지요. 김 일병의 두 눈은 핏물이 고인 듯 빨갰습니다.

우리는 지나는 길에 여러 채의 초가를 불태웠습니다. 진흙과 짚으로 얼기설기 엮고 지붕에 야자 잎을 덮은 헛간 같은 초가들은 다행히 빈집이었지요. 방공호들도 텅 비어 있었습니다. 우리가 오는 걸 알고 주민들이 미리 달아났거나 숲속으로 대피한 것 같았습니다. 만약 머물러 있었다면 모두 죽었을 테지요. 우리는 어떡하든 김 일병이 오 일병을 쏜 것이 아니라 브이씨가 오 일병을 죽인 것이라는 믿음을 확실히 해야 했으니까요. 오근석 일병을 죽인, 보이지 않는 적에 대한 복수를 해야 했으니까요. 우리는 닥치는 대로 쏘았습니다. 물소며 돼지, 닭, 개를 가리지 않고 살아 있는 모든 것을 죽였습니다. 수의 대신 모포에 둘둘 말려 들것에 실려 있는 오 일병이 보란 듯이 마구 총질을 해 댔지요.

A-9 지점에 1소대 병력이 집결한 것은 그날 점심 무렵이었습니다. 3분대가 1명, 5분대는 2명이 전사했고, 2분대는 선임하사가 관통상을 입었지요. 3분대의 조 상병은 산길 나뭇잎 밑에 은폐되어 있던 부비트

랩을 밟아 폭사했고, 5분대는 잠복해 있던 적의 기습을 받아 최 병장과 우 일병이 즉사했으며, 2분대의 구 하사는 나무 뒤에 숨어 있던 스나이퍼(저격병)의 저격을 받았는데 다행히 총탄이 왼쪽 어깨를 관통해 목숨은 건졌다고 했습니다. 소대장인 이태곤 소위님의 꺼멓게 탄 얼굴에 당혹한 기색이 역연했지요. 이 소위님이 우리 분대로 와서 짬밥 기수로 치면 최고참이라 할 장 중사님에게 물었습니다.

"아, 1분대 한 명을 합하면 우리 소대에서 넷이나 전사한 거네요. 이봐요, 장 중사. 중대본부에 전과를 보고해야 할 텐데 어쩌지요?"

장 중사님이 눈도 깜박이지 않고 답하더군요.

"브이씨 아지트 5개소 소탕에 적 사살 여섯, 아군 전사 넷에 부상 하나. 거기에 무기 노획한 거 사진 찍어 올리면 됩니다. 제가 알아서 할 테니 걱정 마십시오"

"우리가 넷이나 전사했는데 적은 고작 여섯이라면 너무 적은 거 같은데……."

"그러면 열둘로 하지요."

"아니, 어떻게……?"

"다 수가 있습니다. 제가 알아서 한다니까요. 우리 애들 넷이나 당했으니 놈들은 최소 세 곱절은 돼야지요. 일단 여기로 헬기 불러서 부상자와 전사자 실어 보내고 우리 소대는 남동 방향 A-8 지점으로 돌아 나가면서 전과를 챙겨야 합니다."

"A-8은 5분대가 당한 곳인데 괜찮겠습니까?"

"놈들은 한곳에 머물러 있지 않아요. 그렇지만 놈들이 잠복해 있었다면 아지트는 분명합니다. 그쪽을 다시 수색하다 보면 분명 뭔가 있을 겁니다. 우리가 한 번 들렀다 간 곳이니 놈들이 방심하고 있을지도 모르고요. 우리 소대가 한 번에 몰려가 싹 쓸어버리는 거지요."

"아, 그렇겠네요. 그럼 장 중사 말대로 하십시다."

잠시 후 다스톱이 날아와 전사자와 부상자를 실어 갔습니다. 남은

433

소대원 40명은 척후병 넷, 전방과 후방, 좌우에 각각 여덟, 중앙에 이 소위님과 장 중사님, 무전병 등으로 전열을 짠 뒤 좌표 A-8 지점으로 향했습니다. 종대도 아니고 횡대도 아닌 이상한 전형이었지만 척후병의 깃발에 따라 엎드려쏴 자세를 취하거나 낮은 포복으로 흩어지는 연습을 몇 차례 한 뒤 행군을 시작했지요. 빗줄기는 그쳤지만 습기 찬 더위 탓에 머리와 얼굴, 목덜미로 땀이 줄줄 흘렀습니다. 갈증으로 입 안이 허옇게 변했지만 함부로 개울물을 먹을 수는 없었지요. 말라리아나 이질에 걸리기가 십상이니까요. 척후병의 깃발이 직각으로 올라가 멈췄습니다. 전방 행군로에 커다란 나뭇잎이 Z자 모양으로 떨어져 있다는 목소리가 무전기를 통해 들렸습니다. 신기하다 싶어 Z자를 따라 밟다가는 십중팔구 펑, 팔다리가 날아갑니다. 그런데 정말 신기한 것은 대원들이 이상하게도 그런 무늬를 무심코, 아, 정말 무엇에 씌기라도 한 것처럼, 따라 밟는다는 것이지요.

"야, 쏴봐. 뚝 떨어져서 쏴보라구."

장 중사님이 무전기에 대고 말하자 잠시 후 폭발음이 들렸고 척후병의 깃발이 요란하게 흔들렸습니다.

"전방에 적 발견이다. 모두 엎드려! 야, 앞에서 81밀리 쏘고 들어간다. 뭐, 놈들이 달아난다고. 몇 놈? 서넛? 아, 이 씨발 놈들. 오늘 싹 쓸어버려야 하는데……."

박격포가 날아가고 기관총이 총구를 달궜습니다. 움막 같은 벙커가 찔레덩굴 뒤에 숨어 있었고, 멀리 숲속으로 달아나는 브이씨의 모습이 보였습니다. 전방의 대원들이 벙커에 수류탄을 던져 넣고 뒷줄의 대원들이 엎드려쏴 자세로 집중사격을 했습니다. 낮은 언덕을 넘어가자 논이었고, 그 건너편에 몇 채의 독립가옥이 있었습니다. 대원들은 거총을 한 자세로 사격을 하며 초가 쪽으로 달려들었습니다. 그때 앞줄에서 달리던 둘이 쓰러졌습니다. 초가 뒤편 큰 나무 위에서 총알이 날아왔습니다.

"엎드려! 저격병이다! 야, 거기 넷, 좌측으로 돌고 나머지는 날 따라와. 저 씨발 놈 우리가 잡자!"

최 하사가 낮은 포복으로 기며 소리쳤습니다. 그러나 이쯤 되면 이미 아무 소리도 들리지 않지요. 그저 살아야 한다는 본능에 따라 엎드리고, 기며, 달리고, 총을 쏘고, 수류탄을 던지고…… 그렇게 숨이 턱에 닿고 눈에 회색 망막이 덧씌워진 채 정신없이 얼마간의 시간을 보내고 나서야 상황이 종료되는 것입니다.

복부에 총을 맞고 쓰러진 저격병을 질질 끌고 온 최 하사가 아귀 같은 얼굴로 소리를 질렀지요.

"야, 김준일이! 오근석이 쏜 새끼다! 이 브이씨 새끼, 네가 죽여라. 총알 아까우니까 대검으로 푹 쑤셔버려라. 오근석이 복수를 하란 말이야. 뭐 해? 빨리 쑤시지 않고."

복부가 뻥 뚫린 브이씨 저격병은 이미 눈을 까뒤집고 있었습니다. 피에 범벅이 된 마르고 왜소한 몸뚱이가 뒤집힌 개구리처럼 버둥거리고 있는데, 놀랍게도 평소 얌전하던 김 일병이 달려와 대검으로 저격병의 목을 푹, 쑤셨습니다. 얼마나 힘껏 쑤셨던지 대검의 끝이 대꼬챙이처럼 브이씨의 목에 꽂혔지요. 그러나 아무도 놀라지 않았습니다. 물소에 비하면 형편없이 작은 동물 한 마리를 죽인 거나 마찬가지였으니까요.

벙커와 독립가옥 뒤 숲, 방공호에서 찾아낸 다섯에다가 저격병까지 모두 여섯 구의 시신을 마당에 쌓아놓고 최 하사와 몇몇이 사진을 찍었는데, 장 중사님이 5분대 대원들에게 명령했습니다.

"야, 너희 저 새끼들 불태우기 전에 귀를 잘라라. 여섯 놈 양쪽 귀 자르면 단숨에 적 사살 열둘 아니냐? 언 놈이 오른쪽 귀 왼쪽 귀 구분할 것도 아니고 말야. 아, 뭘 우물거려. 당장 잘라 오라니까."

장 중사님은 소대장님 들으라는 듯 낄낄거렸는데, 소대장님은 들은 척 만 척하는 눈치였지요.

오후가 되면서 다시 비가 내리기 시작했습니다. 빗발이 거세지면서 모두 빗물에 젖었습니다. 불에 탄 초가와 시신에서 옮아 붙은 냄새가 빗물에 씻겨 내렸지만 광란 후의 침묵은 젖은 몸을 더욱 무겁게 하는 듯했지요.

소대장님이 본부에서 우천으로 휴이57가 운행하기 힘들다고 했다면서 지방도로가 나오는 곳까지는 보행을 해야 한다고 말했지만 아무도 반응하지 않았습니다. 그저 몽유병에 걸린 듯 어둡고 몽롱한 눈빛으로 어둑해진 사방을 두리번거리며 질척이는 발걸음을 옮길 뿐이었지요.

빗물로 불어난 논물이 검은 눈물처럼 찰랑거렸습니다. 대나무 숲이 흔들리고 야자나무 잎에서 떨어진 빗방울이 우박처럼 철모를 때렸습니다. 두어 시간쯤 행군한 끝에 지방국도에 인접한 어느 마을에 다다랐습니다. 인기척이 없었습니다. 초가들은 거지반 불에 타거나 그슬려 있었고, 여기저기서 시체 썩는 냄새가 진동했습니다.

"여기는 어디 작전구역이오? 맹호 애들 지역 아닌가? 어느 놈들인지 뒤처리도 안 했네."

"미군 애들이 코브라 헬기로 위에서 갈기고 간 것 같은데요. 에이, 개새끼들. 우리는 이렇게는 안 해요. 시신을 묻어주거나 안 되면 화장이라도 해준다니까요."

소대장님과 장 중사님이 나누는 이야기가 하필 뒤에 있던 제 귀에 들렸어요. 불과 두어 시간 전 저격병을 대검으로 쑤시라던, 적의 시신에서 귀를 자르라던 장 중사님의 입에서 나온 말이었지만 그저 그런가 보다 별로 놀라지는 않았지요.

"헛간에 모아놓고 태우기라도 할까요?"

"에이, 우리가 한 짓도 아니고, 비도 오고… 그냥 갑시다."

---

57 휴이: UH-1H 헬기. 병력 수송과 작전 병용 중형 헬리콥터.

"예, 아직 브이씨들 지역에서 완전히 벗어난 것도 아니니 빨리 뜨지요. 한 2킬로쯤 더 나가면 국도와 만날 겁니다."

"2킬로요? 그러면 30분쯤 뒤에 휴이 보내라고 무전하세요. 좌표 정확하게 일러주시고."

"예, 소대장님."

상황이 벌어졌을 때는 신병처럼 어쩔 줄 모르던 이 소위님이 어느새 소대장으로 돌아와 있었고, 소대장처럼 기세등등하던 장 중사님은 나긋한 부하로 돌아온 듯했지요.

그렇게 마을을 빠져나오는데 어디선가 울음소리가 들리는 듯했습니다. 우물 옆에서 나는 소리 같았지요. 한 아낙네가 우물가에 엎어져 있었습니다. 저는 어쩔까 망설이다가 여자 옆으로 다가갔습니다. 널브러진 여자의 몸뚱이를 군홧발로 조금 들추자 울음소리가 좀 더 크게 들렸습니다. 젖먹이 아기였습니다. 아낙이 아기에게 젖을 물리고 있다가 뒤에서 총을 맞았는지 허연 젖가슴 밑에서 아기가 울고 있었지요. 아기는 살아 있었습니다. 저는 아낙의 시신을 젖히고 아기를 꺼내어 안았습니다. 판초 우의 안에 아기를 감추고 앞서가는 대원들의 뒤를 따랐습니다. 갑자기 비가 그쳤습니다. 저는 아기가 갑갑할까 봐 여몄던 우의의 앞쪽을 조금 젖혔습니다. 그러자 아기가 놀란 듯 자지러지게 울기 시작했습니다. 앞서가던 대원들이 순간 발을 멈추었습니다. 아기의 울음소리는 그 어느 소리보다 선명하고 날카롭게 무거운 공기를 찢었지요. 최 하사가 다가왔습니다.

"야, 박 상병. 그거 뭐야?"

"아, 네. 울음소리가 들려서요.… 아기가 엄마 밑에 깔려 있었는데… 살아 있어서요……."

"뭐? 이 새끼가 이거 정신이 있는 거야, 없는 거야? 애새끼 빽빽 울어 싸면 브이씨 새끼들에게 우리 여기 있다고 알려주는 거라구. 알아, 몰라? 빨리 애새끼 입 막아. 아니, 그냥 목 눌러서 던져버려."

"……"

"야. 박동수. 너, 애새끼 하나 살리려다 소대원 몰살당하는 꼴 보려구 그래? 못하겠어? 그럼 이리 내놔. 내가 할게, 새끼야."

그런데 제 손바닥이 이미 아기의 입을 막고 있었던가 봅니다. 손바닥에 살아나려는 아기의 호흡이, 용을 쓰는 안간힘이 전해졌다 느낀 순간 아기의 움직임이 딱 멈췄습니다. 저는 소스라쳐 죽은 아기를 길 옆으로 던졌습니다.

아아, 어머니. 제가 아기를 죽였습니다. 제 더러운 손으로 아기를 죽였습니다. 그렇게 끝이 나고 말았습니다. 아아, 어머니. 그런데 왜 자꾸 아버지의 잘린 손이 떠오르는 걸까요? 왜 한번도 본 적 없는 친부의 손바닥이 떠오르는 걸까요?

21

키신저는 우리도 모르게 공산주의자들과 협상했다.
미국은 국내 문제 해결을 위해 베트남을 버리려고 한 것이다.
이것은 현실 정치에서 일어나는 실수가 아니라
미국이 고의적으로 옳지 못한 정책을 선택한 결과였다.
— 1972년 10월. 응우옌반티에우 남베트남 대통령

1972년 10월 8일, 미 백악관 안보보좌관 헨리 키신저와 북베트남 정치국원 레득토는 파리에서 만나 3년 넘게 끌어오던 평화협상에 합의했다. 미군의 즉각 철수와 휴전, 포로 교환, 남북 베트남 간 체제 존중 및 상호 내정 불간섭 등이 주요 내용이었다. 그러나 티에우 대통령이 비난했듯이 미국이 내세운 '명예로운 평화'는 사실상 남베트남을 버리는 것이었다. 더구나 미국이 협상에서 상호 철군 조항을 빼먹는 바람에 티에우 대통령은 남베트남에 눌러앉은 북베트남 정규군 15만 명을 면전에서 상대해야 하는 꼴이 되고 말았다. 티에우의 격렬한 반발에 키신저는 협상안 서명을 미루자고 했으나 미국의 기만책을 의심한 레득토는 이를 거부했다. 12월 13일, 협상은 다시 결렬되었다.

'베트남의 탈(脫)미국화'를 내세워 대통령에 당선되었던 닉슨으로서는 대통령 취임 첫해인 1969년에 1972년과 같은 조건으로 협상을 매듭지을 수도 있었다. 그러나 닉슨에게 협상이란 양보하는 것이 아니라 양보받는 것이었고, 그것은 '자유세계의 리더' 미국의 위신상 포기할 수 없는 조건이었다.

닉슨의 선택은 '양보를 받아내기 위한 확전'이었다. 그는 대통령에 취임한 지 한 달 만에 호찌민 루트가 통과하는 캄보디아에 대한 비밀 공습을 명했다. 그러나 하노이 측은 양보하기는커녕 호찌민 루트에 다시 정규군을 투입하였고, 닉슨은 1971년 1월 라오스 침공 작전을 승인했지만 남베트남군을 앞세운 라오스 침공 또한 막대한 사상자와 난민 발생의 부담만 안은 채 실패로 끝나고 말았다. 1972년 3월 말, 북베트남 정규군 10여만 명이 북위 17도 군사분계선을 넘어 춘계 공세를 감행하였다. 하노이 측의 역공이었다. 미군은 하노이와 하이퐁 인근 시설들을 폭격했다. 공습은 북베트남군의 기세를 꺾는 데 효과적이었으나 하노이 지도부는 꿈쩍도 하지 않았다. 결국 3년 동안 이어진 '닉슨의 확전'은 하노이의 양보를 끌어내지 못한 채 미국 내의 반전 운동만 격화시켰을 뿐이었다.

협상의 조건이 제자리걸음인 데다 그마저 결렬되자 닉슨은 하노이와 하이퐁에 대한 '크리스마스 대폭격'을 승인했다. 북베트남 인민에게 가능한 최대의 피해를 주어 하노이 지도부를 굴복시키려는 극약처방이었다. 1972년 12월 18일부터 11일간 낮과 밤을 가리지 않고 수백 대의 B-52 폭격기들이 하노이와 하이퐁 상공을 철새 떼처럼 뒤덮었다. B-52는 제2차 세계대전 때 일본 히로시마에 투하된 원자폭탄 다섯 개의 위력에 해당하는 폭탄을 동남아시아의 보잘것없는 작은 도시들에 퍼부었다. 지상의 모든 것이 파괴되었다. 몇몇 작은 도시들은 아예 형체조차 사라져버렸다. 미증유의 대학살극이었다.

그럼에도 하노이의 지도부는 흔들리지 않고 버텼다. 굴복한 것은 사이공 정권이었다. 티에우는 협상안을 수용하지 않으면 더 이상 군사·경제 원조를 할 수 없다는 미국의 압박을 버텨낼 수 없었다. 티에우에게 주어진 미국의 마지막 당근은 10억 달러의 원조였다.

1973년 1월 23일, 파리에서 키신저와 레득토가 평화협정에 서명했다. 1972년 10월에 제시되었던 안과 동일한 조건이었으니 '크리스마스 대폭격'은 오판과 아집이 부른 참극일 뿐이었다. 장장 8년의 전투 기간을 포함해 20년 동안 군사 개입을 계속했던 미국의 가장 길었던 전쟁은 그렇게 '패배'로 종지부를 찍었다.

19년 전인 1954년 5월, 보응우옌지압 장군이 이끄는 베트민 군대가 디엔비엔푸에서 프랑스군에 승리했을 때 호찌민은 "한 작은 식민지 국가가 역사상 처음으로 식민주의 본국을 무찔렀다"고 감격하였다. 그 작은 나라가 이제 세계 최강 미국을 물리친 것이다. 호찌민이 살아 있었다면 무어라 하였을까.

*

4월의 사이공은 평온하였다. 부드러운 공기에는 커피나무, 코코넛나무, 바나나나무의 향기가 실려 있었고, 오토바이와 자전거 무리가 번잡한 거리를 휩쓸고 다녔다. 언덕 위에는 프랑스풍의 하얀 건물들이 아름다웠고 사이공 강은 진한 초록으로 잔잔했다. 미군이 썰물처럼 빠져나갔다지만 아직 그들이 드나들던 술집은 성업 중이었다. 미군 부대에서 흘러나온 맥주와 위스키, 커피와 담배, 콜라, 아이스크림, 빵, 비스킷, 껌, 과일 통조림, 말린 쇠고기 등이 뒷골목 점포마다 흔전만전 쌓여 있어 미군은 철수해도 미국은 떠나지 않을 거라는 풍문에 힘을 실었다. 미국이 떠나지 않는다면, 비록 키신저와 레득토가 서명한 평화협정이 한낱 종이쪽에 불과할지언정, 사이공은 안전하리라는 낙관의 분위기가 도시를 감싸고 있었다. 미국이 원조하는 물자를 소비하고, 미국이 던져주는 달러로 유통하며, 미국의 무기로 안전을 지켜온 도시는 떠나는 미군에게 굿 럭! 행운의 인사를 건넸지만 위험에 처하면 그들이 언제라도 컴백! 하리라는 걸 믿어 의심치 않았다.

어둠이 내려앉자 프랑스 식민 시절 코친차이나의 수도로서 '동양의 파리'라 불리던 도시 곳곳에 환락의 불빛이 켜졌다. 아름다운 가로수가 어둠에 잠기자 부패한 쾌락의 냄새가 거리를 휘감았다. 영화관과 연극 공연장 주변에는 젊은이들이 모여들었고 노천카페는 취객들로 시끌벅적했다. 맨발의 거지 아이들이 행인들에게 달라붙어 동냥을 하고 매춘을 하는 소녀들이 택시정류장 근처에서 호객을 하는 사이 소매치기들은 까만 눈을 반짝이며 거리를 쏘다녔다.

르로이 거리의 시민극장 건너편 길모퉁이 찻집에 한 사내가 앉아 있었다. 네모난 다탁(茶卓)에 우롱차가 담긴 주전자와 찻잔이 놓여 있었다. 황토를 구워 만든 작은 주전자와 찻잔은 사내의 누렇게 탄 얼굴과 같은 빛깔이었다. 사내는 낡은 베옷에 농라를 쓴 농부 차림이었으나 눈빛은 차갑고 날카로웠다. 사내가 주전자에 남은 차를 찻잔에 마저 따랐을 때 중늙은이 여인이 찻집으로 들어섰다. 사내가 의자에서 일어서며 농라를 벗었다.

"여기예요."

여인이 멈칫하며 잠시 타오를 바라보고는 오른 손바닥으로 입을 가렸다. 터져 나오려는 비명을 막는 듯했다. 그런 여인에게 사내가 한 걸음 다가갔다.

"타오예요. 저, 알아보시겠어요?"

둥그레진 여인의 눈에는 이미 눈물이 글썽했다.

"오랜만이네요. 앉으세요. 차 한잔 하실래요? 장미차 어때요?"

여인이 그제야 입에서 손을 뗐다.

"타오, 네가… 어떻게… 어쩜… 이렇게…….."

"여기 앉으세요."

여인은 의자에 앉아서도 멍하니 맞은편 사내를 바라볼 뿐이다. 눈빛에는 놀라움과 두려움, 기쁨과 슬픔이 배어 있다.

"집에는 별고 없죠? 투이는요? 삼촌이 돌아가셨다는 얘기는 들었어요."

사내가 목소리를 낮추어 천천히 말하자 여인이 주위를 둘러보며 빠르게 말했다.

"키엠이 죽었다는 소식은 언제, 누구한테 들었니? 아, 아니다. 여기서 이럴 게 아니라 집으로 가자꾸나."

"집이요? 집에는…….."

"아버지는 고무농장 일을 보러 하티엔으로 가셨다. 벌써 몇 달째 집에 안 오신다."

"하티엔이요? 거긴 서쪽 끝 국경 지대잖아요? 아버지가 고무농장 일을 하세요?"

"옛날 모시던 장군이 프랑스 사람한테서 넘겨받은 농장이라는데 아버지보고 관리를 맡아달라고 했다더라.…… 그런 얘기는 집에 가서 천천히 하자. 참, 투이가 애기를 낳았다. 딸앤데 이제 두 돌이 되었다."

"투이가 애기를 낳았다고요? 언제 시집을 갔는데요? 신랑은 뭐 하
는 친구예요?"

"글쎄, 집으로 가서 얘기하자니까 그러는구나. 투이도 보고, 아기
도 봐야지."

"투이와 아기가 집에 있어요? 그러면 가봐야지요.…… 아, 먼저 가
세요. 제가 조금 있다가 뒤따라갈게요."

"왜?…… 그래, 알았다. 내가 먼저 가마. 가게 문 열어놓을 테니까
그냥 들어오면 된다."

여인이 연신 주위를 힐끔거리며 찻집을 나갔다.

타오는 캄보디아 국경 지대 제8지구 야전병원에서 레이와 함께 메
콩 제2사령부 선전대로 옮겨 간 이후 비전투요원으로 교육과 농업
생산 관리직에 배치되었다. 교육은 새로 충원된 해방전선 대원들에
게 코민테른의 피압박민족 해방운동과 베트남 독립운동사 등을 가르
치는 것이었고, 농업 생산은 벼농사와 밭작물로 나누어 인근 주민들
과의 협업을 관리하는 것이었으나 거듭되는 미군의 폭격을 피해 동
굴과 땅굴을 옮겨 다니느라 정신교육도, 농업 관리도 제대로 해내기
는 어려웠다. 타오는 제8지구 야전병원에서 레이로부터 키엠 삼촌이
죽었다는 소식을 전해 들었을 때 메콩 사령부로 가면 한번은 사이공
집을 찾아볼 생각이었다. 그러나 미군의 폭격에서 살아남아야 하는
절박한 상황에서 사이공 생각은 머리에서 지워야 했다. 호찌민 루트
주위에 사방팔방으로 연결된 땅굴이 있다지만 연일 쏟아붓는 B-52
의 융단폭격에서 살아남는 것은 기적에 가까운 일이었다. 한 번에 수
십 명이 폭사하는 날들이 이어졌다.

폭격의 와중에도 북베트남 정규군과 해방전선 대원들은 끊임없이
호찌민 루트를 통해 남하했다. 100명을 투입하면 10명이 살아남는
무모한 침투였으나 그들은 굴하지 않았다. 아니, 굴하지 않았다기보

다 달리 선택할 길이 없었다. 집단에서 벗어나는 일은 그 자체로 위험한 일이었기에 병사들은 단수가 아닌 복수로만 존재할 수 있었다. 애국심과 적개심으로, 정신력과 용기로, 아니 그보다는 피할 수 없는 두려움을 이기기 위해 병사들은 땅굴 속으로 기어들어야 했다. 그런 그들에게 코민테른의 교시와 베트남 독립운동사라니! 타오는 부끄러움과 무력감을 느꼈지만 발가락이 잘린 몸으로는 동굴 깊숙이 숨는 것 외에 달리 할 수 있는 일이 없었다. 1년 넘게 거듭된 미군의 폭격이 그치면서 타오는 농업 생산 관리에 전력을 기울였다. 마을 사람들과 어울려 논농사를 짓고 밭을 일구었다. 전쟁은 계속되었으나 타오는 총 대신 삽과 호미를 들었다. 얼굴은 검게 그을고 이마에는 깊은 고랑이 패었다. 멀리 걸으려면 지팡이가 필요했지만 늘 하는 농사는 오른 발가락 두 개가 없어도 견딜 만했다. 타오는 그렇게 농부가 되었고 건기와 우기가 교대로 지나갔다.

레이에게서 편지가 온 것은 보름 전이었다. 레이는 매달 메콩 사령부에 들렀으나 타오와 함께할 시간은 거의 없었다. 겨우 인사를 나누거나 국화차 한 잔을 함께 마시는 정도였다. 미군의 폭격이 심했던 때에는 그나마 발걸음조차 끊겼다. 그랬던 레이가 장문의 편지를 보내온 것이었다.

레이예요.

저번에 보니까 완전히 농부가 되었더군요. 그럭저럭 어울리데요. 놀려줄까도 싶었지만 그만두었어요. 우리 대원들 식량을 보급하는 일은 총을 드는 일에 못지않게 중요하니까요. 나는 여전히 사이공 남부를 순회하며 지하일꾼들과 접촉하고 있지요. 조국 해방을 위해 그들이 해야 할 과업이 아직 많으니까요.

파리 협상으로 미군이 철수한다는 소식은 알고 있겠지요. 하지만 중부와 동부에서는 여전히 전투가 계속되고 있어요. 특히 동부 지역에서는 미군이 철수했는데도 떠나지 않고 있는 남쮸떤 군대가 양민을 학살하는 만행을 서슴지 않고 있답니다. 도대체 미국의 용병인 남쮸떤 군대가 왜 끝까지 남아서 저러는지 모르겠지만 어차피 저들도 곧 떠나겠지요. 미군이 없는데 언제까지 버티겠어요.

그렇지만 해방이 쉽게 되지는 못할 거예요. 미국이 다시 폭격기를 보낼 수 있고, 티에우의 군대도 허수아비만은 아닐 테니까요. 하지만 결국 우리가 승리하리라 믿어요. 그러니까 해방의 그날까지 우리 살아남기로 해요. 당신, 내 말 무슨 뜻인지 알죠?

참, 그쪽 집 소식을 전하려 했는데 공연히 말이 길어졌네요. 사이공 요원들을 통해 알아봤는데 당신 어머님이 옛날 살던 동네에 수예점을 차렸다고 하네요. 르로이 거리, 시민극장 뒷길로 쭉 올라가서 골목 모퉁이라던데 어때요, 알 만하지요? 평화협정으로 사이공 분위기도 전에 비해 많이 느슨해졌으니 이 틈에 집에 한번 가봐요. 당신처럼 지팡이를 짚은 농부를 의심하는 사람은 거의 없을 테니까. 우리가 사이공을 떠난 지 15년이 지났어요. 해방될 때까지 기다리기엔 이미 너무 오랜 세월이 흘렀잖아요. 어머니가 당신을 얼마나 그리워하겠어요. 사이공에 가면 먼저 촐론 가 빈타이 시장 28호점의 부이띠엔쭝 씨를 찾으세요. 쭝이 당신을 도와줄 거예요.

나는 당신이 이 편지를 받을 쯤에는 껀터로 내려갈 거 같군요. 그러니 사이공에서 만날 수는 없겠네요. 섭섭하지만 어쩔 수 없지요.

그럼 몸조심하기 바라며. 당신의 레이가!

레이의 편지를 읽은 타오의 뇌리에 가장 먼저 떠오른 것은 어머니의 얼굴이 아니었다. 사이공의 옛집도 아니었다. 빈타이 시장의 구둣방이었다. 좁고 어둑한 점포에서 구두창을 달던 비엣 선생님, 새카만 얼굴에 이만 하얗던 벤, 껑충한 키의 부옹, 그들과 함께 터뜨리던 건강한 웃음, 가슴을 가득 채우던 웃음소리. 기억은 모습보다 소리에 생생하다. 웃음소리, 울음소리, 비명소리…. 그러나 때로는 웃음소리의 기억이 더 아프다.

부옹이 데려갔던 구둣방은 빈타이 시장 몇 호였나? 6호? 8호? 기억나지 않는다. 다만 그곳이 출발점이었던 것만은 분명하다. 레이와 함께 거슬러 오르던 메콩 강의 뱃길도, 비엣 선생님이 아닌 호앙둑 동지를 만나야 했던 D지구의 동굴도, 시작은 빈타이 시장의 구둣방이었다. 라오스 국경 산악지대의 호찌민 루트 건설대원에서 탄손누트 공항을 공격한 게릴라부대 소대장을 거쳐 메콩 제2사령부의 농업 생산 관리자에 이르기까지, 15년의 멀고 험한 노정(路程)의 출발점은 빈타이 시장의 구둣방이었다. 그 길에서 벤은 죽었고, 살아남은 자는 오른 발가락 반을 잃었다. 그리고 이제 지팡이를 짚은 초라한 농부가 되어 출발점인 빈타이 시장으로 돌아간다.

빈타이 시장 28호점은 젓갈과 건어물을 취급하는 제법 큰 가게였다. 느억맘 등 여러 발효조미료와 말린 새우, 가자미, 오징어 따위가 진열대 위에 수북했다. 부이띠엔쫑은 쌍꺼풀진 큰 눈이 선량해 뵈는 중년 사내였다. 인사를 나눈 뒤 타오가 물었다.

"여기 전에 구둣방이 있었는데 지금도 있나요?"

"구둣방이요? 그건 저기 동편 뒤쪽 점포에 있지요. 왜 구두 사시게?"

쫑이 타오가 신은, 타이어를 잘라 만든 샌들에 눈을 주며 말했다.

"아, 아닙니다. 구두는요. 농부가 무슨 구두를……."

타오가 말끝을 흐리자 쫑이 빙긋 웃었다.

"아, 그러시지. 농부시지요."

레이에게서 들어 알고 있다는 눈치였다. 타오가 말을 돌렸다.

"저 말린 새우는 얼마씩 합니까?"

그때 아낙네 둘이 가게 안으로 들어섰고 쫑이 장사꾼 말투를 했다.

"새우는 한 포에 2만 동, 마른 오징어는 한 쾌 열 마리에 3만 동, 하

나씩 싸드릴까? 잠깐 기다리셔. 아, 아주머니들 뭘 찾으셔? 맘톰[58]이
요? 있지요. 작은 통, 큰 통이 있는데 골라보시고…….”

한동안 아낙네들을 상대하던 쭝이 가게 안쪽으로 들어갔다가 나
오더니 타오에게 누런 봉투를 건넸다.

“미화 30달러와 우리 돈 50만 동입니다. 미군 철수 후로 달러 값이
올라 조금밖에 못 넣었어요. 레이 군관 동지는 100달러를 얘기했지
만 여기 사정이 좀 그래서요.”

당황한 타오가 봉투를 밀어냈다.

“아, 아닙니다. 어디 쓸 데가 있다고 이렇게 많은 돈을…….”

“쓸 데가 왜 없어요. 돈이란 게 있으면 다 쓸 데가 생기는 법이지요.
당장 건어물 값 5만 동부터 계산하셔야지. 하하하…. 그나저나 거리에
소매치기가 많으니 단단히 간수하셔야 할 겁니다. 어떻게, 내일 정오
까지 여기로 오실 수 있겠소? 낼 낮에 여기서 떠나는 화물 트럭이 있
는데 그걸 이용하는 게 빠르고 안전할 거요. 우리 요원들이 구찌 통로
까지 모셔다드릴 테니까. 평화협정을 했다고는 하지만 사이공에는 아
직 사복한 보안경찰과 정보군인들이 득시글거리지요. 놈들은 대개 암
시장을 기웃거리며 뇌물을 처먹는 데 정신이 팔려 있지만 운이 나쁘
면 뒷걸음질 치는 소에 밟힐 수도 있으니까 조심해야 합니다.”

쭝은 마른 새우와 오징어를 포대 꾸러미에 넣고는 양쪽에 길쭉한
걸개를 만들어주었다. 다리를 저는 타오가 등에 메기 쉽도록 하는 것
같았는데 포장을 하듯 익숙해 보였다. 타오가 적이 감탄한 얼굴을 하
자 쭝이 피식 웃었다.

“옛날 비엣박에서는 이렇게 식량을 등짝에 메고 다녔지요. 손에는
무기를 들어야 했으니까. 그러고서 한밤중에 20킬로미터를 걸었습니
다요. 허어, 벌써 20년 전 젊었을 때 일입니다만.”

---

58 맘톰: 작은 새우를 곱게 갈아 소금에 재워 숙성시킨 젓갈.

비엣박이라면 하노이 북쪽 산간지대이다. 쭝은 그렇게 자신이 왕년에 베트민 전사였다는 이력을 드러낸 거였다. 유순해 보이던 쭝의 큰 눈이 일순 세모꼴로 좁혀졌다.

"몰라뵙고 결례가 많았습니다."

타오가 고개를 숙이자 쭝이 아래턱을 흔들었다.

"그쪽 얘기는 군관 동지에게서 대략 들어 알고 있지요. 그렇다고 나도 좀 알아달라, 뭐 그런 건 아니고 그저 우리가 동지라는 걸⋯. 이런 제길, 또 손님이 오네. 낼 만나서 다시 이야기합시다. 르로이 거리라고 했지요? 시클로 타고 시민극장 앞으로 가자고 해요."

그렇게 해서 다저녁때 온 찻집이었다. 골목 끝에 있는 수예점은 코앞이어서 찾고 말고 할 게 없었다. 타오는 마른 새우와 오징어가 든 포대 꾸러미를 등에 멘 뒤 지팡이를 짚고 찻집을 나섰다. 타오가 골목 쪽으로 돌아서는데 사내아이가 쪼르르 달려왔다. 걸레쪽 같은 흰 러닝과 검정 반바지에 맨발인 아이가 뻐드렁니를 내보이며 히쭉 웃었다.

"아저씨, 제가 짐 들어드릴까요. 또, 뭐 심부름 시킬 일은 없나요?"

수예점에 쪽지 심부름을 시켰던 녀석이었다. 어스름 속에서 녀석의 구슬 같은 눈알이 반짝이는 게 보였다. 타오는 손에 잡히는 대로 지폐 몇 장을 녀석에게 건넸다.

"되었다. 그만 집에 가 저녁 먹어라."

말하면서도 녀석에게 돌아갈 집이 있겠나 싶었는데 녀석은 지폐를 받아 쥐자마자 새끼 도마뱀처럼 스르르 자취를 감춰버렸다.

타오가 수예점 문을 밀고 들어가자 문 위에 달린 작은 종이 딸랑딸랑 소리를 냈다. 갓을 씌운 알전등에서 나온 빛이 문 쪽을 비추었는데, 수예품 견본이 걸린 벽 쪽은 그늘이 진 것 같았다. 여인이 그늘 뒤에서 짧게 소리쳤다.

"웬 지팡이냐? 다리를 다친 거냐?"

"아니에요. 별거 아니에요. 걸을 때 지팡이가 있으면 한결 편해서요."

"거짓말! 언제까지 숨길 거냐? 15년 만에 다 떨어진 베옷에 지팡이를 짚고 나타나서는 별거 아니라니."

"자, 보세요. 지팡이 없이도 잘 설 수 있잖아요.… 오는 길에 말린 새우와 오징어 좀 사 왔어요."

타오가 지팡이를 문 옆에 세우고 등에서 건어물 꾸러미를 내려놓으며 말을 돌리자 여인이 다가와 그의 두 손을 그러쥐었다.

"어디, 어디. 얘야, 얼굴 좀 다시 보자. 아까는 정신이 없어 네 얼굴을 제대로 보지도 못했구나. 웬 아이가 종이쪽지를 들고 와 어떤 사람이 찻집에서 기다리고 있다고 전하는데 쪽지에 적힌 네 이름, 타오를 본 순간 나는 그만 제정신이 아니었다. 가슴이 뛰고 머릿속이 어질해서 한참을 꼼짝도 못 했단다. 죽은 줄 알았던 네가 살아오다니…. 아, 타오야. 왜 이렇게 되었니? 손은 왜 이렇게 거칠고 얼굴은 또 왜 이러니? 도대체 그동안 어디서 뭘 하느라 집에는 연락 한번 없었니? 난 정말 네가 죽었는 줄 알았다. 네 아버지와 키엠 삼촌은 내게 암말도 안 해주었지만 나도 바보 멍청이가 아닌 다음에야 아무 짐작이 없었겠니? 키엠 삼촌이 네 아버지에게 그러더구나. 타오는 자기들하고는 다르다고. 몇 번이나 그런 소릴 해서 내가 똑똑히 들을 수 있었다.… 아, 키엠 때문에 우리 집은 망했다. 네 아버지는 감옥까지 가야 했고.… 아아, 난 처음에 키엠이 하는 말이 무슨 소리인지 몰랐다. 그런데 키엠이 총 맞아 죽었을 때 그게 무슨 뜻인지 알았다. 네가 정글에 들어가 저쪽 사람들과 한편이 되었다는 소리라는 걸. 그러다가 총에 맞았든 폭격을 맞았든 죽었을 거라 생각했다. 그러지 않고서야 소식 한번 없겠나 싶었다. 그렇게 너를 잊으려고 했다.… 아니, 아니야, 아니지… 난 네가 살아 있다고 믿었다. 5년 전 사이공에서 난리가 났을 때 죽은 베트콩 시신이 여기저기 널려 있었단다. 난 혹시 네가 그중에 있을까 싶어 네 아버지 몰래 찾아다녔다. 머리가 터지고

451

얼굴이 절반은 날아간 끔찍한 시신들이었지만 난 네가 그 속에 없다는 걸 알 수 있었다. 어미가 돼 가지고 지 새끼 몰라보았겠냐?… 아아, 그래서 난 네가 언젠가는 살아서 돌아오리라 믿었다. 성모마리아님께 기도하고 또 기도했다. 네가 살아 돌아올 수 있도록 주님의 은총 내려주시기를. 아아, 성모마리아님께서 내 기도를 들어주셨구나. 오오, 성부 성자 성신께 감사드리옵니다. 하아, 흐윽…흐윽…….”

성호를 그은 여인이 쪼그려 앉아 오열하기 시작했다.

타오는 그런 여인이 낯설고 불편하다. 여인이 두서없는 말을 쏟아내자 오히려 15년 세월의 간극이 모자 사이에 깊은 웅덩이로 가로놓여 있는 것을 느꼈다. 찾아오지 않았어야 했다. 온전한 귀향도, 귀가도 아닌, 하루 만에 다시 돌아가야 하는 해후는 피했어야 옳았다. 기도로 구한 마음의 평안이 여인을 지킬 수 있도록 해야 했다. 그러나 당장은 이 가여운 여인을 위로해야 한다. 타오는 허리를 구부려 여인의 어깨를 안았다. 그러자 그의 눈에서 눈물이 흘러내렸고, 여인의 여윈 어깨에 떨어진 한 방울 눈물이 모자 사이의 웅덩이를 메웠다. 타오는 급변한 자신의 감정에 당혹감을 느꼈으나 흐르는 눈물을 멈출 수는 없었다.

“아아, 어머니. 죄송해요.… 용서하세요.”

타오는 여인을 만난 뒤 처음으로 제 입에서 새어나온 ‘어머니’ 소리를 제 귀로 들었다. 생경하지만 자연스러운 소리였다. 문득 지난 15년 세월 동안 귀에 담아야 했던 총소리, 폭탄 터지는 소리, 폭격 소리, 불타는 소리, 비명소리, 울음소리, 원숭이 깩깩대는 소리… 모든 부자연스러운 소음들이 귓바퀴에서 씻겨 나가는 듯했다. 언젠가 레이와 함께 멧비둘기 우는 소리를 들었을 때와 흡사한 느낌이었다.

당신은 이제 좀 쉬어야 해요. 제8지구 야전병원에서 메콩 제2사령부로 돌아온 날 저녁, 위장막을 대신한 담쟁이넝쿨이 지붕을 뒤덮은 제5동 막사에서 레이는 타오에게 그렇게 말했었다. 5동 막사는 부상병들이 머무는 곳이었다. 그러나 그는 쉬지 않았다. 낮에는 논으로 나갔고, 밤에는 신입 대원들에게 정신교육을 했다. 오른 발가락 두 개가 떨어져 나갔지만 몸은 더 고되게 굴렸다. 라오스 국경 지대에서 호찌민 루트를 건설할 때 만났던 레끼 분대장은 몸이 고되어야 잡생각이 나지 않는다고 했다. 회의(懷疑)하지 않으려면 생각하지 말아야 한다. 레끼 분대장의 말은 진리였다.

'우리, 해방의 날까지 살아남아야 해요.' 레이의 편지를 받을 때까지 그는 그렇게 흔들리지 않고 버티어왔다(고 생각했다). 두 눈은 더 깊이 들어가고 말수는 더 적어졌지만 농부가 해야 할 말은 많지 않았다. 교육을 그만두고 농업 부문에 전념하면서부터는 두 문장 이상 말한 적이 거의 없었다. 말을 줄이니 들어야 할 말도 적었다. 그런데 이제 눈물을 멈추려면 말을 해야 한다.

"어머니 말이 맞아요. 저는 15년 전 집을 떠나 미토로 갔지요. 거기서 메콩 강을 거슬러 타이닝으로 갔고, 그곳에서 캄보디아 국경 너머 D지구로 가서 저쪽 사람들과 함께했어요. 땅굴을 파고, 총을 들고 싸웠어요. 그러다가 오른 발가락 반을 잃었지만 괜찮아요. 지팡이를 짚으면 멀리 걸을 수 있어요. 그래서 이렇게 집에 올 수 있었어요. 어머니, 이제 미군이 물러갔으니 전쟁도 곧 끝날 거예요. 조금만 더 기다리시면 제가 돌아와 어머니를 모실 거예요. 우리 가족 모두 하노이에도, 할아버지 고향인 타인호아에도 갈 수 있을 거예요."

어머니 쑤엔이 고개를 들었고 테이블 앞 작은 소파로 타오를 데려가 나란히 앉았다.

"정말이니? 우리가 하노이, 타인호아에 갈 수 있다고?"

"그럼요. 남북 베트남이 통일될 테니까요."

잠시 멈칫했던 쑤엔이 고개를 저었다.

"네 아버지 말로는 미국이 아주 떠나지는 않을 거라고 하던데, 곧 다시 돌아올 거라던데 무슨 수로 통일이 되겠니. 네 말대로 통일이

453

된다고 해도 네 아버지는 하노이에 갈 수 없을 거다. 남쪽 군인이었는데 북쪽에서 받아주겠니? 더구나 아버지는 아직도 미국에 가는 게 꿈인 사람이다. 통역장교 할 때부터 맨날 미국으로 이민 갈 거라고 했다. 키엠 삼촌의 일만 아니었으면 벌써 미국으로 갔을 거라고 이제껏 원망하는 양반이야. 아, 키엠 얘기는 하지 말자꾸나. 다시 생각하기도 끔찍하니까. 그리고 투이도 힘들 게다. 걔도 하노이에 가기는 어려울 게야."

"참, 투이가 시집가서 아기를 낳았다면서요? 투이는 지금 어디 살아요?"

타오가 그제야 생각난 듯 물었으나 쑤엔은 같은 말을 중얼거렸다.

"투이도 힘들 게야. 걔도 하노이에 가기는 어려울 게야."

"어머니, 무슨 말씀이에요. 투이가 왜 하노이에 갈 수 없다는 거예요? 투이 남편도 이쪽 군인인가요?"

쑤엔이 고개를 돌렸다.

"이쪽 군인이 아니라 남쮜띤, 한꾸억 군인이었다더라."

"뭐라고요? 남쮜띤 군인?"

"아니, 투이가 만났을 때는 군인이 아니라 기술자였다지만 베트남에는 남쮜띤 군인으로 왔다고 하더라."

"무슨 말씀이에요. 투이는 지금 어디 살아요? 투이를 만나봐야겠어요."

"투이가 어디 사냐고? 아기 데리고 집에 와 있다. 아까 내가 같이 산다고 말하지 않았니?"

"아, 그랬었군요. 저도 정신이 없어서…. 그럼, 지금 집에 있나요? 어디 갔나요? 오빠가 왔다고 말해주지 않았나요?"

"너를 내 눈으로 보기 전에 어떻게 투이에게 오빠가 왔다고 말할 수 있겠니? 투이는 아버지가 하티엔 농장으로 가기 전에는 집에 오지 못했단다. 멀리 동쪽 깜라인에서 살고 있었는데 내가 얼마 전에 가서 데려왔다. 잠시 여기서 기다리렴. 내가 안에 들어갔다 올 테니.
그래, 이렇게 왔으니 오빠로서 들을 이야기는 듣고 할 말은 해야겠
지. 하지만 투이도 지금 많이 힘드니까 너무 다그치지는 말거라. 걔
도 이제 어린아이가 아닌 아기 엄마다. 네가 그랬듯이 걔는 걔대로
선택한 길이니까. 내 말이 무슨 말인지 알겠지?"

선택한 길? 타오는 순간 방금 전까지 쪼그려 앉아 흐느끼던 여인의
입에서 나온 말에 놀랐다. 그 단호한 말의 무게는 늘 남편의 뒷전에
머물러 있던, 거의 당신 의견은 없이 지아비에 순종하던 기억 속 여인
의 것이 아니었다. 삶의 굴곡에서 단련되어야 나올 수 있는 주체적 언
어였다. 부옹이었던가? 루언이었던가? 아니면 정치위원 하우였나? 혁
명가의 발화(發話)는 피동체여서는 안 된다고 했다. 능동적 주체의
발화여야 하며, 주체적 언어에서 낙관의 힘이 잉태된다고 했다. 그렇
다면 어머니 쑤엔의 언어에서는 어떤 힘이 잉태된 것일까?

타오가 잠시 모호한 생각을 하고 있는데 수예점 뒤쪽 문이 열리며
희미한 불빛이 따라 들어왔다. 타오가 소파에서 일어나려다 비틀거
리자 누군가 급히 다가와 그의 팔을 잡았다.

"타오 오빠?… 투이예요. 투이!"

갓등의 불빛이 흔들리는 여자의 작은 얼굴을 비추었다. 여자의 몸
에서는 달착지근한 젖 냄새가 났다.

"오! 투이구나. 오빠를 알아보겠니?"

"왜 전등불을 안 켜고 갓등이에요? 커튼은 또 왜 이렇게 꼭꼭 쳐놓
았담. 오빠 얼굴도 못 알아보게. 참, 발을 다쳤다면서요. 그만 앉아요."

"엄마가 그랬니? 그새 그런 얘기까지 했어? 그런데 엄마는 왜 안
나오시니?"

"엄마는 아기 보고 있어요. 아기가 막 잠들었는데 혹시 깨어서 곁
에 아무도 없으면 놀랄 테니까요."

"그래, 그렇겠구나. 근데 엄마가 내가 왔다면서 뭐라 하시든?"

"뭐라 하시긴요. 투이야, 타오 오빠가 가게에 와 있다, 흥분하지 말고 침착하게 오빠를 대해라, 고 하시데요."

"오, 그래. 침착하라고? 좋은 말씀이로구나. 그건 그렇고 네 아기가 보고 싶은데. 아들이냐, 딸이냐?"

"딸이에요. 아직은 사내아이인지 계집아이인지 구분이 안 되는 아기이지만요."

"투이, 널 닮았으면 아주 귀엽겠구나. 어서 보고 싶네."

"지금은 자니까 낼 아침에 보세요. 당장 갈 거는 아니잖아요. 안 그래요?"

"응, 낼 아침에 보면 되겠구나."

그러고 나서 말이 뚝 끊겼다. 투이가 고개를 숙였다. 무슨 말을 해야 할지 궁리하는 듯했다. 단발머리 소학생이었던 여자아이가 아기 엄마가 되기까지의 세월 동안 격리되었던 대화가 침착함만으로 이어지기는 어려웠다. 아득하게 멀었던 삶의 공간에서 언어는 길을 잃었다. 타오는 무언가가 입안에서 꾸역꾸역 밀려 나오는 것 같은 느낌이었으나 그것을 뱉어낼 수는 없었다. 한동안 어색하고 갑갑한 침묵이 흐른 뒤에야 투이가 고개를 들고 타오를 쳐다보았다. 크고 둥근 눈과 살짝 들린 코, 두툼한 입술은 타오의 기억 속 여자아이와는 많이 달라 보였다. 투이가 눈치를 챘는지 살짝 웃었다. 두툼한 입술과는 달리 하얀 이가 가지런했다.

"알아요? 오빠가 집을 떠났을 때 난 겨우 열 살이었다고요. 내게 오빠는 줄곧 키엠 삼촌 같은 어른일 뿐이었죠. 오빠가 나와 놀아준 적도 별로 없잖아요. 그래서 그랬는지 나는 오빠가 많이 보고 싶거나 그립지는 않았어요. 뭐, 그리워할 추억거리가 없었으니까. 오빠도 내가 많이 보고 싶지는 않았지요?"

"그럴 리가. 아주 많이 보고 싶었단다."

"그럼, 지금 이렇게 보니까 어때요?"

456

"무슨……?"

"나, 괜찮아 보여요? 늙어 보이지는 않느냐고요?"

"뭐라고? 별소리를 다 하는구나. 네가 몇 살이나 되었다고."

"나, 벌써 스물다섯이에요. 아기 엄마고요. 늙을 나이라고요."

"쓸데없는 소리. 넌 아직 젊고 아름답단다, 투이야."

"그런데 오빠는 왜 내게 묻지 않지요? 아기 아빠가 누군지, 왜 혼자 사이공 집에 와 있는지, 남편은 뭐 하는 남자인지, 궁금하지 않나요?"

타오는 다그치지 말라던 어머니의 당부를 떠올리며 입꼬리로 웃어 보였다.

"나도 널 침착하게 대하려고. 천천히 물어보려고 했다. 엄마가 방금 전에 그러셨다. 투이의 선택이니까 다그치지 말라고."

"정말예요? 엄마가 그런 말을 했어요?"

"그렇다니까. 그럼 이제 물어봐도 되겠니?"

"아니요. 순서가 바뀐 것 같네요. 내가 먼저 오빠에 대해 묻고 싶어요, 그러고 싶어요."

"그러렴."

타오는 투이의 물음에 짧게, 짧게 답했다. 자신의 선택에 대해서는 말하지 않고 사실 위주로 얘기했다. 집을 떠나 캄보디아 국경 지대의 정글로 갔고, 해방전선 사람들과 함께 일했고, 전투를 하다가 부상을 당했다고. 다행히 투이도 왜 그런 선택을 했느냐고 묻지는 않았다. 투이가 물은 것은 이거였다.

"오빠, 한꾸억 군인을 본 적이 있어요? 남쮜띤 군대와 싸운 적이 있나요?"

타오는 침착하려 아랫배에 힘을 주며 답했다.

"아니, 본 적 없다. 싸운 적도 없지. 나는 그들이 있다는 동부 지역에는 가지 않았으니까. 남쮜띤 군대는 동쪽인 꽝남, 꽝응아이, 빈딘, 푸옌, 카인호아에 주둔했다고 하더구나."

"한꾸억 군대가 베트남 사람들을 많이 죽였나요? 죄 없는 민간인 들도 학살했나요?"

타오가 짧게 숨을 내뱉고 말했다.

"그랬다더구나."

투이가 처음으로 왜냐고 물었다.

"왜냐고? 그들에게는 베트남 전체가 전쟁터였을 테니까. 그리고 투이야. 전쟁터에는 죄 있는 사람, 죄 없는 사람이 따로 없단다. 적이 있을 뿐이지. 미국의 용병인 놈들에게는 베트남 사람들 모두가 적으로 보였던 게지. 놈들은 저들 살기 위해 닥치는 대로 쏘았을 거야. 놈들은 뭣도 모르고 미국의 전쟁에 나서서 저희들과는 아무 관계도 없는 베트남 사람들을 학살한 거야."

타오의 떨리는 목소리가 참을 수 없는 적의를 드러내었다.

"아니에요. 그렇진 않을 거예요. 한꾸억 사람들은 그렇게 악한 사람들이 아니에요. 내가 알아요. 내가 안다니까요. 아주 좋은 한꾸억 남자를……."

타오는 부들부들 떨리는 손을 주먹 쥐며 대꾸했다.

"네 아기 아빠 되는 사람 말이냐?"

투이가 손가락빗으로 이마에 흘러내린 머리카락을 쓸어 넘긴 뒤 타오를 노려보았다.

"알고 있었나요? 오빠가 어떻게……?"

"엄마가 방금 전에 말씀해주셨다. 네가 만났을 때는 군인이 아니라 민간인이었다고. 그래, 네 말이 맞을 거다. 총을 들었을 때와 총을 들지 않았을 때 인간은 전혀 다른 모습일 수 있으니까. 전쟁은 인간의 이성을 마비시키고 인간성을 파괴하니까. 전쟁터에서 인간은 그 영혼마저 저주받은 존재이니까. 하지만 노인과 부녀자, 아기들까지 무참히 살해한 학살자들을 용서할 수는 없을 것 같구나."

"아니, 타오 오빠. 그 사람은 학살자가 아니에요. 그 사람은 정말로

착하고 좋은 사람이에요. 날 희롱하던 기술자와 주먹질까지 하면서 날 보호했어요. 날 위해 집을 사고, 매달 100불씩 줬어요. 그 사람은 사이공으로 와서 아빠 엄마 찾아뵙고 인사를 드리겠다고 했지만 제가 싫다고, 안 된다고 했어요. 왜 그랬냐고요? 흥, 오빠가 알기나 알아요? 키엠 삼촌이 어쩌다 죽었는지. 키엠 삼촌이 죽은 뒤 아빠가 어땠는지. 술에 취해 삼촌 욕을 하고 오빠 탓을 하고, 미국으로 가야 한다며 미국 국기를 벽에 붙여놓고 미국 국가를 흥얼대던 아빠를 본 적이 있냐고요. 난 그런 아빠와 한집에 사는 게 죽기보다 싫었어요. 그래서 빈넬 사에 취업하고 자청해서 깜라인 지사로 갔고 그곳에서 우연히 그 사람을 만났죠. 그 사람에게 아빠를 보여주기 싫었어요. 아빠가 한꾸억 남자인 그 사람을 싫다 할 게 뻔해서 인사 시키기 싫었어요. 이웃에게서 손가락질당할까 봐 겁도 났고요.…… 아아, 다 지난 이야기예요. 엄마 말대로 내가 선택한 길이고 돌이킬 수 없으니 오빠에게 알아달라고 사정할 생각은 없어요.…… 미안해요, 오빠. 이렇게밖에 말 못 해서. 나는 해방전선이든 베트콩이든 다 싫었어요. 그래서 솔직히 오빠가 어디에 있는지, 살았는지 죽었는지 별 관심이 없었어요. 남쮜띤 군대가 언제, 왜 베트남에 온 건지도 몰랐지요. 그런데 그 사람은 전쟁은 나쁜 거라며 남쮜띤 군대가 베트남에 온 것은 잘못이고, 베트남 사람들에게 미안하다고 했어요. 자기도 죄를 지었다며 용서해달라고 말했어요. 그러니 오빠도 제발, 잘 알지도 못하면서 그 사람을 학살자라고 하지는 말아요."

투이는 침착함을 잃고 있었다. 타오는 심호흡을 했다.

"난 네 남자를 학살자라고 하지는 않았다. 다만 남쮜띤 군대가 저지른 짓을 말했을 뿐이야. 그래, 그 친구 이름은 뭐니? 지금 어디에 있니? 왜 너만 사이공에 와 있는 거냐?…… 내게 말하고 싶지 않니?"

"아니요. 리 씨예요. 이름은 일섭. 오빠는 발음하기 어려울 거예요. 지금은 한꾸억에 돌아가고 없어요. 미군이 철수하면서 빈넬 사가 떠났고, 거기서 일하던 한꾸억 기술자들도 떠났으니까요. 하지만 그 사람은 반드시 돌아올 거라고, 기다리라고 했어요."

"뭐라고? 돌아올 거라고? 기다리라고? 어떻게 돌아와? 언제까지 기다려? 투이, 넌 그 말을 믿는 거야? 리인가 뭔가 하는 자의 말을 믿느냐고?"

"그 사람은 날 버리고 간 게 아니에요. 나와 아기를 데리고 함께 가려 했지만 방법이 없었어요. 내가 어떻게 한꾸억 가는 비행기나 배를 탈 수 있었겠어요? 어쩔 수 없었다고요."

"그래, 불가능했겠지. 그런데 돌아온다고? 기다린다고? 그건 가능하다고 생각하니? 투이야, 이제 미국은 돌아오지 않아. 미국이 돌아오지 않으면 한꾸억도 돌아오지 못하지. 그런데 리 씨인가 그 친구는 무슨 수로 돌아온다는 거야? 돌아오지도 못할 작자를 언제까지 기다린다는 거야. 아기는 어쩌고. 엉?"

침착함을 잃은 타오가 언성을 높였지만 투이는 외려 침착함을 되찾고 있었다.

"그런 오빠는 그동안 뭘 기다렸나요? 이제 다 기다린 건가요? 기다려서 누굴 만났죠? 엄마? 투이? 그건 아닐 테고, 오빠 편 사람들의 승리, 남베트남의 해방, 그런 건가요? 아직 해방이 되지 않으니 얼마나 더 기다릴 건가요? 어쨌든 오빠는 기다리겠죠. 그렇게 나도 기다리면 되지요. 15년, 20년……?"

"뭐, 뭐라고? 엄마도 네 생각을 아시니? 엄마도 그러라고 하셨어?"

묻고 나니 바보 같은 질문이었다. 투이가 나이 든 여자처럼 빙그레 웃었다.

"오빠도 참, 내가 뭐 어린앤가요. 엄마한테 물어보게. 걱정 말아요. 엄마가 아기를 키워주시겠다고 했으니까. 아빠도 뭘 어쩌시겠어요? 설마 손녀를 내쫓기야 하겠어요? 나보다 오빠 걱정이나 하세요."

"그건 또 무슨 소리니?"

또 바보 같은 질문 같아서 타오는 고개를 흔들었다.

"오빠가 잠깐 들를 거라고 하던데, 아직은 조심해야 해서 인사만 하고 떠나야 할 거라고 하던데 그 여자분이. 아이, 자기가 찾아왔었다는 얘기는 절대 하지 말라고 했는데……."

"뭐? 여자? 누가 찾아와? 투이야, 지금 무슨 소리를 하는 거냐?"

투이의 얼굴 위로 레이의 얼굴이 실루엣처럼 겹쳐졌다가 지워졌다.

"한 달 전에 공무원처럼 검정색 바지에 깃 달린 흰 셔츠를 입은 여자가 가게에 왔었어요. 코가 납작하고 얼굴이 검어서 크메르족 같아 보였지만 동그란 얼굴에 눈빛이 맑은 여자였지요. 가게 문을 닫기 바로 전이었으니까 저녁 여섯 시쯤이었을 거예요. 마침 나는 아기가 잠든 틈에 엄마를 도와주러 가게에 나와 있었지요. 여자는 코끼리 무늬의 벽걸이 수예품을 고르더니 엄마에게 내가 딸이냐고 물었어요. 엄마가 그렇다고 하자 여자가 대뜸 타오 오빠의 반타잉 중학교 후배라고 하데요. 그러면서 오빠가 조만간 어머니를 뵈러 올 거라고, 그 말을 전하려 들렀는데 오빠가 오더라도 자기가 왔었다는 말은 하지 말아달라고 하데요. 놀란 엄마와 내가 어쩔 줄 몰라 하는데 여자가 그랬어요. 자기 이름은 응우옌찬티레이인데 머잖아 다시 인사드릴 날이 올 거라고. 하도 또박또박 말해서 그 이름이 단번에 외워졌지요."

"그래서……?"

"그래서는 무슨 그래서예요. 엄마가 여자한테 오빠가 살아 있냐고, 어디 있냐고 물었지만 여자는 더는 암말 않고 가게에서 나갔어요."

"그게 다야……?"

"무슨 얘기가 더 필요했겠어요. 오빠가 엄마를 뵈러 올 거라는 말외에. 오빠가 살아 있으니까 엄마를 보러 올 수 있는 거잖아. 근데 나는 여자가 엄마에게 다시 인사드릴 거라 하던 말이 예삿말처럼 들리지 않데. 오빠, 그 여자 누구야? 그냥 평범한 여자는 아니었거든. 뭐랄까, 수수한 거 같지만 매우 강한 여자. 오빠와 같이 지내던 여자야?

오빠 여자야?"

투이가 어느 틈에 말을 놓으며 생글거렸다. 두 사람 사이에 격리되었던 삶의 공간이 급격히 좁혀지는 듯했다. 그러나 타오는 얼굴을 찌푸렸다.

"별소리를 다 하는구나. 그런 사람 아니야. 아무튼 엄마와 넌 내가 올 거라는 걸 미리 알고 있었다는 거 아니냐? 그런데……."

"그런데, 뭐가 어때서요? 오빠가 정말 불쑥 나타났으면 엄마나 나나 오빠를 그렇게 침착하게 대할 수 있었겠어? 엄마는 아마 기절이라도 했을걸. 엄마는 오빠가 벌써 죽었을 거라고 생각했었으니까."

그때 건물 안채로 통하는 문이 열리며 어머니 쑤엔이 들어왔다.

"아기가 곤히 잠들었다. 타오야, 잠든 아기를 보고 싶지 않니? 천사가 따로 없다. 천사가 따로 없다니까. 아기 보고 아버지 방에서 자거라. 가더라도 이 밤중에 갈 거는 아니잖아."

"그래, 오빠. 그렇게 해요."

요람에 아기가 잠들어 있었다. 타오는 잠든 아기를 가만히 들여다보았다. 뭐라 형언할 수 없는 순수함, 아름다움이었다. 까뭇한 머리털과 하얀 이마, 둥근 코와 말간 입술, 신기하리만큼 조그만 열 개의 손가락과 발가락. 주검에 익숙했던 눈에 작은 생명체는 그 자체로 광휘였다. 타오는 손을 내밀어 아기의 손을 쥐어보려다 흠칫했다. 천사의 손을 만져서는 안 될 것 같았다. 그런 마음이 드러날까 봐 타오는 서둘러 입을 열었다.

"투이야. 아기 이름이 뭐니?"

"수니예요"

"쑤니?"

"아니요. 한꾸억 말로 순이. 아주 착하다는 뜻이래요."

대답하는 투이의 두 눈에 설핏 눈물이 비치는 것 같아 타오는 얼른 고개를 돌렸다.

촌락이 불에 타고 있었다. 네이팜탄을 맞은 초가들이 불길 속에서 후르르, 후르르 날아갔다. 아기가 울고 있었다. 등에 총을 맞고 죽은 엄마의 젖가슴 아래에서 살려고 힘겹게 울고 있었다. 헬기가 날아왔다. 적십자기가 그려진 의무헬기였다. 타오는 사격 중지 명령을 내렸다. 언제였던가? 아득한 옛날 일 같기도 하고 바로 어제 일 같기도 하다. 그 아기는 살아 있을까? 어디에선가 천사의 얼굴을 하고 잠들어 있을까? 타오는 불현듯 뇌리에 떠오른 장면을 지워버리려 진저릴 쳤다. 그리고 다시 잠든 아기에게 눈길을 주었다. 순이라고? 이상한 이름이었지만 투이의 아기였다. 한꾸억 군인이었다고 하지만 천사의 애비라면 학살자일 리는 없겠다고 타오는 생각했다.

22

베트남과 한국을 관통하는 질곡의 현대사.
그 비극의 원점(原點)을 찾아가는 여행. 이제 그 긴 여정을 마친다.
여정은 끝난 것일까. 기억의 강이 흐르는 한 계속되지 않겠는가.

하노이 노이바이 국제공항에 도착한 것은 현지 시간으로 오후 2시였다. 한국과는 두 시간 시차가 난다고 했다. 입국장 밖으로 나서니 안개 섞인 바람이 찼다. 2월 초의 하노이는 겨울 날씨였다. 박동수는 키가 큰 이일섭 회장의 목뼈가 굳어 있는 것을 보았다. 을씨년스러운 날씨 탓일까, 아니면 하노이가 주는 긴장감 때문일까. 박동수는 비행기가 공항 활주로에 착륙할 때 잠깐 긴장했었다. 30년 넘어 다시 찾은 베트남이었다. 아무렇지 않게 이렇게 다시 와도 괜찮은 걸까? 이일섭의 긴장감은 그에 비할 수 없을 터였다.

'투게더 여행사' 하노이지점 직원들이 노랑 깃발을 들고 패키지 여행객들을 조별로 모았다. 인천공항 출국장에서 여덟 명씩 짝을 지어준 조였는데 박동수와 이일섭은 꼬랑지인 5조였다. 노랑 깃발만이 아니었다. 파랑 깃발, 주황 깃발이 흔들리며 입국장 바깥이 소란스러웠는데 온통 한국 사람, 한국말이었다.

"허어, 그거 참. 한국 사람들이 아주 전세를 냈구먼, 전세를 냈어."

그제야 목뼈가 풀렸는지 이 회장이 빙긋 웃었다. 그러게 말입니다, 정도로 장단을 맞추려 하는데 큰 머리통이 불쑥 나타났다. 머리를 바투 쳐 한층 젊어 보이는 황대성이었다.

"하이고, 회장님. 이래 오실 줄은 몰랐습니다. 두 분만이면 지 차로 모실 낀데 여행사 편으로 오셨으니 일단 거기 버스로 하노이에 들어가이소. 지는 이따가 저녁에 숙소에서 뵙지예."

"아, 황 대표. 바쁜 사람이 뭐 하러 공항까지 나왔어요? 난 정말 여행사 따라 와보고 싶었다오. 여행사에서 가자는 데로 가고 재워주는 데서 자고 먹여주는 대로 먹고. 얼마나 편해요? 그렇게 하노이 여행을 즐기려 왔어요."

황이 박동수를 보며 눈을 찡긋했다. 입꼬리를 실룩이는 걸로 보아 이 양반이 정말 왜 이러시나 하는 눈치였다. 박동수도 처음 이 회장이 패키지 여행을 얘기했을 때 그러했으니 황의 반응이 이상할 건 없었다. 그렇다고 시끌벅적한 입국장에서 여차저차 설명을 해줄 수는 없는 노릇이었다.

"그나저나 황 대표 저 사람은 어쩌다가 만났소? 백마 독립중대면 아주 오래전인데. 사람이 서글서글하고 좋긴 한데……."

관광버스가 하노이로 출발했을 때 이 회장이 말했다. 좋긴 한데 편 치는 않다는 말투였다. 박동수도 그랬다. 황대성을 황이라고 부르는 건 친구라고 하기는 그렇고 지인이라고 하기도 어색해서이지만 그보 다는 황의 존재에 대한 그의 내면의 거부감 때문일 터였다. 황대성은 박동수가 오랜 세월 잊으려 애쓰고, 잊어온 월남을 현재로 소환한 인 물이었다. 황은 백마 28연대 독립중대 1소대 유탄발사기 사수의 모 습으로 박동수 앞에 나타났다. 제대한 지 20년이나 지난 1990년의 어 느 날이었지만 황은 박동수를 단박에 알아보았다.

"아이고, 박동수 부장님. 저, 백마 28연대 독립중대 1소대 유탄발 사기 사수였던 황대성입니다. 우째 기억이 쫌 나십니꺼? 히야, 이래 만나네. 참말로 반갑습니더."

황은 다짜고짜 두툼한 두 손을 내밀어 박동수의 손을 쥐고 흔들었 는데 순간 놀랍게도 박동수의 뇌리에 빗물로 질퍽한 참호에 쭈그려 앉아 있던 둘의 모습이 번쩍 떠오른 것이었다. 박동수는 그 무렵 M건 설 국내사업부 부장이었고, 황은 신도시 진입로 도로공사 하청을 받 은 토건업자였다. 황은 사무실에 들어서자마자 기성 3,000까지 어음 쪼가리를 돌리면 공사를 하라는 거냐 말라는 거냐, 우리 같은 하청업 체는 다 죽으라는 거냐 뭐냐며 언성을 높였다. 우람한 덩치에 그 기 세가 꽤나 사나워서 명색이 부장인 박동수가 나설 수밖에 없었는데 눈알을 부라리던 황이 박동수의 얼굴과 근무복 상의에 붙은 명찰을 번갈아 보더니 반색을 한 거였다.

당시는 중동 건설 경기가 다 죽은 때여서 국내 건설사들은 신도시 사업에 명줄을 걸고 있었다. 대형 건설사들이 일산, 분당, 평촌, 산본 등지의 큰 구역을 나누어 맡고 그 아래 중소업체들은 하청, 재하청으로 달라붙어 연명하는 형국이었다. M건설은 도급 순위 30위권의 중견업체라지만 그 역시 대형 건설사의 하청을 받는 처지여서 재하청 업체에 지급할 공사 대금을 대부분 현금 대신 단기, 중기 어음으로 막아 자금 압박을 피하고 있었다. 박동수가 그런 사정을 설명하자 듣는 둥 마는 둥 하던 황이 피식 웃으며 말했다.

"내라고 이 바닥 사정을 모르겠습니꺼. 결국은 덩치 큰 놈들만 살고 그 밑에 쪼무래기들은 지 살 깎아 묵기 하다가 같이 나자빠지는 거지예. 내 듣기에는 M건설도 되게 어렵다 카던데 어음 도는 걸 보면 아직은 견딜 만한 모양입니다. 하기야 요즘 이 판에 어렵지 않은 데가 어데 있겠습니꺼. 부도 안 맞고 버티면 되는 기지. 마, 우쨌든 간에 오늘은 백마 28연대 독립중대 1소대 황대성 일병, 박동수 상병님을 만난 거로 됐십니더."

황은 자기는 저 옛날 백마부대를 한시도 잊은 적이 없다는 듯 또박또박 관등성명을 댄 다음 오른손을 들어 경례까지 붙이고 돌아섰다.

그렇게 시작된 황과의 만남이었다. 월남에서 복귀해 9사단에서 열 달을 더 복무하고 제대한 황은 부산으로 내려가 배를 타는 대신 중동 건설 현장에 노가다로 나갔다고 했다. 사우디와 이라크 등지에서 5년 넘게 일하면서 한밑천 모은 황은 귀국 후 토목회사를 차렸는데 말이 회사이지 전화 한 대 놓고 공사 하청 따면 중동에서 알게 된 노동자들을 불러 모으는 인력사무소였다고 했다.

"젠장, 이딴 소리는 그만하고 옛날 얘기나 더 하입시더. 박 부장님은 아마 지보다 반년 전쯤에 귀국했지예? 하아, 귀국 장병 실은 헬기가 연병장 상공 돌던 장면이 지금도 눈에 선합니더. 그놈의 지긋지긋한 매복 근무를 면하고 귀국하는 선임들이 얼매나 부러웠던지. 그때는 정말 하루라도 빨리 떠나고 싶었는데 요새는 그냥 월남에 다시 가고 싶습니더. 우째, 박 부장님은 월남이 그립지 않습니꺼?"

황이 물었을 때 박동수는 흠칫했다. 손바닥을 뚫어지게 들여다보고 있는 또 다른 자기의 모습이 환영처럼 눈앞을 스쳐 가 박동수는 진저릴 치며 고개를 흔들었다.

"그립기는 무슨……. 어쩌다 생각은 나지요."

"지도 뭐 그립기까지 한 건 아니었지만도 요즘 와서는 이상하게도 지옥 같던 그 시절이 도로 그립게 느껴지는 겁니더. 여편네 없이 홀애비로 살아서 그런가 싶기도 하고요. 허허허……. 지가 별소릴 다합니더."

소주 한잔 하자는 황의 청을 거절하기가 뭣해 가진 술자리에서 사는 속내까지 나눌 필요는 없다고 경계하던 터였지만 황의 불콰한 낯위로 스쳐 가는 쓸쓸한 그림자까지 외면할 수는 없는 노릇이었다.

"아니, 황 사장. 그게 무슨 말이요? 홀아비라니……."

"아, 지 마누라가 재작년에 저세상으로 떠나부렀습니더. 췌장암이라 카던데 한 6개월 견디다가 죽었지요. 대꼬챙이맨키로 바싹 말라가지고……. 하아, 쏘주 한 병 더 하입시더. 괜찮지예?"

황은 제대 후 부산에서 만났던 처가 서울 올라와 갖은 고생 하다가 제법 살 만해지니 세상 하직했다는 얘기부터, 철딱서니 없던 어린 나이에 덜컥 살림부터 차리는 바람에 결혼식도 올리지 못했다는 둥, 돈 벌어 번듯하게 식 올리자고 했던 약속도 중동 가서 5년, 서울 올라와 10년, 바닥부터 기는 통에 끝내 지키지 못했다는 둥, 하나 있는 아들 놈이 고2인데 공부는 썩 잘해 다행이라는 둥, 부친은 벌써 오래전 수산학교 다닐 적에 돌아가셨고, 모친은 칠순 노인인데 치매기가 있어 여편네 보내고는 부산 사는 여동생 집에 떠맡겼다는 둥, 두서없는 말을 쏟아내고는 박동수에게 차례를 넘겼다. 박동수도 황이 제게 한 얘기에 맞추어 월남에서 돌아와 제대한 후 대학에 복학하고 졸업한 뒤 D건설에 입사해 사우디에 2년쯤 나갔다가 들어온 뒤 M건설로 옮겼으며 10년 전에 결혼해 초등생인 연년생 아들이 둘이고, 여동생은 한의

사와 결혼해 잘 살고 있고 부모님은 수원에 살고 계시다는 둥, 이런저런 얘기를 했다. 취기가 아니라면 하지 않았을 쓸데없는 얘기였다.

신도시 진입로 공사가 끝나고 황을 다시 만날 일은 없었다. 해가 바뀌고 황이 토건회사를 접었다는 소식을 들었지만 박동수는 귓가로 흘렸다. 백마 28연대 독립중대 1소대 유탄발사기 사수를 다시 만나고 싶지는 않았다.

1969년 4월, 월남에서 귀대한 후 보름간 휴가를 받아 수원 집으로 내려간 동수에게 어머니는 욕부터 퍼부어댔다. 온다 간다 말도 없이 제멋대로 떠났던 놈이 집에는 왜 왔느냐, 살아 있으면서 소식 한번 없던 놈이 무슨 낯짝으로 뻔뻔스레 나 왔소, 얼굴 처들고 집구석으로 기어드느냐. 그 애비에 그 자식이라고, 지 애비 꼭 닮아먹은 놈 꼴도 보기 싫으니 당장 나가라며 소리, 소리 질렀다. 중학생인 윤희가 놀란 눈으로 아버지와 오빠를 번갈아 쳐다보는데도 어머니는 '지 애비' 란 말을 삼가지 않았다. 아무리 화가 난들 윤희가 듣는 데서 할 소리는 아니지 않은가. '지 애비 꼭 닮아먹은 놈'이라니! 동수는 잔뜩 얼굴을 붉힌 채 어머니의 지청구를 받아내었지만 기왕에 이렇게 된 거 더는 제 생의 비밀을 숨기지 않아도 되니 잘된 일이라는 생각도 들었다. 무엇보다 왼쪽 손이 잘려 나간—6·25 때 군대에 나갔다가 그렇게 되었다는—의부(義父)에게 떳떳하다는 생각이었다. 피차 알면서도 모르는 척하는 비밀이란 서로를 혐오하게 하는 가식이지 않던가.

의부도 그랬던 것 같다. 그날 밤 윤희가 울고불고한 어머니를 달래어 안방으로 들어간 뒤 동수는 건넌방으로 갔다. 의부의 서재이자 침실이고 생활공간이었다. 동수는 방으로 들어가자 무릎을 꿇고 큰절을 올렸다. 문지방에 발뒤꿈치가 닿을 정도로 비좁은 공간이었지만 왠지 의부에게 절이라도 올려야 할 것 같았다. 의부는 출세한 제자의 절을 받기라도 하듯이 정좌하고 절을 받았다. 의부가 책상 서랍에서 소주병을 꺼내 놓더니 부엌에 가서 김치 보시기와 술잔, 젓가락을 챙겨 왔다.

"잠 안 올 때 한두 잔씩 하던 거다. 받거라."

동수가 잔을 내밀어 술을 받은 다음 의부의 잔에 술을 따랐다.

"마시자."

의부가 말했고 동수는 옆으로 고개를 돌려 술잔을 비웠다.

"서운해하지 마라……."

잠시 뜸을 들인 의부가 다시 말했다.

"…니 엄마는 니가 돌아온 게 반가워서 그랬을 거다. 평생을 기다리며 살아온 사람이니까.…… 지금 보니 니가 니 아버지를 빼닮기는 했다. 이마며, 눈매며, 인중이 긴 거며…… 나는 아까 니가 집으로 들어오는데 옛날 니 아버지가 살아온 줄 알았구나.…… 내가 그랬으니 니 엄마는 오죽하였겠니. 그러니 서운해할 거 없다."

의부는 한마디하고는 한 번씩 숨을 내쉬었다. 동수는 의부가 하는 말을 헤아리기 위해 미간을 좁혔다. 알 것도 같고 모를 것도 같았지만 캐묻지는 않았다. 그래서 의부가 친부에 대해 더 알고 싶으냐고 물었을 때는 머리를 저었다.

"아닙니다. 됐습니다."

그러나 의부는 마저 이야기하기로 작정한 듯했다.

"니 친부와 나는 경상도 영천 한 고향에서 형제처럼 지낸 사이다. 해방되던 해 니 아버지는 대구우편국 직원이었고, 니 엄마는 대구의 작은 병원 간호원이었다. 나는 서울에 유학 왔던 중학생이었고……."

그렇게 시작된 의부의 이야기는 길게 이어졌다. 그는 혼잣말하듯 조용조용 천천히 말했으나 목소리의 고저와 떨림으로 감정을 드러내었다. "1946년 10월에 대구에서 폭동이 일어났을 때 니 친부는 좌익에 가담했었다……" 할 때는 밭은 숨을 쉬다가, "니 엄마는 니 친부를 좋아했고 나는 남동생처럼 대했다……" 할 때는 소년처럼 얼굴을 붉히기도 했다. 자작한 몇 잔 소주로 붉은 기운이 도는 그의 눈 밑에는 그리움인지 회한인지 모를 추억의 잔주름이 그어져 있었다.

"내가 니 친부를 마지막으로 본 것은 영천의 거동사라는 큰 절에서였다. 니 친부가 내게 편지를 해서 니 엄마를 그리 데려오라 해서 같이 갔던 것인데, 니 엄마는 내게는 암말 없이 니 친부와 같이 전라도 구례로 떠나버렸지.…… 니 친부는 구례 화엄사에서 니 엄마와 헤어져 지리산으로 들어갔는데 그 뒤로 소식이 끊겼다고 하였다. 빨치산이 되었을 테니 토벌대에 쫓기다가 총을 맞았거나 운이 좋았으면 전쟁 통에 월북했거나 하였겠지.…… 전쟁 끝나고 니 엄마와 수원으로 올라온 뒤에도 몇 년간 지리산, 소백산, 태백산 등지에서 공비를 토벌했다는 기사가 신문에 실리곤 했다. 하지만 이름이 나는 경우는 거물급이고 그 외 공비 몇 명 정도였지.…… 이제 와서 하는 말이지만 나는 니 친부가 죽었다는 소식도, 살아 있다는 소식도 듣고 싶지 않았다. 나는 니 엄마도 그랬을 거라고 생각했다. 그래서 이모할머니가 니 친부 얘기만 하면 그렇게 질색을 했을 거라고 생각했다. 하아,…… 그런데 니 엄마는 니 친부를 기다렸던 거 같구나. 그래서 돌아온 니가 니 친부 같아, 반가워서 그랬을 게야.…… 아무튼 너도 이제 다 컸고, 월남까지 다녀왔으니 알 건 알아야겠다, 알 만도 하겠다 싶어 하는 얘기다. 어떠냐?……"

동수는 자기가 월남에 다녀온 것과 친부 얘기가 어떻게 상관되는 것인지, 뭘 알아야겠다 싶다는 건지, 제때 헤아리지 못했으나 알 만도 할 것 같았다. 그래서 답했다.

"예, 괜찮습니다. 아버지."

의부가 적이 안도한 듯한 얼굴로 덧붙여 말했다.

"……그렇다고 니 친부가 빨갱이는 아니었다. 공산주의자 뭐, 그런 것도 아니었고 그냥 시류에 엄벙덤벙 휩쓸리다 보니 그리된 거다. 그때는 세상이 그랬다.…… 그렇다고 네 친부를 같잖다고 하는 건 아니다. 같잖기는커녕 나는 어린 시절에 니 친부를 줄곧 어려워했다. 나는 맨날 뒷전에서 맴맴 돌기만 하는 겁쟁이였던 데 반해 니 친부는 용기 있는 청년이었으니까. 저 옛날 영천 시장 앞에서 니 친부가 작대기를 움켜쥐고 있었지. 그때 아침빛을 받아 황금색으로 빛나던 니 친부의 얼굴이 생생하구나.…… 아하, 그러고 보니 나도 평생 니 친부를 잊지 못하며 살아온 것 같구나. 저 옛날 영천 보현산 산골짜기에서 보았던 니 친부의 넓은 등짝, 그 뒤에 숨어 살아온 것 같구나. 이도 저도 아닌 회색인간으로 말이다. 무슨 소리냐고? 허어. 허어 허…… 부질없는 소리, 되었다. 더는 얘기하고 싶지 않구나.…… 아무튼 이런 말을 어디에고 할 필요는 없다. 니 엄마가 왜 입때껏 네게 니 친부 얘기를 해주지 않았겠니. 왜 니 친부 얘기라면 질색을 하였겠니. 그때 세상이나 지금 세상이나 거기서 거기니까. 지금 내가 하는 말 무슨 말인지 알겠느냐?"

동수는 어린 시절 이모할머니와 엄마가 다투며 하는 소리를 들은 적은 있지만 친부에 대한 자세한 이야기를 듣기는 처음이었다. 그러나 베트콩이—그때 그는 빨치산을 베트콩으로 여겼던 것 같다—모두 빨갱이, 공산주의자가 아니라는 것은 알고 있었기에 망설임 없이 고개를 끄덕였다.

"……니 엄마를 다시 만난 건 6·25 전쟁 나고 학도병으로 징집되었던 내가 낙동강 전투에서 왼손이 잘려 나가 부산의 육군병원으로 후송되고였다. 니 엄마는 그때 육군병원 간호하사관이었지. 나는 니 엄마와 다시 만난 게 운명이라고 생각했다. 난 니 엄마와 같이 수원으로 올라왔고, 너와 윤희는 오누이가 되었다. 나는 그 뒤로 니 친부 얘기는 물론 옛날 일은 아예 입에 올리지 않았다. 숨어 살듯 조용히 지냈다. 그런데 니 엄마는 입때껏 니 친부를 기다리며 살아온 것 같구나. 니 엄마는 아까 니가 아닌 니 친부를 본 것일 게다. 반가워서 그랬을 거다. 그러니 서운해하지 마라."

동수는 그제야 정작 서운해할 사람은 따로 있다는 생각이 들었다. 왼손이 늘 접혀 있는 것 같은 의부였다.

"그럼요. 서운하기는요. 저도 이제 어린애가 아니잖아요, 아버지."

그러면서 동수는 '아버지'를 그렇게 살갑게 불러본 적이 없다는 걸 깨달았다.

"오, 그래. 그렇구나. 전쟁터에 갔다 오면 단박에 늙어버리니까."

의부가 흘깃 헐렁한 왼 소매 끝에 눈길을 주는 것 같아 동수는 고개를 돌렸다.

그날 밤 동수의 뇌리에 제 앞에서 죽어가던 베트콩이 떠올랐다. 온몸뚱이의 피가 다 빠져나가 달빛에 비친 창호지처럼 파르스름하던 베트콩의 얼굴에 백두대간 어느 깊은 산골짜기에서 죽었을지도 모를 친부의 얼굴이 덧씌워지는 것 같았다. 느닷없고 황당한 느낌이어서 충격이랄 거까지는 아니었지만 의부 말대로 단박에 늙어버린 것은 틀림없는 듯했다.

박동수가 또 다른 제가 손바닥을 뚫어지게 바라보고 있는 자신을 지켜보는 악몽을 꾸기 시작한 것은 복학을 하고 나서였다. 학교 정문 앞에 탱크가 자리하고 집총을 한 병사들이 오와 열을 지었다. 이미 지옥을 경험했던 그의 눈에 그런 광경은 혐오스럽기도 하고 두렵기도 했다. 하숙촌에는 분노와 공포, 외침과 수군거림, 구토와 배설의 소음이 떠나지 않았으나 그는 그것들로부터 눈과 귀를 막았다. 그러나 악몽마저 피할 수는 없었다.

꿈속의 풍경은 온통 잿빛이었다. 하늘도, 땅도, 숲도, 나무도, 마을 길도 잿빛이었다. 쏟아지는 빗줄기도 잿물이 흩뿌려지는 듯했다. 재의 덩어리들이 뭉쳐 꾸물럭대고 있었다. 그 덩어리들 속에서 장 중사와 최 하사, 김 상병, 김 일병 들이 누런 원숭이의 얼굴을 하고 무어라 소리치고 있었고, 목이 없는 오근석 일병—죽은 오 일병의 이름은 꿈속에서도 또렷했다—이 멀찌감치 유령처럼 서 있었다. 유일한 유채색은 아기의 새하얀 얼굴, 꽃봉오리보다 작게 벌어진 분홍색 입이었다. 그 입을 제 손이, 아니 또 다른 저의 손이 가로막고 있었다. 아기가 자지러지게 울었고, 울음소리가 잿빛 하늘에 메아리치다가 뚝 그쳤다. 아기의 연약한 숨결이 손바닥에 닿았고, 멈추었다. 불에 달구어진 쇠꼬챙이가 제 손바닥인지, 또 다른 저의 손바닥인지를 푹 찔렀다. 아기가 잿빛 땅바닥으로 내팽개쳐졌다. 저인지, 또 다른 저인지가 아이를 주우려 손을 내밀었다. 구멍이 뻥 뚫린 손이 덜렁 빗물 구덩이로 떨어졌다. 그 손은 잘려 나간 의부의 왼손이었다. 살기 위해 무언가를 움켜잡은, 한번도 본 적 없는 친부의 손이었다. 그 손을 바라보는 저를, 또 다른 저가 지켜보고 있었다. 또 다른 저는 제가 빼닮았다는 친부였다. 바람이 불고 잿빛 하늘이 멀리 날아갔다. 원숭이들이 박수를 치고, 가슴에 총을 맞은 아낙이 피를 흘리며 깔깔깔 웃고 있었다. 악몽은 점점 더 그를 세상으로부터 격리했다.

박동수가 악몽이 오랜 트라우마 때문이었음을 안 것은 결혼을 하고 나서였다. D건설 대리였을 때 동료의 소개로 만난 아내는 여대에서 심리학을 전공하고 교직을 이수해 중학교 교사가 된 재원이라고 했다. 재원은 공부 많이 한 똑똑한 여자라는 뜻이지만 그의 아내 이름이기도 했다. 재원은 동수의 꿈 이야기를 듣고는 심각한 얼굴로 충고했다.

"동수 씨. 그거 아주 안 좋은 정신적 외상, 트라우마야. 치유할 최선의 방법은 잊는 거, 망각이고. 사람은 선택적으로 기억할 수 있는 동물이지. 선택적 기억이란 비(非)선택, 선택하지 않는 기억은 잊어버릴 수 있다는 뜻 아니겠어. 그러니까 그런 나쁜 기억은 잊어버리도록 해. 내가 도와줄게."

이름처럼 똑똑한 아내의 도움 덕인지, 동수는 차츰 악몽을 꾸지 않게 되었다. 꾸더라도 꿈의 분량이 짧아지고 몇몇 장면은 흐릿하니 스쳐 지나가는 듯했다. 꿈속에서 스스로 '이런 개 같은 꿈은 그만 꾸어야 돼' 하고 소리치는 걸 듣기도 했다. 아내의 말대로라면 그 자신 내면의 강한 비선택 의지의 산물이었다. 그랬던 그에게 황대성의 출현은 결코 바람직하지 않은 것이었다.

황이 다시 박동수 앞에 모습을 드러낸 것은 작년 가을, IMF 사태의 여파로 거리에 노숙자가 꾸역꾸역 늘어나던 무렵이었다. M건설도 부도를 맞아 직원들은 구조 조정이랄 것도 없이 하루아침에 뿔뿔이 흩어져야 했고 관리총괄 상무이사였던 박동수는 거덜 난 회사에 남아 사옥 매각 처리를 진행하고 있었다. 그러던 어느 날 황이 사옥 3층 비상대책위원회 문을 밀고 들어선 거였다. 주거래 은행과 채권자조합 사람들 사이에 끼어 몇 날 며칠 시달리느라 진이 빠져 있던 박동수는 황을 보자 어이없게도 반가운 마음이 들었다.

"아니, 황 사장 아니오? 이게 얼마만이오. 여긴 또 어찌 알고…….."

"하이고, 비대위 차린다꼬 날아간 회사 다시 찾는답니꺼. 서로 지 회사라꼬 싸우던 오너 형제는 어데 가고 마름들만 남아서 생고생들인가 모르겠네. 다들 수고가 많으십디더. 지가 잠깐 박 상무님 모시고 나가도 되겠지예? 지하고 박 상무님은 그 옛날 백마부대 전우라예. 백마 28연대 독립중대 1소대……."

박동수가 기급해서 황의 팔을 잡아끌었는데 황은 그예 한마디를 더했다.

"요새 젊은 양반들은 월남전이라는 기 있었는지 아는가 모르겠지만……."

그렇게 박동수의 기분 따위는 괘념치 않던 황은 커피숍에 앉자마자 뜬금없는 소리를 했다. 호칭도 이상했다.

"선배님, 혹시 이일섭 씨라꼬 기억하십니꺼? 우리 독립중대 출신이라 카던데, 이일섭 병장이라꼬. 지가 전출 갔을 땐 없었든 기 확실한데. 혹 선배님은 아실지도 모를까 싶어서예. 키가 억쑤로 컸다고 하던데……."

박동수는 아, 신음을 내뱉을 뻔했다. 악몽 속에서는 한번도 보이지 않았던 이 병장의 모습이 눈에 선했다. 왜 다른 얼굴들은 보이면서도 이 병장은 보이지 않았던 걸까.

"누구라구? 이일섭 병장? 알다마다. 맞아요. 키가 컸지요. 그 양반은 월남에서 1년 더 연장복무를 하고 제대 즉시 월남에 있던 미국 회사, 이름이 뭐라고 했더라. 아, 기억나네. 빈넬 사라고 나짱 아래 깜라인에 있던 군수업체에 현지 취업했는데, 월급이 그때 돈으로 300불이나 된다면서, 나중에 귀국해서 만나면 한턱내겠다고 나한테 편지까지 했었는데……."

이상했다. 나짱, 깜라인, 빈넬 사…, 잊었다고 생각했던 이름들이 생생하게 떠오르면서 박동수는 아연 흥분했다. 계속된 스트레스로 머리카락이 한 움큼씩 빠지던 터에 뜻밖의 활기였다.

"근데 황 사장은 이 병장을 어떻게 알았어요? 그 양반 지금 어디 있대요?"

"그야 지도 모르지예. 하지만 그런 양반이 우리 소대에 있었던 건 확실하니까 인자부터 찾아보면 되겠지예."

"무슨 소린지 도통 모르겠네. 황 사장이 어떻게 이일섭 병장을 알게 됐고, 왜 찾는다는 건지."

"아따, 그래 궁금하시면 어데 가서 소주 한잔 하입시더. 커피 홀짝거리면서 할 이야기는 아이니까."

비대위 사무실로 돌아가 보았자 다저녁때 할 일은 없었다. 잔챙이 채권자들이 번차례로 들락거리는 거야 밑에 직원들이 알아서 할 거였다. 맞아. 쿼은 코빼기도 안 비치는데 마름들이 뭔 정성이 뻗쳤다고.

"그럽시다. 까짓거 M건설 망했다고 내가 황 사장 소주 한잔 못 사겠나. 하하하……."

그렇게 웃은 것도 오랜만인데 황이 모처럼 옛날 졸병처럼 만만해 보이는 게 더 좋았다. 그러나 황은 만만한 인간이 아니었다. 소줏집에 자리한 뒤에 꺼낸 첫마디부터가 박동수의 허를 찔렀다.

"지가 재혼한 지 한 2년 됐습니더. 월남 색시로 지보다 열여덟이 젊지요."

열여덟이라고! 박동수는 그만 입을 떡 벌리고 말았고, 그렇게 주도권을 빼앗은 황은 마치 브리핑이라도 하듯 지난날의 행적을 털어놓았다. 황은 하청업체를 동업하던 친구에게 넘기고는 필리핀으로 갔다고 했다. 백마부대 대대장 출신으로 마닐라대사관에서 참사관으로 있다가 퇴직한 이가 저를 불렀다는 것인데, 그 내력이야 건너뛰고, 필리핀 민다나오에서 양식한 해삼을 말려 일본과 한국에 수출하는 사업이었는데, 한 2년 그 밑에서 일하다가 베트남으로 떴다고 했다.

"민다나오 섬 앞바다에서 가두리 양식을 하는데 젠장, 걸핏하면 해적 놈들이 나타나가 통째로 쓸어가는 데다가 그놈들 잡아달라꼬 지역민병대에 신고할라 카믄 오히려 뒷돈을 찔러줘야 되고, 치안도 개판인 데다가 부패는 또 말도 몬 할 지경이어서 지 성질에 더는 몬 견디겠습디더. 그러던 차에 한국과 베트남이 수교했다는 걸 알고 하이퐁으로 갔지요. 하노이 동남쪽 큰 항구인데 한 필리핀 업자가 그쪽 가서 가리비 양식을 하면 어떻겠느냐, 생각이 있으면 지가 그쪽에 선을 대주겠다 하데요. 아따, 해삼 키우던 넘이 가리비 몬 키우겠나 싶어서 그러자 했지예. 사회주의를 해서 그런지 베트남 아들이 융통성이라꼬는 눈꼽만치도 없어요. 양식장 허가받는 데만 꼬박 1년이 걸렸으니 말 다 한 거지예. 그래도 마, 한 3년 고생한 끝에 자리를 잡았습니더. 전량 한국에 수출하는데 마진이 쏠쏠하지예."

박동수는 이일섭 병장 이야기는 언제 하려나 싶었지만 토목 하청업자가 무슨 배짱으로 필리핀에 월남에, 해삼에 가리비를 키웠다는 것인지 놀랍기도 하고 신기하기도 해서 듣고 있을 수밖에 없었다.

"거기서 월남 여자를 만났지예. 뭐, 돈 주고 어린 여자 샀겠지 싶지요? 택도 없습니더. 우리 색시는 하노이에서 대학까정 나온 여자라예. 어느 날 이 아가씨가 하이퐁의 내 사무실로 찾아와서 하는 말이 베트남에 온 한국인들이 위장사업체를 만들어놓고 베트남 여자들을 한국에 팔아넘긴다는 소문이 있어 그걸 알아보러 왔다는 겁니다. 사기결혼 중개업을 한다는 거지예. 어이가 없어서 내가 그런 짓 할 사람으로 보이느냐, 도대체 어디서 먼 얘길 듣고 와서 생사람 잡을라꼬 하느냐, 노발대발했지요. 그랬더니 이 아가씨가 당돌하게 그러데요. 당신이 아니면 그만이지 뭘 그리 화를 내느냐고. 그러면서 하는 말이 과거에 한국 군인과 기술자들이 베트남 여자들에게 뿌려놓고 간 씨가 얼마이며, 그 아이들이 성장한 후에 '따이한'이라 손가락질당하고 있는 건 아느냐, 한국 군인들이 무고한 베트남 사람들을 숱하게 죽인 거야 전쟁 때라 그런 거라고 변명이라도 한다지만 제 자식 버려놓고 수십 년이 지나도록 나 몰라라 하는 것은 철면피한 짓이 아니냐, 지금 베트남 정부는 과거를 딛고 미래로 가자고 한다지만 과거가 그리 쉽게 묻히는 것이냐, 그래도 되는 것이냐, 아무것도 모르면서 뭘 잘했다꼬 큰소릴 치느냐. 하아, 당찬 아가씨가 앞뒤가 맞지 않는 애먼 소리로 대거릴 해대는데 지가 그만 꼼짝을 못 했습니더."

황은 왠지 켕겨서 여자에게 지가 옛날 백마부대 소총수였다는 소리는 입 밖에도 내지 못했다고 했다. 대신 그녀가 활동하고 있다는 '따이한 협회'에 매달 100불씩 통 크게 후원을 했고, 인연이 되려는지 그녀도 제게 차츰 호감을 보여 그녀의 부모를 삼고초려하면서 물량 공세를 편 끝에 언감생심 중늙은이 홀아비가 처녀장가를 들게 된 것이라고 장황하게 설명했다.

황의 이야기는 여전히 소설 같아서 듣기에 지루하지는 않았지만 더 취하기 전에 이일섭 병장의 이야기를 들어야 했기에 박동수가 말을 끊었다.

"근데 이일섭 병장은 어떻게……?"

"아따, 지금 막 그 얘길 하려던 참입니다. 지가 1년에 서너 차례씩 한국에 들어오곤 하지예. 치매 앓던 노인네는 연전에 돌아가셨지만 부산 누이 집에 붙어사는 아들 놈 얼굴도 보고, 수입처에 인사도 해야 하고, 겸사겸사해서요. 그런데 이번에 한국 들어오기 전에 우리 색시가 그러는 깁니다. 한국 들어가는 김에 이일섭이란 사람 소식 좀 알아볼 수 있겠느냐고. 얼마 전에 '따이한 협회'로 자기가 잘 아는 선생님의 조카라는 여자가 편지를 보내왔는데, 한국인 이일섭 씨가 제 아버지로 1972년에 한국에 간 뒤 소식이 끊겼다. 이 씨는 베트남전 당시 한국군 백마 28연대 독립중대 소속으로 제대 후 깜라인의 미국 회사 빈넬 사에서 차량정비사로 일했으며 응오반티투이와 3년간 살면서 자기를 낳았다. 자기의 한국 이름은 '순이'이며 지금 나이 스물아홉이다.…… 백마 28연대라 하는데 반갑기도 하고 뜨끔하기도 하데요. 지는 색시한테 백마 얘기는 일체 안 했었거든예. 하여간에 그래 되어 가지고 지가 선배님을 부랴부랴 찾아간 거지요. M건설 사옥이라도 남아 있었기에 망정이지 그마저 날아갔더라면 선배님을 찾느라꼬 애깨나 묵을 뻔했지예. 안 그렇습니꺼. 사람 사는 인연이란 기 있기는 있는 모양입니더."

"근데 날 찾아서 별 도움이 되겠소? 나도 이일섭 씨 소식은 통 모르는데. 게다가 요즘 내가 다른 데 신경 쓸 경황이 아니라서……."

박동수는 그쯤에서 발을 뺄 요량이었는데 황은 상체를 꼿꼿이 하고 말했다.

"압니더. 지가 알아봐야지요. 전우회 같은 데 알아보면 명단이 안 있겠나 싶네예. 찾을 수 있을 깁니더. 아니, 꼭 찾아야 합니더."

박동수는 황의 단호한 말투에 조금 놀랐지만, 왜 꼭 찾아야 하는지는 묻지 않았다. 찾는다 한들 이제 와서 뭘 어쩌겠느냐는 말도 하지 않았다. 쉽게 찾을 수 없을 거란 생각에 긴말을 보태고 싶지 않았다.

동수의 어머니가 쓰러진 것은 1994년 여름이었다. 고혈압에 당뇨

증세가 있다는 건 알고 있었지만 간암 말기인 줄은 몰랐다며, 의부는 당황한 얼굴을 했다. 간호사로 수십 년을 일한 사람이 제 몸은 어찌 저리 모를 수 있느냐고 역정을 내기도 했다. 그녀는 한 달에 한 차례씩 수원에서 서울 S병원으로 올라와 항암 치료를 받았다. 여덟 시간 동안 죽은 듯이 주사를 맞았다. 동수 내외가 번차례로 문병을 했지만 그들이 할 수 있는 일이란 병원비를 내드리는 것밖에는 없었다. 그녀는 그렇게 1년을 버텼다. 늦더위가 기승을 부리던 어느 날 의부가 동수에게 전화를 걸어왔다. 그녀가 호스피스 병동으로 옮겨지고 한 달쯤 지나서였다.

"니 어머니가 아무래도 오늘 저녁을 못 넘길 거 같다는구나."

회사가 오너 형제의 경영권 다툼으로 한창 시끄럽던 때여서 동수가 병원으로 달려간 것은 의부의 전화를 받고도 두 시간이나 지나서였다. 병동 입구에서 기다리던 아내가 울상을 하며 빨리 올라가보라고 눈짓을 했다. 동수가 3층 비상계단을 뛰어올라가 병실로 들어가자 이모할머님이 눈물 가득한 눈으로 그를 흘겨보았다.

"야, 선옥아. 동수 왔다. 니 잘난 아들 왔어!"

어머니의 얼굴은 늙은 외처럼 쪼그라져 있었다. 머리에 씌워진 흰색 빵떡모자가 낯빛을 더 어둡게 했다.

"말씀하세요. 곧 운명하십니다."

의사가 가릉가릉 받은 숨을 몰아쉬는 어머니를 내려다보며 동수에게 임종 인사를 권했다. 목구멍이 콱 막혀 동수는 간신히 한마디했다.

"어머니, 저 동수예요. 알아보시겠어요? 죄송해요. 어허, 어허 억……."

목구멍이 열리자 비명과 함께 눈물이 터져 나왔다. 어머니가 꺼억, 목울대에 힘을 주며 마지막 숨을 내쉬었다. 어머니의 눈꼬리로 가느다란 눈물이 비어져 나왔다. 이모할머님이 동수의 등을 두드리며 오열했다.

"니 엄마가 널 기다렸구나. 너를 보고 가려고 저리 기를 쓰며 기다렸구나. 하이고, 불쌍한 거… 하이고, 불쌍한 거…….

탁탁탁…. 팔순 노인의 메마른 손바닥이 내는 소리는 느리고 미약했지만 오열보다 애달팠다.

문득 동수의 뇌리에 어머니가 친부를 기다렸을 거라는 생각이 스치듯 떠올랐으나 한꺼번에 터져 나온 울음소리에 지워졌다. 의부가 어머니의 눈을 감겼고 의사가 선언하듯 말했다.

"이선옥 님. 1995년 8월 29일 18시 06분. 운명하셨습니다."

황과 헤어져 돌아가던 귀갓길에 어머니 임종이 떠오른 것은 우연일 터였다. 그런데 그 우연이 뭔가에 얽힌 듯하더니 차츰 필연이란 느낌이 들기 시작했다. 여전히 모호하지만 그렇다고 떨쳐버릴 수도 없는 무언가가 형체를 잡아가는 듯했다.

황은 딱 일주일 만에 이일섭 병장의 전화번호를 갖고 박동수 앞에 다시 나타났다. 그러나 의기양양하기는커녕 낯빛이 어두웠다.

"이 양반, 서울 요지에 주유소를 네 개나 가진 재력가랍니더. 강남, 잠실, 용산, 송파라고 하니 땅값만 해도 얼만기요? 전우회에 갔더니 대번에 이일섭 회장님을 찾느냐, 이 회장이 전우회 고문인 걸 몰랐느냐? 전우회에 코빼기도 안 비치니까 그렇다고 타박을 하더니 뭔 일 때문에 그러냐? 혹시…… 하면서 지를 쓰윽 보는데 뭐, 빈대라도 보는 눈깔이데요. 젠장, 지가 화가 나서 그랬지예. 그 양반 잃어버렸던 딸자식 소식 전할라꼬 하는 거니까 염려일랑 붙들어 매라꼬."

박동수가 그런 말까지 할 필요가 있느냐, 아직 당사자에게 확인한 것도 아닌데, 하려다가 입을 다물었는데 황은 그런 눈치를 살핀 듯했다.

"아무래도 지가 너무 경솔했지예? 쯧쯧…….

그래서 황의 낯빛이 어두운가 싶어 박동수는 그의 편을 들어주기로 했다.

"뭐, 어차피 전해야 할 얘기라면 전우회 쪽에서 먼저 귀띔을 해주는 것도 나쁘지 않을 것 같긴 하네."

그래도 황은 얼굴을 펴지 않았다.

"근데 그 양반이 순순히 자기 딸 맞다꼬 할까요? 아이다, 시치미를 뚝 떼면 우짜지요? 그만한 재력가라면 일가를 이루어 잘 살고 있을 낀데 인제 와서 월남에 지 피붙이가 있다, 평지풍파를 일으키려 할까 모르겠네요."

"글쎄, 이 병장이 그럴 사람은 아닐 것 같긴 한데……."

경솔하기로 치면 박동수도 매한가지였다. 그가 전화를 했을 때 수화기에서 들려오는 이 병장의 목소리로는 어떤 사람인지 전혀 알 수 없었으니까. 이 병장은 낮고 조심스러운 목소리로 상대를 경계했다.

"백마 28연대 독립중대 1소대 박동수 일병이라고요? 아, 미안하지만 나는 기억이 잘 나지 않소이다. 30여 년 전 일이고, 요즘은 전우회에도 잘 나가지 않아서요."

박동수는 그때 일주일 전 황과 헤어져 돌아가던 길에 어머니의 임종을 떠올리며 느꼈던, 모호하던 실체와 대면한 듯한 기분이었다. 그는 불쑥 화가 치밀어 뱉듯이 말했다.

"월남에서 따님이 이 회장님을 찾고 있다 하네요. 30년을 기다렸다고 하더군요. 30년이나 기다렸다고.… 따님 이름이 순이라고 하던데 기억나십니까? 안 나시면 없었던 일로 하지요. 저야 이일섭 병장님을 찾지 못했다고 하면 그만이니까요. 그럼 이만……."

하는데 저쪽에서 다급하게 말했다.

"아, 일단 만납시다. 만나서 자세한 얘길 들어보지요. 박동수 일병."

박동수 일병이라고! 그제야 그가 이일섭 병장으로 돌아온 거 같아 동수는 답했다.

"네, 그러시지요. 이 병장님."

박동수가 황과 함께 약속 장소인 R호텔 지하 1층 일식집에서 대면

했을 때 이 병장은 '일원산업 회장 이일섭'이란 명함을 건넸다. 키는 여전히 컸지만 반대머리에 앞 머리칼이 희끗했다. 황이 백마 28연대 특별중대 1소대 이야기를 꺼내자 그가 웃으며 맞장구쳤다.

"그때 나는 1년을 연장해서 2년간 있었지요. 제대하고는 곧장 현지 취업해서 3년을 더, 그러니까 만 5년을 월남에서 있었던 게지요. 박 상무라고 하셨나? 지금 보니 박동수 일병 모습이 생각납니다. 허허허…. 하여간에 반갑소. 자아, 한잔들 하십시다."

명함이 지위를 만드는가, 박동수와 황은 깍듯이 두 손으로 청주를 받았다.

"그래 무슨 일인지 이야기부터 들어봅시다."

이 회장이 운을 떼었고 황은 기다렸다는 듯이 품 안에서 흑백사진 한 장을 꺼내 내밀었다.

"이게 무슨……?"

"예. 일단 회장님께서 보셔야 할 거 같은데예. 하노이에 사는 응오 반티투이 씨의 따님, 티엣입니다. 한국 이름은 순이고예."

이 회장이 양복 윗주머니에서 돋보기안경을 꺼내 쓰고 흑백사진을 들여다보았다. 한 10초쯤 지났을까. 그가 떨리는 손가락으로 사진을 탁자 위에 내려놓았다.

"하아……. 나는 전우회 쪽에서 날 찾는다는 사람이 있다기에 무슨 꿍꿍이수작인가 싶어 잃어버린 딸이 없으니 또 찾아오거들랑 혼을 내 돌려보내라고 단단히 일렀소이다. 전우회에서는 날 두고 고문 어쩌구 하는 모양인데 고문이야 장군이나 최소한 영관급은 되어야지 병 출신이 무슨. 후원금 좀 내라 해서 몇 차례 냈더니 하는 소리지요. 그건 그렇고 박동수 일병이 직접 전화를 하니 모른 척할 수가 없습디다. 월남에서 생사고락을 함께한 전우였으니까. 황 선생은 내가 제대한 후에 1소대에 배속되었던 모양입니다."

"하이고, 선생은요. 황 대표라 편케 부르시면 됩니더. 이일섭 병장님 말씀은 박 상무님으로부터 들었습니다만 이래 높은 회장님이실 줄은 몰랐습니다."

"높기는 무슨. 주유소 몇 개 가진 기름집인데, 남들이 회장이라 하라기에 그냥 붙여본 게지요."

"원 별말씀을요. 지는 아직도 월남에서 가리비나 키워 파는 신세인데요."

"하아, 그래요. 월남 어디서요? 가리비라면 수산업을 하시나?"

"예. 하노이 동남쪽 하이퐁이라고, 거기 가까운 바다에서 가두리 양식업을 하고 있습니다. 한국에 수출도 하고예. 청룡·맹호·백마, 한국군은 모두 17도선 밑에 중남부 지역에서만 싸웠으니까 하노이, 하이퐁은 잘들 모르지예. 하여간에 적의 지휘부는 하노이에 있는데 우리는 수년 동안 남쪽에서 베트콩하고 싸우다 말았으니 아무래도 좀 이상한 전쟁이었지요. 안 그렇습니까, 회장님."

"이상한 전쟁이라! 에이, 여기 전우회 사람들이 들으면 큰일 날 소리구먼. 허허허……."

질 좋은 회에 청주가 몇 순배 도는 동안 넉살 좋은 황은 분위기를 깨지 않으면서도, 자기가 하이퐁에 진출하게 된 내력에서부터, 재혼한 베트남 색시를 통해 응오반티투이의 딸 티엣의 사연을 듣고 이일섭 병장을 찾게 된 경위를 요령껏 늘어놓았다.

"지가 뭐 오지랖이 넓어서 이래 나선 건 아닙니다. 그저 사연을 듣고 보니 안됐기도 하고요. 또 지보다 한참 어린 처가 신신부탁을 해서요.…… 우쨌든 회장님께 이래 부담을 드려 죄송합니다."

"황 대표가 내게 죄송할 거야 없지요. 하아…, 내 투이와 순이를 어찌 잊었겠소이까? 사진 속의 티엣은 모르겠구려. 하지만 티엣이 순이라면 내 딸이 아니라고 할 수는 없지요. 하나 내게는 이제 처와 장성한 자식들이 있어요. 하아…, 그러니 내게 시간을 좀 주시오. 지금 와서 내가 뭘 어찌해야 할지 생각을 좀 해봐야겠소. 그리고 그때까지

이 일은 우리 셋만 아는 비밀로 해주시오. 부탁합니다."

이 회장은 그 뒤로 아무 연락이 없었다. 하이퐁으로 돌아간 황에게서도 별 소식이 없었고 박동수는 사옥 매각 절차를 마무리하느라 다른 데는 신경 쓸 여력이 없었다. 이 회장이 연락을 해온 것은 사옥 매각 절차가 끝나고 동수가 회사에 사표를 낸 후였다. 이 회장은 마치 동수가 사표를 내기를 기다리기라도 했다는 듯이 다시 R호텔 지하 일식집에서 만났을 때 첫말을 이렇게 했다.

"박 상무, 혹 일원산업 사장을 해볼 생각 없소?"

그냥 해보는 소리는 아닌 것 같았지만 동수는 고개를 저었다.

"회장님이 계신데 제가 무슨. 그리고 아시다시피 저는 노가다 토목장이입니다. 다른 일은 해본 적이 없습니다."

"노가다는 무슨. 나도 알아볼 만큼 알아보았소. 박 상무가 M건설 국내 부문을 총괄했다는 거. 나도 이제 주유소를 정리하고 다른 사업을 좀 해볼까 하는데 박 상무가 적임인 거 같아서 하는 말이오. 주유소라는 게 한 10년 지나다 보면 외곽으로 빠져나가야 하는 거지요. 인근에 아파트나 공공시설이 들어서면 이전 민원이 늘어나게 되고 그러면 마지못한 듯 빠져나가야지요. 기름 팔아 버는 돈보다 부동산으로 건지는 목돈이 훨씬 크니까. 잠실과 용산 두 군데는 이미 매각을 결정했소. 그거 말고도 여기저기 부동산이 몇 군데 있는데 그걸 정리해서 새 사업을 해볼 생각이오."

"새 사업이라면……?"

"집 장사를 해볼 생각이오. IMF인가 뭔가 해서 몇 년째 경제가 어렵다지만 수도권에는 어차피 계속 인구가 늘어날 거고, 주택 수요도 꾸준히 증가하지 않겠소. 이럴 때 수도권에 택지를 잡아 집을 지으면 수년 내로 수지가 맞을 거 같은데. 아파트는 대형 건설사들과 경쟁이 안 될 거고. 이삼 층짜리 전원주택 같은 거나 낡은 구옥을 매입해서 빌라로 개조하는, 뭐 그런 거가 좋을 거 같은데. 그걸 박 상무가 맡아서 해주면 어떨까 해서. 아, 당장 내일부터 뭘 하자는 건 아니고, 천천히 생각을 해보시라는 게요."

실업자가 된 처지에 새 일자리를 제안받는 거야 나쁘지 않더라도 이 회장이 황이 찾아왔던 일에 대해선 일언반구 하지 않는 것이 아무래도 거북했다. 그 일은 모른 척하고 좋아라, 사장 자리를 맡겠다고 하는 건 꺼림칙했다. 박동수는 청주를 홀짝거리며 새삼 이 회장을 훔쳐보았다. 말상의 긴 얼굴이지만 턱이 뭉툭해 강인한 인상이다. 자수성가한 사내에게서 풍기는 자신감이 목선으로부터 어깨 밑으로 드리워 있다. 사람을 부리는 자의 여유가 음식을 씹는 입 모양에서 드러났다. 돈 벌러 월남에 왔다던 소총수가 30여 년 세월이 지나 이 병장이 아닌 이 회장이 되어 있는 것이다. 그런 그를 베트남의 모녀가 기다리고 있다고 했다. 박동수는 조금씩 가슴이 답답해짐을 느꼈다. 어머니는 정말 평생 친부를 기다렸던 것일까?

박동수는 예상치 못했던 감정의 기복에 당황하며 우물우물 말했다.

"아무래도 다른 사람을 찾아보시는 게 좋겠군요. 토목과 집 짓는 건 다른 일이고, 제가 알기로 전원주택이나 빌라 같은 건 환금성이 떨어져 리스크가 클 수 있습니다. 그쪽 일을 잘 아는 사람을 찾아보시지요."

그러자 이 회장이 눈길을 돌리며 엉뚱한 소리를 했다.

"박 상무, 퇴직했으니 당분간 시간 있지요? 나랑 월남, 아니 베트남 하노이에 한번 갑시다. 한번 꼭 가보고 싶었거든요. 바람도 쐴 겸, 어때요? 여행사 알아보니까 3박 5일짜리 패키지 상품이 좋던데."

여행사 패키지 상품이라니! 동수는 멍한 눈으로 그를 바라볼 수밖에 없었는데 잠시 후 이 회장이 털어놓은 자초지종은 이러했다.

"내가 제대하고 곧바로 깜라인의 빈넬 사에 취직했다고 박 일병에게 편지를 했던 건 혹 기억하시오?(박동수는 그때 이 회장이 이 병장으로 느껴졌다) 거기서 일하던 투이라는 월남 여자를 만났을 때 그 여자

488

나이는 스물하나나 둘이었을 거요. 나는 스물다섯. 우리는 서로 한국 말과 베트남 말을 배운다며 만나기 시작했고, 그러다가 눈이 맞아 살림을 차렸어요. 한 3년 살다가 1972년에 내가 귀국할 때 투이는 갓난 애—딸애였소—를 데리고 사이공의 친정으로 가 있겠다고 했고, 나는 반드시 데리러 가마, 약조를 했지요. 그랬는데 이듬해 한국군이 철수하고 나서는 가려 해도 갈 수가 없었고, 1975년에 월남이 망한 뒤로는 아예 포기할 수밖에 없었소. 카센터로 시작해 부동산과 주유소 사업으로 돈을 버느라 정신없이 20여 년 세월이 지나갔고 늦게 결혼해 자식을 셋이나 두었지만 솔직히 그간 월남에 두고 온 투이와 순이—딸애 이름을 그렇게 지었었다오—는 생각지 않았어요. 생각한들 뭐 하겠나, 잊어야 한다 했지요. 그런데 이제 황 대표가 순이의 사진을 들고 왔으니……. 어찌해야 할지는 아직 모르겠소만 어쨌든 살아 있는 걸 알았으니 한번은 봐야 하지 않겠소? 그런데 언제 가마, 어디서 만나자, 그렇게 정식으로 기별하고 찾아갈 자신은 없어요. 그냥 우연히 마주친 것처럼 만나보고 싶어요. 여행 갔다가, 여행 갔던 길에 우연히 마주친 것처럼.”

그래서 생각해낸 것이 여행사의 패키지 여행이라고 했다. 이 병장은 그러면서 우습지요? 했지만 박동수는 웃지 않았다. 그가 이 회장이라면 그게 무슨 말도 안 되는 소리냐고 할 수 있었겠지만 이 병장이어서 그럴 수 없었다.

황이 이해하든 말든 박동수는 이 병장의 바람대로 각본을 짜기로 했고 현지 연출은 황과 황의 베트남 색시(황이 줄곧 제 색시라고 부르는 그녀의 이름은 흥이라고 했다)가 맡기로 했다.

첫날 오후 관광은 호찌민 묘가 있는 바딘 광장과 호찌민 생가를 둘러보는 코스였다. 여행사 따라 하노이 관광을 왔다며 짐짓 여유를 보이던 이 회장은 막상 바딘 광장에 내리자 짙은 선글라스로 표정을 감춘 채 묵묵히 움직일 뿐이었다. 관광객들은 호찌민 주석이 머물렀었다는, 검소하다 못해 빈약하기 짝이 없는 작은 방의 초라한 나무침대 앞에서 작은 탄성을 터뜨렸지만 이 회장은 굳은 얼굴이었다. 가이드가 '호찌민의 위대한 생'에 대해 설명했다. 30여 년 전 월남의 정글을 기었던 한국군 소총수들은 월맹의 심장부에서 '박 호'(호 아저씨)의 이야기를 들었다.

첫날 오후 일정을 마친 패키지 관광객들은 여행사가 안내한 '초원 식당'(이 식당은 한국어 상호를 붙인 백반집이었다)에서 불고기를 쌈에 싸고 풋고추를 된장에 찍어 먹은 후 다시 버스에 실려 숙소로 이동했다. 퇴근 시간의 하노이 거리는 오토바이와 자전거, 온갖 차량이 뒤엉켜 서너 블록을 지나는 데 30분 넘게 걸렸다.

황과 홍이 숙소인 빈드엉 호텔 1층 로비에 나타난 것은 저녁 여덟 시가 조금 지나서였다. 황이 아내인 홍을 소개했는데, 눈이 휘둥그레질 정도의 미인이었다. 연한 초콜릿색 피부에 오뚝한 콧날, 쌍꺼풀이 큰 검은 눈과 흑단 같은 머리카락, 말로만 들었던 '불란서 혼혈 미인' 같았다.

"신짜오! 안녕하세요. 응우옌민티홍입니다. 하노이에 오신 걸 환영합니다."

이 회장은 그녀의 미모보다 능숙한 한국어 솜씨에 더 놀란 듯했다.

"오! 한국말을 아주 잘하시는군요. 신 짜오! 나도 옛날엔 베트남 말을 조금 했는데 이젠 거의 잊어버렸네요. 이일섭입니다."

"안녕하세요. 저는 박동수라고 합니다. 반갑습니다."

"네. 남편에게서 두 분 말씀 들어 잘 알고 있어요. 옛날 남편 상관들이었다고요."

"에? 상관은요. 동료였지요. 하하하······."

그렇게 수인사를 나누자 황이 말했다.

"회장님, 여기는 좀 그렇고요. 저쪽에 호안끼엠이라는 호숫가에 전망 좋은 찻집이 있습니더. 그리로 가시지예."

"그런데 우리 맘대로 개별 행동을 해도 괜찮을까 모르겠네."

"아, 지가 여행사 쪽 사람한테 미리 다 얘기를 해놓았습니더. 낼 일 정은 하롱베이 관광인데 아침 식사 하고 여덟 시까지 여기 로비로 나오시면 된답니더. 아무 문제 없어예. 자들 가입시더."

어색하고 불편했지만 아무도 연출된 만남에 대해서는 말하지 않았다. 찻집까지는 승용차로 10분 거리였다. 추운 밤이어서 그런지 네온등이 켜진 호숫가는 데이트를 즐기는 젊은 남녀들이 드문드문할 뿐 한적했다. 진청색 어둠에 싸여 있는 너른 호수가 한눈에 들어오는 목조 2층 찻집에 들어섰을 때 구석자리에 앉아 있는 남녀가 보였다. 모녀가 아니어서 이 회장과 박동수, 황은 다른 자리로 눈길을 돌렸다. 그때 홍이 남녀에게 다가갔고, 남녀가 나무의자에서 일어섰다. 늙은 사내와 중년 부인 같았는데 사내는 목발을 짚고 있었다. 홍이 돌아서 손짓했다.

"이리 오세요, 회장님. 순이 씨예요. 순이."

동수 곁에 서 있던 이 회장, 아니 이 병장의 두 다리가 휘청했다. 그가 긴 다리를 움직여 남녀 앞에 섰다. 동그란 단발을 한 통통한 여자가 고개 숙여 인사했다. 누런 얼굴에 코가 납작했지만 눈망울이 커 선해 보이는 인상이었다.

"안… 녕하… 십니까? 저는 티엣이라고 합니다. 한국… 이름으로는 순이구요. 여기는 제… 외삼촌 타오 씨입니다."

여자는 미리 써 온 쪽지를 읽듯이 또박또박 말했고, 목발을 짚은 사내가 고개를 까닥했다. 검고 메마른 얼굴이었지만 두 눈은 맑고 깊숙했다.

"짜오지, 젓 부이 드억 갑 찌(반갑습니다)."

"하아, 반갑습니다. 리라고 합니다. 이렇게…… 정말, 뭐라고 말해야 할지…… 너무 늦어서 미안합니다.…… 죄송합니다."

이 회장이 연신 고개를 주억거리며 떠듬거렸고 홍이 빠르게 그 말을 베트남 말로 옮겼는데 사내는 한동안 침묵했다. 하려는 말을 머릿속에서 정리하는 것도 같았고, 격정을 달래는 듯도 보였다. 순이가 불안한 듯 손을 내밀어 삼촌의 팔을 잡았다. 마침내 사내가 낮은 목소리로 말했고, 홍이 통역했다.

"나는 갓난아이인 티엣, 순이를 처음 보았을 때 천사 같은 모습에 아기 아버지가 학살자는 아닐 거라고 생각했습니다. 오늘 이렇게 만나 보니 내 생각이 틀리지 않았던 것 같군요. 하지만 과거 한국군의 만행을 지워버릴 수는 없습니다. 용서한다는 말도 입에 올리기는 어렵군요. 다만 전쟁 때 이 땅에서 죽은 수천 명의 한국 군인들도 피해자라는 것, 그래서 전쟁의 승자(勝者)인 우리가 패자(敗者)를 관용해야 한다고 생각합니다.…… 먼 길 오시느라 수고 많았습니다. 이렇게 늦게라도 찾아와줘서 고맙습니다."

"하아… 네. 미안합니다. 감사합니다."

이 회장이 순간 털썩 마루에 무릎을 꿇었다. 사내가 한 손을 내미느라 목발이 기우뚱했다. 순이가 삼촌을 부축하는 새에 황이 이 회장을 일으켰다.

"하이고, 회장님. 와 이러십니꺼? 어서 일나이소."

비틀거리며 의자에 앉은 이 회장이 순이에게 눈을 돌렸다.

"그런데… 투이는? 순이야, 엄마는?……"

그러자 순이가 "엄마는…" 하다가 베트남어로 말했다. 순이의 말을 눈시울이 붉어진 홍이 옮겼다.

"엄마는… 아버지가 못 알아보실까 봐.… 너무 늙어서 보시고 실망하실까 봐 안 오셨다고 하네요. 그래서 엄마 대신 외삼촌과 왔다고 하네요."

이 회장이 고개를 꺾으며 신음했다.

"뭐라고? 내가 못 알아볼까 봐? 늙어서 실망할까 봐? 이런, 이런… 흐이구."

다탁에 엎드린 이 회장의 어깨가 들썩였고, 순이가 두 손으로 제 얼굴을 가렸다. 박동수는 목발을 짚은 사내에게 눈을 주었다. 어둑한 그림자 속에 오른 발목 아래가 바짓단에 덮여 있었다. 그것은 늘 접혀 있는 듯 보이지 않던 의부의 왼손 같았다.

양철지붕 아래 키 낮은 세 칸 누옥이었다. 담 뒤로 키 큰 야자수가 한 그루 서 있었다. 이일섭은 차에서 내려 한참을 서 있었다. 앞서 집 안으로 들어갔던 홍이 나와 손짓했다.

이일섭이 마당으로 들어서자 타오와 순이가 그를 맞았다. 이일섭은 고개 숙여 타오에게 인사했다. 목발을 짚은 타오가 인사를 받았다. 순이가 다가와 그의 손을 잡았다. 도톰하고 따뜻한 손이었다. 이일섭은 순이가 이끄는 대로 집 안으로 들어섰다. 양탄자가 깔린 작은 마루에는 낮고 긴 탁자 뒤로 키 높은 나무의자 하나가 동그마니 놓여 있다.

차르르…, 마루와 방을 잇는 발이 젖혀지며 한 여인이 모습을 드러냈다. 작은 체구에 얼굴이 동그란 여인은 통 넓은 갈색 바지에 흰 블라우스를 입고 있었다. 여인이 담담한 목소리로 말했다.

"어서 오셔요. 오랜만이네요.… 순이야, 차 좀 내오렴."

말할 때 낯을 찡그리는지 눈 밑에 주름이 도드라져 보였다. 순이가 대나무 발 뒤로 사라졌다. 이일섭은 천장이 낮아 구부정한 자세로 서 있었다.

"오빠 다리가 좀 그래서… 의자 키가 높답니다.… 그래도 좀 앉아요."

여인이 한 걸음 그에게로 다가왔다. 새치가 난 여인의 정수리가 이일섭의 눈에 들어왔다.

"어때요? 나…, 여태 한꾸억 말… 잘하지요? 어제, 연습… 했어요."

여인이 희미하게 웃어 보였다.

"아아, 투이……."

이일섭이 부들부들 떨리는 손을 내밀어 여인의 손을 잡았다. 여인의 뺨 위로 한 줄기 눈물이 주르르 흘러내렸다.

그 시각에 박동수와 황은 할롱만으로 가는 관광버스를 타고 있었다. 이일섭 회장 대신 황이 동행한 것이었다. '투게더 여행사' 하노이 지부장은 곤란하다고 했으나 황이 뒷돈을 찔러주며 사정을 얘기하자 이일섭 씨가 저녁시간까지 숙소로 돌아와 있어야 한다는 조건 하에 허락했다.

버스가 두 시간가량 달렸을 때 가이드가 마이크를 쥐고 말했다.

"왼편을 봐주세요. 저기 너머로 바다가 보이죠. 저기가 통킹만입니다. 1964년에 월맹군 잠수함이 통킹만에서 미국 전함을 공격했고, 그래서 미국이 월남전에 나섰다고 하는데, 한참 뒤에 그 통킹만 사건은 미국이 전쟁을 일으키려고 조작한 사건으로 드러났다고 합니다. 하지만 지금 미국과 베트남은 정식 수교한 우방이지요. 1994년에 미국이 베트남에 대한 경제제재 조치를 풀고 국교를 정상화하면서 미국 자본이 들어와 베트남 경제를 살렸지요. 어제의 적이 오늘은 친구가 된 겁니다. 그런데 요즘 한국에서 오신 분들 중에 간혹 옛날 월남전 때 한국군이 참전했던 것 때문에 베트남 사람들이 한국 사람들에게 적개심을 품고 있지 않겠나, 지레 걱정하시는 분들이 있어요. 그런 걱정일랑 붙들어 매시기 바랍니다. 베트남에는 1975년 월남전이 끝난 후에 태어난 사람이 전체 인구의 70퍼센트가 넘지요. 그 사람들은 월남전에 별 관심이 없어요. 과거는 흘러갔다, 중요한 건 미래라는 거지요. 그러니 행여나 그때 일은 유감이다, 미안하다, 뭐 그런 얘길랑은 절대 하지 마세요. 외려 베트남 사람들이 싫어한다니까요."

정말 그럴까? 황은 홍으로부터 들었다면서 순이의 외삼촌 타오 씨가 과거 해방전선 전사, 베트콩 유격대장 출신으로 1968년 테트 공세 때 전투에 나섰다가 오른 발가락 두 개를 잃었는데 그 뒤 상처가 도지면서 그예 발목을 절단했다더라고 했다. 타오 씨는 현재 하노이의 중등학교에서 역사를 가르치는 교사인데, 홍이 하는 협회 일에도 도움을 주는 분이라 그 이력을 제법 안다고 했다.

타오라는 그 사내는 한국군도 피해자여서 관용해야 한다고 했다. 그 말은 진심일까?

옆자리의 황이 말을 붙여왔다.

"이일섭 회장, 그래 만나러 갈 거면서 맥없이 패키지 여행은 뭡니꺼? 괜히 쇼하는 거 같아 지 색시에게 말하기도 영 아니데요. 그라고 어젯밤에는 또 그기 무슨 꼴이랍니꺼? 피차 사정이 빤한데 무릎까지 꿇고 미안타, 고맙다, 할 거까지 뭐 있어예. 지는 솔직하니 타오라는 작자가 승자, 패자 하는 소리도—지 색시는 그래 말하는 게 뭐가 틀렸냐고 하지만—어째 좀 고깝게 들립디다. 하이고…, 옛날 얘긴 더 할 거 없고, 이 회장 그 양반은 인제 우짜지요? 서울에 와이프하고 다 큰 자식들이 눈을 시퍼렇게 뜨고 있는데 인제 와서 베트남에 전처와 딸이 있다꼬, 그런 말을 우째 하노. 한국과 베트남을 오가면서 두 집 살림을 할 수도 없을 테고. 하아…, 우짜겠어요. 돈은 많은 양반이니까 몇만 달러 쥐여주고 끝내야지요."

"끝내? 뭘? 어떻게?…… 그런 얘기는 나중에 합시다. 옆자리에서 들어서 좋을 거 없으니까."

박동수의 목소리에 짜증기가 있었는지 황이 조금 놀란 눈을 했다.

"아, 그러지요. 하여간에 지가 지 색시 말만 듣고 쓸데없는 짓을 한 거 같네요. 애당초 이 회장을 찾지 않았으면 그냥 다 잊고 모르고 살다가 가는 긴데. 안 그렇습니꺼?"

그럴까? 창밖으로 황량한 둔덕이 이어지고 있었다. 통킹만의 바닷물을 막아주는 방파제 같았다. 박동수는 오른손을 들어 커튼을 치려다가 무심코 손바닥을 펴 보았다. 아기의 입을 틀어막았던 손바닥이었다. 아기의 여린 숨이 손바닥 홈 안에 고여 있는 듯했다. 망각하기에는, 다 잊고 모르고 살기에는 너무도 선명한 핏빛 자국이었다. 순간 박동수는 가슴 깊이 둔중한 통증을 느꼈다. 제 생의 무게였다.

둔덕 너머로 바다가 보였다. 동중국해. 그러나 박동수의 눈에는 강처럼 보였다. 한국의 서해에서 베트남의 동해로 이어지는 강. 그 강에 한 시대가 휩쓸려 가는 것 같았다. 원점은 어디였을까? 모두들 어디에 서 있다가 어디로 사라지는 것일까? 친부와 의부, 어머니, 이일섭 병장과 그의 딸 순이, 그리고 백마 28연대 독립중대 1소대 유탄발사기 사수 황대성 일병과 그의 베트남인 아내 홍, 해방전선 전사였다는 발목 없는 사내 타오가 수평선 너머에서 나란히 손짓하는 것 같아 박동수는 질끈 눈을 감았다. 감은 눈 속으로 강물이 차올랐다.

〔끝〕

참고 자료

『1968년 2월 12일: 베트남 퐁니·퐁넛 학살 그리고 세계』 고경태 지음 (한겨레출판 2015)

『미안해요 베트남』 이규봉 지음 (푸른역사 2011)

『베트남 10,000일의 전쟁』 마이클 매클리어 지음, 유경찬 옮김 (을유문화사 2002)

『베트남 근현대사』 최병욱 지음 (창비 2008)

『베트남 전쟁』 박태균 지음 (한겨레출판 2015)

『베트남 전쟁과 나』 채명신 지음 (팔복원 2016)

『베트남 전쟁의 한국 사회사』 윤충로 지음 (푸른역사 2015)

『베트남을 통하다』 김선한 지음 (연합뉴스 2015)

『베트남의 민간노래』 조규익·응우옌 응옥 공편 (인터북스 2009)

『사이공의 흰옷』 구엔 반 봉 지음 (도서출판 친구 1986)

『새로 쓴 베트남의 역사』 유인선 지음 (이산 2002)

『시인, 강을 건너다』 호앙 밍 뜨엉 지음, 배양수 옮김 (도서출판 b 2015)

『전쟁의 기억 기억의 전쟁』 김현아 지음 (책갈피 2002)

『지난밤 나는 평화를 꿈꾸었네』 당 투이 쩜 지음, 안경환 옮김 (이룸 2008)

『하노이에 별이 뜨다』 방현석 지음 (해냄 2002)

『호치민 평전』 윌리엄 J. 듀이커 지음, 정영목 옮김 (푸른숲 2003)

『호치민 평전』 찰스 펜 지음, 김기태 옮김 (자인 2001)

『10월 항쟁』 김상숙 지음 (돌베개 2016)

『대구 10월 항쟁 연구』 심지연 지음 (청계연구소 1991)

『몽양 여운형』 이정식 지음 (서울대학교 출판부 2008)

『몽양 여운형 선생 서거 70주기 추모학술심포지엄 문집』 몽양 여운형 선생 기념사업회 (2017)

『미소 공동위원회 연구』 심지연 지음 (청계연구소 1989)

『박헌영 평전』 안재성 지음 (실천문학 2009)

「분단과 이승만: 1945~1948」 정해구 지음(《역사비평》 34호/1996)

『우남 이승만 연구』 정병준 지음(역사비평사 2005)

『존 하지와 미군 점령통치 3년』 정용욱 지음(중심 2003)

『한국근대사상가 김구』 송건호 엮음(한길사 1980)

『한국전쟁』 박태균 지음(책과 함께 2005)

『한국전쟁의 기원』 브루스 커밍스 지음, 김자동 옮김(일월서각 1986)

『한국현대민족운동연구』 서중석 지음(역사비평사 1997)

『한국현대사의 재조명』 이정식 · 서대숙 외 지음(돌베개 1982)

『한국현대인물사론』 송건호 지음(한길사 1984)

『해방 3년과 미국 1』 미 국무성 비밀외교문서, 김국태 옮김(돌베개 1984)

『해방 후 3년』 조한성 지음(생각정원 2015)

『해방전후사의 인식』 송건호 외 지음(한길사 1979)

『해방전후사의 인식 2』 강만길 외 지음(한길사 1985)

『해방정국 논쟁사 1』 심지연 엮음(한울 1986)